적막의 모험

이혜원 비평집
적막의 모험

펴 낸 날 2007년 6월 29일
지 은 이 이혜원
펴 낸 이 채호기
펴 낸 곳 ㈜문학과지성사
등록번호 제10-918호(1993. 12. 16)
주　　소 서울 마포구 서교동 395-2(121-840)
전　　화 02)338-7224
팩　　스 02)323-4180(편집)　02)338-7221(영업)
전자우편 moonji@moonji.com
홈페이지 www.moonji.com

ⓒ 이혜원, 2007. Printed in Seoul, Korea

ISBN　978-89-320-1794-5

:: 이혜원 비평집

적막의 모험

문학과지성사
2007

책머리에

문학의 혼돈과 위기에 대한 진단으로 떠들썩했던 세기말을 넘어 새 천년이 밝은 지도 몇 년이 지났다. 이제는 문학의 쇠퇴가 당연지사로 받아들여지는 분위기 속에서 나름대로 암중모색을 꾀하는 형국이다. 시대의 커다란 흐름은 비껴갈 수 없는 법이어서 기술 문명과 고도 자본주의의 파장 속에 문학도 부침할 수밖에 없다. 외부의 변화에 빠르게 편승하여 새로운 매체나 양식을 도모하는 부류가 있는가 하면 기존의 방식을 고수하는 부류가 공존한다. 이 모든 경향들이 밀거나 끌면서 문학의 지형도를 새롭게 그려갈 것이다.

이 책에서는 2003년부터 최근까지 썼던 시 비평을 묶었다. 문학 위기설의 핵심에 있던 시를 통해 우리 시대와 문학의 방향을 점검해 보려 한다.

지난 몇 년 사이 우리 시는 양적으로 본다면 전혀 위축되지 않고 활발하게 생산되고 있다. 수십 년 동안 창작을 지속해온 시인들이 두텁게 포진해 있을 뿐 아니라 신진 시인들이 약진하여 다양한 층을 형성하고 있다. 1990년대 이후 확산된 개인적 서정이 여전히 대세를 이루는 가운데 시대 변화에 대응하는 여러 양상이 출현한다. 일군의 시인들은 기술이나 자본과 결합할 수 있는 시를 시도하기도 하나 대개는 기존의 방식에서 크게 벗어나지 않는 가운데 시대 변화를 수용하거나 부정한다. 전면적인 지각 변동을 일으키고 있는 시대 변화와 상관없이 기존의 미학만을 고수하는 시나 지나친 과민 반응으로 혼돈과 분열의 언어로 치닫는 시들은 소통의 장에서 점점 멀어지게 된다. 시대의 변화를 예리하게 지각하며 새로운 양식으로 그것을 포착하는 통찰력과 감각이 필요하다.

이 시대의 시가 직면하고 있는 부정의 대상은 전 시대처럼 명료하지 않다. 물신화나 기계화, 그리고 지리멸렬한 일상과의 싸움은 누구도 벗어날 수 없는 자기 자신과의 대결일 수밖에 없다. 그 속에 이미 갇혀 있다는 현실이 이 싸움을 어렵게 한다. 자신을 버리지 않고서는 결코 이길 수 없다. 한없이 미약해 보이는 시가 이 싸움에서 의외의 저력을 보이는 것은 물신화의 유혹에서 비교적 자유롭기 때문일 것이다. 시는 물신의 권역에 놓인 적이 없기 때문에 마음껏 그것을 비판할 수 있고 기계화가 불가능한 정교한 미학이기 때문에 그것으로 대체할 수 없다. 권태와 절망이라는 일상의 괴물은 시와는 오래전부터 친숙했던 정서이다. 오랫동안 우리 문화의 최전선에 위치했던 과거에 비하면 많이 위축되었지만 여전히 시는 시대의 변화에 대응할 수 있는 독자적인 영역을 지니고 있다.

시의 질료인 문자는 참으로 단조로워서 흰 종이 위에 검은 점으로만 존재한다. 화려한 영상이 난무하는 이 시대의 감각과는 거리가 멀다. 그런데 그것은 놀라울 정도로 인간의 사유와 밀착돼 있다. 내면

의식의 묘사나 통합적 인식에 있어 시는 단연코 최고의 표현 수단이다. 영상 문화의 기술적 우위로도 결코 대체할 수 없는 시의 통합적 사유 방식과 언어미학은 이런 면에서 독자성을 확보한다. 영상 문화에서 이미지로 수렴되는 언어가 시에서는 여전히 궁극의 지점이라 할 수 있다. 언어가 존속하는 한 그 예술적 가치는 시로 귀결될 것이다.

이 시대에 시가 갖는 의미는 무엇일까를 고민하면서 '적막의 모험'이라는 제목을 떠올렸다. 저 검은 문자에 붙들려 고군분투하는 행위가 그러하고, 외롭고 쓸쓸한 자리를 스스로 선택하고 지키는 자세가 그러하다. 시를 통해 적막 너머 세상의 소요를 관통하고 또 다른 세상을 꿈꿀 수 있다. 시는 언어의 뼈와 살을 다듬는 골똘한 시간 속에서 최고의 유희와 미학으로 실현된다. 나는 목청 높여 울분을 토로하거나 재바르게 새로운 담론을 창출하는 강렬한 시들보다 묵묵히 자신의 세계를 형성해가는 시들이 좋다. 겉으로는 차갑고 속은 뜨거운 시가 좋다. 검은 언어의 사슬 속에 빛나는 속살을 감추고 있는 시가 좋다. 시의 '적막한 모험'을 지켜보는 비평은 그보다 더 적막할 수밖에 없다. 그렇지만 적막 속에서 언뜻언뜻 보이는 아름답고 치열한 꿈을 발견하는 것은 항상 설레는 일이다.

이 책의 1부에서는 총론에 해당되는 글들을 모았다. 급격한 시대 변화에 대응하며 새로운 지평을 모색하는 시들을 주목하였다. 변화의 중심이 아닌 주변에서 비판적 성찰과 미학적 응전을 도모하는 경우이다. 디지털 시대에 문자시가 갖는 존립 방식이나 역할로부터 여성시가 갖는 혁신과 전복의 지점, 물신의 시대에 시가 갖는 고유의 감성과 통찰력의 의미 등을 살펴보았다.

2부는 시인론에 해당한다. 시인론은 문학적 삶의 전모를 파악할 수 있게 한다. 길게는 60년에서 짧아도 10여 년에 이르는 시간을 시에 바친 시인들을 통해 시업의 숙명성과 엄숙함을 확인할 수 있다. 우리 시의 두터운 폭과 질긴 힘이 그들로부터 나온다고 본다. 그들이야말로 적막의 깊이를 창조의 모험으로 승화시킨 우리 시의 보고이다.

3부는 시집 해설이나 서평에 해당하는 글들이다. 한 시기 동안 시인을 사로잡았던 긴요한 문제의식이나 미학적 탐색을 만날 수 있다. 침묵 속에서 삶을 발견하고, 비천함에서 성스러움에 도달하고, 차가움 속에 불꽃을 감추며, 부패를 발효로 전환시키고, 죽음을 넘어서 삶에 이르는 그 역전의 미학에 매혹되었다. 가장 낮게 웅크린 채 자신을 견디고 자신을 버리는 지난한 시간을 통해 가능한 변화였으리라.

시를 꼼꼼히 읽어내는 것만으로도 즐겁고 만족스러웠던 시절이 있다. 지금도 여전히 섬세하게 잘 읽어내는 것이 비평의 기본자세라 생각한다. 그렇지만 더 나아가 이 시대와 문학의 향방을 가늠해보고 싶다. 비평은 폭넓은 시선과 선명한 판단력으로 텍스트의 안과 밖을 두루 관통해야 한다. 가속이 붙어가는 시대의 변화는 전체에 대한 통찰을 요구한다. 무한한 변화의 가능성 중에서 추구할 만한 가치를 발견하고 실현하기 위해서는 더 넓고 밝은 시야를 확보해야 할 것이다.

'적막의 모험'에 동참하게 해준 시인들과 두꺼운 책을 매만지느라 고생한 문학과지성사의 여러분께 감사드린다.

2007년 초여름에
이혜원

차례

1부

디지털 시대의 문자시
─이원의 시를 중심으로

1. 문명의 변동과 문학의 반응

오늘날 우리는 디지털화된 기계 문명 속에서 살고 있다. 불과 수십 년 전만 해도 계산기의 수준을 넘어서지 못했던 컴퓨터는 가속적인 진화를 거쳐 지금은 정보의 관리와 향유에 있어 필수불가결한 요체가 되었다. 컴퓨터를 비롯한 신종 디지털 기계들은 급속도로 확산되면서 개개인의 일상과 문화, 그리고 의식을 전면적으로 변화시키고 있다. 디지털 매체의 급격한 부상과 강력한 영향력은 새로운 차원의 시대가 도래할 것이라는 예감을 낳고 있다. 문자 문화 시대의 종말과 전자 문화 시대의 도래를 예견한 맥루한의 문화사적 전언이 새롭게 조명되는 실정이다. "맥루한의 낙관과는 달리 전자 시대의 도래가 세상을 더욱 혼란스럽고 천박하고 비인간적으로 만들어가고 있다고 하더라도, 적어도 전자 시대의 도래와 문자 시대의 쇠퇴가 세상을 근본적으로 바꾼다는 맥루한의 생각은 부정할 수 없는 현실로 나타나고 있"[1]다는 판단처럼 이 변화에 대한 전망이 긍정적인 것이든 부정적인 것이든 디지털 기계 문명이 새로운 차원의 시대를 열고 있다는 사실에 대해서는 이견이 없는 듯하다.

패러다임의 현격한 변화를 동반하는 문명의 지각 변동은 삶의 전면적 변화를 예고하는 것이다. 삶의 전체적인 큰 틀이 변할 때 그 변화와 무관할 수 있는 영역은 없다. 다만 변화의 중심에서 그것을 주도하는 부류와 그 반대쪽에서 거리를 유지하며 관망하는 부류의 차이가 있을 뿐이다. 디지털 시대에 대한 문학의 입장은 미묘하다. 문자 문화 시대에 문화를 주도했던 문학은 계속해서 주도권을 유지하고 싶은 욕망과 본연의 비판적 능력을 전자 문화의 폭주에 대한 제동 장치로 삼아야 한다는 입장 사이에서 흔들린다. 전자 문화는 예측과 통제를 불허하며 변화의 파동을 일으키고 문학은 보수와 혁신 사이에서 무수한 진로를 만들며 분화되고 있다.

디지털 환경이 빠르게 확산되고 있는 우리 나라의 경우 문학의 진로에 대한 모색도 활발하게 진행되는 듯하다. 매체와 문학의 변화에 대한 무수한 추측과 전망이 난무하고 있다. 문학의 영역을 기존의 범주로 한정하는 경우 디지털 환경의 범람은 문학의 위상을 약화시킬 수 있는 현상으로 인식되고 문학의 범주를 제한하지 않을 경우 이러한 요건은 도전과 약진의 기회로 인식된다. 매체의 특성과 역할을 고려하지 않는 한 극단적인 긍정과 부정의 대립은 지속될 수밖에 없다. "매체의 차이는 태도의 차이를 낳는다. 문학이 세상에 관여하는 방식과 하이퍼텍스트의 그것은 다를 수밖에 없다"[2]는 전제 하에 매체의

---

1) 이남호, 「전자 사막에서 살아남기」, 『문자제국 쇠망약사』(생각의나무, 2004), p.20.
2) 정과리, 「문학 언어의 미래, 문자와 비트 사이」, 『사이버 문학론』(이선이 편저, 월인,

다양성과 문학의 관련 양상을 구체적으로 살피고 그 의의를 점검하여
바람직한 향방을 제시할 필요가 있다.

　디지털 환경의 확대는 시의 양상에도 많은 변화를 가져오고 있다.
그 결정적인 작용은 매체의 확산에서 찾아볼 수 있다. 기존의 시들이
종이와 활자를 주요 매체로 하고 있는 것에 비해 새롭게 디지털 매체
를 통해 시의 창작과 소통이 이루어지게 된 것이다. 디지털 매체를
이용한 시들도 그 관련 양상에 있어서는 다양한 유형을 보여준다. 매
체의 변화가 적극적으로 반영되는 경우와 그렇지 않은 경우로 크게
변별된다. 문자 매체의 경우도 디지털 환경에 대한 반응이 적극적으
로 수용되는 경우와 그렇지 않은 경우로 구별된다.
　디지털 매체의 경우도 매체의 새로움을 적극적으로 활용하는 경우
와 기존의 문자시를 새로운 방식으로 소통하는 소극적인 변모로 구분
된다. 문자 매체와 비교할 때 디지털 매체는 비선형적인 전달 방식을
특징으로 한다. 저자와 독자가 선형적이고 고정된 역할 관계에 놓이
지 않고 쌍방향적인, 혹은 다원적인 소통 관계에 놓인다. 저자와 원본
의 개념이 변화하고 끊임없이 유동하는 텍스트의 생산이 이루어진다.
　매체의 변화와 새로운 문학의 가능성을 실험하려는 의도적인 기획
으로 다수의 문인과 일반인들이 참여하여 하이퍼텍스트 시를 창작한
일이 있다. 문화관광부에서 주관한 '언어의 새벽'이라는 작업에서는
김수영의 시「풀」의 첫 구절 "풀이 눕는다"를 씨앗글로 하여 참가자들
이 이를 잇는 글을 만들어내었다. 선형적 글쓰기 개념을 벗어나 다양

2001), p.216.

한 노드node를 잇거나 읽으면서 자유로운 쓰기와 읽기를 시도한 것이다. 그러나 '언어의 새벽'은 하이퍼텍스트가 문학으로서 갖추어야 할 최소한의 인과 관계도 결여한 파편적인 언어의 나열에 그치고 말았다. "집단의 참여는 그 양으로 측정되어야 할 일이 아니다. 많은 사람의 참여가 중요한 것이 아니라 그들간에 어떤 관계가 이루어지는가 하는 것이 더 중요하다"[3]는 지적은 하이퍼텍스트가 언어의 단절이 아닌 다성적 울림을 창출하는 방향으로 나아가야 한다는 사실을 일깨운다.

하이퍼텍스트 시보다 더욱 적극적으로 시의 새로운 면모를 개척해 가는 것은 멀티미디어와 토털 엔터테인먼트 속의 시이다. 이때의 시는 문자시의 개념을 넘어서 종합 예술을 지향한다. 하이퍼텍스트에서 시도한 공동 창작의 가능성과는 또 다르게 기획, 연출, 조명, 특수 효과 등 다른 분야 전문가들과의 긴밀한 협조가 요청되는 방대한 작업이다. 디지털 매체의 복합적 특성을 십분 활용할 수 있는 방법이나 아직까지는 기존의 시에 소리와 영상을 입히는 초보적인 단계에 머물고 있다. 실재에 가까운 느낌으로 텍스트에 몰입할 수 있도록 하기 위해서는 디지털 기술의 전반적인 발전과 더불어 시에 대한 혁신적인 발상의 전환이 이루어져야 한다.

매체의 변화를 소극적으로 수용하는 것이 현재까지 가장 흔하게 접할 수 있는 형태로, 기존의 문자시를 디지털 매체에 올려 놓는 방식이 대부분이다. 몇몇 문학 잡지를 온라인상에 공개하는 데에서 시작되었으나 매체만 바뀌었을 뿐 실질적 내용에는 변화가 없다. 디지털 매체의 활달한 소통 방식을 이용할 수 없는 일방적인 성격으로 인해

---

3) 신범순, 「사이버 시대 시의 유령적 초상과 창조적 고민의 소멸」, 『사이버 문학론』, 같은 책, p.24.

별다른 호응을 얻지 못하고 폐지된 경우가 많다.

인터넷을 이용한 시 동호회는 다자간의 소통과 친화를 유발한다는 장점이 있으나 역시 문자시의 형태를 답습하는 데에서 그치고 있다. 따라서 동호인들의 유대와 친목의 장 이상의 적극적인 문화적 기능을 기대하기는 어렵다.

디지털 매체상에서 여전히 문자시가 소통되고 있는 것과 같이 문자 매체에도 디지털 문화의 영향은 강하게 작용한다. 매체의 차이가 양식의 변화와 직결되는 것은 아니다. 과도기적인 성격이 강한 이 시대는 매체와 양식의 변화가 혼합된 복잡한 양상을 보여준다. 시대의 변화를 예민하게 감지하는 시의 특성상 디지털 환경이 문자시에 일으킨 동요는 적지 않다.

많은 문자시들이 디지털 시대가 초래한 가치관과 미학의 변화를 드러내 보인다. 디지털 문화를 대변하는 독특한 기호나 용어를 끌어다 쓰는 직접적인 반영 외에도 인과의 선형적 질서가 파괴된 새로운 유형의 시들이 나타난다.

2층에 있었다. 3층엔 화장실이 있었다. 1층의 가구점은 문을 닫고 있었다. 창밖의 정류장엔 버스가 멈춰서고 있었다. 내 책상의 서랍이 저절로 열려지고 있었다.

책들이 부딪치고 있었다. 유리병에 담겨진 시금치가 끓고 있었다. 썰어 놓은 사과쪽이 저절로 뭉쳐지고 있었다. 벗겨진 제 껍질을 다시 쓰고 있었다.　　　　　　　　　　　　　　　　　　—「있었다」[4] 부분

　인과 관계가 전혀 없이 무질서하게 나열된 이 시의 배열 방식은 디
지털 매체의 비선형성과 유사하다. 고립된 문장들의 부조화와 기괴
함, 비현실적인 현상의 묘사는 사실과 허구의 경계를 허물며 혼란스
런 의식을 드러낸다. 문자 매체의 선형적 인식 구조와는 전혀 다른
비선형적인 인식의 구조를 엿볼 수 있다.

　이원은 문자 매체와 디지털 시대의 충돌을 가장 선명하게 보여주는
시인이다. 이원의 시는 디지털 문화가 우리의 삶과 의식에 일으킨 충
격을 새로운 방식으로 제시한다. 이원의 시는 디지털 매체에 완전히
흡수된 주체의 관점을 통해 디지털 시대를 비판하는 특이한 관점을
보여준다. "새로운 매체의 '주체적 활용'이라는 측면에서는 여전히 과
거의 글쓰기와 별차이가 없다는 것을 인식할 필요가 있다"[5]는 지적은
오히려 이원의 시가 '주체'의 문제를 놓치지 않음으로써 디지털 시대
에 문자시가 존립할 수 있는 근거를 확보하고 있다는 점을 역으로 증
명하는 것으로 보인다. 우리가 살고 있는 시대의 급격한 변화와 심각
하게 ·대두되는 주체의 정체성 문제를 그 변화의 밖이 아닌 안에서 살
피고 있다는 점에서 이원의 시는 각별한 현재성과 실감을 확보한다.
"문학의 생존 가능성은 역설적이게도 디지털 문명의 모순으로부터 온
다. 그 모순에서 우리는 새 문명이 낡은 문화를 자신의 알리바이로
'써먹는다'는 것을 보았다. 바로 그것 때문에 낡은 문화는 사라지지
않는다. 그것의 핵인 문학 역시 사라지지 않는다"[6]고 했는데, 낡은

---

4) 박상순, 『마라나, 포르노 만화의 여주인공』(세계사, 1996), p.37.
5) 박주택, 「현대시의 가상매체 체험과 그 비판」, 『사이버 문학론』, 같은 책, p.36.
6) 정과리, 같은 글, p.220.

문화 역시 새로운 문명의 중심에서 생존의 핵을 찾아낸다. 물론 낡은 문화는 새로운 문명의 중심에서도 이제까지와 마찬가지로 질문한다. "나는 누구인가?" "나는 어디에 있는가?"라고.

　문자 문화에 디지털 문화가 급격히 합류하면서 삼투압을 일으키고 있는 대 격변기에 우리 시는 다양한 대응의 양상을 보이고 있다. 지금은 디지털 매체와 문자 매체의 시들이 상호 작용하면서 새로운 문화 공간과 미의식을 만들어가는 과도기적인 단계이다. 디지털 매체의 특성을 십분 활용한 멀티미디어 시의 창작이 아직은 활성화되지 않은 상태여서 디지털 문화의 영향력이 두드러지게 부각되지는 않고 있다. 현재까지는 기존의 문자 매체에서 디지털 환경의 특성을 수용하여 가치관이나 미의식에 반영한 경우가 성과 면에서 가장 주목되는 변화로 보인다. 디지털 시대에 문자시의 존립 방식은 기존의 양식을 고수하는 경우와 시대의 변화를 반영하며 함께 변모해가는 경우로 대별된다. 후자의 경우 문자시 고유의 반성적 기능과 디지털 문화의 직접성을 조화시켜야 한다는 난제를 안게 된다. 위험성이 큰 만큼 문제적인 시가 될 수 있다. 문자 매체의 충실한 수호자로서 디지털 시대의 중심을 관통하는 이원 같은 시인의 활약이 주목되는 것도 그 때문이다. 이 글에서는 이원의 시를 중심으로 시대의 변화에 대응하는 시의 존재 방식을 구체적으로 살펴보려 한다.[7]

---

7) 이원의 시집 『그들이 지구를 지배했을 때』(문학과지성사, 1996), 『야후!의 강물에 천 개의 달이 뜬다』(문학과지성사, 2001)를 주요 텍스트로 삼는다.

2. 시공간의 변화와 비판적 거리

이원의 시는 디지털 시대의 전면적 도래를 감지하고 그것을 전체적으로 통찰하는 데에서 입지점을 마련하고 있다. 이원의 시에서 시대의 변화에 대한 문제 의식은 근본적인 것이다. 그래서 순간의 경험에서 이끌어낸 인상의 기술에서 출발하는 시들과 달리 이원의 시에서 디지털 문명의 영향력은 절대적인 것으로 그려진다. 그것은 세계관과 의식의 변화를 이끌어내는 획기적인 분수령으로 자리잡는다. 이원의 시는 세계의 커다란 변화를 통찰하고 그것이 개인에게 일으키는 파장을 문제 삼는다. 시간과 공간 개념의 변화는 전체적인 세계의 변화를 반영하는 가장 결정적인 지표이다. 이원의 시에서 유난히 시간과 공간이라는 추상적 범주에 대한 직접적 언급이 잦은 것은 세계의 전면적인 변화에 대한 인식과 관련된다.

시인에게 과거와 현재는 아날로그의 시간 대 디지털의 시간으로 구분된다. 아날로그의 시간은 "70년대말 아버지는 황달에 걸렸다 밤마다 창밖에는 헐거운/칼 같은 달이 차올랐다 흑백 텔레비전에서는 조용필이 창밖의 여자를/열창하는 사이사이 가끔씩 박정희 대통령의 말소리가 파편처럼/튀곤 했다 별당아씨는 여전히 흑두건을 벗지 못했지만/시대는 용감했고 CF에서는 오리엔트 아날로그를 찬 남자 모델이/다리를 건너고 있었다"(「좌향좌 우향우」)에서와 같이 강렬한 공동의 시대적 표징을 갖고 있는 과거의 시간이다. 아날로그 시대에 막강한 중앙 집중형 매체인 텔레비전에서 활약한 조용필과 박정희 대통령과 별당아씨는 그 시대를 공유한 누구나에게 기억되는 상징이다.

'좌향좌 우향우'와 같은 뚜렷한 방향의 제시가 가능했던 아날로그 시대는 이제는 돌이킬 수 없는 과거의 시간이 되었다.

다음의 시는 이제는 과거의 것이 되어버린 아날로그의 시간에 대한 상징적인 구도를 담고 있다.

> 혁신슈퍼 사방의 쇼윈도에 황혼이
> 밀려들었다 까만 전깃줄이 허공을
> 끌고 왔다 몸이 작은 새 한 마
> 리가 허공에 매달렸다 황혼의 동
> 쪽 쇼윈도 앞에서 한 사내와 한
> 여자가 마주보았다 머리 위에서 낡
> 은 아날로그 시계 하나가 녹아내
> 렸다 퍽퍽 새가 허공의 몸을 두
> 드렸다 허공의 대지인 하늘이 몸
> 을 열었다 하늘 속도 온통 붉었
> 다 그들의 두 다리는 나란히 바
> 닥에 닿아 있어야 했다 벌써 이
> 지상의 세계를 몇 번째 온 가로
> 수가 온몸을 흔들었다 사내와 여
> 자 곁으로 지평선이 조금 다가왔
> 다 쇼윈도의 황혼의 동쪽에서였다

——「만종」 전문

밀레의 유명한 그림 「만종」에서 착상을 얻은 것으로 보이는 이 시는 기묘한 시선의 배치로 인해 시대의 변화를 예리하게 묘파하고 있다. 이 시는 허공에 떠 있는 남녀의 두 다리나 그들의 머리 위에서 녹아내리는 아날로그 시계의 형상으로 인해 초현실주의 그림을 방불케 하는 장면을 연상시킨다. 그러나 이 시의 특이한 공간 배치를 고려한다면 오히려 극사실주의적인 묘사로 파악할 수도 있을 것이다. 즉 이 시에서 화자의 시선은 혁신슈퍼의 쇼윈도 밖에서 안쪽에 있는 밀레의 그림을 향해 있다. 황혼의 '동쪽' 쇼윈도 앞에서 사내와 여자가 마주보고 있는 것으로 보이는 것은 그 때문이다. 밀레의 그림과 뒤섞여 있는 전깃줄이나 작은 새, 가로수의 형상은 쇼윈도에 비친 바깥의 풍경과 안쪽의 그림이 겹쳐진 장면을 하나의 인상으로 파악하고 있기 때문이다. 이 시에서 밀레의 목가적인 그림이 환기하는 구시대적인 표상과 '혁신슈퍼'가 상징하는 오늘날의 소비 문화의 대비는 절묘하다. 소비가 존재의 기본적 양태가 되어 있는 오늘날의 삶은 대지에 발 딛고 직접 수확하고 생산하던 이전 시대의 삶과는 상이하다. 혁신슈퍼의 쇼윈도를 통해 보는 「만종」의 농군 부부가 농기구도 없이 허공에 떠 있는 것은 그 때문이다. 더 이상 구시대적 생산 양식이 작동되지 않는 현실은 그들의 머리 위에서 낡은 아날로그 시계 하나가 녹아내리는 영상을 통해 단적으로 그려진다.

아날로그 시대의 종말과 디지털 시대의 도래에 대한 시인의 진단은 선명하다. 아날로그 시대는 위의 시에서 그려진 아날로그 시계와 같이 맥없이 녹아내리고, 디지털 시대는 "세계, 안에서 디지털 시계가 철, 컥, 철, 컥, 사물이 없는 텅 빈, 시간 속을 가고 있다"(「철, 컥, 철, 컥」)에서와 같이 거침없이 세계를 지배하고 있는 것으로 인식된다. 디지털의 시간은 아날로그 시대처럼 누구에게나 통용되는 공감대도 없고, 대지에 뿌리내린 묵직한 중심도 없다. 저마다의 욕망에 따

라 만들어낸 "수백 개의 시계는 모두 다른 시간을 가고 있다."(「드라
마」) 디지털의 세계에서 "과거와 현재 사이의 발자국은 끊겨 있"고
저마다 욕망의 길로 질주할 뿐이다.

　중심과 뿌리가 없이 단절된 디지털의 시간은 디지털 매체의 비선형
적인 특성과 상통하는 것이다. 이원은 이러한 시대를 '전자 사막에서
의 유목'이라는 탁월한 비유로 드러낸다.

　　전자 사막에서 유목하며 살아남기 위해
　　노새를 살까 양을 살까
　　낙타 한 쌍을 살까
　　흰 털이 고불거리는 양 열 마리에
　　양치기 개인 코리종도 함께 살까 외로움은
　　낙타의 육봉에 넣어둘까 양의
　　꼬리에 넣어둘까
　　〔……〕
　　이리듐 위성망이 봄을 전송해오면 그와는
　　나비처럼 헤어질까 그때에도 나는
　　여전히 온라인으로 켜놓을까 아니면
　　문을 안으로 닫아걸고 막고굴을 하나 팔까
　　　　　　　　─「전자 사막에서 살아남기 위해」 부분

　디지털 세계의 시공간은 지금까지의 세계와 전혀 다를 수 있다.
「만종」의 부부처럼 대지에 뿌리내리고 건실하게 생산하는 아날로그
시대와는 다르게 저마다의 욕망을 추구하며 부단히 변화해야 하는 것

이다. 이 시에서는 사막에서의 유목이라는 생소한 삶에 직면하여 어떻게 살아가야 할 것인지를 고민하는 디지털 시대의 방황이 담겨 있다. 오랫동안 익숙했던 아날로그의 시대를 접고 새로운 시대에 적응해야 한다는 강박감과 혼란이 다채로운 상상으로 드러난다. '전자 사막'이라는 환경의 변화는 필연적인 것으로 전제된 상태에서 낯선 세계에 적응하기 위한 생존의 전략이 요청되고 있는 상황으로 인식하고 있는 것이다.

다소의 혼란을 동반하겠지만 전자 사막에서의 삶은 미래의 삶을 지배하게 될 것이다. 앞의 시에 비해 그리 오래지 않은 미래에 대한 상상을 담고 있는 다음 시에서는 자연스럽게 필요한 유목 물품을 골라내는 종족이 등장한다.

2000년 5월 11일 오후 1시 같은 종족인 S와 나는 유목 물품을 파는 대형 쇼핑몰의 입구에서 만난다 겨울 유목지로 이동할 S와 나는 신들의 축복과 유목 물품이 필요하다 신전은 장엄하다 아니다 장엄한 것이 신이다 모든 창이 신들의 암호로 반짝인다 태양은 하늘 한복판에서 타고 있다
—「미로에서 달마를 만나다」 부분

어느새 환경에 적응한 전자 사막의 유목민들은 필요한 물품을 구비하여 새로운 목적지를 향해 떠나려 한다. 어느 시대나 구심점을 이루는 장엄한 신이 존재하는데, 디지털 시대의 새로운 매체는 사막의 태양 같은 절대적 신이다. 전자 사막의 이미지는 디지털 세계의 새롭고 강력한 출현을 예고하는 매우 선명한 상징이다. 전자 사막에서의 유목이라는 삶의 비유는 지금까지의 선형적인 시간이나 고정된 공간의

개념을 벗어나는 디지털 세계의 특성을 함축한다.

이원의 시는 막연하게 감지되는 디지털 시대의 도래를 감각적이고 구체적인 형상으로 표출해낸다. 또한 풍부한 상징과 알레고리는 시대의 변화를 전체적으로 통찰할 수 있게 한다. 그런데 이원의 시가 디지털 시대로의 변화의 핵심을 간파해내면서 그것에 실감을 부여하고 커다란 전체성을 확보할 수 있는 것은 문자시의 특성과 관련된다는 점에서 주목된다.

시인이 낯선 세계를 친숙하고 실감나는 현실로 그릴 수 있는 것은 관념이나 정서에 물질성을 부여하는 문자시의 특성을 활용하고 있기 때문이다. 시인은 극사실주의에 가까운 치밀한 묘사의 방식으로 추상적이고 관념적인 사실을 극화한다. 시인은 시간과 공간이라는 추상적인 관념들에도 지극히 감각적인 물질성을 부여하여 실감의 영역으로 이끌어낸다. 이원의 시에는 다양한 감각적 이미지들이 동원되지만 특히 시각적 이미지의 창출이 두드러진다. 시각성이 강한 것도 문자시의 전형적인 특성에 해당된다. 앞에서 살펴본 「만종」이라는 시를 보더라도 회화적인 시선의 예리함이나 그림의 구조를 연상시키는 활자의 배치 등에서 강한 시각적 인상을 받을 수가 있다. 시각적 이미지는 고도의 지적 인식에 해당하는 것으로 문자 문화의 지적인 인식 능력과 긴밀하게 관련된다.

이원의 시가 복잡하게 변모하는 시대에 대한 거시적 통찰을 행할 수 있는 것은 문자시 특유의 지적인 통합 능력에서 기인한다. 디지털 매체의 비선형성과 대조적으로 문자시의 선형성은 사유의 초점과 논리적 연쇄에 의해 안정된 형식과 전체성을 얻을 수 있다. 문자시의 선형적 구조에는 사유의 초점이 작용하면서 수많은 기억과 인상의 편

린들에 질서를 부여한다. "사유를 잘 다듬는 동안에 내면 심리는 경험의 테두리 속에서 일상적 경험이 허락하는 것보다 더 큰 전체성을 얻게 된다. 이러한 내면 풍경이 충분히 사유될 경우, 그것은 지적 통합이라고 불릴 수 있다. 심리적 에너지를 사유의 중심점에 집중시킴으로써, 사물의 내면적 형식들은 심리적 에너지의 특징적 형태를 가질 수 있게 된다. 사유에 집중하게 됨으로써 정신은 그 자체로 더욱 지속적이고 분명해지고 확실해지는 것이다."[8] 문자시에는 사유의 주체가 초점으로 자리잡고 있어서 다양하고 복잡한 현상들을 통합적으로 인식할 수 있는 것이다. 「전자 사막에서 살아남기 위해」라는 시에서는 삶의 전면적 변화에 직면하여 혼돈스러워하는 화자를 만날 수 있으나 전체적으로는 일관성 있는 내면의 묘사로 통일된 인상을 준다. 이원의 시에서 비유나 알레고리와 같은 유비적 사유가 자주 쓰이는 것은 문자시의 통합적 인식의 방법이 적극적으로 활용되고 있기 때문이다. 시인은 새로운 매체의 지배를 예고하는 강렬한 메시지를 기존의 문자시에 담는 방식으로 전체적인 통찰과 비판적 거리를 확보하고 있다.

3. 전자 신체의 상상과 주체로의 회귀

이원의 시가 새로운 시대를 그리면서도 실감을 확보하는 것은 막연하지 않은 구체적인 상상에 기반을 두고 있기 때문이다. 시인은 곧

---

8) Michael Heim, *Electric Language*, New Heven: Yale Univ. Press, 1987, p.183.

도래할 디지털 세계가 개인에게 미칠 변화를 구체적으로 재현해 보인다. 시인이 상상하는 디지털 세계는 기계에 종속되어 통제되고 관리되는 곳이다. 극단적으로는 디지털 시스템이 생활을 전체적으로 제어할 뿐 아니라 인간의 인식과 판단 능력까지도 조종할 수 있는 세계이다. 기계에 의해 인간이 지배받기 시작하면 여러 가지 전도된 삶의 양태가 발생할 수 있다. 시인의 상상 속에서 디지털 세계는 인간의 편의를 도모하는 순기능보다는 인간을 통제하는 역기능이 강화된 것으로 나타난다. 가령 「사이보그 1-외출 프로그램」에서는 디지털 시스템에서 외출 프로그램이 오류를 일으킬 때 발생할 수 있는 혼란이 사실적으로 그려진다.

그런데 이원의 시에서는 다소 극적으로 표현되고 있지만, 현재의 삶 역시 여러 가지 규약들로 인해 지나치게 복잡하고 혼란스러운 것이 사실이다. 이원의 시가 미래에 대한 허황된 상상이 아닌 현실로 다가오는 것은 현재의 삶이 이미 기계화되어 강한 통제력을 발휘하고 있기 때문이다. 「사이보그 5」에서 그리고 있는 '회사원97-01-pd038, 우, 26세'라는 매뉴얼의 하루 일과는 현대 직장 여성의 보편적 삶에 가깝다. 정해진 시간에 맞추어 기계적으로 움직이는 일상의 묘사를 통해 시인은 우리의 삶이 이미 '사이보그'화 되었음을 입증한다.

현대의 삶이 사이보그와 다를 바 없다는 인식은 전자 신체에 대한 상상에서 가장 극화된다.

이곳의 사람들은 머리를 떼어 놓고

머리 대신 모니터를 달고 다닌다

모니터 안에 암내가 주입되어 있는지

하늘이 자주 지퍼를 배꼽 근처까지 내리고

레고블럭 같은 공기들은 허공에 끼워지고 있다

그러나 기어이 무선이 된

사람들의 몸에서 플러그가 뽑혀나간 흔적은 없고

이곳에 전력은 아직도 충분하다   ─「공중 도시」

　이 시에서 그려지는 '공중 도시'는 '전자 사막'과 함께 디지털 세계에 대한 통렬한 비유를 이룬다. 이 세계의 특성은 모든 기관의 조합과 해체가 가능하다는 것이다. '머리' 대신 '모니터'가 작동하고 '공기'들도 '레고블럭'처럼 맞춰지는 세계이다. 이는 0과 1의 조합으로 이루어지는 디지털 매체의 원리와 상통하는 것이다. 이원의 시에서는 이와 같이 유기적인 생명체와 다른 기계적 신체의 상상이 자주 등장한다. "나는 우주선처럼 생긴 수술대 위에서 요추 4번과 5번을 갈아 끼웠다"(「바코드」), "나는 내 그림자의 신경망을 잘라내어//한낮 하드 디스크 구석에 심는다"(「나는 신경망을 심는다」), "책을 읽다 지루해져 코와 입을 뜯어 거울 속으로 던졌다 테트리스의 조각처럼 서로 서쪽 구석에서 물려 있다"(「자화상」)에서처럼 건조한 어조로 신체에 대한 해체적 상상을 행한다. 디지털 세계의 기계적 조합 능력은 감정과 정서까지도 주입할 수 있는 것으로 그려진다. 디지털 세계는 급속도로 진화하면서 고도의 기술로 합체된 전자 신체를 탄생시킬 것이다. 이 시만 하더라도 이원의 초기시에 나타나던 "탯줄 같은 플러그를 매단"(「거리에서」) 몸에서 진일보하여 무선의 상태가 되었다. 고도로 발전된 디지털 세계는 더욱 교묘한 관리와 통제 시스템을 작동시킬 것이다. 주체의 자율성은 사라지고 전체적인 시스템에 의해 기계적으로 반응하는 부속품에 가까워질 것이다. 시인은 기계적인 해체와 조합으로 변조되는 전자 신체의 이미지를 통해 기능화된 현대적 삶의 불모성을 상기시킨다.

전자 신체의 충격적 이미지는 독자적인 존재로서보다 기계의 부품처럼 시스템의 통제 하에 놓이는 예속적인 존재의 의미를 강조한다. 이러한 디지털 세계의 존재 방식은 자율적 의지가 결여된 채 부과된 책무를 수행하는 데 그치는 기계적 인간을 탄생시킨다. "그는오늘도 뇌에입력된운영프로그램을 무사히끝마쳤다"(「사이보그 4」)에서처럼 매순간 지정된 규칙에 따라 움직이는 타율적인 존재가 되어버리는 것이다. 시스템의 부품에 불과한 기계적 인간의 존재는 기존의 주체적 인간에 대한 심각한 혼란을 반영한다. 고도로 조직화된 디지털 시스템은 개별적 인간의 존립 근거였던 주체의 개념을 흔든다. 시인이 주체의 문제에 유난히 집착하는 것은 근본적인 차원에서 그것이 혼란을 일으킬 수 있음을 자각하기 때문이다.

검색어 나에 대한 검색 결과로
0개의 카테고리와
177개의 사이트가 나타난다

나는 그러나 어디에 있는가
나는 나를 찾아 차례대로 클릭한다
광기 영화 인도 그리고 나………나누고
……나오는……나홀로 소송……또나(주)……
나누고 싶은 이야기……지구와 나………
따닥 따닥 쌍봉낙타의 발굽 소리가 들린다
오아시스가 가까이 있다
계속해서 나는 클릭한다 고로 나는 존재한다
　　　　　　　　　—「나는 클릭한다 고로 나는 존재한다」 부분

"나는 생각한다 고로 나는 존재한다"고 했던 데카르트의 고전적 명제는 끊임없이 변조되며 무수한 시대적 전언들을 낳았다. 이원의 시에서 이것은 "나는 클릭한다 고로 나는 존재한다"로 바뀌면서 디지털 매체의 결정적인 영향 아래 놓이게 된 현재의 삶을 요약한다. 데카르트에게 주체는 근대적 이성을 지배하는 정신적인 존재였지만, 디지털 시대의 '나'는 사이트상에 무수히 나타나는 기호일 뿐 근대적 개념의 주체로서 존재하지는 않는다. "'나'의 부재에는 적어도 두 가지 층위가 포함된다. 우선 그 세계 속에서 정신적·육체적 실체로서의 '나'는 없다. 기호 혹은 검색어로서의 '나'만이 존재한다. 여기서 '나'는 영원히 익명적인 부유물일 뿐이다. 두번째, 검색어로서의 '나'는 지시 대상이 없는 '나'의 순수 시니피앙일 뿐이다."[9] 기호나 순수 시니피앙으로서의 '나'는 디지털 매체에 의해 탄생된 전혀 새로운 차원의 존재

---

9) 이광호, 「전자 사막에서의 유목」, 『야후!의 강물에 천 개의 달이 뜬다』, 앞의 책, p.140.

이다. 그러니까 디지털 매체에서는 기존의 '나'라는 주체의 개념이 존속하지 않는다. 주체와 무관한 무수한 '나'가 명멸하는 디지털의 세계는 "따닥 따닥 쌍봉낙타의 발굽 소리가 들"리는 "전자 사막"이거나 허공 속에 지어진 "하늘 도시"이다. 이 시는 주체로서의 '나'를 잃고 무수한 '나'로 이루어진 기호의 사막을 헤매는 디지털 세계의 존재 방식을 제시하고 있다.

무의식적이고 기계적인 클릭으로 기호의 사막을 유랑하는 이러한 삶의 방식은 "나도 누가 세팅해 놓은 프로그램인지 모른다"는 의문을 낳을 정도로 매체에 예속되어 있다. 디지털 매체가 인간의 존재 방식에 관여하는 정도는 결정적이고 지배적이다. "그것은……우리 인간과 밀접한 관련이 있어요……우리는 그것의……일부예요. 우리는 그것과 결합할 수도 있어요. 우리는 그것에 연결되어 있어요………아 그것은 날마다 빠른 속도로 생겨나요. 우리는……그것에 갇혀가고 있어요……그것이 가리키는 방향에………우리는 잘 길들여져 있어요"(「사이보그 2-정비용 데이터A」)에서처럼 그것은 우리 삶의 일부를 넘어서 통제력을 발휘하기 시작한 것이다.

시인은 디지털 매체에 의해 예속되기 시작한 현대의 삶과 주체의 위기를 심각하게 자각한다. 시인에게 가장 깊숙이 자리잡고 있는 근원적인 질문은 "너는 어디에서 왔으며, 무엇이며, 어디로 가는가"[10]라는 존재론적인 물음이다. 디지털 매체에 침윤된 전자 신체의 기괴한 형상을 그리는 것도 주체의 위기를 극화하는 방편이라고 할 수 있다. 근대적인 주체와 문명의 개념이 전면적으로 변화하고 있는 시대

---

10) 이원은 고갱의 작품 제목으로 유명한 이 구절을 자신의 시 제목으로 차용하고 있다. 이원, 『그들이 지구를 지배했을 때』, 앞의 책, p.69.

에 시인은 여전히 근대적인 질문의 방식으로 그 변화의 위험과 혼란을
경고한다. 그 변화에 휩쓸리지 않고 냉철히 사유할 수 있는 비판적 시
선을 확보하고 있다. 시인이 보여주는 비판적 능력은 변화로부터 거
리를 두는 방식이 아니라 변화의 중심을 다각도로 상상하는 데에서
온다. 시인은 디지털 매체의 특성과 그것이 가져올 영향력을 냉철하
게 그려봄으로써 그 역기능을 지각할 수 있게 한다. '주체'의 개념을
상실한 인간이 얼마나 기괴하고 파편적인 존재가 되는가를 역설한다.

지고 있는 꽃들은 저희들 각각 지상에
내려와야 한다 나는 업데이트된 애기동자꽃을
연다 그러나 애기동자꽃의 서버를 찾을 수 없다는
그곳에서 나는 갑자기 멈추어 선다 막힌 세계
너머에는 광활한 신대륙이 펼쳐지고 있겠지만 창은
금방 벽이 되어 내 앞에 선다
진공 포장되어 장기 보존되고 있는 것이
나일 수도 있다
오래전 저장된 게임이
나일 수도 있다
그러나 나는 정보가 아니어서 의자에 엉덩이를
놓고 허리를 의자의 등받이에 바싹 붙인다
내 몸에 닿아 있는
세계에서는 여전히 땀냄새가 난다
　　　—「나는 검색 사이트 안에 있지 않고 모니터 앞에 있다」 부분

이 시에서도 역시 디지털 매체와 '주체'의 개념을 결부시키고 있다. 검색 사이트라는 디지털의 영토에서 '나'는 현실보다 더 현실 같은 가상 현실을 체험한다. 모든 것을 향해 열려 있는 검색 사이트의 '창'은 그러나 서버를 찾을 수 없을 때는 한순간에 '벽'이 되어버린다. 현실과 가상의 공간 사이에는 엄연한 간극이 존재하는 것이다. 이 간극을 혼동할 경우 '나'는 주체로서의 판단력을 상실하고 '공중 도시'에서 헛되이 이합과 집산을 계속할 것이다. 이원의 많은 시들은 창의 세계에 매혹된 전자 신체의 파편적 삶을 그리고 있는데, 이 시에서는 비교적 선명하게 현실에 발 딛고 있는 주체의 각성을 드러낸다. 그리하여 '몸'과 '땀냄새'로 지각되는 현실이야말로 부정할 수 없는 주체의 근거임을 확인한다.

전자 신체의 기발한 상상이나 디지털 매체의 특성을 한껏 실현해 보인 이원의 시가 결국 되돌아온 곳은 '주체'의 자리이다. 시인은 전자 사막에서의 유목을 탐닉하기보다는 그것의 위험성을 경고하려 한다. 이원의 시가 보다 적극적인 창조적 단계로 나가지 못하고 새로운 매체의 '주체적 활용'에 그치고 있다는 비판도 있지만, 역으로 문자시의 특성을 창조적으로 활용한 성과를 주목해야 할 것이다.

디지털 시대의 도래가 가속화되고 있지만 구체적인 비전이나 방향성이 없는 현재의 과도기적인 단계에서 이원의 시가 보여주는 것과 같은 적극적 상상과 비판적 각성은 긴요하다.

즉각적인 소통이 이루어지는 전자 시대인 오늘날, 우리의 생존 그리고 적어도 우리의 안락과 행복은 우리가 새로운 환경의 본질을 얼마나 잘 이해하느냐에 달려 있다고 나는 믿는다. 과거의 환경 변화와는 달리, 전자 매체는 문화와 가치, 관습을 아주 짧은 기간에 전반적으로 변화시키기 때문이다. 이러한 변화는 커다란 고통과 정체성 상실을 가져올 것이며, 이는 그 변화의 동력을 잘 간파함으로써만 치유될 수 있을 것이다. 만약 우리가 새로운 매체에 의한 혁명적 변화를 이해한다면 우리는 그 변화를 예측하고 통제할 수 있을 것이다. 그러나 그렇지 못하고 스스로 잠재의식적 최면 상태에 머문다면 우리는 그 변화의 노예가 될 것이다.[11]

놀라운 통찰력으로 디지털 시대의 도래를 예고했던 맥루한의 전언에서도 다가올 변화를 예측하고 통제할 수 있어야 노예 상태에 머물지 않을 수 있음을 강조하고 있다. 디지털 시대에 대한 이원의 적극적 상상력은 다가올 미래를 예측하고 경계할 수 있게 한다. 시인이 상상하는 디지털 시대는 결코 유토피아적인 신세계가 아니다. 거대한 통제 시스템에 의해 조직적으로 관리되고 지배되는 타율적 공간이다. '주체'를 상실한 인간들은 기계의 부품처럼 파편적인 존재가 되어버린다. 이러한 디스토피아의 상상을 가능하게 하는 것은 근대적인 주체로서 통합적 판단을 행하고 있는 문자 매체의 시인이다. 문자시의 선형적이고 통합적인 사유를 디지털 시대에 대한 비판적 예측에 활용하는 이원의 시는 현재의 과도기적인 시점에 상당히 유용한 미적인 전략이 될 수 있다. 문자 매체에서 글쓰기의 주체인 시인의 내면에서 통합된 자아의 개념은 개체의 기계적 조합과 해체에 근거하는 디지털 세계의 존재 방식과 대립하면서 비판적인 견제력으로 작동할

---

11) Eric MacLuhan & Frank Zingrone ed., *Essential MacLuhan* Routledge, 1995, pp.233~69. 이남호, 앞의 글, pp.22~23에서 재인용.

수 있는 것이다.

4. 공존과 화합의 모색

디지털 시대의 도래는 우리의 문학적 환경을 크게 변화시키고 있다. 디지털 문명의 확산에 대해서는 적극적이거나 소극적인 두 가지 입장이 대조를 이룬다. 이를 다시 매체의 차이에 따라 나누어보면 크게 네 가지 정도의 양상이 대별된다. 디지털 매체를 통해 창작되는 시의 경우 기존의 시들과 달리 매체의 차이를 적극적으로 반영하여 새로운 양식의 창조를 목표로 하는 경우와 기존의 문자시를 디지털 매체를 통해 공개하는 소극적인 변화를 찾아볼 수 있다. 디지털 매체의 비선형성을 활용한 하이퍼텍스트 시나 통감각적인 멀티미디어 시 등이 적극적인 변화의 가능성을 실험하는 경우로서 앞으로의 활로가 기대를 모은다. 기존의 문자 매체를 통해 창작되는 시들 중에는 새로운 매체의 영향을 적극적으로 반영하여 변화를 도모하는 시들과 기존의 방식을 고수하는 시들이 구별된다. 문자 매체를 고수하면서 디지털 환경의 특성을 수용하여 적극적인 변화를 시도하는 시들 중에 이원의 시는 각별한 주목을 요한다.

이원의 시는 디지털 문명의 영향력을 절대적인 것으로 파악하고 그것이 세계관과 의식에 일으킨 변화를 전체적으로 통찰한다. 이원의 시에서 새로운 시대는 아날로그 시간의 종말과 디지털 시간의 지배로 표현된다. 중심과 뿌리가 없는 디지털적인 시공간의 비선형적인 특성은 이원의 시에서 "전자 사막에서의 유목"으로 비유된다. 시인은 시대적 변화의 핵심을 전체적으로 통찰하고 구체적인 현실로서 그려내기 위해 기존 문자 매체의 특성을 고수한다. 이원의 시에서 치밀한 묘사의 방식이나 선명한 시각적 이미지, 일관성 있는 내면의 묘사나 통합적 인식은 문자 매체의 특성을 활용한 것이다.

이원의 시는 디지털 시대에 대한 구체적인 상상을 통해 삶의 다양한 변화를 극적으로 표현한다. 그 중에서 기계화된 전자 신체에 대한 상상은 디지털 시대에 개인의 주체적 자율성이 심각하게 훼손될 수 있음을 각성시킨다. 고도로 조직화된 디지털 세계는 주체적 인간을 해체하여 기계화시킬 수 있다는 것이다. 이원의 시는 현대의 삶과 주체에 대한 존재론적인 질문을 통해 디지털 문명이 초래할 근원적 위기를 환기한다. 문자 매체의 선형적이고 통합적인 사유 방식으로 디지털 시대에 대한 비판적 예측을 행하는 이원의 시는 앞으로 도래할 혁명적 변화를 예측하고 통제할 수 있는 유용한 전략으로 볼 수 있다.

앞으로도 한동안 우리 시는 문자 매체와 디지털 매체에서 공존하며 영향을 주고받을 것이다. 매체의 특성을 살리고 창조적 기능과 비판적 기능을 수행하며 상호 활성화되는 공생의 장이 열려야 할 것이다. 디지털 시대를 향해 열려 있는 미래가 유토피아가 되려면 주체로서의 예리한 판단과 전체적 통찰을 지속해야 한다. 문자 매체의 인식적 특성은 이런 면에서 계속 유효할 것이다. 또한 디지털 매체의 자유로운 소통 방식은 삶의 활력과 통합적 비전을 이끌어낼 수 있다.[12] 무수한

---

12) "쌍방향 통행이 만일 쌍방향의 대화, 쌍방향의 사랑, 쌍방향의 관계 같은 것들을 지향한다면, 나와 너, 주체와 타자, 과거와 미래, 또는 환상과 현실, 자연과 초자연, 고대와 미래의 새로운 세계, 또는 시간적으로 과거와 미래, 이런 모든 대립되는 극과 극 사이를 트고 통행하려는 게 젊은이들의 지향이어야 합니다. 이것이야말로 생명의 관계성에 입각한 것이라고 할 수 있습니다."(김지하, 「사이버 시대의 생태학적 전망」, 『사이버

해체와 조합이 가능한 디지털의 세계를 개별적이면서도 우주적인 공생과 화합의 장으로 만들기 위해서는 구심점을 확보해야만 한다. '주체'의 신화가 여전히 문제시되는 것은 이 때문이다. "나는 누구이며, 어디에 있는가?"라는 존재론적인 질문은 디지털 시대에 더욱 절실해지는 주제이다. 이원의 시가 문제적인 것은 새로운 시대를 상상하며 여전히 이런 낡은 질문을 던진다는 데에 있다. 그러나 이러한 질문이야말로 예측할 수 없는 시대에 구심점으로 작용하며 기계의 노예가 되는 것을 경계하게 한다는 점에서 요긴한 것이다. 따라서 이 존재론적 질문은 앞으로도 우리 시가 지속적으로 탐구해야 할 과제라 할 수 있다.

시대와 시의 운명』, 북하우스, 2003, p.18)에서는 디지털 매체와 생태학적 전망이 통합될 수 있는 가능성을 보여준다.

경계의 응시
—젊은 시의 모험

1. 젊은 시의 모험

2000년 이후 젊은 시인들 사이에서 일어나고 있는 새로운 시의 물결은 이전의 젊은 시들과 다른 차원에서 연원하는 것으로 보인다. 어느 시대나 젊은 시는 보편적인 미감이나 의식에 어긋나는 과격한 일탈과 파행을 행하며 당대의 전위로 활약한다. 기성의 질서에 대한 부정과 저항은 젊음의 고유한 성격이며 특권이라 할 만하다. 젊은 시는 늘 문화 전선의 첨단에서 예각삼각형의 위태로운 꼭지점을 이루며 불온하면서도 매혹적인 미의식을 추동해왔다. 그런데 최근의 젊은 시는 이런 보편적인 젊음의 특질뿐만이 아니라 시대의 변화로 인한 인식의 지각변동을 반영하고 있어 더욱 전면적으로 대규모의 변화를 보인다. 의도하지 않았는데도 자연스럽게 부각되고 있는 젊은 시의 집단적 움직임은 기존의 방식으로 담아낼 수 없는 새로운 세계에 대한 저마다의 응전에서 비롯된다.

최근 젊은 시의 변화가 전례 없이 새로운 것으로 다가오는 이유는 서정시에서 완강하게 고수되어온 주체의 자리조차 흔들리고 있기 때문이다. 이러한 변화는 인간 주체가 중심을 차지했던 근대에서 기계적 메커니즘의 탈근대로 이행하고 있는 시대 변화와 무관하지 않다. 인터넷으로 상징되는 첨단의 기계 문명은 인간과 기계를 전면적으로 결합하면서 인간의 신체를 연장한다. 인간의 사유 역시 기계의 네트워크에 따라 집산되고 변이되는 새로운 지식의 형태에 의해 결정된다. 과연 어디까지가 인간의 영역이라고 할 수 있는가? 모든 인식이나 태도를 결정짓는 주체가 여전히 존재한다고 할 수 있는가? 이런 근본적인 회의가 젊은 시인들에게서는 더욱 첨예하게 나타난다. 그들은 인터넷으로 소통하고 컴퓨터로 시를 짓는 세대이다. 들뢰즈와 가타리 식의 '기계' 개념에 친숙하며 단일하고 절대적인 주체의 개념을 회의한다. 그들은 컴퓨터와 접속하여 상상의 흐름을 절단하고 채취하여 시로 만들어내는 '시 쓰는-기계'이다. 그들의 시는 기존 시의 영토를 탈영토화하며 새로운 차이를 만들어내기 위해 자신을 연다.

젊은 시의 새로운 물결이 시대 변화와 결부되어 전면적으로 이루어지고 있긴 하지만 그것이 과도기의 혼란을 반영하는 데에서 그칠지 시대를 이끌어가는 창조적 동력이 될지는 아직 미지수이다. 다만 기존의 시들에서 배제되었던 것들이 새로운 대상으로서 탐색될 것은 예측할 만하다. 탈주체화, 환상, 성적 정체성, 디지털화된 세계에 대한 최근 시의 관심은 그 모색의 일환이다. 무엇을 대상으로 할 것인가에 못지않게 중요한 것은 어떻게 쓸 것인가의 문제이다. 방법의 새로움은 인식의 새로움과 별개일 수 없다. 최근 시의 분열증적인 화법이나 인과적 질서와 무관한 언술 방식 같은 것이 그 예가 될 것이다.

양적으로도 활발하게 생산되고 있는 젊은 시인들의 시는 새로운 시에 대한 기대를 촉발시킨다. 2000년 이후 등단하여 최근 시집을 내놓은 김지혜, 이승원, 이근화의 시는 각각 상이한 개성을 보여주지만 '새로운 시'에 대한 진지한 모색으로서 주목된다. 이들의 시는 최근 첨단의 젊은 시들이 보여주는 기괴한 상상이나 분열증적인 언어와는 일정한 거리를 둔다. 그러나 그들은 시대의 변화를 예리하게 직관하고 새로운 시적 대상을 찾아 어떻게 쓸 것인가를 탐색한다. 그들은 지금 자신들이 통과하고 있는 시대가 과도기로서 갖는 불안을 인식하며 그 모호한 경계를 응시하려 한다. 김지혜는 일상의 순간에서 환/멸의 경계와 존재의 심연을 포착한다. 이승원은 탈근대 도시의 메커니즘에서 인간/기계의 경계가 와해되고 변형되는 상황을 직시한다. 이근화는 주체의 정체성에 대한 예리한 자각을 통해 부재/현전의 경계에 대해 끊임없이 의심한다. 변화하고 있는 시대의 새로운 경계를 응시하는 그들의 눈길은 집요하고 치밀하다. 경계의 포착에 적절한 저마다의 언어를 모색하는 점도 눈여겨볼 만하다.

2. 환/멸의 경계

김지혜 시집 『오, 그자가 입을 벌리면』(열림원, 2006)에서는 일상의 매순간 출몰하는 욕망의 심연과 '환(幻)'의 허상을 직관한다. 이 시인의 경우는 젊은 시인들의 발랄한 상상력과 달리 묵직한 통찰력이 돋보인다. 스스로 "잎도 나기 전에 꽃부터 져버린 나" "좀을 가진 것들의 幻을 일찍이 보아버린 나"(「간장꽃」)라고 할 정도로 환멸을 숙고하는 성향은 오래 된 듯하다. 그러나 그녀는 자신의 내면에 몰입한 채 환멸의 연원을 탐색하기보다는 주로 외부의 사물과 타인들을 응시하면서 그것을 보편적인 삶의 실태로 부각시킨다. 시인의 눈길이 닿는 것은 지하철역이나 시장 주변의 누추한 노파나 독방에 갇힌 사내, 병원에 실려가는 여자처럼 삶과 죽음의 절박한 경계에 놓여 있는 자들이다. "生 자체가 급하게 체해버린 것만 같던 순간"(「그런 것이 아니다」)에도 허기처럼 붙들고 있는 욕망의 덩어리를 보고자 하기 때문이다. 그토록 악착같이 붙들고 있는 이 생이 신기루 같은 환에 지나지 않으며 풀지 못한 인연의 사슬이 반복되는 것에 불과하다는 시인의 기본적 사유는 불교의 그것과 흡사하다. 그런데 그녀의 시는 인식은 하되 감지하기 힘든 이런 사유를 일상의 면면 속에서 생생하게 들추어 보인다. 그녀는 선험적 직관에 형상을 부여하고 관념을 감각화하는 데 뛰어나다.

한 번도 가본 적 없는 옷가게에서 미친 듯 옷을 고르고 있었네 옷을 고르는 내 열 손가락은 락스에 담갔다 꺼내 놓은 행주처럼 창백했네 도마뱀 꼬리처럼 푸르스름한 핏줄이 도드라졌네 그곳은 각종 브랜드와 명품이 층층마다 발광하는 고층 백화점이 아니었네 〔……〕 거꾸로 매달린 종유석의 옷들만 즐비했네 동굴에 걸려 있는 옷들은 언제 어떻게 내 눈을 찌르고 날아갈지 모르는 박쥐였네 〔……〕 나는 옷을 골라야만 하는 순번이었네 그러나 어떤 옷도 내 것이 아니었네 아무리 뒤져도 나의 냄새, 나의 사상, 나의 노래들은 보이지 않았네 온몸의 모세혈관이 천천히 식어가고 있는 게 느껴졌네 나는 경악을 금할 수 없었네 내게 허용된 단 한 벌의 옷을 골라 입기 전에는 결코 빠져나갈 수

없는 세계에 나는 갇혀버린 것이었네   ―「이미 가본 곳」부분

　시인은 환상 혹은 꿈속에서 한 번도 가본 적 없는 옷가게의 옷을 고르고 있다. 백화점이나 대형 마트처럼 지천으로 깔린 상품을 마음대로 고르는 곳이 아니라 내게 허용된 단 한 벌의 옷을 찾아내야 하는 이곳은 어디일까? "한 치 앞이 불가해한 동굴"이고 "거꾸로 매달린 종유석의 옷들"만 즐비한 이곳은 한 세계와 다른 세계의 경계에 놓여있는 카오스이다. 자꾸만 팽창하는 거대한 동굴, 거꾸로 매달린 종유석, 행주처럼 창백한 손가락, 푸르스름한 핏줄 등의 형상은 자궁 속 태아의 이미지와 흡사하다. 허용된 단 한 벌의 옷을 입기 전에는 빠져나올 수 없는 이곳은 혹독한 윤회의 사슬을 연상시킨다. "한 번도 가본 적 없는 옷가게"라고 생각했던 이곳이 기실 "이미 가본 곳"인 까닭은 그 때문이다. 자신을 온전히 깨닫기 전에는 빠져나올 수 없는 미명의 어둠, 그것이 모든 어리석은 중생이 빠져 있는 윤회의 굴레이다.

　이 시는 자신을 깨닫고 새로운 세계를 발견하려 하는 시인의 구도적 자세를 상징적으로 압축해 놓고 있다. 물신이 지배하는 화려한 상품의 세계와 대조되어 실상의 어둠과 혼돈은 더욱 두드러진다. 이 무명의 세계를 벗어나기 위해서는 물신의 세계가 내뿜는 가상의 빛을 자각하고 혼돈의 동굴에서 진정한 빛을 찾아내는 이중고가 필요할 것이다. 자신이 추구해야 할 세계를 현상 저 너머에서 찾고자 하는 시인은 강고한 플라톤주의자나 진지한 구도자를 연상시킨다. 현실의 환상을 환상의 현실로 되비추려 하는 젊은 시인들의 주된 경향과 대조적으로 그녀의 환상은 현실의 미몽을 일깨우기 위해 작동한다. 따라서 환상에 대한 몰입이나 탐닉보다 그것에 대한 성찰과 각성이 두드

러진다. 그것은 환상과의 일정한 거리두기로 인해 가능하다. 이때의 거리는 이 세계와 저 세계라는 '경계'의 인식을 가져온다. 그녀의 시에 "딴 세상으로 가는 길"에 대한 언급이 자주 등장하는 것은 이 때문이다. 그녀에게 세상은 막막한 사막이나 거대한 심연으로서 욕망의 허기에 지쳐 빠져나오지 못하는 곳이다. 그녀의 시는 그 공허한 환상에 대고 "여기가 어디입니까?"라고 물을 때의 깊은 울림을 담고 있다.

환/멸, 이곳/저곳, 생/사의 경계를 넘어서는 각성이 없다면 미몽의 어둠을 헤매는 헛된 노고는 끝나지 않을 것이다. '시간'은 그녀의 시에서 환의 작용과 무상함을 함축하고 있는 결정적 화두이다. 예의 직관적 시선은 어린 소녀에게서 노파를, 진한 꽃향기에서 썩은 군내를 간파한다. 어떤 젊음도, 어떤 아름다움도 시간의 무자비한 포획을 피해갈 수는 없다. 시간의 덫에 걸려 헤어날 길 없는 데에서 삶의 비애는 비롯된다. "슬픔은 슬픔이라서 슬픈 것이 아니라 지나갔거나 지나는 중이거나 지나갈 것이기에 아픔"(「소금 낙타」)인 것이다. 낙타들이 타박거리며 지나갔던 시간의 사막을 이제 시인은 "녹색 전철을 타고 출근하는" 길에 자각한다. 낙타의 느린 걸음이 전철이나 대형 버스의 우악스러운 속도로 바뀐 지금 시간의 불가해한 작용은 더욱 순간적인 직관 속에 파악된다. 「밀랍 병원」에서는 들것에 실려 온 환자의 모습에서 미라를 연상하며 삶과 죽음을 관통하는 "수천 년의 비명"을 엿듣는다. 동굴-상점, 낙타-전철, 미라-모포에 싸인 환자 등 과거와 현재의 이미지를 연결하는 시인의 상상은 역동적이다. 그녀는 이러한 과거와 현재의 접합을 통해 시간의 화두를 유구한 존재론의 차원으로 끌고 간다. 즉 시간으로 인한 삶의 무상성을 시대를 불문하고 지속되는 존재의 비의로 인식하고 있는 것이다.

　시인으로서 그녀는 시간이라는 지난한 화두를 감각적 직관 속에서 포착하려 한다. 환/멸과 생/사가 교차하는 존재의 비의를 엿볼 수 있는 지점은 어디일까? '입 벌린 구멍'의 심연 속에서 그것은 종종 드러난다. 목구멍처럼 절묘한 경계의 신체가 있을까? 안/밖, 웃음/울음, 숨/죽음이 그것을 넘나든다. 그것이 검은 구멍처럼 벌어지는 한 순간은 이 모든 경계가 불안하게 맞물려 있는 혼돈의 시간이다. 「이미 가본 곳」의 검은 동굴처럼 그곳에는 새로운 세상으로 뛰쳐나오려는 생명과 어둠에 침윤된 죽음이 뒤섞여 있다. 「폴라로이드 사진」에서 이 검은 세계의 역설은 극적으로 그려진다. 폴라로이드 사진은 한 여자의 웃음 속에 담긴 무아지경의 찰나를 포착하고 있다. "벌려진 시간의 목젖에서 꿈틀거리기 시작한 저 검은 숯덩어리!"는 세상의 모든 시간을 빨아들인 듯하다. '뚫린 심연' 속에서 좀처럼 다물어질 것 같지 않은 여자의 웃음은 그러나 지금은 "누렇게 빛바래" 있다. 영원할 것 같은 순간이 무상한 시간의 편린에 지나지 않는다는 명백한 증거이다. 입 속의 심연에서 시인은 찰나와 영원이 하나로 이어지는 시간의 블랙홀을 일별한다. "몸속 미로에 갇혔던/수천 년의 비명이 단 한 번에 목젖을 찢고/뛰쳐나간 흔적은 일그러져 있"(「밀랍 병원」)는, 생사를 넘나드는 환자의 벌어진 입은 모든 죽음의 역사를 압축하고 있다. 목젖 너머 저 검은 구멍은 "안개도 아니고 권태도 아닌 것들이 쥐썩는 냄새처럼 속절없이 부풀어올라"(「어떤 고백」) "존재의 망루" 밖으로 빠져나가는 출구이다. 이 끔찍한 지옥의 광경은 바로 시간에 침식되는 육체의 실상이기도 하고 폐허처럼 적막한 존재의 풍경이기도 하다. 존재의 심연에 대한 시인의 사유는 종종 이처럼 원형적이고 신화적인 상상과 결합되어 강렬한 이미지를 형성한다. 어둡고 음습한 동굴이나 검은 구멍의 이미지는 우리가 처해 있는 현존의 상태를 강력하게 환기한다. 이 둥글고 검은 구멍은 또한 시간을 구부려 만든 윤회의 고리이기도 하다. 이 무한한 시간의 수레바퀴 속에서 욕망은 탈주를 멈추지 않는다. "틈을 갈망하는 모든 物아, 物의 迷惑아, 돌아온 것은 왜 모두 입을 벌리고 우는가"(「時失里-口」)라는 탄식은 물상의 환영에서 벗어나지 못하고 되풀이되는 욕망의 궤도를 탓한다. 시집의 마지막 장면이 '口'가 겹쳐진 '回'로 끝나는 것은 의미심장하다. 욕망의 검은 구멍을 몇 번이나 돌고 돌아야 우리는 윤회의 사슬을 끊고 새로운 세상으로 탈출할 수 있을까? "내가 온전히 당신이 되고/당신이 온전히 내가 되는 날/나뉜 심장이 하나로 포개어지는 그날/우리의 詩는 너희의 땅으로 돌아가/몰락해도 좋으리"(「時失里-回」)에서처럼 그것은 자/타의 구분이 망실되는 무차별한 세계에서나 가능한 것이다. 그러니 '우리의 시'가 끝나기는 얼마나 어려운 일인가?

3. 인간/기계의 경계

이승원 시집 『어둠과 설탕』(문학과지성사, 2006)은 도시와 기계 문명에 대한 묵시록적인 상상을 담고 있다. 젊은 시인들은 자신들이 화두로 삼은 새로운 세계의 탐사를 위해 즐겨 우화적인 구도를 취한다. 김지혜 시인이 신화적이거나 원형적인 이미지를 통해 환/멸의 세계를 그려냈다면 이승원 시인은 동화나 대중문화에서 물질문명에 대한 풍자의 틀을 빌려 온다. 우화적 구조가 성립할 수 있는 것은 그들이 경계를 뚜렷하게 의식하며 그로부터 거리를 유지하고 있다는 증거이기도 하다.

「나의 사랑하는 탈근대 도시」는 이 시인의 대표적인 특성들이 망라되어 있는 시이다. 이 시는 우선 상당히 길다. 액자 형식의 구성뿐 아니라 분출의 방식으로 이루어진 서술 때문이다. 그는 압축과 절제라는 서정시의 오랜 전통을 과감하게 파괴하고 있는 분출형 시인의 대열에 놓인다. 그의 시는 단일한 주체에 의해 집약적으로 묘사되는 동일성의 세계에서 멀다. 이 시는 크게 두 겹의 구조를 가지고 있는데, 앞뒤 부분에 회색도시를 사랑하는 '청년'이 등장하고 중간 부분은 그가 공상한 "색소폰 부는 사나이"가 나온다. 낡은 회색도시에서 "붉은 빛의 강가에 푸른 치즈의 궁전이 있었다"고 상상하길 즐기는 다소 낭만적인 이 청년은 도시형 인간이기는 하지만 도시의 급격한 변모를 우려한다. 구도시의 몰락을 지켜보며 그가 행하는 공상은 유명한 독일 전설 '피리 부는 사나이'와 흡사하다. 바퀴벌레가 창궐한 도시를 색소폰 연주로 구제하였지만 시에서 후원하는 재즈 공연장을 내주겠다던 시장이 약속을 취소하자 도시의 모든 가임 여성들을 데리고 사라진다는 것이다. 청년의 공상에 대해 표절인지 패러디인지를 둘러싸고 열띤 논쟁이 일어난다. 자신의 공상을 변론하던 청년의 후일담은 더 이상 전해지지 않는다는 것이 이 시의 결말이다. 도대체 이 시는 몇 겹의 구조로 이루어진 것일까? 공상의 주체인 청년마저 사라짐으로써 이 시는 또 한 겹의 액자를 상정한다. 이로써 "이 이야기는 실화를 바탕으로 구성된 것이다"라는 서두는 역설로 드러난다. 그렇다면 시인은 이토록 황당한 진술을 왜 장황하게 늘어놓은 것일까? 그는 기계 문명이 극대화되어가는 탈근대 도시에서 실화와 공상의 경계는 어디까지일까라는 본질적인 질문을 던지고 있는 것이다.

  실재와 가상의 경계가 와해되고 있는 새로운 세계에서 시는 어떻게 존립할 수 있는가? 기계로 시를 쓰는 시인에게 기계는 이미 시인의 연장(延長)이다. 유일하고 개성적인 창작이라는 근대적 저술의 개념은 이제 더 이상 불가능한 것이다. 기계와 인간이 뗄 수 없이 접합되고 있는 탈근대의 도시에서 어떤 생산도 순수하게 자율적일 수는 없다. 인간과 기계, 생명과 물질, 실재와 가상의 구분은 모호해지고 그것의 접속체들이 출현한다. 탈근대 세계에서는 고유하고 단일한 영역에서 벗어난 무수한 복제와 변형이 이루어진다. 삶과 사유 모두가 집합적인 양태를 띤다. 시 역시 다르지 않다. 각종 문화와 온갖 언술의 혼종이 이루어지고 있는 이승원의 시는 이렇게 탈영토화하는 새로운 세계를 반영한다. 그는 탈근대 세계의 핵심적 변환이 인간과 기계의 경계에서 이루어지는 것으로 본다. '전기 시인'의 탄생을 상상한 시 「고통의 집」은 '프랑켄슈타인'의 패러디로, 이미 기계화가 압도적인 현실을 희화화하고 있다. "몸을 바꿔야 했지 전기의 수혜자로 거듭나야 해"라는 강박증의 표현은 기계적 신체로 변화하지 않으면 도태되어버리는 현실을 풍자한다. 메리 셸리의 시대만 하더라도 기계인간은 인간에 미달하는 실패한 피조물일 수밖에 없었다. 완벽한 유기체로서의 인간과 그것의 모방에 불과한 기계의 경계는 분명했다. 그러나 탈근대 세계에서 첨단의 기계 문명은 신체의 연장으로, 실재의 연장으로 인간의 한계를 돌파한다. 「가상 자아의 세계적 유형」에서는 현실보다 더 실감나게 체험할 수 있는 가상 세계를 그리고 있다. "내가 나다"라는 선언 속에는 디지털 공간 속에서 체험한 가상의 자아 또한 집합적 자아의 부분이라는 인식이 담겨 있다.

  탈근대 세계에서는 기계적 메커니즘의 지배에서 벗어날 수 있는 어

떤 자율적 존재도 가능하지 않다. 여기서는 인류 최고의 성인인 예수
조차 알맞게 계량되어 팔려나간다. 「정육점의 예수」는 정육점의 고기
처럼 물화된 예수의 이미지를 통해 인간적이고 정신적인 가치가 몰락
한 세계를 풍자한다. 「아이콘」에서 'J'도 명백하게 예수의 대리 표지
이다. 백수건달과 히피의 이미지로 무정부주의적인 난동의 상징이 되
어버린 그는 사후 성화를 거쳐 물신의 지배 하에 놓이게 된다. 탈근
대 세계에서 물신의 권능을 능가하는 것은 없다. 무엇이든 필요에 의
해 '모조' 성상이 된다. 현실과 가상의 흐려진 경계는 생명이나 신성
의 존엄성을 훼손시킨다. 「드라이브 바이 슈팅」에서는 전자 오락 속
에서의 총격전처럼 무심하게 벌어지는 탈근대 도시 '메갈로폴리스'의
잔혹한 살상이 그려진다. 그가 상상하는 근미래의 도시는 공상과학영
화에 나오는 디스토피아와 일치한다. 연중 비가 내리는 삭막한 풍경
속에서 각자 고립된 채 퇴폐와 타락을 일삼는 우울한 도시 말이다.
그의 시에서 자율적인 의지를 지닌 인간은 등장하지 않는다. 모두가
약육강식의 시스템과 기계적 메커니즘의 지배 하에 피동적으로 움직
인다.

　시인은 근대적 가치와 질서가 상실되는 탈근대 세계에 대해 비관적
이고 비판적인 상상을 행하면서 정작 자신의 시는 근대적 양식에서
일탈한 혼종과 분출의 방식을 취하고 있어 흥미롭다. 그의 시에는 동
화나 영화, 팝뮤직, 무협지, 신문 기사 등 각종 문화가 혼융되어 있
을뿐더러 그것들이 본래의 맥락에서 빠져나와 어지럽고 폭력적인 세
계를 재현하기 위해 기능한다. 시인은 탈근대 세계의 비판적 성찰을
위해 탈근대적 미학을 수용한다. 이미 본격화되기 시작한 탈근대를
파악하기 위해 그 내부로 침투하는 방식을 행하고 있는 것이다. 어느

새 삶의 중심으로 침투해 들어온 탈근대적 사유와 양식을 감싸안은
채 그것의 어두운 그림자를 응시하는 이중적인 태도와 방법이 그의
불가피한 선택이다. 기계인간이 되어가는 자신을 인정하면서도 정체
성에 대해 끊임없이 고뇌하는 비판적 지성이야말로 그의 시가 지닌
인간적 가치이다.

4. 부재/현전의 경계

　이근화의 시집 『칸트의 동물원』(민음사, 2006)은 시의 질료인 언어
에 대한 근본적인 질문을 담고 있다. 추상화가에게 그림의 질료 자체
가 탐구의 대상이 되는 것처럼 그녀의 시에서는 언어 그 자체가 관심
의 초점이 된다. 구체적이고 기본적인 명사와 동사들, 단순하기 그지
없는 문장 구조로 이루어진 그녀의 시는 그러나 기본적인 해독조차
쉽지 않다. 문장과 문장 사이의 과도한 비약과 인과적 질서를 무시한
진술, 끊임없이 유동하는 주체와 시선 등이 안이한 해석을 거부한다.
그녀의 시에서 주체는 늘 고정되지 않고 흔들린다. 가령 「지붕 위의
식사」에서는 "나는 나인 듯" "나는 나에게 다 이른 것처럼" "나는 내
가 아닌 것처럼" "나는 나에게 이르러" 등 '나'의 동일성이 계속 교란
된다. 서정시의 확고한 중심이었던 일인칭 주체에 대한 강한 의혹으
로 시인은 기존 시의 질서에 반발한다. 기표와 기의의 고정된 관계에
대한 그녀의 의심은 기표가 기의에 닿지 못하고 끊임없이 미끄러진다
는 탈구조주의의 관점과 흡사하다. '나'라는 기표가 그것의 단일한 의
미에 부착되지 못한다면 그 틈 사이에서 무수한 의미의 일탈이 이루

어질 수밖에 없다. 위의 시는 기표인 '나'와 기의인 '나' 사이의 끝없는 미끄러짐을 보여준다. 그러나 "나는 아무것도 아니다/결코 파괴되지 않을 것"(「수레의 영혼」)이어서 주체의 동일성이 전면 부정되더라도 그것이 주체의 상실을 의미하지는 않는다. "공이 마구 휘어져 돌아갔다/제 갈 길을 갔다"에서처럼 기표와 기의 사이의 무수한 미끄러짐을 인식하는 가운데 주체는 자신의 존재를 외현할 수 있다. 마구 휘어져 돌아가는 공의 외부에서 본다면 그것은 제 갈 길을 간 것이 될 수 있다. "아무것도 파괴되지 않았지만/새로운 것들이 수레에 실려 왔다"는 진술은, 현실의 변화가 아닌 인식의 전환이 전혀 새로운 차원의 세계를 열어 놓을 수 있음을 선언한다. 언어에 대한 시인의 몰입과 탐구는 바로 그 세계를 발견하기 위한 것이다. 이곳에서는 부재와 현전이라는 존재의 기본적인 구분조차도 전복될 수 있다. 기표와 기의의 벌어진 틈 사이에서 주체의 확고한 위치는 변할 수밖에 없기 때문이다.

이근화의 시는 부재/현전의 균열을 응시하는 데 집중된다. 시인은 사소한 일상의 장면들을 반복적으로 투시하는 집요한 탐구의 자세를 보인다. '고양이'와 '구름'은 그녀의 시에서 가장 자주 등장하는 대상이다. 가볍고 유연하고 변화무쌍한 그들은 부재와 현전의 숨바꼭질을 표현하기에 적합하다.

반쯤 뜬 눈으로 우유팩이 든 검은 비닐봉지를 들고 흔들거리며 걸어도 모든 게 반 토막으로 보이는 건 아니야

물론 남은 우유를 위해 고양이를 키우는 건 아니지만

저기 아침 창가의 이다, 햇살과 먼지 속에 아무렇게나 찢어진 고양이

나는 쉽게 이다를 잊지만
쉽게 잊혀진 이다는 창문의 높이에 익숙하고
이다는 창가의 이다
장롱 위의 이다
본질적으로 지붕인 고양이

내가 앉아 있는 나무 위에서의 식사는 즐겁지
내가 앉아 있는 나무의 나뭇가지에서는 새들이 울고 야단이지

가끔씩 나는 검은 비닐봉지에 우유팩을 넣고 흔들거리며 걷지 모든
게 반 토막으로 보여도 좋아

혹은 보이다 말다 해도 나는 보았다고 생각해
──「본 적 있는 영화」 전문

이것은 "본 적 있는 영화"의 한 장면일까? 본 적 있는 영화의 장면
이건 일상의 순간이건 상상의 작용이건 상관은 없을 것이다. 어차피
이 시에서는 부재와 현전, 본질과 현상, 원인과 결과가 쉽게 뒤바뀌
고 있다. "반쯤 뜬 눈으로" 본다고 "모든 게 반 토막으로 보이는 건
아니"라던 진술은 "모든 게 반 토막으로 보여도 좋"다로 바뀐다. 남은
우유를 위해 고양이를 키우는 건 아니지만 고양이는 아침 햇살과 먼
지 속에 처참하게 찢겨져 있다. '이다'는 고양이의 이름이며, '~이

다'라고 할 때의 기호를 규정하는 계사이며, '보이다 말다'에서 '보'가
안 보이는 말이다. 계사 '이다'는 기호의 기호성을 명시하는 말로서
본질에서 멀어진 현상이다. '보'가 빠진 '이다'처럼 불완전하다. 그런
데 모든 것이 기호를 통해 보이는 것이라면 과연 고정불변한 의미가
있다고 할 수 있을까? '지붕'이라는 기호와 '고양이'라는 기호 사이에
절대적인 구분이 가능할까? 기표/기의, 부재/현전, 본질/현상 사이
의 균열은 '보이다/말다'의 차이처럼 혼란스럽다. "보이다 말다 해도
나는 보았다고 생각해"라는 '낙관적'인 '사랑의 방식'은 시인이 새로
운 세계를 여는 방법이다. "1999년 여름 나는 생애에서 가장 훌륭한
생각이 떠오른다//나무를 가꾸는 방식으로 구름을 가질 수 있다
면……"(「그해 여름」) 이런 엉뚱한 생각은 그야말로 훌륭한 생각이
될 수 있다. 그녀에게 시는 일종의 언어 게임이다. 비트겐슈타인에
의하면 언어의 불변적인 실체는 존재하지 않으며, 언어 게임과 주체
간의 교호적 작동이 진리라는 믿음을 '실천'할 뿐이다. 상당히 난해하
고 사적이긴 하지만 그녀의 언어 게임은 불변의 진리라는 오랜 관념
을 넘어서 시의 미래를 열어가려는 의욕적인 실천이라 할 수 있다.

5. 벽을 넘어서

　불온함과 모험심은 늘 젊은 시의 동력이 되어왔다. 그것은 또한 서
정시의 경계를 확장하는 전위로 작용해왔다. 지금 거침없이 증식되는
젊은 시의 도전 정신은 우리 시의 장래를 위해 일단 환영할 만한 현
상이다. 그러나 이제 양적으로 무시할 수 없이 증대된 젊은 시를 선

별하고 평가하는 적극적인 비평 작업이 요청되고 있다. 전복이나 혁신의 필요성을 인식하고 생산적인 방법론을 창출하는 시들과 유행에 편승하여 의미 없는 언어 파괴에 열중하거나 매너리즘에 빠져든 시들을 구분할 수 있어야 한다. 무분별한 자아도취의 언어들이나 보편적 이해의 지평으로부터 완전히 멀어진 고립된 언어들에 우리 시의 미래는 없다. 젊은 시의 새로움이 문학사적 사건으로 편입되기 위해서는 자기 시대의 변화를 감수하고 그것과 호응할 수 있는 역사적 감각이 필요하다. 요즘 유행어인 '감각'은 말초적이고 자극적인 신체 반응에 국한되어 쓰이는 경향이 있는데, 외연을 대폭 확대시켜 삶과 역사를 감수하는 통합적 능력으로 이해할 필요가 있다. 감각을 관능이나 정염의 발현으로만 제한할 때 좁은 울타리를 벗어날 수 없는 시는 공허한 유희를 반복하는 데에서 그치기 쉽다. "아이들은 자신들이 세운 벽을 뚫고 다시 벽을 세우고 다시 뚫는다 아이들은 진득진득하고 달콤하다 몸에서 떨어져본 적이 없는 그림자도 벽을 계속 밀어낸다 벽 위까지 튕겨 오르던 그림자는 벽을 뛰어넘지는 못한다"(「나이키」, 『현대시학』 2006년 7월호)는 이원 시 속의 아이들처럼, 벽 너머를 보지 못할 때 감각은 폐쇄적인 반사 작용에 그치고 만다.

그런 면에서 김지혜, 이승원, 이근화 세 시인의 첫 시집은 믿음직스럽다. 그들 역시 젊은 시인답게 새로운 사유와 감각에 대한 도전 정신으로 충만하다. 그러나 그들은 감각의 탐닉에 앞서 시대의 변화를 읽고 그것을 예리하게 감수한다. 그들에게 감각은 삶을 지각하고 반영하는 방식이다. 김지혜는 환/멸의 경계에서 욕망의 허위를 직관하고 환의 관념을 감각화한다. 이승원은 기계/인간의 경계를 와해하는 탈근대 사회의 메커니즘을 혼종문화의 감각으로 재현한다. 이근화는 부재/현전의 경계를 의심하고 기호의 균열을 넘어서려는 새로운 언어 감각을 실천한다. 이 젊은 시인들은 좁은 벽을 넘어서는 경계에서 자기 시대의 변화를 포착하고 있다. 김지혜는 초월적 관념으로 추월해가지 않고, 이승원은 탈근대의 양식과 비판의식 사이의 긴장을 잃지 않고, 이근화는 동어 반복의 논리 조작에 빠지지 않도록 스스로를 경계해갈 것이다. 그들은 자신의 안팎을 가늠하는 균형 감각은 물론 시대의 벽 너머를 투시하는 예리한 시선을 지니고 있기 때문이다.

외롭고 높고 쓸쓸한, 시의 길
─이장욱, 이종수, 박성우의 시

1. 지리멸렬한 시대의 시

이장욱의 『내 잠 속의 모래산』(민음사, 2002), 이종수의 『자작나무 눈처럼』(실천문학, 2002), 박성우의 『거미』(창비, 2002)는 모두 30대인 젊은 시인들의 첫 시집이다. 너무 빠르지도 늦지도 않게 내놓은 그들의 첫 시집은 심사숙고한 선택과 배열에 의해 각자의 관심과 개성을 잘 드러내고 있다.

이들은 저 찬란했던 시의 시대인 1980년대에 시를 쓰기 시작하여 문학의 위기론이 맹위를 떨치던 1990년대에 등단하고 21세기의 벽두에 첫 시집을 내놓았다. 전시대 시들의 영광과 좌절의 그림자를 안고 그들이 펼쳐가려는 시의 길은 결코 순탄하지 않다. 그들에게는 젊은이다운 패기로 맞설 만한 거대하고 막강한 골리앗이 부재한다. 1980년대 시의 폭발적 위력은 저항해야 할 적이 분명했던 시대적 배경과 무관하지 않다. 그런데 혼돈의 1990년대를 지나 세기가 바뀐 지금, 그들은 전시대와는 또 다른 새로운 적을 마주하고 있다. 그들은 형체도 없이 흐물거리는 지리멸렬한 괴물을 상대로 반향 없이 푹푹 빠져드는 펀치의 허전한 뒷맛을 견디고 있다. 시가 자아와 세계의 긴장 관계 속에서 형성된다는 고전적 명제에서 자유롭지 못한 그들로서는, 자연의 부름 속에 편안히 안주할 수도 없고 폐쇄적인 자아와의 소모적인 대결에 무작정 몰입할 수도 없다.

그래서 그들이 선택한 것은 세상의 중심에서 조금 비껴난 곳에서 자기를 바라보는 방법이다. 그들의 시는 "외롭고 높고 쓸쓸한" 자리에서 세계를 바라보는 자의 시선을 담고 있다. 그들은 지리멸렬한 시대의 중심에서 울려 퍼지는 '첨단의 노래'를 들려주지는 않지만 시적 에너지가 충만한 자신들만의 언어로 독자적인 시세계를 그려가고 있다.

2. 시간을 바라보는 자의 내면 풍경: 이장욱

이장욱의 시집은 어떤 의미를 담기보다는 분위기를 담고 있다. 등단 8년 만에 내놓은 그의 첫 시집은 오랫동안 숙성시켜 농익은 자신만의 향기를 짙게 풍긴다. 그의 시집에서 일관된 분위기를 형성하는 중요한 요인은 그것이 철저히 도시적인 정서를 바탕에 깔고 있는 데에서 기인하는 듯하다. 그의 시는 도시적인 삶이 체험의 전부를 이루는 도시형 시인들의 내면 풍경을 섬세하게 드러낸다. 그런데 그의 시는 도시적 삶을 그린 시들에서 흔히 보이는 지독하게 답답하고 폐쇄적인 공간보다는 주로 '거리'를 배경으로 하여 자신만의 독특한 분위기를 연출한다. 시각적 잔상의 효과가 뛰어난 그의 시의 전체적인 인상은 바람이나 안개가 가득한 도시의 희미한 풍경으로 남는다. 상영 시간 내내 비가 오는 장면들로 일관하는 영화가 있는 것처럼 그의 시집은 줄곧 흐릿한 도시의 거리를 배경으로 한다.

비나 안개나 바람에 젖은 흐릿한 거리가 있고, 그곳을 거닐거나 바라보는 한 사내가 있다. 그의 눈길은 무심하게 거리의 풍경을 따라 흘러간다. 그는 하릴없이 거리의 곳곳을 훑어본다. 마치 그것이 유일한 존재의 증명이라도 되는 듯이. "나는 셔터가 단단히 내려진 상가를 바라보네./단 한 번도 제 온몸으로 나무인 적이 없는 나무./나무 사이에 걸려 펄럭이는 바람. 플래카드. 바람./축. 신장 개업. 동해 횟집. 광어 이만오천 원./나는 단애를 지나 하류로. 하류를/흘러흘러 근해로. 다시 저 머나먼 바다로"(「로맨티스트」)와 같은 지루한 독백이 흐른다. 그의 시에 등장하는 나무는 대개 이같이 "단 한 번도 제 온몸으로 나무인 적이 없는" 거리의 소도구이다. 그의 시에서 거리의 주인은 그곳을 활보하는 바람이나 안개일 것이다. "행복할 리도 황폐할 리도 없는 바람들이 애초에 공릉동의 주민이었는지도, 혹시 모르지."(「공릉동의 바람 속으로」) 초점 없는 눈길이 거리의 간판을 따라 흘러간다. "축. 신장 개업. 동해 횟집. 광어 이만오천 원." 그의 사유를 끌어가는 것은 외계와 기억의 사소한 부딪힘이다. '동해 횟집'과 '광어'의 표지가 '나'의 삶을 환기시킨다. "단애를 지나 하류로. 하류를/흘러흘러 근해로. 다시 저 머나먼 바다로" 가는 지리멸렬한 삶을. 회색빛 부연 거리 풍경에서 유난히 눈길을 끄는 것은 '붉은 불빛의 편의점' '붉은 우체통' 'LG 25시의 불빛' 같은 것들이다. '소비'와 '소통'을 간구하는 불빛들. 그러나 "요즘엔 LG 25시의 불빛만큼 적요한 것은 없"(「감자에 싹이 나고」)다. "거리에서 세계를 유추하지 말라"(「로코코식 실내」)는 충고에도 불구하고 그는 거리에서의 사유를 멈출 수 없다.

거리에서의 사유란 '바라보는 자'의 것이다. 삶의 중심에서 움직이고 행동하는 자의 것이 아니고 그런 자들을 건너다보는 저편의 눈길을 담고 있는 것이다.

헛것이 취할 수 있는 가장 경건한 자세로 소나기, 내린다. 문득 허공에 그어지는 사선 사이, 황혼의 시청 앞을 있는 힘을 다해 달려가는 사람들. 지나가라 지나가라 가능한 한 빨리 지나가라. 견딜 수 없이 느린 속도로 생애 너머를 지나는 구름. 물론,

누구나 제 삶을 의심하지 않기 위해 최선을 다하는 것이다. 가던 길을 가기 위해 문득 유턴하는 관광 버스. 지금 당신이 나를 의심하듯, 나도 나를 의심한다. 한 여자가 머나먼 골목을 나와 의아한 표정으로 길 끝을 바라본다. 헛것이 취할 수 있는 가장 경건한 자세로,
—「편집증 환자가 앉아 있는 광장」 부분

"헛것이 취할 수 있는 가장 경건한 자세"는 이 시에서 가장 여러 번 반복되는 구절이다. 따라서 우리는 이 시의 "편집증 환자"가 집착하는 것이 혹시 이것이 아닐까 추측해볼 수 있다. 이 시에는 두 부류의 존재자가 나타난다. "헛것이 취할 수 가장 경건한 자세"를 보여주는 '소나기'와 '한 여자', 그리고 그런 것들을 바라보고 있는 화자 자신도 이 부류에 포함시킬 수 있을 것이다. 그리고 이런 자세와는 상관없이 "황혼의 시청 앞을 있는 힘을 다해 달려가는 사람들"이다. 그들

사이에는 전혀 다른 종류의 시간이 흐르고 있다. "견딜 수 없이 느린 속도"로 흘러가는 시간과 "힘을 다해 달려가는" 시간이 그것이다. 후자는 일상의 시간이고 전자는 그 '너머'의 시간이다. 일상의 시간 속에서 달려가는 자들은 제 삶을 의심하지 않고 최선을 다해 살아가는 자들이다. 그러나 그런 자들을 저만치에서 바라보고 있는 '나'는 이미 그러한 삶을 의심하고 있다. 이장욱의 시는 이러한 의심에 붙들려 있는 자의 시선을 담고 있다. 그의 시 곳곳에는 "돌아보지 마라 돌아보지 마라"는 구절들이 주문과도 같이 울려 퍼진다. 그러나 이러한 금기는 늘 깨지고 소금기둥의 형벌이 따르는 법이다. "등뒤의 세계"는 마치 전혀 다른 공간에 서 있는 듯 의아해지는, 그래서 "헛것이 취할 수 있는 가장 경건한 자세"로 멈출 수밖에 없는 세계이다. 제 삶을 의심하고 돌아보는 것이 금지되는 이유는 그로 인해 현재의 시간이 혼란스러워지고 자신이 지워지기 때문이다. 일단 뒤돌아본 자들은 더 이상 일상의 시간을 살아갈 수 없다. 그리고 그에게는 살아가는 것 자체가 존재 혹은 시간과의 지루하고 고독한 싸움이 된다.

먼 곳에 부는 바람. 노을이 내릴 때까지 어두운 가방 안의 명부를 나는 뒤적인다. 명부 속의 유일한 표적, 나의 이름은 무한히 긴 미로이다. 다시 그 복도에 울리는 구두 소리, 그러므로 내 초조한 발은 텅 빈 거리에 버려졌던 것일까. 그리고 그곳에서 침묵하는 늙은 개의 눈을 만났던 것일까. 먼 곳에 부는 바람. 다시 내리는 달빛. 내 사랑의 음악. 내 생은 결국 무한한 침묵을 찾아간다. 그것이 단 하나의 알리바이를 찾아내기 위해서라니.　　　　　──「킬러의 사랑」 부분

　"등뒤의 세계"를 돌아본 자들은 "단 하나의 알리바이", 시간의 '미로'를 찾기 위해 일생을 바친다. 시간에 대한 그의 사유는 보르헤스의 '미궁' 이미지와 흡사한 데가 있다. 보르헤스에 의하면 시간의 구조는 무수한 갈래로 이어지는 미궁과도 같아 시작도 없고 끝도 없다. 복잡하게 얽힌 시간의 미궁 속에서 어떤 시간들은 갈라지기도 하고 모이기도 하고 반복되거나 평행을 이룰 수도 있다. 그렇다면 현재의 '나'는 전생의 '나'를 만날 수도 있다. "전생 같다. 오래된 사진들은. 그러나 거울 속의 당신은 어느 생의 얼굴인가" 같은 구절에서도 중첩되는 시간에 대한 상상을 만날 수 있다. 그의 시에 자주 나타나는 기시감(旣視感), 즉 과거의 어느 순간이 반복되는 듯한 느낌에서도 시간에 대한 그의 독특한 사유를 접할 수 있다.

　이와 같이 현재의 시간을 의심하고 일회적인 시간의 구조를 부정하기 시작하면 허무주의의 지배를 받기가 쉽다. "나는 모든 것이 사라졌으리라고 아니 모든 것이 변하지 않았으리라고 생각했다 다만 선량한 나날들이었기를 선량한 나날들이었기를…… 그러므로 내가 내내 꿈꾼 것은 어이없는 객사였다 그것만이 나를 완성할 것이다"(「아주 오랜 여행」)에서처럼 무수히 얽혀 반복되는 시간의 미로를 볼 때 단일한 존재나 의미란 없다. "가장 완벽한 것은, 가장 무의미한 것이다."(「聖 미아삼거리의 여름」) 의미의 부질없음을 지각한 그의 시는 의미가 단일하게 완결되는 구조를 지양하고 의미와 의미 사이로 무수히 미끄러지는 환유의 연쇄를 즐긴다. 마침표로 자주 끊어지며 단속적인 장면의 제시로 일관하는 위 시의 서술 방식도 그러하다. 이와는 정반대로 강박적인 반복의 어법을 드러낼 때도 있는데, 이는 마치 미끄러져 사라지려는 존재의 순간들을 붙잡아두기 위한 전략처럼 보인다.

　　단일한 시간이나 절대적인 의미에 대한 부정은 그의 시를 풍부한 패러디의 장으로 만들기도 한다. "이십 세기와 〈짱껭뽕〉을 해서라도 금홍아 금홍아 나는 네 품에 안기고 싶네"(「금홍아 금홍아」)라고 할 때 금홍은 시인 이상의 그림자를 넘고 싶은 그의 욕망의 상징이 된다. 「바지 입은 구름」에서 그는 동일한 제목을 갖고 있는 마야코프스키의 장시 제목만 차용하여 "그와 완벽하게 무관한" 자신만의 형식으로 만들고 있다. 뭉크의 충격적인 그림 「절규」를 자신의 어법과 상상으로 재해석한 같은 제목의 시 역시 그의 패러디 기법이 얼마나 기발하고 세련된 것인가를 잘 보여준다. 이러한 의도적인 패러디는, 이 세상에서 유일무이한 창조란 없고 시간과 공간의 차이에 의해 무수히 많은 의미가 재창조될 수 있다는, 탈중심적인 사고를 반영하는 것이다.

> 코끼리를 천천히 허물어지는 코끼리를
> 그대는 본 적이 있으십니까. 그날 저녁
> 14인치 브라운관을 황홀하게 적시던 사바나의 석양과,
> 코끼리의 한 생 너머에서 이제야 다른 생을 꿈꾸듯
> 너울거리던 코코야자수들의 풍경을
> 그대는 본 적이 있으십니까. 그의 거대한 육체가
> 황폐하지 말라 황폐하지 말라 중얼거리듯
> 무심하지만 지극히 섬세한 자세로 무너져가는
> 그 아늑한 풍경을,
> 멀리 있는 그대는 본 적이 있으십니까.　　　　—「코끼리」 부분

　　일회적인 시간과 절대적인 의미의 강력한 자장을 벗어나 "등뒤의

세계"를 보아버린 그가, 그래서 근본적으로 허무할 수밖에 없는 이 세계를 견디는 방식은 순간에 명멸하는 이미지의 아름다움을 붙드는 것이다. 그의 시는 무수히 반복되는, 그래서 무의미한 시간의 흐름 속에서 순연한 감각만으로 존재를 포착하려 한다. 그에게 의미 있는 시간이란 "누군가 그대를 불렀다고 생각하여/그대가 천천히 고개를 돌리는 순간,/단 하나의 이미지로 정화되는 생"(「호명」) 같은 것이다. 그는 이것을 '사랑'이라 부른다. 진실은 순간의 것이고 그 순간은 아름답다. 석양이 아름다운 것은 그것이 곧 사라질 빛을 뿜고 있기 때문이다. 석양과 코코야자수가 이루는 환상적인 풍경 속으로 "무심하지만 지극히 섬세한 자세로 무너져가는" 코끼리의 육체야말로 시간의 미로 속에서 그가 건져올린 존재의 정화된 이미지라 할 만하다. 어둡고 우울한 도시의 풍경 속에서 섬광과도 같이 떠오르는 이런 "아늑한 풍경"은 그의 근원적인 낭만성과 미학적 기질을 드러낸다. 시간과의 싸움이라는 지난한 시적 주제를 선택한 그가 어떻게 허무와 퇴폐의 유혹을 조절하며 자신의 미학을 심화시켜갈지 주목해보아야 할 것이다.

3. 비루한, 혹은 찬란한 삶의 무늬: 이종수

이종수는 전통적인 시의 문법에 비교적 충실하면서도 자신만의 시 세계와 어법을 만들어가고 있는 건실한 시인이다. 등단작인 「장닭공화국」은 시 전체가 알레고리의 기능을 하면서도 장닭의 생태에 대한 상세한 관찰과 세태 묘사를 결합시켜 실감을 부여하고 있다. 그의 시

는 정확하고 명료한 어법을 고수하여 쉽게 전달되고 관점이나 언어의
재치를 통해 흥미를 유발한다. 「장닭공화국」의 재미는 장닭의 시각으
로 씌어진 요지경 세상의 풍경을 엿보는 데에서 온다. "몸생각한다고
촌닭, 토종닭 아니면 먹질 않는/사람들의 머릿속이나마 꽉 채워주려
면/꼭 내 연기가 필요하지 단칼에 쓰러져 죽는시늉하는/일품 연기를,
연기가 끝나면 양계장 닭으로 바꿔치기하는 아저씨도/일품이지/어차
피 못 쓰는 날갯죽지 조금 아픈들 대수로냐/휴게소 가든 벼슬살이 이
만하면 좀 좋아/휴게소 가든 닭도리탕 정치하는 맛에 세월 가는 줄
모르는 재미 말이야"에서 알 수 있듯 이 시는 매우 '정치적인' 장닭의
폭로성 발언을 담고 있다. 이는 요즘 현실에 만연해 있는 정치성 발
언의 방식을 그대로 재현한 것으로, 위선과 소모적인 경쟁으로 가득
한 세태를 풍자하고 있다. 시인이 바라보는 세상은 서로 물고 물리는
치열한 경쟁 속에서 약육강식의 잔혹한 생존 논리가 지배하는 곳이다.
동물의 생태를 빌려서 묘사할 때 그 경쟁의 처절함은 더욱 선명하게
드러난다. "집게 씨름 끝에 부러진/한 발의 게들이 죽을 때까지/썰물
에 쫓겨/밀물에 쫓겨/달아난 발 찾으러/절고 절은 노래를 부른다"
(「게씨름」)라는 짧막한 시에서 보여주듯 삶이란 치열한 경쟁과 상처
의 과정이라 할 만하다. 그러한 경쟁의 원리는, 동물의 세계가 그러
하듯 생존을 위한 근원적인 욕망에서 기인하는 것이다. "산 입에 거
미줄 친 까닭은/거미라도 키워서 거미가 잡아주는/벌레라도 먹을 양
이다/어쩌다가 죽더라도/벌레들이 꼬일 테니/그때라도 원 없이/포식
하며 잘살라는 뜻이다"(「산 입에 거미줄」)라는 시에서는 다소 과장되
게 처절한 생존의 의미를 드러내기도 한다.

　시인이 보기에는 인간 세계 역시 동물의 세계와 다를 바 없이 치열

한 생존 경쟁의 장이다. 인간 세계를 묘사할 때 그의 시선은 한결같이 경쟁에서 밀리는 약자들의 처지에 머문다. "한평생 반도 못 채운 명예퇴직자가 되어서야/찾아온 고향, 어둠마저/두툼한 비곗살 위로 왕소금을 뿌리는 것 같다"(「줄포 지나 곰소」)에서의 명예퇴직자나 "집 밖에 나가면 정말 폭탄 세례까지 뒤집어쓰는/엑스트라라도 해야 할 남자/죽기를 밥 먹다시피 해도 정말 죽어봐야 아는/그 아슬아슬한 데까지 출근하고 가까스로 퇴근하는 남자"(「날마다 죽는 남자」)의 쓰라린 삶이 그 대표적인 예이다. 이러한 생존의 비애는 비단 오늘날의 각박한 삶에 한정되는 것이 아니라 오랜 전통을 이어온 것으로서 '한'이나 '울화'의 감정과 상통한다. "죽도록 설움받고 핍박받은 수천의 함성을 모아서/장군에 넣고 몇 달을 썩혀서 뇌관을 만들어/대포로 쏜다면 가뭄 백 년에 단비가 오려나/저 높고 배부른 성채가 무너지려나"(「사제폭탄 만들기」), "천천히 타들어라/쑥뜸처럼 천천히 한겨울을 이기고/백 마지기 천 마지기 다 훑어놔도/뼈저린 저 들사람들의 언 살 언 논둑에서 뜯어 말린/숙뜸에 살 속부터 봄바람 불게"(「김제 들을 지나며」) 등의 시에서처럼 그는 자신의 고향 땅에 서린 설움과 핍박의 역사를 기억하고 있다. 또한 가깝게는 "육이오 나던 해부터 부지깽이 다리에서 머리 깎고 군인 가던 날이며 여순 사건으로 집합 당하고 백이산 빨치산 루트를 피해 숨던"(「뻘, 낙지, 감나무」) 고향 사람들의 수난을 익히 들어서 알고 있다. 이런 극심한 혼란과 상처를 경험한 사람들은 "사는 게 밑둥에 물 맞은 배마냥 싱숭생숭한"(「벌교」) 법이다. 그의 시인으로서의 자의식은 자신의 근원을 이루는 고향과 약자들의 허전한 속을 채우고 세상과 시비할 수 있는 시를 꿈꾸는 데에서 온다.

시인은 시비를 피뢰침 삼아 세상과 시비한다

동음이의어들이 내 삶의 틈새들에 쐐기를 박는다
죽어竹魚, 竹魚,
뼈마디들이, 찬 공기들이 터지고
불나게 가난했던 막들이 터지고
부레처럼 터져 가라앉는
적막한 바다, 땅에 삐죽이 솟아올라
유고한 세상과 시비한다   ——「시비」 부분

　그는 세계와 불화함으로써 오히려 영속할 수 있는 시의 운명을 자각한다. 그리고 세상과 시비하는 방식으로 '동음이의어'가 내포하는 삶의 이중적인 속성을 적극적으로 드러낸다. '詩碑'와 '是非', '죽어'와 '竹魚', '有故'와 '遺稿' 등 비유와 연상의 고리를 따라 어지럽게 이어지는 동음이의어들은 '터지고' '가라앉고' '솟아올라'오는 역동적인 작용으로 "유고한 세상과 시비"한다. 그러나 그의 시적 전략인 동음이의어는 한껏 해야 세상에 시비를 거는 것일 뿐 "능멸과 환멸 시대"를 넘어설 적극적 대안이라고 할 수는 없다. 그것은 "비이커 같은 성기 속의 실험 물질을 다루듯" 언어 안에서 이루어지는 언어와의 싸움으로 그치기가 쉽다. 그의 시에 나타나는 수많은 동음이의어 중에는 예리하고 역동적으로 사유의 비약을 드러내는 경우도 있지만 말장난에 치우쳐 숙고의 느낌을 약화시키는 예도 적지 않다. 그래서 그는 때로 자신처럼 말로써 싸우는 시인보다 온몸으로 싸우는 시인들에

대한 경외감을 표현하기도 한다. "책 날개에 손을 베히고서야/칼같이 춤췄던 시인의 눈을 보았던 것이죠"(「유고시집에 손을 베히다」)에서는 유고시집에 손을 베이는 순간에 육체로서 감득한 섬광과도 같은 각성의 순간을 그려 보인다. 온몸으로 세상과 싸우며 칼같이 춤췄던 시인의 '눈'은 '말'보다 강력한 비판의 힘을 보여준다. 그러나 그 눈빛의 형형함을 발견할 수 있는 것은 시인의 시선이기에 가능한 것일 뿐, 대다수의 사람들에게 이런 시집이란 "보기에도 역겨운" 것으로 빨랫비누와 바꿔지거나 장롱이나 받치는 물건에 불과하다. 온몸으로 저항하는 시든 언어와 사투를 벌이는 시든 그것을 시로서 존재케 하는 것은 독자들의 반응과 관심이다. 그는 '원남반점'의 자장면 한 그릇처럼 절실하게 그립고 지나치기 어려운 시를 쓰고자 하지만 "발버둥치며 아무리 매달려도/하늘에 뜬 기공, 면발의 힘을 시로 보여주지 못하고 불어터진 가슴과 입을 맞춘다"(「원남반점」)는 자괴감에 빠지기도 한다. '원남반점' 면발과 같이 저절로 그리워지는 시를 쓰기 위해 그는 언어의 신비와 사유의 힘을 부단히 단련시키고 있다.

출발의 도정에 놓여 있는 그의 시세계는 대조적인 두 가지 경향이 양립하고 있는 양상을 보인다. 비판적 언어로 현실과 대결하는 일련의 시들과 자연에 대한 관조와 성찰을 보여주는 시들이 그것이다. 전체 4부 중에서 1부의 시들에서 현실에 대한 관심이 집중적으로 드러나며, 2부에서는 주로 사찰 순례의 행적이, 3부에서는 원체험의 공간인 바다와 관련된 사색이, 4부에서는 체험과 기억에서 길어올린 삶에 대한 통찰이 그려진다. 분량으로 볼 때 그의 시 대부분은 자연과 관련된 사유와 감성을 드러내는 셈이다. 자연에서 삶의 진정성을 발견하는 시들은 과장이나 비약이 적은 단아한 어조로 깨달음에 이르는 사유의 과정을 그리고 있다. 자연이나 탈속의 세계에서 그는 속세와는 전혀 다른 조화로운 원융의 경지를 엿본다. 자연을 향해 열린 그의 마음은 이 세상 밖에 존재하는 귀하고 광대한 또 다른 세계를 수월하게 긍정한다.

> 무슨 나물을 무쳐도 맛깔스럽던
> 그 손으로 치댔을 눈부신 빨래들이 연처럼
> 날리는 집을 돌아오는데
> 축 처진 내 몸을 찌르듯
> 빨랫줄 중간을 치켜세우고 있는 장대
> 그 아득한 높이에 앉던 가을
> 잠자리 같은 빈집들을 달고
> 외롭고 높고 쓸쓸한 햇살을 받고 있다
> 추사의 세한도에 부는 송곳 같은 바람이
> 빨래 속을 주인처럼 드나들고 있다　　　　──「추전을 지나」 전문

　　그의 내면에서 선명한 감응을 일으키는 장면들은 이와 같이 고적하고 정갈한 삶의 순간들이다. 추전을 지나는 길에 묵은 집의 풍경, 요즘은 보기 드문 눈부신 빨래와 높다란 장대에서 그는 사라져가는 감각의 세계와 순간적으로 조응한다. 이러한 장면이 특별한 반향을 일으킬 만큼 그는 "외롭고 높고 쓸쓸한" 삶에 매혹되어 있다. "추사의 세한도에 부는 송곳 같은 바람"은 "외롭고 높고 쓸쓸한 삶"의 극치를 보여주는 풍경이다. 그의 시에는 이처럼 극도로 고독하고 고고한 삶에 대한 동경을 드러내는 자아가 내재한다. 표제작인 「자작나무 눈처

럼」에서는 "봄 여름 가을 겨울 뒤의 오체투지를 견딘 젊고 싱싱한,/
이토록 환한 몸"의 자작나무에 매료되어 "내 다시 가슴속의 칼길을
꺼내 저 눈 속으로 걸어가리라"고 다짐하는 시인의 자아를 만날 수
있다. 그의 '자작나무'는 백석의 '갈매나무'와 오버랩되면서 "외롭고
높고 쓸쓸한" 시인의 길을 선택한 그들의 정신적 친연성을 드러낸다.
"길이란 닳고 닳아 지워지는 고통의 길이 아니라/강물처럼 깊어지며
잊는 것"(「태백」)이라는 깨달음처럼 이 길은 그를 한없이 깊은 내면
의 세계로 인도해갈 것이다.

그리고 "가슴속의 칼길을 꺼내 걸어갈" 이 길의 정점에는 "천 년
전 꽃색"이 "일파만파, 먼 바다 물결처럼" "삶의 무늬로 다가오는"
(「내소사 꽃살무늬」) 것과 같은 찬란한 순간이 자리할 것이다. 그의
시에 나타나는 많은 꽃의 이미지들은 요즘 젊은 시인치고는 매우 고
전적이고 정신적인 상징을 보여준다. 그가 그리는 "삶의 무늬"로서의
꽃은 상처의 표상이자 정신적 승화의 증거이다. 자칫 지나치게 종교
적인 상징이 될 수 있는 그의 '꽃' 이미지는, 그러나 「별똥」 같은 시
에서 "집으로 가는 길에/짓무른 종기조차 받들엇!/꽃이 된다" 할 때
의 일상의 느꺼움과 끈끈한 가족애의 증명에서도 발견됨으로써 그의
시를 버티며 건재하는 세간의 현실과 탈속의 세계 사이의 균형감을
확인하게 한다. 모쪼록 그가 비루한 현실에 대한 시비를 멈추지 않으
면서 그 속에서 발견되는 찬란한 삶의 무늬에 더욱 절실하게 감응하
기를 바란다.

4. 미약한 존재들의 상처와 흔적: 박성우

박성우는 요즘 젊은 시인으로서는 드물게 삶의 체험이 다양하고 풍부하다. 체험의 흔적이 분명한 시편들을 통해 추적해볼 때 그는 농촌 지역에서 태어나고 자라 자연과 친근할뿐더러 곤충 채집 같은 적극적인 방식을 통해 자연에 대한 매우 예리한 통찰력을 확보하고 있다. 자연을 접촉하고 감식할 수 있는 여건과 능력을 갖추고 있다는 것은 요즘 시인에게는 흔치 않은 행운이다. 그는 또한 다양한 현실을 체험한 것으로 보인다. 그의 시집에 공존하는, 대학원을 다니는 고학력자로서의 자아와 봉제 공장 노동자로서의 자아는 그가 지닌 체험의 폭을 증명한다. 그리고 모든 체험의 근원에 해당하는 가족사야말로 시인으로서의 그를 형성하는 결정적인 요건이라 할 만하다.

가족사에 대한 기억이 파노라마처럼 펼쳐지는 시 「생솔」에서는 그의 시가 지니는 서사적 구성력의 원천을 접할 수 있다. 유년 시절 그의 정신적 거처는 "엄마 치맛자락처럼 생긴" "치매밭골"이었다. 빨치산이 살았다 하여 다른 아이들은 얼씬도 하지 않는 이곳에 혼자 올라 솔방울을 줍는 동안 그는 "외우지 못할 것이 없었"을 정도로 충분한 자기만의 시간을 가질 수 있었다. 이곳이야말로 외롭고 쓸쓸한 시인으로서의 자아가 형성되는 최초의 지점이 아니었을까 싶다. 그에게 있어 아버지는 법과 권위의 상징이라기보다는 "빚 때문에/그해 겨울도 돌아오지 못했"(「생솔」)던 가난과 불우의 상징이다. "내 아버지 양손엔 우툴두툴한 두꺼비가 살았었다"(「두꺼비」)에서 압축하고 있듯 평생에 걸친 고단한 노동으로도 풀지 못한 가난의 숙제는 어머니의 몫으로 나누어진다. 그의 시에서 어머니는 늘 일하는 모습으로 등장한다. 힘겨운 노동에 지치고 다치면서도 늘 활기를 잃지 않는 강인하고 대범한 어머니는 '치매밭골'과 함께 그의 근원적인 안식처로서 자리한다. 그리고 어머니 대신 정지에서 시래깃국을 끓이며 어린 동생을 한참씩 안아준 셋째 누나나 서울로 돈 벌러 갔다가 내려올 때면 성적표를 확인하며 부지깽이를 들던 큰누나 같은 가족 구성원들의 단단한 결속력으로 인해 그는 가난하지만 결핍되지 않은 유년의 기억을 간직할 수 있었다.

시인으로서의 그의 자아를 형성하는 불안과 상처는 가난한 가계보다는 늘 자기 자신에게서 기인한 것으로 보인다. 방황기의 체험을 담고 있는 시 「감꽃」에서는 "웬, 약주를 하셨어요? 아버지/비켜라 이놈아, 너 같은 자식 둔 적 없다!"는 사실적인 대사와 함께 "아버지 안에서/나는 그렇게 베어졌다"는 고백이 나타난다. 이 구절은 아버지를 극도로 부정했던 저 1980년대 시들의 충격적인 발언들과 대비를 이루면서 모든 것을 결국 자신의 문제로서 돌아보는 젊은 시인들의 변화된 의식을 엿볼 수 있게 한다. 1980년대를 통과하면서 아버지의 세대는 가차없이 무너져버렸고 젊은 세대는 스스로 중심을 세우기 위해 방황과 좌절을 거듭하고 있는 것이다.

강력한 모성의 자장 속에서 살아온 이 시인에게, 아버지로부터 떨어져나오는 것보다 훨씬 더 어려운 것은 어머니에게서 벗어나는 것이리라. 그러나 결국 어머니에게서도 벗어나 자신의 길을 가야 한다는 자의식을 「마이산」에서 엿볼 수 있다. "육백칠십삼 미터의 암마이봉 젖꼭지에서 나는/자갈 하나를 조무래기탑 머리에 올려놓는다/자네는 가려운 귓밥이니 어여 내려가게나/귓불을 치는 나뭇가지의 이름을 나는 모른다"는 마지막 구절에서 나타나듯, 그는 "암마이봉 젖꼭지"
가 상징하는 모성에 대한 강한 집착을 보이지만 그로부터 떨어져나가
야 한다고 자각한다. 마이산의 정상을 차지하고 있는 "암마이봉 젖꼭
지"의 당당함에 비해 '나'는 "가려운 귓밥"으로 비유된 사실을 주목할
필요가 있다.

자신의 존재가 미약하기 그지없다는 씁쓸하고 절망적인 의식은 이
시인의 시집 곳곳에서 어렵지 않게 발견된다. "방,/안의 거미줄만이
내 거처를 간섭하였다/그 외에는 잘못 걸린 전화도 없었다/더이상 절
망할 이유조차 바닥을 보여"(「정읍역」), "혼자 걷는 어둠속/칸칸이
들어 있는 멜로디는 쓸쓸한 법"(「기차」)과 같은 시에서 드러나듯 삶
이란 절망과 고독을 안고 가는 한없이 적막한 여로로 인식된다. 이
시인이 느끼는 고독감이나 소외감의 정체는 공장 노동의 체험을 담고
있는 시들에서 보다 확연하게 드러난다. 「미싱 창고」에서는 졸음을
참다못해 창고로 피해 고장난 미싱에 엎드려 잠을 자는 자신을 "보조
사원 박성우 한 대,/고장나 있다//몸에 미싱 바늘 꼽은 채/수리를 기
다린다"는 식으로 물화시킨다. 「귀퉁이」에서는 힘겨운 노동으로 인해
망치질을 해대는 듯한 심한 현기증을 느끼면서 "그래 난 떨어져나가
야 했을 귀퉁이에 불과해"라고 자조적으로 발언한다. 소모적인 노동
의 부품이 되어가는 현대적 삶과 소외의 심화를 온몸으로 체험해본
그는 무력하고 미약한 존재의 절망감을 익숙하게 표현한다. 그리하여
"헛짚은 날들이 나를 증명해놓았네/개구리밥이 물 위에 뿌리를 내리
듯/헛물켠 시간들이 나를 세월의 방죽 위에 뜨게 했네/발목 닿지 않
을 것 같은 내일도 겹겹이 떠 있을 것이네"(「개구리밥」)라는 처연한
절망의 노래를 부르기도 한다. 자신이 '귀퉁이'에 불과하여 언제라도

떨어져나갈 수 있고 정처 없이 떠도는 존재라는 자각은, 아버지와 중심을 잃어버린 젊은 시인들의 의식 세계를 대표할 만한 것이다.

　시인은 중심과는 거리가 먼 곳에 자신을 위치지음으로써 미약하고 주변적인 존재들에 대한 섬세한 시선을 확보하게 된다. 그의 시집에 유난히 거미나 애벌레, 달팽이, 망둥어 등 보잘것없는 생물에 대한 묘사가 많이 등장하는 것도 이와 무관하지 않은 듯하다.

　　어느 애벌레가 뚫고 나갔을까
　　이 밤에 유일한 저 탈출구,

　　함께 빠져나갈 그대 뵈지 않는다　　　　　　　—「보름달」 전문

　그의 시로서는 이례적으로 짤막한 이 시에서 '보름달'을 비유하는 것은 특이하게도 애벌레가 뚫고 나간 자국이다. 생물이 등장하는 그의 시들은 단순한 관찰과 묘사에 그치는 경우가 드물고 대개 인간의 삶에 대한 비유로 이어지는데 이 시 역시 예외는 아니다. 애벌레가 과실에 내 놓은 자국이 생명의 길인 것처럼 저 달은 '탈출구'가 되어 줄 수 있을까라는 자문과 그것이 불가능한 현실에 대한 각성이 이어진다. 매우 짧은 시이지만 현실에서 벗어나고 싶은 욕망과 좌절감이 "함께 빠져나갈 그대 뵈지 않는다"라는 압축된 서술로 전달된다. 그가 '이미지'보다는 '이야기'를 의식하는 시인임을 알 수 있다.

　등단작이며 표제작인 「거미」는 거미의 생태와 한 사내의 삶을 절묘하게 조합한 시이다. 그의 시에서 곤충이나 생물에 대한 예리한 관찰은 단순한 생태 묘사에 그치는 일 없이 항상 삶에 대한 전체적인 통

찰에 이른다. 생물들의 '길'에 대한 묘사는 곧 인간 '삶'의 비유가 된다. 이 시의 첫 장면은 "거미가 허공을 짚고 내려온다/걸으면 걷는 대로 길이 된다/허나 헛발질 다음에야 길을 열어주는/공중의 길, 아슬아슬하게 늘려간다"(「거미」) 하여 거미의 동작에 대한 자세한 묘사와 삶에 대한 암시가 배합되어 있다. 이어서 거미와 흡사하게 공중에 늘어져 숨진 사내의 모습을 병치시키고 있다. 그리고 '공중'에서 벌어진 이 희귀한 죽음의 내막이 흥미롭게 그려진다.

그 사내의 눈은 양조장 사택을 겨누고 있었는데
금방이라도 당겨질 기세였다
유서의 첫 문장을 차지했던 주인공은
사흘 만에 유령거미같이 모습을 드러냈다
양조장 뜰에 남편을 묻겠다던 그 사내의 아내는
일주일이 넘어서야 장례를 치렀고
어디론가 떠났다 하는데 소문만 무성했다
누가 먼저랄 것도 없이 아이들은
그 사내의 집을 거미집이라 불렀다

거미는 스스로 제 목에 줄을 감지 않는다   —「거미」 부분

간명하게 압축되어 있긴 하지만 사내의 죽음과 관련된 일련의 사건들이 선연하게 제시되고 있다. 남편의 소식을 듣고 나타난 여인의 몰골은 '유령거미'로, 흉가가 되어버린 사내의 집을 '거미집'으로 비유함으로써 거미와 인간의 유사성은 더욱 강조된다. 마지막 구절은 다

시 거미의 비유를 들어 구조적 일치감을 부여하는 동시에 주제를 반복 강조하고 있다.

그의 시는 대부분 생물의 생태와 인간의 삶을 병렬시키는 이런 식의 구성을 보인다. 「달팽이가 지나간 길은 축축하다」에서는 연약한 달팽이와 햇살조차 두려운 실직자의 삶을, 「길」에서는 초록 애벌레의 길과 "길을 버린 사내의 길"을 대비시키고 있다. 이보다 더욱 현실과 밀착하여, 「망둥어」에서는 망둥어를 잡을 때 망둥어를 미끼로 쓰는 원리와 마찬가지로 진행되는 구조조정 방식에 대해, 「참새」에서는 문이 열려도 밖으로 나가지 못하는 참새와 같은 봉제 공장 여공의 일상을 그리고 있다. 한 노인의 비참한 죽음을 눈감지 못하는 굴비에 비유한 시 「굴비」나 누에 농사에 실패하고 만취해 누운 아버지를 "둥글고 거대한 고치"에 비유한 시 「누에」에서도 이야기성이 강하여 흥미를 더한다.

생물과 인간의 대비를 드러내는 시들은 이처럼 주로 병치를 통해 동등한 비중으로 다루어지며 그 유사성이 두드러지게 부각된다. 시인은 갖가지 작은 생물들에 대한 치밀한 관찰과 지식에, 자신이 체험하고 목격한 상처받은 사람들의 이야기를 결합시켜 삶에 대한 전체적인 통찰에 이른다. 그의 시에 등장하는 생물이나 사람들은 나약하고 주변적인 존재들로서 운명의 주인이 되지 못하고 겉돌거나 희생된다. 시인은 그렇게 미미하게 사라져가는 존재들의 흔적을 그리는 데 주력한다. 그가 보기에 이유 없는 죽음은 없고, 흔적 없는 존재는 없다. "공중에 발자국을 찍으며 나는 새가 있다/제 존재를 끊임없이 확인하기 위해/지나온 흔적을 뒤돌아보며 나는 새가 있다"(「새」)에서처럼 한 마리 새조차 혼신을 다하여 자신의 존재를 증명하는 법이다. 그는 이러한 삶의 자취를 소중히 여기고 그것을 이야기로 구성해낸다. 그에게는 자신이 중심에 있지 못하다는 자조감도 적지 않지만 주변적인 존재로서 남기는 흔적도 그럴듯한 것으로 여겨진다. "일찌감치 세상에 단풍"들어 "길은 넓을수록 따분하다"(「강천사에서」)고 한소리하는 그가 소로(小路)의 굴곡과 재미를 어떻게 발견해갈지 여간 궁금하지 않다.

5. 시의 자리

　젊은 시인들의 첫 시집에서 보여주는 세상은 어둡고 우울한 일상이거나 여전히 궁핍하고 힘겨운 현실이다. 그러나 이들의 믿음직스러운 일면은 그런 지리멸렬한 세상에 매몰되지도 않고 그것을 외면하지도 않은 채 균형 감각을 유지하고 있다는 점이다. 현실의 자신을 예리하게 자각하면서도 자신만의 내면 풍경을 만들어가기 때문에 그들의 운신의 장은 협소하지 않다. 현실의 결핍을 견디기 위해 그들은 아름답고, 높고, 충만한 꿈과 기억의 공간을 더듬는다.

　그들의 시에서 언어는 절대적인 준거이다. 이제 아무도 언어를 넘어서는 사상을 꿈꾸지 않는다. 사유의 빛깔과 언어의 형상이 늘 한 몸을 이루고 있다. 그들은 기존 서정시의 틀을 넘어서 자신의 세계를 확장해 가기 위해 주로 환유나 서술, 알레고리 등의 가능성을 실험하고 있다. 그들의 실험은 지나치게 파격적이지 않고 진중하여 오히려 기대할 만하다. 언어에 대한 강박이 지나쳐 자신의 암호 속에 갇혀버리는 식의 위험에 빠지지 않는 것은 그들의 균형 감각을 반증하는 것이다. 이러한 균형 감각이란 결국 외롭고 높고 쓸쓸한 자리에 서서 세상과 자신을 바라볼 수 있는 시선에서 나온다. 세상으로 너무 나가거나 내면으로만 파고 들어가는 요즘의 젊은 시인들에 비해 그들은 미학적 거리에 대한 고전적인 기율을 지키고 있는 셈이다.

그들은 결핍과 모순의 시대를 온몸으로 살아내며 자신에 대한 존재론적 물음을 그치지 않았던 전시대 숙고파 시인들의 고달픈 유산을 이어받고 있다. 고독을 시인의 운명으로 선택한 그들에게, 꽤 높고 쓸쓸한 그 자리는, 멀리, 넓게 바라볼 수 있는 시야를 펼쳐줄 것이다.

페르세포네의 귀환
— 1980년대 이후 여성시의 주요 담론들

1. 잃어버린 시간들

여성들에 대한 강압과 탈취와 감금의 역사는 멀리 신화의 시대로 거슬러 올라간다. 아폴론에게 쫓기다 월계수가 된 다프네, 제우스의 욕정 때문에 암소가 되는 이오 등 남성 신의 일방적인 지배로 인해 억압되는 여성이 등장하는 신화는 무수히 많다. 남성 신의 입장에서는 사랑의 표현일지라도 여성으로서는 극단적인 선택에 이르게 하는 폭력이 신들의 세계에서도 난무했던 것이다. 명계의 신 하데스의 페르세포네에 대한 사랑도 마찬가지이다. 페르세포네는 대지의 여신 데메테르와 제우스 사이에서 태어난 빼어난 미모의 여인이다. 페르세포네의 아름다움에 반한 하데스는 그녀를 납치해서 지하 세계로 데려가 버린다. 대지의 여신 데메테르가 딸을 잃고 슬픔에 잠기자 땅에는 극심한 기근이 든다. 제우스가 나서서 하데스에게 페르세포네를 풀어주고 어머니에게 돌아가게 하도록 명령한다. 그런데 페르세포네는 지상

으로 돌아간다는 소식에 방심한 나머지 하데스가 권하는 석류 한 알
을 삼키고 만다. 명계의 음식을 먹은 자는 지상으로 돌아갈 수 없다
는 불문율을 몰랐던 것이다. 제우스가 다시 중재에 나서서 페르세포
네는 일 년에 여덟 달은 지상에서 어머니와 지내고, 나머지 네 달은
지하에서 남편과 지내게 된다. 이 페르세포네의 이야기는 흔히 대지
의 생산력과 순환의 질서를 상징하는 것으로 풀이된다. 그러나 여기
에서도 여성은 일방적으로 감금되고 억압받는 피해자인 데 반해 남성
은 규율을 생산하고 주도한다. 오르페우스의 이야기에서도 그의 아내
에우리디케는 남편의 의지나 유혹에 피동적으로 이끌려다닐 뿐이다.

남성의 욕망에 의해 하강의 수난을 겪게 되는 여성의 이야기는 동
양 쪽에서도 드물지 않다. 선녀와 나무꾼에서도 선녀는 남성의 일방
적인 선택에 의해 강제적으로 지상에 머물게 된다. 천상의 고귀한 신
분으로도 여성으로서의 질곡을 벗어나지는 못한다. 그러나 천상의 기
억을 잊지 않고 간직했던 선녀는 기어이 승천하고 온 가족을 천상으
로 이끈다. 서양 신화에 비해 훨씬 능동적인 행위와 이상적인 결말을
보이는 셈이다.

여성이 최초의 행복한 시간을 잃고 낙원에서 멀어져 유폐와 억압의
숙명을 감내하고 있다는 인식은 아주 오래된 것이다. 여성에게 현실
은 언제나 결핍되어 있고 벗어나야만 할 상황이라 할 수 있다. 여성
이 본래의 자리로 돌아갈 때 비로소 모두가 화평해진다. 옛이야기 속
에서 여성의 제자리 찾기는 그리 힘들어 보이지 않는다. 고난과 인내
끝에 당연한 귀결로서 행복한 결론에 이르게 된다. 그런데 현실은 훨
씬 냉혹한 것이어서 여성이 온전한 자리를 찾기는 지난한 일이다. 그
동안에 씌어진 여성에 대한, 여성에 의한, 여성을 위한 무수한 문학

작품들이 그 증거이다.

우리 현대시에서도 여성 문제에 대한 의식이 본격화된 것은 비교적 최근의 일이다. 1980년대를 기점으로, 그 이전의 여성시들이 주로 여성적 감정을 소극적으로 드러내었던 것에 비해, 그 이후의 시들에 서는 여성 문제에 대한 적극적이고 의식적인 접근이 강화된다. 특히 1980년대에는 민중시와 참여시의 강세와 함께 여성 소외와 억압의 역사에 대한 비판이 두드러진다. 1990년대 이후에는 민중시의 퇴조 와 포스트모더니즘 담론의 확산과 더불어 여성 문제에 대한 다양하고 내면적인 접근이 이루어진다. 여성들은 더 이상 자신들이 감수해온 고난과 차별을 운명적인 것으로 받아들이지 않고, 부정하고 극복해야 할 문제로 각성한다. 되찾아야 할 본래의 자리를 선명하게 자각하면 서 여성시는 전례 없이 전투적이고 강력하고 신선한 목소리를 내게 된다. 여성시는 더 이상 남성시의 주변에 약자로서 머물지 않고 새로 운 담론을 주도해가고 있다. 여기에서는 1980년대 이후의 여성시에 서 주목할 만한 경향을 분류하여 대표작 중심으로 논의해보려 한다.

2. 역사의 어둠을 딛고

남성 중심의 역사history에 대한 의문을 제기하고 그 그늘에 가려 졌던 여성의 역사herstory를 구상하기 시작한 것도 그리 오래된 일은 아니다. 우리 여성시사에서 여성 소외의 역사에 대해 근본적인 의문 을 제기하고 획기적으로 여성의 역사를 기술한 시인으로 고정희를 빼 놓을 수 없다. 고정희는 1980년대 문학의 강력하고 진취적인 역사 의식을 수용하면서 여성의 역사를 각별하게 부각시킨 문제적 시인이다. 그녀만큼 강고한 신념과 투철한 비전으로 여성의 역사를 인식한 시인은 전무후무하다. 여성 수난의 통한을 풀어내고 넘어서기 위해 그녀는 기꺼이 무녀의 신들린 소리를 빌려온다.

> 해동국 조선땅 팔만사천 사바세계
> 백년 만에 한 번 오는
> 쌍팔년 가을 시월 상달 택하야
> 한반도 딸들이 다 모였기로서니
> 오늘날은 다름이 아니오라
> 우리 모두 대한조선 이어갈 주인인지라
> 말뚝이면 뽑아주고
> 빗장이면 벗겨주고
> 쓰러졌으면 일으켜주고
> 눌렸으면 펴주고
> 매였으면 풀어주고
> 사슬이면 끊어주고
> 우리 모두 자녀 만대 한몸 이룰 사람인지라
> 민족 절반 여성 해방 발원축수 드립니다
>
> ——「여자 해방염원 반만년」[1] 부분

시인은 무가의 축수를 끌어와 여성 해방의 오랜 숙원을 풀려 한다.

---

1) 고정희, 『저 무덤 위에 푸른 잔디』(창작과비평사, 1989), pp.9~10.

민족의 '절반'인 여성이 어둠에 묻혀 있는 한 온전한 회생과 화합은 불가능하기 때문이다. 시인은 그동안 매장되었던 여성들의 역사와 저력을 밝히려 힘쓴다. 이를 위해 자칭 '여성사 연구'와 같은 의식화된 작업을 지속적으로 행한다. 그녀의 '연구'에 의하면 우리 민족의 수난기마다 여성들은 발벗고 나서서 국권 회복을 이루어왔다. "근자에 들리는 소문에 의하면/국채 일천삼백만 원에 나라의 흥망이 달려 있다 하오니/대범 이천만 중 여자가 일천만이요/여자 일천만 중 반지 있는 이가 오백만이라/반지 한 쌍에 이 원씩 셈하여/부인 수중에 일천만 원 들어 있다 할 것이외다"(「반지뽑기부인회 취지문-여성사 연구 2」[2])같은 시에서는 국채보상운동 당시의 실제 문서를 전용하여 실감을 더하기도 한다. 축원과 탄식과 구호가 가득한 그녀의 시는 여성 해방을 향한 열망을 직설적으로 드러낸다. 미구에 닥쳐올 죽음을 예감이라도 한 듯 그녀는 자신의 신념과 희망을 혼신을 다해 토로한다.

여성의 역사에서 '어머니'가 차지하는 위치는 절대적이다. 고정희의 시에서 어머니는 여성 이상의 권능을 지닌다. "이 세계의 불행을 덮치시는 어머니/만고 만건곤 강물인 어머니/오 하느님을 낳으신 어머니"(「땅의 사람들 8-어머니, 나의 어머니」[3])에서 어머니는 심지어 하느님에 선행하는 존재로 인식된다. 남성 중심의 사고를 타격하는 이러한 전위적인 의식이 그녀의 새로운 '여성사'를 가능하게 했던 것이다. 이토록 선구적인 의식은, 과도한 이념과 전투적인 언어의 거부감을 상쇄하고, 아직도 여성시의 미래로 남아 있다.

---

2) 고정희, 『지리산의 봄』(문학과지성사, 1987), p.79.
3) 같은 책, p.23.

나는 남도의 딸,

문둥이처럼, 어차피, 난,

가난과 태양의 혼혈인걸,

만장 펄럭이는 꽃상여길 따라따라

넋을 잃고

망연자실 따라가다가

무등에 서서 —

무등에 서서 —   ——「남도唱」[4] 부분

기다림이사 천년 같제 날이 저물셰라 강바람 눈에 그리메지며 귓불
불콰하게 망경산 오르면 잇몸 드러내고 휘모리로 감겨가는 물결아 지
겹도록 정이 든 고향 찾아올 이 없는 고향

문디 같아 반푼이 같아서 기다림으로 너른 강에 불씨 재우는 남녘
가시나

주막이라도 차릴거나

승냥이와 싸우다 온 이녁들 살붙이보다 헌칠한 이녁들

거두어나지고

밤꽃처럼 후두둑 피어나지고   ——「진주 저물녘」[5] 전문

고정희처럼 급진적인 여성 해방론은 흔치 않지만, 1980년대 여성
시에서 소외와 질곡의 여성사에 대한 인식은 대폭 확대된다. 위의 두

---

4) 김승희, 『�왼손을 위한 협주곡』(문학사상사, 1983), p.20.
5) 허수경, 『슬픔만한 거름이 어디 있으랴』(실천문학사, 1988), p.13.

시들은 모두 소외된 남녀의 역사와 여성사를 중첩시켜 여성에게 가해
진 이중의 소외를 상기시킨다. 김승희의 시에서 여성은 가난과 어둠
을 숙명처럼 여기고 역설적인 신명의 가락으로 그것을 승화시키고 있
다. 허수경의 시에서도 남성에 대한 지고한 기다림과 위안의 역할을
달게 감수하는 전통적인 여성상이 그려진다. 두 시인 모두 여성 해방
의 기치를 드높이기 이전에 오랜 세월 여성이 감내했던 어둠을 직시
하고 수용하고 있는 것이다. 생경한 구호로 거부감을 일으키기보다는
소외된 여성들의 한과 육성을 재현함으로써 그 삶을 실감의 차원으로
끌어낸 것이다. 여성들에게 부하되었던 인고의 시간을 되새기는 것은
그 어둠을 딛고 나아가기 위한 시발점이 될 수 있다. 가난하고 소외
된 여성들의 목소리를 전면에 등장시킴으로써 이들은 잊혀졌던 '그녀
들의 역사'를 되살려낸다.

3. 가부장제의 중압을 뚫고

아버지에 대한 치열한 부정은 1980년대 이후 우리 시의 중요한 담
론을 이룬다. 이는 비단 여성 시인들에게 국한되지 않고 남녀 시인
모두에게 심각한 문제 의식을 던져준다. 1980년대 시에서 행해진 아
버지 부정은 오랫동안 우리 역사를 피폐하게 했던 군부 독재에 대한
혐오감과 더불어 더욱 강력한 상징성을 갖는다. 타락한 아버지들에
대한 딸들의 분노와 거부는 그들에게 가해지는 가부장제의 폐해로 인
해 설득력을 더한다.

"인생이 똥이냐 말뚝 뿌리 아버지 인생이 똥이냐 네가 그렇게 가르

쳐줬느냐 낯도 모르는 낯도 모르고 싶은 어느 개뼉다귀가 내 아버지
인가 아니다 돌아가신 아버지도 살아계신 아버지도 하나님 아버지도
아니다 아니다"(「다시 태어나기 위하여」[6])에서처럼, 여성 시인들은
정체성 회복을 위한 전초전으로 강력한 아비 부정을 행한다. 갖은 욕
설과 비어가 난무하는 이 과격한 부정의 언어들은 아버지의 권위와
중압을 극복하기 위한 방편이라 할 수 있다. 같은 시인의 시에서도,
"박씨보다 무섭고,/전씨보다 지긋지긋하던 아버지가/저렇게 움트는
새싹처럼 보일 수가.//내 장단에 맞춰/아장아장 춤을 추는,/귀여운
아버지"(「귀여운 아버지」[7])로 전혀 다르게 취급되는 아버지는, 이미
기존의 권위를 잃어버리고 조롱의 대상이 되어버린 1990년대 아버지
의 약화된 실상을 보여준다.

김혜순의 시에서도 아버지는 "허수아빌 세우시고/넝마들에게 준엄
하게 이르신다"(「아버지가 세운 허수아비」[8])에서처럼 이미 '허수아
비'에 불과한 우스꽝스러운 존재가 되어버린다. 오히려 그녀에게 경
계의 대상이 되는 것은 기존의 아버지가 아니라, 아버지의 권위를 대
신할 수 있는 자기 자신이다. "천년 묵은 여우는 백 사람을 잡아먹고/
여자가 되고, 여자 시인인 나는/백 명의 아버지를 잡아먹고/그만 아
버지가 되었구나/(망측해라, 이제 얼굴에 수염까지 돋게 생겼구나)/
백 명의 아버지를 잡아먹고/그 허구의 이빨로 갈아 놓은/문장의 칼을
높이 치켜들고/나 두리번거릴 때/저기서 문장의 사이로/나귀를 타고
걸어 들어오는 너의 모습/엘리엘리"(「어쩌면 좋아, 이 무거운 아버지

6) 최승자, 『이 시대의 사랑』(문학과지성사, 1981), p.21.
7) 최승자, 『내 무덤, 푸르고』(문학과지성사, 1993), p.46.
8) 김혜순, 『아버지가 세운 허수아비』(문학과지성사, 1985), p.79.

를」[9])에서 '아버지'는 허구로 쌓아올린 가장 강력한 권력이다. 예전에 아버지가 그러했듯이, 그 아버지를 무너뜨린 나의 문장 또한 허구로 채워진 무모한 권력일 수 있다. 사납고 강하고 날카로운 펜은 예전의 아버지처럼 사정없이 재단하고 희생시키는 폭력이 될 수 있다. 시인이 늘 고정된 의미와 형식을 경계하며 유연하고 전복적인 상상을 즐기는 것은 무겁고 단단한 권위의 폐해에 빠지지 않기 위해서이다. 사나운 칼날보다는 가벼운 날개가 되어야 세상을 자유롭게 하는 문장이 될 수 있기 때문이다.

가부장제의 남성에게 행해진 부정에 비해 여성에 대한 비판은 온건한 편이지만, 이 역시 중요한 문제 의식을 내포한다. '밥상 차리기'로 대표되는 끊임없는 일상의 노역은 여성들이 힘겹게 감내하고 있는 보이지 않는 감옥이다. 김혜순의 시 「또 하나의 타이타닉호」에서 재미나게 비유하고 있듯, "다시 쌀을 씻는다. 망망대해를 떠가는 배, '또 하나의 타이타닉'표 압력 밥솥, 과연 이것이 나의 항해인가. 리플레이, 리플레이, 리플레이/우리집에 정박한 한국식 압력 밥솥 '또 하나의 타이타닉호'"[10]는 여성의 일상을 서서히 침몰시키는 막대한 중압감이다. "그럼 그것도 안 하면 뭐 할 건데?"라는 냉정한 반응에 대해 여성들은 두 가지 반응을 보일 수 있다. 침몰하는 타이타닉호를 지키며 부단한 내공으로 그 덧없음을 감내하는 것과 분연히 떨치고 나가는 것이다.

복도에 갇힌

---

9) 김혜순, 『나의 우파니샤드, 서울』(문학과지성사, 1994), p.49.
10) 김혜순, 『달력 공장 공장장님 보세요』(문학과지성사, 2000), p.26~27.

처음과 끝을 알 수 없는 발자국들 지워집니다
그 여자의 시름도 함께 지워집니다
발자국이 아주 깨끗이 끊어지는 경우는 거의 없지만
혹 그런 때를 당하더라도
그 여자는 없는 발자국들을 만들어 지워갑니다
긴 복도에서의 일생이 적적한 놀이가 된 때문입니다
그 여자는 자루걸레와 말없는 짝이 되어
발자국의 긴 복도를 연거푸 끌어당기고 연거푸 밀어냅니다
　　　　　　　　　　　　——「자루걸레질하는 여자 2」[11] 부분

'그 여자'의 자루걸레질 역시 밥상 차리기처럼 지루한 노역이겠지만, 이 시에서는 전혀 다르게 느껴진다. 절간에서 수십 년 비질로 득도에 이를 수 있는 것처럼 이 시에서의 걸레질은 놀이이자 삶 자체가 되어 있다. 인생이 어차피 덧없고 적적한 놀이라면, 평생의 자루걸레질이 반드시 못 견딜 고역일 것도 없다. 한없이 적막하면서 평화로운 이 시의 풍경은 삶에 대한 담담한 통찰과 인내의 미덕을 제시한다.

김혜순의 시에서도 걸레질은 여성의 삶과 밀착되어 많은 상념을 낳는다. "시궁창에서 놀던 십 년 전 남동생을 안듯 그녀는 걸레를 안는다 〔……〕 걸레도 손을 들어 그녀의 꽃을 만져준다/그들은 너무 사랑하므로 포개어진 두 손은 하나처럼 보인다/아무리 눈을 부릅뜨고 보아도 둘이 합해/그들은 팔이 두 개다"(「슬픈 서커스」[12])에서 여자와 걸레는 사랑하는 남녀처럼 떨어질 줄 모른다. 더러운 걸레를 운명

---

11) 이진명, 『집에 돌아갈 날짜를 세어보다』(문학과지성사, 1994), p.83.
12) 김혜순, 『나의 우파니샤드, 서울』, 앞의 책, pp.80~81.

인 듯 껴안고 있는 여자에게서는 애증을 넘어서는 애착이 느껴진다. 누추하지만 끈기 있는 삶의 독특한 숭고미도 엿볼 수 있다. 또 다른 시 「환한 걸레」에서는 더러움에서 꽃피는 아름다움이 인상 깊게 그려진다. "분홍색 꽃나무 한 그루 허공을 닦는다/겨우내 텅 비었던 그곳이 몇 나절 찬찬히 닦인다/물동이 인 여자들이 치켜든/분홍색 대걸레가 환하다"[13]에서 물동이 인 여자들의 분홍색 대걸레와 땅속에서 싱싱한 영양을 퍼올려 꽃을 피우는 꽃나무의 이미지는 흥미롭게 중첩된다. 돌봄과 사랑, 생산력과 같은 여성적 특질이 긍정적으로 부각되고 있는 시이다.

김승희의 경우는 온화함이나 희생을 여성적 덕목으로 삼는 것 역시 남성 중심의 편견이 아닐까라는 근본적인 의심을 행한다. 그녀에게 가부장제하의 결혼은 "스스로 AM방송국이 되어/하루종일 상투적인 전파를 송신하고/퍼뜨리는 너절한 주부생활 방송국 국장이 되"(「결혼의 세계」[14])는 것과 같다. 하루종일 밥하고 아이 기르고 시부모 봉양하면서도 무료로 종신 봉사하는 결혼의 세계가 "인신매매단의 생리와 닮았"(「기적」)음을 간파하기도 한다. 곰이 아닌 호랑이를 지향하지만 시대의 테두리에 갇혀 '사이코 토끼'가 되어가는 여성들에게 시인은 "언어의 위선을 뚫고 나가/호랑이를 영접하고 짐을 떠맡아라"(「사이코 토끼」) 하고 독려한다.

우리의 삶은 모두 이와 같습니다
우리들 각자가 배우지 않으면 안 되는

---

13) 김혜순, 『불쌍한 사랑기계』(문학과지성사, 1997), p.73.
14) 김승희, 『세상에서 가장 무거운 싸움』(세계사, 1995), p.131.

외국어와 같은 것 ─

어디에도 인당수는 없습니다

어머니,

우리는 스스로 눈을 떠야 합니다

─「배꼽을 위한 연가 5」[15] 부분

그녀는 여성의 새로운 삶이 외국어를 배우듯 의식적으로 노력해야 열리는 것임을 강조한다. 여성에게 강요된 일방적인 희생을 거부하고 스스로 눈을 뜨려는 의식의 각성을 요청한다. 가부장제의 중압을 뚫고 아버지에게 저항했듯이 여성들 스스로가 쳐놓은 편견과 희생의 울타리를 벗어나 새로운 세계를 개척해가야 한다는 것이다. 시인은 '침묵'이나 '정신착란'이 여성에게 허용된 유일한 정치적 행위였던 시대를 벗어나 진취적인 '호랑이'의 기상을 실천하는 새로운 여성상을 제시한다.

4. 억압된 몸을 벗고

몸은 여성의식이 드러나는 가장 내밀한 영역이다. 몸은 한 개인을 이루는 최소의 단위인 동시에 타자와 사회로 연결되는 무한한 관계의 사슬이기도 하다. 1990년을 전후하여 우리 시에서 몸은 가장 새롭고 문제적인 담론을 형성해왔다. 이성의 그늘에 가려 미개하고 혼란스런 금기의 영역으로 남아 있던 몸은 억압된 것들의 귀환과 더불어 새롭

---

15) 김승희, 『왼손을 위한 협주곡』, 앞의 책, p.97.

게 주목받게 된다. 남성적 시각에 의해 왜곡되었던 여성의 몸에 대해 여성 시인들은 독자적인 접근으로 재해석을 시도한다.

최승자는 여성의 몸에 대한 선구적인 성찰을 보여준다. 그녀는 기존의 시에서 극도로 억압되고 은폐되었던 여성의 몸에 대해 획기적인 해석을 행한다. 그녀의 시에서 여성의 몸은 일방적으로 성스럽거나 비천하지 않다.

> 여자들은 저마다의 몸속에 하나씩의 무덤을 갖고 있다.
> 죽음과 탄생이 땀 흘리는 곳,
> 어디로인지 떠나기 위하여 모든 인간들이 몸부림치는
> 영원히 눈먼 항구.
> 알타미라 동굴처럼 거대한 사원의 폐허처럼
> 굳어진 죽은 바다처럼 여자들은 누워 있다.
>
> ——「여성에 관하여」[16] 부분

이 시에서 여성들이 저마다 가지고 있는 무덤이란 다름 아닌 '자궁'을 의미한다. 그곳은 모든 생명의 탄생과 죽음을 관장하는 원초적인 자리이다. "알타미라 동굴"이나 "사원의 폐허" "죽은 바다"와 같이 오래된 유적처럼 그것은 유구한 생사의 흔적을 담고 있다. 시인은 여성의 자궁이 함의하고 있는 무수한 삶과 죽음의 형성을 제의적 상상으로 확산시키고 있다. 이 시에 의해 여성의 자궁은 단순히 잉태와 생산뿐 아니라 죽음과 폐허까지도 포함하는 역동적인 공간으로 재인

---

16) 최승자, 『즐거운 일기』(문학과지성사, 1984), p.49.

식된다. 여성의 몸에 대한 이같이 포괄적인 시선은, "난 죽으면서 보았어./나와 내 아이가 이 도시의 시궁창 속으로 시궁창 속으로/세월의 자궁 속으로 한없이 흘러가던 것을"(「Y를 위하여」) 같은 시에서 암시되는 신체적 경험과 "죽어 삼일간을 떠돌던 한 여자의 시체가/해양 경비대 경비정에 걸렸다./여자의 자궁은 바다를 향해 열려 있었다./(오염된 바다)"(「겨울에 바다에 갔었다」)에서와 같은, 병든 시대에 대한 전체적인 통찰에 기인한다. 그녀는 여성의 몸에 대한 고정된 관념을 떨치고 경험과 현실과 무의식을 두루 관통하는 새로운 의미를 발견한다. 그녀에게 몸은 생과 사, 성스러움과 비천함이 함께하는 구체적인 삶의 영역이다.

"죽음과 탄생이 땀 흘리는 곳"의 역동적 체험으로 인해 여성들은 시간의 인과와 관계의 친밀성에 대해 놀라운 직관을 발휘한다. 김혜순은 여성의 몸에 대한 심층적인 탐구를 통해 여성의 정체성에 대한 끊임없는 질문을 던진다. 해산의 체험은 여성으로서의 몸을 자각하고 개체를 넘어선 모성적 연대와 생명의 순환성을 확인하는 계기를 이룬다.

거울을 열고 들어가니
거울 안에 어머니가 앉아 계시고
거울을 열고 다시 들어가니
그 거울 안에 외할머니 앉으셨고
외할머니 앉은 거울을 밀고 문턱을 넘으니
거울 안에 외증조할머니 웃고 계시고
[……]

청천벽력.

정전. 암흑천지.

순간 모든 거울들 내 앞으로 한꺼번에 쏟아지며

깨어지며 한 어머니를 토해내니

——「딸을 낳던 날의 기억」[17] 부분

　출산을 통해 여성은 어머니가 되며, 모계로 전승되어온 유구한 생성의 드라마를 극적으로 체험하게 된다. 이 시에서처럼 한 고비씩 숨을 몰아가는 진통의 과정을 겪으며, 한 개체의 발생에 선행하는 모계의 고유한 체험을 공유하게 되는 것이다. 이 여성으로서의 몸은 딸에게도 그대로 전수되어 끈끈한 인과의 고리를 형성하게 될 것이다. 무수히 반복되는 모성의 유대 속에서 또 다른 생산을 감당하게 될 딸 역시 미래의 어머니로서 여기에 동참한다. 구체적인 출산의 과정과 모성의 연대 작용을 절묘하게 결합시킨 이 시는 여성의 몸에 대한 심화된 인식을 반영한다.

　여성 시인들은 자신들의 몸에 대한 집요한 성찰을 통해 오래된 편견과 오해에서 벗어나 여성의 몸이 지닌 다양한 함의와 가능성을 개척해나간다. 여성의 몸과 함께 자연은 남성 중심의 사유에서 배제되었던 대표적인 미개지이다. 몸에 대한 새로운 각성은 자연에 대해서도 동일한 발견을 가능케 한다. 여성주의와 생태주의의 결합은 현재 남성 중심, 인간 중심의 역사가 초래한 많은 문제점들에 대한 비판적 대안으로서 가장 주목받고 있다. 착취와 정복의 논리에 의해 훼손된

---

17) 김혜순, 『아버지가 세운 허수아비』, 앞의 책, p.113.

자연을 회복하기 위해서는 여성 특유의 배려와 돌봄의 덕목이 요청되기 때문이다. 이는 인간 중심의 사유에서 벗어나 자연의 일부로서의 자신을 깨닫는 것으로부터 시작될 수 있다. 친자연적인 몸을 자각하는 여성 시인들에게서 생태 의식의 발생은 필연적이다.

> 내 죽은 담에는 늬들 선산에 묻히지 않을란다
> 깨끗이 화장해서 찹쌀 석 되 곱게 빻아
> 뼛가루에 섞어달라시는 엄마 바람 좋은 날
> 시루봉 너럭바위 위에 흩뿌려달라시는
>
> 들짐승 날짐승들 꺼려할지 몰라
> 찹쌀가루 섞어주면 그네들 적당히 잡순 후에
> 나머진 바람에 실려 천 · 지 · 사 · 방 · 훨 · 훨
> 가볍게 날으고 싶다는　　　　　—「엄마의 뼈와 찹쌀 석 되」[18] 부분

　김선우의 시는 여성의 몸과 생태 의식의 결합에 있어 탁월하다. 그녀의 시는 여성들이 본능적으로 감지하는 자연으로서의 몸과 생성력을 묘파한다. 이 시에서 어머니의 육성을 통해 드러나는 생태 의식은, 가부장제에 대한 부정과 자연으로의 회귀를 동일선상에서 파악하고 있다는 점에서 더욱 설득력이 있다. 평생을 가부장제의 중압 하에 살았지만 죽어서는 자연으로 돌아가고 싶다는 염원 속에는 본원의 자리를 깨닫고 회귀하려는 의지가 서려 있다. 가부장제에 대한 복무가

---

18) 김선우, 『내 혀가 입 속에 갇혀 있길 거부한다면』(창작과비평사, 2000), p.14.

강제적인 것이었다면 자연으로 돌아가 들짐승 날짐승의 먹이가 되고 싶다는 소망은 자발적으로 이루어진다. 자연은 그녀의 몸을 억압하지 않고 자유롭게 놓아주기 때문이다. 뼛가루가 되어 천지사방 훨훨 날고 싶다는 바람에는 가부장제의 중압에 대한 강렬한 거부가 들어 있다. 여성이 돌아가고자 하는 본래의 자리는 억압과 차별이 자리잡지 않은 자연의 상태와 유사한 것이다.

5. 공존의 방식

1980년대 이후 여성 시인들의 의식은 놀랄 만큼 빠르고 다양하게 변화되었다. 그녀들은 역사와 가족과 몸 등의 여러 자장 안에서 혁신적으로 자신의 정체성을 재정립해나갔다. 여성들은 자신들만의 시선과 언어를 통해 기존의 시들과 확연히 구분되는 새로운 담론과 형식을 개척해왔다.

그간 여성 문학이 이룬 약진에 대해 벌써부터 여성 문학은 충분히 목소리를 드높여서 이제 새로울 것이 없다거나 이미 주류 문학에 편입되어 최초의 운동성을 상실했다는 등의 부정적인 논의들이 끊이지 않고 있다. 이제 겨우 자신의 눈으로 어둠을 인식하고 본래의 자리를 찾아가고자 하는데 말이다. 선명한 자의식은 주위를 불편하게 할 수밖에 없다. 여성 문학, 특히 시에서 보여준 이질적이고 거칠고 광기 어린 언어들이 보수적인 독자들에게는 부담스럽게 읽혔을 것이다. 거침없는 전복적 사유와 돌출한 상상들이 충격이 되기도 했을 것이다. 개척의 의지가 충만한 초기의 작업에서 흔히 볼 수 있는 급격한 변화

때문이다.

이제 여성 문학은 그동안의 성과를 바탕으로 더욱 다양하고 폭넓게 새로운 진로를 찾아나가야 할 것이다. 아직까지 밝혀지지 않은 여성성에 대한 심층적인 탐구를 행하고 여성적 언어의 가능성도 다채롭게 시도해보아야 한다. 여성 문학에 대한 배타적인 정서들을 포용할 수 있는 설득력 있는 논리도 개발해야 하며 무엇보다 여성들만의 문학에서 벗어나 진정한 공유의 방식을 찾아가야 할 것이다.

여성 문학이 아주 먼 훗날에도, 남성을 억압하는 또 다른 반쪽의 문학이 되지 않기 위해서는 '차별'이 아닌 '차이'를 인정하며, '따로' 또 '같이' 나아가는 공존의 지혜를 발휘해야 한다. 이와 관련하여 페르세포네의 후일담에 귀를 기울여 보자.

페르세포네가 명계의 여왕이 된 이후에 사랑의 여신 아프로디테가 아끼던 미소년 아도니스를 그녀에게 맡긴 적이 있다. 이 미소년을 사랑하게 된 페르세포네가 그를 돌려주지 않자 두 여인 사이에 분쟁이 생긴다. 이번에도 제우스가 중재하여 아도니스가 네 달은 페르세포네와, 다른 네 달은 아프로디테와 지내고 나머지 네 달은 자유롭게 살게 했다. 그런데 아프로디테의 애인인 아레스가 그것을 질투하여 음모를 꾸미고, 아도니스는 사냥 중에 산돼지에게 받히어 죽게 된다. 그의 피에서 아네모네가 피어났고 하얗던 장미는 그를 도우려다 상처를 입은 아프로디테의 피로 붉게 물들게 되었다 한다. 꽃이 된 후에도 그가 아프로디테와 함께하는 여덟 달은 대지에 생명이 넘치고 나머지 네 달 동안은 명계의 어둠이 지배하게 된다.

페르세포네의 신화가 상징하듯, 남성 혹은 여성이 일방적으로 이끄는 세상은 불행과 결핍에서 벗어나기 힘들다. 사랑이라는 미명 하에 행해지는 억압과 폭력도 마찬가지이다. 평화로운 공존과 상생을 위해서는 서로 배려하며 조화로운 관계를 구축해나가야 한다. 하데스와 페르세포네 경우처럼 일방적인 사랑과 지배에서 벗어나 나누고 배려할 때 세상은 비로소 화평한 본원의 질서로 돌아갈 수 있는 것이다.

천(千)의 몸을 한 그녀들
―여성시와 변신 모티프

1. 변신, 상상의 자유

변신 이야기는 동서고금을 막론하고 두루 발견되는 문학적 모티프이다. 다른 피조물로의 변신은 상상할 수 있는 인간의 능력이 극적으로 구현된 작용이다. 지금, 현재의 모습과 다른 상태를 추구하는 인간의 의지와 욕망은 역사를 변화시켜왔을 뿐 아니라 무수한 상상의 산물을 산출해왔다. 변신 이야기가 주를 이루는 신화와 민담은 인류의 정신적 원류를 저장하고 있는 상상력의 보고라고도 할 수 있다. 현대에도 변신의 모티프는 끊임없이 반복되면서 인간 정신의 심연과 초월의 욕망을 드러낸다.

변신 모티프는 주로 서사문학과 관련하여 논의되어왔다. 변신 이야기가 들어 있는 신화나 전설은 서사문학의 뿌리에 해당하기도 한다. 시의 변신 모티프가 크게 주목되지 않은 것은 서사문학에 비해 상상력의 작용이 훨씬 자유롭고 비약적인 고유의 특성 때문인 듯하다. 즉 시에서는 은유나 상징 속에 이미 근원적 욕망이나 초월적인 상상이 압축되어 있는 것이다. 시의 핵심인 비유 속에서 두 개의 사물은 천의무봉으로 접합되어 한 몸을 이루게 된다. 시인이 '꽃'이라고 부르는 순간 '꽃'이 생겨나는 마술적 탄생의 순간이 시의 언어에는 있다.

> 시인의 상상력이
> 미지의 사물에 일정한 형태를 주면, 그 붓은
> 그것을 구체화시키며, 공허한 환상에다
> 장소와 명칭을 부여한다오.
> 강한 상상력에는 그러한 마력이 있는 법이라,
> 무슨 기쁨을 느꼈다 하면
> 그 기쁨을 가져다준 것을 생각해 내며,
> 혹 깊은 밤 무섭다 생각하면
> 덤불도 쉽게 곰으로 보이는 법이라오.

셰익스피어의 「한여름 밤의 꿈」에서도 시적 상상력의 마력을 이같이 이야기하고 있다. 시에서는 상상과 명명의 순간 이미 변신이 완성되는 것이다.

따라서 한국 여성시에 나타난 변신의 상상력을 살피는 이 자리에서는 부득이하게 변신의 상상력을 의식적으로 '구체화'시키고 있는 시들을 찾아봐야 할 것이다. 여성 시인들의 시에 나타나는 변신의 모티프들은 그녀들에게 잠재되어 있던 욕망의 실체를 확연하게 드러낸다. 옛부터 변신은 주로 여성과 관련되는 경우가 많다. 이러한 변신의 여성화 현상에 대해서는, 여성의 주기적 변화와 관련지어 설명하기도 하고,[1] 여성에게 가해졌던 억압적 현실과 결부시키기도 한다.[2] 주기적인 신체의 변화나 임신과 출산 같은 여성 특유의 체험들은 변신에 대한 풍부하고 유연한 상상을 불러올 수 있다. 그리고 오랫동안 가부장제 하에서 억압되어왔던 여성들은 자유롭고 초월적인 몸의 상상에 익숙하다. 본능적으로나 현실적으로 여성들은 변신의 욕망이 강렬하다.

현대시에서 여성 시인들이 보여주는 변신의 상상은 다채롭다. 여성 시인들은 기존의 변신담에 자주 등장하는 동식물뿐 아니라 기계나 신체 일부, 심지어 음식물 등으로의 자유로운 변형을 꿈꾼다. 이렇게 변형된 몸을 통해 여성으로서 느끼는 피해 의식이나 실존적 고뇌, 현대적 불안감 등의 다양한 문제 의식을 발산한다. 여성시에서 변신의 모티프는 자아와 현실에 대한 첨예한 대결 의식을 적극적으로 표출하고 있다. 변신의 이야기를 구체적으로 담고 있는 시들은 대개 활달하고 비약적인 상상력을 구사한다. 당대의 문제적 시인들에게서 변신의 욕망은 더 자주 발견된다. 그녀들은 한 시대가 내포한 억압의 실체와 초월의 욕망을 상징보다 더 격렬한 변신의 상상으로 현시한다. 여성 시인들이 보여준 변신의 전이 과정을 따라가면서 우리는 그녀들이 주체로서 경험한 한 시대의 억압과 욕망의 실체를 만날 수 있을 것이다. 편의상 여성시가 질량 면에서 비약했던 1990년대를 중심으로 그 이전과 이후의 시기를 나누어보도록 한다.

---

1) "특히 여성이 뱀과 동일시되는 것은 뱀의 주기적(週期的) 탈피와 관련되기 때문이다." 이재선, 「변신의 논리」, 『문학주제학이란 무엇인가』(민음사, 1996), p.363.
2) "이루지 못한 소망 때문에 변신하는 여신들의 이야기가 많다는 것은 그만큼 봉건사회에서 여성에 대한 억압이 강했다고 볼 수 있을 것이다." 김선자, 『변신이야기』(살림, 2003), p.61.

2. 잃어버린 기억들

변신의 상상은 기본적으로 현실과 이상 사이의 갈등에서 연유한다. 벗어나고 싶은 현재의 자아가 전혀 다른 모습의 자아를 꿈꾸게 한다. 현재와 다른 모습의 자아는 과거와 미래의 두 가지 방향에서 추동될 수 있다. 과거의 이상적이었던 자아가 현재의 영락한 모습으로 변해 있다는 상상에는 낭만적인 향수가 서려 있다. 여기에는 좋았던 과거를 회상하며 열악한 현실을 원망할 때의 무기력하고 불만스러운 감정이 내재한다. 반면에 현실에 대한 불만을 변화된 미래의 모습으로 대치하려는 상상도 가능하다. 이는 현재와는 다른 자아를 통해 현실을 극복하려는 적극적이고 의지적인 태도에서 기인한다.

우리 여성시의 전통 속에서 변신의 상상은 주로 불행한 현재의 처지를 확인하는 것으로 나타난다. "冠이 향기로운 너는/무척 높은 족속이었나 보다"(「사슴」)라는 노천명의 시가 환기시키는 것은 과거의 영화에 대한 향수이다. 다른 시 「남사당」에서도 시인은 남성의 페르소나를 쓴 채 굴욕적인 현실로 인한 처절한 내면의 고통을 토로한다. 그녀의 시에서 향수와 번뇌에 사로잡힌 현재의 자아는 시인 자신의 극도로 예민한 자의식을 투영하는 것이면서, 동시에 굴욕적 처지에 놓여 있던 민족 현실과 분리되지 않는다. 일제하 우리 시를 무기력한 페시미즘으로 끌고 갔던 억압적 상황은 여성시에서의 변신 욕망 역시 소극적인 것으로 위축시켰던 것이다.

식민지와 해방기의 혼란, 전쟁, 전후 복구와 산업화 등을 거쳐온 복잡다단한 현대사는 끊임없이 여성의 희생을 강요해왔다. 전쟁터로 혹은 산업 현장으로 나가 있는 남성들을 대신해 여성들은 가족을 보존하기 위한 모든 노역과 헌신을 감수해야 했던 것이다. '어머니'라는 무거운 이름은 여성들의 개별성과 자유를 박탈해온 더할 수 없이 유효한 잠금 장치였다고 할 수 있다.

어머니는 뒤주 속에 숨어 계십니다
어머니는 옛날에
선녀였습니다
선녀의 날개옷을 짓기 위하여
어머니는 남몰래
황금의 쐐기풀을 훔치러 다녔습니다
[……]

한 벌의 천벌 같은 목숨을 풀어야만
날개옷을 지을 수 있는 사람들—
여인들— 어머니—

뜨개바늘이 움직일 때마다
풀려나가는 실타래가
꼭 나의 배꼽인 것만 같아
어머니— 부르며
나는 어머니의 손목에서 뜨개질감을
빼앗아버립니다
뒤주의 문을 걸어버립니다

> 나의 어머니는 옛날에
> 선녀였습니다
> 그리고 이 간막극 같은 아수라의
> 윤회가 끝나고 나면
> 어머니, 나의 어머니는 반드시
> 천상에 昇하실 것입니다　　　　　—「배꼽을 위한 연가 6」[3] 부분

　우리의 어머니들이 선녀였다는 상상은, 옛이야기와 결부된 아주 오래된 기억을 끌어온다. 그러고 보면 한 남자와 결혼하여 아이들을 낳고 키우며 늙어가는 어머니들은 나무꾼에게 옷을 빼앗겨 지상에 붙들린 선녀와 다를 바 없다. 이 시에서의 어머니는 '선녀'였던 과거의 기억을 잊지 않고 현재로부터 탈피하고자 하는 여성으로서의 자의식이 강하다. 현실 속에서 이런 어머니는 스스로도 매우 고통스러울 뿐 아니라 가족들에게도 끊임없이 불안감을 일으킨다. 이런 어머니는 자신만의 공간인 '뒤주' 속에서 숨죽인 채 탈출을 꿈꾼다. 어머니는 남몰래 쐐기풀을 훔치러 다니고 날마다 힘겨운 뜨개질을 하며 "천벌 같은 목숨"을 풀어 날개옷을 짓는다. 시인은 '어머니'라는 족쇄를 '천벌'이나 '아수라'의 고역처럼 근원적이고 회피할 수 없는 것으로 인식한다. 이 족쇄가 무거울 수밖에 없는 것은, 어머니의 고통을 이해하는 '나'조차도 어머니의 손에서 날개옷을 빼앗는, 피할 수 없는 모순 속에 놓여 있기 때문이다. 가족의 평화와 어머니의 자유는 양립할 수 없는 선

---

3) 김승희, 『왼손을 위한 협주곡』(문학사상사, 1983), pp.84~85.

택의 문제이다. 결국 이 시에서도 어머니는 "간막극 같은 아수라의/
윤회"를 모두 치르고서야 천상에 임할 수 있게 된다.

김승희는 여성성과 모성의 갈등을 치열하게 탐구한 시인이다. 여성
에게 가해지는 세상의 굴레를 박차고 힘차게 비약하는 변신을 감행해
온 그녀로서도 모성의 문제는 지난한 숙제이다. 설화적 상상력을 바
탕으로 한 이 시에서는 모든 어머니들에게 잠재되어 있는 탈출과 비
상의 욕망을 확인시키며, 소극적으로나마 언젠가 회복해야 할 자유로
운 여성으로서의 입지를 각성시킨다. 현실감이 뛰어난 시인은 천형
같은 모성의 족쇄를 인정하면서도 욕망의 기원을 잊지 않는다. 현실
과 이상 사이의 긴장감을 형성하는 기억의 기능은 강한 자의식의 산
물로서 변신의 욕망에 앞서서 발원한다.

과거에 대한 낭만적 향수 속에는 늘 강한 회귀의 본능과 자족감이
깃들어 있다. 과거의 기억은 현실이 결여하고 있는 충만하고 행복한
시간들로 팽창한다. 향수는 기억이 제공하는 소박한 꿈이다. 향수가
없는 삶은 건조하고 불길한 사막의 시간이다. 이상희의 시에는 건조
한 현실조차 지탱하지 못하고 미끄러져내리는 피폐한 시간들로 가득
하다.

쇠는 쇠였으면
나무는 나무였으면
하늘은 그냥
하늘이었으면
바람은 바람이고
꿈은 꿈이고

(나는 사람이었으면)

납이 되어가면서
자꾸 웃어버리는,
먼 하늘에 얼굴을 걸어 놓고
갈가리 팔을 찢고 마는
불온한 바람 나무…… 로
우거진 나.　　　　　　　　　　　—「불온하게 우거진」[4] 전문

　이 시에서는 그저 사람으로 머물고자 하는 희망마저도 매몰되어가는 삭막한 시간을 그리고 있다. 괄호 속에 조심스럽게 감추어진 "나는 사람이었으면"이라는 바람은 여지없이 부정된다. 그녀의 시에서는 '납'과 같이 물질화되어가는 자아에 대한 인식이 자주 출현한다. "납이 되어가면서"도 "자꾸 웃어버리는" 이율배반적인 현상은 자신의 의사와는 상관없이 변해가는 상황에 대한 무기력한 반응을 보여준다. 이 시에서 '나무'로 변신한 자아는 나무의 생명력이나 상승의 의지 같은 상징성과 전혀 다르게, 무력하게 붙박여 있는 그 수동성과 관련된다. 얼굴은 먼 하늘에 걸린 채 바람에 몸을 내맡기고 "갈가리 팔을 찢고 마는", 이 시의 나무는 나무의 일반적인 상승 이미지와 다르게 무력하고 자학적인 모습을 독특하게 각인시킨다.
　이상희의 시에서 흔히 볼 수 있는, 몸과 분리된 얼굴의 상상은 현

---

4) 이상희, 『잘 가라 내 청춘』(민음사, 1989), p.20.

실에 대한 극도의 불안감과 결핍감의 표현이다. "호주머니 속에는/죽은 얼굴이 식어 있고/식어가는 내 얼굴을/묻으러 가는/새벽은/따뜻해"(「새벽 산책」)에서도 "죽은 얼굴"이라는 차갑고 해체적인 사유가 드러난다. "앓는 머리를 벗어/옆구리에 끼고/회사를 나오는데/수위는 으레/사람 목엔/머리가 붙어 있으려니/얼굴 없이 인사를 해도/안녕히 가시오/내일 봅시다/평화로운 제의를 한다"(「저녁 일곱 시 이십 분쯤」)는 시에서도 마찬가지로 '얼굴 없는 인사'라는 그로테스크한 상상을 행한다. 대개의 경우 일상에 대한 막연한 불안에서 연유하는 이러한 상상은 '전쟁' 같은 일상과의 싸움에 지친 자아의 도피적이고 절망적인 태도를 반영한다. 사람이고자 하는 사람의 지극히 자연스러운 바람조차도 위협하는 현대의 삭막한 일상을, 이 예리한 시인은 분열증적인 상상 속에서 선구적으로 자각하고 있다.

3. 확대된 자아들

1990년대 우리 여성시는 폭발적인 확산을 경험한다. 1980년대까지 우리 시를 지배하던 이데올로기의 중압에서 벗어나자 역으로 그동안 억눌려왔던 몸에 대한 사유가 전면으로 부상하게 된 것이다. 몸의 사유에 익숙한 여성 시인들은 단연 1990년대 시를 주도해나가는 세력을 형성하게 된다. 여성 시인들의 활달하고 극적인 몸의 상상에 의해 변신의 이미지들 또한 전례 없이 왕성하게 산출된다. 1990년대 시에서 변신의 이미지는 노천명식의 낭만적 향수와는 거리가 멀고, 김승희의 시처럼 강한 의지의 산물이라고 보기도 어렵다. 심지어 이상

희의 시에서 아직까지 남아 있는, '머리' 즉 이성에 대한 특권의식도
찾아보기 힘들다. 1990년대 여성 시인들은 매우 육감적으로 그리고
전면적으로 변신의 상상을 행한다.

   i) 모니터 화면에 등장하는
      잔잔한 수면
      나는 '꿈'의 키를 누르고
      빠져들어간다
      [……]
      나는 나를 들여다본다
      나는 눈인가 모니터인가 단자인가

      쥬서기 속에 들어갔을 때처럼
      혹은 하수구 속으로
      쏠려 들어가는 머리채처럼
      그러나 부서져 가루가 되지 않으면서
      꼬리까지 감추지도 못하면서
      심연을 향하여 심연을 향하여   ——「컴퓨터 심연」[5] 부분

   ii) 내 몸의 사방에 플러그가
      빠져나와 있다
      탯줄 같은 그 플러그들을 매단 채

---

5) 김혜순, 『우리들의 음화』(문학과지성사, 1990), pp.88~89.

문을 열고 밖으로 나온다
비린 공기가
플러그 끝에 주렁주렁 매달려 있다
곳곳에서 사람들이
몸 밖에 플러그를 덜렁거리며 걸어간다
세계와의 불화가 에너지인 사람들
사이로 공기를 덧입은 돌들이
둥둥 떠다닌다   ——「거리에서」[6] 전문

　여성 시인들은 특유의 신체적 감각을 통해 현실을 담아낸다. 앞의 두 시는 모두 기계화되어가는 현실에 대한 그들의 반응을 담고 있다. i)에서 보여주는 것처럼 1990년대 초반에 김혜순은 이미 컴퓨터에 의해 창조된 매트릭스를 그리고 있다. 컴퓨터에 빠져드는 순간 완전히 다른 또 하나의 세계에서 또 하나의 몸을 얻게 되는 놀라운 변화를 그녀의 비약적 상상력은 놓치지 않는다. 그러나 ii)의 시와 비교해보면 그녀의 시는 상당히 온건한 것으로 느껴진다. i)에서는 아직 "나는 나를 들여다본다" 할 때의 안/밖의 구분이 있다. 또한 컴퓨터로 진입하는 순간의 경험은 '쥬서기'나 '하수구'로 빨려들어가는 듯한 급격한 변신의 과정으로 자각된다. 그러니까 i)에는 엄연하게 컴퓨터 속의 '나'를 자각하는 바깥의 시선이 존재하는 것이다. 이와 달리 ii)에서 '나'의 신체는 기계와 전혀 구분되지 않는다. 내 몸의 사방에 플러그가 빠져나와 있는 형상은 이미 기계화된 자아를 드러낸다. 그 플

---

6) 이원, 『그들이 지구를 지배했을 때』(문학과지성사, 1996), p.12.

러그들은 나와 '탯줄'처럼 근원적이고 필연적인 관계를 형성하고 있다. i)에서 '나'가 컴퓨터로 진입하는 과정을 보여준다면 ii)에서는 기계인간인 '나'가 현실로 나오는 과정을 보여준다. 기계적 신체가 된 인간에게 세계는 더 이상 예전의 모습일 수 없다. 무중력 상태로 떠도는 우주인들처럼 그들은 각자 고립된 개체로 떠다니게 된다. 이원의 시는 첨단의 문명 속에서 변화된 존재의 양상을 기계적 신체의 상상으로 극화한다.

기계적 신체로의 변신은 이전의 시에서 볼 수 없었던 새로운 상상의 산물로 존재론적 기반의 근본적 변화를 반영한다. 기계적 신체 속에서 인간의 자아는 무한히 확대되거나 변화한다. 앞에서 두 시의 대비가 보여주듯 기계적 신체의 상상은 급속도로 격화되면서 존재에 대한 본질적인 질문들을 생산할 것이다.

1990년대 여성 시인들에게 변신의 상상은 매우 자연스럽게 나타난다. 실험적인 시가 아닌 서정적인 시에서도 변신의 상상은 독특하게 작용한다. "아주 멀리/나도 이제 여행을 간다/쓱/나무 속으로 들어가/아무것도 아닌 표정으로/손바닥 내밀고/아니야 아니야/흔들리는 것이다"(「드디어」[7])에서 아주 쉽게 '쓱' 변하는 것처럼, 자아의 형상에 대한 상상은 자유롭고 역동적이다. 최정례의 시에서 서정적 시간들의 간극을 창출하는 상상의 도약은 이와 같은 변신의 순간들을 발판으로 한다. 현재와 과거의 시간을 돌발적으로 넘나드는 상상력의 비약을 통해 그녀는 일상에 갇혀 있는 현실의 자아를 감지한다. "내가 靑山이었을 때/내가 靑山 白雲이었을 때/夢遊桃源 같은 데를 헤

---

7) 최정례, 『햇빛 속에 호랑이』(세계사, 1998), p.13.

매다닐 때"를 떠올릴 수 있는 그녀에게 "오늘 어찌어찌 흘러와/25평 아파트에 갇혀/벌써 일만 이천 번인가 일만 삼천 번째/밥상을 폈다가 접는"(「지독한 후회」[8]) 현재의 모습은 누추하고 답답하기 그지없다. 그러나 무수한 전생과 윤회의 시간들을 찰나에 직감하는 시인에게 현재는 또다시 무한히 확장되는 미래의 시간들과 직결된다. 최정례의 시가 현실에 대한 예리한 비판을 담고 있지만 그다지 비관적이지만은 않은 것은 이 때문이다. 이제껏 수없이 몸 바꾸며 살아왔던 과거의 시간들처럼 앞으로도 헤아릴 수 없이 무수한 다른 몸들이 될 수 있는 것이다. 이 시인은 윤회의 비의와 변신의 상상을 결합하는 독특한 시간관으로 자아의 개념을 근원적으로 확대시키고 있다.

　몸의 상상을 대폭 확장시킨 것은 1990년대 여성 시의 일반적인 특성으로 지적할 만하지만 그 중에서도 전투적으로 그 극단을 추구한 시인들을 빠뜨릴 수 없다. 몸에 대한 활발한 탐구 과정에서 여성의 몸은 극단적으로 비하되거나 신성시되기도 한다. 김언희는 여성의 몸에 대한 처절한 해체와 탈신비화를 통해 그것에 가해졌던 억압과 폭력을 재현한다. 노혜경의 시에서도 훼손된 육체의 이미지가 자주 등장하지만 대개는 헌신과 재생이라는 모성적 의미로 수렴된다.

　i) 이 가죽 트렁크

　이렇게 질겨빠진, 이렇게 팅팅 불은, 이렇게 무거운

　지퍼를 열면

---

8) 최정례, 『내 귓속의 장대나무숲』(민음사, 1994), p.97.

몸뚱어리 전체가 아가리가 되어 벌어지는

수취거부로
반송되어져 온

토막난 추억이 비닐에 싸인 채 쑤셔박혀 있는, 이렇게

코를 찌르는, 이렇게
엽기적인   ―「트렁크」[9] 전문

 ii) 난 마을 위로 사뿐이 내려앉았죠
    내 몸은 한없이 퍼져서
    마을 하나를 덮고도 덤이 좀 남았죠
    짭짤맵싹하고 따끈한 빈대떡 내 몸이
    마을 위로 내려앉았죠
    그리고 푹 가라앉았죠 더 이상 꿈에서 깨지도 않고
    ―「굶어죽을 뻔했던 마을을 나는 어떻게 살려내었나」[10] 부분

   i)에서 여성의 몸은 가죽 트렁크로, ii)에서는 거대한 빈대떡으로
변해 있다. 두 시 모두 극단적으로 왜곡된 신체 이미지를 보여준다.
i)에서 몸은 '질겨빠지고' '팅팅 불은' '무거운' '엽기적인' 물질이
다. "지퍼를 열면/몸뚱어리 전체가 아가리가 되어 벌어지는"에서 여
성의 신체는 극단적으로 비하된다. 잦은 휴지와 쉼표로 극도의 혐오

---

9) 김언희, 『트렁크』(세계사, 1995), p.11.
10) 노혜경, 『뜯어먹기 좋은 빵』(세계사, 1999), p.82.

감을 표출하는 이 시의 화자는, 언제나 여성의 몸을 관찰하고 규정해 왔던 남성의 시선을 취하고 있다. 여성 화자의 어조와 시선을 보여주는 ii)에서는 이와 대조적으로 한없이 증식하고 보육하는 시혜적 존재로서의 여성을 강조하고 있다. "짭짤맵싹하고 따끈한 빈대떡 내 몸"에서 육체와 음식을 두루 포용하는 감각적 묘사는 여성 특유의 신체 감각에서 기인하는 것이다. 두 시에서 모두 여성의 몸은 쉽게 변형되는 유연한 성질을 드러낸다. 여성의 몸이 내포하는 유연성은 단단하고 고정된 남성성을 극복하거나 보호할 수 있다. i)의 남성 화자가 드러내는 공포감이 뒤섞인 혐오감, ii)의 여성 화자가 드러내는 자신감과 포용력은 이에 연유한다. 줄리아 크리스테바가 이야기하는 코라의 유동적인 에너지 또한 심연에서 솟구칠 수 있는 여성의 유연성과 무관하지 않을 것이다.[11] 1990년대 여성 시인들은 전례 없이 확장된 몸의 탐구를 통해 여성 신체의 다양한 함의와 무한한 가능성을 열어 놓는다.

4. 무한 증식하는 악몽들

1990년대 활로를 개척한 여성시는 새로운 세기와 함께 거침없이 비약하는 양상을 보인다. 여성 특유의 유연함은 이제 상상의 역동성

---

11) "아직 하나의 정돈된 '우주'로 통일되지 않은, 양분을 공급하는 모성적인 그 무엇"인 코라는 모순적이고 동화력이 있는 동시에 파괴적인 여성적 에너지이며 시적 언어의 근원으로서 주목된다.
줄리아 크리스테바, 『시적 언어의 혁명』(김인환 옮김, 동문선, 2000), pp.27~28.

을 넘어서 현실과 환상의 경계를 무화시키는 정신의 모험을 감행하게 된다. 그녀들이 살고 있는 환상의 세계는 현실로의 복귀를 전제로 하는 상상과 달리 현실과 대등하게 펼쳐져 있는 또 다른 삶의 공간이다. 그녀들의 시에서 환상은 종종 현실과 중첩되거나 그것을 전복시킨다.

그가 들어섰을 때 식물이 따라왔다. 그의 뒤에 붙어서 현관으로 들어서던 식물, 식물의 커다란 잎, 우리가 말없이 서 있었을 때, 우리보다 키가 큰 식물들이 불쑥불쑥 들어와 우리를 에워쌌다.

나는 물러섰다. 내가 한 발 앞으로 나아가면 또 다른 식물들이 내 앞에 나타났다. 식물들은 모여 있고, 식물들은 흩어지지 않고, 식물들은 만질 수 없는 가시를 가지고 있었다.

나는 기다렸다. 가시들이 혀가 되기를, 떼를 지어 일제히 속삭이기를, 속삭이면서 날아가버리기를, 가시들은 어딘가를 찌르고만 있었고, 그곳이 어디인지 나는 알지 못했다.　　　　　—「이식」[12] 부분

현실과 뒤섞여 있으면서 현실을 압도한다는 점에서 환상은 백일몽과 유사하다. 백일몽은 현실/꿈의 경계 너머에서 무의식의 빗장을 열고 현실로 걸어나온 억압과 욕망의 실체이다. 프로이트는 백일몽이 시적인 작업의 가공되지 않은 원료 그 자체라고 한다. 그만큼 백일몽에서 환상의 동기가 투명하게 드러나기 때문이다.[13] 위의 시에서 환

---

12) 이수명, 『고양이 비디오를 보는 고양이』(문학과지성사, 2004), p.12.
13) 프로이트, 『정신분석강의』(임홍빈 · 홍혜경 옮김, 열린책들, 1997), pp.136~37.

상은, 상상으로 이어지는 순간이나 몽환의 접점 없이 바로 현실로 진입한다. '그'와 함께 따라들어온 '식물'은 곧 '나'가 감수(感受)하는 그의 실체라 할 수 있다. '그'는 정적인 분위기와 부피감으로 인해 식물로 인식된다. '식물의 커다란 잎(입)'은 '혀'가 되지 않고 '가시'가 된다. 의사소통이 되지 않는 '그'와 '나' 사이의 무거운 침묵은 점점 더 키 큰 식물처럼 자라나고 가시가 되어 나를 찌른다. 소통 없이 거주하는 타자는 어색하게 '이식'된 채 나의 불안감을 증폭시킬 뿐이다. 이 시에서 식물로의 변신은 특이하게도 식물의 수동적인 이미지를 벗어나 무한히 증식되며 가시가 되어 찌르는 공격적인 성향을 보여준다. 조용히 악몽으로 변해가는 소통 부재의 삭막한 일상이 백일몽으로 펼쳐지는 섬뜩한 시이다.

진은영의 시에서도 끔직한 변신의 악몽이 아무런 예고도 없이 매끈하게 현실로 진입한다. "내 방이었습니다/구석에서 벽을 타고/올라갔습니다/천장 끝에서 끝까지/수십 개의 발로 기었습니다/다시 벽을 타고 아래로/바닥을 정신없이 기었습니다/이렇게 많은 다리를 가지고도/문을 찾을 수 없다니"(「벌레가 되었습니다」[14])에서는 카프카의 소설을 연상시키는 갑작스러운 변신이 이루어진다. 벌레로의 변신은 가장 두렵고 치욕적인 자아의 몰락을 보여준다. 카프카의 「변신」에서는 거대하고 흉측한 벌레로 변한 주인공을 최소한 세상으로부터 격리시켜 지키는 가족이 있는 것에 비해, 이 시에서 가족은 바퀴벌레와 주인공을 구분하지 못하고 죽이려 든다. 가족은 누구보다 두렵고 위험한 존재인 것이다. 가장 친밀한 관계여야 할 가족에 의해 이루어지

---

14) 진은영, 『일곱 개의 단어로 된 사전』(문학과지성사, 2003), p.66.

는 이같은 잔혹극은 안식과 신뢰가 불가능해진 이 시대의 불안한 인간 관계를 극화하고 있다.

김행숙은 자기 속에 깃든 또 다른 자아들을 발견하고 포착하는 데 열중한다. 그녀의 시에는 사람에게 불려다니는 귀신들과 젊은 여자에게 깃든 노파나 자신의 죽음을 바라보는 자아가 아무렇지도 않게 출현한다. 이 모든 장면은 악몽일 수밖에 없지만 담담하게 표백된 어조에 실려 미묘하게 전달된다.

　잠시 휘청했는데 구부러진 노파가 튕겨져 나왔다. 그녀를 놓쳤지만 나는 어딘가로 튕겨져 나가다가 와락 되돌아와 안기듯이 파고들었다. 나는 뒤로 자빠지며 껴안았다.
　노파의 구부러진 등이 끄덕끄덕 運動하는 게 보였다. 노파가 떼어놓은 距離를 좁히고 싶지 않았다.

　길을 끌면서 그녀는 가고 있었기 때문에 距離는 나와 무관하게 유지되었다. 길은 그녀처럼 지저분했다. 나는 오 분 전 같은
　오십 년 전에 노파의 치마를 밟고 서 있는가? 이상하게 힘이 센 노파가 조금 무서웠다.　　　　　　　　　　—「이상한 동쪽」[15) 부분

자아의 다층적인 면모에 관심이 많은 그녀는 단일한 자아에 몰입하기보다는 여러 층위로 분산시켜보고 또 그들을 한자리에 오버랩시킬 때 발생하는 상황을 그려본다. 이 시의 환상은 자신 안의 노파를 끄

---

15) 김행숙, 『사춘기』(문학과지성사, 2003), p.32.

집어내는 데에서 촉발한다. 이 시에는 노파뿐만 아니라 여러 개의 자아를 살필 수 있다. 노파가 튕겨져 나올 때 휘청거리는 '나'를 또 다른 '나'가 자빠지면서 껴안아주지 않았다면 어떻게 될까? '나'는 무수히 많은 자아의 갈등과 견제와 보호로 유지되는 것이다. '나'에게서 나온 노파라는 엉뚱한 상상은 실은 언젠가 만나게 될 필연적인 자신의 모습을 일별한 것과 다르지 않다. 노파와 '나' 사이의 오십 년이라는 시간 간극을 오 분으로 압축해보면 노파가 앞서고 그 뒤를 내가 바짝 따라가는 이 시의 상황은 더욱 실감난다. 노파는 길처럼 지저분하고 이상하게 힘이 세서 무섭기까지 하다. 자신 안의 노파를 인정하는 것은 쉬운 일이 아니다. 심지어 "그녀의 등 너머 지평선으로 해가 뜬다는 사실이 믿어지지 않"는다. 이 시의 제목이 '이상한 동쪽'인 것은, 해가 동쪽에서 떠서 서쪽으로 지는 것처럼 자명한, 늙어 노파가 된다는 사실을 접할 때의 이질감과 관련된다. 우리가 별로 의식하지 않거나, 또는 지나치게 민감하게 받아들이게 되는 자아의 변화를 시인은 독특한 방식으로 확인시킨다. 노파가 앞서고 젊은 여자가 뒤따르는 이 범상한 길거리의 풍경은 곧 우리 인생의 모습이기도 한 것이다. 나의 몸에서 허리 구부러진 노파를 보는 악몽을 엄연한 현실 속에 배치한 이 시의 '이상한' 구도는 자아의 동일성이라는 행복감의 근원을 뒤흔든다.

새로운 세기의 젊은 여성 시인 중에는 거의 자동기술적으로 환상을 창출하는 경우가 있다. 이들은 환상이 환상을 낳으며 무한 증식되는 가운데 현실과는 전혀 다른 세계가 그려지는 환상의 만화경을 보여준다.

아빠가 나눠준 족집게로 오뚝이들 차례차례 내 머리칼을 뽑아댄다 나이스 풀러, 예 좋아요, 좋아 그치만 한 번에 딱 한 가닥씩이오 머리칼이 뽑혀 나가 입 벌어진 모공 속에다 엄마는 색색의 셀로판지로 깃대 단 이쑤시개를 꽂아 넣는다 쑥쑥 잘 크거라 내 나무야 엄마가 물조리개로 물을 뿌려주자 나는 화살이었다가 우산이었다가 낚싯대였다가 장대높이뛰기용 장대로 키 자라는 한 마리의 거대한 고슴도치가 되어 뾰쭉뾰쭉한 털들을 비벼대기 시작한다 울울창창한 가시 숲에서 색색의 단풍이 물들어 나리자 여기저기 날아든 담뱃불로 지져진 내가 폭죽처럼 하늘을 향해 쏘여진다 색색의 꽃방석을 뒤집어쓴 채 날으는 고슴도치 한 마리, 사방팔방 불붙은 가시를 발사한다

—「날으는 고슴도치 아가씨」[16] 부분

김민정 시의 멈추지 않는 악몽과 환상들은, 이 시에서 화자의 몸에 솟구치는 고슴도치 털처럼 불가항력적이다. 이 시의 폭발적인 환상은, 도발적 자아에 행해지는 가족의 억압과 단죄라고 풀이할 수 있는 모범적 해석의 범위를 크게 넘어선다. 현란한 교차편집의 방식으로 그려지는 화자의 지칠 줄 모르는 변신은 그 자체 속도감과 쾌감에 취해 있는 듯하다. 이 시에서 변신은 욕망의 산물이라기보다 자기 증식적인 환상의 이미지일 뿐이다. 호러 영화의 끔찍스럽고 기괴한 장면들이 형성하는 독특한 미학과도 또 다르게 김민정의 시는 무시무시한 속도감으로 펼쳐지는 환상의 편집술로 시의 경계를 무화시키고 있다.

---

16) 김민정, 『날으는 고슴도치 아가씨』(열림원, 2005), pp.54~55.

엄마, 어깨가 고무줄 같아요 손 대신 노트가 나라는 나의 팔

내 몸의 실핏줄을 빨아먹고 노트는 무섭게 자랄 거예요

자라나 자라나 세상을 뒤덮는 콩나무가 될 거예요

아이는 허공을 끌고 콩나무를 오른다

엄마, 벌레 먹은 콩잎 사이로 발이 푹푹 빠져요

하지만 걱정 말아요 내일쯤엔 학교에 도착할 거예요

애야, 그 말을 들어온 것이 스무 해가 되었구나

우린 한 번도 내일에 다다른 적이 없구나

아이는 콩나무를 끌고 어둠을 오른다

——「지붕 위의 학교」[17] 부분

이민하의 시에서도 환상은 변신을 가능케 하는 근원적 동력이다. 그녀는 현실에 개입하여 그것을 변화시킬 수도 있는 환상의 막강한 힘을 신뢰한다. 현실은 재크의 콩나무처럼 만족스러운 동화적 환상을 쉽게 허락하지 않는다. 하늘에 오르려는 아이의 꿈은 '탯줄'로부터 시작되어 '사다리'와 '지붕'을 거쳐 힘겹게 허공을 향하고 있다. 아이의 소망은 콩나무를 타고 하늘에 오르는 것이 아니라 콩나무로 변하여 세상을 뒤덮는 것이다. 콩나무를 타고 하늘에 올랐던 재크가 다시 현실로 복귀하는 것과 달리 아이는 콩나무로서 세상을 뒤덮는 환상을 현실 속에서 실천하려는 것이다. 환상을 실현하려는 이 욕망은 힘겹고 더디다. 콩나무를 타는 것이 아니라 '끌고', 하늘이 아닌 '어둠'을 올라야 하는 이 고행은 엄마의 부정적인 예측에도 불구하고 지속된

---

17) 이민하, 『환상수족』(열림원, 2005), pp.54~55.

다. "흙을 먹고 사는 엄마"와 달리 아이는 "어둠을 끌고 은하수를 오른다." 환상에 대한 믿음이 도달할 변화된 세계를 시인은 긍정한다. "나는 나라는 육체에 속하는 게 아니라 나라는 육체에 참여합니다. 참여한다는 건 속하지 않으며 동시에 속함을 의미하고, 나는 나라는 육체에 속할 때, 말하자면 나라는 육체로 일반화될 때 이미 내가 아니지요"(「토크-쇼―관계에 대한 고집」)라고 할 때, 시인은 나라고 규정된 육체를 넘어서는 '변신-환상'의 욕망을 시작(詩作/始作)의 출발점으로 삼는다.

5. 변신 직전

　우리 여성시에서 변신은 잠재된 욕망과 억압이 구체적으로 드러나는 출구이다. 때로는 굴절된 자의식의 거울로, 많은 경우 여성에게 가해지는 속박에 대한 저항과 탈출의 수단으로, 또한 변화하는 시간에 대한 불안이나 초월의 방식으로 변신은 이루어진다. 사슴이나 나무 같은 친숙한 동식물로부터 컴퓨터나 전자 신체, 심지어 빈대떡이나 트렁크에 이르기까지 변신의 양상은 다채롭기 그지없다. 변신과 관련된 소재의 확장은 곧 상상력의 진폭과 상응하는 것이다. 여성 시인들은 변신이라는 탈주의 모험에 탄력적으로 응수하며 과감한 도약을 행한다. 변신의 시들에서 여성 시인들의 상상력은 극한까지 고조된다.

　그런데 여성시에서 변신의 유형은 하강 퇴행형이 압도적인 것으로 보인다. 우리의 서사적 상상력이 이룬 변신은 상승 전진형(上昇前進

型)과 하강 퇴행형(下降退行型)으로 양분할 수 있는데, 전자가 보다 높은 상태로 탈바꿈을 하는 변화인 것에 비해, 후자는 변화가 잠정적이거나 성취를 완성하지 못하고 다시 본래의 낮은 상태로 되돌아가는 형태이다.[18] 여성적 신체의 포용력을 긍정하는 소수의 시를 제외한다면 대다수의 시들은 현실의 중압을 더욱 구체화하는 부정적인 변신의 양태를 보여준다. 시라는 장르의 특성상 상승 전진형의 행복한 변신은 동일성에 근거하는 비유법으로도 충분히 표현되기 때문인지, 구체적인 변신의 모티프가 나타나는 경우는 대개 현실에 대한 날카로운 대결의 구도를 취하고 있다. 현실과 맞서다 좌초하거나 퇴행하는 존재들을 통해 여성에게 가해지는 억압의 강도를 확인하게 된다. "오늘에 있어서 변신의 사상은 일종의 초월의 사상이며 자유의 사상인 것이다"[19]라고 하기에 현대 여성 시인들이 느끼는 불안과 중압은 너무 커서 초월과 해방의 전망을 압도한다. 여성 시에서 변신은 기원에 대한 향수와 변화하는 시대에 대한 불길한 예측과 그칠 줄 모르고 출현하는 악몽으로 점철되어 왔다.

그러나 새로운 세계와 새로운 미학에 대한 열의로 충만한 그녀들은, 다음의 시에서처럼, 무서운 속도로, 이제껏 볼 수 없었던 변신을 도모하고 있다.

으으으 달릴 뿐이다 입에서 쇠 냄새가 난다 무엇에 대한 맹목 때문인가? 무엇에 대한 공포 때문인가?

무엇이 있었는지 모르겠다 어쩌면 무엇이 없었기 때문인지도 모르

---

18) 이재선, 앞의 글, p.364 참조.
19) 같은 글, p.375.

겠다

　나는 으으으 느낀다 내 속도는 잡아끄는 머리카락의 힘으로 추정할 수 있다

　두피가 힘차게 당겨진다 나는 變身을 도모한다

　입에서 입에서 쇠 냄새가 난다 나는 순수해진다 나는 一點으로 수렴 될 것이다

　집중은 부분적인 마비를 동반한다 심장이 뛰는 속도에 비하면 으으 으 내 동작은 슬로우 모션이다 어떤 것도

　먼저 멈추지 않겠다 나는 지금 무엇에 대한 直前이다 아직

—「폭풍 속으로」[20] 전문

　'맹목'과 '공포'와 '열정'이 그녀들을 이끌 것이다. 그녀들은 또다시 변신 '직전'에 있다.

---

20) 김행숙, 『사춘기』, 같은 책, p.123.

시간을 포획하는 시간

1. 시와 시간

 니체가 괴테와 실러를 함께 말하는 것을 불쾌하게 여긴 것처럼 보르헤스는 시간과 공간에 대해 동등하게 취급하는 것에 이의를 제기했다. 우리의 사고 속에서 공간은 배제할 수 있으나 시간은 배제할 수 없다는 이유 때문이다. 시간은 우리의 존재와 의식을 규정짓는 근원적인 계기로서 공간에 비해 훨씬 더 본질적인 문제를 내포한다.

 그러나 우리는 시간에 대해 쉽게 이야기할 수 없다. 시간처럼 형이상학적인 주제는 없다. 시간은 각 시대마다 서로 다른 관념에 의해 분류되어왔고 시간에 대한 공통의 인식이야말로 그 시대의 정신을 대변하는 기준이었다고 할 만하다. 현재 우리는 진보의 개념을 전제로 하는 근대적 시간관의 지배를 받고 있다. 서구의 근대적 시간관은 과거와 현재와 미래라는 순차적인 시간의 질서와 고대와 중세를 거쳐 근대를 넘어온 인류의 역사를 정연하게 설명할 수 있다. 그렇지만 근대의 가지런한 시간관도 실존에 대한 절대적인 해결의 실마리가 되지는 못한다. 근대적 시간 속의 '나'라는 존재는 마치 '현재'라는 시간이 과거와 미래의 어느 순간으로 끊임없이 미끄러질 뿐 현존하지 않는 것처럼 좀체 규명하기 어렵다. 근대적 인간의 탄생이 '개인'의 신화를 바탕으로 하면서도 여전히 실존의 문제에서 헤어나지 못하는 데에는 근대적 시간관의 아이러니와 모순이 자리한다.

1990년대를 지나 신세기의 서장을 열어가면서도 우리 시는 여전히 개인적 서정이라는 밀실에서 빠져나올 기색이 없다. 세기의 전환기라는 시간적 단위의 변화가 실제로 개인의 일상에 일으킨 파장은 크지 않다. 새 천년을 알리는 시계가 요란스럽게 작동되는 순간에도 나의 일신상에 아무런 변화가 일어나지 않는다는 사실이 오히려 묘한 허탈감을 줄 정도였다. 그리하여 우리는 각자 다시 자신의 일상으로 돌아갔고 전과 다름없이 살아가고 있다. 세기가 바뀌어도 변하지 않는 '나'라는 존재에 대한 탐구만이 밀도를 더해간다. 그런데 '나'를 규정짓는 요소들 가운데 '시간'적 계기에 대한 관심이 높아진 것은 사실이다. 밀레니엄이라는 시간적 전환점을 통과하면서 아무런 변화가 없는 일상의 '공간'보다는 '시간'에 대한 의문이 강화된 것으로 볼 수 있다.

시간에 대한 의문은 무한한 상상력을 자극한다. 시간에 관하여 생각하기 위해서는 상상을 동원하지 않을 수 없다. 시간 그 자체는 볼 수도 없고 만질 수도 없는 불가사의한 대상이다. 다만 우리는 편의에 의해 그것을 구분해볼 뿐이다. 시간의 추상적 성격은, 그것이 시대마다 다른 개념으로 이해되었다는 사실을 통해서도 입증된다. 시간은 그 추상적인 속성으로 인해 오히려 그것에 질서와 의미를 부여하는 주체의 의지를 더욱 적극적으로 반영한다.

주체의 사유와 감각이 역동적으로 작동하는 시에서 시간에 대한 상상이 드러나는 양상은 매우 다양하다. 가장 익숙한 형태로 그것은 회상이라는 기억의 양식을 취한다. 과거의 시간에서 의미 있는 기억을 떠올리는 것은 경험의 구체성이 보장하는 공감을 확보한다. 시간 그자체에 형태를 부여하는 시들도 있다. 시간에 관한 통찰과 적극적인 상상이 시간의 추상성에 실감을 부여한다. 시간의 형상화보다 더 역동적인 상상의 유희는 없을 것이다. 시간에 대해 생각할 때 상상력은 비등하고 기억의 어두운 지층은 요동한다. 사유의 한계까지 그것은 확장되고 끓어오른다. 이러한 시간의 매력 혹은 마력 때문에 시인들은 추상이나 관념화의 위험을 무릅쓰고 시간을 그려내려 애쓰는 것이다. 우리 시에서 한결 다양해진 시간에 대한 의식과 그것의 감각적인 양상을 살펴보도록 한다.

2. 속도의 투시

집요한 관찰과 정밀한 관조는 현재 우리 시에서 가장 내실을 거두고 있는 방식이라 할 수 있다. 풍요로운 서정이나 활달한 상상을 절제하는 대신 철저한 관찰과 묘사로 대상의 핵심에 육박하는 시인들이 있다. '견자(見者)'로서의 시인에 해당하는 이들은 투명한 관찰력과 고도의 집중력으로 현상의 의미를 새롭게 이끌어낸다. 이들이 목도하는 시간의 형상은 어떠할까. 김기택의 「고속도로」(『작가세계』 2005년 겨울호)에서 그것은 구체적인 형상으로 나타난다.

거무스름한 길이 뽑혀져 나온다.

지름이 십 미터도 넘을 것 같은 굵은 밧줄이 뽑혀져 나온다.

지평선에서 산허리에서 숲에서 쉴새없이 뽑혀져 나온다.

한 시간이고 두 시간이고 세 시간이고 지치지 않고 뽑혀져 나온다.

박찬호의 직구 같은 속도로 뽑혀져 나온다.

거칠 것 없이 뽑혀져 나오는 속도에 다치지 않으려고

논과 밭, 나무와 건물들이 좌우로 재빠르게 비켜 선다.

산과 부딪치면 산이 단숨에 두 쪽으로 갈라지고

절벽이 가로막으면 밑으로 가차없이 기다란 구멍이 뚫린다.

뽑혀져 나온 길이 가만히 서 있는 자동차 바퀴를 맹렬하게 굴린다.

자동차는 가만히 있는데 바퀴는 맹렬하게 굴러서

바람이 전기톱으로 베어지는 소리가 들린다.

삼겹살처럼 얇고 넓적하게 잘린 바람이 창틈으로 들어와

눈을 후벼파고 머리카락을 거칠게 쓸어 넘긴다.

올챙이 다리 달리듯 가로수와 전봇대와 건물에 시간이 돋아난다.

시간이 달려 윤곽이 흐려진 풍경이 속도와 반죽되어

엿처럼 찍찍 늘어지며 창밖으로 지나간다.

—김기택, 「고속도로」 전문

　익숙한 고속도로의 풍경이 이처럼 낯설게 그려지는 것은 전적으로 상투성에 사로잡히지 않는 즉물적 관찰의 힘에 의거한다. 달리는 자동차에서 보면 길은 거기 그냥 있는 것이 아니라 빠르게 "뽑혀져 나온다." 이 새로운 발견에 의거하여 이어지는 시상들은 자동적으로 탄력을 받는다. 여러 번 반복되는 이 결구로 인해 길의 유장함과 속도감이 증폭되는 것은 물론이다. 이 속도에 다치지 않으려고 논과 밭이 비켜서고, 산이 두 쪽으로 갈라지고, 기다란 구멍이 뚫리기도 한다는 진술은 과학적 엄정성과는 다른 차원에서 뛰어난 설득력을 지닌다. 이 시에서 묘사 대상인 고속도로의 속도감은 진술의 속도감과 일치하며 더욱 고조된다. 속도감에 취하여 읽다 보면 "삼겹살처럼 얇고 넓적하게 잘린 바람"이라는 상당히 돌출한 문학적 비유조차 더할 수 없이 적절한 사실적 묘사로 인식된다. 차창 밖 풍경의 무서운 속도감을 집요하게 따라가기만 하던 관찰자의 눈은 시의 말미에 이르러 자연스럽게 '시간'의 존재를 발견하기에 이른다. "올챙이 다리 달리듯" 어느새 시간은 자라나 있는 것이다. 그동안 놀랍게 경험했던 고속도로의 속도감은 다름 아닌 시간의 모습이었던 것이다. 속도에 못 이겨 "엿처럼 찍찍 늘어지며" 지나가는 저 검은 길이 곧 시간이었던 것이다. 과도한 주석을 삼가는 이 철저한 묘사주의 시인은 끝까지 철저한 묘사로 일관한다. 그러나 그의 남다른 관찰력에 의해 선명하게 각인된 시간의 놀라운 속도감은 어떤 거창한 이론보다도 거부할 수 없는 존재의 조건으로 인식된다.

속도는 시간의 움직임을 가시화한다. 우리는 속도를 통해 시간이 흐르거나 멈추거나 쏜살같이 지나간다는 사실을 실감한다. 빠른 속도만큼 시간의 속성을 각별하게 부각시키는 계기는 없을 것이다. 빠른 속도는 그 자체로 시선을 집중시킨다. 현대에는 빠른 속도감을 느끼게 하는 문명의 이기가 넘쳐난다. 그 중 오토바이는 속도 그 자체보다도 신체와 밀착된 채 쉼 없이 치닫는 날렵한 이미지로 인하여 질주의 상징이 되었다. 이원의 시 「오토바이」(『현대문학』 2004년 1월호)에서도 오토바이는 속도에 대한 질문을 촉발시키는 기폭제로 작용한다.

왕복 4차선 도로를 쭉 끌고
은색 오토바이가 굉음을 내며 질주한다
오토바이의 바퀴가 닿은 길이 팽창한다
길을 삼킨 허공이 꿈틀거린다
오토바이는 새처럼 끊긴 길을 좋아하고
4차선 도로는 허공에서도 노란 중앙선을 꽉 붙들고 있다

오토바이에 끌려가는 도로의 끝으로 아파트가 줄줄이 따라온다
뽑혀져나온 아파트의 뿌리는 너덜너덜한 녹슨 철근이다
썩을 줄 모르는 길과 뿌리에서도 잘 삭은 흙 냄새가 나고
사방에서 몰려든 햇빛들은 물을 파먹는다
오토바이는 새처럼 뿌리의 벼랑인 허공을 좋아하고
아파트 창들은 허공에서도 벽에 간 금을 필사적으로 붙잡고 있다

도로의 끝을 막고 있던 아파트가 딸려가자
모래들이 울부짖으며 몰려온다 낙타들이 발을 벗어들고 달려온다
그러나 낙타들은 우는 모래 밖으로 나가본 적이 없고
모래들은 울부짖으면서도 아파트 그림자에 자석처럼 철컥철컥 붙어
간다
모래도 뜨겁기는 마찬가지여서
오토바이는 허공에 제 전 생애를 성냥처럼 죽 그으며 질주한다
아파트는 허공에서도 제 그림자를 다시 꾸역꾸역 삼키고 있다
—「오토바이」 전문

오토바이가 저 혼자 도로의 주인인양 굉음을 내며 달리는 것은 그리 드물지 않은 광경이다. 물론 이 시에서의 오토바이는 더욱 스포트라이트를 받으며 시선을 주도해나간다. '굉음'을 내며 달리는 '은색'의 오토바이는 문명과 속도의 이미지를 압축하는 은유이다. 이 시에서는 오토바이의 속도감을 중심으로 굴절되고 변형되는 풍경의 묘사가 흥미롭다. 착시를 일으킬 정도로 현란한 오토바이의 속도감은 팽창된 길과 그것을 삼키고 꿈틀거리는 허공에 대한 상상을 이끌어낸다. 길을 의식하지 않는 듯 자유롭게 쾌속으로 질주하는 오토바이는 '새'처럼 비상한다. 이 시에서는 길과 오토바이의 관계가 역전되면서 상상력의 비약이 이루어지고 있다. 오토바이가 도로 위를 달리는 것이 아니라 오토바이가 도로를 끌고 다닌다. 일단 도로가 끌려 나오고부터는 아파트와 모래와 낙타들이 연쇄적으로 줄줄이 끌려나온다. "도로의 끝을 막고 있던 아파트가 딸려가자/모래들이 울부짖으며 몰려온다 낙타들이 발을 벗어들고 달려온다"라는 비약적 상상력은 오토바이의 비상하는 이미지와 속도감에 실려 순간적으로 작동한다. "오토바이는 허공에 제 전 생애를 성냥처럼 죽 그으며 질주한다"라는 구절은 놀라운 속도감이 지배하는 이 시를 결정적으로 집약한다. 속도에 살고 속도에 죽는 오토바이의 생태를 이보다 더 핵심적으로 요약하기는 어려울 것이다. 불이 켜지는 순간을 위해 존재하며 바로 그 순간 운명을 다하는 성냥처럼, 오토바이는 허공을 향해 비약하는 절정의 순간 허공에 제 생애를 헌납하게 된다. '허공'은 '속력'의 반대편에서 오토바이를 규정짓는 절대적인 기준이다. 이 시에서 '허공'이 여러 번 용의주도하게 반복되어 나타난다는 사실을 주목해야 한다. "길을 삼킨 허공이 꿈틀거린다”“4차선 도로는 허공에서도 노란 중앙선을 꽉 붙들고 있다”“오토바이는 새처럼 뿌리의 벼랑인 허공을 좋아하고/ 아파트 창들은 허공에서도 벽에 간 금을 필사적으로 붙잡고 있다” “오토바이는 허공에 제 전 생애를 성냥처럼 죽 그으며 질주한다/아파 트는 허공에서도 제 그림자를 다시 꾸역꾸역 삼키고 있다”에서처럼 허공은 길의 끝이며 뿌리의 벼랑, 즉 최후의 지점을 의미한다. 현대 의 속도는 결국 절정과 정지의 지점이 맞붙은 최후의 한 점에서 결정 되리라는 섬뜩한 예언을 태연하게 행하고 있는 시이다. 오토바이의 속도감은 바라보는 자에게는 위태로워 보이지만 타고 있는 자에게는 지각되지 않는 것이다. 속도전의 시대를 살고 있는 우리들에게도 속 도는 위험하지만 대단히 매력적인 시간의 작용인 것만은 분명하다.

3. 기억의 감각적 층위

시간에 대한 시인들의 의식은 대개 ‘기억’의 형식과 친밀하게 결합 한다. 기억은 체험과 감각을 능동적으로 작동시킬 수 있는 유용한 시 적 질료이기 때문이다. ‘현재’처럼 불안하고 잡히지 않는 ‘나’의 존재 는 기억의 자장 속에서 보다 수월하게 포착되기도 한다. 현재는 과거 라는 청동거울에 비칠 때라야 겨우 흐릿한 윤곽이나마 드러내 놓기도 한다.

어딘가에 모여 있던 기억들은 상상에 자극되면서 생생한 형상을 얻 게 된다. 홍은택의 「내시경」(『시와세계』 2003년 겨울호)에서는 기억 저편에 묻혀 있던 자아에서 물박달나무의 영혼을 끌어내는 신선한 식물적 상상력을 펼쳐 보인다.

　내 역겨운 속내를 다 들킬 것만 같다 흉부에 내장된 어둔 기억들까지 속속들이 모니터로 생중계되는 건 아닐까 속수무책으로 누운 대뇌의 망막에 나무 한 그루 비쳐진다 물박달나무로 서고 싶었지 기억의 주름을 더 깊숙이 헤집는 투명 카메라의 눈빛, 온몸의 솜털 끝이 긴장한다 식물성의 기억이 내 어깻죽지와 팔의 땀샘으로 젖은 잎새들을 토해낸다 수천의 연두 잎새들이 파드득 날개 치며 속 비워낸 나무를 끌고 날아오른다 아,
　끝났습니다 그만 일어나세요
　물박달나무 한 그루, 뽑힌 제 뿌리를 손에 들고 내장이 텅 빈 아침 거리를 휘적휘적 걸어간다 연두빛 나뭇잎들이 여린 햇살에 반짝인다 눈가가 젖어 있다　　　　　　　　　　　　　　　　—「내시경」 전문

　내시경 같은 것으로 몸속을 낱낱이 비추게 되는 경험은 자의식이 강한 시인들에게는 상당히 충격적으로 받아들여지는 듯하다. 그들이 내시경을 통해 보는 것은 나의 '몸'이 아니라 '나' 자신이다. 그들에게는 "내 역겨운 속내를 다 들킬 것만 같다"는 수치감이 몸의 안위에 우선한다. '기억'은 그들이 염려하는 가장 중요한 존재의 징표이다. 기억은 삶과 시의 근거이자 흔적이다. 내시경으로 몸속을 비추듯 기억의 저장고를 비출 수 있다면 의식의 저변에 자리잡고 있는 근원적인 삶의 지표를 찾아낼 수 있을 것이다. "기억의 주름을 더 깊숙이 헤집는 투명 카메라의 눈빛"을 연상하며 시인이 끌어내는 기억의 뿌리에는 '물박달나무'가 자리하고 있다. 물박달나무와 자아가 일치되면

서 상상력은 비약적으로 작동한다. 속 비워낸 나무 같은 몸통의 땀샘마다에서 젖은 잎새들이 솟구친다. "수천의 연두 잎새들이 파드득 날개 치며" 날아오르는 눈부신 상상으로 인해 어두운 기억 속의 자아는 선연하게 표출된다. 이러한 상상의 작용을 통해 시인은 오랫동안 감추어져 있던 내면의 자아를 분명하게 확인하게 된다. 이제는 굳이 내시경으로 들여다보지 않더라도 물박달나무의 기억으로 살아갈 것이다. 기억의 지층 속에는 참으로 많은 자아가 살고 있다. 나무이기도 하고 꽃이기도 하고 새나 바람일 수도 있는 그 많은 기억들과 화합할 때 삶의 놀라운 연대와 생명력을 실감할 수 있다. 땀샘마다 솟구치는 연둣빛 나뭇잎들의 눈물겨운 반짝임에서 생명의 신비를 발견할 수 있다.

　권혁웅의 「드라큘라」(『현대시학』 2004년 1월호)도 어둡게 감추어진 세계를 그리고 있는 시이다. 그런데 이 시에서는 독특한 해학과 애수로 어두운 기억을 밝히고 있다. 아니 어쩌면 이 시는 과거의 시간들이 항용 동반하는 애틋한 향수로 인해 따뜻한 기운을 얻고 있는지도 모른다. '드라큘라'라는 제목과는 좀 동떨어지게 이 시의 배경은 서양이 아닌 우리의 그리 오래되지 않은 과거이다. 동네의 곳곳에 체 내리는 집이나 솜 트는 집이나 벽돌 만드는 집, 또는 관 짜는 집들이 함께 모여 살던 우리의 어린 시절을 떠올리면 된다. 이 시에서는 당연히 관 짜는 집이 중심을 차지하고 있다. "마늘도 연탄도 부족하고 십자가도 드물던 시절"로 시작되는 시의 첫 부분은 충분히 복선을 깔고 있는 셈이다. 모든 게 부족한 시절이었으니 당연히 이런 품목들도 부족했겠지만 드라큘라와의 상관성을 연상하면 흥미롭다.

마늘도 연탄도 부족하고 십자가도 드물던 시절,

넓은 마당 한 구석에 관 짜는 집이 있었다 옻칠한 관이 틀니처럼 가
지런히 쌓여 있던 곳, 늘 어두워 지나는 이가 실루엣으로만 보이던 곳,
거기가 적금 붓듯 오래된 과거를 쟁여넣는 데라는 걸 내가 알았을 턱
이 없다

내가 좋아한 것은 대패가 나무 위를 건너가는, 그 사각사각 하는 소
리, 대패가 엿판을 지나갈 때 얇게 저며져 나오는 엿처럼 달콤하고,
이태리타월이 살결을 지나갈 때 검게 줄지어 나오는 때처럼 시원한 그
소리,

거기가 곗돈 붓듯 오래된 미래를 모아두는 데라는 걸 내가 알았을
턱이 없다 내가 아는 것은 오후 2시에서 3시까지 좁은 창문을 넘어오
던 깡마른 햇살, 햇살을 타고 먼지가 되어 날아오른 할머니, 용구 아
빠와 용구,

그이들은 그리로 들어가 다시 나오지 않았다 혹시 모른다, 밤이 되
면 기지개를 켜고 일어나 비죽 나온 송곳니를 드러내지 않았을까 틀니
처럼 반짝이는 웃음을 웃지 않았을까 대패 지나는 소리로 서걱서걱,
얘기를 나누지는 않았을까

우리가 그곳을 떠난 후에 관 짜는 집도 사라졌다 할머니도 선산으로
떠나시고 용구도 제 아빠를 무동 타고 어딘가로 이사 갔다 지금 서울
엔 마늘 시세가 똥값이다 연탄은 때지 않지만 십자가는 동네마다 있다

그리고 나는 아파트에 산다

그분들처럼 이 동네 사람들도 밤이 되면 층층이, 나란히, 눕는다
—「드라큘라」 전문

엇비슷한 줄글로 가지런하게 정리된 이 과거의 시간들에서는 이미 무섭고 불안한 기억들은 잦아들고 놀랍도록 예민한 순간순간의 감각들이 살아서 움직이고 있다. 「잃어버린 시간을 찾아서」에서 그 거대한 기억의 파노라마를 이끌어낸 것이 한 조각의 마들렌 과자였듯이, 순간의 감각적인 인상들이 살려내는 시간의 지층은 두텁고 선연하다. "대패가 나무 위를 건너가는, 그 사각사각 하는 소리" 같은 것은 한 번이라도 그런 장면을 경험했던 사람이라면 누구나 공감할 만한 기억의 매개가 되어준다. 시인은 여기에 재치와 유머를 더해 "대패가 엿판을 지나갈 때 얇게 저며져 나오는 엿"이나 "이태리타월이 살결을 지나갈 때 검게 줄지어 나오는 때처럼 시원한 그 소리"의 감각을 덧붙인다. 가난한 시절의 소박한 기쁨을 떠올리게 하는 장면들이다. 관 짜는 집과 화자의 기억은 이처럼 달콤하고 시원한 대패 소리를 통해 강하게 결합되어 있다. 그곳이 "적금 붓듯 오래된 과거를 쟁여넣는 데"라든지 "곗돈 붓듯 오래된 미래를 모아두는 데"라는 것은 그의 관심 밖이었다. 이 시에서는 어떤 관념보다 강하고 결정적인 감각의 영속성을 느낄 수 있다. 어둡고 음습했던 그 집의 인상에서 기이할 정도로 오래 기억되는 것은 "오후 2시에서 3시까지 좁은 창문을 넘어오던 깡마른 햇살" 같은 것이다. 이런 감각적 인상들에 의해 이끌어 올려진 과거의 시간에 상상이 덧붙고 의미가 부여되면서 일정한 주제를

형성하게 되는 것이다. 기억 속에 선명한 단편적인 몇 개의 인상들에서 증폭된 상상으로 인해 관 짜는 집과 드라큘라의 이미지는 천연덕스럽게 결합된다. 이 시는 이러한 기억과 상상의 작용만으로도 충분히 재미있지만, 과거에 머물지 않고 현재적인 의미를 찾아낸다. 관짜는 집도 사라지고 용구네도 어디론가 가버린 지금 서울은 마늘도 연탄도 십자가도 드물던 그 시절과는 격세지감이 느껴지는 곳이다. 그러나 "그분들처럼 이 동네 사람들도 밤이 되면 층층이, 나란히, 눕는다"라는 마지막 구절은, 오늘날 아파트 속의 삶이라는 것이 그 옛날 관 짜는 집보다도 더 삭막하고 괴기스러운 생태를 이루고 있다는 사실을 섬뜩하게 환기시킨다. 과거의 시간에 따뜻하고 유쾌한 감각의 힘을 부여하는 시인의 최근시들은 그 자체로 현재에 대한 비판과 반성을 반영하는 것으로 보인다.

이진명의 「기쁜 일」(『실천문학』 2002년 겨울호)에는 자연과의 접촉 속에서 얻은 순간적인 깨달음에 대한 경탄이 담겨 있다. 시인은 "외진 데 사는 동생네 허름한 단층집에서 하룻밤을 자다가/무섭도록 커단 빗소리에 잠 깬 일"에서 다시없는 기쁨을 느낀다. "무섭도록 커단 빗소리", 즉 자연의 거친 육성을 들어본 것이 너무도 오래 전의 기억이라는 사실을 새삼 확인하였기 때문이다.

불과 10년 전의 옛날 옛적
내 홀로 살던 문간방의 한지문 밖 한밤내 머리맡을 때리던 장대비
한지문을 축축이 적시고
문틀을 불게 해 여닫지도 못했던
한지 아래께로는 곰팡이꽃이 파르르 피어 번지던

찬바람이 불고서야 곰팡이꽃들은 죽어
썩어 검은 자국을 낡은 바늘땀처럼 흐트려 놓았지
──「기쁜 일」 부분

이 시에서 "불과 10년 전의 옛날 옛적"이라는 모순 어법은 물리적 시간의 격차보다도 훨씬 멀어져버린 기억의 거리를 강조한다. 과연 이 시에서 회상되는 과거는 새삼스럽게만 느껴지는 까마득한 기억의 흔적을 드러낸다. '문간방'이니 '한지문' '문틀' '바늘땀' 등의 시어에서 이미 사라져가는 시간의 냄새가 물씬 풍긴다. 불과 10년 전만 해도 그리 낯설지 않던 이런 용어들은 어느새 우리의 기억에서 멀어져 있다. 더 중요한 것은 이러한 과거의 사물들이 함유하는 독특한 체험의 영역이 함께 사라지고 있다는 것이다. 이 시에서 자세히 묘사하고 있듯이 이러한 사물들은 자연과 접촉하며 직접 영향을 받았다. 장대비에 젖은 한지문은 한껏 늘어지거나 찢어지기도 했고 문틀은 퉁퉁 불어 여닫지도 못할 정도였다. 한지 아래께 고여 있던 빗물은 곰팡이꽃으로 피어 번지고 찬바람이 불면 꺼멓게 죽어 바늘땀 같은 자국을 남겨 놓았다. '곰팡이'가 아닌 '곰팡이꽃'이라는 명명법이 과거의 흔적에 대한 시인의 애정 어린 눈길을 엿보게 한다. 미추(美醜)를 떠나서 그것이 생사의 변화를 겪는 생명체라는 사실 자체가 놀랍고 소중한 것이다.

장대비를 만난 기쁨이 보다 현실감 있게 그려지는 것은 "서울 초고층 밀집 아파트 공중에 매달린 내 집"의 경우가 비교되면서부터이다. "소리가 죽은 집, 죽지는 않았더라도/이상하게 참는 신음이며/소음, 잡음, 밀폐음의 디딜 곳 없는 허공중에서라면/무섭고도 커단 빗소리는 생시(生時)가 되지 못하고/흐리멍덩 잠꼬대로 바뀌었을 것이다." 소리가 죽어 흐릿하게 웅웅거리는 고층 아파트에서 느끼지 못했던 "소리의 소리다운 춤, 소리의 소리다운 목청/소리의 질주, 소리의 불, 소리의 생생한 독락獨樂/소리의 최후통첩 같은 모든 것을" 만나면서 시인은 생생한 삶의 감각을 일으켜 세운다. "먼동이 오려는가본데 얼굴 전혀 돌리지 않는/머리맡 부딪는 소리 쳐다보며 눈물 고이는 일 기쁘구나"라는 마지막 구절에서는, 까마득하게 잊혀졌던 이런 생생한 감각에서 완전히 멀어지지 않고 감응할 수 있는 자기 자신에 대한 안도의 기쁨을 보여주고 있다.

머리맡을 때리는 장대비를 죽비처럼 받으며, 시인은 무엇이 진정 살아 있는 것이고 깨어 있는 것인가라는 존재론적 성찰에 휩싸인다. 그것이 가능한 것은 10년 전의 아득한 기억을 생생하게 끄집어내는 체험의 힘이다. 그러한 힘이 감각에 의해 촉발되었다는 사실은 각별한 의미를 갖는다. 우리에게 기억은 단순히 뇌리에 남겨지는 것이 아니라 시각과 청각, 촉각, 후각 등의 감각과 함께 신체에 새겨진다는 것을 확인시켜주기 때문이다. 이 시에 아득히 멀어졌던 기억은 생생한 '소리'를 통해 복원되고 현재를 재구성한다. 무의식의 심연에 가라앉아 있던 기억은 감각의 재현을 통해 의식의 표면으로 솟아올라 익숙하면서도 새로운 삶의 느낌을 전달한다. 기억을 통해 의식과 무의식이, 체험과 예감이 결합한다. 한밤중 장대비가 일으킨 기억은 전존재를 뒤흔드는 강렬한 생의 감각을 환기시킨다. 이 시는 삶의 어느 순간 느닷없이 다가오는 삶에 대한 각성과 기억의 힘을 생생하게 드러내고 있다.

4. 시간의 공간화

기억 너머의 기억으로 들어가면 어떤 광경이 있을까? 때때로 무의
식중에 엿보이는 아득한 전생의 느낌 같은 것은 어디서 오는 것일까?
배용제의 「백미러, 그 눈부신 배경」(『문학사상』 2003년 1월호)에서는
이러한 의문에 대해 상당히 흥미로운 비유로 대답하고 있다. 이 시는
산문체로 연속적으로 씌어 있지만 크게 두 부분으로 나눠진다. 앞부
분에서는 자동차의 왼쪽 백미러가 고장나서 겪게 된 시선의 혼란을
그리고 있고 뒷부분에서는 '허풍쟁이'라 불리던 사내가 보여주던 의
식의 혼란스런 상태를 묘사해 보인다. 그러니까 백미러의 고장으로
'나'가 겪게 되는 시선의 착란과 '허풍쟁이 사내'의 의식의 혼미가 중
첩되는 구조라 할 수 있다.

이 시에서 망가진 왼쪽 백미러와 정상적인 오른쪽 백미러의 차이는
무의식과 의식, 비정상과 정상의 경계를 드러낸다. 비정상인 왼쪽 백
미러로 흡수되는 것은 "정체를 가늠할 수 없는 배경" "가로수 꼭대기
를 스쳐가는 바람과 몇 점의 구름들" "공중에 정박한 태양의 눈부신
길" 따위이다. 이런 풍경들은 운전에 전혀 도움이 되지 않고 오히려
방해가 되기 십상이다. 의식의 바깥으로 느닷없이 튀어오르는 무의식
의 장면들이 흔히 그러하듯이. 이런 풍경과의 순간적인 접촉은 "언제
저 아득한 거리를 지나왔는지/나는 퍼렇게 두리번거리며 깜깜한 흔
적을 더듬는다"에서와 같이 시원에 대한 의문을 이끌어낸다. 이때의
'백미러'는 과거 속으로 침투하여 끊임없이 근원의 시간을 끌어내는
도구로서의 상징적인 의미를 갖는다. 그러나 현실은 이런 근원의 시

간에 대한 무한정의 몰입을 허락지 않는다. "오른쪽 백미러를 들여다 보면/여전히 나를 향해 몰려오는 무수한 속도의 행렬"이 도사리고 있는 것이다. 그리하여 허겁지겁 가속 페달을 밟으며 현재에서 미래를 향해 혼신의 질주를 하는 것이 우리의 현실적인 삶이다.

현재의 시간에 역행하는 왼쪽 백미러의 시간을 엿본 시인은 이제 과거의 시간에 붙들려 있는 '허풍쟁이 사내'의 혼돈스런 의식에 묘한 공감을 느끼게 된다. 아마 그 사내는 '기억의 백미러' 어느 쪽 방향이 어긋나서 "이상하게 돌출된 배경"을 보여주는 것이리라. "그가 반사하는 기억은 언제나 눈부셨고/고대 청동조각 같은 전설이 펼쳐졌다"고 할 때 그 사내의 의식은 왼쪽 백미러를 비추고 있는 것이다. 반면에 "가끔씩 다른 쪽에서 딱딱하고 남루한 장면들이/불쑥 튀어나오기도 했다" 할 때는 세상의 '정상적인' 시선에 잡힌 그의 보잘것없는 현실이 드러난다. 망가진 백미러를 통해 "저 허공의 눈부신 길"을 발견했지만 여전히 현실의 길을 향해 가속페달을 밟고 있는 '나'에 비해 '그'는 "몸속에 저장된 너무 오래된 배경/전부를 찾아낸 것인지" 모른다. 즉 그는 눈부시게 빛나는 과거의 길에 매혹되어 현실의 길에서 이탈한 것이다.

거울 속으로 또 다른 거울을 비추게 될 때, 초점이 맞는 어느 순간, 소실점 없이 무수히 중첩되는 자신의 영상을 만나게 된다. 시간의 공간화라 할 만한 그것은 시원으로부터 현재에 이르는 무수한 과거의 흔적 같기도 하고 현재로부터 미래를 향해 가는 예언 같기도 한 장면이다. 그 거울이 흔들리는 백미러라면 그곳에 담긴 눈부신 허공의 길은 시원까지 아로새긴 시간의 흔적이라고 할 수 있을 것이다. 시인은 그 까마득한 '억겁의 배경'을 들여다보기 시작한다. 그에게는 오른쪽 백미러를 살필 줄 아는 또 다른 눈이 있다. 이 두 개의 시선 사이에서 어떻게 균형을 유지하며 나아갈지 자못 궁금하다.

　김중일의 「저녁의 청동기」(『현대시학』 2002년 12월호)에서도 '최초의 한 점'과 같은 까마득한 과거의 시간에 대한 흥미로운 상상을 만날 수 있다.

　　이 저녁, 도시는 잠시 청동기로 돌아간다

　　빠르게 綠靑이 끼는 도시에서
　　나는 날마다 돌아온다
　　수세기의 대기를 가르며 아득한 최초의 한 점
　　심연으로 멀어졌다 되돌아오는 부메랑처럼
　　나는 돌아온다 오늘도
　　서울역 지하 분묘에서
　　허리를 꺾고 모로 누워 있는 남자가 발굴되었다
　　차가운 청동빛의 몸을 갖고 있는 저 미이라는
　　누가 던진 부메랑일까　　　　　　　　 ──「저녁의 청동기」 부분

　빛처럼 시간의 신비가 감각적으로 발현되는 현상은 없을 것이다. 우리가 만나는 비현실적인 시간의 느낌은 대개 특이한 빛의 작용과 함께 오는 경우가 많다. 앞의 시에서 시원의 시간을 이끌어낸 빛이 "공중에 정박한 태양의 눈부신 길"이었다면 이 시에서는 "낙차 큰 태양"으로 인해 "빠르게 綠靑이 끼는" 빛에서 심연의 시간을 접하게 된다. 하얗게 절정으로 분사되는 빛이나 시시각각 녹청이 끼며 흐려지는 빛은 모두 순간적으로 비현실적인 감각을 불러일으킨다. 이 시에

서 청동빛으로 그려진 저녁의 빛은 "개와 늑대 사이의 시간"이라고 하는 바로 그 순간에 해당한다. 땅거미가 지면서 개인지 늑대인지가 잘 구분되지 않는 이 시간에는 마찬가지로 모든 경계가 흐려져 빛과 어둠, 현실과 꿈, 삶과 죽음이 뒤섞이게 된다. 이 시에서 '청동빛'의 이 시간은 '오늘'과 "아득한 최초의 한 점"이 순간적으로 착종되는 지점이다. 이 미묘한 빛의 시간은 현실의 한복판에서 전혀 비현실적인 존재의 느낌을 불러일으킨다. 청동빛에 물든 도시 전체가 한 순간 청동기로 돌아간 듯하다. 너무나도 친숙한 서울역 지하도는 청동기의 "지하 분묘"로, 그곳에 누워 있는 한 남자는 "차가운 청동빛의 몸을 갖고 있는 저 미이라"로 착시된다. 청동의 시간을 낚기 위해 "나는/ 한 마리 송골매처럼 솟구쳐 올라/낙차 큰 태양을 명중시키고/古代의 낯선 땅으로 떨어지는 부메랑을 본다." 태양을 명중시키고 누대의 시간을 가르는 '부메랑'의 묘사는 근래 보기 드문 동적이고 대담한 상상력을 보여준다. 이 '부메랑'은 마치 타임머신과 같이 시간의 그물코를 헤집고 또 다른 시간의 길을 탐사하는 상상의 산물이다. 그런데 이 시간의 부메랑에는 "표적을 명중시키지 못한 부메랑만이 다시/돌아온다"는 원칙이 있다. 그래서 "내가 던진 부메랑은 번번이/돌아온다 내 오래된 손목시계 속으로/무수히 끊긴 원을 그리며."

많은 젊은 시인들의 시에서 시간은 단일한 직선의 구조라기보다 무수한 갈래로 펼쳐지는 미로의 구조라는 인식이 낯설지 않게 받아들여지고 있는 듯하다. 그래서 그들은 자유롭게 직선적인 시간의 구도를 흩뜨리는 비약적인 상상을 감행한다. 김중일의 '부메랑'은 시간의 지층을 가르고 틈입하는 역동적인 의식의 산물이다. 그것은 부메랑의 속성처럼 줄곧 현실의 자리로 돌아오곤 하지만 "무수히 끊긴 원을 그리며" 직선, 또는 원환의 시간 개념에 흠집을 내고 있다. 기존의 시간 개념을 넘어서려는 이러한 능동적인 상상의 작용은 우리의 의식을 규정짓는 결정론적인 사유의 방식에 적지 않은 파장을 일으킨다.

5. 죽음의 관조

삶과 죽음이 맞닿아 있는 풍경은 언제나 각별한 시심을 일으킨다. 조동범의 「정육점」(『문학동네』 2003년 겨울호)에서는 죽음과 식욕이라는 아이러니를 통해 삶의 의미를 묻고 있다.

죽음을 널어 식욕을 만드는 홍등의 냉장고.
냉장고는 차고 부드러운,
선홍빛 죽음으로 가득하다.
어둡고 좁은 우리에 갇혀 비육될 때까지
짐작이나 했을까.
마지막 순간까지 식욕을 떠올렸을.
단 한 번도 초원을 담아보지 못한 가축의 눈망울은
눈석임물처럼 고요한 죽음을 담고 있었을 것이다.
죽어서도 편히 눕지 못한
냉장고의 죽음 몇 조각, 무심하게
해넘이의 하늘 저편을 바라본다.
죽음을 담고,
물끄러미 저녁을 맞고 있는 정육점.

홍등을 두른 선홍빛 죽음이 화사하게 빛나는
정육점, 생생한 죽음 앞에서 식욕을 떠오르게 하는
칼날 같은,
죽음과 식욕의 경계   ——「정육점」 전문

　이 시에서는 정적과도 같이 정지된 시간이 지배한다. 차고 부드러
운 선홍빛 죽음이 가득한 홍등의 냉장고는 죽음을 유예시키는 시간의
창고이다. 더 이상 삶의 드라마를 기대할 수 없는 주검을 앞에 두고
시인의 상상력은 시간의 축을 뒤로 돌린다. 가차 없이 비육되어 고깃
덩어리가 되기 전에는 저 가축 또한 생생한 '식욕'을 간직한 생명체였
던 것이다. 초원도 모르는 채 오직 식욕만이 삶의 전부였던 가축이기
에 그 죽음은 더욱 아이러니하다. 타자의 식욕을 위해 식욕을 떠올렸
을 삶의 역설을 시인은 예리하게 통찰한다. 시인은 곳곳에서 삶과 죽
음이 이처럼 내밀하게 맞닿아 있는 장면을 병치시킨다. 가축의 눈에
그렁그렁하게 고였을 눈물에서 '눈석임물'을 연상하는 것은 눈이 녹아
물이 되는 형질 전환이 삶과 죽음의 잇닿은 작용과 흡사하다는 생각을
반영한다. 홍등의 냉장고를 비추는 "해넘이의 하늘 저편" 역시 삶과
이어진 죽음의 시간을 상징하는 것이다. '저녁'의 정육점에서는 한 죽
음이 또 다른 죽음이 시작되는 광경을 물끄러미 바라보고 있다. '물
끄러미' 바라보는, 긍정도 부정도 아닌 처연한 눈길은 곧 죽음에 대
한 태도를 반영하는 것이다. 죽음은 눈석임물이 흘러내리듯, 저녁 해
가 넘어가듯 그렇게 자연스럽게 찾아온다. 또한 눈석임물이 대지를
적시듯 저문 해가 새로 떠올라 세상을 비추듯 죽은 고깃덩어리가 산
자의 식욕을 채우는 것이 엄연한 삶의 이치이다. 이 "죽음과 식욕의

경계"에서 "칼날 같은" 냉혹한 시간의 질서를 포착하는 시인의 눈길 또한 처연하기 그지없다.

이재무의 「예행연습」(『서정시학 』2002년 겨울호)은 죽음 이후의 시간에 대한 상상을 담담하게 펼쳐 보인다. "가까운 미래 어느 날 나는 입 속에/흙 한 삽 쳐넣고 태연스레 누워 있겠지/그것은 누추를 견뎌오는 동안 내내/간절했던 내 오랜, 설운 꿈이었음으로/나는 크게 슬프지 않을 것이다"라고 할 때의 태연함은 비록 "나 하늘로 돌아가리라/아름다운 이 세상 소풍 끝내는 날/가서, 아름다웠더라고 말하리라"(천상병, 「귀천」)와 같은 초연한 아름다움의 경지는 아닐지라도 쉽게 얻을 수 없는 마음의 여유를 드러낸다. 이 "오랜, 설운 꿈"을 삭힐 수 있는 것은 "돌아보면 누구의 자전도 분분히 떠돌다/사라지는 한 점 먼지, 낡은 페이지 되어/현생의 눈길 잡을 수 없다"는 '허무'의 긍정에 기인한다. 어떤 안간힘도 허무의 거대한 소용돌이를 벗어나지 못하고 한 점 먼지나 낡은 페이지가 된다고 할 때 어찌 슬픔조차 무화되지 않겠는가.

그리하여 "기억에 대해서 나는 연연치 않을 것이다"라는 각오가 서게 된다. 이때의 기억이란 "현생의 눈길"을 잡고자 하는 애착과 욕망이다. 그러나 허무의 검은 구멍을 보아버린 자는 기억의 나약한 끈에 대해 부질없는 기대를 하지 않는다. "봉인된 추억의 봉지들은 툭, 툭,/무관심의 발길에 채여 햇살 만난 봄눈처럼/흔적 없겠지"라고 한없이 무심하게 그려 보이는 죽음 이후에 대한 상상은 무욕과 허심의 경지를 강조하고 있다. 다만 그에게도 "물에 불은 살처럼 늘 부어/지내던 일생이 썩어 몇 됫박의 물로 남아/기침 소리 하나 남지 않은 봉분 옆/직립의, 생활이 나를 떠밀 때마다/두툼한 손으로 아픈 배 주물러주던 굴참나무/그 뿌리에 가 닿아 있겠지"와 같은 막연한 순환론적인 사유가 깃들어 있기는 하다. 기억이라는 불완전하고 부질없는 인간사에 비해 자연과의 교감과 순환의 작용은 불변하는 본질로서 인식되고 있다.

> 늦봄 가지 끝마다 연초록 환희 부신 손
> 뻗어 팽팽히, 풀 먹인 광목의 하늘
> 당길 것이다 먼 먼 과거와 현재 그리고
> 후생까지를 살다 갈 위대한 적막이여,
> 그대가 드리운 그늘 안으로 미성의 생 밀어넣는다
>
> ——「예행연습」 부분

굴참나무의 뿌리에 닿은 하찮은 일생이 가장 눈부시게 발화하는 순간은 나뭇가지 끝을 밀고 연초록의 "부신 손"으로 피어날 때이다. "풀 먹인 광목의 하늘"을 잡아당기는 연초록 잎새의 생명력이야말로 생의 눈부신 환희라 할 것이다. 생명의 절정을 노래하는 이 순간에도 시인은 "먼 먼 과거와 현재 그리고/후생까지"의 모든 시간을 관장하는 "위대한 적막"의 '그늘'을 의식한다.

이 시에 의하면 삶이란 위대한 허무의 그림자 속에서 순환의 고리로 이어지는 인과의 사슬이다. 이는 우리가 익숙하게 알고 있는 불교의 윤회적 시간관과 흡사한 것이다. 그러나 시인은 그것을 종교적인 색채가 아닌, 허무의 긍정이라는 삶의 태도로서 드러낸다. 허무의 심연 앞에서 기억에 대한 욕망조차 파기하려는 그가 몰입하는 절정의 상상은 역설적이게도 생명이 발산하는 환희이다. "위대한 적막"의 그늘에서 눈부시게 피어나는 생명이야말로 존재와 시간의 신비를 함축하는 현상이다. 시와 종교를 가르는 결정적인 경계 또한 이러한 감각적인 현상에 대한 태도의 차이에 있을 것이다. 모든 종교는 시간과의 투쟁이자 성찰이고 시 또한 그러하다. 다만 시에서는 종교에서 배제되는 감각의 차원이 사유의 근거이자 결실이 되곤 한다. 시간에 대한 독특하고 예리한 의식을 보여주는 앞의 시들에서 유난히 감각적인 인상과 계기가 강조되는 것도 그 때문일 것이다.

6. 마음의 현상학

근래 크게 위협받고 있는 동일성의 시학은 대상과의 전적인 화합과 교감에 근거한다. 우리가 무심코 '시적'이라고 할 때의 행복한 합일의 상태가 그것이다. 정병근의 「민들레」(『문학과사회』 2005년 겨울호)와 이안의 「봄 연못」(『서정시학』 2005년 겨울호)는 요즘 보기 드문 단순하고 통일된 시상을 드러내고 있다. 형태상 두 시를 연결하는 절제와 압축의 형식미는 그 동력이 되는 절대적 교감과 통찰에 기인한다.

영문도 모르는 눈망울들이
에미 애비도 모르는 고아들이
담벼락 밑에 쪼르르 앉아 있다

애가 애를 배기 좋은 봄날
햇빛 한줌씩 먹은 계집아이들이

입덧을 하고 있다

한순간에 백발이 되어버릴
철없는 엄마들이   ──「민들레」 전문

눈이 온다

한 마음이 한 마음을 업고
지워진다

살얼음을 밀며,

오리 떼가
물기슭으로 온다

한 마음이 한 마음을 머금고

못에 가득하다   ──「봄 연못」 전문

　　정병근 시의 주인공을 들길의 민들레로 한정할 필요는 없을 것이
다. 봄은 모든 꽃과 처녀들의 가슴을 한껏 부풀려 "철없는 엄마들"이
되게 한다. 이 시의 유쾌한 비유가 놀라운 통찰력을 획득하는 것은
"한순간에 백발이 되어버릴/철없는 엄마들"을 직감하는 순간이다. 장
주지몽과 같은 덧없는 시간을 단숨에 요약하는 이 구절은 동일성의

시학에서 가능한 유기체적인 존재론이다.

이안의 시는 전형적인 연시의 양상을 띠고 있다. 여기서는 마음과 마음이 밀고 당기며 움직이는 마음의 현상학이 섬세하게 재현된다. 이 시에서 계절은 마음의 변화와 긴밀하게 조응한다. "한 마음이 한 마음을 업고/지워진다"는, 겨울을 지나 봄이 오는 절묘한 순간을 보자. 봄 연못은 "살얼음을 밀며" 조심스럽게 열린다. "한 마음이 한 마음을 머금고//못에 가득"한 봄 풍경은 곧 사랑이 시작되는 시간이기도 하다. 사랑이 일렁이는 마음의 풍경을 이 시는 자연의 시간으로 그려 보인다. 이 시 역시 자연과 인간 삶에 대한 통찰과 근원적 교감을 기반으로 하고 있다.

이들의 시에서 자연으로 대표되는 세계는 주체와 연속성을 가지는 유기체로서 삶의 근원적 감각과 정서를 각성시킨다. 서정시의 기반을 이루었던 원초적 통일성이 흔들리고 있는 오늘날의 상황에서 이렇게 지극한 '서정'의 방식은 자칫 철 지난 신념으로 치부되기 쉽다. 그러나 좌절과 불화의 언어가 가득한 작금의 현실 속에서 교감과 소통의 감각을 환기시키는 이들의 시는 서정시의 '오래된 미래'를 예고하는 것이기도 하다. 서정시는 가장 내밀하고 개인적인 밀실인 동시에 가장 널리 공감과 울림을 형성하는 탄력적인 지대이기 때문이다.

7. 시간의 창조

인간의 사유가 시간과 관련될 때만큼 탄력적인 경우는 드물 것이다. 우리가 인지하는 시간 속에는 영원과도 같은 찰나가 있는가 하면

순간으로 압축되는 세월도 있다. 문학적 시간은 역사적 시간의 객관적 구조 외에 무수히 많은 시간의 순열을 더한다. 의식의 흐름이나 기억과 같은 문학적 시간의 형식들은 인간의 지각이 감수하는 독특한 실존의 근거를 증명한다. 문학 속의 시간은 기억과 상상이 재구성된 창조적 양식이다. 엘리엇이 "시간은 오직 시간을 통해서만 정복된다"고 했을 때 이는 역사적 시간을 넘어서는 문학적 시간의 창조성을 의미하는 것이다.

시에서 시간은 더욱 탄력적으로 지각된다. 압축과 비약이 자유로운 시의 형식은 무한히 확장되거나 순간으로 집약되는 시간의 역동성을 능란하게 포착한다. 시간의 변화를 감지할 때 시인들의 지각과 상상은 어느 때보다 예리하고 풍부하다. 물리적 시간의 제약이 가해지지 않는 문학의 공간 속에서 시인은 경험적 현실을 확대하고 재창조하게 된다. 시인은 시간에 대해 철학자들처럼 추상적으로 설명하지 않고 과학자들처럼 논리적으로 접근하지 않는다. 그들은 직접적인 감각과 정서적 감응으로 그것에 대한 구체적인 인상을 드러낸다. 시의 시간은 존재와 삶의 구성을 감각적으로 체현한다. 시인들이 시간을 포획하는 방식은 곧 삶에 대한 성찰의 방식과 직결된다.

시 속에서 시간은 고여 있기도 하고 질주하기도 하며 차갑기도 하고 따뜻하기도 하다. 보이지도 않으면서 우리를 통제하는 시간이 시에서는 상상력의 그물에 걸려 끓어오르거나 퍼덕거린다. 보이지 않는 것에 형상과 감각을 부여하는 상상의 유희를 통해 시간은 실감의 영역으로 들어온다. 앞으로 다가올 시간의 패러다임은 짐작하기도 어렵다. 시적 상상의 풍부한 도약만이 급변하는 시간을 절실한 삶의 감각으로 포착할 수 있을 것이다.

소멸하는 빛을 바라보는 시선들

1

플라톤이 이상 국가를 구상할 때 시인의 추방을 고려했던 것은 그들이 신의 완전성을 의심하게 하고, 죽음을 두려워하게 하며, 절제와 법도에 어긋난 표현을 행한다고 보았기 때문이다. 그들이 이상 국가의 전범에서 거리가 먼 부정적인 인간상과 불필요한 감정을 제시함으로써 낭비와 혼돈을 가져오는 것을 우려했던 것이다. 그런데 당대 최고의 철인이 그토록 문제가 많은 시에 공격의 포문을 맞췄던 이유는 무엇일까? "마치 누군가를 사랑하던 사람이 그 사랑이 무익하다고 생각될 때에는 아무리 괴롭더라도 단념하고 말듯이 우리도 괴롭더라도 단념하고 말 것이다"라는 고백에서 역으로 시에 대한 플라톤의 사랑을 엿볼 수 있다. 그는 이상을 위해 사랑을 포기하는 비통한 결단을 수행했던 것이다. 이후에도 시는 지고한 이상을 위해 감정의 분출을 꺼렸던 많은 도덕군자들의 경계 대상이 되어왔다.

오늘날의 시는 플라톤이 사랑했던 장쾌하고 격렬한 서사시와는 전혀 다른 양상을 보인다. 그것은 국가의 기반을 흔들 정도로 강력하지도 않고 영혼을 울릴 정도로 매혹적이지도 않다. 그것은 일상성에 침윤되어 허덕이고 있는 현대적 삶의 반영일 뿐이다. 대상을 바라보는 눈길은 여전히 비극적이지만 그것은 위대한 신이나 영웅에게 바쳐지는 것이 아니라 수렁으로 빠져드는 무력한 일상과 보잘것없는 물상들에 바쳐진다. 소멸하는 존재들에 바쳐지는 시의 낮은 목소리는, 일상의 둔중한 소요 속에 소리 없이 파문을 남긴다.

2

송찬호의 「만년필」(『현대문학』 2005년 10월호)은 사라져가는 물상의 하나인 만년필에 대한 상념을 적고 있다. 고급 필기구의 대명사인 만년필은 한때 지식과 부귀를 상징하는 물건이었지만 지금은 컴퓨터에 밀려 책상 서랍에서 뒹구는 신세가 되어 있다. "이것으로 무엇을 이룰 수 있었을 것인가 만년필 끝 이렇게 작고 짧은 삽날을 나는 여지껏 본 적이 없다"로 시작하는 이 시는 주로 만년필의 효용을 논하게 된다. 만년필의 "작고 짧은 삽날"은 크고 강력한 어떤 삽날보다도 더 많은 놀라운 일들을 했었다. "또 한때, 이것으로 근엄한 장군의 수염을 그리거나 부유한 앵무새의 혓바닥 노릇을 한 적도 있다 그리고 지금은 이것으로 공원묘지에 일을 얻어 비명을 읽어주거나, 비로소 가끔씩 때늦은 후회의 글을 쓰기도 한다"에서 만년필과 함께했던 화자의 삶의 노정이 확연하게 드러난다. 부와 권력을 가진 자들을 치장하던 분주했던 나날을 지나 초라해진 만년필의 처지를 화자는 자신과 동일시한다. 비명을 읽어주거나 후회의 글을 쓰면서 과거를 회상하고 있는 화자는 "볕 좋은 어느 가을날 오후" 같은 퇴락해가는 시간 속에 놓여 있다. 그것은 "빛나는 만년필 시대의 이름들을 추억해보는 것"과 같다. 여기에는 이미 절정의 시간을 지나 과거의 영화를 추억할 때의 쓸쓸한 애상이 깃들어 있다.

시의 후반부로 갈수록 만년필과 화자의 동일시는 더욱 강화되고 결국 화자는 만년필을 통해 잊혀졌던 오랜 꿈을 드러내게 된다. "만년필은 백지의 벽에 머리를 짓찧는다 만년필은 캄캄한 백지 속으로 들어가 오랜 불면의 밤을 밝힌다"에서 만년필은 오래전 습작기의 화자를 대변한다. 이 시가 "이런 수사는 모두 고통스런 지난 일들이다!"라는 직설적 감정의 토로로 끝났다면 강렬한 자기 고백에 그치고 말았을 것이다.

하지만 나는 책상 서랍을 여닫을 때마다 혼자 뒹굴어다니는 이 잊혀진 필기구를 보면서 가끔은 이런 상념에 젖기도 하는 것이다—거품 부글거리는 이 잉크의 늪에 한 마리 푸른 악어가 산다

마지막 연의 "한 마리 푸른 악어"는 이 시의 화룡점정을 이루며, 창작을 향한 그의 짙푸른 열정을 아름답게 투영한다. 이 푸른 악어의 환영 속에는, 여전히 꿈틀거리는 시의 위용과 생명력에 대한 강렬한 열망이 살아 있다.

반칠환의 「자벌레」(『현대시학』 2005년 9월호)는 보잘것없는 미물에

대한 섬세하고 애정 어린 시선과 통찰력을 보여준다. 이 시는 주인공인 자벌레에 대한 약전(略傳)의 형식으로 씌어 있다. "한심하고 무능한 측량사였다고 전한다. 아무도 저이로부터 뚜렷한 수치를 얻어 안심하고 말뚝을 꽝꽝 박거나, 울타리를 치거나, 경지 정리를 해본 적이 없다고 말한다"식의 어조에서 나타나듯, 자벌레에 대한 세간의 평을 취합해 요약한 듯 시치미를 떼며 서술하는 방식이 흥미롭다. 자벌레가 한심하고 무능한 측량사에 불과했다면 이렇듯 소박하고 간략한 전이라도 오르기는 어려웠을 것이다. 미물에 불과한 자벌레의 행태를 확인시켜주는 도입부를 제외하고는 자벌레를 다시 보게 하는 관점의 전이가 두드러진다.

"따뜻하고 유능한 측량사였다고도 전한다. 저이가 지나가면 나무뿌리는 제가 닿지 못하는 꽃망울까지의 거리를 알게 되고, 삭정이는 까맣게 잊었던 새순까지의 거리를 기억해 냈다고 한다"에서 자벌레는 온몸으로 생명을 일깨우는 경이로운 존재이다. 자벌레의 몸은 물리적 거리가 아닌 생명의 길이를 알리는 역동적인 자이다. 더디고 힘겹게 온몸을 움직이며 생명을 전하는 자벌레는 희생과 봉사에 몸 바치는 성자를 연상시킨다. 지상에서의 고단한 삶을 통해 성스러운 천상의 삶을 보상받는 성자처럼, 자벌레의 꿈은 하늘을 향해 비상하는 날개에 담겨 있다. "저이의 꿈은 고단한 측량이 끝나고 잠시 땅의 감옥에 들었다가, 화려한 별박이자나방으로 날아오르는 것이었다고 한다. 별과 별 사이를 재고 또 재어 거리를 지울 것이었다고 전한다"에서 자벌레의 생태는 서정적이고 환상적인 문학적 수사를 덧입는다.

이 정도로 소략될 만한 자벌레의 일생에 시인은 마지막으로 한 번의 반전을 보탠다. "키요롯 키요롯—느닷없이 날아온 노랑지빠귀가 저 측량사를 꿀꺽 삼켰다 한다"는 갑작스러운 사건이 발생한 것이다. "저이는 이제 지빠귀의 온몸을 감도는 핏줄을 잴 것이라 한다. 다 재고 나면 지빠귀의 목울대를 박차고 나가 앞산에 가닿는 메아리를 잴 것이라 한다. 아득한 절벽까지 지빠귀의 체온을 전할 것이라고 한다"라는 마지막 부분에서 회상의 어조가 예언으로 뒤바뀐 자벌레 약전은, 메아리 같은 더 큰 울림을 남기며 생명을 향한 의지를 부각시킨다.

'나비 효과'는 유기적인 우주의 역동성과 신비를 각성시키는 놀라운 과학적 상식이다. 이 시는 섬세하고 흥미로운 문학적 상상을 통해, 자연에 생명의 온기를 전하는 '자벌레 효과'를 인정하게 한다. 자벌레가 그랬던 것처럼 정확하게 측정할 수는 없지만, 가슴속에 남기는 따뜻한 온기를 통해 그것을 확신할 수 있다. 시는 과학과는 다른 방식으로 자연과 사물의 꿈과 신비를 증명한다.

3

시인들은 잊혀져가거나 보잘것없는 사물에 대해 깊은 관심을 보일 뿐더러 사라질 운명에 대해서도 남다른 예견을 행한다. 그들은 보통 사람들과 다른 각도에서 바라보며 다르게 감응한다.

조동범의 「주유소」(『세계의문학』 2005년 가을호)는 현대 문명의 상징인 자동차를 통해 속도에 대한 비극적 상상을 행한다. 자동차의 무서운 속도를 현대 문명의 파국적 종말과 연관짓는 것은 시에서 그리 드물지 않은 일이다. 이 시에서는 현대의 자동차와 백악기의 공룡을 연결하는 상상력이 독특하다. 주유원을 매개로 과거 속도와 힘을 상

징하던 공룡과 현대에 그것과 등가를 이루는 자동차가 이어진다. "주
유원의 손금 위로/빙하기의 죽음이 느리게 지나간다"에서 자동차의
속도가 공룡의 멸망을 대치하고 있음을 암시한다. 이 시에서 자동차
는, "검게 빛나는 타이어의 탄력이/싱싱하게 파닥인다"에서 알 수 있
듯 생물처럼 그려진다. 그렇기 때문에 과거 불멸할 듯 거대했던 공룡
의 위력이 사라지듯 언젠가 소멸해버릴 운명으로 각인된다. 이 시의
뒷부분에서 "빙하기에 갇힌 공룡의 죽음이/주유원의 상상 속으로 들
어선다"와 오롯이 겹치는 "백악기 지나 빙하기로 들어서는/자동차의
느린 죽음을 바라보고 있다"라는 구절은 그 건조하면서 확고한 어조
로 인해 더욱 섬뜩한 예언이 된다. 백악기니 빙하기니 하는 커다란
시간의 개념으로 볼 때 인류의 역사는 순간에 불과하다. 지금 한껏
속도를 뽐내는 자동차도 오래지 않아 공룡처럼 죽음의 시간 속에 갇
혀버리게 될 것이다. 시선의 각도를 조금만 바꾸어도 언제든지 다가
올 수 있는 소멸의 운명을 엿볼 수 있다.

> 주유원의 장갑이 바닥으로 떨어진다
> 장갑은 바닥을 움켜쥐고
> 앙상하게 잠든 주유원을 바라보고 있다
> 경쾌한 음악 사이로
> 주유원의 시선이 툭, 툭 끊어진다
> 속도를 담기 위해 멈추는 곳
> 주유소는 휘발유의
> 적막한 속도로 가득하다

여기에서 '장갑'에 주목해보자. 이 시는 주로 자동차의 속도를 냉정하게 바라보는 주유원의 시선을 담고 있다. 그러나 그런 주유원을 바라보는 또 다른 눈길은 바로 장갑의 것이다. 공룡의 자리를 차지한 인간들처럼 언젠가 그 자리를 장갑이 차지할 수도 있는 것이다. 조금만 거리를 두고 보면 속도의 위험과 허무한 결과가 드러난다. 이 시의 냉담한 어조와 시선은 멈추어선 채 속도를 바라보는 자의 거리감에서 온다.

함민복의 「나마자기」(『작가세계』 2005년 가을호)는 위의 시와 전혀 다르게 애조 띤 가락으로 소멸의 징후를 비통하게 노래한다. 나마자기는 서해안 곳곳에서 볼 수 있는 붉은 색의 환경지표식물로, 죽어가는 갯벌에 나타난다고 한다. 보기에 따라서는 불길하고 흉한 색으로 느낄 수도 있으나 시인에게 이 색은 석양처럼 소멸 직전에 더욱 아름다운 붉은 색으로 비춰졌던 것 같다. "너는 왜 해질녘에 가장 아름다운 것이냐"라는 시인의 탄식은 모든 소멸하는 빛의 아름다움에 바치는 안타까운 헌사로 읽어도 될 것이다. 나마자기와 멸망의 징후를 더욱 부각시키는 것은 뻘에 박혀 있던 둥근 바위의 그림자가 해 떨어지는 순간 무섭게 빠른 속도로 그림자를 드리우는 장면이다. 소멸하는 빛의 아름다움에 젖어 있던 순간에 바로 이어지는 멸망의 검은 그림자는 그 허무한 결과를 극적으로 강조한다.

알리알리 알라셩 망조 든 나라 슬퍼
굴조개랑 너를 먹고 산다 했던가
나마자기야

나마자기야
어찌 유서가 이리 아름답다냐

    청산별곡의 애수라도 빌리지 않고서는 형언할 수 없는 망실의 충격
을 시인은 이렇게 노래한다. 망국보다도 더 큰 비극이 될 문명의 위
기와 그 경쾌한 속도를 구성진 가락에 얹어 역설적으로 드러낸다.

4

뒤창에 눈 그쳐 눈길을 걸어갔네
나를 앞서 이 눈길을 간 발자국들이 있네
어떤 걸음은 꽃창포가 핀 것 같네
어떤 걸음은 짧은 화살을 찍으며 머뭇거리다 나아갔네
발가락 사이가 비좁은 네발 짐승도 뒤따라갔네
종주먹을 들어 을러대며 뒤따라갔네
이것은 살가죽을 두드리는 비릿함이 있네
살찐 나는 네번째로 이 길을 걸어갔네
바락바락 문질러 놓는 소리가 나네
넷이서 서로 뒤따르며 눈길을 걸어갔네
돌이킬 수 없는 길을 걸어갔네
살얼음이 있는 동안만 반짝이는 것이니
잠시 망설일 뿐 순백의 시간 속으로 사라져갔네
어느 것 하나 돌아나오는 발자국이 없네
—문태준, 「넷이서 눈길을 걸어갔네」 전문

문태준은 자주 길의 풍경을 시에 담지만 늘 고즈넉하고 아련하여 의미 이전에 독특한 정서를 형성한다. 이 시는 '눈길'이 불러일으키는 각별한 정서와 '-네'로 규칙적으로 이어지는 리듬에 의해 미묘한 울림을 준다. '뒤창'이나 '발자국' 같은 삶의 배경에 오래 머무는 시인 특유의 시선이 또 하나의 아스라한 '길의 시'를 낳고 있다. 눈 위에 남는 발자취는 늘 어떤 '관계'의 그물을 연상시킨다. 그것은 '나'의 발자국에 선행하는 다른 존재를 증명한다. 이 시에서는 매우 섬세하고 감각적인 묘사로 앞선 발자국들을 추적한다. 맨 처음 '꽃창포'가 핀 것 같은 작고 여린 자취에 이어 "짧은 화살"을 찍으며 머뭇거리다 나간 조금 강하고 예민한 존재의 흔적이 뒤따른다. "발가락 사이가 비좁은 네발 짐승"은 보다 강력하고 위협적이다. 눈길 위에서 이들의 종주는 그리 평화롭지는 않았을 것이다. 종주먹을 들어 을러댄 흔적이나 살가죽을 두드리는 비릿함이 남아 있기 때문이다. 이 수상쩍은 행렬의 마지막에 "살찐 나"가 따르고 있다. 앞선 자들에게는 가장 위협적인 동행일 것이다. 이들 사이의 미묘한 긴장감은 "살얼음이 있는 동안만 반짝이는" 위태로운 눈의 존재로 암시된다. 이들이 사라져간 저 "순백의 시간"은 현상 너머의 시간일 것이다. 앞서거니 뒤서거니 자취를 남기며 이들이 지나는 길은 결국 돌아올 수 없는 절대적인 공허에 이르게 된다. 단순한 눈길의 인상으로 한정하기에 이 시의 여운은 길고 허전하다. 뒤창 너머 눈길의 오밀조밀한 발자국과 사라짐이 드러내는 적막한 시간의 궤적은, 어쩔 수 없이 삶의 안타까운 자취를 연상시킨다.

어머니가 꼼짝 못하고 쓰러졌습니다
오줌과 똥을 치우느라 엎드려 있는데
병원 밖 멀리 기차가 배추벌레처럼 꿈틀거리고
느닷없이 그 짐승이 거기를 가로질러갑니다

그 짐승의 이름은 알지 못합니다
무뚝뚝하고 흐느적거리기도 하고
석양 무렵이었습니다
[……]
지난 유월 오빠가 집 앞 계단을 세 개 남겨 놓고
말 한마디 못하고 쓰러져 죽었습니다

왜 자꾸 그 생각이 나는지 모릅니다
그가 잡아 지고 왔던 자루
그는 우리에게 아이스케키를 사다준 것이었는데
자루 속에는 젖은 얼룩과 막대기만 남아 있었습니다

─최정례, 「슬픔의 자루」 부분

아마도 시인은 '슬픔'에 대해 이야기하고 싶었을 것이다. 슬프다고
발설해버리면 이미 반 이상 증발해버리는 이 예민한 감정을 시인은
아주 은근하게, 무심한 듯, 요령 있게 다루고 있다. 이 시에서 슬픔
은 기괴한 짐승의 형상을 하고 순식간에 나타났다 사라지는 것으로
그려져 극적인 긴장감을 더한다. 그런데 이 시의 진정한 묘미는 슬픔
이 나타나는 시간의 설정에 있다. 어머니의 병수발을 들 때 만난 슬

픔은 석양 무렵에 느닷없이 지나간다. 기운을 다하고 사라지는 태양빛은 생사와 관련된 존재론적인 질문을 일으키게 마련이다. "햇빛 무서운 대낮"에 만난 슬픔은 아이가 잊고 간 도시락을 갖다주러 가는 젊은 여자의 예리한 자의식을 건드린다. 지난 유월 오빠가 쓰러진 것은 집 앞 계단을 세 개 남겨 놓은 지점이다. 그의 자루 속에 남겨진 '아이스케키'의 젖은 얼룩과 막대기는 애잔함을 유발하는 시간의 흔적이다.

시적인 순간에 포착된 유의미한 흔적과 인상들은 삶에 대한 통일성 있는 지각을 제공한다. 사라질 듯 희미한 흔적이나 기억의 저편에 갇혀 있던 어떤 장면에서 끄집어내는 시적인 시간들은 일상의 무미한 흐름과 다른 밀도 있는 삶의 풍경을 그려낸다. 감정을 제거한 채 풍경의 내면으로 진입할 때의 예리한 직관과 투시력이 어떤 명징한 깨달음보다도 확고하게 기억과 지각의 지층에 가닿게 한다.

5

젊은 시인들에게 삶은 그 뿌리부터 절망적이고 부패한 것으로 인식되는 듯하다. 그들에게는 최초의 기억조차 어둡고 황폐한 상태로 그려진다.

김이듬의 「청춘이라는 폐허 2」(『시와세계』 2005년 가을호)는 제목처럼 황량하고 부정적인 성장의 통증을 담고 있다. 이 시에서는 "수세미보다 굵고 수박보다 큰 오이가 자라고 있었습니다/서로 혐오하는 사이에 시들었습니다"라는 첫 구절의 암시처럼 갈등과 증오로 점철된 삭막한 시간들을 만날 수 있다.

　　날 안고 재워주던 기계의 맥박 소리는 달콤했습니다
　　초콜릿 공장은 아니었습니다
　　알록달록한 플라스틱 원료 포대에 기어들어가
　　달짝지근한 책을 읽다 잠들면 옥상으로 옮겨졌습니다
　　하마터면 야근의 프레스에 뒤터진 슬리퍼가 되었겠지요

　　이 시 역시 최근 젊은 시인들의 시에서 흔히 볼 수 있는 동화적인
상상에 기대고 있다. 요즘에 흔히 볼 수 있는 동화적인 상상력의 시
들은 착하고 순한 동화와는 거리가 멀다. 그것은 동화의 환상성을 통
해 잔혹하고 기괴한 세계와 그것이 연약하고 무기력한 자아에 행하는
폭력을 강조하기 위한 전략을 내포하고 있다. 이 시에서도 아직 어린
아이인 화자가 놓여 있는 곳은 행복한 초콜릿 공장이 아니라 무시무
시한 프레스에 눌릴 수도 있는 위험한 공장이다. 그곳에서 유일하게
행복한 꿈을 꾸게 해주는 것은 달짝지근한 책들일 뿐이다.

　　입사한 언니들은 배가 불러져 움직이지 않았습니다
　　순진한 적 없는 나는 아버지를 도왔습니다
　　공장장 아저씨가 나를 발이 닿지 않는 선반에 올려두고 외출증을 끊
어갑니다 치마에 피가 묻었습니다
　　플라스틱은 녹아 흐르고 쇳덩이들이 뜨거워졌습니다
　　처음으로 공장집이 따뜻해지자 사라졌습니다
　　착한 새엄마가 불을 냈을 리 없습니다

놀랍고 끔찍한 상황들을 건조하게 진술하는 화자의 담담한 어조는 어떤 충격에도 무감각한 정서의 공황 상태를 보인다. 이 시는 공장장이나 아버지, 위선적인 새어머니 등을 통해 자본주의적 일상의 폭력성과 허위를 연상시킨다. 날 때부터 철저히 황폐한 자본주의적인 일상 속에 놓여 있었던 세대의 황폐한 내면 풍경을 엿볼 수 있다. 기계와 남성과 허위가 판치는 삭막한 현실 속에서 어느새 성장하여 서로 혐오하는 사이에 시들어가는 황막한 일상을 만나게 된다. 이 시는 성장의 신비와 성스러움이 사라지고 급속히 물화되어가는 현대적 삶의 비극적 상징으로 읽힌다.

진은영의 「우리에게 일용할 코를 주시옵고」(『한국문학』 2005년 가을호)에서 일상은 "오래도록 갈아입지 않은 페이지들의/무덤" 같은 정태적인 마비의 상태로 표현된다. 이 시에서는 현대의 마비된 일상을 일깨우려는 감각과 재치가 돋보인다.

잘 가꾸어진 공원의 데이지 꽃밭 사이에서
해바라기의 큰 키로 올라오는 내장의 부패한 냄새를
맡는 사람이 되어야지

　　저 노란 강철은 어디서 왔을까
　　솟아오르는 날카로운 향기의 낫

마비의 나날로부터 일어나세요
글자의 시체들이여

우리는 과장의 슬픔과 웃음 모두를 배워야 합니다

마비된 일상에서 벗어나기 위해서는 "잘 가꾸어진 공원의 데이지 꽃밭"이 주는 시각적 안락보다 "해바라기의 큰 키로 올라오는 내장의 부패한 냄새"의 거북한 감각을 추구해야 한다. 해바라기의 악취는 "저 노란 강철"과 "날카로운 향기의 낫"이라는 선명한 인상으로 각인 되면서 "마비의 나날"을 일깨우는 감각의 예리한 날이 된다. 해바라 기의 냄새를 들추듯 오래된 페이지들의 무덤 속에 누워 있는 "글자의 시체들"도 일깨워야 한다. 글자들이 선동하는 "과장의 슬픔과 웃음" 도 느낄 수 있어야 한다. 감각의 퇴화는 "피아노 건반 뒤의 망치처럼/ 똑같은 나날의 진자가 너의 뒤통수를 치는데"도 무감각한 무서운 마 비를 불러왔다. 그리하여 교감할 수 없는 '나'와 '너' 사이에는 "슬픔 의/무한소수가/바퀴벌레처럼 줄지어 지나간다" "그만 부활하세요/새 벽 거리의 쓰레기통이 일제히 열리는 냄새에/콧구멍을 벌름거리면 서"라는 외침에는, 우리의 누추하고 부패한 일상에 대한 자각과 감응 이, 마비된 나날로부터 벗어날 수 있는 긴급한 방책이라는 각성이 들 어 있다. "푸른 코끼리의 코가/소년들의 손처럼 냄새의 은밀한 곳을 더듬는다"라는 이 시의 마지막 구절은 원초적 감각의 재생이 갖는 생 명력을 환상적으로 그려 보인다. 이 젊은 시인의 발랄한 상상력이 "푸른 코끼리의 코"처럼 강력한 감각의 출구가 될 수 있으리라 본다.

물신의 시대를 횡단하는 시
─황학주, 이병률, 유홍준의 시

한 세대에서 다른 세대로 이어지며 만들어진
단순한 것은 우리의 손에 눈길에 우리 것으로
있는 것, 그에게 말하라, 사물들을.
　　　　　　　─릴케, 「두이노의 비가」 중에서

1. 사물의 꿈

　2000년대 우리 문학은 '위기설'과 맞물려 불안한 출발을 시작했으
며 뚜렷한 약진 없이 전반적으로 침체돼가는 양상을 보이고 있다. 몇
년 사이 문학계의 쟁점이 되어온 '미래파' 논의는 그 명명부터, 아무
런 돌파구 없이 침몰되는 듯한 기성 문단에 대한 반발을 내포하는 것
으로 보인다. '미래파'로 불리는 일군의 젊은 시인들이 내세우는 '새
로움'은 항시 부닥치게 되는 비난과 저항에도 불구하고 우리 시의 최
전선을 이끌어온 전위의 에너지를 발산하고 있다는 점에서 무시할 수
없다. 전위시의 치열한 실험 정신은 구태의연한 기성시를 쉽사리 추
문으로 만드는 강력한 파급력을 지닌다. 그런데 전위시 자체가 자신
의 덫에서 자유롭지 못하다는 것이 가장 큰 난제이다. 끝없이 새로워
지지 못할 때 전위시의 위상은 곧바로 추락한다. 새로움에 대한 강박
관념 때문에 스스로 감당할 수도 없는 난해시를 생산하고 해독 불능,

소통 불가의 막다른 골목으로 치닫게 될 때 전위의 에너지는 영점으로 소진된다. 최근 '미래파' 시의 지나친 난해성과 폐쇄성에 대한 조직적인 비판이 고조되고 있는 것은, 그들의 시가 침체된 문단에 던진 충격파가 잦아들어 최초의 에너지를 상실하고 있음을 반증한다.

'미래파' 논의로 인한 득실을 따질 때 간과할 수 없는 피해는, 그것이 '순수/참여' '리얼리즘/모더니즘' 등 우리 시에 가해졌던 고질적인 이분법에 덧붙여 '전위시/기성시'라는 또 다른 편가름을 유도한다는 점이다. 전위시는 과거에도 없지 않았지만 특별한 소수에 한정되었던 것에 비해 요즘은 전례 없이 규모가 커지고 집단화되는 경향이다. '미래파'로 통칭되는 젊은 시와 기성시를 양분하는 사이 그 중간 지대에 놓이는 많은 시인들의 개성은 사장되어 버린다. 성숙한 사회가 그러하듯, 다양한 층위와 개체의 속성이 자유롭게 발현될 때 서로 삼투하며 상승하는 발전이 가능하다. 그런 맥락에서 '전위'나 '기성'의 잣대에서 벗어나는 점이 지대의 개성 있는 시인들에 대한 각별한 관심이 요청된다.

"견고한 것은 모두 녹아 사라지고, 거룩한 것은 모두 더럽혀지며, 마침내 인간은 냉정을 되찾고 자신의 실제 생활 조건, 자신과 인류의 관계에 직면하지 않을 수 없게 된다"던 마르크스의 예언은 오늘날의 관점에서 보면 일부는 맞고 일부는 틀린 것으로 드러난다. 자본주의의 거대한 증식으로 견고한 것들과 거룩한 것들이 속수무책으로 포식되는 것은 사실이나 이에 대한 비판이나 반격은 찾기 힘들다. 1980년대 말 공산주의권의 몰락으로 인해 자본주의의 위세는 더욱 가속화되고, 고도 자본주의하에서 인간은 자율성을 상실하고 제도에 더욱 얽매여가고 있다. 시 역시 거대한 자본의 물결에서 자유롭지 못하다.

'견고하고 거룩한 것'들의 가치를 지켜내던 시가 물신의 권능에 무릎을 꿇은 모습은 초라하고 미약하기 그지없다. 시의 큰 힘은 현실을 성찰하고 비판하는 개인 주체의 내면에서 발생한다. 시에는 주체의 내면에 투사된 세계를 전체적으로 통찰하는 특별한 능력이 있다. 정보 처리의 합리성에서 시는 과학을 따를 수 없고, 세계 인식의 보편성에 있어 철학을 능가할 수 없다. 그러나 시는 보편성이나 합리성과 달리 개인이 감수하는 가장 절실한 삶의 감각과 진정성에 대한 예리한 촉수를 내장하고 있다. 이는 대상에 대한 새롭고 섬세한 이해를 가능하게 한다. 오늘날의 물신화된 삶은 모든 사물을 상품화하고 그것을 자신의 본성으로부터 소외시킨다. 모든 것이 물질적 가치로 환산되고 개개의 독자성은 무시된다. 시는 사물을 소외로부터 지켜내고 끊임없이 재해석할 수 있는, 그럼으로써 온전히 살 수 있게 하는 특별한 방식이 될 수 있다. 사물에 대한 가장 견고하고 섬세한 접촉을 행할 수 있는 시에서 그것은 상품 이상의 다양성을 발현할 수 있기 때문이다. 이러한 시의 속성은 사물과 마찬가지로 사람에게, 자연에게 모두 적용될 수 있다. 자본주의에 예속되어 부품화된 사람과 주변화된 자연은 개체의 독자성과 다양성에 유달리 민감하고 개방적인 시의 손길에 의해 특별하고 새로운 것으로 변한다. 이로 인해 새로운 세계와 사물의 가치가 발생한다. "대지여, 이것이 그대가 원하는 것이 아닌가. 보이지 않게 우리 속에 살아 일어설 것을" 하고 릴케는 노래했다. 시인의 언어는 대지와 사물에 생명을 부여한다. 섬세하기 이를 데 없이 접지하는 시인의 내면에 닿을 때 닫혀져 있던 '견고하고 거룩한' 사물의 꿈은 발현될 수 있다.

　오늘날의 시는 물신화에 부응하여 어설픈 상품으로 전락할 수도 있고 작고 여린 목소리로 사물의 꿈을 길어올릴 수도 있다. 물신화에 역행하는 것은 시가 갖는 고유의 가치와 권능을 지키는 방법이다. 지난 세기 시가 지녔던 선구적 정신과 정서적 파급력을 계속 기대하기는 힘들 것이다. 지금 문화는 전례 없이 다채롭게 분화되고 있다. 저마다의 고유한 특성과 권역을 살려나가는 것이 문화의 백가쟁명 시대를 활성화시킬 것이다. 시의 경우는 구체적인 지각과 경험을 재현하는 감각적인 언어에 있어 타문화를 능가한다. 시가 언어 예술인 것은 합리와 보편을 추구하는 일상어와 달리 개성과 창조를 지향하기 때문이다. 보편타당한 인식과는 상관없이 지각에 직접적으로 부딪쳐오는 실감을 제시함으로써 시는 개체적인 실존의 진실을 드러낸다. 예리하고 개별적인 시의 언어는 보편적 진실의 외연을 확장시키거나 때로는 그것과 대립하기도 한다. 그리하여 시는 분명하지만 굳어버리기 쉬운 보편적 진실을 연화시키고 움직여간다. 과거의 시들은 당대의 첨예한 촉수로서 실천적 역할을 담당했었다. 오늘날의 시는 자본주의의 고착으로 기계화, 물질화되어가는 현상에 맞서 더욱 구체적이고 감각적인 대응이 요청된다. 시는 상품으로서, 교환 가치로서만 존재하는 사물에 독자적인 의미와 느낌을 부여해줄 수 있다. 시인의 내밀한 감각과 창조적 언어에 의해 사물은 새로워진다. 상품으로부터 사물을 해방시키고 효율성으로부터 자유로운 내면을 추구하는 것이 자본의 원리를 연화시킬 수 있는 시의 힘이다.

실험과 파격에 치중하는 젊은 시들과 달리, 재래의 서정을 반복하는 시들과도 달리, 서정시 고유의 섬세하고 구체적인 감각을 견지하면서 고도의 직관력과 통찰로 물신화된 삶을 가로지르는 시들이 있다. 황학주의 『저녁의 연인들』(랜덤하우스중앙, 2006), 이병률의 『바

람의 사생활』(창비, 2006), 유홍준의 『나는, 웃는다』(창비, 2006) 등
의 최근 시집들은 서정시가 지닌 내밀한 감각과 뛰어난 언어미학을
여전히 신뢰하게 한다. 온건한 외형에도 불구하고 그들의 시가 보여
주는 신선한 표현과 사유는, 서정시의 동력이 한없이 새로워질 수 있
는 내면의 작용에 있음을 보여준다.

2. 알몸의 언어로 빛나는 마음의 현상학: 황학주

　오늘날의 물신화된 삶으로 인해 손상된 중요한 가치로 '마음'을 들
수 있다. 구두쇠 스크루지 이야기에서 단적으로 보여주듯, 물질적 욕
망은 인간성을 박탈해가기가 쉽다. 계량화할 수 없는 주관적 영역은
물질적 삶의 질서를 방해하는 골칫덩이일 뿐이다. '마음'이라는 말이
구태의연한 감정의 표현으로 인식되는 차가운 이성의 시대에 우리는
살고 있다. 그러나 '마음'만큼 직접적으로 대상을 감수할 수 있는 능
력이 있을까. '기쁨'이니 '슬픔'이니 '괴로움'이니 하는 마음의 작용은
대상을 향수할 수 있는 주체의 능동적인 역할을 기반으로 하는 것이
다. 마음이라는 인간 고유의 현상은 물신화에 역행하는 주관과 정서
의 창조력을 내장하고 있다. 황학주의 시들은 '마음의 현상학'이라고
할 만한 섬세하고 정밀(靜謐)한 내면의 기록이다.
　황학주의 시에서 마음은 비밀스러우리만치 여리고 조심스럽게 열
리고 닫히는 어떤 것이다. 그것은 어렵사리 느낄 수 있지만 일단 감
지되면 영원처럼 각인된다. "알 수는 없었지만/마음이 피는 일엔 다
함이 있어야 한다는 걸/여자가 눈짓해준 그해 여름"(「그해 여름」)에

서 말하듯 마음은 온 힘을 다해 '피어나는 것'이다. 그것은 또한 "저 가랑잎의 걸음에 끼여 기울어지는/내 마음도 얇은 부분으로만 갈 수 있는 것 같다"(「삭정이」)고 할 때처럼 무심치 못해 함께 일렁이는 내면의 파문이다. 대개 쓸쓸하고 고요한 가운데 흐르게 마련인 마음의 움직임은 상처와 소외로 구석진 거처를 향한다. 시인의 후미진 기억 저편에는 "혼자인 마음에게 편지 심부름을 가던 날"(「조선대 뒷산을 넘어 할머니에게 어머니 심부름을 다녔다」)이 아련한 상처로 남아 있다. 「북 치는 인형」에서도 어린 시절의 상처가 각인된 인상적인 이미지를 만날 수 있다. "며칠째 학교 뒷문으로/텅 빈/기차가 지나가면/낙엽들이 개처럼 쫓아나간다//서랍을 열면/가슴에 달빛처럼 접힌/나보다 더 아픈 사람/꿍짝꿍짝 발을 맞춘다"는 몇 가지 선연한 장면으로 내면에 일렁이던 불안과 고통이 실감나게 재현된다. "내 마음은 오래도록 바짝 마른 것에 가 있었다"(「젓가락, 내 마음은」)는 고백에서도 엿볼 수 있듯, 시인은 건조하고 쓸쓸한 눈길로 마음의 행로를 쫓는다. 마를 대로 말랐는데도 여전히 흔적을 남기고 있는 마음의 정처를 그린다.

침대처럼 사실은 마음이란 너무 작아서
뒤척이기만 하지 여태도 제 마음 한번 멀리 벗어나지 못했으니
나만이 당신에게 다녀오곤 하던 밤이 가장 컸습니다
이제 찾아오는 모든 저녁의 애인들이
인적 드문 길을 한동안 잡아들 수 있도록
당신이 나를 수습할 수 있도록
올리브나무 세 그루만 마당에 심었으면

진흙탕을 걷어내고
진흙탕의 뒤를 따라오는 웅덩이를 걷어낼 때까지
사랑은 발을 벗어 단풍물 들이며 걷는 것이었습니다
사랑이 아니라면 어디 사는지 나를 찾지도 않았을
매순간 당신이 있었던 옹이 박인 허리 근처가 아득합니다
내가 가고,
나는 없지만 당신이 나와 다른 이유로 울더라도
나를 배경으로 저물다 보면
역 광장 국수 만 불빛에 서서 먹은 추운 세월들이
쏘옥 빠진 올리브나무로
쓸어둔 마당가에 꽂혀 있기도 할 것 같습니다

당신이 올리브나무로 내 생에 들러주었으니
이제 운동도 시작하고 오래 살기만 하면,

—「저녁의 연인들」 전문

　마음의 흔적 중에서 사랑의 기억만큼 강렬한 것이 있을까. 시인의
가장 좋은 시들이 사랑의 열정과 고뇌를 담아낸 절창들인 것은 그가
누구보다 마음의 움직임을 예리하게 포착하기 때문일 것이다. 여기서
그려내는 사랑은 절정의 순간을 지낸 '저녁'의 풍경에 가깝다. "발을
벗어 단풍물 들이며" 한없이 걷던 도취의 순간들도 돌이켜보면 "옹이
박인 허리 근처"처럼 아득해지는 기억으로 남는다. 그의 시에서 사랑
의 기억이 각별한 것은, "늘 덜 닦인 방에서／덜 갚은 빚처럼／몸서리

치며 나누던 몸"(「덜 닦인 방」), "사랑이 풀꽃 반지를 만드는 때가 오면/가로등 지지지 제 몸 지지는 소리를 내고,/사랑이 배를 놓아 첫날밤 같은 한순간을 미끄러지면/부끄러움은 돛처럼 쫑긋한 귀가 서 있었다"(「베네치아의 연인」)에서와 같은 정열적이고 낭만적인 순간들을 간직하고 있기 때문이다. 시인은 또한 사랑이 지니는 양면성에 유난히 민감하다. "한 국자쯤 고이고/다시 한 스푼쯤 차오르는/볕 한 줌을 시간 안에 나누느라고"(「덜 닦인 방」) 애타는 사랑도 "저렇듯 우박이 수북하게 쌓여 있는 고랑을/하나씩은 가지고 있"(「베네치아의 연인」)다. 사랑의 기쁨과 슬픔을 겪을 만큼 겪은 듯 "내 안의 붉은 머리채에 낚여/꽈당 엎어지는/참, 사랑을 쉬는 일도 중요한 일이네"(「뉘엿뉘엿 눈밭 속으로 가는 일」)라고 할 정도이다. 사랑은 전혀 완전하고 충만하지 못하지만 결핍과 갈증인 채로 삶의 한 부분을 차지하고 있기 때문에 소중한 것이다. "당신이 나와 다른 이유로 울더라도" "내 생에 들러주었"다는 사실이 중요하다. "마음이란 너무 작아서/뒤척이기만 하지" 좀처럼 제 자신을 벗어나기 힘든 것이지만, 그 마음의 간절함을 알기에 "이제 찾아오는 모든 저녁의 애인들이/인적 드문 길을 한동안 잡아들 수 있도록/당신이 나를 수습할 수 있도록" 하려는 것이다. 저녁의 사랑은 열정적이고 충만한 사랑의 순간이라기보다 사랑을 통해 알게 된 마음의 깨달음에 해당한다. 사랑에 갇혀 있을 때 마음은 자신조차도 넘어설 수 없는 작은 것이지만, 사랑을 '쉬고' 돌이켜보는 시간을 통해 더 넓고 새로운 차원에 도달할 수 있다.

곳곳에서 시인은 인생의 황혼을 '저녁'에 비유하며 삶에 대한 지극한 통찰을 행한다. "곧 버스가 끊기는 밤이 된다/슬프면 안 된다"(「버스」)에서처럼 저녁은 "언젠가는 다가올 슬픔 중 가장 귀한/버스"

를 기다리는 시간이다. 시인은 아직은 그리 조급하지 않게, 그러나 진지하게 죽음을 사유할 수 있는 시점에 있다. 그에게 죽음은, "종점을 기다린다/낙수 고랑을 타고 그 한 집/불 꺼진 방으로 가는"(「종점을 기다린다」) 것과 같이 출생의 지점으로 되돌아가는 일이다. "잃어버린 나"를 찾아 헤매던 평생의 여로를 마감하고 원점으로 회귀하는 것이다.

다행히 시인은 아직 죽음으로 향하는 무채색의 관념보다는 반짝이는 감각과 농익은 관능을 더 많이 내비치는 것으로 보인다. 정처 없는 마음과 통렬한 사랑을 통과하면서 더욱 선연하면서도 깊어진 그의 언어는 서정시의 미학적 가능성을 확장시켜 나가고 있다. "물벼락 같은 오이 냄새 아래/땅벌레가 취해서 옴직옴직 돌아가는 참이다"(「오이밭에서」), "양수리 이 시간은/바람 속으로 이불 깔아 내리는 소리가 나고/몰랑몰랑 침묵을 주물러가는 소리가 난다"(「겨울 양수리」) 등 감각의 예리함이 도드라지는 표현들을 도처에서 만날 수 있다. 시인이 추구하는 시는 "빛나는 알몸의 말들"(「비어(飛魚)」)로 이루어진 것이다. '비어'가 그렇듯이 자신의 한계를 돌파하는 날쌘 비상을 꿈꾸는 것이다. 드물게 넓고 깊은 보폭을 지닌 '마음'의 궤적이, 날아오르려는 그의 감각과 언어를 힘차게 추동시킨다.

3. 지복의 시간과 내밀한 생의 감각: 이병률

자본주의의 근간이 된 중요한 발명품으로 시계를 빼놓을 수 없다. 시계는 삶의 리듬을 합리적으로 구획하여 노동의 강도를 효과적으로 조율할 수 있게 한다. 하루 스물네 시간의 물리적 단위는 인간의 생체리듬과 정신까지도 통제한다. 정확하고 빈틈없는 시계로 인해 노동의 효율은 극대화되고 질서를 갖게 되었지만, 개인의 내적 충족감은 크게 손상되지 않을 수 없다. 자본의 시계는 개인의 자율적이고 감각적인 충족감을 끝없이 유예시키면서 집단적 성과를 유도해낸다. 저마다 다채롭고 내밀한 개인의 충족감과 효율의 채찍으로 생산을 독려해야 하는 자본의 시간은 충돌하게 마련이다. 이병률의 시에서는 자본의 시간과 그에 역행하는 개인의 시간을 자주 만날 수 있다.

　　일 마치고 돌아오는 길가 황혼에 눈길을 주다 보면 저 멀리 풍경이 강가에 다리 놓는 모습 보입니다

　　강 저편에서 강 이편으로, 강 이편에서 강 저편으로 서로 각자의 기둥을 놓고 손을 내뻗는 모습에 무작정 속이 아리다가도 그 속도가 아름답기도 하고 장해 보이기도 하여 창자가 다 휘둘립니다

　　며칠에 한 번쯤 통장을 들여다보고 있으면 신(神)은 자꾸 자리를 만들고 허문다는 생각입니다

　　많은 당신들도 지워졌으므로 누가 시키지 않아도 당신은 당신들의 장엄한 일들을 해야 합니다

　　당신도 목숨 걸고 자본주의의 풍경이 되는 일을 합니까

　　한 풍경이 등짐을 지고 일 갔다 돌아옵니다

자꾸 먼 데를 보는 습관이 낸 길 위로 사무치게 사무치게 저녁은 옵
니다

다녀왔습니다   ——「저녁 풍경 너머 풍경」 전문

 하루의 일을 마치고 돌아오는 길이라면 자본의 시간에서 놓여난 개
인의 시간을 만날 수 있다. 황혼 너머로 멀리 바라보이는 풍경은 아
름답고 장엄하기 그지없다. 이러한 순간에 충실할 수 있다면 루소가
「고독한 산책자의 몽상」에서 말하는, "시간이 영혼에 있어 아무런 의
미도 없고, 영원히 현재가 지속되는, 그럼에도 그러한 지속을 드러내
지 않고, 계기의 흔적도 없이, 부족과 향유, 쾌락과 고통, 욕망과 공
포의 감정도 없이 다만 우리의 존재라는 감정만이 있어서, 그 감정만
으로 영혼 전체가 충만할 수 있는" 지복의 상태에 가까울 것이다. 자
신의 존재와 감정만으로 온전히 충족되는, "누가 시키지 않아도" 자
신의 "장엄한 일"을 하는 상태를 시인은 꿈꾼다. 자본주의의 풍경이
되느라 자신을 지워버리는 근대의 시간에서 자유롭고 싶어한다. 근대
의 합리적 시간은 문명과 야만을 구분하는 지침이 되기도 한다. "서
너 달에 한 번쯤 잠시 거처를 옮겼다가 되돌아오는 습관"(「여전히 남
아 있는 야생의 습관」)을 그만둘 수 없는 것은 죽을 것같이 숨 막히는
문명의 시간에 끼어 있는 자신을 타이르기 위함이다. '생산'과 '의미'
의 강박으로부터 벗어나 내면에 '몰입'하는 순간이 필요해서이다.
 이병률의 시에서는 근대적 시간의 권역을 훌쩍 뛰어넘는 광활하고
아득한 시간이 인상 깊게 그려진다. 「봉인된 지도」에서는 "지구와 달

의 거리가 지금보다 훨씬 가까워/달이 커 보였던 때/일년은 팔백일이 었고 하루는 열한 시간이었을 때"부터 "달과 지구의 자리가 멀어져 달이 작아보일 때까지/일년은 삼백육십오 일이고 하루는 스물네 시간일 때까지" 한결같이 "검고 고요한 저 소실점을 향해 가는 일"을 '약속' 으로 삼는 화자의 무서운 집념을 보여준다. "밀리고 밀리는 것이 사랑이 아니라 이름이 아니라/그저 무늬처럼 얼룩처럼 덮였다 놓였다 풀어지는 손길임을//갸륵한 시간임을 여태 내 손끝으로 밀어보지 못한 시간임을"(「무늬들」) 간파한 그는 '사랑'도 '이름'도 넘어 "몇십 갑자를 돌고 도느라 저 중심에서 마른 몸으로 온 우글우글한 미동", 장엄한 시간의 파문에 사로잡히고 만다. "침묵이 침묵을 두드리는 순간과 간혹 침묵이 침묵의 옆구리로 숨어드는 순간만이 있을 뿐 그것이 우리가 겪은 일의 전부"(「잠시」)라는 상상이 자연스럽게 펼쳐지는 것은 근대의 계량적 시간을 훌쩍 뛰어넘는 무시무시한 어둠과 고요, 순간과 영원이 잇닿는 장엄한 시간의 비밀을 안고 있기 때문이다. 그를 움직여가는 것은 "한 사내가 두 사내가 되고/열 사내를 스물, 백, 천의 사내로 번지게 하고 불살랐던/바람의 습관들"(「바람의 사생활」)이다. 정처 없이 떠도는 야생의 영혼은 근대의 후면에서, 효율의 그늘에서 소외된 자들의 슬픔과 온기를 들여다본다.

그의 시는 효율의 척도에서 밀려난 자들의 독특한 생태와 정서를 포착하는 데 있어 남다르다. 나무시장에서 웅크리고 앉아 찬밥을 떠먹는 소년(「점심(點心)」), 이따금씩 돈을 부쳐달라는 촌수도 잘 모르는 친척 형(「겹」), 몸이 불편한 사내와 몸이 더 불편한 그의 아내에게 빚을 받으러 갔다가 그냥 돌아오는 친구(「외면」), 혼자 죽을 수 없어 이름도 모르는 채 저승길을 함께 떠나는 남녀(「황금포도 여인숙」),

여관 옆방에서 말이 하고 싶다며 전화를 걸어오는 사내(「이야기를 할 수 있을까요」) 등 쓰라린 삶의 정경 속에 그것을 바라보는 한량없이 시린 눈길을 찾을 수 있다. 칼갈이 부부의 방문을 그린 시 「검은 물」은 효용적 가치와 전혀 다른 내면의 가치를 인상 깊게 담아낸다. 이미 사양길에 접어든 칼갈이로 연명하는 부부, 그 중에서도 남편은 앞을 보지 못하는 딱한 처지에 있다. 그런데 커피를 권한 화자는 뜻밖에 "이 사람은 검은 물이라고 안 먹어요"라는 말을 듣는다. "태어나 한 번도 다른 색깔을 본 적 없어 지긋지긋해한다"는 말에서 내면의 자유와 충족감이 얼마나 소중한지를 알 수 있다. 칼갈이 사내가 어둠을 딛고 갈아 놓은 칼은 "집 안 가득 떠다니는 지옥들마저 베어낼 것만 같"이 눈부시다. 효용의 가치에 역행하는 칼갈이 사내의 삶은 세상의 편견을 뒤집으며 특별한 생의 감각을 각성시킨다.

자본의 시계로 포착할 수 없는 무섭게 검고 고요한 침묵의 시간이나 효용의 가치로 따질 수 없는 지극히 내밀하고 충만한 생의 감각들을 그윽한 눈길로 길어올림으로써 시인은 물화될 수 없는 시의 영역을 지키고 있다. 그의 시는 낭만적 탈주나 초월적 비상을 꾀하는 것이 아니라 자본의 질서에 따르면서 생계를 꾸려야 하는 생활인으로서의 처지를 기반으로 하는 것이기에 더욱 절실하게 다가온다. 그는 원고료를 받기 위해 옹졸한 시간과 다투어가며 시를 쓰고 있는 자신을 통렬하게 직시하면서(「돼지」), 시를 만나기 위해 예전에 살던 동네를 찾아 헤매는(「대림동」) '시인'이다. "그래도 더 번거로운 일은 박하게도 흐벅지게도 살아야 하는 일, 쓸쓸한 일"(「시장 거리」)이라는 삶의 철학이 자본의 풍경에 매몰되지 않으며 "가득하게 살아가는 방식"으로 구현돼가는 모습을 주시해야 할 것이다.

4. 무화(無化)의 길로 향하는 미행(美行) : 유홍준

유홍준의 시에서 물신의 권능과 그 그늘에서 가속화되는 퇴폐의 양상은 더욱 직접적으로 그려진다. 제지 공장의 직원이라는 시인의 특이한 이력은 자본주의의 폐해를 그 환부에서 경험하게 한다. "스님보다도 오래, 수녀님보다도 더 끈질기게/기계는 기계의 염주 베어링을 돌리며 용맹정진을 한다/소음이라 부르는 기계의 염불 소음송(騷音頌)을 외우며/오직 한 길 생산도(生産道)를 닦는다"(「기계는 기계의 염주 베어링을 돌린다」)에서 풍자하듯 "일용할 양식 내리시는 기계신"을 섬기는 신도로서 오로지 생산의 수단이 되어 있는 자신의 처지를 냉정하게 성찰하고 있다. 물신을 향한 용맹정진 끝에 도달하는 경지는 기계의 일부가 되어 무화되는 것이다. 백지를 만드는 제지 공장의 노동은 그래서 더욱 상징적이다. "더욱 완전한 백지에 이르고자/없애고 없애고 또 없애는 것이 제지공의 길이다, 제지공의 삶이다, 마치 거지의 길이며 성자의 삶 같다"(「문맹」)는 절묘한 비유처럼 자본주의 하의 노동은 자신을 버리거나 희생하며 무화되는 길이다. 시인은 자신이 경험하고 목격하는 물화와 퇴폐의 진상을 냉철하게 재현한다.

물신의 압도적인 힘을 체감하는 시인이기에 종종 절대 권력 앞에 무기력한 운명에 대한 참담한 심정에 사로잡힌다. "오오, 누가 귀때기를 움켜쥐고/저울질하듯/한 생명의 전부를 들어올리는가"(「토끼」)라는 탄식이나 "주검을 다는 저울 위에 올라가 보고서야 겨우/제 몸뚱어리 무게를 아는 백 열 근짜리/사지 덜렁거리는 인육"(「저울의 귀환」)에 대한 냉소는 모두 무력하기 짝이 없는 삶에 대한 환멸을 내포한다. 어떤 현상을 대하더라도 시인의 눈길은 부질없는 노고에 허덕이는 고단한 삶을 발견한다. 가령 「꿀맛」에서 벌은 면할 길 없는 서민 아파트 같은 꿀통을 드나들다 벌 치는 사람의 손짓 한번에 끝장나는 미약한 생명일 뿐이다. 「백년 정거장」에서는 무엇을 기다리는지도 모르면서 하염없이 기다리는 사람을 그린다. 끝끝내 만날 수 없는 대상을 백 년씩이나 기다리는 대책 없는 기대를 시인은 냉소한다. 어떤 희망도 기대도 무너져 내리는 냉혹한 현실을 그는 '얼음나라'라고 부른다. 그곳의 '얼음아이' '얼음시' '얼음고향' '얼음어머니' '얼음아내' 들은 기댈 수도 없고 믿을 수도 없다. (「얼음나라 체류기」)

이처럼 어떤 가치든 좀처럼 인정하지 못하고 냉소하는 불신은 어디에서 시작되는가? "한 인간을 잠그고 있는 흉터는//아무도 열지 못한다". (「그의 흉터」) 오로지 열쇠를 움켜쥐고 있는 그 스스로 열어야 한다. 그의 시에서 거의 서사적 박진감으로 묘사되는 심상치 않은 가족사는 그의 흉터 속을 엿볼 수 있는 중요한 단서이다. 「몽유도원도」, 「아교」, 「반쪼가리 노래」, 「도화동 공터」 등의 시에서 드라마틱하게 펼쳐지는 그의 가족사는 가난과 폭력과 상처와 배반으로 얼룩진 전 시대의 우울한 사회상과 겹쳐진다. 가장 아름다운 제목의 「몽유도원도」에는 가족의 평온을 간절하게 꿈꾸는 어린 화자의 아버지 살해 욕망이 얼룩져 있다. 가족이나 사회를 억누르던 아버지나 거대권력에 대한 시인의 반감은 뿌리 깊은 것이다. 그 그늘에서 희망 없이 시들고 사라지는 미약한 운명의 비애를 절감했기 때문이다. 반어와 냉소의 차가운 언어로 무장한 그의 시들은 무의식까지 잠재해 있는 권력에 대한 공포와 부정을 드러낸다.

'웃음'은 자유와 환희의 표지인데, 그의 시에서는 매우 미묘하게 쓰인다. 움베르토 에코의 『장미의 이름』에서 보여주듯 절대권력은 웃음을 허락하지 않으려 한다. 웃음은 권위를 쉽게 망가뜨리는 적이기 때문이다. 상처가 시작되는 환부에서는 웃음부터 썩는다. "웃음부터 공격당하는 가을/참으려고 해도, 환부를 만지고 마는 가을"(「지구의 가을」)에서처럼 그의 흉터는 웃음이 봉합된 곳에 자리잡는다. 표제시인 「나는, 웃는다」에서는 "흉터끼리 뽀뽀를 시키는" 참담한 상황에 대한 실소를 그리고 있다. 갈라터진 흉터 위로 포개어오는 또 다른 흉터가 유발하는 별난 웃음은 그의 시에서 새로운 출구가 될지도 모른다. 이번 시집에서 빼놓을 수 없는 또 하나의 웃음이 있다. 「포도나무 아버지」에서는 이전과는 다른 아버지가 등장한다. "애야 내 포도를 네가 먹으니 즐겁구나 애야 내 포도를 네가 팔아 새 옷을 사 입으니 보기 좋구나 아버지 껍질눈이 웃으신다 알맹이 발라먹고 뱉은 아버지 껍질눈이 새 옷 사 입은 나를 바라보며 웃고 계신다 행복하다"에서처럼 뜻밖에 온유하고 희생적인 모습을 보이는 것이다. 온몸을 허물어 술이 되는 포도처럼 아버지의 형질 변환은 전혀 다른 가족 관계를 형성한다. 자신을 내어줌으로써 한량없는 웃음을 얻은 아버지의 '껍질눈'은 그의 시에서 보기 드문 따뜻한 웃음의 가능성을 제시한다. "세심하게 꼼꼼하게 개다리소반을 수리하시던/아교의 교주 아버지 보고 싶네"(「아교」)에서 유발하는 다소 엉뚱한 웃음도 무작정의 폭력에서 벗어나 그것을 수습하려는 안간힘을 드러낸다는 점에서 화해를 향한 몸짓으로 해석할 수 있다. 지금까지와 다른 반성하고 변화하는 아버지의 모습은, 그의 시가 냉소에만 머물지 않고 미소로 번질 수 있음을 보여준다. 그의 시는 손쉬운 화해나 근거 없는 낭만과 거리가 멀지만 무조건적인 부정과 허무주의의 늪에 빠지지도 않는다.

인간의 길은 모두 바다로 가서 빠져 죽는다, 라고 쓴 엽서를 전해주
고 우체부가 오후의 오솔길로 사라진다

오솔길이 하늘을 향해 기어오른다 아직 어린 구렁이 새끼 한 마리
제 아름다운 몸을 오솔길처럼 구부렸다 폈다 황천행,

수련중이다

美行이다   ——「尾行」전문

　인간의 모든 길이 허무의 바다에서 끝이 나더라도, 저마다 '바다'
를 '하늘' 삼아 기어오르는 것이 삶이다. 온몸으로 요동치는 어린 구
렁이가 아름다운 것은 하늘을 향해 기어오르는 간절한 꿈과 전력을
다하는 몸짓 때문이다. 우리는 영원하고 부동하는 것을 아름답다고
하지 않는다. 아름다움은 변화하는 것이고 움직이는 것이다. '미행
(美行)'이다. 「오월」에서 벙어리가 어린 딸에게 종달새를 먹이는 풍
경이 아름다운 것은, 좌절보다 더 눈물겨운 상승의 꿈이 펼쳐지기 때
문이다. "보리밭 위로 날아가는/어린 딸을/밀짚모자 쓴 벙어리가 고
개 한껏 처들어 바라보고 있다"는 마지막 장면에서는 현실을 움직이
는 미행(美行)에 대한 시인의 신뢰를 엿볼 수 있다.
　영혼까지 억누르는 폭력뿐 아니라 불가능을 삼키는 수련이 모두 인
간의 것이라면 허무와 냉소에만 빠져 있을 일도 아니다. 꿈꾸고 뛰어
오르는 것이 일인 시인의 경우는 더욱 그렇다. 고향집 장독대에서 일

별한 '시인론'을 보자. 저 무심한 장독 하나에도 "반죽을 다지고 또 다졌을 팔만 개의/발자국소리"(「팔만대장족경」)가 스며 있다. 그것이 천 도가 넘는 가마 속에서 달아올라 독이 되고 또 그 속에서 묵고 묵어 간장이 익어나오는 걸 보며 그는 "부정(不正)이라고 못 익히겠어 천벌이라고 못 익히겠어"라고 자문한다. 간장독만한 수련을 견딘다면 '대시인'도 못 될 것 없다. 불의를 냉소하는 것보다, 허무를 직시하는 것보다 더 어려운 시의 길은 "제 아름다운 몸"을 끊임없이 단련하며 변화해나가는 것이다.

5. 서정시의 활로

　물신의 지배가 한층 공고해지는 오늘날의 삶에서 시는 저마다의 방식으로 대응해 나가고 있다. 크게는 물신의 권역에 머무는 시들과 그 바깥에 놓이는 시들로 나누어진다. 자본의 논리와 극도로 물화된 현실의 내부에 위치하는 시들은 다시, 그것을 적극적으로 수용하면서 새로운 문화 코드와 상품화의 전략을 구사하는 경우와 물화된 문화 코드가 시의 미래에 초래할 폐해를 비판적으로 예측하는 경우를 나누어볼 수 있다. 전자의 경우 침체된 시단에 일시적으로 신선한 충격을 줄 수 있지만 첨단의 새로운 문화 코드들과 대결하여 결코 그것을 능가할 수 없는 활자 매체로서의 시의 한계뿐 아니라 언어의 기능을 초과하는 소통 불능의 기호들로 기존의 시 독자들에게 불신을 사기 십상이다. 물신의 권역 바깥에서 거리를 두고 쓰이는 시들은 다시 현실과의 긴장과 대결이 엿보이는 경우와 거의 자족적인 상태에 머무르는 경우로 나누어 볼 수 있다. 후자의 경우는 언어미학적 성과를 제외하고는 현재적 의미를 갖기 어렵다. 그렇다면 위의 네 가지 유형 중에서 현재적 의미를 지니며 관심의 대상이 될 만한 것은 물화된 현실을 비판적 관점에서 수용하는 시들과 그 바깥에서 물신화에 저항하고 다른 세계를 꿈꾸는 시들이라 할 수 있다. 우리가 살펴본 세 시인의 시들은 뒤의 경우에 해당한다.

황학주, 이병률, 유홍준의 시는 기존 서정시의 범주를 크게 벗어나지 않으면서 물신화되는 삶과 대결하는 특유의 의식과 성과들을 보여 준다. 황학주는 자본의 논리와 물질화에 반해 '마음'이라는 비정형의 가치를 독특하게 구현한다. 마음은 물신화에 역행하는 주관과 정서의 창조적이고 능동적인 기능을 회복시킨다. 그것으로 인해 열정적 사랑이 가능하고 존재의 깊이를 가늠할 수 있다. 이병률은 자본의 시간을 훌쩍 넘어서는 광활하고 장엄한 존재의 시간을 재현한다. 그의 시에서 시간은 허무의 깊이에 맞닿을뿐더러 순간과 영원을 한점으로 잇는 비밀의 지대를 내포한다. 그것은 인간이 자본주의의 풍경으로 매몰되지 않고 내면의 감정으로 충만할 수 있는 지복의 시간이다. 유홍준은 자본주의로 인한 물화와 퇴폐를 냉철하게 직시한다. 절대 권력의 횡포와 그것의 폐해에 대한 그의 반감은 신랄하다. 그러나 그는 거기서 한 걸음 더 나아가 현실을 움직이는 간절한 희망과 오랜 단련의 가능성을 열어 놓는다. 이렇듯 물신화에 저항하는 그들의 비판은 근본적이다. 그들은 자본주의의 물질성과 합리성과 생산성을 넘어서는 인간의 존엄성과 창조적 능력을 확인하게 한다.

그들이 서정시의 보존과 발전에 기여하는 바는 무엇보다 섬세하고 투철한 언어미학에 기인한다. 감각의 풍부함과 정밀함이 빛나는 황학주의 감성적 언어, 활달한 상상과 투명한 발견을 이끄는 이병률의 명징한 언어, 예리한 통찰과 심층적 분석이 돋보이는 유홍준의 성찰적 언어는 서정시의 언어미학을 높은 수준으로 이끌어가고 있다. 자본이나 기술과 결합한 새로운 문화 코드들과 더불어 시가 경쟁할 수 있는 부분은, 이들의 시가 보여주듯 정치한 사유와 섬세한 감성, 독자적인 언어미학 같은 것이다. 시의 활로는 물신의 시대를 추종하는 방식이 아니라 횡단하는 방식에 의해 열릴 수 있으리라 본다.

2부

무용지용(無用之用)의 시
——김춘수론

1

　김춘수의 호는 대여(大餘)이다. 미당(未堂) 서정주가 지어준 것이다. 미당은 호를 지어주며 "춘수(春洙)는 시와 더불어 영원을 살아라" 했고 대여는 푸짐한 호를 받았다고 흡족해하였다. 김춘수의 시 「대여(大餘)」에는 시인의 호와 관련된 이같은 정황이 간략하게 그려져 있다. 서두르지 말고 큰 그릇의 시인이 되길 바란다는 뜻으로 지었다는 이 호는 김춘수의 생애와 예술의 족적을 널따랗게 포용하고 암시하는 듯하여 탁월한 명명이었다고 동의하지 않을 수 없다. 대여는 스스로 삶과 문학의 잉여 지대에 거처하며 자신만의 독자적인 영역을 개척하였다. 그는 역사와 현실의 저편에서 문학과 예술의 순수성을 탐구하였으며, 의미의 언어에 반하는 무의미의 언어를 실험하기도 했다. 언어에서 의미를 배제해보려는 시도는 일찍이 어떤 시인도 감행해보지 못한 무모한 도전이었다. 대여 이전에 '삶의 시'에 소속되지 않는 ‘시’ 그 자체의 가능성을 그토록 널리 확장한 시인은 없다. 오랜 훈교의 전통 속에 놓여 있던 동양 시학의 뿌리에서 벗어나 그는 삶을 의식하지 않는 언어 예술로서의 시를 도모하였다.

스스로를 잉여의 자리에 놓기까지 그에게는 역사와 현실로 인한 비애와 좌절의 기억이 깊숙이 도사리고 있다. 아직 시인이 되기도 전인 스무 살 무렵 식민지 지식 청년으로서 당한 고문과 영어의 체험은 그에게 모든 역사와 이념에 대한 근본적인 혐오감을 심어주었다. ‘역사= 이데올로기=폭력’이라는 간명한 도식은 이후 그의 삶을 결정짓는 좌표가 된다. 가능한 한 이 혐오스러운 삶의 자장으로부터 멀어지기 위해 그가 찾아낸 순수한 ‘나머지’ 영역은 바로 예술과 시이다. 시를 통해 그는 완전과 영원을 꿈꾸고 불완전과 역사를 무시할 수 있었다. 역사나 이념이 삶의 효용을 준거로 손쉽게 폭력으로 표변하는 것에 비해 무용한 시는 어떤 폐해도 없이 자족적이고 불변하는 이상이 될 수 있는 것이다.

이러한 시인의 반역사주의적인 관점은 노장철학에서 보여주는 무위사상과도 흡사한 면모를 보인다. 시인 자신도 노자의 ‘천지지시무명(天地之始無名)’이나 장자의 ‘무용지용(無用之用)’과 같은 개념을 즐겨 인용하였다. 노장은 인의(仁義)로써 난세를 다스리려는 유교의 치세론조차 우려의 눈길로 바라보았다. 모든 인위적인 제도나 가치가 삶을 압박하는 폭력이 될 수 있다고 보았기 때문이다. ‘무용지용’의 지혜는, ‘유용’의 ‘용’이 지니는 유교적 질서와 체제에 대한 비판이자 ‘무용’의 ‘용’이 지니는 자연과 조화의 이상을 뜻한다. 그러니까 노장의 무위사상은 현실과 무관한 초월적 관념이 아니라 부정적 현실의 대안으로서 제시되었던 것이다. 시인은 노장의 무위사상을 자신의 예

술적 입론으로 받아들여 모든 역사와 현실로부터 배리된 완전하고 초
월적인 시적 이상으로 변형한다. 완전과 영원을 꿈꾸는 시는 불완전
하고 폭력적인 인간의 역사와 절연된 순수한 관념의 영역에 존재한
다. 이런 시야말로 삶에 대한 효용도 구속도 없는 무용지용의 예술적
가치를 지닌다는 것이다. 무용지용의 시를 극단적으로 추구하면 필연
적으로 효용성이 무화된 유희로서의 시의 개념에 도달하게 된다. 유
희로서의 시는 우리 시에 드리워져 있던 무거운 삶의 그림자를 초월
하여 자유롭고 새로운 세계를 열어 놓는다.

　반세기를 넘는 시인의 오랜 시력(詩歷)은 무용지용의 유희로서 일
관하였다. 그런데 그 유희는 무용지용한 시의 무한한 가능성을 두루
탐색하는 '긴장된' 장난이었다. 삼십여 권의 시집과 시선집을 내놓는
방대한 시적 작업을 수행하면서 그는 항상 의도적으로 자신의 시세계
를 형성해갔다. 존재와 언어의 문제에 몰입했던 초기시나 '무의미시'
를 탐색했던 중기시, 인간 본성의 비극성을 성찰한 후기시에 이르기
까지 그는 매번 모험과 탐구의 자세로 시세계를 개척해나갔다. 그는
무용지용의 시에서 시의 다양한 존재 방식과 이유를 발견한 선각자이
다. 그가 걸어갔던 여러 길은 각각 다양한 갈래를 형성하면서 우리
시의 영역을 대폭 확대시켰다. 이제 그의 족적을 따라가면서 그가 확
장한 시의 다층적 면모를 확인해보도록 하자.

2

　첫 시집 『구름과 장미』(행문사, 1948)에서 제6시집 『부다페스트에

서의 소녀의 죽음』(춘조사, 1959)에 이르는 초기시에서 김춘수는 오래
도록 지속될 시적 편력의 첫발을 내딛게 된다. 시인은 출발점에서부터
역사와 현실을 배제한 지극히 개인적이고 내면적인 세계를 보여준다.
첫 시집의 「서시」는 그의 시가 세상에 내딛은 첫 걸음에 해당한다.

> 가자. 꽃처럼 곱게 눈을 뜨고, 아버지의 할아버지의 원한의 그 눈을
> 뜨고 나는 가자. 구름 한점 까딱 않는 여름 한나절. 사방을 둘러봐도
> 일면의 열사(熱砂). 이 알알의 모래알의 짜디짠 갯내를 뼈에 새기며
> 뼈에 새기며 나는 가자.
> 꽃처럼 곱게 눈을 뜨고, 불모의 이 땅바닥을 걸어가보자.
>
> —「서시」 전문

이후의 장구한 시적 역정을 예감이라도 한 듯 이 시에는 극한의 역
경을 헤치며 앞으로 나아가고자 하는 의지가 서려 있다. 이 시의 배
경은 불모의 열사라는 비현실적인 공간이다. 구름 한 점 없는 여름
한나절의 열사는 시인이 오래도록 싸웠던 관념적인 세계의 불모성을
연상시킨다. 이처럼 절대적이고 막연한 세계와 대적하여 시인은 무조
건적인 전진의 의지를 다졌다. 누대를 이어 내려온 원한을 뼈에 새기
는 듯한 각오로 그는 출발의 의미를 거듭 다짐하였다. "꽃처럼 곱게
눈을 뜨고"와 "불모의 이 땅바닥을 걸어가보자"로 병치된 다소 모순
된 진술처럼 그의 시적 출발은 황막한 세계를 향한 섬세하고 내면적
인 자아의 굳은 의지로 충만하다. 그는 불모의 사막처럼 가로놓인 세
계를 향해 "꽃처럼 곱게 눈을 뜨고" 자신만의 방식으로 걸어갔다. 이
시는 또한 막연한 관념과 정조에 이미지를 부여하는 그의 미학적 특

성을 예감하게 한다. 그는 자신이 선택한 회색 관념의 세계에 꽃과 같은 형상과 색채를 부여했다.

역사와 현실의 중량을 소거한 삶은 존재론적인 비애와 감상의 테두리를 벗어나기 힘들었다. 개인적 내면을 묘사한 초기의 많은 시들은 나약하고 무기력한 자아에 대한 근원적인 슬픔을 담고 있다. 그의 자아가 대면한 세계는 역사와 현실보다 더 거대하고 무상한 존재의 심연이다. 그는 소멸과 죽음의 숙명을 벗어날 수 없는 존재의 유한성에 절망한다. 짙은 애상감에도 불구하고 그의 시는 관념과 감상에 구체적인 이미지를 부여하는 방식으로 개성을 확보한다. "어쩌다 바람이라도 와 흔들면/울타리는/슬픈 소리로 울었다.//맨드라미, 나팔꽃, 봉숭아 같은 것/철마다 피곤/소리없이 져버렸다"(「부재」)에서와 같이 소멸의 비애를 존재론적인 차원으로 확장할 뿐 아니라 구체적인 현상 속에서 파악함으로써 그의 관념적인 시는 감각의 생기를 내포한다.

존재의 무상감에 직면한 인간은 유한한 삶을 긍정하고 역사와 현실의 자장 내에서 살아가지만, 드물게는 영원과 초월을 추구하기도 한다. 무상한 존재로 인한 비애에 함몰되어 있던 시인은 초월적인 내면 공간에서 영원을 창조하는 희열을 발견하게 된다. "이 고요함에서 영원으로 통하는 소리를 들었단다./이 잔잔함에서 전율하는 영혼을 느꼈단다"(「호수」)고 할 때 시인은 외계와 단절된 자아의 내부에서 자족적인 세계를 향유하게 된 것이다.

내면의 독존적인 세계로 침잠해 들어가면서 시인은 존재와 언어의 본질에 대한 사유를 자유롭게 확장시킨다. 역사와 현실의 중압에서 더욱 멀어진 그는 시의 형식적 질료인 언어와 존재의 관계에 관심을 집중시키게 된 것이다. 이 시기에 그의 유명한 '꽃' 시편들이 탄생한다.

나는 시방 위험한 짐승이다.
나의 손이 닿으면 너는
미지의 까마득한 어둠이 된다.

존재의 흔들리는 가지 끝에서
너는 이름도 없이 피었다 진다.
눈시울에 젖어드는 이 무명의 어둠에
추억의 한 접시 불을 밝히고
나는 한밤내 운다.　　　　　　　　　—「꽃을 위한 서시」 부분

내가 그의 이름을 불러주기 전에는
그는 다만
하나의 몸짓에 지나지 않았다.

내가 그의 이름을 불러주었을 때
그는 나에게로 와서
꽃이 되었다.　　　　　　　　　　　　　　　—「꽃」 부분

　시인은 '꽃'의 묘사와 비유를 통해 존재와 언어에 관련된 지극히 관념적인 사유를 구체화시켰다. 앞의 시에서는 존재가 언어와 분리되어 있어 결코 파악할 수 없다는 생각을 드러낸다. 존재는 언어나 인식과는 무관하게 "미지의 까마득한 어둠"으로 머물고, 존재 탐구의 '위험한' 열정에 사로잡힌 자아는 이루어질 수 없는 짝사랑을 안고 절망한

다. 앞의 시가 언어를 통한 존재의 탐구가 불가능하다는 지적 허무주의를 드러내는 것에 반해 뒤의 시에서는 언어와 존재의 불가분한 관계를 그리고 있다. 언어 이전의 존재는 '몸짓'에 지나지 않는 것에 비해 언어를 통해 진정한 존재에 도달할 수 있다는 사유를 담고 있는 것이다. "나는 이 시기에 어떤 관념은 시의 형상을 통해서만 표시될 수 있다는 것을 눈치챘고, 또 어떤 관념은 말의 피안에 있다는 것도 눈치채게 되었다"(「의미에서 무의미까지」)는 고백처럼 시인은 언어의 절대성과 한계 사이에서 희망과 절망을 반복했던 것이다.

한 편의 시를 형성하는 데 있어 언어와 존재의 의미는 각별하다. 시인은 "시를 잉태한 언어는/피었다 지는 꽃들의 뜻을/든든한 대지처럼/제 품에 그대로 안을 수가 있을까"(「나목과 시」)라 하여 언어를 통한 존재의 수용에 의문을 담기도 하고, "혼자 남은 언어는/많은 것들이 두고 간/그 무게의 명암을/희열이라 할까, 슬픔이라 할까,/이제는 제 손바닥에 느끼는 것이다"라 하여 언어의 절대성에 대한 신념을 드러내기도 한다. 또한 이에서 나아가 "시는 해탈이라서/심상의 가장 은은한 가지 끝에/빛나는 금속성의 음향과 같은/음향을 들으며/잠시 자불음에 겨운 눈을 붙인다"며 초월적인 영역에 이르는 시의 가능성을 상상하기도 한다. 시적 해탈의 극한은 존재와도 무관하게 무한의 경지에 도달하는 것이다. 시인은 "언어는 말을 잃고/잠자는 순간,/무한은 미소하며 오는데/무성하던 잎과 열매는 역사의 사건으로 떨어져가고,/그 예민한 가지 끝에/명멸하는 그것이/시일까"(「나목과 시 서장」)에서처럼 존재나 역사의 유한성을 넘어 가장 최후에까지 남아 있는 시의 영원성을 꿈꾸었다. 역사와 현실을 배제할수록, 의미의 중압을 제거할수록 시는 유한한 존재의 미망을 벗어나 해탈에 이를 수 있게 된다. 언어에서 존재의 무거운 그림자를 모두 벗어버릴 수 있다면 가장 순수하고 영원한 시에 도달할 수 있는 것이다. 언어와 존재의 관련에 몰입하던 초기시에서 이후 '무의미시'로의 선회는 이와 같이 시의 절대성에 대한 강렬한 지향을 반영한다.

3

　　초기 시세계의 결론을 수렴하는 시집 『부다페스트에서의 소녀의 죽음』 이후 십 년 가량을 침묵하던 시인은 드디어 제7시집 『타령조·기타』(문화출판사, 1969)를 내놓는다. 이때부터 제9시집 『비에 젖은 달』(근역서재, 1980)까지의 십 년 가량이 '무의미시'로 대표되는 중기시에 해당한다. 일찌감치 시에서 삶의 무게를 덜어내려 했던 시인은 한 걸음 더 나아가 시에서 일체의 '의미'를 배제해보려는 우리 시사 초유의 대담한 기획을 실행하게 된다. 의미나 이념이 말끔히 제거된 언어라면 이미지와 소리의 자유로운 배치만으로 이루어진 순수한 시가 될 수 있다는 생각을 밀어붙인 것이다. 이때 형성되는 시적 자질은 온전히 리듬이나 이미지 그 자체의 형상에 의존한 것이 된다. '무의미시'를 실험하는 동안 시인이 각별히 리듬이나 이미지의 조탁에 주력했던 것은 그 때문이다.

　　사랑하는 나의 하나님, 당신은
　　늙은 비애다.
　　푸줏간에 걸린 커다란 살점이다.

시인 릴케가 만난
슬라브 여자의 마음속에 갈앉은
놋쇠 항아리다.
손바닥에 못을 박아 죽일 수도 없고 죽지도 않는
사랑하는 나의 하나님, 당신은 또
대낮에도 옷을 벗는 어리디어린
순결이다.
삼월에
젊은 느릅나무 잎새에서 이는
연둣빛 바람이다.　　　　　　　　—「나의 하나님」 전문

　　이 시에서 형식적 통일성을 가져오는 것은 "사랑하는 나의 하나님"이라는 주어를 중심으로 반복되는 주술 구조의 문형뿐이다. 서술부에서 "~이다"의 반복에 의해 형성되는 리듬으로 시적 형식을 확보하고 있는 것에 비해 서술 내용은 몹시 혼란스럽고 불규칙하다. "늙은 비애" "커다란 살점" "놋쇠 항아리" "순결" "연둣빛 바람" 등 하나님을 수식하는 이미지들에서 어떤 공통점을 발견하기는 어렵다. 오히려 이처럼 다양한 양상으로 편재하는 신의 이미지를 자유롭게 그리려 한 것이라 이유를 붙여볼 수 있을 것이다. 시인은 이렇게 통일적 심상이나 주제를 벗어나는 엉뚱한 연상들의 병치를 통해 시에서 의미를 배제하려 하였다. 서술 내용끼리의 거리가 멀고 돌발적일수록 의미의 조합은 어려워진다. 이런 시에서 얻을 수 있는 시적 느낌은 거의 비유적 이미지의 선명성과 구체성, 그리고 비교적 단정한 문형에서 비롯되는 리듬과 구조의 통일성에서 기인한다. 추상적 관념의 의미를 보강하기 위해 쓰이는 비유적 이미지가 '무의미시'에서는 독자적인 형식으로 기능하는 것을 알 수 있다.

'무의미시'를 실험한 기간 동안 보여준 연작 형태의 많은 시들은 이 작업이 매우 의도적이고 지속적인 것이었음을 입증한다. '타령조'를 비롯하여 '처용' '예수' '이중섭' 등을 제재로 한 연작들은 각각의 대상에 대한 집중된 탐구를 보여준다. 물론 각각의 시들은 '무의미시'의 실천적 자료들로서 의미의 산출을 거부하는 이미지의 파편을 이루고 있지만 전체적으로는 일관된 의도와 관심을 반영하고 있다. 특히 '처용' '예수' '이중섭'과 관련된 연작시들은 시인의 정신적·예술적 자의식과 이상이 투영된 산물로서 흥미롭다. 현실의 중압을 초월하여 독자적인 경지를 획득했던 이들의 생애가 그의 시적 지향과 부합되었던 것이다. 이들의 생애에 대한 관심을 촉매로, 그러나 실제 작품에서는 의미를 조합하기 어려운 '무의미시' 특유의 난삽한 서술이 행해진다.

바다가 왼종일
새앙쥐 같은 눈을 뜨고 있었다.
이따금
바람은 한려수도에서 불어오고
느릅나무 어린 잎들이
가늘게 몸을 흔들곤 하였다.

날이 저물자
내 늑골과 늑골 사이

홈을 파고
거머리가 우는 소리를 나는 들었다.
베꼬니아의
붉고 붉은 꽃잎이 지고 있었다.

—「처용단장(處容斷章) 제1부」 부분

　이 시의 경우도 제재가 된 '처용'과의 직접적인 관련을 찾기는 어렵다. 다만 바다의 이미지와 불안하고 처연한 배경의 묘사로 인해, 바다를 그리는 처용의 안타까운 정황을 관련지어볼 수 있다. 관념이나 정서가 직접적으로 표출되는 법은 없고 전적으로 묘사와 이미지에 의존한다. 가령 화자의 비애를 나타내기 위해서도 "거머리가 우는 소리를 나는 들었다"는 식의 우회적인 표현으로 감상을 제거하고 있다. 묘사나 이미지도 쉽게 이해되지 않는 경우가 많다. "바다가 왼종일/ 새앙쥐 같은 눈을 뜨고 있었다"는 게 어떤 장면을 그린 것인지, "거머리가 우는 소리"가 어떻게 가능한지 설명하기 어렵다. 그렇지만 이런 의외의 돌연한 이미지들은 묘한 긴장감을 형성하면서 시에 개성을 부여한다. 시인은 아마도 이처럼 이미지만으로 시가 되는 상태를 추구했던 것 같다. 그럴 경우 시의 성립은 전적으로 미적 감각의 예리함에 의존하게 된다. 대부분의 '무의미시'들이 기억과 의식을 방해하는 파편적인 이미지들로 이루어졌음에도 불구하고 어느 정도의 시적 긴장과 흥미를 유발할 수 있는 것은, 시인이 오랜 기간 단련한 이미지 조형력과 절제와 균형 감각 같은 미학적 감수성에서 기인하는 것이다. 시인 자신은 이렇게 우연히 건져낸 몇몇의 인상적인 이미지를 창출하는 데에서 만족하지 않고 의미로부터 완벽하게 해방된 시를 창조하려 했다. 그러나 언어의 본질을 부정하는 이 무모한 시도는 오랜 시행착오를 거쳐 한계에 이르고 자기반성을 거친 후에 새로운 진로를 향하게 된다.

4

　'무의미시'를 통해 시의 순수성과 영원성에 도달하려는 일대 모험을 중단한 후 시인은 또 한 번의 꽤 오랜 휴지기를 갖는다. 시세계의 큰 변화가 있을 때마다 전조가 되었던 침묵의 시간들은 그가 자신의 시를 철저하게 의도하고 통제하는 시인이었음을 증명한다. 후기시로 묶을 수 있는 『라틴 점묘·기타』(탑출판사, 1988) 이후의 시들에서는 의미를 배제하려는 힘겨운 싸움에서 벗어나 한결 자유롭고 유연한 태도를 엿볼 수 있다. 언어에서 의미의 제거가 불가능함을 깨닫게 된 그는 이제 오히려 적극적으로 의미를 추구하고 생산해내는 변화를 보이게 된다. 그렇지만 그는 끝끝내 역사와 현실에 대한 비판과 부정을 고수했으며 그것을 극복할 수 있는 예술의 가치를 적극적으로 옹호했다. 형식에 대한 관심과 실험 정신도 여전하다. 의미를 배제하려는 노력을 포기한 후에는 도리어 의미를 풍부하게 담아낼 수 있는 산문시 형태를 다각도로 시도하게 된다.

　일종의 기행시집이라고 할 수 있는 『라틴 점묘·기타』에서도 시인은 단순한 여행의 기록을 넘어서 예술과 문명에 대한 특유의 관점과 기호를 드러내고 있다.

피카소미술관의 문은

닫혀져 있었다.

게르니카는 결국 또 보지 못하고 말았다.

바르셀로나에 사는

살바도르 달리가 생각났다.

이제는 눈도 멀었다고 한다.

토레도는 흙으로 빚은 듯한 도시다.

흙냄새가 난다. (어디로 가나)

해질 무렵

엘 그레꼬가 세들어 있었다는 집

안뜰에서

안다르시아 구릉의 갈잎들이

소리를 내고 있었다.

엄마야 누나야 강변 살자.　　　　　　　　　─「엄마야 누나야」 전문

　　이 시는 그가 매료되었던 스페인 기행의 체험을 서술하고 있다. 이
시에 등장하는 세 명의 화가들은 역사와 예술에 대한 시인의 시각을
분명하게 반영한다. 피카소의 게르니카는 역사의 비극을 그린 것으로
서 시인이 외면하고 싶어하는 부담스러운 예술이다. 게르니카를 보지
못한 것은 우연이 아닐 것이다. 그는 게르니카 같은 무거운 그림보다
자유로운 연상에 의존하는 살바도르 달리의 초현실주의 그림에 이끌
린다. 또한 엘 그레코가 살았던 "흙으로 빚은 듯한 도시" 톨레도에서
"엄마야 누나야 강변 살자"는 시에서와 같은 이상적인 세계를 발견한
다. 영원성과 초월성을 지향하는 그의 의식이 고스란히 반영되어 있

는 시이다. 유럽의 곳곳을 기행하면서 그는 역사의 상처와 문명의 이상을 확인한다. 특유의 비약과 단절이 행해지긴 하지만 전시기와는 달리 직접적이고 설명적인 진술이 주조를 이루면서 산문시적 경향이 강화된다.

이 시기에 행한 특이한 형식 실험으로 '자기 표절'의 시들을 빼놓을 수 없다. 포스트모더니즘의 형식적 특성인 모방과 표절을 자기 자신의 시에서 행하는 별난 방식으로 그는 자신의 시들을 반복적으로 재생산해낸다. 이는 예술의 독자성과 일회성을 정면 부정하는 것으로 순수성과 영원성을 추구했던 그의 시적 지향과도 상충되는 커다란 파격에 해당한다. 이는 과감한 실험과 독자성을 선호하는 그의 시의식이 배태한 기이한 산물이라 할 수 있다.

다성적 화자가 출현하는 시집 『들림, 도스토예프스키』(민음사, 1997)에서도 포스트모던 기법을 활용한 새로운 형식을 볼 수 있다. 심리학자들조차 감탄해 마지않은 도스토예프스키 소설의 예리한 인간성의 통찰에 실감을 부여하기 위해, 시인은 등장 인물들의 육성을 살린 극적인 형식을 도모한다. 작중 인물들끼리 대화를 나누게 함으로써 그들의 속성을 더욱 명확하게 파악하고, 인간 존재의 거역할 수 없는 비극성을 인지할 수 있는 것이다. 도스토예프스키를 통해 그는 변화와 발전을 낙관하는 역사주의의 맹목을 다시금 부정하고 불변하는 인간 본성의 비극을 확신하게 된다.

후기시에서 시인은 다양한 화법을 시도하면서 자유롭게 자신의 의식을 표출했다. 이전 시들에서 화자의 성격이 모호한 중립적인 서술을 선호했던 것에 비해 직설적인 어법을 살려 의미를 선명하게 하는 변화가 나타난다. 가령 『처용단장』(미학사, 1991)의 경우, 먼저 씌어진 1부와 2부에서는 묘사적 이미지와 간접적 진술에 의존하는 것에 비해 후기에 씌어진 3부와 4부에서는 시인 자신의 기억과 경험을 직접적으로 서술하게 된다. 오랫동안 묻어두었던 고통과 상처의 기억을 끄집어내 보이면서 그는 역사와 이데올로기에 대한 반감을 보다 구체적으로 드러낸다. 일인칭의 서술시는 일상에서의 사유와 감회를 담담하게 서술하는 근작들에서도 계속된다. 고백적 서술체의 직접성에 편안히 기대어 그는 필생의 시업을 회고한다.

> 뻔한 소리는 하지 말게.
> 차라리 우물 보고 숭늉 달라고 하게.
> 뭉개고 으깨고 짓이기는 그런
> 떡치는 짓거리는 이제 그만두게.
> 훌쩍 뛰어넘게
> 모르는 척
> 시치미를 딱 떼게.
> 한여름 대낮의 산그늘처럼
> 품을 줄이게
> 시는 침묵으로 가는 울림이요
> 그 자국이니까　　　　　　　　　　　　　—「품을 줄이게」 전문

　여기에는 반세기가 넘는 세월 동안 시를 써온 시인이 들려주는 시의 묘법이자 시인 자신의 다짐이었던 원칙이 들어 있다. 뻔한 소리는 하지 않겠다는 결의로 그는 자신만의 개성을 구축해나갔다. 그는 엉뚱하고 난삽하다는 비판보다도 평범하고 안이한 태도를 저어했다. 그

는 개성을 생명으로 여기는 근대적 예술가의 정신을 견지하였다. 또한 장인적 열정으로 자신의 세계를 완성해나갔다. 그보다 아름다운 시를 쓴 시인은 많지만, 그보다 뜻있는 시를 쓴 시인은 많지만, 그와 같이 길고 고된 시적 도정을 수행한 시인은 없다. 그로 인해 우리 시사는 새롭고 광활한 시적 영토를 얻게 되었다. 역사와 현실의 중압에서 자유로운 시의 다양한 면모를 체험하게 되었다. 그는 효용과 무관한 시의 또 다른 가치를 실현하였다. 유희로서의 시가 삶의 중압을 초월하여 예술과 정신의 자유에 도달할 수 있음을 역설했다. 성패를 떠나서, 의미의 진공 상태에 도달하려 한 그의 과감한 실험 정신은 앞으로도 우리 시의 활로를 열어가는 디딤돌이 될 것이다. 우리 시의 변방에 있던 언어 예술로서의 시를 구현하기 위해 그는 도전과 모험을 서슴지 않았다. 줄이고 줄여 정수만 남은 언어의 혼이 시를 이룬다고 보았다. '침묵'은 그의 시와 삶이 발견한 최후의 길이다. 참으로 오랜 여정을 마치고 그는 마침내 침묵의 세계로 들어섰다. 시인이 남겨 놓은 커다란 빈자리 앞에 서서, 이제 우리는 「개개비」라는 시에서 그가 그랬던 것처럼 이렇게 되물을 뿐이다.

이데올로기와 역사를 저만치 두고
새봄에 새로 난 새털 눈썹을 달고
너는 어디로 갔나.

시의 시간과 시간의 시
— 황동규론

1. 시간 의식의 변모

황동규는 40여 년 동안 시를 쓰면서 10여 권의 시집을 내놓았고 여전히 왕성한 시작 활동을 하고 있다. 1960년대 이후 줄곧 우리 시의 흐름을 주도해온 그의 시는 현대시의 증거라고도 할 수 있을 정도로 커다란 비중을 차지하고 있다. 동서양의 시정신을 두루 섭렵한 바탕 위에서 갱신을 거듭해온 그의 시는 현대시의 정신과 방법적 고민의 과정을 함축하고 있다. 뚜렷한 개성에서 출발하여 동시대의 주류로 확장되는 그의 시의 선진성은 늘 우리 시의 역사를 개척해왔다.

다작의 시인이면서 끊임없이 변화를 모색하는 진행형의 시인이라는 사실은 그의 시를 연구하는 데 큰 부담감으로 작용해왔다. 그런데 1998년 회갑 기념으로 출간된 『황동규 시전집』(문학과지성사, 1998)은 그의 시세계를 일단락하여 규정할 만한 좋은 계기가 되었다. 『황동규 시전집』은 전체 두 권으로 구성되어 있는데, 1권에는 시집 『어떤 개인 날』(중앙문화사, 1961)에서『악어를 조심하라고?』(문학과지성사, 1986)까지의 전기시가, 2권에는『몰운대행』(문학과지성사, 1991)에서『외계인』(문학과지성사, 1997)까지의 후기시가 간행 순으로 수록되어 있다. 1961년부터의 오랜 시의 역사가 순차적으로 정리되어 그의 시세계의 전모를 파악하는 데 유용하다.

황동규의 시세계는 요약이 어려울 정도로 다양한 양상을 보인다. '변화' 그 자체가 동력이라고 할 수 있을 만큼 그의 시는 갱신을 거듭해왔다. 그의 시가 드러내는 치밀하면서도 역동적인 의식의 변화 과정을 해명하기 위해서는 다양하고 체계적인 접근 방법이 필요하다.

이 글에서는 황동규 시에서 특징적인 시의식의 변모 과정을 '시간'의 문제로서 풀어보고자 한다. 황동규 시에서 시간은 시세계의 변화와 밀접하게 관련되며 주제와 기법의 측면에 두루 작용하고 있다. 그의 시에서 시간은 시인이 지향했던 의식의 변화뿐 아니라 그것과 맞물려 있는 다양한 형식 실험의 내밀한 동인을 투영한다. 내면 의식과 시 형식의 긴밀한 관련 속에서 시간 의식을 살피는 것은 황동규 시의 의미를 핵심적으로 살피기 위한 필요 조건이다.

'시간 의식'과 관련하여 황동규의 시를 고찰해보면 우선 크게 두 가지 양상이 변별된다.『악어를 조심하라고?』를 기준으로 그 전 시기의 시들에서 선형적linear 시간의 개념이 작용하고 있다면 이후의 시들에서는 순환적cyclical 시간의 개념이 지배적이다. 선형적 시간은 근대 이후 보편적으로 받아들여지는 개념이다. 고대에는 순환적인 시간의 개념이 보편적이었다면 중세에는 기존의 시간 개념과 기독교적 세계관에서 유래하는 선형적 시간관이 혼재하는 시기였다. 과거, 현재, 미래의 순으로 선형의 구조로 흐르는 시간은 매우 근대적인 개념인 것으로 알려져 있다. 이는 생물학적 진화론과 시계의 발전과 보급이라는 근대의 역사와 맞물려 있는 것이다. 선형의 시간은 근대적 사유의 핵심을 이루며 발전과 진화라는 미명하에 근대인의 삶을 규격화하고 통제해왔다. 황동규의 전기시에는 이러한 선형적 시간의 지배를 받는 근대적 자아의 실존적인 고뇌와 예리한 자의식이 깃들어 있다. 선형적 시간 의식이 나타나는 전기시들은 다시, 『어떤 개인날』과 『비가』(창우사, 1965)처럼 실존적인 차원의 낭만적 시간 의식이 강하게 드러나는 시기와 『평균율』(창문사, 1968), 『나는 바퀴를 보면 굴리고 싶어진다』(문학과지성사, 1978), 『열하일기』(지식산업사, 1982)처럼 사실적 시간 의식이 두드러지면서 부정적인 역사 의식이 부각되는 시기로 구분된다.

『나는 바퀴를 보면 굴리고 싶어진다』 이후 약 8년이라는 상당히 오랜 시간이 경과한 후 내놓은 『악어를 조심하라고?』 이후의 시집들에서는 이전의 선형적 시간과 확연히 구분되는 순환적 시간이 지배적이다. 이 시기에는 자아의 내면이나 역사적 현실에서 멀어지는 반면 주체와 타자, 삶과 죽음, 순간과 영원의 소통 가능성을 탐색하는 데 몰두하게 된다. 순환적 시간 의식이 나타나는 시들은 다시 『악어를 조심하라고?』, 『몰운대행』, 『미시령 큰바람』(문학과지성사, 1993), 『풍장』(나남, 1995) 등 자연을 재발견하고 삶과 죽음을 통합적으로 인식하는 원형적 시간 의식이 나타나는 시들과 『외계인』 이후의, 자연과 일상의 경계를 넘어 순간 속에서 삶의 본질을 통찰하는 시들로 구분된다.

이 글에서는 이러한 변모 과정을 따라가며 시간의 다양한 양상과 관련된 시적 태도와 양식의 변화를 살펴볼 것이다. 시 인용은 『황동규 시전집』에 의거한다.

2. 필멸의 시간과 비극적 잠언

  황동규의 가장 초기 시집들, 즉『어떤 개인 날』과『비가』의 시들에
서는 낭만적 열정과 비극적 전망이 두드러진다. 이 시기의 시들은 현
실에 대한 절망과 미래에 대한 회의로 가득하다. 사랑과 열정의 시간
은 오직 과거에 귀속된 것으로 인식하는 낭만적 향수가 지배적이다.
미래에 대한 기대나 희망은 일찍이 포기한 채 욕망의 기원을 회상하
는 것만으로 시간의 역할을 한정시키는 소극적인 태도로 일관한다.

아무래도 나는 무엇엔가 얽매여 살 것 같으다
친구여, 찬물 속으로 부르는 기다림에 끌리며
어둠 속에 말없이 눈을 뜨며.
밤새 눈 속에 부는 바람
언 창가에 서서히 새이는 밤
훤한 미명, 외면한 얼굴
내 언제나 날 버려두는 자를 사랑하지 않았는가.
어둠 속에 바라지 않았는가.
그러나 이처럼 이끌림은 무엇인가.
새이는 미명
얼은 창가에 외면한 얼굴 안에
외로움, 이는 하나의 물음,
침몰 속에 우는 배의 침몰
아무래도 나는 무엇엔가 얽매여 살 것 같으다.

—「어떤 개인 날」 부분

'미명'이라는 시간적 배경과 함께 이 시의 화자는 줄곧 과거의 시간에 얽매여 있는 자아의 외로움과 암울함을 토로한다. 그토록 어둡고 우울한 내면을 형성하게 된 동기는 모호한 채 낭만적 우수만이 지배적인 정조로 작용하고 있다. "내 언제나 날 버려두는 자를 사랑하지 않았는가"라는 구절에서 상대방과의 소통보다는 일방적인 기다림에 의지하는 소극적인 자아의 내면을 추측해볼 수 있을 뿐이다. 그의 낭만적 사랑을 이끌어가는 기다림은 욕망의 기원인 과거의 시간을 현재와 미래로 연장하는 방식이다. 이 기다림으로 인해 "아무래도 나는 무엇엔가 얽매여 살 것 같으다"라는 불길한 예감처럼 과거의 시간이 현재와 미래를 구속한다. 소통의 희구보다는 기다림의 자세 자체가 목적이 되는 이러한 사랑의 방식은 이 시기의 시에서 흔히 볼 수 있다. 과거의 한 순간에 고착되어 현재와 미래는 결핍의 시간으로 받아들이는 낭만적 시간 의식의 전형적인 양태이다. 여기에는 현재와 미래는 속절없이 흘러 필멸한다는 부정적 의식이 뒤따른다. 초기시에 자주 등장하는 '눈'의 이미지는 허무하게 스러질 현재와 미래의 시간에 대한 부정적인 의식을 반영한다. 이 시에서도 역시 '눈'의 이미지가 나타나 허무하게 스러지는 필멸의 시간들을 공간화한다.

시집 『어떤 개인 날』에서 개인적 차원의 낭만적 시간 의식을 드러내던 것에 비해 『비가』에 이르면 한결 보편적 차원의 비관적 전망을 행한다. 장엄하고 비장한 예언자 풍의 전언이 자주 나타나며 엄숙하고 침통한 분위기가 시집 전체를 압도한다.

빈 들의 봄이로다.

밤에 혼자 자며 꿈결처럼 들은
그림자 섞인 물소리로다.
저녁 들판에
돌을 주위에 쌓아 놓고 든 자여
돌성(城)은 너의 하숙이로다.
젊은 자들은 반쯤 웃는 낯을 짓고
나이 든 자들은 작은 이름만을 탐내니
그들의 계집이
캄캄히 들에 나가
병거(兵車) 앞에 엎디는 자식을 낳도다.   ──「비가 제1가」 부분

이 시에서 "빈 들의 봄"이라는 역설적 상황은 미래에 대한 불길한
전조를 대변한다. "그림자 섞인 물소리"도 마찬가지로 어둡고 불안한
예감을 불러온다. 지극히 암시적이긴 하지만 미래에 대한 비관적 전
망은 사람과 사람 사이의 관계의 불화에서 기인하는 것으로 추측된
다. 이 시에 등장하는 사람들은 모두 불신과 탐욕을 내포하고 있다.
이러한 부정적 현실이 "병거 앞에 엎디는 자식을 낳"는 참담한 미래
가 도래한다는 비극적 전언의 근거를 이룬다. 앞의 시집『어떤 개인
날』에서 지극히 개인적인 차원의 비애가 주조를 이루었다면『비가』에
서는 한결 보편적인 삶의 차원에서 비극적 전망을 행하고 있다. 물론
크게 보면 이 두 시집에서는 모두 관념적이고 낭만적인 시간 의식이
작용하고 있다. 그런데『비가』에 이르면, 현재는 불안하고 미래는 더
욱 불길하다는 부정적인 의식이 예언자적 어조의 장엄미로 인해 한층
강조된다.『어떤 개인날』과『비가』에서 시인은 미래에 대한 비관적

전망 속에서 담담하게 삶의 의미를 발견하는 낭만적이면서도 의지적인 자세를 보여준다.

3. 역사적인 시간과 아이러니의 정신

황동규의 시는 『태평가』, 『열하일기』, 『나는 바퀴를 보면 굴리고 싶어진다』 등의 시집에서 사실적 시간에 가장 근접한다. 개인과 공동체가 관계를 맺고 살아가는 이러한 현실적인 삶의 시간을 베르자예프는 '역사적인 시간'이라고 했다. 역사의 발전에 대한 강한 신뢰는 미래에 대한 확신과 낙관적 전망을 드러낸다. 그런데 황동규 시의 경우는 역사적 존재로서의 개인을 중시하긴 하지만 역사적 현실과 미래에 대한 인식은 지극히 부정적인 것으로 나타난다. 개인을 규정짓는 역사적 시간의 실체를 인정하기 시작했지만 그것을 낙관적으로 전망하기에는 지나치게 냉정하고 날카로운 지각이 작동했던 것이다. 역사적 시간이 드러나는 시에서 과거와 현재와 미래는 모두 부정적인 시간으로 그려진다. 또한 부정적인 역사에 대한 예리한 자각과 그에 대한 거리감으로 인해 역사적 사건과 인물을 통한 간접적인 진술을 활용한다. 이순신, 전봉준, 허준 등의 역사적 인물이 자주 등장하는 것은 이 시기 시들에서 두드러지는 특징이다. 그의 시에서 이런 역사적 인물들은 송찬의 대상이 아니라 군왕의 압제와 비운의 시대에 밀려 소멸하는 개인으로 조명된다. 그의 시에서 조국은, "제왕은 때로 신민의 그늘이다"(「비망기」)라는 역사의 아이러니에서 벗어나보지 못한 군왕의 국가이다. 그는 이 시기에 에든버러나 아이오와 등에서 유학 생활을 하며 멀리서 애증이 얽힌 복잡한 감정으로 우리의 역사를 인식할 수 있었다. 거리를 두고 바라본 조국은 "칼날처럼 벗은 우리 조국"(「낙법」), "조국은 닫혀 있다"(「호구(虎口)」) 등 폐쇄적이고 위태로운 상황에 놓여 있다. 오랜 독재 정권과 거듭되는 부정 선거에 지쳐 황폐해진 심사는 "국민투표만큼 국민다운 서리가 내려 녹지 않는다〔……〕우리는 슬프지 않다/불행할 뿐이다"(「열하일기 6」)와 같은 냉소적인 반응으로 표출된다. 이 시기의 시들에서 자주 나타나는 냉소와 반어는 감정을 차단하지 않으면 견딜 수 없을 정도로 참담한 현실에 대한 대응 방식이라고도 할 수 있다.

다음 시집 『나는 바퀴를 보면 굴리고 싶어진다』에서 시인의 역사 의식은 부정적 현실에 더욱 밀착된다. 역사적 상황이나 인물의 매개에 의존하지 않고 현재의 상황과 개인의 실존을 예리하게 드러내 보인다. 훨씬 내밀해진 아이러니를 억압적인 현실에 저항할 수 있는 언어로써 적극 실험한다.

나는 요새 무서워져요. 모든 것의 안만 보여요. 풀잎 뜬 강에는 살 없는 고기들이 놀고 있고 강물 위에 피었다가 스러지는 구름에선 문득 암호만 비쳐요. 읽어봐야 소용없어요. 혀 잘린 꽃들이 모두 고개 들고, 불행한 살들이 겁 없이 서 있는 것을 보고 있어요. 달아난들 추울 뿐이에요. 곳곳에 쳐 있는 세(細)그물을 보세요. 황홀하게 무서워요. 미치는 것도 미치지 않고 잔구름처럼 떠 있는 것도 두렵잖아요.

—「초가(楚歌)」 전문

이 시의 여성 화자는 현재형의 다급한 어조로 억압적인 현실과 그로 인한 극도의 공포심을 극적으로 표출한다. 지극히 개인적인 영역으로 축소되어 있는 시공간을 그리고 있지만 그곳에서조차도 극심한 공포에 전염되어 있다는 점에서 억압적인 현실의 상황을 더욱 강렬하게 전달할 수 있다. "달아난들 추울 뿐이에요"라는 단정적인 어사에는 무시무시한 현실에 이어지는 미래에 대한 암담한 예감만이 자리하고 있다. "곳곳에 쳐 있는 세(細)그물"이 개인의 내밀한 공간까지 침투해 들어오는 거대하고 조직적인 억압의 그늘 밑에서 어떠한 안위나 희망도 보장되지 않는다. "황홀하게 무서워요"라는 비극적 아이러니에서 극심한 억압으로 인한 공포와 절망은 극대화된다. "미치는 것도 미치지 않고 잔구름처럼 떠 있는 것도 두렵잖아요"라는 분열과 자조의 어조에서 절망의 시대를 통과해갔던 비극적인 삶의 방식을 엿볼 수 있다.

이 시기의 시들은 현실의 억압에 대응하는 방식으로 이처럼 지극히 위축되거나 뒤틀린 개인의 어조를 드러낸다. 또는 위선적 현실에 맞서는 위선적인 삶의 방식을 제시하기도 한다. 가령 "탈이로다, 탈이야./구정(舊正)부터 탈을 쓰고/탈끼리 놀다"(「정감록 주제에 의한 다섯 개의 변주」)라고 할 때 '탈'은 위선적 현실 속에서 진정한 자아를 위장한 채 떠도는 황막한 개별적 존재들을 상징한다. 가장 사실적인 시간에 다가갔던 이 시기의 시들은 역사와 현실과 미래에 대한 절망과 부정을 날카로운 반어와 냉소와 풍자로써 드러내 보인다.

4. 영원성의 발견과 서정의 확산

『악어를 조심하라고?』부터 그의 시는 크게 변화한다. 『나는 바퀴를
보면 굴리고 싶어진다』 이후 8년이나 지나서 내놓은 이 시집은 시대적
으로는 1970년대와 1980년대를, 시인 개인으로는 30대와 40대를 넘
어서는 분수령에 해당한다. 이 시집을 경계로 시의식과 기법 모두 이
전 시기와 확연히 구분되면서 전격적으로 변화한다. 『악어를 조심하
라고?』 이후의 시들에서는 자연의 발견이 두드러진다. 이전 시들에서
주로 내면 풍경의 수사로 머물러 있던 자연이 적극적인 관찰의 대상이
된다. 자연의 생명력과 영원성이 시의식의 중심을 차지하게 된다.

삶에 취해 비틀거릴 때가 있다.
아스팔트 갈라진 틈에 구두 끝을 비비다가
밖으로 고개 내어미는 풀꽃의
쥐어박고 싶을만치 노란
콩알만한 꽃송이를 보거나
구두 끝에 꽃물 남기고 뭉개진 꽃의 허리가
천천히 다시 들릴 때   ──「삶에 취해」 부분

이 시에 나타나는 황홀감은 전시기의 폐쇄적 시적 화자가 드러내던
비극적 황홀감과는 다른 것이다. 이 시의 화자가 조그마한 풀꽃에서
느끼는 경이는 구두 끝에 뭉개지고도 "천천히 다시 들"리는 생명의
무한한 반복성에서 기인한다. 선형적 시간의 구조 속에서 도저히 극

복할 수 없었던 죽음의 공포를 넘어서는 순환적 시간의 신비를 발견했기 때문이다.

자연에서 선형적 시간과는 전혀 다른 순환적 시간의 구조를 간파한 시인은 자연을 적극적인 탐사의 대상으로 삼는 기행 시편들을 시도하기 시작한다. 『몰운대행』과 『미시령 큰바람』에서 보이는 수많은 기행의 흔적들은 일상의 시간과 다른 자연의 시간과의 만남을 기록한 것이다.

선형적 시간의 구조 속에 놓여 있던 시기에는 예리하고 엄격한 시적 구조와 언어를 보여주던 것에 비해 순환적인 시간을 의식하기 시작하면서 전에 없이 자유롭고 유연한 형식을 구사하게 되는 현격한 변화에서 시의식과 기법의 긴밀한 상관성을 살필 수 있다. 시인은 이 새로운 형식을 '극서정시(劇敍情詩)'라 명명하고 적극적으로 실험한다. 극서정시란 글자 그대로 극적 요소를 가미한 서정시로서 시의 화자가 시 속에서 질적 변화를 체험하는 것이며, 독자까지 시인의 체험에 동참하게 만드는 것이다. 극서정시는 서정적 순간으로 집약되는 서정시의 고정된 시간과는 달리 극의 진행처럼 역동적인 시간 체험을 가능하게 한다. 극서정의 양식은 순환적 시간의 역동성을 발견하게 되는 「풍장」 연작을 통해 전격적으로 그 가능성을 검증하게 된다.

　　가방 벗기우고 옷 벗기우고
　　무인도의 늦가을 차가운 햇빛 속에
　　구두와 양말도 벗기우고
　　손목시계 부서질 때
　　남몰래 시간을 떨어뜨리고

바람 속에 익은 붉은 열매에서 툭툭 튀기는 씨들을
무연히 안 보이듯 바라보며
살을 말리게 해다오.
어금니에 박혀 녹스는 백금 조각도
바람 속에 빛나게 해다오.   —「풍장 1」 부분

　이 시에서 화자는 풍장에 대한 상상을 통해 자신의 죽음을 극적으로 구성하고 체험한다. 이렇게 상상을 통해 죽음을 친숙하게 길들이는 과정에서 죽음은 공포의 대상이라기보다 삶의 연장으로 인식된다. 이 시에서 극적으로 구성된 죽음은 자연과의 친화가 두드러진다. 가방, 옷, 구두, 양말 같은 문명의 산물에서 벗어나 "바람 속에 익은 붉은 열매에서 툭툭 튀기는 씨들" 같은 자연의 상태가 된다. 이렇게 자연과 동화되는 상태는 '손목시계'가 조정하는 근대적 시간에서 벗어나 자연의 순환적인 시간에 동참하는 것이다. 순환적인 시간의 구조 속에서는 삶과 죽음의 경계가 무화되고 자연과의 합일의 상태에 이르게 된다. 이처럼 풍장은 자연의 영원성으로 귀화하는 우주적 죽음과 재탄생의 과정을 극화하고 있다. 풍장은 한 죽음이 다른 생명으로 전환하는 우주적 생명의 순환성을 함축한다. 풍장을 통해 시인은 선형적 시간의 구조 속에서 죽음이 갖는 일회성의 비극을 뛰어넘어 순환적 시간의 경이를 발견하고 그 우주적 축제 속에서 자연과 합일된다.

5. 순간의 시간성과 개방의 형식

「풍장」의 세계를 통해 삶과 죽음의 관계를 깊숙이 통찰한 시인은 자유롭고 개방된 시선으로 일상을 새롭게 바라보게 된다. 기대와 우려를 함께 모았던 「풍장」의 시대를 지나면서 그의 선적 직관은 일상의 초월이 아닌 일상의 확장을 가져온다. 시집 『외계인』은 『풍장』 이후의 새로운 세계를 열어 놓고 있다. 이 시집에서는 이전의 시들에서처럼 죽음에 대한 성찰에 몰입하지 않고 일상의 매순간을 새롭게 발견해가는 천진한 시선이 두드러진다. 나와 자연의 경계도 무화되고 자연과 일상의 경계도 무화된 채 마치 지구에 불시착한 '외계인'처럼 경이로운 눈길로 사물을 탐색한다. 시인의 선적 직관은 자연과 일상을 이어주는 비밀스런 암호를 풀어내는 데에서 탁월하게 작동한다. 이제 시인은 더 이상 선형적 시간에 얽매이지 않고 자유로운 순간의 시간성 속에서 자연과 일상을 소통시키는 암호를 해제시킨다.

지난 몇 해 이맘때쯤이면
어김없이 찾아오는 빗소리.
아침부터 시작해서 낮을 보내고
오후에도 잊힌 듯이 내리는 빗소리.
오늘은 연구실 창밖 까치집을 적시고
그 밑에 새로 준공한 아랫집도 적시고
보이지 않아도 몸 뒤척이는 까치 새끼들
바알간 발톱까지 적시고

발톱에 묻은

거미줄 남은 한 가닥까지 적시고

더 적실 것이 없어

그만 맥을 놓아버린 빗소리.

발 하나쯤

시간 밖으로 내어놓은 빗소리.　　　　　　　——「꿈의 꿈」 전문

　　『외계인』에는 꿈과 관련된 시들이 많다. 꿈에서는 자연과 일상의
암호가 풀려 경계가 사라진다. 꿈은 선형적 시간의 구조를 변형시켜
순환적 시간의 구조로 자유롭게 접맥시킨다. 꿈속에서 시인은 '김수
영 선생'을 만나 얘기하기도 하고(「꿈 1」), 대구 피난 시절 양담배 초
콜릿 껌 좌판이 흩어지며 원색으로 흩어지던 기억을 생생하게 다시
만나기도 하며(「꿈 2」), 연구실에서 살다 죽은 석곡란을 만나 애틋한
사연을 주고받기도 한다. (「꿈 3」) 위의 시에서는 꿈결에서처럼 하염
없는 빗소리를 들으며 경험하는 시간의 혼류를 그리고 있다. 까치집
과 까치 새끼들, 그 바알간 발톱과 발톱에 묻은 거미줄 한 가닥까지
속속들이 지우는 빗소리의 묘사는 과거와 현재, 일상과 환상의 경계
를 이어준다. 꿈처럼 한없이 잦아드는 이런 "발 하나쯤/시간 밖으로
내어놓은 빗소리"는 순간 속에서 영원의 시간을 만나게 해준다. 까치
새끼의 발톱에 묻은 거미줄 한 가닥에 스미는 빗소리에 이르는 지극
히 정밀한 집중의 시간이 이런 체험을 가능하게 한다. 이런 순간에는
자연과 인간, 주체와 타자, 과거와 현재 사이의 암호가 풀리면서 황
홀한 소통의 시간을 만날 수 있다. 「꿈 3」에서도 석곡란에 대한 지극

한 연민과 관심은 자연과 인간의 차별을 뛰어넘는 황홀한 우주적 소통에 이르게 한다. 매순간 자신을 열어 놓고 타자의 존재에 능동적으로 참여한다면 불가역적인 선형적 시간의 구속을 넘어서 보다 많은 생을 체험할 수 있다.

선형적 시간의 지배를 받는 자아는 근대적인 주체라는 개념에 갇혀 폐쇄적이고 고립된 삶의 양식을 산출했다. 고립된 자아에서 벗어나 상호 교감의 장으로 이루어진 우주적 소통의 장에 동참하기 위해서 시인은 시적 직관과 서정의 확산을 기도한다. 시인은 이렇게 만나게 되는 시간의 다양한 층위를 담아내기 위해 기존의 정제된 서정시보다 의식의 지향성을 자유롭게 담아낼 수 있는 방법을 선택한다. 황동규 시의 새로운 변화는 '가벼움' 혹은 '무성의한 넋두리'로 읽히기도 할 정도로 자유롭고 개방된 형식을 지향하는데, 이는 시간의 다양한 층위와 자유롭게 접촉하기 위한 방법론으로 이해될 수 있다. 그의 시는 또한 직관이나 자유로운 연상에 많이 의존하기 때문에 선시와 흡사한 것으로 읽히기도 한다. 그러나 그의 시는 초월적 명상에 의거하는 선시와는 달리 일상에 대한 매우 구체적인 관찰에 바탕을 두고 있으며 깨달음을 지향하는 선시와는 다르게 외계와의 원활한 소통과 교감을 목적으로 한다는 점에서 확연하게 변별된다. 시인이 기존 서정시의 고정된 형식에서 탈피하고자 하는 것은 서정의 확산을 위한 것이지 결코 서정시의 범주를 넘어서려는 것은 아니다. 그는 서정시의 영토 안에서 가능한 보다 풍부한 시적 체험과 다양한 시간의 층위를 탐색하고 있는 것이다.

6. 갱신의 시인

갱신의 시인 황동규는 시간의 문제에 있어서도 다양한 층위를 섭렵하며 서정시의 새로운 가능성을 열어왔다. 『악어를 조심하라고?』를 기준으로 볼 때 전기시는 선형적인 근대적 시간이, 후기시는 순환적인 시간이 지배적으로 작용한다. 필멸의 존재로서의 운명을 수용하던 초기시의 낭만적 시간을 거쳐 억압적 현실에 대한 비극적 전망이 두드러진 사실적인 시간이 나타나던 시기에는 전형적인 근대적 시간관이 드러난다. 존재의 소멸과 역사의 인과 작용에 몰입하는 이 시기에는 부정적인 시간 의식이 강하게 나타난다. 이 시기에는 근대적 시간에 맞서는 치밀하고 냉철한 근대적인 이성이 두드러지게 작용하고 있다. 필멸의 시간을 강하게 의식한 초기시에서는 낭만적 내면 풍경에 대응하는 정밀한 자연의 수사나 비극적 잠언의 유장미가 두드러진다. 사실적 시간의 지배를 받은 시편들에서는 날카로운 반어나 풍자가 비관적 전망을 확충한다.

이후의 시세계는 순환적인 시간의 질서 속에서 삶과 죽음, 혹은 주체와 타자의 동일성과 소통을 탐구하는 방향으로 변화한다. 『악어를 조심하라고?』에서 『풍장』까지 자연의 시간과 영원성을 새롭게 탐색하는 시기를 지나 『외계인』 이후에는 일상과 자연의 경계를 넘어서 우주적인 황홀한 소통의 순간을 발견하게 된다. 이 시기에는 자유롭고 개방된 형식을 통해 단선적이고 폐쇄적인 근대적 시간을 극복하려는 경향이 두드러진다. 서정시의 고정된 양식을 넘어서려고 극서정을 개발하거나 의식의 자연스러운 흐름을 도출하기 위해 이완의 방식을 시도하는 등 순간의 시간성을 확보하기 위한 양식도 다양하게 개발된다. 그의 시에 나타나는 시간 의식과 기법의 다양한 변모는 근대적 시간과의 치열한 대결과 극복의 의지를 반영하는 것이다.

모험과 갱신의 동력을 시간의 함정에서 벗어날 수 있는 실존의 전략으로 삼아온 시인에게 앞으로 펼쳐질 새로운 가능성은 어떤 것일까? 이제까지 황동규의 시세계는 자아동일성을 근거로 하는 근대적 서정시의 범주에서 벗어나보지 않았다고 할 수 있다. 순환적 시간 의식을 드러내는 시들 역시 개인적 체험에서 출발하여 개인적 성찰로 귀결되는 개인의 신화 창조에 머물러온 경향이 강하다. 그의 시가 타자의 경험을 공유하며 수평적으로 가장 확장되었던 것은 사실적 시간에 대한 의식이 뚜렷하게 드러나는 시기의 시들이다. 그러나 이때의 시들은 근대의 선형적인 시간 의식으로 인해 비관적 전망에서 벗어날 수 없었다. 순환적 시간의 자장 속에서 자유롭고 원활한 소통의 양식을 개인과 자연을 넘어서는 보다 포괄적인 공동체적 의식으로 확대할 수는 없을까? 이때의 황홀한 교감의 양식이 근대적 시간의 폐쇄성을 진정으로 극복할 수 있는 신화적 시간의 가능성이 아닐까 싶다. 이것이 시를 쓰는 일이 창조의 역사임을 증언해온 그의 시에 또다시 걸게 되는 기대이다.

romanticism + realism = R
─정진규론

1. 폐쇄적 자아에서 열린 세계로

"r + r = romanticism + realism"이라고 한 성찬경 시인의 '놀라운 등식'에 대해 정진규 시인 또한 놀랍게도 "이럴 때 나는 앞쪽의 'r'에 흠씬 젖어 있다"라고 했다. 그리고 이 'r'을 기호로 보지 않는, "비평적 의식에서 해방될 때"의 기쁨을 이야기한다. 시인의 'r'은, "그는 麝香 가득 든 환약 한 알을 내게 먹였다 어머니였다 막힌 氣를 뚫고 흐르는 물소리 하날 밤새 들었다"고 할 때의 '알'과 같은 것이다. 그런데 나는 이 'r'을 다시 기호의 감옥에 가두고 좀더 강력한 도식을 적용해보고 싶은 비평적 의식에 사로잡히고 만다. 시인이 앞의 도식에 대해 감탄한 것은 'r' 때문만도 아니고 'romanticism + realism'에서 함축하고 있는 포괄의 원리에 대한 긍정도 작용한 것이 아닌가 하고 오독도 하고 싶어진다. 정진규 시인의 40여 년에 걸친 시력(詩歷)을 종합하자면 'romanticism + realism' 정도의 방대한 문예사조적 개념을 적용해야 하지 않을까 싶다. 그 오랜 시간 동안 그는 끊임없이 그리고 계속 변화하면서 시를 살아왔다. 간단한 도식으로 종합할 수 없는 무수한 경우의 수가 있었지만 굳이 정리해보자면 로맨티시즘과 리얼리즘이 길항하면서 독자적인 하나의 세계를 구축하여왔다고 할 수 있다. 제목으로 삼은 등식에서는 순차적 개념까지 작용하고 있다. 낭만성이 강한 초기시에 비해 후기시로 갈수록 일상성과 산문성이 강화되고 있기 때문이다. 그리고 'R'이 대문자로 변해 뒤에 놓이게 된 것은, 로맨티시즘과 리얼리즘이 길항해온 과정이 '알'의 세계에까지 닿아 있기 때문이다. 이때의 '알'은 앞의 "환약 한 알"뿐 아니라 '알시(詩)'의 세계도 포함하는, 그리고 앞으로 시인이 도달할 더 큰 원융의 세계까지도 포함하는 지대한 개념이기에 대문자 'R'로 바꾸어 보았다.

종합의 의지가 작동하여 위와 같은 도식을 만들어보았지만 정진규의 시력 40여 년은 도식적으로 수렴하기 어려운 역동적인 변화의 과정을 거쳐왔다. 그의 시는 1960년대부터 오늘에 이르는 현대시사의 증거라고 할 만큼 그간의 시대적 조류와도 밀접한 관련을 맺고 있다. 여기서는 간단하게 그의 시세계의 흐름을 살피고 주로 '몸시(詩)' 이후의 시들을 중심으로 그 전개 양상과 의미를 논의해보려고 한다.

『마른 수수깡의 평화』(모음사, 1966)와 『有限의 빗장』(예술계, 1971) 등의 시집에서 수렴하고 있는 정진규 시인의 초기시는 시작 초기에 흔히 빠져들게 되는 관념 편향과 자의식 과잉의 상태를 드러내고 있다. 이 시기는 시사적으로도 개인의 내면 세계와 표현의 기교를 중시했던 '현대시' 동인의 활약이 두드러졌던 시기이다. 시인 역시 '현대시' 동인의 일원이었으며 누구보다도 강한 자의식과 허무주의에 빠져 방황과 절망의 고통을 토로하였다. "오, 칼이었다/房 안 가득히 날아다니는/무수히 번쩍대는/조그만 칼들이었다. 나를 찔렀다.//나는 넘어지며/意識의 문지방에 걸려,/걸려 넘어지며/오, 敵이여,/敵이여/비로소 소리칠 수 있었다"(「敵」)에서 나타나듯 내면에 몰입하여 자아와 긴장된 대립 상태에 있는 극도로 예민한 자의식을 엿볼 수 있다. 의식의 과잉이 잦은 감탄사와 영탄조의 진술로 표출되는 것도 특징적이다. 현실에 대해 절대적인 부정을 행하며 내면의식의 토로에 있어 열정적이라는 점에서 낭만주의의 색채가 농후한 시기라고 할 수 있다.

내면의 세계로 깊이 침잠해보았지만 끝 모를 허무의 수렁만을 헤매게 되었던 시인은 『들판의 비인 집이로다』(교학사, 1977)와 『매달려 있음의 세상』(문학예술사, 1979)에서 의도적으로 과감한 변화를 시도한다. 자의식 과잉의 상태에서 벗어나 현실 쪽으로 눈을 돌리게 된 것이다. 「시의 애매함에 대하여」(1969)와 「시의 정직함에 대하여」(1970) 같은 상징적인 시론을 통하여 '애매함'에 경도되었던 자신의 시세계를 반성하고 '정직함'을 포함하는 새로운 세계를 도모하게 된다. "오, 어쩌랴, 때가 아니로다, 때가 아니로다, 때가 아니로다. 온 國土의 벌판을 기일게 기일게 혼자서 건너가는 비에 젖은 소리의 뒷등이 보일 따름이로다//어쩌랴, 나는 없어라 그리운 물, 설설설 끓이고 싶은 한 가마솥의 뜨거운 물. 우리네 아궁이에 지피어지던 어머니의 불, 그 잘 마른 삭정이들, 불의 살점들. 하나도 없이 오, 어쩌랴, 또다시 나 차가운 한 잔의 술로 더불어 오직 혼자일 따름이로다. 全財産이로다, 비인 집이로다, 들판의 비인 집이로다. 하늘 가득 머리 풀어 빗줄기만 울고 울도다"(「들판의 비인 집이로다」)라는 절창에서도 보이듯 개인의 비애를 넘어 역사적 현실을 포용하려는 태도의 변화가 나타난다. 이 시기에는 또한 산문시의 실험이 본격적으로 시작된다. 역사적 현실을 수용하기 위한 형식을 찾는 과정에서 산문시의 포용력과 깊이를 새롭게 자각했기 때문이다. 이는 시의 현실 참여 방식과 관련해서 산문시의 가능성이 적극적으로 검토되었던 1970년대의 상황과도 무관하지 않아 보인다. 그런데 그의 시는 그 리듬의 섬세함과 어조의 격조에 있어 1970년대의 다른 산문시들과는 구별되는 미적 취향을 드러낸다. 리얼리즘에 대한 관심이 시작되긴 했어도 여전히 낭만주의적인 정서와 미학을 견지하고 있음을 알 수 있다.

『비어 있음의 충만을 위하여』(민족문화사, 1983), 『연필로 쓰기』(영언문화사, 1984), 『뼈에 대하여』(정음사, 1986) 등 1980년대의 시집들에서는 산문시를 전격적으로 탐구하고 정착시킨다. 자의식 과잉에서 벗어나 삶과 소통하려는 노력이 더욱 구체화된다. "그들의 문전마다 쌀 두어 됫박쯤씩 말없이 남몰래 팔아다 놓으면서 밤거리를 돌아다니고 싶다 그렇게 밤을 건너가고 싶다 가장 따뜻한 상징, 하이얀 쌀 두어 됫박이 우리에겐 아직도 가장 따뜻한 상징이다"(「따뜻한 상징」)에서와 같이 타자와의 소통과 연대를 꿈꾸는 자아가 나타난다. 산문시의 형식도 이전 시기와는 달리 미학적 장치가 줄고 직설적이고 소박한 진술이 강화된다. 이 시기는 리얼리즘의 성향이 가장 고조된 시기라 할 수 있다. 1980년대 상당히 밀착되었던 시와 현실의 관련을 그의 시 또한 적극적으로 반영하고 있는 것이다.

『별들의 바탕은 어둠이 마땅하다』(문학세계사, 1990), 『몸詩』(세계사, 1994), 『알詩』(세계사, 1997), 『도둑이 다녀가셨다』(세계사, 2000) 등 1990년대 이후의 시에서 그는 일관되게 '몸'의 세계에 경도되어 있다. 병을 얻어 몸이 아프게 된 개인적 체험이 중요한 계기를 이룬다. 그간 정신이나 의식의 지향성에 이끌렸던 시인은 단번에 존재를 압도하는 몸의 위력을 절감하고 새롭게 각성한다. 그리고 "나의 몽매를 몸으로 깨우치는 이 전폭의 매질"(「몸詩·78-병에 대하여」)을 긍정하고 끝까지 함께 가리라고 다짐한다. '몸'을 매개로 모든 현상을 새롭게 발견하고 깨달아가는 그에게 시의 세계는 다시금 활짝 열리게 된다. 이는 또한 절묘하게도 1990년대 이후 시에서 '몸'이 최대의 화두가 된 사실과도 맞물리면서 우리 시의 새로운 주제와 방향을 주도할 수 있게 되었다.

이와 같이 정진규의 시세계는 어느 시기나 가장 절실한 개인적 과제와 시대적 질문이 일치하면서 시사의 흐름에서 유리되지 않고 의미 있는 변화를 지속해왔다. 특히 1990년대 이후 '몸'에 대한 탐구는 문화사적 격변의 과정에서 새로운 시대의 주제로 떠올라 그 의미가 각별하다 할 수 있다. 여기서는 몸이라는 커다란 주제 하에 '몸'과 '알'과 '틈'에 대한 탐구로 더욱 깊어지고 있는 그의 최근 시세계의 변화를 좀더 구체적으로 살펴보려고 한다.

2. '몸', 조화와 상생의 장

'몸'의 발견은 시인에게 있어 하나의 획을 긋는 전환점으로서의 의미가 크다. "그 싱싱하던 몸 하나가 쓰러지는" 일대 사건을 겪으면서 그는 그간 자신의 중심이 되어왔던 '말씀'이 정지되는 충격을 경험한다. 그리고 "나를 조용히 지우자"고 결심하게 된다. 이때의 '나'는 '말씀'에

치중해 살던 자의식 넘치는 자아이다. 그리고 '나'를 비워낸 만큼 '몸'을 관찰하고 사유하게 된다. 그의 시에는 이제 몸과 맘이 함께 들어앉게 된다.

> 몸이 놀랬다
> 내가 그를 下人으로 부린 탓이다
> 새경도 주지 않았다
> 몇십 년 만에
> 처음으로
> 제 끼에 밥 먹고
> 제 때에 잠 자고
> 제 때에 일어났다
> 몸이 눈떴다
>
> (어머니께서 다녀가셨다)　　　　　——「몸詩 · 66-병원에서」 전문

이 시는 몸이 쓰러지고 난 후의 반성과 변화를 보여준다. 쓰러지기까지 그는 정신이 주인이고 몸은 하인이라고 생각하며 "새경도 주지 않"은 채 몸을 혹사시켜왔다. 그러나 몸 때문에 모든 것이 마비되는 경험을 하면서 몸을 위하기 시작한다. 제 끼에 밥 먹고 제 때에 잠자고 일어나는 단순한 일상의 중요성을 깨닫는다. 이 시에서는 몸이 마음만큼 중요하고 단순한 일상에 충실하는 것이 몸을 위하는 길이라는 분명한 이치를 단순한 구성을 통해 더욱 강조한다. 이렇게 산문시만을 고집하던 이전 시기와는 달리 다시 자유시를 시도하기도 하여 변

화의 징후를 더욱 뚜렷하게 알 수 있다.

"몸이 눈떴다"는 것은 단지 몸이 회복됐다는 것에 머물지 않고 동시에 마음의 눈도 떠지고 새로운 세계를 각성하게 되었다는 의미이다. 또 다른 시에서도 "내 몸은 지금 사랑에 눈뜨고 있다/네 몸도 지금 사랑에 눈뜨고 있다/세상에 눈뜨고 있다"(「몸詩·26-字眼」)고 하여 이 시기에 경험한 각별한 각성의 느낌을 드러낸다. '몸'을 새롭게 깨닫게 된 것은 타자에 대한 발견과 소통과도 같은 것이기 때문에 사랑에 비유된다. 마음이 일방적으로 주도권을 행사하던 과거와 달리 몸을 의식하게 되었다는 것은 그만큼 더 열린 시선으로 세상을 보게 되었다는 것이기도 하다. 몸과 마음의 소통은 '내 몸'과 '네 몸'이 사랑에 눈뜨는 것 같은 열렬한 교감을 동반한다.

시인은 이때의 느낌을 돌아가신 어머니께서 다녀가신 기쁨에 비유한다. 나의 몸을 낳고 키워주셨던 어머니가 몸을 돌아보게 되었을 때 나타나셨다는 것은 의미심장하다. 그동안 이성 중심 혹은 남성 중심적 사고에 빠져 있었던 시인은 몸을 의식하게 되면서 여성성에 눈뜨고 탈중심적인 사유를 행하게 된다. '나'나 '세상'이나 모두 어떤 중심에 의해 운용되는 것이 아니라 모든 것이 화합하며 이루는 조화 속에서 움직이는 것이라는 중대한 사고의 전환이 일어난 것이다.

내가 그들을 먹은 게 아니라
그들이 나를 먹었다
기쁘다!
먹힐 수 있음의 기쁨을 아느냐
오랜만에 나는 아주 잘 먹혔다

나는 요즈음 먹힌다 이렇게
어딜 가서나 먹힌다 누구에게나
내가 참 맛있게는 되었나 보다

소여물을 썰면서
작두에 풀을 먹이면서
아버지는
풀잎이 잘 먹힌다고 하셨다
고마우신 아버지
맛있는 아버지
고마우신 풀잎!　　　　　　　　　　　——「몸詩 · 32-풀잎」 부분

　사람들 사이에서 '먹힌다'라는 말은 약육강식의 생물학적 본성을 환기시키면서 부정적인 의미로 쓰이는 것이 보통이다. 이 시 역시 이런 대립의 장면을 연상시킨다. 그렇지만 새롭게 눈뜬 시인에게는 이러한 논리도 다르게 수용된다. 다른 사람들에게 먹힌다는 느낌을 받으면서도 강자와 약자, 가해자와 피해자 식으로 부정적으로 인식하기보다는 "내가 참 맛있게는 되었나 보다"라고 할 정도로 여유와 관용을 보여준다. 이렇게 생각할 수 있는 것은 먹고 먹히는 관계를 자연의 커다란 질서와 원리로서 수긍하기 때문이다. 풀잎은 소에게 먹히고 아버지는 아들에게 먹힘으로써 자연의 질서는 유지된다. 내가 먹힘으로써 누군가가 배부를 수 있다면 그 또한 기쁨이 아니겠는가라는 사고의 전환을 엿볼 수 있다.

몸의 의미를 새롭게 받아들이기 시작하면서 시인은 정신과 육체, 강자와 약자, 인간과 자연 등 모든 관계를 상생과 공존의 장으로 인식하게 된다. 자의식 과잉의 사변적 진술이 사라지고 솔직 담백한 내면의 고백이 주를 이룬다. 자기를 비운 자리에 타자와 자연을 들여 놓고 끊임없이 교감과 소통을 꾀한다. 시선이 바뀐 그에게는 일상의 매순간이 새로운 발견이고 깨달음의 연속이다. 몸의 발견은 시인에게 있어 자아에서 타자로, 인간에서 자연으로 시선을 확대하고 부정과 갈등의 시학에서 벗어나 조화와 상생을 도모하게 된 일대 전환점을 이룬다.

3. '알', 생명의 절대적인 상징

일련의 '몸시' 연작을 발표한 후에 시인은 다시 '알시' 연작을 시작하였다. 이렇듯 수십 편의 연작을 쓴다는 것은 뚜렷한 관점이 확보되지 않으면 불가능한 일이다. 몸의 세계를 발견한 시인에게는 무궁무진한 소재들이 새로운 의미로 다가왔고 시적 영감이 넘쳐났다. '몸시'에서 정신과 육체의 우열, 자아와 타자의 대립, 인간과 자연의 분별에서 자유로워진 시인은 이제 보다 자연 속으로, 몸 안으로 들어가 그것의 정수라고 할 수 있는 생명의 형상을 포착해내려 한다. '알시'는 '몸시'의 연장선상에 있으며 더 내밀하고 깊이 있게 생명의 세계를 탐구한 것이다. 그의 정의에 의하면 '알'은 '알몸을 가둔 알몸'이다. 알은 몸을 포괄하는 또 하나의 몸이라는 매혹적인 상징이다. 그에게 있어 알은 "흔히 말하는 부화를 기다리는 그런 미완으로서의 존재가 아니라, 그것 자체가 완성이며 원형이다. 하나의 소우주이다." 은밀한 봉합의 흔적조차도 없는 천의무봉의 경지를 보여주는데다 소리와 뜻이 한몸을 이루고 있는 이 경이로운 존재에 대해 시인은 '절대 순수 생명체'라고 명명한다. 알은 몸과 생명의 정수이며 원형이다.

　　눈뜨는 감나무 새순들이 위험하다 알고 보면 그 밀고 나오는 힘이 억만 톤쯤 된다는 것인데 아기를 낳는 여자, 그 죽음의 직전, 직전의 직전까지 닿아 있는 힘과 같다는 것인데 햇살 속에 반짝이는 저 몸짓들이 왜 저리 연하디 연할까 다를 게 없다 가장 힘센 것은 가장 여린 것을 겨우 만들어낸다 억만 톤의 힘을 처음부터 다시 시작한다 처음부터라야 완벽하다 위험하다　　　　　　　—「감나무 새순들-알 33」 전문

새순이나 자궁도 생명의 폭발적인 힘을 함축하고 있는 알이다. 눈뜨는 감나무 새순들이 위험한 이유는 아기를 낳는 여자가 죽음의 직전까지 가며 힘을 쏟아내는 것처럼 그렇게 엄청난 에너지를 발산하기 때문이다. 한없이 연한 잎을 피우기 위해 가공할 힘을 쏟아낸다는 것이야말로 신묘한 자연의 이치라 할 수 있다. "근본으로 돌아가는 것이 도의 움직임이요, 유약함이 도의 작용이다(反者道之動 弱者道之用)"라고 하는 도덕경의 구절과 흡사한 대목이다. 시인은 유약하기 그지없는 어린 잎에서 생명의 순수한 원형과 경이로운 자연의 원리를 발견한다. "처음부터라야 완벽하다 위험하다"라는 진술도 모든 가능성을 품고 있는 근원의 절대적인 위력을 의식한 데에서 나온다. '알'은 근원이면서 완전한 소우주를 이루고 유약하지만 강력한 생명력을 함축하고 있다는 점에서 '도'와 같은 자연의 원리와도 상통하는 기막힌 상징이다.

이번 여름 전주 덕진공원 연못 가서 햇살들이 해의 살들이 이른 아침, 꼭 다문 연꽃 봉오리들마다에 플러그를 꽂고 안으로 들어가는 걸 보았다 이내 어둠들을 끄집어내고 있었다 좀 지나 연못 하나 가득 등불들 흔들리고 끄집어낸 어둠의 감탕들을 실은 청소차들이 어디론가 바삐 달려갔다 뒷자리가 깨끗했다

나도 플러그 공장을 하나 차리리라 마음먹었다 그대들의 몸에 그걸 꽂기만 하면 원하는 대로 좌르르르 빛의, 욕망의 코인들이 쏟아져나오는 슬롯머신! 햇빛기계! 플러그 공장을 독과점하리라 마음먹었다 플러그를 빼앗기고 모두 정전 상태가 되어 있는 어둠들에게 나는 은빛 절정이 되리라 폭력을 쏘는 폭력! 폭력의 대부가 되리라 마음먹었다 뒷자리가 깨끗한!
—「플러그-알 2」 전문

'몸'의 사유를 통해 시인은 자연을 재발견하고 생명의 위력을 절감하게 되었다. 그는 '알시'에서 생명의 정수와 근원에 대한 통찰을 행한다. '몸'에 대한 사유는 한결 섬세하고 깊어졌다. 그의 시는 새로운 각성의 환희들로 가득 차게 되었지만 그것을 어디까지나 언어와 감성의 생생한 육질로서 드러내고자 했다. 자칫 관념의 형해로 나타나기 쉬운 각성의 내용들이 그의 시에서는 감각적인 이미지와 생동하는 언어의 몸을 얻었다.

위의 시는 덕진공원 연못의 연꽃에서 받은 느낌을 적은 것이다. 시인은 단순히 연꽃의 묘사에 머무르지 않고 연꽃과 햇살이 어우러지는 장면을 감각적으로 포착하고 있다. "햇살"은 "해의 살"로 분절되면서 생생한 육체를 갖게 된다. "꼭 다문 연꽃 봉오리들"과 "해의 살"이 접

촉하는 장면을 시인은 매우 관능적으로 묘사하고 있다. 이때의 관능의 열도는 '플러그'라는 절묘한 표현을 얻는다. "이내 어둠들을 끄집어내고 있었다"는 구절은, 플러그를 꽂아 전기가 흐르면 순식간에 밝아지는 현상과 자연스럽게 연결된다. 계속해서 비유와 연상이 꼬리를 문다. 햇살이 닿은 꽃들이 여기저기서 벌어지는 모습은 연못 하나 가득 등불이 흔들리는 것으로 표현된다.

전반부에서 관능적인 생명력을 관찰하고 포착하는 데 열중하던 시인은 후반부에서는 적극적으로 생명의 전파를 시도한다. 플러그 공장을 독과점해서 온 세상에 빛을 뿌리고자 한다. 어둠에 묻혀 해의 살을 맛본 지 오래된 사람들에게 슬롯머신 같은 햇빛기계를 선사하고자 한다. 시인은 이러한 열렬한 생명의 파급력을 "폭력을 쏘는 폭력"이라고 한다. 이는 어둠이 지배하는 폭력에 대항하는 빛의 힘, 곧 생명력이다. 이러한 생명의 분방한 힘은 그의 시에서 잦은 감탄 부호로 표현된다. '알시'에서 유난히 느낌표가 자주 눈에 띄는 것은 시인이 그만큼 생명의 '은빛 절정'을 많이 경험했다는 증거이다. 또한 '알시'에서는 다시 산문시로 돌아가 일상에서 만나는 각성의 여러 순간들을 진술하고 자연스러운 형식으로 처리하게 된다. 시의 의장을 버리고 담백한 산문체 속에서 생명과의 교감을 더욱 투명하게 드러내고자 했기 때문이다.

4. '틈'을 넘어서는 '아름다운 모반'

'알시'에서 생명의 원형에 대한 탐구와 감각적인 접근을 보여주었던 시인은 이후의 시들에서는 더욱 자연에 몰입하여 자연과의 경계를 지우려 한다. '틈'은 요즘 그가 몰두하고 있는 새로운 화두이다. 그렇지만 이번에는 '틈시'라는 신조어를 만들어내지 않고 있다. '틈'은 '몸'이나 '알'처럼 지향점이 아니라 벗어나야 할 공간이기 때문이다. 그는 일체의 틈도 없이 대상과의 경계를 완전히 지울 수 있는 시의 경지를 꿈꾸어왔다. 그러면 그럴수록 경계를 의식하게 되는 악순환에 시달리다가 터득하게 된 것은 경계를 완전히 소거할 수는 없지만 부지런히 넘나들 수는 있다는 것이다.

어제는 진종일 새들하고 놀았다 나는 본래 산비둘기하고 제일로 친하다 몸으로 날을 수도 있고 걸을 수도 있음이 하늘과 땅을 드나들 수도 있음이 경계를 몸으로 지울 수도 있음이 새들의 그 통달이 나는 그저 부러웠다 그리로 가고 싶은 나는

오늘은 그저 꽃피우고 열매 맺을 뿐, 그늘을 드리울 뿐 아무것도 섞여 있지 않은 나무들이 나는 부러웠다 이 몸의 사랑은 어떠한가 우리 집 뜨락에 겨우 석류나무 한 그루를 나는 새로 심었다 그리로 갈 수도 없는 나는
──「日常」 전문

풍천장어는 민물과 바닷물 사이를 드나든다 풍천이 그런 곳이다 드나든다 경계가 없다 드나드는 모든 것들은 맛이 있다 황홀하다 특히 사랑이 그러하다 증류식만 좋은 것이 아니다 희석식으로 견디다 견디다 마침내 증류식이 되는 게 그게 진짜다 아름다운 모반, 풍천장어가 그렇다
──「풍천장어는 왜 더 맛이 있는가」 부분

앞의 시는 자연을 가까이하되 그것과 하나가 될 수는 없는 인간으로서의 한계를 절실하게 드러내고 있다. 뜰 앞의 새와 나무들은 시인과 한울타리 안에 살면서도 결코 완전한 소통을 허락하지 않는다. 시인은 "글씨를 모르는 대낮이 마당까지 기어나온 칡덩쿨과 칡순들과 한 그루 木百日紅의 붉은 꽃잎들과 그들의 혀들과 맨살로 몸 부비고 있다가 글씨를 아는 내가 모자까지 쓰고 거기에 이르자 화들짝 놀라 한줄금 소나기로 몸을 가리고 여름 숲속으로 숨어들었다"(「未遂-알 6」)라는 경험을 깊은 상처로 간직하고 있다. 자연과 시인 사이에는 언어라는 결정적인 경계가 놓여 있다. 앞의 시에서 새들이 하늘과 땅의 경계를 몸으로 지울 수 있는 것은 그들이 '하늘'이니 '땅'이니 하는 글씨를 모르기 때문이다. 시인은 새들의 드넓은 놀이터를 '하늘'과 '땅'으로 나누고 그 '경계'를 운운하고 있는 것이다. 이것이 언어를 쓰는 자의 한계이며 언어로서 자연과 소통하려는 자의 아이러니이다. 나무가 꽃피우고 열매 맺고 그늘을 드리우는 것은 '스스로 그러한 것' 즉 자연의 작용이다. 그런데 시인은 스스로 그러하지 못하고 겨우 나무 한 그루를 새로 '심었다'고 한다. 의식과 억지가 끼어드는 것이다.

그러나 이렇게 끊임없이 나무를 '심는' 행위도 궁극적으로 자연에 동참하는 방법이 될 수 있다. 뒤의 시에서는 그런 희망을 보여준다. 증류식이 아니더라도 "희석식으로 견디다 견디다 마침내 증류식이 되는" 것이 더욱 각별하지 않겠냐는 것이다. 밀물과 바닷물을 드나드는 풍천장어가 그렇고 자아와 타자 사이의 간극을 메우려는 사랑의 행위가 그렇고 언어로서 자연과 소통하려 하는 시가 그러하다. 경계를 넘어서려는 이 열렬한 힘을 시인은 "아름다운 모반"이라고 한다. 처음부터 그러한 자연보다도 끊임없이 경계를 지우려는 노력이 더 아름답다는 것이다.

좋은 사람이란 잘 보존된 환경이 아닌가 나는 언제나 그렇게 대답해왔다 좋은 사람들은 절실함을 간절함을 가지고 있다 나의 빈자리를 그걸로 채워준다 나의 어머니는 나의 허기를 아시고 늘 고봉밥을 주셨다 때로는 나도 그걸 그들에게 줄 수가 있다 한 짝이 된다 비인 틈이 있어야 자유롭다는 말은 틀린 말이다 그건 일순의 유희다 비인 틈이 없음이 우리를 충만케 한다 충만은 둥글다 탱탱한 활시위가 된다 둥글다가 우리를 멀리 날게 한다 상처야 있게 마련이지만 우리는 그걸 서로 둥글게 쓰다듬는다　　　　　　　　　　—「자유에 대하여」 부분

끊임없이 드나들며 틈을 지워나가는 과정에서 자연과 인격이 유사해지는 경지가 있다. 빈자리를 채우려는 절실함, 간절함으로 틈을 채워나간 사람들은 타자의 빈자리까지 채워주는 충만함을 지닌다. 그들은 인간이 자연에서 느끼는 것과 유사한 만족감을 준다. '비인 틈'이 없이 가득 찬 사랑이 인간을 끌어가는 힘이다. 그것은 둥글고 강한 활시위처럼 인간을 자유롭게 추동시킬 수 있다. 시인은 인간으로서의 한계를 인정하지만 서로가 둥글게 쓰다듬는 소통과 화합을 통해 충만하고 자유로운 자연의 상태에 도달할 수 있다고 본다. 틈을 인정한 채 그 틈을 메워나가려는 노력이야말로 "아름다운 모반"을 불러오는 충만한 에너지인 것이다. 시인이 부단하게 경계를 넘나들며 도달하고자 하는 것은 "비인 틈" 없이 충만한 '알'의 세계이다.

5. 산문시, 알몸의 언어

정진규 시의 역정은 강한 자의식에서 출발하여 '몸'을 발견하고 충만한 생명의 원형을 추구해온 일련의 과정이었다. 그는 정신에서 육체로, 인간에서 자연으로, 낭만적 부정에서 일상의 리얼리즘으로의 역동적인 전환의 과정을 어느 시인보다도 극적으로 보여준다. 누구보다도 강한 자의식과 낭만주의적인 성향을 지녔던 그가 자기를 비워내고 세상 혹은 자연과 친화해가는 과정은 지난한 자기 부정의 역정이었다.

그의 시를 특징짓는 산문시의 형식에서도 치열한 자기 부정의 정신을 살필 수 있다. 그는 누구보다도 섬세하고 세련된 언어 감각을 지닌 시인이지만 스스로 미학주의에 빠지는 것을 경계하였다. 언어를 매만지고 모양을 내다 보면 그 자체가 목적이 되어버릴 수 있는 위험을 자각하였다. 그의 시는 언어에 대해 본능에 가까운 섬세한 감각을 내포하지만 거기에 매몰되지 않는다. 언어로써 언어를 넘어서려는 대담한 포부를 가지고 있기 때문이다.

그의 산문시 역시 오랜 기간에 걸쳐 적지 않은 변모를 보여준다. 산문시를 처음 시도했을 때는 자유시에 못지 않은 치밀한 구성과 섬세한 리듬으로 고전적인 형식미를 보여주었다. 그러나 '몸'에 대한 관심이 시작되면서부터 그의 산문시는 일체의 치장을 버리고 소탈하고 담백해져간다. "도구로 끝나는 도구는 몸이 아니다. 몸은 그런 짓을 본래부터 할 수가 없는 태어남이다"라고 하는 몸의 절대성, 순수성에 걸맞는 언어의 순수성을 지향한다. 꾸밈없이 알몸인 언어를 통해 그는 타자 혹은 자연과의 원활한 소통을 도모한다. 가식 없는 알몸의 언어는, 그가 우려하는 우리 시의 '화자 우월성'의 화법과 사유를 극복할 수 있는 방법의 일환이기도 하다. 타자 혹은 자연과 눈높이를 맞추고 원활한 소통을 도모하기 위해서는 자연을 닮은 알몸의 언어를 통해야 하는 것이다. 그리하여 그의 산문시에서는 장식적 수사가 사라지고 직관에 의한 비유나 교감의 접점에서 터져나오는 감탄과 환호의 '날것'으로서의 언어가 자주 등장하게 된다. '몸'의 발견으로 새롭게 열린 경이로운 세계는 순수한 교감과 각성의 표현만으로도 시적인 상태에 이르게 한다. 산문시의 열린 구조가 일상의 순간들에서 얻어지는 감성과 각성의 언어들을 한량없이 수용해낸다. 산문시는 정진규의 시가 로맨티시즘에서 리얼리즘으로 나아가면서 두 가지 경향의 긴장과 충돌을 이완시키고 종합할 수 있었던 결정적인 형식미학으로 작용한 것으로 보인다.

정진규의 시세계를 함축하는 '알'의 세계는 '몸'의 발견과 연장선상에 있으면서 그것을 구체화하고 결집시켜왔다. 시인은 '몸'이라는 화두가 전격적으로 대두한 1990년대 이후 우리 시의 커다란 흐름을 주도하면서 생성과 화해의 방향으로 그것을 이끌어왔다. 결핍되거나 파괴적인 몸의 이미지가 만연하는 가운데 소통과 화합의 가능성으로서의 '몸'을 일관되게 추구했다. 자아와 타자, 인간과 자연의 '틈'을 메워 도달할 수 있는 둥글고 강한 '알'에서 그는 '몸'의 희망을 발견한다. '몸詩' 이후 그의 시는 발견의 기쁨으로 가득하다. 말을 꾸미고 치장할 필요가 없다. 니체에게 '세계에 대한 무한한 해석의 가능성'이었던 '몸'이 그에게는 시적 에너지가 가득한 원자로이기 때문이다.

적막의 모험, 깊이의 시학
—김명인론

1. 고음(苦吟)의 시인

일찍이 이백(李白)은 두보(杜甫)를 두고 '수생(瘦生)'이라고 놀린 적이 있다고 한다. 창작과 삶에 대한 고뇌로 형편없이 말라버린 두보에 대한 안타까움과 연민 때문이다. 오로봉을 붓 삼고 삼상(三湘) 물을 연지 삼고 푸른 하늘을 종이 삼아 시를 쓴다는 이백의 호방한 성품으로는 창작의 고통에 몸부림치며 여위어가는 두보가 퍽이나 안쓰러웠을 것이다. 두보는 삶에 대한 심각한 고뇌와 창작의 고통이 배어 나오는 '고음(苦吟)'의 시인이었던 것이다. 시인이 천지만물과 화통하며 분방하게 넘나드는 이백의 시에 비해 두보의 시는 간난신고에 시달리는 시인 자신의 고뇌를 반영하고 있다. 이백과 두보는 삶의 태도와 창작 방법에 있어 판이한 시인의 유형을 보여준다.

오랜 시작(詩作)을 통해 한결같이 삶과 창작의 고뇌를 진지하게 견인해온 김명인 시인은 두보 같은 고음의 시인이라 할 수 있다. 결핍과 고독은 김명인 시의 주조음이다. 그가 30여 년 동안 활동해온 시인으로는 드물게 긴장감을 잃지 않는 것은 시와 삶에 대한 치열한 대결의식이 있기 때문이다. 그는 고음을 시인의 운명으로 수락한 채 묵묵히 정진해왔다.

시인이 지금까지 내놓은 여덟 권의 시집은 고르게 수준을 유지하면서도 동어 반복에 그치지 않고 꾸준한 변모를 이루어왔다. 김명인의 시세계는 크게 세 시기로 나누어볼 수 있다. 첫번째는 시집『동두천』(문학과지성사, 1979),『머나먼 곳 스와니』(문학과지성사, 1988)가 보여주는 초기시, 두번째는『물 건너는 사람』(세계사, 1992),『푸른 강아지와 놀다』(문학과지성사, 1994),『바닷가의 장례』(문학과지성사, 1996),『길의 침묵』(문학과지성사, 1999)까지의 시, 세번째는『바다의 아코디언』(문학과지성사, 2002),『파문』(문학과지성사, 2005)에서 보여주는 최근의 시들이다. 그의 시에 대해서는 주로 내용에 대한 분석이나 이미지 분석이 주를 이루지만, 대상과 주체의 관련 양상에 주목해보면 시세계의 변모를 살피기에 용이하다. 그의 시에서 빠뜨릴 수 없는 '풍경'의 문제 역시 이와 긴밀한 관련을 갖는다. 대상과 주체의 관계를 파악하는 데 있어 동양의 정경론(情景論)은 유용한 관점을 제공해준다. 그의 시에서 늘 조화와 긴장의 관계를 형성하는 '정'과 '경'의 어울림에 대해 그동안 별다른 언급이 없었다. 통상 그렇듯이 그의 시에 대해서도 서구식의 접근이 주도해왔기 때문이다.

그의 시를 정과 경의 조합으로 보면 매 시기 변모의 양상을 일관성 있게 설명할 수 있다. 가령 첫번째 시기의 시들은 정이 앞서고 경이 뒤따르는 이정입경(移情入景), 경종정출(景從情出)의 방식에 가깝고, 두번째 시기의 시들은 정과 경이 구분할 수 없이 섞여 있는 정경

교융(情景交融), 물아위일(物我爲一)의 방식이라 할 수 있다. 그리고 세번째 시기의 시들은 경만을 묘사해도 저절로 정이 드러나는 지수술경(只須述景), 정의자출(情意自出)의 방식을 보여준다. 첫번째 시기에는 주체의 감정이 두드러져 사물들은 그것을 드러내는 배경으로 작용하고 있다. 두번째 시기에 주체와 대상이 호응하며 비등하게 드러난다면, 세번째 시기의 시들에서는 오히려 사물이 전경화되고 주체의 감정이 뒤로 물러나게 된다. 어느 경우이거나 정과 경은 밀고 당기면서 조화를 이루며 절묘한 미감을 형성한다. 그의 시에서는 정만을 극단적으로 추구한 시나 경만을 극단적으로 추구한 시를 보기 힘들다. 동양적인 균형과 절제의 미학이 작용하기 때문이다.

하나하나가 단단하여 어느 것 하나 빼놓기 어려운 그의 시들을 추린 한 권의 선집 『따뜻한 적막』(문학과지성사, 2006)이 나왔다. 시세계의 변모를 정리해보기에 요긴한 진액이다. 정과 경이 밀고 당기는 양상을 통해 그가 걸어온 길고 적막한 시와 삶의 여정을 따라가보려 한다.

2. 더러운 그리움과 절망의 깊이

초기시에 해당되는 시집 『동두천』과 『머나먼 곳 스와니』에서 시인이 토로하는 고뇌와 절망의 이유는 비교적 명확하다. 그것은 가난하고 치욕스러운 삶에 대한 애증에서 비롯된다. 자신이 체험한 가난을 비롯하여 동두천 교사 시절이나 베트남 참전에서 목격한 비참하고 욕된 삶은 그에게 처절한 비애를 안겨준다.

기차가 멎고 눈이 내렸다 어둠 속에서

번쩍이는 신호등

불이 켜지자 기차는 서둘러 다시 떠나고

내 급한 생각으로는 우리들도 어디론가

가고 있는 중이리라 혹은 떨어져 남게 되더라도

저렇게 내리면서 녹는 춘삼월 눈에 파묻혀 흐려지면서

우리가 내리는 눈일 동안만 온갖 깨끗한 생각 끝에

驛頭의 저탄 더미에 떨어져

몸을 버리게 되더라도

배고픈 고향의 잊힌 이름들로 새삼스럽게

서럽지는 않으리라 고만고만했던 아이들도

미군을 따라 바다를 건너서는

더러 소식조차 모르는 이 바닥에서

더러운 그리움이여 무엇이

우리가 녹은 눈물이 된 뒤에도 등을 밀어

캄캄한 어둠 속으로 흘러가게 하느냐

바라보면 저다지 웅크린 집들조차 여기서는

공중에 뜬 신기루 같은 것을

발밑에서는 메마른 풀들이 서걱여 모래 소리를 낸다

─「東豆川 1」 부분

초기시에서 가난과 절망으로 인한 막막함은 눈이나 안개를 배경으

로 하는 무채색의 풍경으로 인해 더욱 강조된다. 이 시에서 어둠과
저탄더미와 뒤섞여 질척거리는 춘삼월 눈의 이미지는 "더러운 그리
움"의 정서와 절묘하게 부합한다. 첫 장면은 눈 내리는 기차역을 묘
사하고 있다. 신호를 받고 기차가 떠나는 지극히 단순한 장면이 시인
의 복잡한 정서 속에서는 곧 삶의 양태로 인식된다. 사람들 또한 기
차처럼 서둘러 떠나거나 아니면 떨어져 남기도 하리라는 것이다. 그
의 초기시에서 사물은 사물 자체로 인지되는 것이 아니라 주체의 감
성으로 흡입되어 그것의 배경이 된다. 기차가 떠나고 눈이 내리는 단
순한 풍경조차도 그의 시에서는 무심하게 그려지지 않는다. 춘삼월
눈처럼 미미한 삶 속에서 떠나거나 남는 자들의 욕망과 비애를 읽는
것이다. 모든 자연은 인생에 대한 유의미한 비유를 이룬다. 아직 땅
에 떨어지기 전의 깨끗한 눈처럼 누구나 순결한 상태로 태어나지만
땅에 떨어지는 순간부터 사정은 달라진다. 더구나 역두의 저탄더미에
떨어진 눈이라면 그 불행을 누구에게 탓해야 할까. 동두천의 혼혈아
들을 바라보는 시인의 눈길은 처연하기 그지없다. 그 중에는 신호를
기다렸다 서둘러 떠나는 기차처럼 미군 아버지를 따라 바다를 건너가
거나 소식도 없이 사라지는 아이들도 부지기수이다. 이렇듯 곡절 많
은 삶이 가로막기에 그의 시에서 풍경은 편안하게 그려지지 않는다.
풍경은 시인의 주관이 투사되어 막막하고 쓸쓸한 정서를 자아낸다.
웅크린 초라한 집들조차 붙잡기 힘든 신기루처럼 보이는 이 절망의
공간에서 펼쳐지는 풍경은 한없이 적막하다.

　김명인의 초기시에서 가난과 절망을 보편 정서로 확산하는 '우리'
라는 연대감과 서정적 미감은 드물게 조화를 이루고 있다. 이는
1970~80년대에 민중시와 서정시가 대립적 구도를 이루고 있던 일

반적인 현상과 구분된다. 시인은 힘없는 자들이 겪어야 하는 끝 모를
절망과 비애를 자기 자신을 포함한 존재의 보편적인 양상으로 파악한
것이다. "맨살로 끌려가는 진창길" 같은 '더러운' 삶이 '그리움'일 수
밖에 없는 것은 그것이 우리에게 부여된 유일한 존재의 조건이기 때
문이다. 그의 시에서 '우리'란 가난과 절망 속에서 살아야 하는 특정
부류만을 지칭하는 것이 아니라 힘겹게 저마다의 삶을 견뎌야 하는
모든 존재를 가리킨다. 그렇기 때문에 그 절망은 극복될 수 있는 성
질의 것이 아니라 떠안고 그리워하며 살아야 할 삶의 필연적인 기반
이다. 그것은 물질적인 궁핍이 해소되어도 여전히 남는 존재의 허기
에 가깝다. "더러운 그리움"의 이같은 독특한 성격은, 자신의 시대와
호흡하면서도 더욱 근원적인 존재의 의미를 추구하는 김명인 시의 구
심력을 요약해준다.

하염없는 안개의 혀 저 가등들의 네 길거리에는
서시오 서시오 늘 그만큼서 가로막는
붉은 수신호의 세월
길은 흘러도 캄캄한 모래 속일 뿐
출구가 없으니
어디쯤에 열려 있는가 내 密經의 문이여
독경 소리 하나 들리지 않는 자욱한 최루 가스 속
나는 서 있다
——「천축」 부분

'안개'는 막막하고 절망적이었던 시인의 상황과 부합되며 자주 등장
하던 이미지이다. 사방으로 열려 있는 길에서 막상 출구를 찾지 못하

면서 답답함을 더한다. 그의 초기시에서 풍경은 대개 시인의 주관을 수식하는 배경으로 자리한다. 안개 가득한 네거리는 정처없는 삶의 기로와 일치한다. "독경 소리 하나 들리지 않는" 암담한 상태에 놓여 있는 것이다. 그에게 힘겨운 것은 희망이 없다는 참담함이다. 이 시기의 바다가 "돌아나갈 포구도 보이잖는/법성포여, 갇힌 바다의 쓸쓸한 얼굴이여"(「법성포 부근」)에서처럼 "갇힌 바다"인 것은 의미심장하다. 그의 시의 원형질이라 할 수 있는 바다가 이 시기에는 벗어날 수 없이 막막한 절망의 깊이를 내포하고 있었던 것이다.

　가난은 그의 시에서 절망의 직접적 원인을 이루지만 결코 회피의 대상이 되지는 않는다. 동양의 고전시학에 '시궁이후공(詩窮而後工)'이라는 말이 있지만, 시인에게 궁핍한 쳐지는 좋은 시를 쓸 수 있는 요건이 되기도 한다. 그것이 물질적 문제에 그치지 않고 결핍된 삶에 대한 진지한 성찰로 이어질 때 그러하다. 김명인의 시는 현실에서의 가난과 고통을 존재의 결핍감으로 숙고하면서 독자적인 깊이를 획득한다. 절망과 비애의 정서가 압도적이면서도 직접적으로 노출되지 않고 풍경에 투사되는 절제와 균형 감각으로 그의 시는 독특한 미학을 형성한다.

3. 들끓는 침묵과 존재의 깊이

　두번째 시기인 『물 건너는 사람』, 『푸른 강아지와 놀다』, 『바닷가의 장례』, 『길의 침묵』에 이르러 시인은 본격적으로 존재의 깊이를 탐색한다. 초기시에서 쓰라린 적막감이 현실적 결핍감과 그로 인한 절망감에서 비롯된 것이었다면 이 시기의 적막감은 훨씬 정신적인 차원의 것이다. 시인에게 삶의 결핍감과 고독은 어느새 거의 체질화되었고 한결 안정된 생활과 상관없이 그의 시심을 차지한다. 그런 마음을 따라 그의 발걸음 또한 늘 황막하게 비어 있는 먼 곳을 향한다. 유타와 연해주, 시베리아 벌판 같은 멀리 있는 황량한 풍경들에 시인의 정처 없는 마음은 한없이 끌린다. 그는 유형지 같은 적막한 풍경에서 적요하기 그지없는 마음의 풍경을 읽는다.

어제 하루는 華嚴 경내에서 쉬었으나
꿈이 들끓어 노고단을 오르는 아침길이 마냥
바위를 뚫는
천공 같다 돌다리를 두드리며 잠긴
山門을 밀치고 올라서면 저 천연한
수목 속에서도 안 보이는
하늘의 雲版을 힘겹게 미는 바람 소리 들린다
간밤에는 비가 왔으나 아직 안개가
앞선 사람의 자취를 지운다 마음이 九折羊腸인 듯
길을 뚫는다는 것은
언제나 처음인 막막한 낯선 흡입
묵묵히 앞사람의 행로를 따라가지만
찾아내는 것은 이미 그의 뒷모습이 아니다
그럼에도 무엇이 이 산을 힘들게 오르게 하는가
                    ―「화엄에 오르다」 부분

사원 역시 그의 고적한 마음이 즐겨 향하는 곳이다. 이 시에서는 화엄사에서 하루 쉬고 노고단을 오르는 여정이 깨달음을 얻기 위한 고행의 과정과 절묘하게 겹쳐진다. 고행의 힘겨움은 "길을 뚫는다"는 막막함으로 다가온다. 등산의 노고처럼 강요된 바 없이 스스로 행하는 이 고행의 목적은 무엇인가? 그것은 누구나에게 다가오는 떨칠 수 없는 '물음'이기 때문이라고 시인은 대답한다. 그러나 누구나 그같은 고행을 선택하지는 않을 것이다. 시인에게 이 길은 뚫고서라도 찾아야할 거대한 의문부호이다.

초기시에서는 자욱한 '안개'에 가려 길은 안중에도 없었다. 이제는 안개처럼 막막한 길이 놓여 있다. 그 길은 바위를 뚫는 것만큼 힘들지만 그래도 화엄을 향해 '오르는' 길이다. "누구나 제 안에서 들끓는 길의 침묵"(「침묵」)을 어쩌지 못하고 향하게 되는 이 길은 "보이는 길이 아니다."(「유타 시편 5」) 마음의 쓸쓸한 유적을 찾아가는 하염없는 길이다. 대개 정처 없이 헤매다 잃어버리기가 십상이고, "스스로의 계곡이 깊어질 대로 깊어진 뒤에는/초입에 놓인 유적마저 제 그늘로 덮어버리고"(「유적에 오르다」) 지워질 "캄캄한 미로"이다. 누구든 흔적 없이 삼켜버리는 존재와 허무의 이 검은 구멍을 시인은 기꺼이 뚫어보고자 한다. 그것은 유적을 지나야 이르는 화엄이요 혼돈을 지나야 이르는 깨우침이기 때문이다.

이 시기에 자연은 자기성찰적인 시인의 내면과 호응하면서 정경교융(情景交融)의 절묘한 배합을 이룬다. 주관이 앞서고 자연이 배경으로 작용하던 초기시와 달리 정과 경이 선후를 가리기 어렵게 융합한다. 위의 시에서는 노고단에 이르는 여정과 시인의 마음의 길이 반복적으로 교차하고 있다. 풍경이 정서를 이끌어내고 정서가 풍경을

포착한다. 주관이 일방적으로 대상을 해석하지 않고 대상이 주관에
걸어오는 대화를 숙려하는 교호 작용을 살필 수 있다. 한없이 적막한
가운데 자신을 열어 놓음으로써 사물의 독자적인 의미를 보다 섬세하
게 받아들일 수 있게 된 것이다.

　　　죽음은 때로 섬을 집어삼키려 파도치며 밀려온다
　　　석 자 세 치 물고기들 섬 가까이
　　　배회할 것이다 물밑을
　　　아는 사람은 우리 중 아무도 없다
　　　물속으로 가라앉는 사자의 어록을 들추려고
　　　더 이상 애쓰지 말자 다만 해안선 가득 부서지는
　　　황홀한 파도의 띠를 두르고

　　　서천 저편으로 옮겨진다는 질펀한
　　　석양으로 깎여서 천천히 비워지는　　　　　——「바닷가의 장례」 부분

　　시집 『바닷가의 장례』와 『길의 침묵』에서, 시인이 그토록 몰입했던
존재의 의미는 죽음의 이미지와 겹쳐지면서 좀더 구체적인 양상을 띤
다. 아버지의 죽음과 장례식을 경험하면서 그는 공허의 깊이를 실감
한다. 죽음 앞의 생은 거대한 파도 속 작은 물고기처럼 미약하다. 죽
음 이후는 깊은 바다 속처럼 알 길이 없다. 그러나 죽음은 석양처럼,
또는 꽃상여처럼 "황홀한 축제"(「다시 바닷가의 장례」)이기도 하다.
삶과 죽음이 언제나 가득한 바다에서도 죽음은 두렵고도 황홀한 현상
이다. 이렇듯 시인의 주관과 경물은 스스럼없이 주고받으며 펼쳐진다.

장례보다 더 큰 축제가 없다는 아이러니 앞에서 시인은 존재의 비밀스런 경계를 엿본다. 가득 참과 텅빔, 움직임과 멈춤, 삶과 죽음 사이의 역설적인 관계를 발견한다. "모든 滿船은 쓸쓸하다, 마침내 비워내고선/무얼 싣기도 버거운 저기 조각달처럼!"(「아버지의 고기잡이」)에서 보듯 가득 찬 것은 쓸쓸하다. 곧 비워질 것이기에. 그럼에도 우리는 끝 모를 지점을 향해 나아가야 한다. 적막한 "밤의 주유소"는 멈추기 위한 장소가 아니라 다시 떠나기 위한 거점이다. "멈추기 전까지는 가야 하므로 누구도/이 밤의 미아는 아니다, 이곳 또한/종착이 아니었으므로"(「밤의 주유소」) 다시 기운을 차려 떠나야 하는 것이다. "죽음도 우주의 바닥에/닿는 것은 아니니라 수없이 받아 안고도/캄캄한 우물"(「구멍 1」)에서는 심지어 죽음조차도 우주의 끝이 아닐지 모른다는 생각에 이른다. 그는 깊이를 알 수 없는 허무의 구멍을 하염없이 들여다본다. "한평생 내가 기댄/적막을 따라 지친 모험이 끝까지 가려고 하는/나그네의 뒷모습을 쳐다보지 말라"(「문패」)는 경고는, 그 들끓는 침묵의 깊이가 차마 함께 하기 두려운 고통을 동반하기 때문이다. 그의 고독이 무시무시한 이유는 그 끝을 알 수 없다는 데 있다.

그는 누구보다도 깊숙하게 적막의 모험에 발을 들여 놓은 자이다. 이러한 정신의 고행은 종교적 고행과 흡사하면서도 어디까지나 시로서 호소력을 잃지 않아야 한다. 자칫 관념의 향연이 되기 쉬운 존재에 대한 시인의 사색은 자연에서 구체적인 비유와 형상을 취함으로써 새로운 미감의 영역을 확보한다. 적막의 모험을 행한 시인이 없지 않지만 그처럼 절실한 자연의 형상을 부여한 시인은 찾기 힘들다. 늘 자연을 향해 열려 있는 시야가 그것에서 역시 들끓는 침묵의 현장을 발견했기 때문이리라.

4. 황홀한 적요와 풍경의 깊이

　최근의 시집인 『바다의 아코디언』과 『파문』에서 시인의 시야는 자연을 향해 더욱 섬세하게 열린다. 이전의 시들에 비해 시인의 주관이 뒤로 물러서는 대신 풍경을 중심에 놓고 관조하는 경우가 많다. 풍경의 재현 속에 저절로 정의를 드러내는 방식이다. 대상을 포착하고 묘사하는 것만으로도 시인의 주관은 절로 움직이며 흥이 난다. 무겁고 진지한 주관을 수식하는 배경으로 ‘안개’나 ‘바다’ ‘사막’ 같은 무채색의 거대한 자연이 등장했던 것에 비해 ‘꽃’이나 ‘꽃뱀’ ‘구름’ 같은 감각적인 유채색의 경물이 자주 나타나는 것도 흥미로운 현상이다.

주황 물든 꽃길이 봉오리째 하늘을 가리킨다
줄기로 담벼락을 치받아 오르면 거기
몇 송이로 펼치는 生이 다다른 절벽이 있는지
더 뻗을 수 없어 허공 속으로
모가지 뚝뚝 듣도록 저 능소화
여름을 익힐 대로 익혔다
누가 화염으로 타오르는가, 능소화
나는 목숨을 한순간 몽우리째 사르는
저 불꽃의 넋이 좋다　　　　　　　　　　　　—「저 능소화」 부분

한순간 피었다지는 꽃이라 해서 그 삶이 덧없다 할 수는 없을 것이다. 온몸이 불꽃이 되어 절벽을 오르는 능소화는 "한때 질풍노도가 내 삶의/열망이었던 적이 있다"(「파도」)는 시인의 유정한 눈길을 사로잡는다. 온 힘을 다해 하늘을 오르다 한순간 목을 꺾는 능소화의 생애는 전력을 다하는 어느 인생 못지않게 극적이다. 그 능소화의 몸짓을 충실하게 따라가며 묘사하는 것만으로도 이 시는 주관이 향하는 삶의 진경(眞景)을 펼쳐 보인다. 어찌 보면 자연은 매순간 절대절명의 각오로 살아가는 시간의 사제들이라 할 수 있다. 들끓던 한순간이 영원한 적요로 이어지는 허무가 존재의 필연적인 귀결일지라도 "피나게 기어가 스러질"(「저 능소화」) 운명에 눈물 글썽이는 것이 시인의 몫이리라. 이제 그는 생의 허무한 결말에 절망하기보다 적막에 이르기까지의 불꽃 같은 삶의 몸짓에 집중한다. "얼음물고기라고 왜 불의 숨利가 없겠는가"(「얼음물고기」), "어둠을 익혀내는지/흰머리 구름 층층엔 온통 팥빛 노을"(「산 아래」)처럼 현상의 이면을 통찰한다. 차가움 이전의 뜨거움, 어둠 이전의 빛을 포착해낸다.

홀로 바치는 노을은 왜 황홀한가
울음이라면 絕糧의 울음만큼이나 사무치게
불의 허기로 긋는 聖號!   ——「장엄 미사」 부분

아무래도 저 꽃은
너무 춥고 어두운 곳에서 왔나보다
며칠만 머물다 가는 가지 끝에
밤낮으로 밝혀 놓은 수만 꽃燈 들!   ——「消燈」 부분

지금은 어떤 불멸보다도 해마다의 빛잔치 생광스러워

벌 나비 날갯짓으로

저 유곽 헤매고 다닐 때!   ─「봄꽃나무」 부분

　찬란한 빛과 따뜻한 온기가 곧 스러질 순간에 불과할지라도 기꺼이 찬탄하고 흔쾌히 동참하려 한다. 노을이나 꽃이 아름다운 것은 한순간에 전부를 거는 전력투구의 몸짓 때문이다. 그것은 삶과 죽음, 황홀과 비애, 관능과 허무가 뒤섞이는 경계의 비밀을 함축하고 있다. 경계의 비밀에 누구보다도 민감한 시인으로서는 결코 무심할 수 없는 현상이다.

절벽 위 돌무더기가 만든 작은 틈새

스치듯 꽃뱀 한 마리 지나갔다

현기증 나는 벼랑 등지고 엉거주춤 서서

가파른 몸이 차오르던 통로와 우연히 마주친 것인데

그때 내가 본 것은 화사한 꽃무늬뿐이었을까

바닥 없는 적요 속으로 피어올랐던 꽃뱀의 시간이

눈앞에서 순식간에 제 사족을 지워버렸다

아직도 한순간을 지탱하는 잔상이라면

연필 한 자루로 이어 놓으려던 파문 빨리 거둬들이자

잘린 무늬들 그 허술한 기억 속에는

아무리 메워도 메워지지 않는

말의 블랙홀이 있다 마주친 순간에는 꽃잎이던

허기진 낙화의 심상이여!
꽃뱀 스쳐간 절벽 위 캄캄한 구멍은
하늘의 별자리처럼 아뜩해서
내려가도 내려가도 바닥에 발이 닿지 않는다
끝내 지워버리지 못하는 두려운 시간만이
허물처럼 뿌옇게 비껴 있다   ——「꽃뱀」 전문

　이 시는 경을 보고 정을 일으키는 정수경생(情隨景生), 경종정출(景從情出)의 방식으로 쓰였다. 시인은 순식간에 눈앞을 스치고 간 꽃뱀의 형상으로 인해 시와 삶에 대한 근원적인 의문을 떠올리게 된다. 풍경의 순간적 인상이 주관 깊숙이 침투하여 교융하는 과정이 섬세하게 드러난다. 이 시에서 꽃뱀은 '꽃'의 관능성에 속도감이 더해져 '환'과 '멸', '생'과 '사', '공'과 '색' 등의 온갖 삶의 비의를 일시에 불러일으킨다. "바닥 없는 적요" 속에서 순간적으로 피어올랐던 "꽃뱀의 시간"은 환상처럼 명멸하는 찬란한 생이다. 꽃뱀이 스쳐간 한순간에 비하면 그것이 사라진 캄캄한 구멍은 끝 모를 시간의 지층으로 이루어져 있다. 삶과 죽음 또한 그러할 것이다. 꽃잎 같은 순간의 생에 비해 죽음의 시간은 낙화의 허기처럼 공허하다. 시인은 꽃뱀이 스치듯 남기고 간 선연한 삶의 감각을 포착하려 하지만 "아무리 메워도 메워지지 않는/말의 블랙홀"에 빠져 아득해진다. 완전한 현존으로부터 끊임없이 미끄러지는 기호의 심연 역시 절망적인 것이다. 시인이 쓰고자 하는 것은 눈앞을 스쳤던 꽃뱀의 존재 그 자체이지만 언어로 남는 것은 "화사한 꽃무늬"의 허상일 뿐이다. 꽃뱀이 지나간 한 순간이 시인을 삶과 언어의 심연에 직면하게 한 것이다. 꽃뱀과 스쳤던 감각적

현존을 되살리는 것은 그의 시가 향하는 새로운 화두가 될 만하다.

현상과 본질, 순간과 영원에 대한 시인의 존재론적 탐구는 풍경에서 촉발되고 풍경으로 되돌아가는 방식으로 사변적인 귀결을 벗어난다. 자연은 인간보다 더 거대한 허무 속에 놓여 있으면서도 매순간 전력을 다해 생멸을 거듭한다. "절정을 모르는 꽃 시듦도 없"다는 발견에 이어 "활짝 핀 꽃이여, 등뒤에서 나를 떠밀어다오/꽃대의 수직 절벽에서/낙화의 시름 속으로!"(「꽃을 위한 노트」)라 할 때 그는 언어의 절벽을 향해 뛰어드는 시의 꽃이 되려 한다. 그리하여 저마다 절정을 이루고 있는 풍경의 깊이에 도달한다.

5. 경계의 시

김명인 시인의 30여 년에 걸친 시력이 놀라운 것은 그 물리적 시간의 길이 때문이 아니라 한결같이 유지된 긴장의 강도에 기인한다. 그는 시업을 필생의 과제로 수행하며 자신을 단련시켜온 인고의 시인이다. 그의 시세계는 젊은 시절의 긴장감이 반감되면서 편안한 성찰의 시로 전이되는 일반적인 변이 양상과 다르다. 그의 시는 언제나 고강도의 숙고와 정련을 거쳐 세상과 만난다. 대표시나 중요 활동 시기를 따로 꼽기 어려울 정도로 고른 수준을 유지해온 탓일까, 그의 시는 의외로 문학사적 조명을 비껴나 있는 편이다. 『동두천』에 실린 초기 시들이 1970~80년대 민중시의 옆자리에서 잠깐 언급되는 정도이다. 민중시의 기준으로 보자면 그의 시들은 옆자리에 놓일 수밖에 없을 정도로 주변적인 성격을 띠는 것이 사실이다. 민중적 정서와 문제를 표나게 내세우기보다는 개인적 체험과 절실하게 맞닿는 부분만을 그리고 있기 때문이다. 어떤 부류에도 쉽게 끼워 넣기 어려운 경계적 성격이 그의 시에 대한 평가를 어렵게 할 수도 있다. 그의 시는 '순수/참여' '전통/실험' 등의 단순한 이분법으로 구획하기 어려운 지점에 놓여 있다. 개인적 체험과 사유에 충실하면서도 그의 시는 시대의 조류와 무관하지 않게 호흡해왔으며, 과격한 실험을 행하지는 않지만 독자적인 미학을 수립해왔다. 그의 시는 또한 '서양/동양'식의 구분도 뛰어넘는다. 그의 시는 서양식의 언어미학이나 이미지 분석의 적용을 받기도 하지만, 이 글에서 살펴보았듯이 동양 시학의 정경론으로 접근하더라도 흥미로운 설명의 대상이 된다. 이와 같이 다양한 경계적 속성을 포함하는 독특한 입지는 그의 시가 갖는 개성으로 재인식되어야 할 것이다.

시인이 추구한 '깊이'의 시학 역시 우리 시에 미약한 존재론적 성찰의 성과로서 괄목할 만한 것이다. 그는 가난의 체험을 정신적 결핍과 절망의 차원으로 확장시키고 더 나아가 존재론적인 고독과 비애의 미학에 도달한다. 최근의 시에서 보여주는 삶과 언어의 비의와 풍경의 표상화는 깊이의 탐색을 멈추지 않는 그의 시적 모험의 진경을 보여준다. 적막한 삶의 그늘을 응시해온 시인의 눈길은 참으로 많은 풍경들을 독자적인 심상으로 심화시켜왔으며 이제는 풍경을 주관으로부터 해방시키는 가운데 존재 탐구의 새로운 차원을 열어가고 있다.

고통의 언어, 사랑의 언어
──이성복론

1. 전위시를 향해서, 전위시를 넘어서

이성복은 등단 초부터 주목을 받았고 첫 시집을 발표한 이후에는 이미 시사적 관심의 대상이 되어버린 예외적인 시인이다. 그에게 쏟아진 각별한 관심은 어디에서 비롯된 것일까? 그의 시는 1970~80년대 시의 강한 정치적 성향에 비하면 개인의 넋두리에 지나지 않는 섬약한 자의식의 편린을 담고 있다. 특이한 시도로 알려져 있는 그의 시적 양식 또한 실험 정신을 앞세운 전위적인 시들의 과격한 언어적 일탈에 비하면 온건한 편이다. 그렇다면 그의 시에 쏠렸던 관심은, 그것이 어느 한 극단을 대표하는 지점에 있었기 때문이라기보다는, 그동안 우리 시를 구획짓던 고질적인 이분법을 극복하는 자리에 놓여 있었기 때문일 것이다. 좀처럼 결합하기 힘들었던 사회시와 실험시의 가능성을 한몸 속에서 구현하는 새로운 시적 양식을 선보였기 때문이다.

1980년대 시단의 벽두에 등장한 그의 첫 시집은, 이미 정치적 구호의 선동성만으로 공감을 얻기도 힘들고, 현실과 동떨어진 공허한 언어 실험에도 한계를 느끼기 시작한 우리 시에 신선한 바람을 일으켰다. 그의 시는 철저히 개인적인 독백의 공간에서 운용되지만 시대에 대한 통렬한 부정의 정신을 담고 있는 중층적인 구조를 드러낸다. 그의 시는 세계를 자아화하는 전형적인 서정시의 방식을 택하지만 시에서는 익숙하지 않은 언어로 그것을 행한다. 타락한 언어로 타락한 현실을 그리는 이례적인 방식으로 그의 시는 당대의 시단에 충격파를 던졌다. 가장 내밀한 개인의 영역에까지 침투한 폭력적인 현실을 폭로함으로써 그의 시는 더할 수 없이 신랄한 부정의 양식을 이룬다. 그의 첫 시집은, 줄리아 크리스테바가 텍스트라고 부르는 실천적 담론처럼, 기존의 언어를 온통 전복하고 추문화시키는 역동적인 언어의 혁명을 보여준다. 줄리아 크리스테바는 끊임없는 의미 생성 과정을 통해 모든 항구성을 파괴하며 사회적 영역까지 파장을 일으키는 언어의 혁명적 실천을 모든 예술 활동에 우선하는 시적 언어의 각별한 기능으로 보았다. 부정의 정신과 전복의 에너지로 가득한 이성복의 첫 시집에서는 강력한 언어적 욕동(欲動)이 사회적 실천에까지 이르는 진정한 전위시의 가능성을 엿볼 수 있다.

이처럼 대단한 첫 시집을 가졌다는 것은 시인에게 행운일까, 불행일까? 이성복의 경우 첫 시집의 영광은 이후의 시집들에 그늘을 만든 것도 사실이다. 많은 평자들은 이후의 시집들을 첫 시집만한 탄력과 에너지를 확보하지 못한 것으로 본다. 그의 시세계를 전체적으로 조망할 때는 늘 첫 시집의 비중에 나머지 시집들이 압도당하는 형국이 된다. 첫 시집 이후 시인이 끊임없이 시도했던 새로운 변화와 모색의 의미는 크게 부각되지 않고 있다. 시인의 생물학적 연령이나 1980년대 초의 시대적 분위기 등이 절묘하게 결합하여 행복하게 탄생한 첫 시집의 신화와 영광이 계속되기만을 바란다. 서정주의 시가 『화사집』 이후 급속하게 노화되는 것을 안타까워하듯이 그의 시도 너무 빨리 연화(軟化)되었다고 생각한다.

이성복의 시를 제대로 이해하기 위해서는 이러한 기존의 고정된 평가에서 벗어나 그 시세계의 흐름을 연속적으로 파악할 필요가 있다. 20여 년 동안 지속적으로 시를 쓰면서 변화를 거듭해온 그의 시의 기본적 속성과 변모 양상을 점검해보아야 한다. 아직까지 이런 작업이 활발하지 않아 부분적인 언급에 그치는 형편이고 대개는 시집별로 변화를 추출하는 정도이다. 시집별로 적지 않은 변화를 살필 수 있긴 하지만, 여기서는 세 개의 시기로 구분하여 그의 시세계를 요약해보려 한다. 첫 시집 『뒹구는 돌은 언제 잠 깨는가』(문학과지성사, 1980) 와 두번째 시집 『남해 금산』(문학과지성사, 1986)이 첫번째 시기, 세번째 시집 『그 여름의 끝』(문학과지성사, 1990), 네번째 시집 『호랑가시나무의 기억』(문학과지성사, 1993)이 두번째 시기, 다섯번째 시집 『아, 입이 없는 것들』(문학과지성사, 2003)과 여섯번째 시집 『달의 이마에는 물결무늬 자국』(열림원, 2003)이 세번째 시기로 묶일 수 있다. 이성복의 시집들은 각각 변화를 보이면서도 중첩되거나 이어지는 부분들이 있어 구분이 쉽지 않지만, 크게는 1980년대와 1990년대, 그리고 2000년 이후의 시집들이 변별되면서 시대적 상관성을 확보하고 있다는 사실을 주목할 필요가 있을 듯하다. 시기별 특징을 살펴보면서 시인이 지향해왔던 시정신과 언어의 핵심에 접근해보도록 한다.

2. 치욕의 대속과 혼돈의 양식

1980년대 이성복이 내놓은 두 권의 시집은 그의 시집들 중에서 시
대적 현실과의 관련성이 가장 강하게 나타난다. 그의 시는 정치적 상
상력이 활발했던 1980년대 시의 전반적 경향과 무관하지 않으면서
개인의 차원에서 그것을 드러내는 새로운 방식으로 주목을 받는다.
개인에게 투영된 시대의 문제를 거론한다는 점에서 그의 시는 1960
년대 김수영의 시가 보여주었던 독특한 사회시의 형식을 계승하고 있
다. 그렇지만 김수영의 시가 소시민적인 자아의 냉소와 자책을 통해
윤리적인 반성과 모색을 행하고 있는 것에 비해 이성복의 시는 훨씬
근원적인 부정과 결핍의 흔적을 드러낸다.

그해 겨울이 지나고 여름이 시작되어도
봄은 오지 않았다 복숭아나무는
채 꽃 피기 전에 아주 작은 열매를 맺고
不姙의 살구나무는 시들어갔다
소년들의 性器에는 까닭없이 고름이 흐르고
의사들은 아프리카까지 移民을 떠났다 우리는
유학 가는 친구들에게 술 한잔 얻어먹거나
이차 대전 때 南洋으로 징용 간 삼촌에게서
뜻밖의 편지를 받기도 했다 그러나 어떤
놀라움도 우리를 無氣力과 不感症으로부터
불러내지 못했고 다만, 그 전해에 비해

약간 더 화려하게 절망적인 우리의 습관을

修飾했을 뿐 아무것도 追憶되지 않았다 　　—「1959년」 부분

　그의 첫 시집을 여는 첫번째 시는 이처럼 기괴하고 암담한 상황을 그리고 있다. '봄'을 상실한 시대의 병폐는 복숭아나무의 작은 열매나 불임의 살구나무, 고름이 흐르는 소년들의 성기 등 결핍과 부정의 양상으로 표현된다. 그러나 더욱 절망적인 것은 어떤 놀라움도 충격을 주지 못하고 "무기력과 불감증"에서 헤어나지 못하는 현실이다. "무기력과 불감증"은 첫 시집 전체를 지배하는 분위기로서 절망보다 더 부정적인 '퇴폐'의 양상이다. 이처럼 부패하고 타락한 현실은 개인의 반성이나 의지를 넘어서는 절대적인 부정의 차원이라 할 수 있다. 이 시는 이성복 특유의 시행 이월을 통해 매우 속도감 있게 읽히는데, 이를 통해 비논리적인 진술들이 합치되면서 부조리로 가득한 한 시대의 풍경화를 만들어낸다. 이렇게 하여 이 시는 개인적인 체험과 기억들을 '우리'라는 보편적인 정서로 확산한다.

　병든 세상에 대한 인식은 현실의 공간에 대한 부정적인 비유들에서 함축적으로 드러난다. 이 "고통이라 불리는 도시"는 '소돔'(「소풍」)과 같이 구제할 길 없는 곳이다. 절대적인 부정의 대상이 되어버린 이곳은 신화적이고 종교적인 상상과 연결된다. 이곳으로부터의 출분은 '출애굽'의 도정과도 같다. "어두운 나라 등에 업고 먼 길 갈 때"(「금촌 가는 길」)에서와 같은 무거운 대속 의식은 종교적 희생과 인고의 의미를 담고 있다. 그러나 그의 시는 대속의 긍정적 결과에 대해 강한 신념을 보이는 종교적 입장과는 전혀 다르게 부정적인 결과를 더욱 강조한다. "약속된 불빛이 안 보인다"(「移動」)는 허무한 결론

에 도달할 뿐이며, "헛소리하며 찾아오는 東方博士들을/죽일까봐 겁이 난다"(「出埃及」)고 자학한다. "여기는 아님/아님 아님/아님"(「蒙昧日記」)에서와 같은 절대적인 절망의 확인에 도달했기 때문이다. 그의 첫 시집에 나타나는 종교적인 상상이나 대속 의식은 오히려 부정적인 현실을 강조하고 절망감을 수식하기 위한 것이다.

같은 맥락에서 그의 첫 시집에 자주 등장하는 '아버지' 역시 현실적인 의미보다는 상징적인 의미로 파악할 필요가 있다. 첫 시집에서 아버지는 전형적인 가장으로 등장하지만 무기력하고 위태롭기 그지없다. "그날 밤/아버지는 쓰러진 나무처럼/집에 돌아왔다 내 머리를 쓰다듬으며/아버지가 말했다/너는 내가 떨어뜨린 가랑잎이야"(「꽃피는 아버지」)에서의 '쓰러진 나무' 같은 아버지를 둔 가계는 한없이 불안하고 '나'는 '가랑잎'처럼 절망적이다. 그의 시에서 아버지는 무기력하고 권위적인 기성세대를 대변한다. 아들은 더 이상 아버지와 선조들과의 끈끈한 유대감을 지속시키려 하지 않고 부정과 탈출을 감행하려 한다. 아버지에 대한 반감은 "法도 모르는 놈 나는 개처럼 울부짖었다 죽여 버릴 테야"(「어떤 싸움의 記錄」)에서와 같은 처절한 싸움에서 절정에 이른다. 1980년대 시에서 한 유행을 형성했던 '아비부정'의 단초를 살필 수 있는 장면이다. 이는 아버지로 대표되는 무기력하고 억압적인 권력과 질서에 대한 강한 반발과 해체의 욕망을 내포한다.

이성복의 시가 1980년대 초의 시단에 던졌던 충격은 이처럼 지극히 개인적인 발화를 통해 동시대의 고통스러운 치부를 드러냈다는 데 있다. 개인의 내면 깊숙이까지 침투한 시대의 모순과 병폐를 통해 어떤 직접적인 발언보다도 강렬한 부정의 몸짓을 확인할 수 있었기 때문이다. 이 시집은 또한 구성이나 어법에서도 새로운 방식을 보여준다. 시집 전체가 가족사 중심의 서사로 이루어진 연작의 성격을 띠면서 주제를 강화한다. 소돔같이 구제할 길 없이 타락한 세상과 무력한 통치자, 그리고 절망을 짊어지고 나아가는 젊은 아들의 이미지가 반복적으로 등장하면서 알레고리의 양상을 보인다. 알레고리는 현실을 규정하고 상징화하는 방법이다. 이 시집에 등장하는 젊은 아들은 어떤 희생과 고통으로도 벗어날 수 없는 절망적인 현실을 강조할 뿐이다. 기존의 질서와 권위를 부정하는 것만이 그가 행할 수 있는 실천의 방식이다. 그는 혼란스럽고 모순된 진술로 일관하는 부정의 어법으로 동시대의 혼돈과 퇴폐를 그려낸다. 논리적 비약과 돌발적 이미지, 무의식의 파편들이 명멸하는 혼돈의 양식으로 과감한 시적 혁명을 시도한다. "내 詩에는 終止符가 없다/당대의 廢品들을 열거하기 위하여?/나날의 횡설수설을 기록하기 위하여?//언젠가, 언젠가 나는 〈부패에 대한 연구〉를 완성 못하리라"(「어째서 이런 일이 벌어졌을까」)고 고백하듯, 시인은 혼돈의 양식을 통해 혼돈의 세상을 그려낸다.

　두번째 시집 『남해 금산』에서 저 혼란스러웠던 육성은 갑작스럽게 가라앉는다. 전혀 예상치 못했던 '당신'을 향한 연가가 출현한다. 다소곳한 '-습니다'체의 연속으로 더할 수 없이 부드러운 어조를 이루기도 한다. 이러한 변화에 대해서는 시인 자신조차 양분된 해석을 보여준다. "지금까지 내가 해온 문학의 상당부분은 정서적 퇴행의 자기전시 같은 것이었다"[1]고 하기도 하고, "앞 경우는 깨지고 진창에 뒹굴더라도 이곳에서 견디며 사랑하겠다는 것이고, 『남해 금산』은 그렇지

---

1) 이성복, 「연애시와 삶의 비밀」, 『문예중앙』 1988년 가을호, p.219.

못하죠. 앞에서도 몇 번 말했습니다만 내가 거기에서 견뎌내질 못한 때문입니다. 세상을 바꿀 수 없다는 인식이 나를 바꾸도록 한 거예요. 세상이 아니라 나를 바꾸고, 내 자아를 지움으로써 이 세계와 화해하고 사랑하게 됩니다"[2]고 말하기도 한다. 첫번째 시집의 자기고백적인 특성을 '정서적 퇴행'으로 간주하기도 하고 강렬한 실천의 에너지로 보기도 하는 것이다. 세상을 바꿀 수 없다는 인식에 도달한 것이 변화의 결정적인 계기라 할 수 있다. 대결과 투쟁을 통해 세상을 바꾸려 하던 데에서 스스로를 바꾸고 세상과 화해하는 쪽으로 방향을 바꾸게 된 것이다. 물론 그가 세상과 대결하는 방식은 직접적인 것이 아니고, 전복적이고 파괴적인 언어를 통한 것이었다. 대결보다는 화해의 방식을 선택하면서 그의 시는 온건해지기 시작한다.

두번째 시집에서는 좀더 관념적이고 암시적인 방식으로 시대를 규정한다. "아무 일도 지켜지지 않은 약속의 땅"(「약속의 땅」), "아무도 믿지 않는 허술한 기다림의 세월"(「새들은 이곳에 집을 짓지 않는다」), "잡채다발보다 미끄러운 약속된 땅의 삼십 년"(「격렬한 고통도 없이」) 등 현실은 여전히 변화를 기대할 수 없는 절망적인 상황으로 그려진다. 어두운 정치 현실을 암시하는 종교적인 알레고리의 경향도 여전히 계속된다. "이곳은 말이 통하지 않아! 집에 가면 오늘도 아버지 집에 낯선 사람들이 찾아온다 그들은 모두 피를 본 사람들이다 의로운 자들, 스스로 의롭게 여기는 자들의 입에 피가 묻어 있다"(「높이 치솟은 소나무숲이」)에서처럼 불길함과 의문을 일으키는 알레고리와 역설이 한없이 불안한 현실을 지시한다. "이곳에 입에 담지 못할 일

---

2) 이성복, 「유곽과 경전과 집」, 『문학정신』 1990년 10월호, p.23.

이 있었다 사람들은 말을 하는 대신 무릎으로 기어 먼 길을 갔다 그리고 다시 안개는 사람들의 살빛으로 빛났고 썩은 전봇대에 푸른 싹이 돋았다"(「그리고 다시 안개가 내렸다」)와 같은 은밀하고 비극적인 사건이 자주 암시된다. "입에 담지 못할" 치욕의 경험은 이 시집의 핵심을 담고 있다. 치욕은 "모락모락 김 나는/한 그릇 쌀밥"(「치욕의 끝」)처럼 벗어나기 힘들며 '귀갑(龜甲)'같이 깊게 각인된다. "하늘이라 믿었던 곳은 자갈밭"(「자주 조상들은 울고 있었다」)이 되는 극단의 배반에서 생겨난 치욕은 모든 고통의 뿌리를 이룬다. 그런데 시인은 이 지극한 고통의 체험이 고통받는 세상과의 유대와 사랑이 될 수 있다는 사실에 주목한다. "오래 고통받는 사람은 알 것이다/그토록 피해다녔던 치욕이 뻑뻑한,/뻑뻑한 사랑이었음을"(「오래 고통받는 사람은」)에서의 "뻑뻑한 사랑"은 치욕의 고통 속에서 힘겹게 확인하게 되는 삶에 대한 이해와 사랑을 의미한다.

세상과의 대결보다는 사랑과 화해를 모색하게 되면서 그의 시는 현저하게 온유하고 서정적인 양식으로 변화한다. 가족과 사회의 갖가지 문제들을 혼란스럽게 수합해내던 기이한 서술의 방식은 한결 정돈되어 온건한 양상을 보인다. 구체적인 삶의 양상을 묘사하기보다는 압축적인 잠언이 자주 등장하는 것도 삶을 변화시키기보다는 규정하는 방법이라 할 수 있다. 첫 시집에서 '아버지'에 대한 부정이 주를 이루던 것이 '어머니'에 대한 사랑으로 대체되는 변모도 삶과 대결하기보다는 포용하려는 태도의 변화를 반영한다. 인고와 희생으로 점철된 어머니의 인생은 치욕을 견디며 사랑을 실천하는 삶의 전형이다. "오늘도 화장지 행상에 지친 아들의 손발에, 가슴에 깊이 박힌 못을 뽑으시는 어머니"(「어머니 1」)는 현실과 결합된 성모의 이미지로서, 고통스러운 삶에 대한 사랑을 대변한다.

3. 우주적 감기와 소통의 언어

1990년대 초에 내놓은 두 권의 시집은 모두 앞의 시집들에 비해 현실에 대한 관심이 줄어들고 내면의 정서에 충실한 시들을 보여준다. 삶의 현장들이 전경화되던 앞의 시집들과 달리 자연의 모습이 전면에 등장하게 되는 것도 커다란 변화이다. 과격하고 전위적이었던 어법도 전혀 달라져 전형적인 서정시의 느낌에 가까워진다. 특히『그 여름의 끝』에서는『남해 금산』에서 잠시 선보인 바 있는 ‘당신’을 향한 연시와 ‘-습니다’체가 전격적으로 시도된다.

어두워가는 산을 가리키며 당신이 아니, 저기 진달래가…… 저기도, 저 너머에도…… 당신이 놀라 가리킬 때마다 어둠과 피로 버무린 꽃이 당신 손끝에서 피어났습니다

그때 당신이 부르기만 하면 까마득한 낭떠러지 위에서 나는 처음 꽃 피어날 것 같았습니다   ─「어두워지기 전에 1」 전문

‘당신’과 ‘나’의 사랑을 그린 전형적인 연시의 형식을 통해 시인은 삶을 사랑하는 방식을 보다 실감나게 재현한다. ‘당신’의 명명에 의해 꽃이 피어나듯이 삶은 관계와 소통 속에서 탄생하는 것이다. 물론 시인에게 삶은 여전히 어둡고 비극적인 것으로 인식된다. 그것은 “어둠과

피로 버무린 꽃"이나 "까마득한 낭떠러지"처럼 불길하다. 그러나 '당신'과 '나'의 절실한 교감으로 인해 삶은 지속된다. 고통에 대한 사랑이 삶을 견인한다. 시인은 '당신'과 '나', '인간'과 '자연'의 분별이 사라지는 순간을 꿈꾼다. 분별과 대립은 강자가 약자를 지배하고 인간이 자연을 파괴하는 폭력을 정당화한다. "풀이나 버러지, 그런 하찮은 것들에 대해 우리가 얼마나 하찮은가를 깨닫기 위해 우리는 여기 왔다"(「혹」)는 인식을 통해 시인은 화해와 공생의 방법을 찾는다. 시인이 사소한 일상이나 하찮은 사물을 새로운 시선으로 바라보는 변화는 이러한 모색을 반영한다. 이를 통해 시인은 '나'의 고통과 '세상'의 고통이 다르지 않다는 사실을 발견한다. "한차례 아우성이 끝나고/ 또 한차례 아우성이 시작되면/숲은 고요히 전율하였습니다"(「숲 2」)와 같이 세상은 온통 고통으로 전율하고 슬픔의 노래로 가득 차 있다. 한 발을 디딜 때마다 마지막이라고 생각되지만 "마지막 발자국이 이어져 길이 되었다 재 속에서 태어난 길, 죽음을 딛고 선 길이 고운 당신의 발 아래 놓여 있다."(「길 2」) 이처럼 그의 시는 죽음에 이르는 고통을 넘어서려는 길 찾기의 양상을 띤다. '당신'은 길의 끝에서 다시 길을 이어주는 "지워지지 않는 흔적"(「느낌」)이다. 그것은 곧 단절과 차별을 넘어 존재하는 소통과 사랑이다.

세번째 시집에서 이성복은 '당신'과의 사랑의 의미를 집중적으로 탐색한다. 분별을 넘어서려 하는 그 사랑은 사소하고 하찮은 모든 대상을 포함하는 것이다. '–습니다'체로 일관하는 겸양의 어법은 "아주 낮은 삶"(「고양이」)까지도 포용하기 위한 것이다. 일찍이 한용운이 보여주었던 바와 같이 '당신'은 연인이기도 하고 절대자이기도 한 특이한 존재이다. "나의 하나님, 기쁨의 통로 저편에 계신, 여태까지

나는 막힌 동굴 같은 것이었나 봅니다 봄부터 여름까지 내게서 피어난 것들은 당신의 흔적이었습니다"(「낮은 노래 2」)라고 할 때 당신은 자연으로 현현한 절대자이다. 시인은 소통을 통해 자아를 확대하는 방식으로 사랑을 인식한다. 소통과 유대를 중시하게 되면서 그의 시는 기존의 비약적이고 단절적인 어법과 다른 대화와 공감의 어법을 취하게 된다. 서사성을 내포한 파편적 서술과 달리 정서의 일치를 꾀하는 서정적 진술이 주조를 이룬다. 그러나 이 시집 역시 한 편 한 편의 개별적인 시들이 전체적으로 또 다른 구조를 형성하는 독특한 짜임을 보여준다. 개개의 시가 전체를 향해 열려 있는 개방적 구조를 통해서도 소통과 유대의 가능성을 실현하고 있는 것이다.

네번째 시집 『호랑가시나무의 기억』에서는 외계의 사물들과 소통을 도모하려는 시도가 더욱 구체화된다. 다소 관념적인 성향을 보이던 세번째 시집과 달리 일상의 체험과 밀착된 시들이 대부분이다. 파리 체류 시기의 체험을 반영하는 시집의 전반부나 그 뒤의 시들 모두 시인이 접촉하는 현실의 단편들과 그에 대한 감각적이고 정서적인 반응들을 담고 있다. 고독하고 이질적인 자아를 경험하게 되는 이국생활은 "삶은 치유받을 대상이 아니었다 치유받아야 할 것은 나였다"(「높은 나무 흰 꽃들은 燈을 세우고 35」)는 사실을 다시금 확인하고 자신을 재발견하는 계기가 된다. "미완성의 삶을 완성시키려 하지 마라"(「죽음」)는 다짐처럼 그에게 삶은 결코 완성되지 않는 것으로, 순간순간에 충실을 기해야 하는 것이다.

철저한 고독 속에서 그는 오히려 타인에 대한 깊은 관심과 소통의 욕구를 느끼게 된다. "먹다 남은 사과 위에 주둥이를 처박은 파리처럼 내 눈길은 물기 많은 그녀의 눈가를 빨다가, 제풀에 놀라 달아나기도 한다"(「높은 나무 흰 꽃들은 燈을 세우고 26」)에서처럼 그는 타인의 슬픔에 사로잡힌다. 고통이나 슬픔은 자아와 타자의 경계를 지우는 소통의 표지가 된다. 이렇듯 타자와의 교감은 자아의 벽을 허물고 자아를 확장하는 방식이다. "그대가 아무도 만나지 않고 아무도 그대를 만나지 않을 때 그대는 벽이고 누구나 벽이 된다"(「높은 나무 흰 꽃들은 燈을 세우고 18」)는 것이다.

세상에는 아내가 있고 아이들이 있다 이런 세상에, 어쩌자고, 이럴 수가 세상에는 아내와 아이들이 나를 기다리고 있다 지금 내가 보는 들판에는 깨알만한 작은 흰 꽃들이 잠들었는지, 보채는지 널브러져 있다 그 길을 나는 보이지 않는 아내와 아이들과 더불어 걷고 있다 언제는 혼자 가는 길인 줄 알았는데 깊이 묶여 떨어질 수가 없구나 이런 세상에, 어쩌자고, 세상에는 아내와 아이들이 있다
──「높은 나무 흰 꽃들은 燈을 세우고 22」 전문

"세상에는 아내가 있고 아이들이 있다"는 자명한 사실이 "세상에, 어쩌자고"와 같은 감탄사를 동반하게 되는 것은 보이지 않는 그들이 더불어 걷고 있다는 깊은 유대감에서 비롯된다. "세상에는 아내가 있고 아이들이 있다"로 시작된 진술은 "세상에는 아내와 아이들이 있다"로 끝나면서 고립될 수 없는 관계와 유대의 끈끈함을 입증한다. 그렇다면 이 시의 중간에 삽입되어 있는 "깨알만한 작은 흰 꽃들" 역시 인간과 자연의 벗어날 수 없는 관계를 뜻하는 것이리라. "시인은 혼자가 아니다. 사물을 통해 친밀한 관계가 의미 있게 회생하고 또 관계의 기억을 통해 사물이 하나의 생명체로 되살아난다는 것은 바로

시적으로 거주한다는 것을 의미한다. 그것이 생태학적 상상력의 결실이다."[3] 관계와 소통이야말로 존재의 이유이자 생태학적 활력의 근원을 이루는 것이다.

며칠 전부터 날씨가 쌀쌀하기 시작하더니 맞은편 석조 건물이 먼 잿빛 하늘 속으로 빨려들어가면서, 한순간 땅덩이 전체가 번쩍 들어올려졌다가 다시 내려온다 이 가벼움 속에는 무언가 불편한 것이 있다 중심과 질서에 대한 배반, 그럴 때 나는 으슬으슬 추워지기 시작한다 싸늘한 공기와 내 살갗이 통정하는 것이다 식어가는 등골이 굳어가는 대지와 교신하는 것이다 우주적 감기의 시작이다
　　　　　　　　　—「높은 나무 흰 꽃들은 燈을 세우고 31」 전문

진정한 생태학적 상상은 이 시의 "우주적 감기"와 같다. 그것은 "중심과 질서에 대한 배반", 즉 자아와 타자, 인간과 자연, 중요한 것과 사소한 것, 무거운 것과 가벼운 것의 구별이 무화되는 경지이다. 미묘한 '떨림'을 동반하는 이러한 체험이야말로 모든 억압된 관계를 새롭게 도모할 수 있는 변화의 조짐이다.

네번째 시집에서는 길지 않은 산문체의 시들이 연속된다. 각각의 시들이 완결되지 않고 개방적 구조를 취하면서 전체적으로 일관된 의미를 구축한다. 그것은 관계와 소통의 강조라 할 수 있다. 사소하고 구체적인 일상에서 시인은 인간과 자연의 분별이 무화되는 우주적인 교감의 장을 발견한다. 시인 자신은 생태학적인 의미를 표나게 내세

---

3) 이진우, 「생태학적 상상력과 자연의 미학」, 『현대비평과 이론』 1988년 가을 · 겨울호, p.136.

우지 않지만 다른 어떤 시들보다 면밀하게 그 핵심적인 사안에 이르고 있다. 이 시기의 시들은 앞선 시기에 보여주었던 인간과 인간의 관계를 인간과 자연의 차원으로 확대한다. 자연에서도 역시 고통과 비애를 발견하고 유대와 소통을 통해 화합할 수 있는 방법을 모색하게 되는 것이다.

4. 육체의 언어, 언어의 육체

시인은 네번째 시집 이후 10년 만에 두 권의 시집을 내놓는다. 『아, 입이 없는 것들』과 『달의 이마에는 물결무늬 자국』이 그것이다. 불과 몇 달 차이를 두고 간행된 것으로 보아, 시간적 순차보다는 내용의 차이에 의해 묶인 것으로 보인다. 시집의 편성에 공을 많이 들이는 시인은 이 시집들 역시 질서 정연하게 구성해 놓았다. 『아, 입이 없는 것들』에서는 각 시편이 본문의 구절을 제목으로 하는 125편이 일련번호로 엮여 있다. 『달의 이마에는 물결무늬 자국』도 비슷한 방식을 취하고 있지만 특이하게도 일련번호와 시의 본문 사이에 외국 시인들의 시가 인용되어 있다. 일련번호를 매겨 시들 간의 연속성을 강조하고 각 시의 제목을 본문의 한 구절로 대체하는 것은 각 시편들의 완성도보다는 유기적 질서와 전체적 의미를 강조하기 위한 것으로 보인다. 이 두 편의 시집에서는 앞선 시기의 시집들과 또 다른 변모를 보여준다. 자아를 중심으로 세계를 해석하고 현실 변혁의 가능성을 꿈꾸던 첫 시기를 지나, 세상을 바꿀 수 없다는 인식에 따라 외부 세계에 대한 관조적인 자세를 보여주던 두번째 시기와도 다르게, 자아와 세계의 친밀감과 소통이 어느 때보다도 강조된다. 자아와 세계는 고통과 상처로서의 삶을 공유하며 연민과 사랑을 발견한다. 자연에 대한 관심은 꾸준히 증대되어왔지만 이 시기에는 자연이 더욱 중심을 차지한다.

『아, 입이 없는 것들』은 자연의 아름다움과 상처에 대한 경탄과 탄식의 기록이다. 자연의 육체를 이 시집처럼 감각적으로 밀착하여 그린 경우는 드물다. 이 시집에서 자연은 더할 수 없이 섬세하고 아름다운, 상처받기 쉬운 육체로 표현된다. 심지어는 붉은 해조차 피 흘리고 신음하는 육체로 그려진다. "붉은 해가 산꼭대기에 찔려/피 흘려 하늘 적시고,/톱날 같은 암석 능선에/뱃바닥을 그으며 꿰맬 생각도 않고"(「여기가 어디냐고」)에서처럼 모든 자연은 처절한 상처를 안고 있다. "육체가 없었으면 춥지 않았을 것을"(「저 안이 저렇게 어두워」), 육체가 있는 모든 것들은 "살아가는 징역의 슬픔으로/가득한 것들"(「아, 입이 없는 것들」)이다. 살아 있는 모든 것들은 '고'와 '통' 사이에 놓여 있으며 소멸의 비애를 벗어날 수 없다. 시인은 특유의 예민한 눈길로 살아 있는 것들의 아름다움과 아픔을 들여다본다. 그는 한없이 연약한 존재들이 남기는 자취를 따라간다. "저 빗물따라 흘러가봤으면,/빗방울에 젖은 작은 벚꽃 잎이/그렇게 속삭이다가, 시멘트 보도/블록에 엉겨붙고 말았다 시멘트/보도블록에 연한 생채기가 났다/그렇게 작은 벚꽃 잎 때문에 시멘트/보도블록이 아플 줄 알게 되었다"(「그렇게 속삭이다가」)에서처럼 작은 꽃잎의 "고운 상처"를 통해 세상에 신음 소리를 전한다. 이는 연약하고 상처받은 존재의 소리에 귀 기울이는 사랑으로 인해 가능하다. 이 시집에서 대화와 소통의 언어가 유난히 많이 등장하는 것도 이 때문이다.

바닷가 언덕 위 이름 모를 꽃들,
제 뺨을 잎새에 부비며 어두워진다
발밑에 제 이름을 묻고, 그림자를
묻고, 몸 버리려 몸부림하는 꽃들,
눈먼 파도에 시달리다 물거품이 되는
꽃들, 마라, 눈을 떠라, 지금 네가 내
얼굴을 보지 않으면 난 시들고 말 거야
아, 이 저녁엔 간지럼처럼 찾아오는
죽음, 베일 아닌 죽음이 따로 있을까
아, 눈시울에 떠는 한아름의 꽃들,
폭풍 지나가면 곤소금 뒤집어쓰고
허연 뿌리 드러낼 저것들이 오늘
저녁 네게 던지는 빛은 얼마나 강한가

—「몸 버리려 몸부림하는」 전문

시인이 그리는 가장 인상적인 장면들은 이처럼 삶과 죽음이 교차하는 순간, 연약한 생명의 쓰라린 아름다움이다. 시인은 이 순간의 전율을 공유하기 위해 호명하고 대화한다. 이 시집에서 주문처럼 반복되는 '마라'는 삶의 비의를 함축하고 있는 매혹적인 단어이다. '마라'가 등장할 때 그의 언술은 분열되고 비약하면서 생과 사의 경계를 넘나든다. "이때 시인의 말은 존재의 근저에서 울려나오고 시는 입이 없는 것들의 말이 된다. 입이 없는 것들을 대변하는 말이 아니라, 입의 분열이 입 없음의 통합된 힘을 얻는 말이 된다. 이성복의 시어가

누리는 매혹, 그 강한 탄력은 그가 이 새로운 언어를 끊임없이 지향하고 있기 때문이리라."[4] 첫 시집 이후 가장 급박한 호흡을 드러내는 이런 시들에서는 시적 에너지가 응축된 어떤 생명력을 느낄 수 있다. 존재의 깊이를 내비치는 이런 내밀한 언어들이 앞으로 그의 시의 동력이 될 수 있을 것이다.

『달의 이마에는 물결무늬 자국』은 시집 전체가 시와 시의 대화처럼 구성되어 있다. 좋아하는 외국 시에 화답하는 형식으로 자유롭고 유연한 사유의 전개를 보여준다. 일상과 기억 속의 자질구레한 순간들이 시적 예지에 의해 되살아난다. "지금은 묵묵히 생이 나를 피해 가는 시절"이라든지, "우리는 이렇게 산다. 오를 수 없는 벼랑의 붉은 꽃처럼, 절해고도의 섬처럼" 시간적으로나 공간적으로 중심에서 비껴 있다는 생각이 자유롭고 개방적인 시상을 이끌어낸다.

자신의 삶을 중심에서 떨어뜨려 놓음으로써 그는 중심/주변, 나/너, 인간/자연 등의 이분법적 구도를 순환과 역전의 계기로 파악하게 된다. 가령 커피가 든 종이컵을 출렁거리며 버스를 올라타면서 양복에 온통 얼룩이 진 경험에서는 "그냥 두고 올 생각 왜 못했던가. 꿈 깨기 전에는 꿈이 삶이고, 삶 깨기 전에 삶은 꿈이다"(「그렇게 소중했던가」)라는 깨달음을 얻게 된다. 짝짓기를 하다 파리채에 얻어맞고 떨어진 나방 한 쌍을 보면서는 "짝짓는 일의 고단함이여, 짝짓는 일의 삼엄함이여!"(「짝짓는 일의 고단함이여」)라 하기도 한다. 치욕과 고통을 겪으며 삶을 견뎌야 한다는 점에서 미물이나 인간 모두 예외가 아닌 것이다. 이 시집에서 전례 없이 일상의 잡사들이 많이 등장

---

4) 황현산, 「소외된 육체의 고통」, 『서평문화』 2003년 가을호, p.35.

하는 것은 삶과 시의 경계도 허물며 일상의 매 순간이 시적인 발견이 될 수 있음을 보여준다. 시대의 아픔을 담아내던 시인의 예리하고 내밀한 자의식은 한없이 낮고 넓게 퍼지며 하찮은 일상과 자연의 구석구석에 미친다. 중심과 주변의 경계를 지우는 이러한 사유는 치욕과 고통을 공유하면서 인간과 자연이 함께 살아갈 수 있는 삶에 대한 사랑의 또 다른 방식이다.

시에서 의식과 무의식의 경계를 지우는 방식 역시, 지나친 의도를 배제하고 언어 그 자체가 자유롭게 그려내는 무늬를 살리고자 함이다. "시의 첫 구절에 무엇이 들었는지 우리는 모른다. 무심코 지나가는 말이거나 심심풀이로 해본 말, 우리가 말하기 전에 말은 제 빛깔과 소리를 지니고 있었다. 〔……〕 시의 마지막 구절에서도, 우리는 정말 무엇을 말하고 싶었는지 모른다"(「무엇을 말하고 싶었는지 모른다」)에서 보여주듯, 시인이 말하는 것이 아니라 시가 말하도록 한다는 것이다. "이따금 참으로 좋은 시는 '원 샷'이라는 생각을 해본다. 그것은 결코 이백의 시처럼 일필휘지, 천의무봉의 글쓰기여야 한다는 의미에서가 아니라, 의식과 의도가 설쳐서 무의식과 언어 연상의 자유롭고 자연스러운 흐름을 훼방하지 않는 글쓰기가 되어야 한다는 뜻에서이다"[5]라는 말에서도 고정된 의미보다는 언어 자체의 흐름을 중시하는 시인의 태도를 살필 수 있다. 근래의 시집들에서 자연스러운 연상과 구어체적인 문장이 주를 이루고 감정의 유출이 잦은 것도 의식과 무의식의 경계를 느슨하게 풀어 놓았기 때문일 것이다. 시인은 이제 언어를 다룬다기보다 언어와 함께 사는 방법을 모색하고 있다.

---

5) 이성복, 「왜 시가 아닌가」, 『이성복 산문집』(문학동네, 2001), pp.199~200.

언어에 형상을 부여하는 것이 아니라 언어가 스스로 제 육체를 드러낼 수 있도록 놓아주려 한다. 이는 언어의 차원에까지 깊숙하게 침투한 권력과 억압의 사슬을 끊어내는 방법이 될 수도 있을 것이다. "부르주아의 익명화, 계급의 무화, 소비의 지배, 양의 지배 등으로 특징지어지는 오늘의 현실 질서는 너무나 견고하고 또 너무나 유연해서 이미 우리의 의식을, 나아가서는 무의식까지를 길들이는 데 성공하고 있는 것으로 보이는바, 그 길들임을 파괴하는 데 몸의 언어만이 기여할 수 있는 몫이 있지 않겠는가"[6]라는 주장에서 이성복의 시가 근본적 의미에서 정치성을 가질 수 있다고 보는 것도 그 때문이다. 억압된 자아의 무의식을 펼쳐 보이던 1980년대의 시와는 또 다르게, 자신을 포함한 모든 살아 있는 것들과 심지어 언어 자체의 육체를 자유롭게 풀어 놓는 방식으로 그는 오늘날의 광범위한 억압적 기제에서 벗어나려 한다. 그가 행하는 시적 언어의 혁명은 고정되지 않는 운동성, 자기 자신의 스타일마저도 끊임없이 벗어던지는 변화의 역동성에 있다. 굳어버리거나 썩어버릴 운명에서 벗어나기 위한 치열한 변신의 욕망이, 그의 시를 진정 살아 있는 것들의 '입'으로 존속케 한다.

5. 언어 감옥에서 꿈꾸기

이성복의 시세계는 끊임없는 변화와 연속성을 내포하고 있다. 각 시집마다 나타나는 적지 않은 변화는 시에 대한 지속적인 열정과 치

---

6) 성민엽, 「몸의 언어와 삶의 진실」, 『문학과사회』 2003년 가을호, p.1334.

열한 자기부정의 자세를 보여준다. 이러한 변화의 동력은 자신과 세계의 관계를 철저하게 점검하고 새롭게 모색하는 데에 있다. 이성복의 시가 늘 내면적인 자아에 바탕을 두면서도 시대적 흐름을 주도해온 것도 이와 관련된다. 그의 시는 1980년대에는 현실의 변화를 추동하는 시적 혁명의 가능성으로, 1990년대에는 자아와 세계의 교감에 충실한 새로운 서정의 양식으로, 새로운 세기에 접어들어서는 자연과의 소통과 대화의 방법으로 주목을 받아왔다. 이는 시를 어떤 일정한 형식으로 규정하지 않고 끊임없이 변화하는 삶의 실체로 인식하였기 때문에 가능한 변화이다. 시인의 이러한 개방적인 시의식은 매번 각 시집을 편성하는 '전체'에 대한 고려에서도 확인된다. 치밀한 구도를 보여주는 시집 구성은 각 시편의 완성도보다 전체적인 '관계'를 중시하는 커다란 원리를 내포한다. 그의 시의 중심에는 항상 예리한 자아가 자리잡고 있지만 결코 고립되지 않고 전체 속에서 의미를 찾는 역동적인 면모를 유지한다. 이것이 그의 시가 자신의 시대와 유리되지 않고 항상 변화의 선두에 설 수 있었던 연유이다.

그는 또한 시의 존립이 전적으로 언어에 의거한다는 사실을 철저하게 의식하는 시인이다. 1980년대의 무의식적 연상의 시나 1990년대의 내밀하고 서정적인 시, 최근 시집의 감각적인 구어체 시들은 매번 언어로서 존재를 드러내고자 했던 시인의 지난한 모색의 산물이다. 타락한 세상의 타락한 언어로 시를 써야 하는 절망적인 상황에서도 그는 언어의 가능성을 포기하지 않는다. 시인은 "철저히 차단된 언어 감옥으로부터의 어떤 탈출도 불가능함"[7]을 인식하고 '언어 감옥' 안

---

7) 이성복, 「문학 언어의 안과 밖」, 『이성복 산문집』, 앞의 책, p.133.

에서 시의 생존을 도모한다. 시적 언어의 혁명으로 강렬한 인상을 각인시켰던 1980년대의 시들로부터 지극히 감각적이고 서정적인 시에 이르기까지 그의 시가 보여주는 언어의 파장은 매우 넓다. 시는 '불리문자(不離文字)'라는 확고한 신념 하에 언어의 다양한 가능성을 추구하기 때문이다.

　새롭고 다양한 모색이 두드러지는 그의 시세계를 변함없이 견인하는 것은 무엇보다도 고통과 치욕으로서의 삶에 대한 인식과 그것을 공유하려는 태도이다. 1980년대 그의 시가 날카로웠던 것은 그것이 인간과 인간 사이의 갈등과 대립에 집중되어 있었기 때문이다. 이후에 이러한 인식은 모든 생명과 자연에 확대되어, 생태학적인 관심의 대상이 되기도 한다. 시인은 자신의 시를 시대 부정의 암호로 삼으려 한 것도 아니고 생태학적 의미로 국한시키지도 않았다. 그러나 치욕과 고통을 감내해야 하는 삶과의 치열하고 절실한 교감이 그의 시를 시대적 문제의 중심에 서게 한 것이리라. 그의 시는 '상처받은 세상의 서러운 세목들'이 존재하는 한 지속될 것이다. 세상의 아픔에 공명하는 한 그것을 두고 진정한 구원은 이루어질 수 없기 때문이다. 상처받고 신음하는 연약한 생명이 존재하는 한 그의 고통의 시는 멈출 수 없다. 이것이 바로 시인의 '사랑'이고 '구원'이다.

별빛의 높이와 감각
—오태환론

1. 지사에서 예술가로

오태환의 시적 출발은 무척 화려하다. 그는 1984년 신년 벽두에 조선일보와 한국일보 신춘문예를 동시에 석권하면서 문단에 등장하였다. 그것도 24세의 젊은 나이에 아직 대학생 신분인 채로 말이다. 물론 이는 행운의 탓이 아니라 그동안 연마했던 고된 습작의 대가다. 그는 시에 관한 안목에 있어 까다롭기로 유명한 스승 오탁번 시인에게 이미 인정받았던 예비시인으로서 마땅한 등단 절차만을 남겨 놓고 있던 터이다. 제자의 등단 시절을 회상한 글 「오태환은 오태환이다」에서 스승은 제자에게 씌워진 '두 개씩이나' 되는 월계관에 대해 "그것이 면류관인 줄은 시의 여신과 나만 알았지 아무도 몰랐으리라"고 실토한다. 스승 역시 젊은 시절 신춘문예 3관왕이라는 대단한 이력의 소유자로서, 화려한 영광 뒤에 다가올 지난한 고투의 역정을 떠올렸던 것이리라.

등단 직후 오태환은 '시힘' 동인을 결성하여 동인시집 『그렇게 아프고 아름답다』(청하, 1985)를 내놓고, '세상읽기'라는 동인도 결성하여 동인시집 『세상읽기』(청하, 1986), 『오늘의 빵에 관하여』(청하, 1987)를 내는 등 왕성하게 활동한다. 첫 시집 『북한산』(청하)이 1986년에, 두번째 시집 『수화』(문학과비평사)가 1988년에 나왔으니 무척 기운찬 출발을 보여준 셈이다. 문학적 열정과 패기로 가득한 이 젊은 시인은 장시 「북한산」을 집필하는 의욕적인 행보를 보이기도 한다.

그런데 무슨 일이 있었던 것일까? 세번째 시집 『별빛들을 쓰다』(황금알)는 이전 시집과 17년씩이나 격한 2005년에야 간행된다. 스스로 절해고도에 유폐되었다고 표현하는 10여 년의 공백기를 지나 그는 이전과 다른 새로운 시들을 선보이기 시작한다. 10여 년에 이르는 이 문학적 격절의 비밀을 그의 시 내부에서 찾아보는 것이 이 글의 목적이다.

초기시로 묶을 수 있는 『북한산』과 『수화』에서 오태환은 투철한 역사 의식과 의기로 가득한 곧고 굳센 시정(詩情)을 선보인다. 다양한 역사적 사건과 인물들에 대한 폭넓은 견식과 예리한 문제 의식을 견고한 시어와 감성으로 그려낸 그의 시들은 한용운, 이육사 등으로 이어지는 지사적 시 전통의 한 맥을 잇는 듯하다. 젊은 시인으로서는 드물게 과거 역사에 대해 심도 있게 접근할뿐더러 한자어를 능숙하게 구사하는 솜씨나 단호하고 절도 있는 어조 등이 어울려 지조와 격조를 갖춘 지사풍의 시를 낳았던 것이다. 그로 인해 시와 현실의 관계가 어느 때보다 밀접했던 1980년대 시의 경향으로 볼 때 독특한 위치를 차지하게 된다. 그의 시는 당대 시의 커다란 흐름과 유리되지 않는 확고한 역사 의식을 보이면서도 정서적 감응과 미학적 기율에 있어 남다르게 면밀하다. 그러나 다른 한편으로 당대 현실과는 거리가 있는 과거 역사에 편중되거나 평이한 언어보다는 난해한 고어나 한자어가 많아, 민중이 중심이 되었던 당대 시의 핵심에서는 다소 비껴나 있었다고 할 수 있다. 물론 시인 특유의 섬세한 감성과 다채로운 어휘는 이후 오랜 격절의 시간을 지나서도 전혀 퇴색하지 않은 채 새로운 감각의 시를 발동시키는 동력이 된다.

지사적 정조나 어조가 나름대로 의미를 지닐 수 있었던 1980년대를 지나 쇄말주의가 과도하게 유행한 1990년대를 묵언으로 통과한 후 시인은 새로운 모습으로 등장한다. 그의 시에서는 역사나 현실에 대한 직접적인 발언이 자취를 감춘 대신 현상에 대한 치밀한 관찰과 묘사가 두드러진다. 이전 시에서 항시 인간사를 수식하는 상징이나 비유로 등장했던 자연이 직접적인 관찰의 대상이 된다. 대상을 바라보는 눈길은 지극히 감각적이고 정밀하여 예술가의 그것에 가깝다. 이전의 시에 비해 예리한 투시와 치밀한 묘사로 대상의 핵심을 포착해 내는 미적 감수성이 확대된다. 그림에 대한 감응을 극적으로 표현한 시들도 여러 편 있어 그의 시가 보여주는 미적인 관심을 뒷받침한다.

치사나 예술가가 그렇듯이 시인은 독자적인 정신과 감성을 견지하면서 격변하는 시대를 견인해왔다. 그의 시에서 지속적으로 등장하는 '별빛'의 이미지는 시인 자신의 청정하고 예리한 자아를 대변하는 것으로 보인다. 여기서는 시집별로 그의 시세계가 보여주는 변모와 지속성을 살펴보려 한다. '별빛'의 이미지가 변주되는 양상을 통해서도 시세계의 변이를 확인할 수 있을 것이다.

2. 난세의 꿈과 빛의 화성(和聲)

첫 시집 『북한산』의 표제시인 「북한산」은 삼천 여 행에 이르는 장시이다. 등단 직후 집필을 시작한 의욕적인 작품으로 시인의 역사 의식과 문학적 역량을 집대성하고 있다. 을사보호조약이 체결되기까지 50년 정도의 조선 후기 시대 상황을 배경으로 하여 망국에 이르는 과정을 다각도로 조명한다. 부정부패가 만연하는 타락한 정권과 외세의 침탈이 빈번해지는 불안한 정세로 위기가 고조되었던 당시의 정황이 구체적으로 재현된다. 시인이 역점을 두는 것은 부패하고 무능한 정권과 대조되는 건강하고 끈질긴 민중의 생명력이다. 시인은 조선 후기에 빈번하게 발생했던 민란에서 직접적인 소재를 취하여 그것을 비중 있게 다루고 있다. 지배계층의 부당한 탄압과 민중들의 끈질긴 저항의 역사를 강조하기 위해 시인은 이전의 역사에서도 비슷한 사례들을 끌어와 제시한다. 가령 일제에 동조하는 조선 정부는 몽고 침략시 강화도로 도주했던 고려 무신정권과 흡사한 것으로 그려지며, 조선 말 곳곳에서 성행한 활빈당의 실태는 허균이 보여주었던 울분과 합치된다. 유사한 역사적 사건들을 병치시키는 수법은 다소 혼란스러울 정도로 자주 나타난다. 그로 인해 지배계급의 억압과 피지배계급의 저항이 지속·반복되어 왔다는 도식적인 역사 이해로 귀착될 여지가 없지 않다. 또한 현재적 상황과의 역동적 호응 관계가 잘 드러나지 않아 폐쇄적인 양상을 보인다.

시인은 부패한 권력에 맞선 민중의 저력에 대한 신뢰와 호감을 드러내기 위해 민중적 연희와 어조를 적극적으로 구현한다. 그는 전래

되는 연희본을 십분 활용하여 민중의 육성을 살려낸다. "앞소리: 매관매직 공명첩이 오뉴월 메주덩이처럼 자알 삭아서 백골징포, 황구첨정이 배꼽징포 황구첨벙황구첨벙 짭조롬히 비비는데 미친 년 紅치마 하나이 동산에서 목매단다/뒷소리: 에헤헤 에에행 에에헤행 에에행행 헤야아하아 에헤이 여루 稅이로다"(「1. 풍구다 당실 오독독이가」)에서 볼 수 있듯 매관매직과 부당한 과세로 혼탁했던 시대, 민중의 원망과 비난을 그들의 육성에 담아낸다. 시인은 뛰어난 언어 감각과 풍부한 자료를 바탕으로 피폐하고 궁핍하기 그지없으면서도 생명력을 잃지 않았던 민중의 삶을 치밀하게 구현한다. 그렇지만 초점 화자가 부재하기 때문에 진술의 일관된 중심이 없어 이야기가 다소 산만하게 이어진다는 점과 일상어와 거리가 먼 고어나 한자어가 너무 많아 이해가 쉽지 않다는 점이 아쉽다.

장시 「북한산」은 투철한 역사 의식을 서정적이고 밀도 높은 언어에 담아낸 역작이나, 의욕에 비해 충분한 성취를 얻었다고 보기는 힘들다. 일단 표제와 내용 사이에 뚜렷한 상관성을 찾기가 힘들다. 물론 북한산은 오랫동안 왕조의 주산(主山)으로서 역사적 소용돌이의 중심에 놓여 있었다고 할 수 있지만, 작품의 실제 내용은 조선 후기의 일반적인 시대상을 그리고 있어 표제와의 직접적인 상관성은 크지 않다. 또한 이 작품에서 공들여 묘사하고 있는 조선 후기 민란의 역사는 다른 장시나 서사시들에서는 이미 여러 차례 다루었던 것이어서 그 의의가 반감될 수밖에 없다. 현실과 연동하지 못하는 고정된 관점이나 지나친 고어투의 문체 등도 이 시가 널리 실감 있게 이해되기 어렵게 한다.

그의 지고한 역사 의식과 탁월한 언어 감각은 지사풍의 시에서 보다 효율적으로 발현된다.

> 바라보고, 또 바라보아도
> 서릿발 같은 바람 소리만
> 어지럽게 쌓이는
> 나라의 山河
> 불끈 쥔 두 주먹이 붉은
> 얼굴을 감춰서
> 雪嶽 같은 울음이 가려지겠느냐.
> 파도 같은 분노가
> 그만 가려지겠느냐.
> 어둡게 쓰러지며 울고 있다.
> 희디 흰 도포자락
> 맑게 날리며
> 성긴 눈발, 뿌리고 있다.
> 눈감고 부르는
> 사랑이 무심한 시대에
> 하염없이 하염없이.
>
> ——「崔益鉉」 부분

애국지사 최익현을 통해 망국의 한을 토로하고 있는 이 시에서는 절제와 암시로 인해 더욱 절실한 감정에 도달한다. 그의 시에서 매우 자주 등장하는 '눈'은 대개 이 시에서와 같이 차고 혹독한 시대를 수식한다. "희디 흰" 도포자락은 냉엄한 시대에 맞서는 고결한 정신을 나타낸다. 이 시는 지사들이 견지하는 절도와 의지의 미덕에 상응하는 고도의 절제를 구사하면서도 미세한 정서적 파동을 펼쳐 보인다. '도포자락'이니 '수묵(水墨)'이니 '한란(寒蘭)' 등 그의 시에서 절묘하게 구사되는 선비의 정취는 잊혀져가는 고졸하고 청정한 세계를 환기시킨다. 맑고 곧은 서정은 어지럽고 혼탁한 세상에서 고투하는 그들의 고고한 정신과 자세를 함축한다.

'별빛'은 청정하고 지고한 세계에 대한 시인의 지향을 압축하는 이미지이다. '별빛'은 초기시에서부터 이미 반복적이고 핵심적으로 등장하면서 상징의 차원에 근접한다.

그건 거대한 시위였다.
불현듯 점령군처럼
진주해 들어와 소리도
없이 펼쳐지는
별빛의 불심검문
별빛의 비상계엄
결코, 그건 복음이랄 수 없다.
바람 속에서도 낡지
않는 저들의 따뜻한 性
다정히 외롭지 않은
저들의 마음이
마침내 남겨 놓고 떠나지 못하는
삽시, 누리의 산하를
황홀하게 뒤덮고마는
無風의 황색경보

—「별」 부분

　이 시에서는 밤하늘을 황홀하게 뒤덮은 별들을 묘사하고 있다. 서정적이고 정적인 언어 대신 '시위'니 '점령군'이니 '불심검문'이니 '비상계엄' 따위의 이질적인 비유를 통해 전혀 새로운 느낌을 창출하고 있다. 지극히 1980년대적인 이런 어휘들은 별빛을 바라보는 순정한 의식에까지 드리워 있던 시대의 그늘을 감지하게 한다. 계엄군처럼 갑작스럽게 진주하여 온 마음을 사로잡아버린 별빛은, 그러나 폭력적이고 비정한 시대 분위기와는 전혀 다르게 따뜻하고 다정한 마음을 전해준다. 별빛은 우울한 시대의 대척점에서 시인이 지켜내고 싶었던 꿈과 희망을 대변한다. "흔들려도 흔들려도/꿈이 그을음처럼 묻어나는/안암동의 하늘에서/그건 맹랑한 임기응변이다./죄도 없는 성냥불에/프리미엄을 걸고/문득, 허리를 펴서 바라보는/별빛은 흡사/우울한 집행유예 같다"(「안암동에서」)고 할 때도 별빛은 감옥 같은 현실에서 미약하게 이어지는 간절한 희망을 암시한다. 그의 시에서 별빛은 어둡고 무겁기 그지없는 지상의 현실과 대비를 이루면서 더욱 각별하게 다가온다. "어둠 내리고 추위가 예각으로 얼어붙은 하늘 속, 별들이 몇 개 눈을 뜬다. 들리지 않는 빛의 和聲 다 바라볼 수 없는 시력으로 바라본다. 그러나, 결코 허물어지지 않는 꿈의 거리 그대 손금 위로 흐르는 그대의 별"(「별의 位相學」)에서처럼 별빛은 어둡고 차가운 하늘에서 오히려 더 맑게 빛난다. 또한 그것은 "결코 허물어지지 않는 꿈"의 자리라면 어디에서도 찾을 수 있는 "맑고 단단한 빛"이다. "맑고 단단한 빛"은 곧 시인의 정신적 지향점이기도 하다. 어둡고 혼탁한 세상에서도 흔들리지 않는 정결하고 곧은 심사로 인해 그는 젊은 시인으로서는 드물게 지사적 시인의 계열에 자리잡는다.

'별의 위상'은 세상의 중심에서 비껴난 채 '높고 쓸쓸한' 자신만의 세계를 고수해온 '시인의 위상'과 오롯이 겹쳐진다.

3. 흐린 세월 속 맑은 빛

첫 시집에서 지사적 풍모의 정서와 언어로 강한 인상을 주었던 시인은 두번째 시집 『수화』에서는 한결 현실의 세상 속으로 내려앉는다. 역사적 상황과 인물에 동화되는 첫 시집의 방식과 달리 여기서는 현재적 시점에서 그것을 재구성하는 것이 주를 이룬다. 「북한산」 같은 장시를 시도하는 대신 「手話」 「빈센트 반 고흐氏에게 부치는 편지」 「천수대비가」 등 연작 형태의 시를 실험하게 된다. 시인은 전에 없이 일상의 자잘한 세목들에 관심을 보이며 내면의 독백에 가까운 시를 선보이기도 한다. 특히 「수화」에서는 소통이 쉽지 않은 개인적이고 내밀한 발화가 자주 등장한다. 이전의 시에서 민중의 육성을 재현하는 등 공적인 발화와 소통의 맥락에 주목했던 것과는 대조적인 현상이다.

잉어같이 생긴 개가 하나 지나갔다.
광화문에서 종로까지
행인 몇 눈에 띄지 않는 토요일 오후
나는 속으로 개새끼 하고 말했다
결혼식에 늦게 참석하고 기념 사진만 찍었다
최루 가스가 오래 접수한 지하도 입구

눈까풀이 붉은 전경들이 껌을 씹고 있었다   ―「手話 · 5」 부분

　　이 시에서 "잉어같이 생긴 개"는 쉽게 연상의 고리를 찾아내기 힘든 개인적인 비유이다. 최루 가스로 뿌옇게 흐린 대기 속을 "꼬리를 곧게 늘이고 엉덩이를 흔들며" 돌아다니는 개를 보며 연못 속 잉어를 떠올린 것이리라. 여기서 중요한 것은 불쾌하고 비루한 일상에 대한 염증이다. 결혼식장을 찾느라 헤매고 있는 사람을 붙잡아 사복 경찰들이 농담을 하며 가방을 뒤지는 어이없는 상황이 아무렇지도 않게 벌어지는 것에 대해 화자 역시 수긍하지도 부정하지도 못한 채 소극적으로 대응한다. 오랜 억압에 의해 무력하게 길들여진 사람들의 황폐한 내면이 투영된다. 「手話」 연작은 마치 '수화'처럼 간절하지만 잘 소통되지 않는 폐쇄적이고 개인적인 발화를 그려 보인다. 이는 1980년대 말에 확산됐던 혁명의 피로감과 내면으로의 퇴행을 반영한다. 이전 시집에서 민중의 해학적 언어와 지사의 의지적 언어를 선보였던 시인은 폐쇄적인 개인의 언어와 신랄한 반어나 풍자에 경도된다. '최익현' '묘청' '공옥진' 등 역사의 숨결을 생생하게 전달하는 인물들을 그려냈던 이전 시집에 비해 『수화』에서는 현실에 초연했던 '노자'가 자주 등장한다. "들리는 소문에 따르면 그후 老子가/술은 술이요 물은 물이라 했다기도 하고/혁명은 곰방대요 곰방대는 개장국이라 했다는 말도 있어"(「手話 · 13」)에서는 노자의 선문답식 발언에 의해 혁명의 의미가 가볍게 희화화된다. 「수화」 연작에서 노자는 무겁고 어지러운 세상사를 가볍게 일탈하는 자유로운 정신을 상징한다. 그렇지만 지나치게 경박하고 황당한 모습으로 그려져 노자가 본래 지니는 현실에 대한 비판적 의미마저 희석된다. 이 시기 시인이 지녔을 법한

개혁에 대한 불신과 삶에 대한 패배주의적인 태도를 엿볼 수 있는 대목이다.

「빈센트 반 고흐氏에게 부치는 편지」 연작은 역사와 현실에 대한 염증을 느낀 시인이 경도되어간 또 다른 세계를 엿볼 수 있게 한다. "오늘 나는 한 순간의 가슴 떨리는 패배를 위하여 그대 물 밑처럼 순하고 찬란한 관능의 나라에 병신같이 어처구니없이 失踪될 수밖에 없었습니다"(「빈센트 반 고흐氏에게 부치는 편지 · 1」)에서처럼 고흐는 '순하고 찬란한 관능의 나라'를 대변한다. 그것은 어둡고 비속한 현실과 대조되는 밝은 본성, 혹은 예술의 세계이다. 고흐 그림의 "단순하고 덧없는 패배의 빛깔이" "장렬한 꿈의 武力"(「빈센트 반 고흐氏에게 부치는 편지 · 3」)이 되는 역설은 현실과 예술의 미묘한 긴장 관계에서 비롯된다. 예술은 복잡 다변하는 현실에서 무력(無力)하기 그지없지만 오히려 그 무력함으로 인해 현실 저 너머의 순수하고 불변하는 꿈의 영역을 지키는 무력(武力)으로 기능할 수도 있는 것이다. 순정하게 빛나는 관능이나 예술을 지향하면서도 비속한 현실에 끼어 있는 자신을 의식하는 시인은 열패감과 무기력증에서 자유롭지 못하다. 두번째 시집의 주조음이 현실에 대한 회의와 내면의 천착에 가까운 것은 이러한 상황과 밀접하게 관련된다.

「천수대비가」 연작은 「북한산」과 같은 거대서사가 가능할 수 있는 역사에 대한 신뢰를 상실한 시인이 새롭게 시도한 의미와 가치의 세계를 보여준다. 미약한 사물이나 자잘한 일상을 세심하게 관찰하면서 얻어낸 진중한 통찰이 담겨 있다. '회' '쌀' '김치' '소' '삼겹살' '계란' '삼계탕' '순대' '새우젓' 같은 일상의 먹을거리들에 대해 시인은 남다른 관심을 드러낸다. 가령 "네 몸 속의 푸른 힘 남김없이／서까래

같이 허물어져 죽을 때까지/패배할 때까지/시고 구린 향기만 남을 때까지/살아 무식하게 무식하게/촌놈같이 두리번거리는/너도/大韓의 아들이다"(「김치-천수대비가 · 3」), "너를 내려다보면/스물 일곱 해/요모조모 내가 지은 죄라든가/아픔이라든가 꿈이라든가 하는 이름들이/티끌같이 무상해진다"(「삼겹살-천수대비가 · 5」)에서처럼 평범한 먹을거리에서도 '눈물나는 식욕'을 이어온 자신의 삶을 반추한다. 시인은 또한 '모기'나 '발바닥' '양변기' 같은 미약하기 그지없거나 쉽게 무시되는 대상에서 오히려 더 빛나는 가치를 발견한다. "양변기는 우리 시대의 복음이시다 이 풍진 세상의 汚穢 속에서 홀로이 정결하신 말씀이다 기쁨이다"(「양변기-천수대비가 · 14」)에서처럼 더럽고 부패한 세상과 대비되어 오히려 신성한 의미를 갖는다. "순결하고 어린 닭의 그윽한 평화"(「삼계탕-천수대비가 · 17」), "당면발의 질긴 자유와/흰 밥알의 참담한 고뇌"(「순대-천수대비가 · 21」), "너희 어둡고 어지러운 꿈/나로 인해 환히/아침처럼 세상을 비끼리니"(「새우젓-천수대비가 · 23」) 등 하찮은 사물에서 고귀한 가치를 끌어내는 시인의 역발상은 기발하고 현란하다. 이는 대상에 대한 세밀한 관찰과 통념에 대한 역전으로 인해 가능한 것이다. 그렇지만 과도하게 의미부여가 이루어지는 경우가 많고, 대상 자체가 중심이 되기보다는 시인의 관념과 사변이 단정적으로 작용하고 있어 지나치게 자의적인 진술로 여겨지기도 한다.

두번째 시집에서 '별빛'의 이미지는 다소 위축되는 경향이 있다. 비속한 일상에 발붙인 이 시기에 별빛은 전처럼 고고하고 정결한 자아와 합치되지는 않는다. "잠깐 외설스런 생각을 하다가/바라본 별빛이/쌀랑쌀랑 물냄새를 풍겼어"(「手話 · 2」)에서처럼 전에 없이 감각적인 인상이 강화된다. 외설스런 자아에 비해 별빛은 "눈부시게 관능적"인 것으로 그려진다. '외설'과 '관능'은 타락한 현실과 순수한 본능의 차이를 드러낸다. "무정란의 희고/맑은 힘줄의 꿈을 아느냐/그 속에 흉터같이 돋는/별빛을 지조를 아느냐"(「계란─천수대비가·8」)에서 별빛은 맑고 순결하기 그지없는 생명의 꿈을 나타낸다. 여기에서 '관능'과 '지조'의 거리는 그리 멀지 않다. 두 가지 모두 시인이 동경하는 순결한 본성을 포함하고 있기 때문이다. 첫번째 시집에서 별빛이 상징하는 맑고 순수한 세계에 대한 지향이 직접적으로 드러났던 것에 비해 두번째 시집에서는 그것이 지켜지기 어려운 혼탁하고 어지러운 세상에 대한 부정적인 반응이 두드러진다. '최루탄'이나 '진눈깨비' '안개' '진흙탕길' '굵은 눈발'이 도처에 깔려 음울하고 혼탁한 느낌이 강한 두번째 시집의 주도적 분위기도 이와 무관하지 않다. 별빛을 보기 힘든 탁한 대기는 시인이 감지했던 시대와 일상을 반영한다. 타락한 현실 속에서 별빛을 지키기 위해서는 깊은 상처를 동반하지 않으면 안 된다. 무정란이 내포한 "흉터같이 돋는 별빛"이 그러하고, "그대 가슴에 박힌 탄환 한 알이 영영 별빛처럼 썩지 못하고 우리집 유리문에서 반짝이는군요"(「빈센트 반 고흐氏에게 부치는 편지·4」)에서처럼 순수한 예술가가 세상으로부터 받는 상처가 그러하다. 그로 인해 별빛은 상처 없이는 지켜내기 힘든 순수한 본성으로, 더욱 간절한 그리움으로 다가온다.

4. 장엄한 고통에 닿는 투명한 감촉

　세번째 시집 『별빛들을 쓰다』에서 17년 만에 다시 등장하는 별빛은 상처와 흉터가 오랜 시간 동안 퇴적된 '화석'과 같은 것으로 나타난다. 화석은 죽음마저도 초월한 시간의 흔적이다. 시인 자신이 지나온 격절과 각고의 세월을 반영하듯 별빛은 더욱 단단하고 맑게 빛난다. 한 차례 심각한 정신의 죽음을 경험한 듯 그의 시에는 생사의 경계를 넘나드는 듯한 상상이 빈번하게 보인다.

　어느 손[手]이 와서 선사시대 고분 안에 부장(附葬)된 깨진 진흙항 아리나 청동세발솥의 표면에 새겨진 글씨들을 닦아내듯이 가만가만 흙먼지를 털고 금속때를 훔쳐 글씨들을 맑게 닦아내듯이 누가 내 오래된 죽음 안에 새겨진 글씨들을 맑게 닦아내줬으면 좋겠다 내 몸이 쓴 글씨들을 육탈시켜줬으면 좋겠다 내 몸을 저 어둠 속의 별빛들처럼 맑게 육탈된 글씨들인 채로 염습해 줬으면 좋겠다 그래서 저 별빛들처럼 맑게 육탈된 글씨들인 채로 내 몸이 더, 죽고 싶다 사랑이여

──「고분에서」 전문

　'육탈'되어 화석과 같이 뼈의 흔적만이 남을 때 그것은 시간의 풍파마저 넘어선 영원성을 획득하게 된다. 시인이 꿈꾸는 사랑이 그런 것이다. 그가 쓰려 하는 시는 더욱 그러할 것이다. 그의 새로운 시집에서 별빛은 자주 "맑게 육탈된 글씨"로 비유된다. 온몸으로 써낸 글씨 중에서도 살은 다 발라내고 올곧은 뼈대와 질긴 심줄만이 남아 있는

화석 같은 시를 그는 원한다. 우주의 어느 건실한 필경사가 있어 힘주어 하늘에 새겨 놓은 별빛을 닮은 견고한 시를 쓰고자 한다. "지금 알겠다 국민학교 때 연필을 깎아 치자 열매빛 재활용지가 찢어지도록 꼭꼭 눌러 삐뚤빼뚤 글씨를 쓰듯이 그냥 별빛들을 아프게, 쓸 수밖에 없음을 지금 알겠다"(「별빛들을 쓰다」)에서처럼 그에게 '쓴다'는 행위는 온몸을 던지는 행위이다. 누군가를 사랑하는 일이나 무언가를 쓰는 일 모두 상처가 나도록 힘겨운 법이다. 두 가지 모두 불가능한 영속을 간절히 꿈꾸기 때문이다. 시인은 죽음을 넘어서는, 차라리 죽음으로써 도달할 수 있는 영원을 희구한다. 그가 "별들을 참 오랜만에 私淑하면서 미안했습니다"(「별들을 사숙하다」)라고 하는 것은, 별빛이 되기까지의 그 장구한 고통과 상처의 시간들을 떠올렸기 때문이다.

새 시집에서 별빛은 영원성에 대한 사유를 동반한다. 초기시에서 별빛이 혼탁한 세상과 대조되는 맑고 곧은 심지(心地)를 가리키는 것이었다면 이제는 상처의 시간 속에서 육탈된 불변의 가치를 의미한다. 역사와 현실에 대한 관심과 비판의식이 도드라졌던 초기시에 비해 새 시집에서는 그러한 측면의 직접적인 표현은 거의 찾아보기 힘들다. 고통과 상처로 가득한 삶에 대한 인식은 여전하지만 대개 존재론적인 차원의 접근에 가깝다. 죽음과도 같은 깊은 침묵의 시기를 지난 후 그는 역사나 현실 저편의 영원성에 천착한다. 『수화』에서 보여준 현실의 삶에 대한 지독한 환멸과 피로감 때문일까, 그 반대편의 순수하고 본원적인 세계로 경도된다. 삶이나 예술의 본질에 대한 관심이 고조된다.

「아프리카, 내 언어들의 희망 또는 그 고통스런 조건」 연작에서 보여주듯, 이 땅의 현실이 아닌 아프리카의 척박한 삶이 더욱 절실한 생의 표지가 될 수 있는 것은 시인이 보다 보편적이고 본질적인 존재의 문제에 이끌리기 때문이다. '아프리카'가 그의 시심을 사로잡은 이유는 "햇빛을 이마에 뒤집어쓰고 발굽을 쳐달리는 노랗고 검은 갈기털 흙먼지의 바다 흙먼지의, 장엄한 고통을 목격"(「아프리카, 내 언어들의 희망 또는 그 고통스러운 조건 3」)할 수 있기 때문이다. 최악이라고 할 수 있는 고통스러운 삶의 조건을 통해 그는 "비겁한 남루한 음모에 불과한" 자신의 시를 되돌아본다. 아프리카가 그의 시에 제시한 희망은 "장엄한 고통"을 꿰뚫고 나아갈 수 있는 장중한 인고의 시간이다. 끝없이 펼쳐진 모래 위를 걸어가는 낙타처럼 우리 역시 쓸쓸하고 피로한 생애를 걸어가야 한다. 모든 번민과 고뇌를 육탈시켜 별빛같이 강하고 유구한 몸짓으로 남는 것이야말로 시인의 언어가 꿈꾸는 것이다.

고통을 통해 영원성에 도달한다는 점은 예술의 세계 역시 상통한다. 초기시에서 이미 시인은 '고흐'에 대한 각별한 관심을 보여주었는데, 새 시집에서는 보다 본격적으로 그림을 시로 번역하는 작업을 행한다. 그가 특히 끌리는 화가는 고흐를 비롯하여 뭉크, 프랜시스 베이컨, 월터 시커트, 에곤 실레 등 강렬한 표현력을 보여주는 자들이다. 불길하고 치명적인 삶의 균열을 온몸으로 견디며 그것을 오히려 예술의 영원성으로 각인시켜 "장엄한 고통"의 진경을 보여주는 그들의 작업은 시인의 예리한 언어를 만나 다시 한 번 선연하게 각성된다. 존재의 비애를 한 폭의 화폭 속에 응축시켜 놓은 그들의 그림에서 시인은 치열하고 고통스럽게 새겨 놓은 별빛의 언어를 발견한다.

이전의 시에서 역사나 현실을 수식하는 비유나 상징으로 작용하던 자연이 그 자체 서술이나 묘사의 대상이 되는 것도 커다란 변화이다.

늘 역사나 현실의 그림자에 가려 주변적인 위치에 있던 자연이 가장 친근한 교감과 소통의 대상이 된다. "내 그대의 물소리 안으로 들어가 살리 달빛 저렇게 밝아서 휘파람새 티끌같이 맑힌 울음 하나에도 내 가슴가죽 미어지도록 두근거리거든 그대의 물소리 안으로 들어가 살리"(「천마산 물소리」)에서처럼 자연은 시인이 기꺼이 동화되고 합일되려 하는 삶의 근원으로 자리잡는다. 역사나 현실의 중압에서 벗어나 투명하게 바라보는 자연은 한없이 다채로운 현상과 감각을 제공한다. "내가 한눈 팔며 점심 먹으러 가는 길섶 장마비 듣더니 떼버룩처럼 튕기는 것들 새벽녘 노을 비낀 개밥바라기처럼 뭉친 것들 투명하고 성근 빗금만 치는 것들 자개빛깔 같은 것들"(「토란잎에 빗물 든다」)에서 볼 수 있듯 자연을 묘사할 때 그의 시는 생기와 탄력으로 넘쳐난다. 그의 시가 지닌 풍부한 서정성과 섬세한 언어 감각은 자연의 묘사에서 최대로 고조된다.

다슬기 다슬다슬 물풀을 갉고 난 뒤
젖몽우리 생겨 젖앓이하듯 하얀 蓮 몽우리
두근두근 돋고 난 뒤
소금쟁이 한 쌍 가갸거겨 가갸거겨
순 草書로 물낯을 쓰고 난 뒤
아침날빛도 따라서 반짝반짝 물낯을 쓰고 난 뒤
검정물방게 뒷다리를 저어 화살촉같이 쏘고 난 뒤
그 옆에 짚오리 같은 게아재비가
아재비아재비 하며 부들 틈새에 서리고 난 뒤
물장군도 물자라도 지네들끼리

물비린내 자글자글 産卵하고 난 뒤
버들치도 올챙이도 요리조리 아가미
발딱이며 해찰하고 난 뒤

　　　　　　　　　　　　　　　　　—「늪」 부분

　음습한 죽음의 지대로 인식되었던 '늪'이 이 시에서는 밝고 해맑은
생명의 장으로 뒤바뀐다. 세밀하게 들여다본 늪은 온갖 작은 생명체
들이 어울려 살아가는 흥겨운 삶의 터전이다. 정겹고 생기 넘치는 우
리말의 재미와 아름다움을 한껏 살려낸 시어들로 인해 생명의 신비와
활력이 십분 발휘되고 있다. 늪이 그러하듯이 언어의 세계 역시 아직
발견되지 않은 수많은 생명과 신비로 가득 차 있을 것이다. 그것은
들여다볼수록 투명해지면서 넓게 열리는 세계이다. 우주의 필경사가
온 힘을 다해 별빛을 새기듯이 시인은 온몸으로 자연의 몸짓을 새기
려 한다. 희나리의 "따뜻하고 투명한 누선(淚腺)"으로 인해 "세상에
비접 나온 내 영혼이 왜 그토록 정결히 아파, 왔는지"(「희나리에 대
하여」)라고 하는 섬세하고 맑은 시선에 의해 삶은, 그리고 언어는 더
욱 다채롭고 새로워질 수 있다. 이토록 생기 있고 아름다운 언어들을
끌어내기 위해 시인이 기울인 각고의 노력을 짐작하기 어렵지 않다.
시가 견뎌낼 수 있는 육탈의 시간은 바로 그것을 새긴 견인의 시간과
비례한다는 도식을 산출하고 싶다. 그의 시는 다듬을수록 빛나는 금
강(金剛)의 언어이다.

5. 맑고 곧은 필적(筆跡)

　20여 년에 걸친 오태환의 시적 역정은 단순치 않은 궤적을 보여준다. 그는 지금까지 단 세 권의 시집을 냈지만 매번 적지 않은 변모를 거듭해왔다. 1990년대 침묵의 단애를 경계로 그의 시는 크게 양분된다. 사회·역사적 상상력이 주도하던 초기시에 비해 최근의 시들에서는 존재론적 혹은 미적인 관심이 확대된다. 의기와 비판의식이 투철하던 지사에서 섬세하기 이를 데 없는 예술가로 시인은 부단히 변모해 왔다.

　오태환의 시를 추동시키는 힘은 끊임없는 변화를 일으키는 원심력과 항시 변하지 않고 유지되는 구심력의 역학 관계에서 발생한다. 과감하게 여러 유형의 시를 시도하는 활발한 실험 정신은 그의 시를 계속 확산시켜온 원심력의 근원이다. 「북한산」 같은 장시를 집필하는가 하면 지극히 절제된 단시를 쓰기도 하고, 민중 연희를 활용한 공적인 발화를 행하는가 하면 폐쇄적인 개인의 내면을 그리기도 한다. 잡다한 일상의 세목들에 집중하는가 하면 순수한 예술의 세계에 몰입하기도 한다. 음악에 근접한 아름다운 운율의 시들도 있고 그림보다 더 현란한 색감과 치밀한 묘사가 나타나는 시들도 있다. 이런 다양한 시도들이 매번 성공한 것은 아니지만 그의 시가 협소한 개성에 머물지 않고 끊임없이 혁신될 수 있었던 중요한 동력으로 작용해온 것은 분명하다.

　그의 시를 일관되게 지켜온 구심력은 언어에 대한 염결성(廉潔性)이다. 그는 언어예술로서의 시의 본질을 망각해본 적 없이 철저한 장인적 기질을 보여준다. 언어의 선택과 배열에 작용하는 그의 감식안은 각별히 민감하다. 언어를 고르고 다듬는 시인의 안목과 솜씨는 보석을 대하는 세공사의 까다로움을 능가한다. 좋은 시와 나쁜 시에 대한 시인의 판결은 무자비할 정도로 단호하다. 처음도 언어, 마지막도 언어에 의해 가늠할 뿐이다. 그 기준은 물론 자신의 시에 대해서도 결코 예외를 허용하지 않는다. "앞서 낸 두 권의 책은 차라리, 애초부터 없었던 것이라면 하는 생각이 자주 들곤 한다"는 그의 고백은 20년 세월을 거뜬히 견뎌내지 못한 초기시의 퇴락한 언어에 대한 불만의 표시이다. 육탈된 몸처럼, 정교한 화석처럼 그의 시는 시간의 풍화 작용을 이겨내는 단단한 언어로 각인되고자 한다.

그리고 그의 시를 지켜온 또 하나의 인력으로 별빛을 빼놓을 수 없으리라. 별빛은 늘 그의 시가 이르고자 하는 정신의 높이와 감각의 열도를 대변해왔다. 별빛을 보며 항해할 수 있었던 시대는 행복했다던 루카치의 말처럼, 별빛을 지표로 삼아 시인은 흔들림 없이 운항할 수 있었다. 지표를 잃고 방황하는 요즘 시들과 비교하면 더욱 그렇다. 물론 그가 바라보는 별빛이 모두가 함께 지향하는 목표라 할 수는 없다. 좀처럼 하늘을 쳐다보지도 않는 요즘 사람들에게 그의 시는 너무 고고하고 정결하게 보일 수 있다. 하늘의 별은 늘 거기 있지만 바라보는 자에게만 빛날 뿐이다. 오태환 시의 가치도 그것을 알아보는 자들에게만 소중하게 각인될 것이다. 그의 맑고 곧은 시정신이 시간과 세파에 굴하지 않고 별빛처럼 높고 투명한 경지를 지향해가기 바란다.

성스러운 흉터
──김신용론

비극적 영웅은 자신의 운명을 가볍게 희롱한다.
그가 너무나도 우아하게 그의 운명을 성취하기
때문에, 이때 조롱을 받는 것은 인간이 아니고
신인 것이다. ──장 주네, 『도둑일기』 중에서

1. 비천함과 성스러움

  김신용은 특이한 이력을 가진 시인이다. 그는 14세 때부터 부랑생활을 시작해서 노숙과 매혈, 막노동으로 생활하며 소위 밑바닥이라고 부르는 인생 경험을 두루 거쳤다. 소년원이나 감옥에서는 숙식이 해결되기 때문에 오히려 편안했을 정도로 그는 거칠고 암담한 세월을 지나왔다. 교육을 담당한 두 종류의 학교 중에서 그는 단연, 밤의 학교인 교도소에서 지식과 생활의 법칙을 습득했다. 그의 문학 수업이나 다양한 지식은 교도소에서의 방대한 독서에 의해 가능한 것이었다. 40세가 넘는 나이에 시를 발표하며 등단한 그는 네 권의 시집과 두 편의 장편소설을 내놓은 현재까지 꾸준한 활동을 보여주고 있다.

  체험이 문학의 모든 내용을 차지하는 것은 아니지만 중요한 기반을 이루는 것은 사실이다. 김신용의 문학이 갖는 무게의 상당부분은 체험의 핍진성에 근거한다. 그의 문학이 갖는 흡입력은 일차적으로 다른 문학에서 찾아보기 힘든 특별한 세계—노숙자, 수감자, 지게꾼, 잡부, 창녀의 삶—를 만나게 되는 데에서 온다. 대부분 일기나 고백의 형식을 띠는 그의 문학은 몸소 겪었던 밑바닥 인생의 역정을 담고 있다. 관찰이나 보고와는 다르게 그의 문학은 직접 경험에서 오는 실감을 확보하고 있다. 그러나 체험의 핍진성만으로 그의 문학이 갖는 독특한 위치를 설명하기는 힘들 것이다. 노동자나 소외계층의 직접 체험이 반영된 문학은 드물긴 하나 그리 낯선 것은 아니기 때문이다. 더구나 그가 등단한 1980년대는 노동자 출신의 문인들이 크게 활약했던 시대이다. 그보다 훨씬 분명하게 소외계층의 삶을 각성하고 그보다 한층 강경하게 부조리한 현실을 비판한 경우는 얼마든지 있다. 하지만 그보다 더 오랫동안 밑바닥 삶에 머물며 그보다 더 깊이 있게 절망과 비애에 천착한 경우는 없다. 그가 보여준 것은 현실적인 차원의 부정이라기보다 실존적인 차원의 그것이었다. 그렇기 때문에 현실의 판도가 변화하면서 노동자나 소외계층 출신의 문인들이 침묵하게 된 것과 달리 그는 더욱 왕성하게 활동하고 있는 것이다.

절망과 자기 방기의 극한까지 나아가 마침내 존재의 질적 변환을 일으키는 그의 독특한 자기완성의 방식은 우리 문학에서는 유례를 찾아보기 힘들다. 그것은 차라리 저 세계문학사의 희귀한 예인 장 주네를 연상시킨다. 사르트르로부터 '성(聖) 주네'라는 찬사를 받은 장 주네는 어둠과 악과 불행의 세계 속에서 자신의 운명을 실현함으로써 구원에 이르고자 하였다. 그는 성스러움을 모독할 때의 불안에 가득찬 희열을 통해서 또 다른 신성의 경지에 도달할 수 있었다. 더 이상 내려갈 곳이 없는 바닥의 끝에서 거꾸로 열리는 성스러움을 발견했던 것이다. 비천함의 나락에서 벗어나려 발버둥치기보다는 차라리 끝없이 침잠하는 가운데 절대적인 고독과 자유에 이르고자 했던 김신용 역시 비천함을 성스러움으로 승화시킨 놀라운 부정의 모험가라 할 만하다.

지금까지 내놓은 그의 네 권의 시집은 매번 적지 않은 변모의 양상을 보여주지만, 1990년을 기점으로 양분해볼 수 있다. 『버려진 사람들』(고려원, 1988)과 『개같은 날들의 기록』(세계사, 1990)이 현장성과 고백적인 성격이 강한 것에 비해 『몽유 속을 걷다』(실천문학사, 1998)와 『환상통』(천년의 시작, 2005)은 상징성과 성찰의 면모가 두드러진다.

2. 병 속의 새

첫 시집 『버려진 사람들』은 제목에서 드러내는 바와 같이, 시인 자신을 포함한 소외된 계층의 삶을 구체적으로 그리고 있다. 이는 삼청교육대와 교도소 체험, 지게꾼이나 탄부와 같은 막노동, 그보다도 암담한 구걸과 매혈을 통해 유지하던 비천한 삶의 기록이다. 밑바닥 삶을 전전하며 만난 수많은 소외계층의 삶은 1980년대 음지의 현실을 생생하게 증언한다. 이 시집이 1980년대의 노동문학과도 변별되는 것은 노동 해방을 향한 희망과 의지가 강렬했던 노동 현장의 시들과 달리, "우리에겐 내일이 없다"(「그리고 아무도 오지 않았다」)는 절망의 선언으로 일관하고 있다는 점이다. 이 시집의 등장인물들은 변변한 노동조차 할 수 없는 "버려진 사람들"이기 때문이다.

삶의 의지가 박탈된 자들에게 남는 것은 강렬한 실존의 증거이다.

몸의 담론이 유행하기 시작하는 1990년대보다 훨씬 앞서 그의 시는
몸이 증명하는 절박한 실존의 양상을 주목한다.

> 비록 어둡고 음울한 습지에 숨어 징그러운
> 몸뚱이끼리 얽혀 산다 해도 어둠은 결코
> 謫所가 아니다 　　　　　　　　　　　——「지렁이의 詩」 부분

> 약물로 어린 넋을 지우고
> 깊어가는 무관심만큼 깊이
> 제 몸을 상처내고 있다
> 차라리 몸 전체가 상처이길 빌고 있다
>
> 저 앵벌이 아이. 　　　　　　　　——「續 · 미운 오리새끼」 부분

> 뼈마디마다 노을 골병으로 물들어도
> 손바닥 어깨에 박이는 굳은 군살로
> 우리는 살아 있습니다
>
> 몸 전체로 삽이 되어, 질통이 되어. 　　　——「잡부일기 1」 부분

　오직 몸 하나만이 생존의 증거가 되어줄 만큼 이들의 삶은 처절하
다. 이는 자기 몸의 상처나 굳은살이 생존의 수단이 되어주는 역설적
삶이다. 시인은 「작은 告白錄」에서 자신의 생명을 팔아 생명을 유지
하는 극단적인 생존의 전략을 고백한다. 단돈 팔백 원의 수수료를 얻

으려고 스물 두 살의 나이에 정관 수술대에 누운 참담한 상황은, "그
어두운 학살의 땅엔/흰 壽衣를 펴들고 막 첫눈이 내리는데……"라는
서정적 묘사로 인해 더욱 비감하다.

김신용 시의 강렬한 육체성은 감옥을 자궁으로, 역을 성기로 연상
하는 데에서 더욱 두드러진다. 적나라한 육체의 비유는 "감옥의 그
포근한 어둠의 羊水에 묻혀 또/다시 태어나고 싶었다"(「밤길」)고 할
정도로 밑바닥에 이를수록 더욱 강렬하게 솟구치는 삶의 욕망을 드러
낸다. 그의 문학에서 성과 육체의 묘사는 극단의 비천함 속에서도 꺼
지지 않는 처절한 생존의 갈망을 보여준다.

그의 시는 강렬한 육체성과 함께 풍부한 서정성을 내포함으로써 고
백의 단순성을 넘어선다. 추락하는 자아를 무기력하게 견뎌야 하는
절망감은 그의 시에서 많은 '새'의 상징을 낳는다. "손수건만한/공장/
창밖/문득 새의 나래짓 소리 스치면/종일 재봉틀 소리에 몸 다 적셔
도/이 차가운 빗줄기 뚫고/나래 꺾여도, 나래 꺾여도/날아가고 싶은
작은/황토빛/새"(「겨울비」)에서처럼 새는 현실의 질곡을 뚫고 나아
가고자 하는 희망의 표상이다. 그러나 그의 시에서 새는 병 속에 갇
혀 꺽꺽 울고 있거나 날개가 잘려나간 암담한 상태에 놓여 있다. 가
망 없는 막장이나 폐허와 같은 절망의 끝에서 병 속에 갇힌 새의 절
망적인 몸부림은 실존의 표상으로 각인된다.

『개같은 날들의 기록』은 시집 제목에서 풍기는 것과 같이 첫 시집
보다 더 시니컬한 태도를 보여준다. 지게꾼이나 막노동자로 일할 때
의 체험이 대부분인 이 시집에서는 "갈갈이 해체되는 노동의 몸뚱이"
(「순환회로」)에도 불구하고 "이 땅의 노동에는 폐허의 기억밖에 없
다"(「저녁길」)는 절망적인 현실에 대한 강렬한 부정이 행해진다. 희

망 없는 잡부들에게 현실은 '유리로 지은 인큐베이터'나 '얼음나라'처럼 차가운 불모의 땅에 불과하다는 사실이 선명하게 인식된다.

일이 싫었다. 공장의 콘베이어 벨트는
꼭 교수대의 밧줄 같았다. 쳇바퀴 속
다람쥐꼴의 조출철야, 백날 뺑뺑이 돌아봐야 냄비에 라면
꼬랑지로 말라붙는 나날들, 지겨웠다. 몽키는
생눈깔을 조여댔다. 망치는 가슴속의 녹만 두들겨댔다.
끔찍했다. 일하고 싶을 때 일하고 놀고 싶으면
놀고 싶었다. 이왕 앞길이 절벽인 인생, 시부랑탕!

—「그늘의 그늘」 부분

기계의 부품이 되어 단순 반복하는 노동에 대한 염증이 노골적으로 표출된 이 시를 통해, 그의 시가 1980년대의 노동시들과 변별되는 지점을 찾을 수 있다. 적어도 그 자체는 신성시되던 노동에 대해서도 그는 근본적인 회의를 드러내고 있다. 그가 희망한 것은 노동을 통해 정당한 대가를 얻을 수 있는 공정한 현실이라기보다는 기계적인 노동으로부터 벗어나 숨쉴 수 있는 자유이다. 그저 굶주림을 면하기 위해 찾는 공장의 콘베이어 벨트는 교수대의 밧줄과 다를 바 없다는 저항감은 그의 시를 실존적 차원으로 열어 놓는다. 허울 좋은 재생원의 억압과 감금에 대해서도 끊임없이 저항하며, "돋아날 때마다 사육의 가위에 잘려지던 속날개, 잘릴수록/끊임없이 돋아나던 구원에의 외침"(「再生院에서」)을 버리지 않는다.

그는 시나 소설에서 니코스 카잔차키스의 말— 인간이라니, 그게

무슨 뜻이지요? 자유라는 거지! — 을 자주 인용한다. 자유를 인간다
움의 징표로 받아들인 그에게 현실은 늘 추락과 퇴행의 과정일 수밖
에 없다. 그는 기꺼이 부랑의 자유 속으로 들어섬으로써 바닥 모를
절망과 체념을 수용할 때 오히려 편안해지는 존재의 질적 변환에 이
른다. 더 이상 절망할 것이 남아 있지 않을 때 생은 아이러니하게도
희망의 빛을 비추는 것이다. 절망의 끝에서 발견한 희망의 신비를 그
릴 때 김신용의 시는 매우 서정적이다.

> 한번 손을 내밀 때마다 한삽씩 퍼올려지던
> 어둠,
> 온몸의 질통에 담아 나르던 꿈의 뿌리,
> 그 삽질,
> 기어이 그대 가슴 덮인 콘크리트 벽을 뚫고
> 흙의
> 따뜻한 살결을 만났을 때.
>
> 몸의
> 모든 뼈, 그물 엮어 피워 올리던 그 꽃,
> ──「나는 에델바이스를 본 적이 있다」 부분

그의 삶을 지탱한 것은 콘크리트 벽을 뚫고 피어난 에델바이스와 같
은 놀라운 역설의 힘이다. 죽음 속의 삶, 차가움 속의 따뜻함, 억압 속
의 자유, 연약함 속의 강인함에 대한 발견이 없었던들 부랑과 노동을
원천으로, 그토록 아름다운 시들을 쓴다는 것은 불가능했을 것이다.

3. 상처에서 피는 꽃

『몽유 속을 걷다』부터 김신용의 시는 현장성이 줄어드는 대신 서정성이 더욱 짙어진다. 직접 몸으로 겪었던 고난의 기록보다는 기억으로 남아 있는 상처들과 소외된 타자들의 이야기가 주를 이룬다. 버려진 사람들에 대한 동류의식과 연민은 첫 시집부터 지속되어오긴 했지만 점차 전체적인 삶에 대한 깊이 있는 통찰로 이어지게 된다. 「밥 이야기 2」에서는 몸을 팔아야 사는 목숨이 더러워 쥐약을 삼켰다가 식도가 상해 인공식도를 옆구리에 붙이고 살아가는 창녀의 이야기가 나온다. "세상을 향한 복수처럼, 이 새로운 밥의 길을 걸어/그녀는 또 매음굴로 간다"는 처절한 몸짓을 통해 삶의 욕망에 대한 경이를 느끼지 않을 수 없다. 「一人 전쟁」에서 그려지는, 아내를 죽인 죄의식으로 순교적인 수감 생활을 감수하며 조장(鳥葬)의 무덤처럼 황폐한 육신으로 살아가는 한 남자의 이야기도 잔인한 삶과 겨루는 치열한 대결 의지로 인해 일종의 경건함을 불러일으킨다. 그의 시에 등장하는 소외된 인간 군상들은 노역과 비천함의 극한에서 오히려 순결해지는 임계점에 도달해 있다. 시인은 이런 버려진 자들에게서 생을 향한 욕망의 강인함과 순수함을 발견한다. 그들의 삶이야말로 거짓 없고 거칠 것도 없는 본연의 삶이라 할 만하다. 시인의 눈은 그들의 삶에서 매번 경이를 보며, 시인의 가슴은 그들에게 떨칠 수 없는 사랑을 느낀다. 그들은 가식과 위선으로 둘러싸인 가진 자들에게서는 도저히 찾을 길 없는 뜨거운 삶의 본능을 보여주기 때문이다. 장 주네가 "추악하고, 더럽고, 이그러진 사람들을 사랑하게 하다니 그 얼마나 훌륭하고 달콤하고 정다운 약인가!"라며 뽐낼 때의, 새로운 세계에 대한 발견의 기쁨과 그곳을 선점하게 된 자의 자부심이 시인에게도 없었다고 하기는 힘들 것이다. 남들이 감히 발들여 놓지 못하는 곳에서 몸소 겪으며 도달한 깨달음의 선연함은 그의 시에 통찰의 깊이를 부여한다.

얼굴에 술을 끼얹으며 썩은 내 품을 파고드는 비린 생선 내음, 절이고 절여진 퇴락한 어촌의 그 한서린 세월, 그것 또한 내가 껴안아야 할 흉터가 아니던가요? 이 땅, 암호처럼 그이가 내게 주고 간 흉터, 그 살아 있는 날들의 의미가 아니던가요?
—「흉터, 어느 작부로부터의 편지」 부분

절해고도에 자리한 어촌의 작부로까지 밀려난 한 여인을 통해 시인이 확인하는 것은, 흉터를 안고 살아가는 삶의 의연하고 성스러운 경지이다. 그것은 바닥에 도달할 때까지 최선을 다할 때 삶이 베풀어주는 놀라운 선물이다. 지울 수 없는 흉터를 남긴 사내를 아낌없이 포용하는 이 여인은 비천함과 성스러움이 융화되어 있는 경이로운 삶의 경지를 보여준다.

시인은 절망과 상처에서 아름답게 꽃피는 삶의 흔적을 놓치지 않는다. 그의 시에 드물지 않게 등장하는 자연물조차 한가롭고 평온한 모습을 보이지는 않는다. 그의 시에서는 "가슴에 지워지지 않는 恨의 무늬처럼//심해의 밑바닥에 뱃가죽을 붙인 채 엎드려"(「넙치의 詩」) 있는 넙치나 "돌처럼, 돌 속에서 돌로 굳어버림으로써 돌 속을 살아가는"(「돌 속을 헤엄치는 물고기」) 화석 물고기의 힘겨운 사투가 그려진다. 1990년대 문학에서 하나의 유행을 이루었던 연어도 그의 시에서는 "양동 빈민굴의 철거민들, 다시 가난을 낳기 위해"(「연어의 길」)
돌아오는 양태를 연상시킨다. 시인에게 고통과 상처가 빚어내는 처절
한 삶은 인간뿐 아니라 자연까지도 포함하는 보편적인 생명의 속성으
로 인식된다. 그는 상처를 안음으로써 더 황홀하게 꽃피는 생명의 신
비를 발견한다.

　최근 시집인 『환상통』에서는 자연의 상징이 더 많이 나타나며 서정
성이 더욱 강화된다. 아마도 자연으로 터전을 옮긴 현재의 삶을 반영
하는 변화일 것이다. 전의 시집들처럼 절박한 생활의 현장을 담고 있
지는 않지만, 여전히 그의 시를 지탱하는 것은 고통의 기억과 비애의
힘이다. 표제시인 「환상통」에서 보여주는 바와 같이, 지게꾼이 지게
를 놓아버린 이후에도 여전히 남아 있는 통증과 상실감 같은 고통의
잔상 때문이다. 고통의 사제였던 그에게는 자연의 모든 현상이 상처
와 통증의 증명처럼 보인다.

　　　그러나 썰물이 되면,
　　　자신의 존재의 내면을 드러내듯
　　　여는, 떠오른다
　　　떠올라, 그 못생기고 울퉁불퉁한 상처들 속에서
　　　온갖 갑각류와 어패류, 해초류 같은
　　　생명들을 풀어놓는다
　　　그리고 아무도 아지 못하는 바람과
　　　쓸쓸한 햇볕들 속에서
　　　자해처럼, 새로운 상처들을 만든다
　　　그 상처의 집 속에 자신을 묻는다　　　　　　　　—「여」 부분

여는 시인이 자연에서 발견한 경이로운 고통의 사제이다. 작고 못난 바위섬인 여는 평소엔 물 속에 숨어 있어 잘 보이지도 않다가 썰물 때면 상처투성이의 몸을 드러낸다. 울퉁불퉁한 상처 속에 온갖 생명을 품고 있다 풀어 놓는 여 또한 비천함과 성스러움이 합일된 생의 신비를 내포한다.

도시에서 버려진 사람들의 편이었던 시인은 자연 속에서도 연약하고 힘겨운 생명에만 눈길을 준다. 고압 전류가 흐르는 철탑에 둥지를 튼 까치들은 "지난날, 변방에서 변방으로 쫓겨나던 무허가 판자촌의 철거민"(「幻?」)과 동일시되고, 산정의 절벽 끝에서 말라죽은 고사목들은 "몸은 살아 있지만, 영혼이 말라버린/저 지하도 시멘트 바닥의 사람들"(「고사목」)을 연상시킨다. 명사(鳴沙)를 걸으며 "신기루마저 지워진, 온몸 가시 돋은 선인장 한 그루 없는 새벽/저 지하도, 인력시장의 사람들"(「鳴沙」)을 떠올리거나, "그 무수한 세월의 발자국들이 찍힌 내 몸의 모래밭이 꼭 납골당 같"(「鳴沙에서」)다고 생각할 정도로 시인은 지독한 환상통을 겪고 있다.

지금 내 시 쓰는 일은
그렇게 드므에 얼굴을 비쳐보는 일
언제나 가시처럼 못박혀 오던 그 맑은 물거울에 몸 던져, 스스로 피
흘리는
일   ──「드므가 있는 풍경」 부분

김신용의 시에서 시인으로서의 자의식이 드러나는 시는 흔치 않다.

그의 시는 시인이기에 앞서 한 인간으로서 겪었던 절실한 삶의 체험을 담고 있다. 그런 그가 이제는 그 처절했던 사투의 현장에서 한걸음 물러나 그래도 여전히 시를 써야만 하는 이유를 탐문하는 것이다. 시인들이 자화상을 그릴 때는 자신에게 가장 적합한 거울을 사용하는데, 그는 특이하게도 '드므'라는 돌거울을 선택한다. 이상의 날카롭고 불안한 자의식을 비추던 유리거울과도 다르고 윤동주의 내면적이고 반성적인 자아를 반영했던 청동거울과도 다르게, 그는 거칠고 투박한 돌거울에 자신을 비춘다. 드므는 처마 밑에 빗물이 고이도록 놓아둔 넓적한 독으로, 수마(水魔)가 찾아왔다가 흉측한 제 얼굴에 놀라 달아나게 했다는 옛날의 화재 경보 장치라고 한다. 시인은 돌거울의 가시를, 자신의 상처로 안고 스스로 피 흘리는 고통의 각성제로 삼으려 한다. "나는 지금도 내 얼굴이 몇 개인지 잘 모른다"(「달과 어릿광대」)고 할 정도로 무수한 기억을 담고 있는 시인은, 돌의 기억이 그러한 것처럼 모든 가시를 품고 순간을 영원으로 새기는 각고의 시를 다짐하고 있다.

4. 우주의 주민 되기

김신용의 시는 최근 들어 더욱 주목을 받고 있다. 강렬한 현장성의 충격파 이상으로 그의 시를 견고하게 지탱하고 있는 짙은 서정성과 깊이 있는 통찰력이 인정받기 시작했기 때문이다. 이는 그의 문학의 출발점인 1980년대 노동문학이 현재적 의미를 상실하고 있는 것과는 대조적인 현상이다. 그의 시가 체험과 고백의 직접성에 머물러서는 진전되기 힘든 문학적 성과에 도달한 것은 실존적 차원의 고뇌와 자유를 향한 뜨거운 열망에 의거한다. 양동 빈민굴 사창가에 살 때도 그는 "우주의 주민이 되는 것"(「구름 속의 산책」)을 꿈꾸었고, 모든 자연에서 "불가해한, 생의 상처일지라도/쓰라리지만, 그 상처 속으로 스며들어 꽃으로 피워 올린다"(「소금」)는 신비를 확신한다.

개인적 고통과 상처의 기억을 모든 자연과 우주에 편재하는 생의 원리로서 파악하는 데에서 그의 시는 지속적인 창작의 동력을 획득한다. 자신을 포함한 우주 만물의 상처와 흉터에서 지난한 생존의 몸짓을 발견함으로써 그는 우주적 연민에 이르는 보편성을 획득한다. 그의 시는 가장 낮은 자리까지 도달했던 자가 품을 수 있는 드넓은 포용력과 놀라운 역동성을 내포하고 있다.

인간다운 삶에 대한 희구로서 시를 쓰던 단계에서 나아가 이제 그는 시인으로서의 운명을 확인하려는 변화의 시점에 놓여 있다. 시인으로서의 자의식과 시 쓰기의 의미에 대한 근본적인 물음 앞에 그는 서 있다. 그가 자신을 비출 거울로서 드므를 찾은 것은 탁월한 선택이라 할 만하다. 돌거울인 드므에는 태곳적부터의 온갖 상처와 가시가 들어 있다. 수마조차 달아났던 이 무서운 상처의 거울은, 그가 끝까지 바라보며 지켜낼 때, 비천함에서 성스러움을 길어올리는 시의 신비를 펼쳐 보일 것이다.

구멍과 사리
—— 이윤학론

1

이윤학은 1990년 등단 이후, 시집 『먼지의 집』(문학과지성사, 1992), 『붉은 열매를 가진 적이 있다』(문학과지성사, 1995), 『나를 위해 울어주는 버드나무』(문학동네, 1997), 『아픈 곳에 자꾸 손이 간다』(문학과지성사, 2000), 『꽃막대기와 꽃뱀과 소녀와』(문학과지성사, 2003) 등 다섯 권의 시집을 냈다. 10년 남짓한 세월 동안 그가 얼마나 시작에 집중했는지를 짐작케 하는 목록이다. 고통과 상처로서의 삶에 대한 지칠 줄 모르는 탐구를 행하는 그는 천성적인 시인이다. 어떤 밋밋한 풍경이나 하찮은 사물도 그의 시선을 거치면 유의미한 삶의 징표가 된다. 시인은 과장된 수사나 거센 목청을 드러내지 않으면서도 절박하고 처절한 삶을 재현해낸다. '폐허'로 압축되는 삶에 대한 끝없는 응시와 통찰을 보여주는 그는 '깊이'의 시인이다. 길지 않은 세월 동안의 집약된 시작 결과일 수도 있지만 그의 시는 다양한 진폭으로 펼쳐지기보다는 일정한 주제를 두고 반복 심화되는 양상을 보인다. 그의 시에는 '폐허'로서의 삶을 증명하는 '빈집' '저수지' '구멍' '연못' '무덤' 등의 이미지가 포진해 있어 흥미를 끈다. 여기서는 이렇게 지속적으로 반복되는 주요 이미지군을 중심으로 그의 시가 보여주는 삶의 풍경을 순차적으로 따라가볼 것이다.

첫 시집 『먼지의 집』에는 시집 제목과 같은 공허한 빈집의 이미지가 가득하다. 폐광촌이나 폐가의 황량한 풍경을 비롯하여 무덤이나 곤충의 빈 껍질 등 적막하게 비어 있는 어떤 대상도 폐허를 응시하는 그의 시선을 벗어나지 못한다. 시인은 아무도 보지 않는 빈집을 한량없이 응시하며 그곳에 새겨진 상처의 기억과 고통의 흔적들을 읽어낸다.

봄이 왔다. 담쟁이넝쿨 뻗어나와 그 집
흙벽을 덮는다. 봄에 얼어 죽은 노인이 살던 집
처마끝 제비집, 바람에 검불들 흔들린다. 백발의 노인은
꺼칠한 수염을 달고, 마루 끝에 서서 먼 산을 바라보곤 했다.
공동묘지에 핀 억새꽃 물 묻어 더욱 빛나고 있었다.
화단에 국화꽃 노랗게 피고 하눌타리 열매 울타리마다
열렸다. 아무도 따지 않는 열매들 붉어져갔다. 해마다
그랬다.

노인이 죽고 빈집에 봄이 왔다. 노인이 살던 집 뒤에
잔뜩 비틀어진 소나무 위에, 까치가 집을 짓기 시작했다.
휘어지는 소나무 가지에 앉아 있는 까치 한 쌍이

보였다.

<blockquote>검불 같은 수염의 노인은 평생 홀아비였다.　　——「그 노인」 전문</blockquote>

감정을 배제한 건조한 시선은 폐허의 풍경을 보다 선명하게 포착해 낸다. 평생을 혼자 살다 얼어 죽은 노인의 비극적 삶을 그리고 있는 이 시에서도 감정은 전혀 개입되지 않는다. 노인의 죽음과 무관하게 피었다 지는 꽃과 열매들이 무상한 삶을 재현할 뿐이다. 노인처럼 "잔뜩 비틀어진 소나무" 위에 앉아 있는 까치 한 쌍이 대조를 이루며 그의 적요한 일생을 조명한다. '보여주기'에 능한 시인의 성향을 엿볼 수 있는 시이다. 엿장수 일가가 떠난 폐가를 묘사한 시 「판교리 6」에 서도 이용악의 「낡은 집」을 연상시키는 곤궁하고 적막한 삶이 그려진 다. 이야기성이 다분한 그의 시이지만 그것은 언제나 직접적 현실보 다는 존재의 심연을 향해 있다. 노인이나 엿장수 일가의 폐가에서 그 리고자 한 것도 적막하고 공허한 삶의 풍경인 것이다.

"빈병에도/채워지는 먼지가 있다. 세월은 먼지를 먹고/배부르다" (「판교리 8-먼지의 집」), "나는 언젠가 이 무거운 몸을 버리고/환해 질 것이다/그때는 아무것도 아닐/움직이지 않는 내 몸을 덮어줄 먼지 들이/내 주위엔 얼마든지 있다"(「솜공장에서-먼지」)에서의 '먼지'처 럼 죽음 이후의 공허까지 그리고 싶은 시인은 폐허를 수식하는 어떠 한 대상에도 무심하지 않다.

그의 시에 동물 이미지가 많이 등장하는 것도 대상의 응시를 통해 존재의 본질을 꿰뚫고자 하는 시인의 지향과 관련된다. 달팽이, 개구 리, 구더기, 파리 등 하찮은 미물들의 묘사에서 시인은 생명의 본원

적 욕망과 공허한 종말을 그린다. "집이 되지 않았다 도피처가 되지
도 않았다/보호색을 띠고 안주해버림이 무서웠다/힘겨운 짐 하나 꾸
리고/기우뚱기우뚱 어디로 가는지 모르면서/얼굴을 내밀고 살고 싶
었다"(「달팽이의 꿈」)는 달팽이의 꿈은 안주와 탈주의 꿈 사이에서
방황하는 인간의 욕망과 다를 바 없다. "잠자리 한 마리가 남기고 간
것은/거추장스러운 빈 껍질뿐이다//투명한 잠자리의 영혼은 얼마나
고독할까!"(「잠자리 한 마리가 거미줄을 통과할 때」)에서의 잠자리의
최후와 빈 몸을 남기고 떠나는 인간의 죽음도 다를 바 없다. 미물의
삶에서 더욱 적나라하게 드러나는 생의 공허한 흔적을 통해 그는 폐
허로서의 존재의 심연을 확인한다.

처음부터 폐허의 풍경과 '침묵의 힘'에 매혹된 시인의 운명은 순탄
치 않아 보인다. 끝 모를 존재의 허구렁에 빠져들어 헤매기 십상이기
때문이다. 그러나 그 어떤 관념의 유희나 감정의 누설도 허용하지 않
는 투명하고 단호한 응시가 존재의 심연을 향한 집요한 여정을 밝혀
줄 것이다.

두번째 시집 『붉은 열매를 가진 적이 있다』에서 폐허의 이미지는
'저수지'나 '웅덩이' 같은 깊이를 부여받기 시작한다. 첫 시집에서 철
저하게 대상에 고정돼 있던 눈길이 내면의 의식을 투시하는 변화를
엿볼 수 있다.

하루종일,
내를 따라 내려가다 보면 그 저수지가 나오네
내 눈 속엔 오리떼가 헤매고 있네

내 머릿속엔 손바닥만한 고기들이
바닥에서 무겁게 헤엄치고 있네

물결들만 없었다면, 나는 그것이
한없이 깊은 거울인 줄 알았을 거네
세상에, 속까지 다 보여주는 거울이 있다고
믿었을 거네

거꾸로 박혀 있는 어두운 산들이
돌을 받아먹고 괴로워하는 저녁의 저수지

바닥까지 간 돌은 상처와 같아
곧 진흙 속으로 비집고 들어가 섞이게 되네　　　—「저수지」 전문

'하루종일' 내를 따라 내려가서 보는 이 '저수지'는 온통 시인을 사로잡고 있는 존재의 심연을 연상시킨다. "내 눈 속엔 오리떼가 헤매고 있네"와 "내 머릿속엔 손바닥만한 고기들이/바닥에서 무겁게 헤엄치고 있네"에서 나타나는 시선의 변화는 시인이 경험적 현실뿐 아니라 내면의 의식에서도 본격적으로 '폐허'의 풍경을 그리기 시작했음을 암시한다. 저수지의 바닥에서 '무겁게' 헤엄치고 있는 물고기들에 대한 상상은 심연의 깊이에 대한 감각을 드러낸다. 존재의 심연에 대한 통찰이 내면의 의식과 분리될 수 없음은 '저수지'를 잇는 '거울'의 이미지에서도 확인된다. "속까지 다 보여주는 거울"은 시인의 내면을 투영하는 의식의 반사체이다. 그것은 상처와 고통으로 얼룩진 내면의

풍경을 비춘다. "거꾸로 박혀 있는 어두운 산들이/돌을 받아먹고 괴로워하는 저녁의 저수지"라는 절묘한 표현을 얻고 있는 시인의 내면 풍경은 상처가 깊이 새겨진 폐허이다. "追憶은, 廢墟를 건너기 위해 있는 것"(「한낮의 풀밭」)으로 단정될 만큼 그 상처의 흔적은 깊다. 상처의 기억으로 가득한 이 내면의 물은 "웅덩이를 차지한 썩어가는 물"이라는 부정적인 이미지를 낳는다. "이걸 어떻게 퍼낼까/이걸 우려내는 데/얼마나 많은 날들이 필요할까, 그것이/가능한 일이기나 한 건가"(「간척지」)라는 심각한 회의를 동반할 정도로 상처의 기억은 절대적이다.

이 시집에서도 지속되는 동물의 이미지 역시 고통스런 삶을 처절하게 반영한다. "죽어서 썩지 않고는/고통 속에서/벗어날 수 없었다"(「자라」)는 어항 속의 자라나 "도망갈 곳이 없다/이젠 두렵지 않다"(「두꺼비들이 돌 위에 나와 앉아 있다-시냇가」)는 돌 위의 두꺼비는 극한 상황에 처해 오히려 평정해지는 경지를 보여준다. "뒷머리를 깎으려고/머리를 숙이고 있다,/웃으면서 죽은 돼지 머리와/울면서 죽어간 돼지의 몸을 생각한다"(「이발소에서」)에서 보여주는 냉정한 시선도 상처와 고통의 응시에 익숙해진 자의 경험에서 오는 것이다.

사과나무 밑은 수없이
긁혀 있다 나는 언젠가
붉게 익은 열매를 가졌던 것이 있다,

젖소들이 꼬리를 흔든다
갑자기, 채찍을 들어

자신의 몸을 후려친다

파리들이 날아간다
무엇인가 계속 빨아먹을 것이 있다
파리들은 금방 돌아온다,
다시 그 자리에 가서
붙는다

나는 육체의 철조망을 사랑한다
얼룩덜룩 찍어붙인 무늬들, 젖소들
김이 쏟아져나오는 침묵을
아귀새기고 있다   ─「목장」 부분

　붉은 열매에서 "남은 열매들의 운명이란/썩은 다음에 떨어져, 으깨어지는 것"(「송덕리, 노을」)을 상상하는 자의 의식은 상처의 흔적과 존재의 심연에 대한 비극적 상상으로 얼룩져 있다. "창문에 번진 노을을 바라보고 있는데//내가, 내 무덤 속을 들여다보고 있다는 느낌이 든다"(「그 찻집은 구름 속일 수도 있었고」)고 할 정도로 그의 의식은 소멸을 향해 있다. 생명이나 열정의 상징인 붉은 빛이 그의 시에서는 미구에 닥쳐올 죽음의 전조로 그려진다. 블랙홀처럼 그의 의식을 빨아들이는 존재의 심연에 사로잡혀 있기 때문이다. 거대한 존재의 심연과 그곳에 가득한 상처를 기억하는 시인은 "육체의 철조망"을 사랑한다고 고백한다. 그의 내면 풍경 속에서는 철조망에 긁혀 병든 사과나 악착같이 달라붙는 파리떼를 쫓기 위해 자신의 몸을 후려

쳐야 하는 소가 그려진다. 고통과 상처로 휘감긴 "육체의 철조망"을
묵묵히 감내해가며 그는 폐허를 건너려 한다.

　세번째 시집 『나를 위해 울어주는 버드나무』에서 폐허의 이미지는
바짝 말라붙은 삭막한 바닥을 드러내게 된다. 흔히 생산과 풍요의 상
징인 물이 가득한 저수지나 연못과는 달리 말라버린 그곳은 삭막한
폐허의 공간이다.

애를 긁어낸 여자의 자궁과도 같을
얼어붙은 연못의 처절한 바닥,　　　　　　　—「처절한 연못」 부분

바닥 위에는
농약병과 술병이 있네
그 속은 어둡고 비어 있네　　　　　　　　—「저수지 2」 부분

물 빠진 뻘과, 뻘의 발인
긴 고랑이 보인다
뻘의 상처는
긴 다리들을 가지고 있다　　　　　—「해청을 지나는 버스」 부분

얼어붙은 시궁창 위로
폐수가 쏟아져 나오고 있다　　　　　—「얼어붙은 시궁창」 부분

이 연못은 작은 전봇대 하나도
제대로 삼킬 수 없는 것이다　　　　—「연못에 박힌 전봇대」 부분

시집의 곳곳에서 찾아볼 수 있는 이런 처절한 풍경은 매우 부정적인 폐허의 이미지를 형성한다. 병들고 고갈된 연못이나 저수지는 생산성과는 거리가 먼 불모의 땅이다. 시인은 말라붙거나 얼어붙은 물에서 도저한 폐허의 이미지를 발견하고 "너는 망했다, 너는 폐허다!"(「겨울에 지일에 갔다 8-우물가」)라고 가차 없이 선언한다. 폐허를 응시하는 그의 눈길은 이렇듯 더욱 냉소적으로 변한다.

바짝 말라붙어 상처로 가득한 연못은 '상처로 빛나는 거울'의 이미지와 상통한다. 출렁이며 꿈꾸게 하는 물이 사라진 삭막한 바닥은 상처의 기억으로 가득하다. "커브길 밖에/툭 튀어나온 거울이 있다, 그/거울은 얻어터진 기억을 떠올리고 있다./그 거울은 모든 걸 확대하여,/구부려버린다"(「금장 가는 길」)에서의 거울처럼 상처의 기억에 의해 왜곡될 수밖에 없는 부정적인 공간이 된다. 심연의 깊이를 획득했던 폐허의 이미지는 삭막하고 고갈된 부정적인 공간으로 변화한다. 이는 전례 없이 자학적인 시인의 태도와 무관하지 않다.

코드가 뽑힌 채
환풍기의 날개 거꾸로 돌고 있다, 그
더러운 날개는 구멍 속에 고정되어 있다. 구멍은
더러워지면서 좁아진다,
나는 구멍을 더럽혔다

거꾸로 도는 환풍기의 날개,
나는 구멍을 통해

　　무엇도 불러올 수 없음을 안다

　　늙어 죽을 때까지 사는 사람들은
　　모두가 위대하다

　　나보다 나 자신을 저주하는 인간은
　　이 세상에 없다　　　　　　　　——「거꾸로 도는 환풍기의 날개」 전문

　　이 시에서 나타나듯 이 시집에서 시인의 자기고백적인 성격은 상당히 강화된다. 고전적인 절제의 기율을 유지하던 시인은 이제 보다 직접적으로 내면의 목소리를 드러내기 시작한다. 이 시에서는 내면의 자아와 밀착된 ‘구멍’의 이미지가 인상적으로 그려지고 있다. 환풍기의 구멍은 자아와 외부 세계의 관계를 상징적으로 보여준다. “나는 구멍을 더럽혔다”는 자조적인 인식은 자신의 실존에 대한 도저한 부정정신을 드러낸다. 내면에 자욱한 자의식으로 인해 환풍기의 구멍은 더러워지면서 좁아져 있고 외부와의 소통은 불가능해 보인다. “나보다 나 자신을 저주하는 인간은/이 세상에 없다”는 직설적 어조는 자신을 향해 있는 날카로운 실존적 회의의 칼날을 품고 있다. 또 다른 시 「집」에서도 존재의 거처를 찾지 못하고 방황하는 자아를 목발을 짚은 불구의 영혼으로 표현하며 “평생을, 아픔을 끌고 다녀야 하다니!//나를 생각할 때만큼 고통스러운 적은 없다”는 처절한 고백을 행한다. 바닥을 보이는 심연의 거울에서 시인은 고통과 상처로 일그러진 자신을 확인하게 된 것이다. 시인은 저마다의 무게로 둥지를 틀고 있는 존재를 발견하고 삶의 고통과 지루한 고독의 무게를 실감한다.

"극에 달한 고통만이, 영혼을 건져올릴 수 있다"(「난로 위의 주전자—형준에게」)는 깨달음처럼 영혼의 승화에 이르기 위한 힘겨운 진통의 과정을 겪고 있는 것이다.

네번째 시집 『아픈 곳에 자꾸 손이 간다』에서는 고통과 상처로서의 삶을 압축하는 선명한 이미지들을 많이 만날 수 있다. 앞의 시집에서 다소 감정적이고 자학적이던 어조는 단단하게 응축되어 다시 담백하고 건조해진다. 자기고백적인 경향이 줄어들면서 외적 대상을 치열하게 응시하며 자아를 투사하는 방식이 두드러진다.

　　삽날에 목이 찍히자
　　뱀은
　　떨어진 머리통을
　　금방 버린다

　　피가 떨어지는 호스가
　　방향도 없이 내둘러진다
　　고통을 잠글 수도꼭지는
　　어디에도 보이지 않는다

　　뱀은
　　쏜살같이
　　어딘가로 떠난다

　　가야 한다

　　가야 한다

　　잊으러 가야 한다　　　　　　　　　　　　　　　——「이미지」 전문

　　대개 저주받은 천형의 신체를 상징하는 뱀의 몸통이 여기서는 삽날에 찍혀 동강이 나버린 끔찍한 고통의 이미지가 되어 있다. 고통스런 삶을 마주하는 시인의 눈길은 처연할 정도로 담담하다. 고통에 몸부림치는 뱀의 몸통은 "피가 떨어지는 호스"로 물질화되어 감정을 차단한다. 그리고 "고통을 잠글 수도꼭지는/어디에도 보이지 않는다"는 인상적인 아포리즘을 얻는다. 유기적 생명에 가해진 고통은 쉽게 차단할 수 없는 운명적인 것이다. 생명을 가진 것들은 그 고통과 상처를 안고 계속 가야만 한다. 고통을 잊으려는 듯 쏜살같이 사라지는 뱀의 모습은 운명의 무게와 나약한 존재의 비극적인 삶을 재현한다. 군더더기 없이 압축된 묘사와 탁월한 비유, 효과적인 리듬으로 잘 짜여진 이 시를 통해 볼 수 있듯 시인은 감정을 조절하며 고통의 이미지를 빚어낼 수 있게 된다.

　　시인은 어떤 사물에 대해서도 고통과 상처로서의 삶을 투사한다. "죽는 날까지/뱃속이/까맣게 타들어가도/누군가를 부르지 않는"(「해바라기」) '해바라기'나 "장마가 훑고 지나간 뒤,/미끌거리는 물때 때문에/이리저리 끌려다니는 물풀의 줄기들/고통의 춤을 즐기고 있었다"(「물풀」)의 '물풀', "사방으로 찢어지는/고통의 연속이 생인 것을, 악몽의 연속이 생인 것을,/새겨주고 심어주는"(「다시 꽃이 핀다」) '대추나무' 등 그는 응시하는 모든 대상에서 삶의 본질적인 고통을 발견한다. 고통과 생존은 한 몸을 이루고 있는 삶의 필연적인 조건으로 인식된다. 온몸이 타들어가면서도 태양을 받아들이는 해바라기나

물살에 끌려 흔들리는 물풀, 가지 사이마다 돌멩이를 끼워야 많은 열
매를 맺는 대추나무는 모두 고통을 통해 삶을 영유한다. 고통에 대한
집요한 응시를 통해 시인은 그것을 삶의 필연적인 조건으로 확신하게
된다.

> 검은 웅덩이에 눈이 내린다
> 검은 웅덩이에 눈이 덮이지 않는다
> 검은 웅덩이에 눈이 불어난다
> 눈은 어쩌자는 것이 아니다
> 눈은 검은 웅덩이를 무시한다
> 눈은 검은 웅덩이를 저주한다
> 눈은 검은 웅덩이에 자신을 버린다
> 눈은 검은 웅덩이에 자신을 섞는다　　　　　　　　　──「눈」 전문

검은 웅덩이에 빠져드는 눈처럼 운명은 회피할 수 없는 것이다. 이
시는 단조로운 어구의 반복과 변주 속에서 어찌할 수 없이 운명을 수
용하는 과정을 선명하게 보여준다. 단순한 현상의 묘사에서 삶의 본
질에 대한 통찰에 이르는 과정이 잘 드러나는 시이다. 사물에 대한
집요한 응시에서 자아를 투사하는 과정을 거쳐 존재의 통찰에 이르는
인식의 과정이 순차적으로 그려지고 있기 때문이다. 검은 웅덩이에
내리는 눈은 자신의 운명을 부정해보지만 결국 담담하게 받아들이는
상태가 된다. 검은 웅덩이에 자신을 섞게 되는 눈을 통해 시인은 존
재의 심연에서 삶의 본질을 통찰하는 자신을 투사하고 있다. "검은
웅덩이"처럼 존재의 심연은 더욱 선명한 '구멍'의 이미지를 이루며 원

초적 공허의 상징에 가까워진다. "텅 빔을,/텅 빈 속만큼/들여다보고 있네"(「이별」)에서처럼 폐허나 결핍의 공간이 아닌 그 자체가 존재의 증명이 되는 '텅 빈 구멍'을 발견하기 시작한다.

다섯번째 시집 『꽃막대기와 꽃뱀과 소녀와』는 가장 최근에 내놓은 시집으로 이윤학 시의 현재를 알 수 있게 한다. 첫번째 시집을 낸 뒤 10년이 넘는 세월이 흘렀다. 그의 시세계는 크게 변화하지 않고 심화되어온 편이지만 10년 전과 비교하면 상당히 다른 양상을 보인다. 현실의 응시에서 출발해서 자아의 내면에 침잠했던 그의 시는 사물의 현상에 보다 집중된 시선의 응축을 보여준다. 현상의 단면에서 존재의 본질을 투시하는 깊숙한 시선을 느낄 수 있다. 엄밀하게 감정을 배제하던 초기시에 비하면 자연스럽게 자아를 투사하며 삶을 성찰하는 유연한 태도가 대비된다. 무엇보다도 가장 큰 변화는 날카롭고 차갑던 눈길에 부드럽고 따뜻한 기운이 스며들기 시작한 것이다. 고통과 상처로서의 삶을 자조적으로 바라보다가 그것을 존재의 필연적인 조건으로 받아들이게 되면서 편안하고 담담한 태도를 유지할 수 있게 된 것이다. 시인은 이제 삶의 고통을 운명으로 여기고 묵묵히 감내하는 대상에 대해 각별한 관심과 연민을 보이기 시작한다.

언젠가
펌프질 우물이 메워진 것을 알고 있는가.
나무 곳간 바깥 벽 소나무 기둥
못에 걸려 비스듬한
물지게 죄 삭아버렸다.

양팔에 달았던 갈고리 손도
도망가버렸다, 물지개
골 깊은 등허리에 지고
물통을 매달고 십자가 되어 걷던 사람.

흔들리던 물통은 길가에
물을 뿌리던 기구였다.
십자가 되어 함께 걷던 그가
지난봄에 죽은 걸 알고 있는가.　　　　　—「십자가」 부분

　이 시에서는 누추하고 고통스러운 삶을 견디며 세상을 위해 십자가
가 되었던 한 사람의 쓸쓸한 죽음을 반추하고 있다. 물지게를 짊어진
몸이 곧 십자가의 형상을 했던 고난에 찬 그의 일생은 누구의 관심도
끌지 못한다. 펌프질하던 우물이 메워진 것만이 유일하게 그의 존재
를 입증한다. 김종삼 시에 나오는 "그동안 무엇을 하였느냐는 물음에
대해//다름아닌 인간을 찾아다니며 물 몇 통 길어다 준 일밖에 없다
고"(「물통」)하는 이름 모를 성자와 흡사한 그는 자신의 고통을 세상
의 십자가로 삼는다. 메마른 땅을 적시는 이런 자들이 사라진 세상은
꽉 막힌 우물과도 같다. 탐욕으로 넘치는 세상은 "먹은 만큼 버려야
하는 걸 모르고/온몸이 벌어지는 입"(「부곡저수지」)과 같은 욕망의
구멍이다. 이윤학의 시에서 썩고 고갈되어가는 부정적인 물로 가득한
연못이나 저수지의 이미지는 탐욕으로 인한 파멸을 암시한다. 생명과
결실을 이루는 물은 간절하고 긴밀한 만물의 조응을 필요로 한다.

비는 대파꽃 위로만 내린다.
대파는 그때로부터
작고 까만 씨앗을 맺는다.

빗소리가 말하는 걸 듣는다.
언젠가 비는 그치고
빗방울이 말하는 걸 듣는다.　　　　　　　　　　　　—「대파꽃」 부분

　이 시처럼 대파꽃의 간절한 마음과 빗방울이 호응하여 "작고 까만 씨앗"을 맺을 수 있다. 시인이 이렇듯 군더더기 없이 단순한 문장과 리듬을 지향하게 되는 것은 자연에 대한 투명한 응시를 통해 조화와 상생의 방식을 찾으려 하기 때문이다. 사변적이거나 고백적인 어조를 줄이고 집중적인 관조를 통해 존재의 본질을 포착하는 데 더 많은 관심을 기울이게 된 것이다.

뱀딸기를 딴 적이 있었다.
뱀딸기의 둥근 속은
천장으로 달라붙어
텅 비어 있었다.

붉게 익어터진 지붕과
희고 부드러운 천장을 가진
뱀딸기의 영혼이 살던 방을

보았다.

더러워
부끄러워
안엣것들을 내다버린

뱀딸기 열매에서는
붉게 익어 터진 부분에서도
하얀 즙이 나왔다.

까슬까슬
뱀딸기 열매에서는
무수한 숨利가 나왔다.

—「얼굴」 부분

보잘것없고 연약한 존재에 더 많이 끌려온 시인은 그들이 보여주는 신고의 삶에서 값진 의미를 발견한다. 이 시에서는 "제 얼굴에 침 뱉어논 뱀딸기"의 흉한 얼굴 뒤에 숨겨진 아름다운 영혼을 그리고 있다. 시인은 가득 차 있는 것에서 파멸의 조짐을 읽고 텅 비어 있는 것에서 소중한 가치를 찾아내는 투시와 통찰을 행한다. 뱀딸기의 '둥근 속'은 텅 빈 공허이자 영혼의 처소이다. 탐욕으로 가득 차 썩어가는 저수지와 달리 "더러워/부끄러워/안엣것들을 내다버린" 뱀딸기 열매에서는 "무수한 사리"가 나온다. 부끄러움과 상처와 고통이 뭉쳐 빚어진 이 '사리'는 존재의 심연을 보여주는 '구멍'의 이미지에 연장되는 투철한 응시와 각성의 산물이다.

'폐허'의 인식에서 출발하여 '심연'의 깊이에 이르렀던 존재의 성찰은 철저한 자기 응시를 거쳐 만물의 내재적 가치와 질서를 발견해가는 과정을 형성한다. 뛰어난 이미지 조형 능력을 존재에 대한 예리한 통찰로 이끄는 시인은 흔치 않은 '투명성의 시학'을 보여준다. 과장이나 왜곡을 허락하지 않는 정직한 응시가 본질을 투시할 수 있는 힘이 되어준다. '폐허'와 '구멍'의 응시를 통해 공허가 이룬 결정체인 '사리'에 도달하기까지 그의 시는 집요한 관찰과 존재의 '깊이'에 대한 성찰의 역정을 보여주었다.

앞으로 그에게 열린 길은 어떤 것일까? 그러고보니 그는 오랫동안 좁고 깊은 세계를 그려왔던 것 같다. 움직임이 적은 고요한 세계와 대면해왔던 것 같다. '구멍'의 시에 비해 '길'의 시가 적은 것도 그 때문이리라. 그런 면에서 "휘어진 길을 따라/내 마음도 휘어져/버젓이 튕겨집니다"(「휘어진 길」)에서 암시하는 새로운 방향은 많은 궁금증을 자아낸다. 존재의 심연에 대한 탐색을 새로운 각도에서 추구해볼 수도 있고, '투명성의 시학'을 '단순성의 시학'으로 밀고 가보는 것도 가능하다. 어떤 경우나 시인으로서의 천형을 담담하게 감내해가는 묵직한 발걸음으로 인해 그는 뚜렷한 흔적을 남길 것이다.

3부

상처의 미학
―조용미의 『삼베옷을 입은 자화상』*

1. 자아를 바라보는 시선

시로 그린 자화상들이 있다. 저 유명한 서정주의 「자화상」에는 젊은 날의 불안과 열병 같은 정열, 시대에 대한 절망감과 자신의 운명에 대한 예지가 강렬하게 채색되어 있다. 윤동주의 「자화상」은 한결 잔잔한 톤이지만 치열한 자기 성찰과 심각한 갈등 끝에 힘겹게 도달하는 화해 혹은 평정까지의 내적 드라마가 응축되어 있다. 노천명의 「사슴」도 예술에 대한 이상과 열정을 편견과 차별 속에서 지켜나갔던 여성 예술가의 고독한 내면을 상징적으로 그린 일종의 자화상이라 할 만하다. 자의식이 강한 화가들이 그러하듯이 자의식이 강한 시인들 역시 바로 자기 자신에게서 가장 강렬한 예술적 동기를 발견하고 그것과 대면했던 것이다.

---

* 문학과지성사, 2004.

　자기 자신을 그리는 것보다 더 쉬우면서 어려운 일이 어디 있을까. 자기 자신은 가장 쉽게 구할 수 있는 모델이긴 하지만 관찰의 대상이자 주체라는 모순 때문에 언제나 혼란을 초래한다. 자기 자신을 묘사하면서 애증에 사로잡히지 않는 경우는 없다. 자신에 대한 치열한 응시와 이해를 통해 자화상은 완성된다. 거듭해서 자화상을 그리는 자들은 그것을 통해 자신을 발견해가는 경이를 맛보게 된다. 자화상에 드리워지는 독특한 분위기는 곧 외계로 끄집어올려진 내면의 정조에서 기인한다. 고독이나 상처, 혼란과 두려움이 뒤섞인 복잡한 내면의 풍경이 전경화되면서 자화상의 애매한 표정들을 만들어낸다. 렘브란트의 후기 자화상은 생활의 실패로 초라해진 외양과 불멸의 예술혼으로 깊어진 내면의 빛이 어우러져 미묘한 명암을 이룬다. 귀를 자른 직후 고흐의 자화상에는 절망과 자포자기와 뒤섞인 비상한 정열이 깃들어 있다. 멕시코의 여성화가 프리다 칼로 역시 인상적인 자화상을 여러 장 남겼다. 「부서진 기둥」은 유례없이 참혹하고 비장한 자화상이다. 이 그림은 어린 시절부터 불구였던 다리와 18세 때 교통사고로 결딴 난 척추 등 거듭되는 불운으로 심각하게 훼손된 자신의 육체와 그로 인한 극심한 고통의 경험을 담고 있다. 척추를 받치고 있는 끔찍한 철골 구조물과 파손된 몸을 지지하고 있는 흰 붕대들, 온몸을 찌르는 날카로운 못들이 그려내는 처참한 광경과 함께 그 몸의 주인이 떨어뜨리고 있는 눈물 방울들은 무수한 고통의 역정을 대변한다. 많은 자화상에 깃들어 있는 상처와 번민의 흔적들은 또한 예술가 자신의 것에 머물지 않고 그들이 도달한 인간에 대한 이해의 정도를 드러내준다. 자신의 상처와 고독을 끄집어낼 뿐 아니라 거리를 두고 그것을 그려내는 것은 진지한 분석 행위를 수반하는 고도의 인간학이라 할 만하다. 자화상은 다만 자신의 표현일 뿐 아니라 인간성에 대한 깊은 탐구이다.

　조용미의 시집이 「삼베옷을 입은 自畫像」을 표제로 세운 것은 우선 자기 자신에 대한 이해를 삶에 대한 이해의 출발점으로 삼겠다는 의지로 볼 수 있다. "삼베옷을 입은"이라는 예사롭지 않은 수식어가 암시하듯 이 시는 죽음에 이른 자아에 대한 상상에 근거한다.

　　폭우가 쏟아지는 밖을 내다보고 있는
　　이 방을 凌雨軒이라 부르겠다
　　능우헌에서 바라보는 가까이 모여 내리는
　　비는 다 直立이다
　　휘어지지 않는 저 빗줄기들은
　　얼마나 고단한 길을 걸어내려온 것이냐

　　손톱이 길게 쩍 갈라졌다
　　그 사이로 살이 허옇게 드러났다
　　누런 삼베옷을 입고 있었다
　　치마를 펼쳐 들고 물끄러미 그걸 내려다보고 있었다
　　내가 입은 두꺼운 삼베로 된 긴 치마
　　위로 코피가 쏟아졌다
　　입술이 부풀어올랐다
　　피로는 죽음을 불러들이는 독약인 것을
　　꿈속에서조차 너무 늦게 알게 된 것일까

　　속이 들여다보이는 窓봉투처럼

명료한 삶이란
얇은 비닐봉지처럼 위태로운 것
명왕성처럼 고독한 것

직립의 짐승처럼 비가 오래도록 창밖에 서 있다
　　　　　　　　　　　　　──「삼베옷을 입은 自畵像」 전문

　자화상 중에는 특별한 배경 없이 인물만 도드라지게 표현한 경우도
있고 인물 묘사에 상응하는 배경 묘사를 행한 경우도 있다. 이 시는
그림으로 치자면 배경이 있을 뿐 아니라 그 배경이 인물의 내면과 긴
밀하게 호응하고 있는 경우이다. 이 자화상은 특이하게도 엄청난 폭
우가 쏟아지는 풍경을 배경으로 한다. 시인은 폭우가 쏟아져 내리는
방 바깥의 풍경을 집중된 시선으로 바라보고 있다. 시인의 눈길은 오
래도록 빗줄기에 머물면서 그것과 자신의 내면에서 일치감을 발견한
다. 폭우를 바라보고 있는 방에 선뜻 '능우헌(凌雨軒)'이라는 이름을
붙여보는 것은 자신의 내면과 풍경을 동일시하고 있다는 증거이다.
시인은 다시 '직립(直立)'이라는 한자를 써서 수직으로 강하게 내리
꽂는 폭우의 존재감을 강조한다. "휘어지지 않는 저 빗줄기들은/얼마
나 고단한 길을 걸어내려온 것이냐"라는 구절은 경이에 대한 찬사 같
기도 하고 아련한 탄식 같기도 한 묘한 어감을 드러낸다. 보기에 따
라서는 휘어지지 않아 거침없이 쉽게 내려왔을 것 같은 빗줄기를 보
며 '고단한 길'을 떠올리는 것은 자신의 '고단한' 내면에 그것을 투영
했기 때문일 것이다. 그래서 이 빗줄기를 바라보는 시인의 시선에는
동경과 연민이 함께 스쳐간다.

이처럼 폭우가 쏟아지는 특이한 장면을 배경으로 그려지는 자화상은 매우 기괴하다. 아마도 꿈속에서 본 자신의 모습을 묘사한 이 자화상은 죽음에 가까울 정도로 피폐하게 소진된 육체를 그리고 있다. 이 시가 더욱 처연하게 느껴지는 것은 누런 삼베옷을 입은 채 물끄러미 그것을 내려다보는 허망한 시선 때문일 것이다. 불길한 소멸의 징후를 드러내는 육체에 무기력하게 그것을 바라보는 눈길이 닿으면서 형언할 수 없는 존재의 심연이 펼쳐진다. 휘어지지 않는 빗줄기들처럼 쉼 없이 고단한 길을 걸어온 육신이 이르는 처절한 소멸의 장면을 그녀는 언뜻 보아버린 것이다. 병약한 육신을 통해 오히려 선명하게 간파해낸 삶의 비의는 한갓 "얇은 비닐봉지처럼 위태로운 것/명왕성처럼 고독한 것"일 뿐이다. 모든 존재가 "직립의 짐승"처럼 고단한 자세로 달려가는 곳은 위태롭고 고독한 삶의 종착점이다. 마지막 연에서 여전히 비가 쏟아지고 있는 장면은 첫 부분의 배경 묘사와 맞물리면서 마치 액자와 같이 이 시를 완결짓고 있다. 그리하여 이 시는 피로에 중독되어 죽음에까지 이른 병약한 자아를 중심으로 고단하고 고적한 삶의 풍경을 드러냄으로써 현대인의 우울한 초상을 섬뜩하게 환기시킨다. 이 시가 감상적인 자기 표출을 넘어서 삶에 대한 예리한 성찰에 도달하는 것은 무섭도록 날카로운, 자신의 상처조차도 꿰뚫어 보는 시선에 기인한다. "얼음의 두께로 상처의 깊이를 헤아려보"(「죽어가는 자의 고독」)는 차갑고 진중한 시선이 놀라운 집중과 암시의 힘을 부여한다.

2. 몸의 언어

상처와 고통의 근원으로서의 '몸'은 조용미의 시의 출발점이자 궁극의 화두라 할 수 있다. 그녀는 참담한 육체의 고통을 회피하기보다는 뚫어지게 응시함으로써 삶의 실체와 긴밀하게 접촉한다. "육체를 지닌 인간의 비애를 신은 알기나 할까/삶이 이다지 生生한데/통증이 이리도 生生한데/이걸 모르는/신은 가여운 존재"(「푸른 창문들」)라고 할 정도로 육체는 비애의 근거이면서 가장 절실한 삶의 감각을 제공하는 애증의 대상이다. "어둠이 빛의 주인인 것처럼 내 몸이 나의 주인이 되어버렸다"(「붉은 시편」)라는 선언은 병에 침윤된 육체의 경험에서 기인한다. 아마도 병든 몸에서 느끼는 절실한 삶의 감각으로 인해 빛과 어둠, 선과 악에 대한 고정관념마저 떨쳐버릴 수 있게 되었을 것이다.

병든 몸으로 인해 한층 예리해진 시인은 자신의 몸뿐 아니라 만물의 몸을 느끼고 공유하는 범자연적인 몸의 감각을 얻게 된다. 그녀에게 시란 이 생생한 몸의 감각을 표현하는 수단이라고도 할 수 있다. 별이 밤하늘을 지키는 등불이라면 말은 시인의 존재를 밝히는 등불이다. "내 몸은/그 등불의 심지"(「무진등」)여서 다함 없이 몸의 언어를 실어 나른다. 꽃, 나무, 새, 물, 달 등 온갖 자연도 이 등불의 심지를 통과하게 되면 모두 몸의 언어로 번역되어 생생한 육체를 부여받는다.

꽃은 그 강렬한 육체성으로 인해 생멸의 현상에 유달리 민감한 시인의 의식과 가장 밀착되어 있는 자연물이다. 이전의 시들에서 꽃을 통해 생명의 비극성을 인상적으로 그려냈던 시인은 여전히 꽃과 자아를 동일시한 가운데 존재의 비의에 더욱 깊숙이 다가선다. "매화 보려면 아픈 것일까/해마다/매화 피면 몸이 먼저 안다"(「探梅行」)와 같이 시인은 꽃의 변화에 본능적으로 감응한다. 두보가 그랬던 것처럼 시인이란 "한 조각 꽃잎이 떨어져도 봄빛은 줄어드는 것을"(「探梅行」) 느낄 수 있는 자일 것이다. 시인은 꽃의 생성과 소멸에서 존재의 필연성과 강렬한 생명의 의지를 발견한다. 가령 파초등은 "불을 밝히고자 하는 파초의 집념이 만들어낸/간절한 燈"(「파초등」)으로 인식된다. 사람들이 무심히 지나가는 파초등 아래에서도 시인은 그 초라하고 희미한 꽃의 간절한 염원을 발견한다. 결국 세상은 보고 느끼는 만큼 열리는 것이다. 자신을 포함하여 사물의 존재와 그 이유에 무심하지 못한 시인은 희미한 파초등에서 또 한 번 본능적인 생명의 의지를 확인하게 된다. 무심할 수 없는 눈길, 즉 사물의 본질을 꿰뚫어 보려는 시선이 적막 가운데 피어오르는 생명의 비의를 포착한다. "붉은 잎맥으로 흐르는 짐승의 피를 다 받아 마시고 나서야 꽃은/비명처럼 피어난다/못 가장자리의 방죽이 서서히 허물어질 준비를 하고 있다//아무도 들을 수 없는 금이 가고 있는 그 소리를/저 혼자 듣고 있는/가시연의 흑자줏빛 혓바닥들"(「가시연」)에서와 같은 집요한 응시 속에서 한 생명의 탄생은 한 세계의 소멸을 딛고 이루어진다는 성찰에 도달하게 되는 것이다.

시인이 "끔찍한 식물성"이라고 표현한 식물성의 세계야말로 생멸의 인과를 가감 없이 실천하는 자연의 몸이라 할 만하다. 시인은 무생물, 혹은 식물에 생동하는 몸의 이미지를 부여하여 자연의 생명력을 역동적으로 드러내는 데 남다른 개성을 보여준다. 빗줄기가 "직립의 짐승"이 되고 가시연이 "흑자줏빛 혓바닥"으로 변용되는 상상력의 질서 속에서 나무는 가장 인간적인 이미지로 나타난다. 나무의 혼백과 통하면서 그 열렬한 내면을 보아버린 시인은 나무에 불타오르는 촛불 같은 몸을 부여한다.

> 저 나무는 향나무의 몸을 입고 있지만 실편백나무의 영혼을 지녔음
> 이 분명하다
> 향나무는 나의 눈길을 태연한 척 받아들이지만 나는 거기 갈 때마다
> 나무를 의심한다
> 나는 나무에게 불편한 사람이 되었다 자기 몸에 깃든 다른 나무의
> 영혼을 보아버렸기 때문이다
> 귀를 자르지 않고도 나무는 별의 관문을 통과할 수 있었겠다
> 고흐를 모르고서도 고흐의 그림 속에 들어가 있는 저 나무는
> ──「별의 관문을 통과한 나무들은」 부분

시인의 나무는 고흐의 나무처럼 하늘에 오르려는 욕망으로 꿈틀거리고 있는 불타는 나무이다. 이 시에서는 나무의 영혼까지도 꿰뚫어보는 시인의 눈길과 나무 사이의 긴장감이 더해져 더욱 인간화된 이미지를 형성한다. 나무에 혼령이 스민다는 생각은 꽤 익숙한 애니미즘적 사고인데, 시인은 여기에 '광기'라는 강렬한 의미를 덧붙인다. "사나사 3층 석탑 옆의 커다란 반송이 쩍 둘로 갈라져 제각기 이쪽과 저쪽으로 쓰러져 누웠다/반송은 제 광기를 다스리지 못했던 것"(「불멸」), "나무들은 폭풍의 힘을 빌려 내게로/침입하려 하고 있다/속이 울렁인다 저 나무들의 혼이 들어오면/나는 무엇이 되는 걸까"(「바람은 어디에서 생겨나는가」)에서처럼 약한 영혼은 쉽게 광기에 휩쓸려

제 혼을 빼앗기는 것으로 그려진다. 병약한 육신과 예리한 투시력으로 인해 자연과의 소통과 교감에 있어 극도로 예민한 경지에 이른 것이다.

시인에게 자연은 단지 풍경으로만 머물지 않고 그 내면까지도 투시하는 눈길에 의해 영적으로 혼융된다. 꽃이나 나무와 함께 달의 이미지에 있어서도 시인은 이미 뚜렷한 개성을 확보한 바 있다. 이번 시집에서도 시인은 달에 대한 집요한 상상을 지속하고 있다. 그녀는 "달의 감식가,/평생 달을 맛보도록 되어 있"(「달」)기 때문이다. 그런데 이전 시집들에서 보여주던 냉정한 관찰의 거리가 줄어들면서 달과 자아의 일치감을 강조하는 시들이 눈에 띈다. "나는 달을 깊숙이 빨아들였다/하늘이 캄캄해지고 길들이 어둠 속에서 낮아졌다//몸이 환해졌다/내가 둥글게 떠오르고 있었다"(「달」), "푸른 달을 한 입 베어 물면/사람 아닌 무엇이 속에 들어서는 것 같아/저도 모르게 아아 비명을 지르게 된다"(「푸른 달을 한 입 베어 물면」)에서처럼 달과 육체적 일치감을 느끼는 순간이 실감나게 그려진다. 타자로서의 자연을 자신의 육체적 감각 속에서 합치시키는 이러한 시도는 자연/인간의 이분법을 넘어서 양자의 근원적 동질감을 회복할 수 있는 가능성으로 보인다. 자연과 인간 사이의 거리를 지나치게 벌려 놓았던 근대적인 이성을 넘어서 오래전의 친화감을 이끌어내는 것은 '몸'이라는 공동의 영역을 통해서이다. 자연을 저만치 놓고 분석하고 이용하는 이성이 아니라 함께 아프고 함께 살려 하는 몸의 감각을 통해 자연과의 거리는 축소된다. 몸의 감각을 통해 시인은 이성의 압도적 우위로 오랫동안 상실되었던 자연과의 영육의 소통을 도모한다. 그것은 아픈 몸으로서 공유하는 동병상련과 측은지심과도 상통한다. 자연과의 이

런 본능적인 일치감이야말로 어떤 생태주의보다 혁신적인 세계관을
내포하는 것으로 보인다. 자연으로서의 인간을 이해하는 데에서 존재
에 대한 해석 자체가 달라질 수 있기 때문이다.

3. 영혼의 소리

　자연과의 지극한 교감은 현상계를 넘어서는 영적인 투시력으로 주
체와 자연의 관계를 탐색하게 한다. 자연은 풍경으로서 머물지 않고
온몸으로 소통하며 무심할 수 없는 인연을 드러낸다.

꽃 핀 오동나무를 바라보면
심장이 오그라드는 듯하다
하늘 가득 솟아 있는 연보랏빛 작은 종들이 내는
그 소릴 오래전부터 들어왔다
오동 꽃들이 내는 소리에 닿을 때마다
몸이 먼저 알고 저려온다

무슨 일이 있었나 내 몸이
가얏고로 누운 적이 있었던 걸까
등에 안족을 받치고 열두 줄 현을 홑이불 삼아 덮고
풍류방 어느 선비의 무릎 위에 놓여
자주 진양조로 흐느꼈던 것일까

늦가을 하늘 높은 어디쯤에서 내 상처인 열매를
새들에게 나누어준 적도 있었나
마당 한켠 오동잎 그늘 아래서
한세상 외로이 꽃이 지고 피는 걸 바라보며
살다 간 은자이기도 했을까   ——「꽃 핀 오동나무 아래」부분

"내가 본 풍경이 내 운명이 되고 마는"(「내가 본 풍경이」) 무서운 인연의 고리를 엿본 시인은 꽃 핀 오동나무 한 그루에도 무심할 수 없다. 오동나무였던 몸이 가얏고가 되어 흐느끼던 순간이나 자신의 열매를 새들에게 나누어주었던 장면, 오동나무의 꽃을 바라보던 은자의 눈길 또한 자신의 것으로 느껴지기 때문이다. 이같이 자연의 영육과 하나가 되어버리는 기이한 체험 때문인지 시인은 인연이나 업보와 같은 인과의 원리에 깊은 관심을 보인다. 「천상열차분야지도」「天下圖」「참서를 뒤적이는 밤」「거울 속의 산」 등 많은 시에서 시인은 우주나 운명의 원리를 그려 놓은 주문과도 같은 옛 지도나 예언서에 대한 탐닉을 드러낸다. 해독하기도 감내하기도 힘든 불가사의한 삶에 대한 의문을 오래된 비서(秘書)에 기대어 엿보고자 하는 것이다. "唐訣을 들추어보며 사는 사람의 삶이란 죽음보다 무겁고 얇은 제비꽃의 옅은 분홍빛 아기 손톱만한 꽃잎보다도 더 가벼운 것"(「참서를 뒤적이는 밤」)이다. "피로 씌어지는 生이라는 책"(「더 이상 시간은」)의 난해함을 풀어보려 시인은 '천하도(天下圖)' 옆에 '백중력(百中曆)'을 걸어 놓고는 "내 영혼의 지도가 완성되었다"(「天下圖」)고 자위해보기도 한다. 천지 중심에 곤륜산이 솟아 있는 천하도와 앞으로 올 백년 동안의 천체의 운행과 기후를 미리 헤아려 만들었다는 백중력을

걸어 놓으면 과거와 미래를 포괄하는 운명의 지도가 그려지는 것 아니겠는가. 이런 오래된 경전의 비력에 의지하면, "讖書를 뒤적이는 봄밤,/눈을 감았다 뜨면 백 년이 흘러가 있을 것만 같다"(「참서를 뒤적이는 밤」)에서와 같이, 위태롭고 불안한 삶이 초래하는 시간의 공포에서 잠시나마 벗어날 수 있다.

피폐한 육신과 위태로운 삶을 넘어서 시인이 도달하고자 하는 곳은 '적멸'의 세계이다. "적막이라는 이름의 절에 닿으려면 간조의 뻘에 폐선처럼 얹혀 있는 목선들과 살 속까지 내리꽂히며 몸을 쿡쿡 찌르는 법성포의 햇살을 뚫고 봄눈이 눈앞을 가로막으며 휘몰아치는 저수지 근처를 돌아야 한다 무엇보다 오랜 기다림과 설렘이 필요하다"(「적막이라는 이름의 절」)에서처럼 시인의 투명한 시선은 적멸의 풍경을 감각적으로 포착해낸다. 그 오랜 기다림과 설렘 끝에 도달하는 '적막'은 가장 오래된 존재의 자리이다. "이 적막을 통과하고 나면 꽃과 열매를 함께 볼 수 있"다. 다시 말해 그것은 원인과 결과가 공존하는 존재의 근원이라는 것이다.

시간의 공포를 극복해낸 적멸의 세계는 초월이 아닌 견인의 고된 역정을 동반한다. 오랜 기다림이 시간을 이겨내는 놀라운 증거들을 시인은 발견한다. "천년만년 알을 품고 있어도 썩지 않는,/껍질을 깨고 나오지 않아도 죽지 않는"(「부화석」) "검은 알"들이 그러하고 "얼마나 무서운 쇠락을 견딘 것이냐/저 녹 덩어리를 누구도 검이 아니라고/말하지 못한다"(「붉은 검」)에서의 통일신라 때 철제 검이 그러하다. "신라의 토우는 무덤 속에서 가야금을 뜯고 있었다/천여 년 동안 가야금을 타고 있었다"(「침향무」)에서의 토우는 천년 동안의 "시간의 춤"을 보여준다. 정약대의 이야기는 시간의 무서운 쇠락을 견뎌낸 한

결같은 기다림이 가져온 기적을 담고 있다. 대금의 명인인 정약대는 십 년을 한결같이 인왕산에 올라 도드리를 한 번 불 때마다 나막신에 모래를 한 알씩 넣고 신에 모래가 가득 차야 산을 내려왔다. 그러다 어느 날 나막신에 쌓인 모래 속에서 풀잎이 솟아올랐다. 바람이 지나가는 듯 비가 스치는 듯 경지에 오른 그의 대금 소리에 모래알들이 트여 풀잎이 돋아났다는 것이다. 이렇게 하여 "청아하고 신묘하고 장쾌한 소리를 향해 대금을 지고 사막을 건어야 할 운명을 火印처럼 몸에 새기고 태어난 사람"(「정약대의 대금」) 정약대는 자신의 운명을 영원의 거점으로 삼을 수 있게 된다.

　매월당이나 곽탁타 역시 지극한 염원이 도달한 득의의 경지를 보여주는 흥미로운 인물들이다. "제 비늘을 떼어내 날개를 달려 했던 물고기,/김시습은/몇 번이나 몸을 바꾸었던 것인가/그의 몸에서 나온 사리는 그가/몸을 바꾸었던 흔적"(「매월당」)이라고 할 때 김시습의 사리는 비상의 꿈으로 응결된 결연한 의지의 대응물이다. "곽탁타는 어떤 영혼을 가졌기에 옮겨 심은 나무마다 살아나고 무성히 자라나 가득 열매를 맺었을까 탁타가 가꾼 것은 나무일 뿐 아니라 그의 등에 난 혹 또는 세상의 이치"(「마량 간다」)에서 곽탁타의 혹은 심각한 육체의 결함이지만 생명의 원리를 터득하고 실천하게 하는 운명의 표지로 작용한다. 이런 전설적인 인물들을 통해 시인은 혹독한 운명을 감내하며 경이로운 투혼의 과정을 통해 그것을 초극해가는 삶을 되살려낸다. 시인이 꿈꾸는 세계 역시 운명을 딛고 영원성에 도달하는 예술의 궁극적 경지이기 때문이다.

4. 장엄을 향하여

"피로 씌어지는 生이라는 책"(「더 이상의 시간은」)에 담긴 조용미의 시들은 처절하게 아름답다. 깊은 상처와 고독의 흔적이 처연하다. 그녀의 시들은 적요하면서도 강렬하여 타인의 영혼을 사로잡는다. "나는 내 시를 읽는 사람들의 마음을 불편하게 하고 싶다. 순간순간 아득해져서 몇 번이고 시집을 덮었다 읽기를, 그들의 마음을 갈기갈기 찢어 놓기를, 그래서 조금, 아주 조금 그들의 마음을 쓰다듬어줄 수 있기를 바란다"던 다짐이 성취된 셈이다. 그러나 다만 '불편함'만으로는 그녀의 시가 지닌 강한 흡입력을 설명하기는 힘들다. 불편하고 섬뜩하면서도 아름다운 일종의 비장미가 한 편 한 편의 시를 마력적으로 감싸고 있다. 영혼까지 이끌어낸 절실한 내면의 소리가 각고의 언어미학으로 드러나면서 선연한 형상을 얻는다. 몸의 언어에 남달리 민감한 시인은 언어의 몸을 만드는 데에도 그러하다. 조용미 시에서 색채미학의 선명성은 각별하다.

書院의 紫薇木은 그믐처럼 붉었다
햇살이 하얗게
하얗게 달구고 있는
그믐의 한낮

자미목 붉은 꽃들 위로
상현에서 하현까지의 달이

까맣게 떠올랐다   ──「달과 배롱나무」 부분

이 시에서 붉은색과 흰색과 검은색의 선연한 대비는 그대로 생멸의
긴장감을 함축하고 있다. "서원의 자미목"이나 "그믐의 한낮"이라는
역설적인 시공간까지도 정적 속에 깃든 생명과 삶 속에 깃든 죽음의
그림자를 암시한다. 절정의 붉은 꽃은 "상현에서 하현까지의 달" 즉
생명과 죽음의 전 과정을 내포한다. 조용미 시에서 자주 나타나는 유
채색과 무채색의 대비는 삶 속에 깃든 죽음, 혹은 죽음 속에 깃든 삶
이라는 생명의 모순성을 상징적으로 표현한다. "봄산에서 흰 현호색
을 만났다/현호색이 상복을 입었다"(「봄산에서 흰 현호색을 만나다」)
에서 '봄산의 흰 현호색' 역시 삶과 죽음이 공존하는 모순적인 존재
의 양상을 담고 있다.

색채 언어 외에도 촉각이나 후각 또는 다양한 신체 감각이 어울린
감각적 언어들은 조용미 시의 강렬한 육체성을 반영한다. "향을 피우
고/눈을 감는다//향을 듣는다//가만히 눈썹을 들어 올린다//푸르게 피
어나는/연꽃"(「침향무」)에서와 같은 다채로운 감각의 작용으로 온몸
을 연 시인은 천년 동안의 "시간의 춤"까지도 보게 된다. 리듬의 구사
는 자연스러우면서도 절제되어 있다. 조용미의 시가 매우 감각적인
언어를 구사하면서도 '애이불상(哀而不傷)'의 품격을 유지하는 것은
감정이나 언어를 조절하는 고전적인 균형의 미학을 터득하고 있기 때
문인 듯하다.

대웅전 사분합문의 어칸에는 커다란 검은 날개를 가진 나비 열두 마
리가 붙어 꽃살문의 장엄을 이루고 있다

　　노란 연둣빛 등을 한 동박새들이 반짝이는 동백 잎과 눈 덮인 동백
붉은 꽃들 사이를 장엄인 듯 날아다닌다

　　수륙재를 베풀어 물고기에게 죄의 업보를 씻어주는 벽화에서 동백
숲까지 검은 나비가 떠메고 가는 꽃살문은 죄의 빛깔 따라 푸른색이다
──「마량 간다」 부분

　　시인이 이끌리는 궁극의 미학은 아마도 이 시에서 그려진 대웅전
사분합문의 꽃살문과 경첩의 나비 문양과도 같이, 유구한 시간과 더
불어 지고해진 아름다움일 것이다. 아름다움과 영원성이 결합된 장엄
미는 예술과 종교의 궁극적인 지향점이라고도 할 수 있다. 그러나 끝
없이 반성을 촉구하는 시인의 치열한 정신은 이러한 예술적 지향에
머물지 않고 다시 삶의 문제로 나아간다. 그리하여 대웅전 꽃살문이
나 늙고 오래된 푸조나무의 장엄에 이끌리는 자신을 스스로 경계하며
소박하고 자연스러운 생명의 섭리를 따르는 삶을 결의한다. 꽃살문의
장엄을 완성한 장인보다 나무 가꾸기의 달인이었던 곽탁타에게 더 많
이 경도되는 것으로 보아 시인은 앞으로도 미학적 성취 이상으로 삶
의 장엄을 추구해나갈 것이다.
　　상처와 고독은 삶에 치명적인 독이 될 수도 있지만 인간과 존재의
본질을 통찰할 수 있는 묘약이 될 수도 있다. 시인이 그토록 병약하
지 않았다면 자연의 신음 소리에 귀 기울이지 못했을 것이다. 삶 속
에 깃든 죽음과 죽음 속에 깃든 삶의 비의를 엿보지 못했을 것이다.
시인이 그토록 고독하지 않았다면 시간과의 싸움 속에서 완성되는 운

명의 강인함을 알지 못했을 것이다. 무서운 고독 속에서 벼리어낸 저 선연하고 아름다운 적멸의 언어들을 탄생시키지 못했을 것이다. 상처와 고독으로서의 삶이 아니었다면 생명과 아름다움에 대한 저토록 지극한 염원을 지속할 수 없었을 것이다.

물과 빛의 성소(聖所)
—조창환의 『수도원 가는 길』*

1. 길의 흔적

조창환의 시집 『수도원 가는 길』은 1973년 등단하여 약 30년 동안 활동해온 시인의 여섯번째 시집이다. 시인은 그동안 시류에 휩쓸리지 않으면서도 꾸준히 시세계의 변모와 심화를 추구해왔다. 시인이자 시론가이기도 한 그는 철저하게 시의 존재 이유와 방법을 모색하며 변화를 시도해왔다. 본연의 충동에 이끌려 시를 쓰는 생래적 시인들에 비해 그의 경우 시작을 지속하는 데에는 스스로 납득할 만한 사유가 필요했던 것 같다. "시는 내게 있어 언어를 통한 생의 해방이며 자기 구원의 모험이며 시대의 삶을 직시하는 눈뜬 자의 독백이어야 했다. 저 풀 길 없는 모순의 굴레에 갇힌 우리의 삶—그 어둠과 아픔을 밝혀줄 치열한 內省의 시선을 준비하지 않는 한 나는 시 쓰는 일을 계

---

* 문학과지성사, 2004.

342

속할 수 없다는 생각이 든다"는 오래 전의 고백에서 그의 시를 추동해온 투철한 자의식을 엿볼 수 있다. 시에 대한 고전적인 정의를 함축해 놓은 듯한 이 아포리즘은 그가 얼마나 지고하고 건실한 시를 지향해왔는지를 짐작케 한다. 그 때문에 1970년대 이후 끊임없이 속화되어온 우리 시의 전개와 무관하게 그의 시는 독자적인 추이를 보인다. 그의 시가 지고하고 건실하다는 것은 언어예술로서의 시에 대한 신념과 열정이라는 측면에서 더욱 그러하다. 현실 비판과 사회 풍자의 강한 입김을 드러내던 시기에도 그의 시는 창조적 언어의 실험을 게을리하지 않았다. 시의 언어를 통해 자아와 시대의 구원을 꿈꾸던 시인은 심각한 병고를 겪으면서 죽음과 재생 같은 삶의 근원적인 문제에 관심을 기울이게 된다. 형이상적인 관념의 서술에 그치기 쉬운 이같은 주제에 대해서도 시인은 예의 언어예술을 향한 열정으로 관념을 감각화하며 개성을 심화시켜왔다.

이 시집은 존재의 고독과 아름다움에 대한 집요한 탐색을 행해온 시인의 정신적 고도를 반영한다. "수도원 가는 길"이라는 제목에서부터 탈속의 정신적 지향을 함축하고 있다. 이는 일상과 세속이 주된 공간으로 자리잡은 우리 시의 진행 방향과 반대되는 것이다. 누추한 일상의 저속한 현실이 그대로 시의 진실로 위력을 발휘하고 있는 시대에 그의 시는 지고한 아름다움과 허무의 깊이를 추구하며 당당하게 우리 시의 세속화에 역행하고 있다.

> 오래 길든 당나귀 같은 숨소리 잠시 쉬게 하고 쓸쓸하지만 자유로운
> 수도원 정원을 거닐 때 이 아슬아슬한 폐허에 스치는 바람 껴안고 비
> 스듬히 기울어지는 다른 숨소리 하나 만난다　　──「수도원」부분

시인이 택한 것은 "쓸쓸하지만 자유로운" 길이다. 한때 붐비던 정신의 성소는 쓸쓸한 폐허가 되어 있다. 너도나도 삶의 중심이 되어버린 '몸'의 세계로 뛰어들어간다. 시에서도 '몸'을 이야기하지 않으면 중심에 설 수 없다. 그러나 시인은 기꺼이 이 폐허를 향한다. "폐허도 아름답지?"(「맑은 밤」)라고 자문하며. 아름다움은 시인을 폐허로 이끄는 가장 강력한 동기이다. 적요한 가운데 빛나는 아름다움의 묘사에서 시인의 감각은 탁월하게 작동한다. 특히 황홀한 흰빛의 이미지에서 절정에 이르는 아름다움의 묘사에서는 독자적인 경지를 확보한다. 그러나 그 고지에 이르기까지의 부단한 고뇌의 역정을 고려하지 않는다면 그 아름다움에 깃든 정신적 가치를 간과하기가 쉽다. 따라서 우리의 탐사는 시인의 족적을 따라 지상의 거친 바람 속을 헤맨 후에 폐허의 정적을 향하게 될 것이다.

2. 바람 속으로

거친 바람의 이미지는 맑고 투명한 빛의 아름다움에 압도되기 쉬운 이 시집에서 결코 놓쳐서는 안 될 중요한 요소이다. 황홀한 흰빛이 정신의 고도를 함축한다면 거친 바람은 처절한 삶의 시간을 내포한다.

돌아보면 시커먼 구름 기둥
저 무참한 폭우를 뚫고
지나왔구나 삶은 한 가닥

바람인 것을
번개 자욱한 구름 속의 길을
헤치고 여기까지 왔구나
잠깐 숨 돌린 후
군청색 햇살 맞으며 까마득한
길 돌아다본다, 여기서 보면
멀 다
—「길」 부분

시인이 돌이켜보는 삶은 "시커먼 구름 기둥"과도 같이 불안하고 위태로운 시간들이다. 이 시에서 시인이 서 있는 위치는 폭풍의 한가운데를 지나 수도원에 오르는 길의 중간 정도이다. 이번 시집의 곳곳에서 시인은 '사람의 마을'이 '멀다'는 거리감을 드러낸다. 또한 그 거리감으로 인해 지나온 길의 자취를 보다 선명하게 확인하기도 한다. "무참한 폭우"라고 할 수밖에 없는 처절한 삶의 흔적은 "최루 가스 자욱한 어느 날/피에 젖은 태극기 펄럭이던/서대문, 광화문/효자동, 삼청동/길은 없고, 다만 시커먼 구름 기둥/하나로 남은 시간뿐"(「길」)이다. 젊은 시절의 씻을 수 없는 울분과 사랑과 그리움이 폭풍의 한가운데를 차지하고 있다.

'여기'에서 그곳을 바라볼 때의 거리감은 종종 자신이 떠나온 땅과 시간에 대한 강렬한 그리움으로 전환된다. 시집은 곳곳에서 시인이 타국을 여행한 흔적을 담고 있다. 여행도 일종의 거리두기라는 측면에서 그가 바라보는 조국의 인상을 압축하고 있다. 이를테면 그는 바다와 같은 이리 호수 한가운데를 돌면서도 홍도 가는 배에서 바라보았던 까맣고 야윈 토종 염소를 떠올린다. "바라만 보아도 눈물 고이던/우리나라 염소"(「염소」)나 "누더기 같은 나라/찢어진 집들"(「부용산」)을 떠올릴 때의 애잔한 마음이 거부할 수 없는 그리움으로 표출된다. 한때 감나무처럼 끈끈한 이 땅의 현실이 괴로워 감나무 없는 나라에서 살기를 꿈꾼 적이 있음을 회상할 정도로 그가 지나온 거칠고 궁핍한 역사는 그의 의식 속에 뚜렷이 각인되어 있다. "바람 몰려가는/하늘 본다, 흐린 유리 같은/시간이 자욱이 펴져 있다"(「감나무」)에서처럼 그 시간들은 흐린 유리처럼 눈앞을 가로막는다. 그러나 그는 이 '아릿한 산하'를 떠나 찾아본 어느 곳에서도 "누구든 꿈꾸었던 땅은 세상에 없"고 "꿈꾸던 땅은 바람 속으로/벌써 산발을 하고 지나가버린 것을"(「붉은 밤」) 깨닫게 된다. 지상의 어디에서도 꿈꾸던 땅을 발견하지 못한 그는 끝없는 갈증과 그리움을 간직한 채 정신의 안식처를 찾아 나선다.

3. 침묵의 물

질풍노도의 삶을 지나온 시인에게 안식을 가져온 것은 고요하고 잔잔한 물이다. 생명과 관련되는 물의 이미지는 이전 시들에서도 많이 나타나지만 이 시집에서는 물을 침묵, 혹은 허무의 이미지와 강하게 결합시키고 있는 것이 특징적이다.

바람, 부풀어
여기까지 왔구나, 와서
고단한 이마를 기댄다

저 아득한 가을 숲길 끝에 머문
이상한 호수, 녹색 그늘이 풀어지는
그곳에 물의 침묵이 기다린다
느리고 긴 어둠을 향하여
오래된 악기를 가라앉히는
물, 침묵하는

아주 낯익은 친구처럼
나는 쉴 수 있다
—「물의 침묵」 부분

이 시는 바람에서 물의 이미지로의 이동을 잘 보여준다. 한 생을 고단하게 질주한 바람은 드디어 깊은 물에 이르러 멈추게 된다. 바람의 "오래된 악기"는 물의 '침묵'으로 대체된다. "아득한 가을 숲길 끝에 머문/이상한 호수"는 의미심장한 원형적 심상으로 가득하다. 생의 종착점으로 이어지는 "가을 숲길 끝"의 "이상한 호수"는 생과 사를 한 몸에 품고 있는 근원으로서의 물을 연상시킨다. 모든 것을 삼키고 모든 것을 배태하는 이 지극히 모성적인 물에서 '나'는 드디어 안식을 취하게 된다. 이런 물이라면 아무리 오랜만에 만났어도 말이 필요 없는 "아주 낯익은 친구"처럼 기대어 쉴 수 있을 것이다.

"저렇게, 우리 살아온/흔적 지워가며, 길 만드는 것을/알면서, 간다, 길 없는 물"(「길 없는 물」)에서처럼 물은 지상에서의 흔적을 잘 지워준다. 바다의 한가운데 있으면 "잿간의 먼지 같은 한 생"은 저만치 멀어지고 "덧없어 평안하고 부질없어 고마운/살아온 날들 잘 지워진다."(「길 없는 물」) 이러한 깊고 큰 물에서 시인은 '적멸'을 떠올린다.

적멸이란 온갖 고통과 번뇌를 용해시키는 새로운 차원의 세계이다.

　그러나 우리는 '적멸'을 연상시키는 바다와 같은 깊은 물 이전에 슬픔과 고뇌의 표징으로서의 또 다른 물의 이미지가 있음을 간과할 수 없다.

　　　이슬 내린 풀밭이라고 말한다, 사람들은
　　　이슬은 허공이 벗어 놓은 옷, 허공이
　　　풀어 놓은 살, 허공이 남겨 놓은
　　　그늘인 줄 안다
　　　아니다, 그렇지 않다
　　　오늘 아침 맨발로 이슬을 밟을 때
　　　풀밭이 진저리치며 흐느껴 운 흔적을 보았다
　　　밤새 풀밭이 어둠을 끌어당겨
　　　몸부림친, 핏자국 같은 것
　　　제 안의 물기 모두 뿜어올려
　　　적셔 놓은, 젖은 수건 같은 것
　　　지친 눈물 자국 같은 것으로 풀밭은
　　　쓰러져 있었다, 행복하게
　　　쓰러진 풀밭에, 질펀하게, 번진
　　　이슬 쓰다듬으며, 나는, 지상의 행복이란
　　　모두 울다가 지친 흔적인 것을 알았다　　　　　—「이슬」 부분

　이슬은 허공이 벗어 놓은 옷이거나 살이거나 그늘이기 이전에 핏자국이나 눈물 자국이라는 비유에는 삶의 고통과 슬픔에 결코 무심할

수 없는 시인의 다감한 시선이 깃들어 있다. 행복한 표정 뒤에 감춰진 눈물의 흔적을 발견하는 그는 삶의 다양한 내포에 민감하다. 매우 섬세하게 시인의 내면 의식과 호흡을 분절시키고 있는 쉼표들도 그의 복합적인 인식의 방법을 드러낸다. 「西向窓 2」에서 "덧없는 황홀"로 비유되는 '눈물'의 이미지 역시 모순적인 감정과 의식을 결합하고 있다.

그는 '황홀'과 '허무'를 동일한 것으로서 통찰한다. '밤바다'의 묘사가 "눈부셨던 흰 침묵들 스러진다//허무는 검다//검은 허무는 황홀하여//나비 눈썹 같은 지난 시간들//끌어안고 캄캄한 곳으로//가라앉는다"(「허무에 기대어」)는 진술에 이르는 데에서도 황홀과 허무가 얼마나 가깝게 맞닿아 있는 것으로 인식하는지 알 수 있다. "눈부셨던 슬픔과/아릿한 어둠/내 삶의 절반은 황홀이었다"(「황량한 황홀」)고 규정할 정도로 시인은 삶이 허무인 동시에 황홀임을 깨닫는다. 허무와 황홀의 동일시에는 미적 감각의 작용을 빼놓을 수 없다. 허무의 무게에 눌리기만 해서는 황홀한 순간들을 감지할 수 없고 황홀한 순간들에만 치중할 때는 그것에 대한 전체적인 통찰을 결여할 수밖에 없다. 시인은 인식론적 깊이와 미적 감각 사이에서 균형을 유지하면서 삶의 근원적 의미와 미적 형상을 결합시킨다.

4. 황홀한 빛

빛과 물의 절묘한 결합으로 나타나는 무지개는 황홀과 허무가 한몸이라는 사실에 대한 탁월한 비유가 될 수 있다. 물과 빛의 이미지가

두드러진 이번 시집에서 그 둘이 결합되어 나타나는 무지개의 이미지
는 가장 아름답고 함축적인 미적 성취를 드러낸다.

　　잠깐 사이, 평원에 구름 걷히고
　　무 지 개!
　　튼튼한 뿌리를 지평선 양쪽에 내린
　　수만 개의 찬란한 눈알맹이들이
　　흘리는 눈물들이 이루는 폭포
　　아아 얼마나 오래전부터 내 속에서
　　저 눈알맹이들은 하프 소릴 내면서
　　불타고 있었던 것일까
　　아아, 또, 그러나, 허공에서 외줄 타던
　　곡예사가 발 헛디뎌 추락하듯, 그렇게
　　순식간에 무너져, 스러지는
　　무. 지. 개.

　　허망하므로, 차라리 눈부신
　　황홀
　　황량한 고요 속으로

　　이것 때문에 한 목숨이 그토록
　　아름다운가　　　　　　　　　　　　　　　　　　　—「무지개」 전문

　　이 시의 무지개는 거대한 폭포수와 강렬한 햇빛이 만나서 만들어진
것으로 보인다. 폭포의 물은 오랫동안 얼어 있던 눈알맹이들이 녹으

며 흘리는 눈물로 비유된다. 이처럼 '물'과 '눈물'의 결합이 잦은 것은 삶을 인고의 과정으로 인식하는 데에서 비롯된다. 거대한 빙하에서 수만 개의 찬란한 눈알맹이들로 분해되고 드디어 폭포의 눈물이 되어 흘러내리는 엄청난 견인의 시간과 그것의 장관을 표현하기 위해 시인은 '하프 소리'와 '불'의 이미지를 끌어낸다. 감각적 이미지의 역동적 표현에 능한 시인의 개성이 아낌없이 발휘되는 장면이다. 다음 장면에서는 그토록 든든히 뿌리를 내리고 영원히 고정되어 있을 듯하던 무지개가 덧없이 사라지는 광경을 묘사한다. 잦은 쉼표의 사용으로 위태롭게, 안타까이 사라져가는 무지개의 형상과 시인 자신의 조바심과 아쉬움이 드러난다. "무. 지. 개."의 허망한 자취를 이어 그는 "허망하므로, 차라리 눈부신/황홀"의 의미를 깨닫는다. 영원히 지속되는 것이라면 그토록 황홀하고 아름답지는 않을 것이다. 유한한 생명이기에 아름다울 수 있다는 통찰을 통해 그는 허무와 미의 인식을 깊숙하게 결합시킨다.

위의 시처럼 자연이 만들어낸 장관은 아니지만 시인 자신의 진솔한 체험에서 드러나는 또 다른 인상적인 무지개가 있다. "벌써 삼십삼 년 전이구나/눈 쌓인 도봉산 기슭에 서서/튼튼한 오줌발로 한 여인의 이름을 쓰던/아름다운 날이 있었다/끊어진 끝 글자의 마지막 획은/부서진 솔잎 사이로 찬란하게 쏟아지던/햇빛 가루가 메꾸어 주었다"(「오줌 누며」)에서의 무지개는 젊은 날의 열정으로 피어난다. 그 아름답고 생동하던 시간들은 어느새 사그라져 이제는 기억의 한켠을 차지하고 있을 뿐이다. 인생의 가장 빛나던 순간들도 허무의 그림자를 피해갈 수는 없다. "금가루 쏟아지는 푸른 철로를/빈 하늘에 곧추세우는/새"(「새」), "팽팽한 빛이/빙판에 튕겨오르는 허공"(「얼음낚

시」), “아침이 오는 시각 멸치떼들은/튀어오른다, 허망한 창공을 향
해/튀어오른다”(「멸치떼 속으로」) 등 많은 시에서 절정의 빛은 공허
로 이어진다. 그러나 시인은 그 사라지는 아름다움의 가치를 안다.
공허하기에 더욱 황홀한 아름다움의 아이러니를 간파하고 있다.

> 허공에서 녹는 눈발처럼
> 삶이 한갓 不在의 늪인 것을
> 내려다보는
> 望樓에서의 眺望은
> 왜 이리 황홀한가
> ──「望樓에서」 부분

　지상에서의 오랜 고통과 번뇌에서 벗어나 시인은 정신의 고도를 향
하고 있다. 삶의 소용돌이에서 떨어져서 볼 때 그것은 “허공에서 녹
는 눈발”처럼 허무한 동시에 황홀하게 아름다운 것이다. 허무와 황홀
이 한몸을 이루고 있는 삶의 아이러니를 실감하는 한 시인의 고독한
정진은 지속될 것이다. 망루에서 조망할 때 삶이 드러내는 또 다른
각도의 아름다움은 그의 득의의 영역이 될 수 있을 것이다. 감각적인
이미지와 생동하는 언어는 그가 자리잡은 정신의 성소가 마냥 고적하
고 무미하지 않다는 증거이다. 허무의 무궁한 깊이로 빠져들기에 그
는 감각의 아름다움에 충실하다. 비록 무지개 같은 순간의 아름다움
일지라도 그 감각의 극치에 머물길 바라는 것이 시인으로서의 그에
대한 우리의 지속적인 기대이다.

침묵의 집
— 길상호의 『오동나무 안에 잠들다』*

> 집이란 세계 안의 우리들의 구석인 것이다. 집이
> 란, 흔히들 말했지만 우리들의 최초의 세계이다.
> 그것은 정녕 하나의 우주이다. 우주라는 말의 모
> 든 뜻으로 우주이다.　　　— 가스통 바슐라르

길상호의 시에서 '집'은 가장 지배적인 이미지를 형성하고 있다. 시집 전체가 쓸쓸한 삶과 고독한 내면을 반영하는 '빈집'의 적막한 이미지로 가득하다. 그의 시에서 집은 바슐라르가 "그것은 정녕 하나의 우주"라고 했을 때의 통합된 세계의 의미를 갖는다. 집에 관한 상상력 속에 삶에 대한 전체적인 통찰이 드러난다. 그러나 그의 시에서 집은 바슐라르가 찬탄하는 행복하고 충만한 거소가 아니라, 텅 비어 침잠해 있는 공허에 가깝다. 한없이 쓸쓸한 빈집의 이미지는 적요하고 결핍된 삶을 투영한다.

그의 시에서도 집은 기억의 뿌리에 닿는 원초적 장소이다. 집의 기억 속에서 삶의 구체적인 실감이 살아난다. 집은 기억을 이끌고 과거를 되살리는 근원적 동력이다.

---

* 문학세계사, 2004.

어디로 이어졌는지 아직 다 걸어보지 못한
골목들은 거기 감자처럼 달려 있는 집의 뿌리였다
이제야 알게 된 것이지만 골목은
기쁨과 슬픔을 실어 나르던 체관과 물관이었다
다 허물어져 알아볼 수도 없는 이 집에 들어
대문 열고 드나들었을 사람들 떠올려보면
지금은 떨어져버린 기쁨과 슬픔의 열매가 보인다
—「집들의 뿌리」 부분

시인을 집으로 이끄는 것은 자연적이고 유기체적인 인력에 가깝다. 식물의 잎과 줄기가 물과 양분의 저장소인 뿌리에 의지하듯이 그의 삶은 그 바탕인 집의 기억과 깊숙이 연결되어 있다. 이 시에서 표현하고 있듯이 근원적 기억 속의 집은 뿌리와 뿌리로 연결되어 숨쉬는 유기체적인 공간이다. 이 시에서 골목은 식물의 뿌리처럼 집과 집을 연결하며 삶의 유대를 형성하는 고리이다. 골목은 집에 이르게 하는 기억의 통로이다. 골목에 빨려들어가 허물어진 집에 이르면 기쁨과 슬픔이 얼룩진 온갖 자취들이 살아난다. 시인을 따라 오래전 집의 기억으로 들어가보자.

마루에 앉아 있으면 대문 뒤에서
노을이 밀려오고 있었다
그 불꽃을 헤집고 양계장에서
늙은 누이가 지쳐 돌아오고
몇 개의 달걀을 꺼내 놓으면

무정란 같은 하루가 어둠에

갇히는 것이었다 그러면 나는

구구단이 새겨진 책받침을 들고 나와

더듬더듬 내가 보낸 시간들을 돌아

때로 떠오르지 않는 해답 속에서

얼어붙곤 하였다 그때

어둠을 끌고 어머니가 돌아오고

세숫대야에 씻어낸 그녀의 하루는

검게 출렁거렸다

머리에 꽂히는 햇살과 함께

밭이랑 헤매고 다녔을 얼굴에

금세 잡풀의 그림자 자라고 있었다

늦은 저녁을 먹으면서도

누구 하나 말을 하지 않았다

말을 꺼내면 그게 한숨이 된다는 걸

모두가 알고 있었다

그리하여 일곱 살 나의 가슴에

추억으로 덮어 놓고 아직 깨치지 못한

달걀 하나가 놓이게 되었다   —「일곱 살」 전문

　누구에게나 유난히 선명하게 각인되어 있는 어린 시절의 기억이 있
다. 이 시에서 그려지는 풍경도 그렇게 결정적으로 작용하는 기억의
흔적이리라. 시 속에서 아버지는 등장하지 않는다. 이 시에서 가장
핵심적인 시어라 할 수 있는 '무정란'이라는 말도 아버지가 부재하는
상황과 무관하지 않을 것이다. 아버지가 비어 있는 자리에 늙은 누이

와 지친 어머니가 있다. 양계장에서 지쳐 돌아오는 늙은 누이의 삶은 그녀가 꺼내 놓는 무정란과 다르지 않다. 더 어두워져야 돌아오는 어머니도 고달픈 삶으로 인해 그늘이 가득하다. 온 가족이 모여도 침묵만이 가득한 적막한 집의 풍경이다. 이 헤아릴 길 없는 삶의 무게를 견디기 위해 어린 ‘나’는 구구단이 새겨진 책받침을 들고서 속절없이 시간을 보낼 뿐이다. 서로간에 소통조차 힘겨운, 침묵이 한숨을 막아 주는 막막한 정황이 실감나게 그려진다. 가장 가까운 가족들 사이에서도 소통이 불가능한 무정란 같은 삭막한 삶이 기억의 중심을 차지하고 있다. 이때의 깨뜨리기 힘든 절대적인 침묵의 느낌은 달걀이라는 구체적인 물질의 이미지로 압축된다. 달걀은 깨뜨리기 쉬우나 깨뜨리기 전에는 저만의 세계를 이루며 폐쇄돼 있는 물질이다. 이 시에서 저마다 부화되지 못하는 꿈을 안고 침묵을 견디고 있는 가족들마다의 고립감은 무정란이라는 절묘한 비유를 얻는다.

‘나’는 이후로도 줄곧 폐쇄적이고 고립된 자아의 상태에 머문 것으로 드러난다. 「닭장 속의 닭처럼」에서 그는 “이제는 갇혀 사는 것에 익숙해 있다”는 진술에 이어 “닭장 속의 닭처럼 울음도 잊은 지 오래/먹이에 길들여진 시간이 깨울 때까지/나는 윤기 잃은 깃털을 덮고 구석에/웅크리고 자리라” 하여 여전히 무기력한 단절의 상태에 놓여 있다. “닭장 속의 닭”은 ‘무정란’에 이어지는 폐쇄적 자아의 상징이다. 외부와 절연된 채 고립되어가는 자아에게는 미래 역시 닫혀 있다. “어떤 날은 새하얀 무정란을 품고/앓기도 하였다, 나는 살아 있는 것인지/툭툭 나의 껍질 두드려보기도” 하였다는 그에게는 부화될 수 없는 무정란의 꿈과 답답한 현실이 가로놓여 있을 뿐이다. 「실업의 날들」에서 감금의 이미지는 더욱 구체화된다. “옥탑방으로 이사 와서

나는 끝내 감금되었다 옥외 계단을 따라 내려가면 거기 세상의 길과 맞닿은 문이 있었지만 어디로도 갈 수 없어 나는 스스로 문을 닫았다"에서 단적으로 드러나는 폐쇄적 공간의 이미지는 그가 처한 막막한 현실과 일치한다. '옥탑방'은 '무정란'과 같이 부화될 수 없는 꿈과 폐쇄적 삶을 대변하는 사회적 기표이다. 이처럼 시적 자아에게 지배적인 공간은 소통이 단절된 무기력한 고립의 상태에 가까운 '침묵의 집'이다. 그의 시에서 침묵이라는 절대적이고 무한한 시간은 구체적이고 내밀하게 공간화된다. 그것이 얼마나 깨뜨리기 힘들고 벗어나기 힘든 상태인지를 드러내는 다양한 비유들이 실감을 형성한다.

또한 '침묵의 집'의 이미지는 시적 자아의 내밀한 체험을 넘어서는 보편적인 삶의 상징으로 나타난다. 그의 시에서 집의 주된 이미지는 '빈집'으로 그려진다.

　　빈집의 적막을 배운 탓일까
　　집 주인 발자국 따라 나섰다
　　먼 꿈길 돌아오지 못하는 걸까
　　나의 기다림도 흙에 묻고 물 뿌리면
　　잡념만 파랗게 돋고
　　어느덧 나도 내가 버린 빈집이 된다
　　　　　　　　　　　　　　　　　—「나팔꽃씨를 묻어 놓고」 부분

장마가 지고 또다시 물 속에 갇히게 될 마을, 그래도 아픈 상처마다 메꽃 줄기가 덮여 있었습니다 그 조그만 잎사귀들이 상처난 자리 손을 뻗어 어루만지며 가끔 꽃망울로 울음 터뜨리고 있었습니다
　　　　　　　　　　　　　　　　　—「수몰지구」 부분

가끔 풀잎 사이 냉이꽃 피어 있어도
소리 없는 풍경은 쓸쓸하다
울음과 웃음 뒤엉켜
왁자지껄 노래하는 사람 없을까
사람 없는 집에서 문패를 보며
떠나간 이름이 몹시 그립다   ──「사람 없는 집 · 2」 부분

현실의 집은 기억 속의 집과도 다르게 텅 비어 사람이 살지 않는
다. 재개발 지역이나 수몰지구가 되어 더 이상 사람이 살 수 없는 불
모의 땅과 빈집에 대한 시인의 안타까움은 각별하다. 그런 빈집의 곳
곳을 누비며 삶의 아련한 자취를 더듬고 추억한다. "그래도 그게 다
가 아니라고 나무가 제 속에 세월 그려 넣듯이 무언가 남는 게 있을
거라"(「사람 없는 집」)고 믿고 있기 때문이다. 울음과 웃음이 가득했
던 집들은 그러한 시간의 기억을 간직하고 있으리라는 것이다. 시인
에게 집은 모든 꿈과 추억을 통합하는 삶의 집결체이다. 울음과 웃음
이 가득한 채로 삶의 근거가 되어야 할 집들이 텅 비어 인적이 끊긴
상태는 현실의 불모성을 드러낸다. 「나팔꽃씨를 묻어 놓고」에서처럼
잡초만 돋고 꽃을 피우지 못하는 씨앗은 빈집의 불모성을 수식한다.
사람의 자취가 사라진 터전은 희망이 싹을 틔울 수 없는 황무지와 같
다. 수몰지구의 광경은 삶의 뿌리로서의 집이 훼손되어 있는 현실의
상징이다. 물 속에서 모습을 드러낸 마을은 삶의 자취들이 파편처럼
남아 있는 과거의 공간이다. 그것은 사람 없는 집의 문패처럼 아련하
고 애틋한 정서를 자아낸다. 다시 물이 차면 고스란히 물 속에 잠기

게 될 이곳은 기억의 저편으로 버려진 삶의 뿌리이다. 수몰지구의 상처를 어루만지고 있는 메꽃 줄기는 뿌리가 사라진 삶의 자취에 대한 시인 자신의 그리움을 투영한다. 빈집에 대한 기억이나 그리움마저도 사라진다면 그것은 곧 한 세계의 소멸을 의미한다. 또한 그 집과 관련된 ‘나’의 존재도 사라지게 된다. 그리하여 어느덧 “나도 내가 버린 빈집이 된다.”

빈집의 기억을 되살리고 그리워하는 것은 그것이 곧 삶의 자취이고 존재의 증거이기 때문이다. 고통스럽거나 슬픈 기억들 역시 삶을 구성하는 절대적인 가치이다. 무의미해 보이는 반복적이고 지루한 일상도 마찬가지이다. 시적 자아의 삶이 무정란 같은 것처럼 시집에 등장하는 거의 모든 사람들의 삶이 속절없고 허무하다. 이 시집의 등장인물들은 대부분 노인이나 여자들이다. 특별한 삶의 목표도 성취도 없어 보이는 그들에게 유일한 삶의 증명은 지독히도 지루하게 반복되는 일상이다. 「그녀의 실 감기」에 등장하는 ‘그녀’는 자신이 지나온 세월만큼 하염없이 실을 감고, 「곶감을 깎는 일」의 여자들은 전 생애의 기억처럼 길게 곶감을 깎는다. 「나무의 결을 더듬다」에서 수제비 반죽을 떼내는 나무 주걱은 하염없는 세월만큼 닳아 있다. 그러나 바로 이런 지루한 일상이야말로 삶을 지속시키고 기억을 밝히는 시간이다.

시인에게 삶은 묵묵히 견디며 살아내야 하는 어떤 것이다. 많은 시에서 자연은 인간적 삶과 겹쳐지면서 인고의 가치를 드러낸다.

지난 세월 잘도 견뎌냈구나
말복 지나 처서 되어 털갈이 시작하던
강아지풀, 제대로 짖어보지도 못하고

벙어리마냥 혼자 흔들리며 잘도 버텨냈구나
외딴 폐가 들러주는 사람도 없고
한움큼 빠져 그나마 먼지 푸석한 털
누가 한번 보듬어주랴, 눈길이나 주랴
슬픔은 슬픔대로 혼자 짊어지고
기쁨은 기쁨대로 혼자 웃어넘길 일
무리지어 휘몰려가는 바람 속에
그저 단단히 뿌리박을 뿐, 너에게는
꽃다운 꽃도 없구나
끌어올릴 꿈도 이제 없구나
지금은 지붕마다 하얗게 눈이 내리고
처마 끝 줄줄이 고드름 자라는 계절
빈집에는 세월도 잠깐 쉬고 있는 듯
아무런 기척 없는데 너희만 서로
얼굴 비비며 마음 다독이고 있구나
언 날이 있으면 풀릴 날도 있다고
말없이 눈짓으로 이야기하고 있구나
어느새 눈은 꽃잎으로 떨어져
강아지풀, 모두 눈꽃이 된다   ──「강아지풀」 전문

    길상호 시의 주된 표현 기교인 비유는 수사의 차원을 넘어 삶에 대한 통찰과 깊이 있게 연결된다. 이 시에서는 강아지풀에 대한 사실적 묘사와 재치 있는 비유, 뜻 깊은 상징이 조화를 이루고 있다. '강아지풀'과 '강아지', '꽃잎'과 '눈꽃'의 절묘한 병치는 단순한 언어유희 이상의 인식론적 발견을 보여준다. 이 시에서 '강아지풀'은 빈집을 지

키는 주체로 '강아지'의 내포적 의미를 자연스럽게 확장한다. 외딴 폐가에 돋아나 저 혼자 피고지는 강아지풀의 생태는 강아지의 본성과 대비되어 더욱 안쓰럽고 애처롭게 그려진다. 꽃다운 꽃도 없고 끌어올릴 꿈도 없이 그저 견디고 있는 강아지풀은 무정란 같은 시적 자아를 연상시키기도 한다. 이 시가 정감이 넘치는 대화체로 쓰인 것도 일종의 동류의식, 즉 외롭고 힘겹게 삶을 유지하고 있는, '침묵의 집'의 거주자로서의 동질감을 반영하는 것이리라. 그렇지만 강아지풀의 삶은 한결 굳건하고 희망적이다. 저희끼리 서로 의지하고 살며, 언 날이 있으면 풀릴 날도 있다는 확신을 가지고 있기 때문이다. 이는 곧 인간과 대비되는 자연의 특징이기도 하다. 자연은 순환적인 질서 속에서 견인의 가치를 발현한다. 그리하여 눈의 꽃잎을 받은 강아지풀은 눈꽃의 환희, 즉 삶의 종결이 아닌 보상의 기쁨을 누릴 수 있는 것이다.

자연에서 견인의 시간은 삶의 영광스러운 자취라는 인식은 시집의 곳곳에서 드러난다. "나무는 깊은 살 속에/바람의 무늬 새겨 넣고 있었네/그 무늬로 제 몸 동여매고서/추운 겨울 단단히 버틴 것이네"(「바람의 무늬」), "평생 깊은 우물을 끌어다/제 속에 허공을 넓히던 나무/스스로 우물이 되어버린 나무"(「오동나무 안에 잠들다」) 등 많은 시에서 자연물은 지속적이고 강인한 인고의 시간을 거쳐 삶을 완성하는 것으로 그려진다. 이렇게 본성을 발견하고 견인하면서 궁극적 삶에 이르는 길은 깨달음의 과정과도 흡사하다. 언뜻언뜻 해탈의 경지를 드러내 보이는 시들이 있는데, 그것은 혹독한 고통과 고독을 견딘 자연물로 형상화된다. "나무는 계절의 마지막 여울을 통과해/윤회의 고리 한 바퀴 맺고 있었다/비늘이 떠나버린 나무의 등뼈 깊숙이/주름으로 조용한 경전이 새겨지고 있었다"(「어떤 放生」)에서 나무는 힘겨운 계절과 고통스런 탈각의 과정 속에서 자신을 승화시킨다. "바위는 고요만을 제 속에 담아/내가 움직일 수 없는 가벼움을/얻고 있었네"(「가벼운 바위」)에서 바위는 절대 고독을 향한 견인의 시간을 통해 자신의 무거움을 벗어던지는 새로운 차원에 이르고 있다.

시인에게 삶이란 결국 지루하고 힘겨운 시간을 견디는 일과 다르지 않다. 고독의 시간을 버티고 고통스런 삶을 통과해가면서 종착점에 이르게 되는 것이다. 그런 의미에서 이 시집에서 인상 깊게 각인시킨 '침묵의 집'은 곧 삶에 대한 보편적 상징이 될 수 있다. 첩첩이 싸인 아파트에서 살고 있어도 우리의 내면에는 저마다 '침묵의 집'이 자리잡고 있다. 우리의 삶은 안온하고 충만한 집의 기억으로부터 너무나 멀어져 있다. 집의 뿌리가 제거되어 상자곽과 다를 바 없는 삭막한 현실의 집이 안락한 거처를 제공하는 집의 가치를 망각하게 한다.

현대적인 집의 비정함에 경악하면서 바슐라르는 소음의 한가운데에서도 몽상하라고 제안한다. 도시의 소음으로 인해 잠들 수 없다면 자동차의 굉음에서 대양(大洋)의 메타포를 떠올리고 이웃집의 망치질 소리에서 딱따구리 소리를 상상하라는 것이다. 시인 역시 이와 비슷하게 마음의 집을 짓는 방법을 이야기한다. 「그 노인이 지은 집」은 '침묵의 집'을 개조할 수 있는 상상의 설계도이다. "그는 황량했던 마음을 다져 그 속에 집을 짓기 시작했다/먼저 집 크기에 맞춰 단단한 바탕의 주춧돌 심고/세월에 알맞은 나이테의 소나무 기둥을 세웠다〔……〕 그는 이제 사람과 바람의 출입구마다 준비해둔 문을 달았다/가로 세로의 문살이 슬픔과 기쁨의 지점에서 만나 틀을 이루고/하얀 창호지가 팽팽하게 서로를 당기고 있는,/불 켜질 때마다 다시 피어나라고 봉숭아 마른 꽃잎도 넣어둔/문까지 달고 그는 집 한 바퀴를 둘러보았다"에서처럼 단단하고 아담한 집을 짓고 사람과 바람이 드나들수 있는 문도 만들어야 한다. '문'은 폐쇄적인 집을 개방된 공간으로 변화시킬 수 있는 결정적인 요소이다. 문을 통해 침묵의 집은 소통이 가능한 자유로운 공간이 된다. 이렇게 완성된 집으로 하얗게 바랜 노인이 편안히 들어선다. 이 집은 아마도 그의 삶을 엮어서 지은 필생의 집일 것이다. 이는 각자의 삶에서 한 채씩 지닐 영혼의 집이기도하다. 시인은 우리의 생애와도 맞먹는 이 집의 내밀한 가치를 드러낸다. 침묵의 깊이와 견인의 시간으로 완성되는 삶의 자취를 섬세하게 구현한다. 건축적인 구조로 꽉 짜여진 시의 형식들도 그의 남다른 조형력을 반증한다. 잊혀져가는 빈집들의 가치를 되살리는 그의 견고한 작업은 속도와 편의의 원칙에 휩쓸려 잊혀져가는 존재의 뿌리를 찾아가는 일이다.

차가운 불꽃

—김태형의 『히말라야시다는 저의 괴로움과 마주한다』*

1

이 시집은 1995년에 나왔던 첫번째 시집을 잇는 김태형의 두번째 시집이다. 거의 십 년 가까운 격차를 보이는 한 시인의 시집 두 권을 읽으며 나는 교집합과 합집합의 테두리 같은 것을 떠올렸다. 두 시집은 많은 변화를 포함하는 동시에 일정하게 반복되는 정서를 내장하고 있다. 첫번째 시집에서 시인은 20대의 젊은이답게 파격적 열정과 혹독한 고독이 혼재하는 강렬한 내면의 풍경을 보여주었다. 이번 시집에서도 여전히 진한 열정과 고독의 그림자가 일렁이지만 첫번째 시집에 비해 훨씬 나지막하게 가라앉아 있다. 첫번째 시집에서 보여주었던 강렬한 시적 에너지는 견고하게 잦아들어 응축되어 있다. 그렇지만 근원적인 비애와 정처 없는 삶을 견인하는 처연한 정서는 여전하

---

* 문학동네, 2004.

다. 끝 모를 방황과 고독한 유랑의 삶을 표상하는 '길'의 이미지가 시
집의 주된 혈맥으로 작용하고 있는 점도 한결같다. 한없이 씁쓸한 삶
이 펼쳐지는 그의 시는 로드무비의 광막한 풍경을 연상시킨다. 이번
시집을 여는 「하이웨이 드리밍」 역시 로드무비의 전형적인 정서와 일
치한다.

> 광막한 대평원 아스팔트 도로마저 덮어버리는
> 오직 바람과 흙먼지 이리저리 쓸려다니는 검불들
> 어디든지 가고 싶어 내 인생의 지나간 반을
> 훌훌 먼지처럼 나 이젠 그 어디든 가고 싶어
> 길을 가다 펑크난 타이어 잠시 멈추면
> 그때 천천히 태양의 부분을 다시 읽을 거야
> 중력의 무거운 문장 하나하나 음미하듯 읽다가
> 한나절을 다 보내고서야 겨우 낡은 트럭 한 대 지나가는
> 외롭고 쓸쓸한 평원의 어느 늦은 저녁
> 허름한 외딴 집에 찾아들어 흙먼지 가라앉듯
> 나 깊은 잠에 빠지고 싶어 해가 떠오르듯
> 다음날 또 흙먼지 풀썩이며 잠에서 깨어나고 싶어
>
> ──「하이웨이 드리밍」 부분

이 시에서처럼 인생은 어디를 향해가는 것이라기보다는 '어디든
지' 마냥 가는 것이다. '길'은 수단이 아니라 그 자체가 목적이 된다.
광막하고 외롭고 쓸쓸한 길은 그대로 삶의 형상이기도 하다. 팍팍하
고 적막하기 그지없는 길은 김태형 시의 지배적인 이미지이다. 여기

에는 삶은 곧 사막 위의 고행이라는 쓸쓸한 확신이 깃들어 있다. 시인의 자화상이라 할 수 있는 「모래 나그네」에서는 이러한 삶 속에서 시인으로 살아가는 것을 "고대 도시의 도굴꾼처럼 마른 무덤을 파헤치며/허옇게 부어오른 입 안 가득/딱딱하고 가시만 잔뜩 붙은 경단초를 피투성이가 되도록 씹는다"고 표현한다. 시의 광휘나 위의가 사라져버린 시대에 시를 쓰는 일은 도굴꾼이 고대 도시의 마른 무덤을 파헤치는 것처럼 헛된 노고일지도 모른다. 그러나 그는 "저 무한에 가 닿을 오오 짧은 한순간의 울음"(「하이웨이 드리밍」)을 위해 기꺼이 인생의 전부를 바치려 한다. 삶은 부득이하게 '치러내야' 하는 것이지만 단 한 순간이라도 무한에 닿는 울음을 울 수 있다면 그것으로 충분하다는 것이다. 이처럼 감상주의나 허무주의의 색조가 다분한 그의 시이지만 치열한 사색과 절제의 기율이 긴장감과 균형을 부여한다. 잠재되어 있는 강렬한 시적 에너지와 그것을 조절하는 균형 감각은 그의 시에서 독특한 긴장감을 형성한다. 그의 시에는 뜨거움과 차가움, 분출과 삭임, 부드러움과 단단함이 역동적으로 결합되어 있다. 풍부하고 다채로운 이미지들이 이루는 조화와 질서 속에서 그의 시가 갖는 심층적인 의미에 접근할 수 있다.

2

　김태형의 시에서 역동적인 에너지를 형성하는 이미지의 두 축은 '물'과 '불'이다. 세계의 원초적인 질료이기도 한 이들은 그의 시에 광범위하게 등장하며 상상력의 질서를 주도한다. 물과 불의 이미지는 다양한 유형으로 존재하지만 소극적이거나 부정적인 형상에 가깝다.

물의 이미지는 풍부함보다는 결핍을 통해 자신의 가치를 역으로 드러낸다. 그의 시에서 거침없이 솟아오르거나 가득 차 있는 물은 없다. 겨우 고여 있거나 말라 있는 상태가 대부분이다. 순수한 형태를 찾아보기 힘든 불투명하고 오염된 물이 거의 모든 시적 공간을 점유한다. 연못, 저수지, 진흙 웅덩이, 갯벌, 호수 등에서 간신히 말라붙은 물의 자취를 찾을 수 있다. 거대한 물의 저장고인 바다조차 그의 시에서는 썰물 져 비어 있거나 염천이 된다.

> 물 위에 초저녁별이 뜨고
> 그 사이를 못 견뎌
> 진흙덩이로 가라앉는 물결 소리
> 속엣말은 이렇게 자꾸만
> 한 이랑 맨가슴을 치고 물 밀어 와서는
> 마른 조막돌을 하나 힘껏 쥐었다 놓는다   ──「일월 저수지」 부분

> 어느 바다를 잃은 염천에서는
> 갑각류의 화석마저 푸른 혀를 내밀어
> 가시 돋친 속살을 꺼내 놓는다는데
> 한 줌 모래 알갱이로나 폐허의 자락을 덮고
> 더러 식물들이 소금의 결정을 피워낸다   ──「소금」 부분

그의 시에서 물은 무겁게 가라앉거나 말라서 사라져버린다. 그러면서 남긴 쓸쓸한 자취가 그 결핍의 공백을 드러낼 뿐이다. 「일월 저수

지」에서 진흙 덩어리로 가라앉는 무거운 물은 발설하지 못하는 마음속의 말처럼 안타깝고 답답하다. 출구 없이 고여서 말라가는 저수지의 물은 "맨가슴 치고 물 밀어" 오는 '속엣말'처럼 닫혀 있다. 그의 시에서는 '소금' 역시 물이 "점점 무거워져 허옇게 바닥을 짚은 자리"에서 만들어진다. 소금은 바다를 잃은 폐허에서 얻어지는 상처의 꽃이다. 흔히 인고와 정화의 긍정적 물질로 그려지는 소금은 그의 시에서 상처와 쓰라림의 의미로 강조된다. 그의 시에서 자주 등장하는, 물길이 완전히 끊긴 소금바다는 사막의 이미지와 흡사하다. '사막'은 '길'과 함께 고난의 역정을 대변한다. 물이 완전히 증발된 황량한 모래는 소금처럼 쓰리고 가혹한 물질이다.

'불' 역시 '소금'의 이러한 의미와 연관된다. 그러고 보면 소금은 물과 불에 의해 연속적으로 단련된 결정체이다. "목판본의 작은 불꽃체가 탁탁 절은 소금 알갱이로 타오른다"(「소금창고」)에서 '소금 알갱이'는 물과 불의 정수로서 타오르는 차가운 불꽃이다. 물과 불의 긴장 관계를 함축하고 있는 차가운 불꽃의 이미지는 그의 시에서 반복적이고 지배적인 이미지이다. 그의 시에서는 순수하고 풍부한 물의 이미지를 찾아보기 힘든 것처럼 불의 이미지 역시 작고 미약하다. 물과 불은 길항하며 고통과 상처로 응축된 차가운 불꽃의 이미지를 형성한다.

그의 시에서 반복되는 '차가운 달'의 이미지 역시 물과 불의 이러한 모순적 결합의 산물이다. "발밑으로 차갑게 얼음달이 떠오른다"(「능라길」), "그 따뜻한 몸속에서 어찌 자궁이/차디찬 얼음으로 가득했을까"(「아빠 달」), "그토록 딱딱한 수은의 표면으로 곧 깨져버릴 듯이/검은 달의 저 깊은 아래로만 내려가고 있었다"(「깨진 거울을 따라 이르는 길」)에서처럼 그의 시에 등장하는 달은 차갑고 깨질 듯한 '얼음달'이다. 풍요롭고 생산적인 달의 원초적 이미지와 전혀 다른 불안하고 결핍된 형상인 것이다. 생명력이 결핍된 물과 차갑게 식은 불이 결합된 이 지극히 부정적인 달의 이미지는 불모의 삶에 대한 결정적인 상징이다. '얼음달'은 본성을 잃고 고갈되는 물과 불의 이미지가 집약된 독특한 이미지로서 황폐하고 불안한 삶을 투영하고 있다.

3

김태형의 시에 많이 등장하는 나무 이미지들 역시 물과 불의 이미지를 함축하고 있다. 나무는 '불타는 물'이라고 할 수 있을 정도로 물의 생명성과 불의 수직성을 동시에 구현하는 물질이다. 나무는 인간과 유사한 이러한 생리와 형상 때문에 가장 많이 동일시되는 대상이기도 하다. 첫번째 시집에서 다양한 식물성 이미지와 인상 깊은 나무의 이미지를 보여주었던 시인은 이번 시집에서 더욱 집중적으로 인간화된 나무의 이미지를 창출한다.

그의 시에서 나무는 인고와 침묵의 표상이다. 나무 역시 결핍과 고난으로 생명력이 위축된 불안한 존재로 그려진다. 「목불」에 등장하는 "누렇게 말라죽은 나무 한 그루"는 뿌리가 들려 허공에 매달려 있다. 그런데 이 나무가 '목불'인 것은 "뿌리가 들려서도 남은 수액을 안으로 삭이"는 부단한 견인의 자세를 보여주기 때문이다. "일평생 밑바닥을 전전했으면서도/결국 뿌리는 바닥을 못 찾고 거꾸로 제 줄기 속으로 뻗어갔다"(「바오밥나무 아저씨」)는 나무나 "저 나무는 고요히/제 타오르는 불꽃을 안으로 삭이며 한껏 메말라 있었다"(「그게 배롱

나무인 줄 몰랐다」)는 나무들 모두 고난의 운명을 감내하며 소멸해가
는 구도자의 자세를 보여준다. 존재의 뿌리를 찾아 타오르는 불꽃이
라는 모순된 운명이 나무의 생명을 소진시킨다. 시인은 나무에서 고
행을 견디며 적멸에 이르는 삶의 방식을 발견한다. 침엽수인 히말라
야시다는 그에게 가장 친숙한 인간적 이미지로 다가온다. 첫번째 시
집에서 "나는 히말라야시다 오래도록 열려 있을 뿌리 밑 방 거대한/
몸뚱이와 함께 너무 멀리 밀려온 것 같은 늦은 저녁/늦은 길 위로 서
있다 한참이나 서 있는 것이다 히말라야시다"(「히말라야시다에게 쓰
다」)라고 하여 강한 동일시를 행했던 시인은 이번 시집에서도 이 나
무에 각별한 의미를 부여한다.

되레 먹장구름도 어둠 속에서는 저를 버린 채
눅눅한 공기가 된다 무겁게 내려앉은 어둠은 문득 되돌아서던 나는
편서풍을 올려다보던 어느 높이쯤에서 다시 마주친다
간혹 수십만 볼트의 검은 선을 한데 묶어
일시에 광포한 말들을 터뜨려 끊어내면서
한순간 집어삼킨 저 말들의 지옥을
그러나 괴로움은 어느 누구의 그늘이었는지를
묻지 않는다 한낮 햇빛을 들여
바늘같이 날카로운 한 점 그늘을 빨아들이던 히말라야시다는
어느덧 저의 괴로움과 마주한다
긴 호흡은 차라리 들끓는 숨가쁨이었던 것
뭉싯뭉싯 저 무거운 청동 먹장구름떼
빗소리는 조금씩 귀밑에 고인 작은 소용돌이의 안쪽으로 사라진다
이 소란스러운 침묵은 유려하기까지 하다

누군가 구름이 떠받친 내 높은 편서풍의 뒤를 올려다본다
　　　　　—「히말라야시다는 저의 괴로움과 마주한다」 전문

　　이 시에는 '먹장구름'과 '나'와 '히말라야시다'가 등장하는데 모두
대단한 침묵의 사제들이다. 먹장구름은 "수십만 볼트의 검은 선을 한
데 묶어/일시에 광포한 말들을 터뜨려 끊어"낼 수 있는 위력을 지니
고 있지만 눅눅한 공기로 고요히 가라앉아 있다. 히말라야시다는 "바
늘같이 날카로운 한 점 그늘을 빨아들이"는 인고의 화신이다. 이들을
지탱하고 있는 견인의 힘은 괴로움의 크기와 비례한다. 말들의 지옥
을 품고 침묵하는 먹장구름이나 바늘 고행으로 저의 괴로움을 상쇄시
키고 있는 히말라야시다는 침묵의 드높은 경지에 도달한다. 이들의
침묵 속에는 엄청난 말의 폭풍과 들끓는 숨가쁨이 내장되어 있다. 이
들의 침묵은 폭발적인 위력을 내포한 것이기에 '유려하기까지' 한 침
묵의 미학을 형성한다. 긴장감이 내포된 절제의 기율은 시인의 의식
과 미적 지향의 핵심을 이룬다. 먹장구름과 히말라야시다를 연결시키
고 있는 '나' 역시 '높은 편서풍'의 위력과 맞먹는 긴장과 절제의 미
학을 관장한다. 고통의 무게와 맞먹는 이들의 어두운 그늘은 견인의
긴장감으로 인해 '차갑게' 타오른다.

　　그런 것이다 침엽수림은, 몇 가닥 실핏줄로 발 시리도록 기다린다
는 거
　　종일토록 한자리에 나앉은 침엽수림은 나는
　　차갑게 타오르는 얼음불꽃을 향해 천천히 걸어갔다
　　　　　　　　　　　—「두 그루 저녁 나무」 부분

침엽수의 바늘잎은 혹독한 시련 속에서 얻어낸 견인의 징표이다. "침엽수림은 나는"에서 자연스럽게 동일시되는 '나' 역시 몇 가닥 실핏줄로 발 시리도록 기다리는 처절한 고통 속에서 "차갑게 타오르는 얼음불꽃"에 다가간다. 격렬한 열정을 억누른 채 냉정하게 견인해야 할 삶은 '얼음불꽃'인 침엽수의 생리와 일치한다. 생의 불꽃을 안으로 삭이고 상처의 그늘을 응축시켜 차갑게 타오르는 나무의 불꽃에서 시인은 자신의 정신적 지향을 발견한다. 일찍이 백석이 탁월하게 그려냈던 외롭고 높고 쓸쓸한 갈매나무의 이미지와는 또 다르게, 침엽수에서 얻어진 '얼음불꽃'의 이미지는 견인과 침묵의 정신을 탁월하게 표상한다.

4

긴장감은 김태형의 시에서 미학의 핵심을 이룬다. 절정까지 한껏 응축되었다가 극한에서 분출되는 파토스적 열정의 표현은 독특한 긴장의 미학을 형성한다. 진한 울음과 유장한 가락이 내재되어 있는 그의 시는 애이불비(哀而不悲)의 고전적 규범을 잃지 않고 있다. 내면의 뜨거움을 차갑게 견인하는 자세는 거의 체질화되어 있다. 차가움이 감싸고 있는 뜨거움, 고요 속에 장전된 폭발적 힘은 그의 시에 특유의 긴장감을 부여한다.

빈 바람 투망에 소금주머니를 달고 서 있던

언 땅에 키 작은 동백나무 몇 그루

비릿한 갯바람에 소복이 눈 맞고 서서

한껏 피었다가는 못내 뭉텅뭉텅 쓰린 제 붉은 목 떨어뜨리는

그때가 비로소 너의 절정이라는 걸

제 슬픔에 겨워 저리도 아름다워질 수 있다는 걸

바닥치기로 떨어뜨린 목 고이 눈감은 채

나를 증명하려고 오지는 않았다　　　—「동백이 지고 나면」 부분

　그의 시는 동백의 낙화 같은 극적인 긴장감을 내포한다. 절정의 순간에 가차 없이 파국을 맞이하는 과감한 결단의 의지가 있다. 낙화의 순간이 절정을 이룬다는 처절한 삶의 진실을 회피하지 않는다. 그의 예리한 미적 감수성은 그 절정의 순간이 갖는 아름다움과 슬픔의 묘한 역설을 놓치지 않는다. 이 시는 슬픈 아름다움의 역설을 묘파한 절창이다. "무엇을 얻으려는 게 아니라" 그저 단 한 번의 절정을 향해 운명을 거는 처절한 의지로 인해 "삶은 이다지도 깊고 소란스러운 것"이다. 그가 얻고자 하는 소리는 이런 혹독한 결단과 오랜 인고의 시간을 통해 숙성된 것이다. 그가 알고 있는 최고의 소리는 '오래 삭은' 고래의 귀뼈 한 점에 구멍을 낸 항유피리 소리나 늙어서 속이 다 썩은 노거수들의 빈 속에서 나는 소리이다. 그것들은 오랜 시간 삭아서 흉내낼 수 없는 경지에 오른 독특한 음색을 가지고 있다. '삭는다'는 것은 처절한 부패의 시간을 견뎌서 질적 전환에 도달하는 견인의 과정이다. 그것은 속도와 새것의 효용이 지배하는 이 시대의 생리와는 거리가 멀다. 이런 시대에 시간의 마모를 견디며 시를 쓰는 것은 "낡고 촌스럽기까지 한 꽃무늬 가는 펜을 한 가지에 쥐고서/먼저

잘 닦아 놓은 허공에다 바람벽 삼아/밤새 골똘히 뭔가를 쓰고 있었던 모양"의 '배롱나무 시인'을 연상시킨다.

그러자 뒤편 연못가에서 목이 짧은 장화를 신고
생애 첫 방학을 마친 듯한 어린 초등학생이 걸어나왔다
배롱나무 곁을 빗방울처럼 스쳐 지나가는 것이었다
남은 꽃향기가 지나간 아이의 작은 발자국마다
잘박잘박 고여들었다가 이내 사라졌다
그 아이의 허파꽈리에 깊이 새겨진 배롱나무의 숨결
나는 얼른 그 길을 따라 간신히 한 문장을 받아쓰고 있었다
　　　　　　　　　　　　　　　——「배롱나무 시인」 부분

드물게 평안한 몽상을 동반하고 있는 이 시는 우리가 잃어가고 있는 순수하고 아름다운 세계를 담고 있다. "누더기 성자"인 배롱나무 시인이 꽃망울 밀어낼 자리를 걱정하며 한없이 허공을 닦아내는 것처럼 지극한 염려와 견인의 자세가 메마른 세상에 생명의 숨결을 불어넣어줄 수 있을 것이다.

사막의 삶을 견디며 '차가운 불꽃'의 의지를 내장해온 시인은 메마른 뿌리까지 내려가 피워올린 속꽃의 아름다움을 펼쳐 보인다. 그는 또한 "한번쯤 수렁처럼 깊어지기보다/더 넓어져야 할 필요"(「반두안」)를 감지하고 있다. 그는 변함없이 '길 위의 시인'으로서 불모의 삶을 묵묵히 견인하는 구도의 자세를 견지해갈 것이다. 그의 모든 시들을 견고하게 엮고 있는 다양하고 역동적인 이미지들은 시인이 앞으로 뻗어나갈 드넓고 아름다운 시의 영토를 보장한다.

거대한 침묵
─김기택의 『소』*

　김기택 시인이 내놓은 네번째 시집의 표제는 '소'이다. 동물 이미지의 형상화에 있어 남다른 개성을 보여주었던 시인이기에 전혀 낯설지 않은 제목이다. 시인은 특유의 치밀한 관찰과 묘사의 능력을 발휘할 수 있는 동물 이미지를 지속적인 탐구의 대상으로 삼았다. 그러나 첫 시집에서부터 그의 분명한 개성을 확인했던 독자의 입장에서는 시 세계의 연속성보다는 변화 과정에 더 관심이 가는 것이 사실이다. 견고하고 긴장된 그의 시가 나아갈 새로운 향방은 각별한 기대의 대상이 된다. 과연 그의 시에서 '소'는 매번 다른 모습으로 나타나며 시 세계의 변화를 반영하는 것으로 보인다.

　첫 시집 『태아의 잠』(문학과지성사, 1991)에는 '소'라는 제목의 시가 한 편 들어 있다. 이 시에서 '소'는 꼬리를 잃어버려 파리들이 모여들어도 쫓아내지 못하는 무력한 모습을 하고 있다. 이 소는 "돌처

---

* 문학과지성사, 2005.

럼 차갑고 딱딱한 힘을 엉덩이로 집중시켜 움직이고 싶어 안달하는 꼬리뼈를 단단하게 붙잡아 조"이며 애써 태연한 척한다. 꼬리뼈에 집중된 예리한 신경의 파동이 특유의 치밀한 묘사로 포착된다. 시의 끝부분은 "코뚜레에 너무 오래 붙들려 무력해진 지금/아픈 코의 대척점에서 일어나는 이 느닷없는 힘은./웃음거리가 되어도 어쩔 수 없다/들입다 흔들어대는 수밖에"라 하여 가까스로 억제되던 본능의 힘이 갑작스럽게 분출되는 상황을 드러낸다. 응축된 에너지의 밀도와 그것의 극적인 분출을 인상 깊게 묘파했던 첫 시집의 개성을 함축하고 있는 시인 것이다. 시인의 치열한 관찰력은 긴장과 갈등의 에너지로 팽만한 사물의 역동성을 포착하는 데 집중된다.

　두번째 시집 『바늘구멍 속의 폭풍』(문학과지성사, 1994)에서는 '소'에 관한 시가 두 편 나타난다. 두 편에서 모두 비육우로서의 '소'의 이미지가 나타나는 것이 특징적이다. 「소 2」에서는 중량을 늘리기 위해 물 먹인 소가 보이는 육체의 변화가 집요하게 그려진다. "부룩부루룩 물 사이로 빠져나온 공기로 숨을 쉬며/뱃가죽에서 규칙적으로 불어났다 꺼졌다 하고 있다/크고 단단한 무거움 속에 조용히 정지하여 있으니/보인다 가죽 속에/우연히 들어와 무게가 된 한 줄기 바람/이제 고기가 되어버린 한 방울 물 한 모금 공기"에서처럼 육체의 물질성에 대한 비정하리만큼 적확한 묘사가 행해진다. 「소 3」에서도 한낱 고깃덩어리에 불과한 소의 육체에 대한 냉담한 묘사가 이어진다. "백정이 칼을 들어 한가운데를 가르자/흔적도 없이 빠져나갔다네/바람 빠진 가죽부대 털레털레 실려가고"에서 소의 육체는 "바람 빠진 가죽부대"의 공허한 이미지로 드러난다. 사물의 외피를 두르고 있는 모든 가식과 포장을 거두고 엄밀한 육체적 현존만을 파악하려는 인식의 열도가 이렇게 철저한 물질적 묘사를 가능케 한다. 두번째 시집에서 시인은 육체의 물질성에 대한 극도로 냉정하고 치밀한 관찰을 행한다. 훼손되거나 병든 육체의 이미지가 도처에서 육체의 물질성을 적나라하게 드러낸다.

세번째 시집 『사무원』(창작과비평사, 2000)에는 '소'가 등장하지 않는다. 대신에 고행에 가까운 노동을 유일한 존재 이유로 삼고 '소처럼' 묵묵히 일하는 '사무원'이 나타난다. "이미 습관이 모든 행동과 사고를 대신할 만큼/깊은 경지에 들어갔으므로/사람들은 그를 '30년간의 長座不立'이라고 불렀다 한다./그리 부르든 말든 그는 전혀 상관치 않고 묵언으로 일관했으며/다만 혹독하다면 혹독할 이 수행을/외부 압력에 의해 끝까지 마치지 못할까 두려워했다고 한다"(「사무원」)는 희화적 진술로 왜소화된 인간의 삶과 현대 사회의 기계적 메커니즘을 풍자한다. 앞의 시집들에 비해 즉물적 묘사가 줄어드는 대신 삶의 세목에 대한 관찰이 전체적인 통찰로 연결되는 시선의 확산이 새롭게 부각되기 시작한다.

시집 『소』에서는 「소」를 표제시로 삼을 만큼 각별한 애착을 보여준다. 그런데 이 시집에서 '소'는 앞의 시집들과는 다른 양상을 보여준다. 희화화되거나 불구화된 이미지로 드러나던 이전 시들과는 달리 지극히 평범하고 정상적인 모습을 하고 있는 것이다.

소의 커다란 눈은 무언가 말하고 있는 듯한데
나에겐 알아들을 수 있는 귀가 없다.
소가 가진 말은 다 눈에 들어 있는 것 같다.

말은 눈물처럼 떨어질 듯 그렁그렁 달려 있는데
몸 밖으로 나오는 길은 어디에도 없다.
마음이 한움큼씩 뽑혀나오도록 울어보지만
말은 눈 속에서 꿈쩍도 하지 않는다.

수천만 년 말을 가두어두고
그저 끔벅거리고만 있는
오, 저렇게도 순하고 동그란 감옥이여.

어찌해볼 도리가 없어서
소는 여러 번 씹었던 풀줄기를 배에서 꺼내어
다시 씹어 짓이기고 삼켰다간 또 꺼내어 짓이긴다.　―「소」 전문

　이 시에서는 소의 커다란 눈이 관심의 초점이 되어 있다. 할 말을
가득 담고 내놓지 못하는 듯한 소의 크고 순정한 눈에 대한 집중적인
관찰과 상상이 행해진다. 이전 시들에서 관찰자의 시선이 일방적이었
던 것에 비해 이 시에서는 대상과 주체의 교감과 소통이 중시되는 변
화를 살필 수 있다. 소의 눈에 함축된 언어와 그것을 알아들으려고
애쓰는 주체의 입장이 대등하게 연결된다. 해독되지 않는 소의 말에
대한 집요한 추적이 소의 생리와 관련된 흥미로운 상상을 낳는다. 길
게 내뽑는 소의 울음은 몸 밖으로 나오지 못하는 말 때문이고, 씹고
또 씹는 되새김질 또한 그 답답함의 표현이라는 것이다. 그리하여 소
의 커다란 눈은 "수천만 년 말을 가두어" 둔 "순하고 동그란 감옥"이
라는 절묘한 비유에 이른다. 시인의 투시적 상상은 소의 눈에서 수천

만 년 동안 잠재된 시간의 지층을 떠올린다.

이번 시집에서 시인 특유의 투시적 상상력은 기억이나 시간의 흔적을 복원하는 데 유용하게 작용한다. 가령 도로 위에 길게 이어진 두 줄기 타이어 자국은 "단말마로 악쓰다가 아스팔트 바닥에 붙어버린 마음"(「타이어」)의 흔적을 드러내고, 명태의 악쓰는 얼굴은 "필사적으로 벌렸다가 끝내 다물지 못한 입을/다시는 다물 생각이 없는 것 같다"(「명태」)는 최후의 장면을 연상시킨다. 아스팔트에 스며든 검붉은 얼룩과 흰 스프레이의 흔적도 시인에게는 놓칠 수 없는 관찰의 대상이다. "시속 100킬로미터의 바퀴들이 그를 밟고 지나간다/그는 바퀴들이 더 잘 지나갈 수 있도록 더 납작해진다"(「흰 스프레이」)는 식의 특유의 냉담하고 사실적인 묘사가 살아난다. 물화된 시간의 자취에서 시인은 극적으로 응축된 기억의 흔적을 복원해낸다. 모든 존재는 아프고 격렬했던 삶의 자취를 남긴다. "슬픔이 흘러나온 자국처럼 격렬한 욕정이 지나간 자국처럼"(「얼룩」) 물렁물렁하고 축축한 기억의 흔적은 바싹 마른 물화된 현재를 견디는 힘이 된다.

세월이 중첩된 얼굴만큼 시간의 자취를 선연하게 드러내는 것은 드물다. 「아줌마가 된 소녀를 위하여」에서는 중년의 여자에게서 30년 전 소녀의 모습을 애써 반추해낼 때의 애잔한 심사를 그리고 있다. "긴 세월은 남편이 되고 아이들이 되어/네 몸에 단단히 들러붙어/마음껏 진을 빼고 할퀴고 헝클어뜨려 놓았구나"에서와 같이 얼굴은 세월의 풍파를 담고 있다. 노인의 얼굴은 시간의 덧없는 흐름에 대한 거부할 수 없는 증거이다. 노인들의 얼굴에 대한 묘사는 물화된 이미지에 투영돼 그 무상감이 더욱 강조된다. 「전자레인지」에서는 불도 없는 전자레인지에서 바짝 익혀서 나오는 생선과 경로당에서 나오는

쭈글쭈글한 할머니의 모습을 나란히 병치시켜 놓는다. 「귤」에서도 어두운 방 안에 혼자 "놓여 있는" 노인과 마찬가지로 방 안에서 쭈그러들고 말라가는 귤 한 봉지를 대비하고 있다. 세월에 속수무책으로 침식당한 노인들의 얼굴은 거역할 수 없는 시간의 흐름을 증명한다.

오랜 시간의 흐름이 축적된 흔적을 복원하는 데 있어 시인의 투시적 상상력은 평면적 관찰을 넘어서 역동적인 사유의 진폭을 드러낸다. 시간의 흔적을 복원하는 시인의 상상은 활기차고 감각적이다.

솔잎도 처음에는 널따란 잎이었을 터.
뾰족해지고 단단해져버린 지금의 모양은
잎을 여러 갈래로 가늘게 찢은 추위가 지나갔던 자국.
파충류의 냉혈이 흘러갔던 핏줄 자국.

추위에 뻣뻣하게 발기되었던 솔잎들
아무리 더워져도 늘어지는 법 없다.
혀처럼 길게 늘어진 넓적한 여름 바람이
무수히 솔잎에 찔리고 긁혀 짙푸르러지고 서늘해진다.

지금도 쩍쩍 갈라 터지는 껍질의 비늘을 움직이며
구불텅구불텅 허공으로 올라가고 있는 늙은 소나무.
그 아래 어둡고 찬 땅속에서
우글우글 뒤엉켜 기어가고 있는 수많은 뿌리들.

갈라 터진 두꺼운 껍질 사이로는

투명하고 차가운 피, 송진이 흘러나와 있다.
골 깊은 갈비뼈가 다 드러나도록 고행하는 고승의
몸 안에서 굳어져버린 정액처럼 단단하다.   ─「소나무」 전문

　이 시에서는 소나무의 형상을 둘러싼 갖가지 흥미로운 상상의 작용
이 나타난다. 뾰족하고 단단한 솔잎은 혹독한 추위를 견디기 위해 진
화된 형태라는 과학적 상식과 더불어 "파충류의 냉혈이 흘러갔던 핏
줄 자국"이라는 비약적 상상도 불러일으킨다. 파충류를 연상시키는
소나무 줄기에서 실핏줄처럼 이어지는 솔잎의 생태를 동물적으로 치
환시켜 얻어낸 비유이다. 이 시에서는 줄곧 소나무의 동물적 이미지
를 강조함으로써 생동감을 확보한다. "추위에 빳빳하게 발기되었던
솔잎들"과 "혀처럼 길게 늘어진 넓적한 여름 바람"의 접촉은 그 동물
적 이미지로 인해 더욱 예리한 감각을 자아낸다. "구불텅구불텅 허공
으로 올라가고 있는 늙은 소나무"는 거대한 파충류의 형상을, "우글
우글 뒤엉켜 기어가고 있는 수많은 뿌리들"은 다족류를 연상시키며,
움직임으로 가득한 동물성의 세계를 형성한다. 마지막 부분에서는 송
진의 묘사를 통해 동물성이 순화된 정신적 이미지를 확보하기에 이른
다. "갈라 터진 두꺼운 껍질"의 강한 동물성은 "투명하고 차가운 피"
인 송진과 화합하여 승화의 경지를 드러낸다. 그리하여 강력한 동물
성을 억제한 채 고고한 기품을 드러내는 소나무의 이미지는 오랫동안
수련을 행한 고승의 이미지와 절묘하게 일치하게 된다. 동물의 형상
과 생태에 대한 탁월한 관찰과 묘사를 행했던 시인은 식물에 대해서
도 특유의 긴장감과 활력을 부여한다. 정적 속에 깃든 역동성을 포착
하는 투시적 상상력이 작용한 것이다.

식물이 함축하고 있는 역동성을 투시하기 위해 시인은 더욱 정밀한 집중과 활달한 상상을 동원한다. 고도로 정밀한 관조는 일평생 꼼짝 못하고 한자리에만 있어 외롭고 심심할 줄 알았던 나무에게서 "가만히 있는 것 같지만 쉬지 않고 움직이는 그 구불구불한 길"과 "불룩한 배를 가지마다 매달아 놓고 무겁게 흔들리는" 자궁을 발견한다.

> 우글우글하구나 나무여
> 어느 다리보다 먼 길을 걸어온 네가 발산하는 침묵은
> 발 달린 벌레며 짐승들이 매일 들으며 자라는 너의 침묵은
> 잎에서 잎으로 길로 허공으로 퍼져나가 산처럼 거대해지는 너의 침
> 묵은   ─「우글우글하구나 나무여」 부분

이 시에서도 땅에 붙박여 있는 줄만 알았던 나무는 '우글우글'한 생명력이 넘치는 동물적 이미지로 그려진다. 잔가지와 실뿌리에까지 이르는 무수한 길을 함유한 나무는 어느 다리보다 먼 길을 걸어왔다 할 만하다. 보이지 않는 무수한 길을 걸어온 나무는 들리지 않는 거대한 침묵의 세계를 연상시킨다. 침묵 속에서 만물을 관장하는 보이지 않는 생명의 작용을 떠올리게 한다.

'거대한 침묵'에 대한 시인의 투시적 상상력은 가시적 영역을 넘어서는 역동적 사유와 관련된다. 이로 인해 고요한 대상에서 우글우글한 생명을 발견하고 들끓는 대상에서 공허한 본질을 통찰하는 것이 가능해진다. '거대한 침묵'의 소리를 듣기 위해서는 세상의 소음에 가려진 작고 여린 소리에 귀 기울이는 관조와 집중이 필요하다. 그것은 텔레비전을 껐을 때 풀벌레 소리가 잘 들리는 것처럼 고요한 소리를

받아들일 준비가 되었을 때 비로소 들을 수 있는 소리이다. "귀뚜라미나 여치 같은 큰 울음 사이에는/너무 작아 들리지 않는 소리도 있다/그 풀벌레들의 작은 귀를 생각한다/내 귀에는 들리지 않는 소리들이 드나드는/까맣고 좁은 통로들을 생각한다/그 통로의 끝에 두근거리며 매달린/여린 마음들을 생각한다"(「풀벌레들의 작은 귀를 생각함」)고 할 때의 섬세하고 열린 감각이 있어야 들리는 소리이다.

'소리'에 대한 감각은 다른 어떤 감각보다도 정밀한 집중을 요구한다. 시인은 시각적 묘사 이상으로 청각적 묘사에 민감하다. 「머리 깎는 시간」에서 그려지는 가위 소리는 청각이 시각화되는 흥미로운 양상을 보여준다. "가위 소리에서/찰랑찰랑 물소리가 나도록 귀 기울여" 들을 때 "가위 소리는 점점 많아지고 가늘어지더니/창밖에 가득 빗방울이 떨어진다./흙에, 풀잎에, 도랑에, 돌에, 유리창에, 양철통에/저마다 다른 빗소리들이 서로 겹쳐지는 소리./수많은 다른 소리들이 하나로 모이는 소리./처마에서 새끼줄처럼 굵게 꼬이며 떨어지는 소리"에서 머리 깎는 소리는 다채로운 빗방울 소리로 변주된다. 갖가지 소음 속에서 어떤 소리를 가려 듣기 위해서는 마음의 움직임에 고요하게 귀 기울이는 정밀한 집중이 필요하다.

시인은 도시의 소음 속에서 들려오는 자연의 음악을 '기이한 은총'이라고 여긴다. "스스로 폭풍이 되고 천둥이 될 만큼 거대해진 소음 속에서/어지럽게 쌓인 음과 가락이 서로 부딪치며 섞이다가/우연히 한 음을 얻어"(「기이한 은총」) 찾아온 것이겠지만 마음이 움직여 붙잡은 음악 소리에 경탄한다. 시인이 복잡하고 소란스러운 도시에서 종종 자연의 은총을 발견할 수 있는 것은 마음의 움직임을 쫓는 집중적인 관조에 의해 가능하다. 현상의 단면을 뚫고 내밀하게 다가오는 또 다른 감각에 문을 열어 놓기 때문이다. 이런 통찰력이 깃든 섬세한 감각은 도시적 삶과 자연이 맞닿는 지점에서 예리하게 작동한다.

시집 『사무원』에서부터 도시적 삶의 생태를 본격적으로 그리기 시작했던 시인은 이번 시집에서도 도시화로 인해 전반적으로 변화된 삶의 양상에 대한 비판적 성찰을 기조로 하고 있다. 전면적인 도시화는 자연의 구석구석까지 영향을 끼치고 있다. 시인이 즐겨 다루었던 동물의 생태도 도시라는 특정한 배경 속에서 새롭게 그려진다. 곤충 같은 하등 동물의 묘사에 남다른 개성을 드러냈던 시인은 이번 시집에서는 도시화로 인해 변화된 그들의 생태를 흥미롭게 묘파한다. 「유리창의 송충이」에서는 고층 아파트 유리창에 붙은 송충이의 힘겨운 움직임을, 「그들의 춘투」에서는 불빛이 흘러나오는 빌딩 창에 부딪쳐 나방떼가 즐비하게 떨어져 있는 모습을 그리고 있다. "가도가도 거대한 평면 사각뿐"인 고층 빌딩과 "벽처럼 딱딱한 공기"를 그들은 끝내 이해할 수 없을 것이다. 비둘기처럼 환경의 변화에 놀랍게 잘 적응하는 경우도 있긴 하다. 그러나 "가볍게 경적과 속도를 피하며/가게에서 물건을 고르듯 느긋하게 모이를 고른다"(「상계동 비둘기」)는 비둘기들도 위태로워 보이기는 마찬가지다. 오랫동안 자연의 리듬에 맞춰서 살아온 노인들도 도시의 리듬에 맞지 않는 소외된 존재이다. "할머니가 필사적으로 꿈틀거리는 동안/꿈틀거릴수록 점점 작아지는 동안/승객들은 빈틈을 더 세게 조이며/더욱 견고한 벽이 되고 있었다"(「벽」)나 "아무리 급해도 도저히 빨라지지 않는 걸음이었다./죽음이 여러 번 과속으로 비껴간 걸음이었다"(「무단 횡단」)의 할머니들은 모두 도시의 폭력적인 생태 속에서 불안하게 살아가고 있다. 시인이 줄곧 관심 있게 지켜보았던 동물이나 노약자들은 도시적 공간 속에 놓일 때 더욱 왜소하고 위태로운 처지로 나타난다. 자연의 리듬을 파고 들어온 도시적 삶은 약자를 보호하고 포섭하기보다는 배척하고 도태 시키는 것이다.

전면적인 도시화 속에서 자연이 본래의 위치와 기능을 유지하기는 쉽지 않아 보인다. 도시의 불모성을 중화시키기 위해 생활 속에 자연 을 끌어들이려는 인위적인 노력이 행해지기도 하지만 그 실상은 자연 스럽지 못하다.

펜과 자판(字板)에 익숙한 손으로 삽과 호미를 쥐어본다. 컴퓨터 모니터와 종이에 익은 눈으로 나무와 풀과 흙을 탐욕스럽게 만져본다. 냉난방으로 희어진 피부에 작살 같은 햇살을 꽂아본다. 액셀러레이터 와 엘리베이터에 익숙한 발바닥으로 흙을 맛나게 핥아본다. 먼지 가득 한 터널 같은 콧구멍에 풀냄새 바람도 양껏 넣어본다.

텃밭 노동이란 얼마나 사치스러운 휴식인가. 서울 변두리 산자락 풍 경과 바람은 이 호사 취미에게 선뜻 다가오지 못하고 주위를 머뭇거리 며 맴돌기만 한다. 돌 많은 흙은 어색한 삽날을 물고 악착같이 저항한 다. 전원의 휴식을 즐기는 맛이 어떠시냐며 흙 속에서 나온 건축 쓰레 기들이 비웃는다.　　　　　　　　　　　　　　　　──「주말 농장」 부분

도시에 적응하지 못하는 경우가 있는 것처럼 자연과 접촉하는 것이 어색해진 경우도 있다. 도시적 삶에 익숙한 대다수의 사람들이 그렇 듯이 이 시의 화자도 자연에 친숙하지 못하고 줄곧 거리감을 드러낸 다. '쥐어'보고 '만져'보고 '꽂아'보고 '핥아'보고 '넣어'보는 인위적인

방법으로 자연에 접하려 한다. "머뭇거리며 맴돌"거나 "악착같이 저항"하거나 '비웃는' 듯한 자연의 느낌은 양자 사이의 거리감을 보여준다. 호사 취미에 가까운 주말 농장의 경험은 자연과의 친밀감보다는 거리감을 확인시켜줄 뿐이다. 그럼에도 끊임없이 자연과의 소통을 도모하는 것은 자연이 보유한 건강한 생명력과 본원에 대한 향수를 충족시키기 위해서이다. "의자 노동과 안경 노동이 있는 곳으로 돌아가기 전에 근육과 허파를 혹사하며 마지막까지 즐겨보는" 삶의 별미를 제공해주기 때문이다.

우리의 삶은 자연 속의 노동으로 돌아가기에는 지나치게 변화되었다. 도시의 생태가 자연을 왜곡시키며 공존하는 불안하고 위태로운 상태에 있다. 그러나 자연은 놀랍게도 인위적이고 잘리고 꺾이면서도 어김없이 생명의 작용을 거듭한다. 가장 수동적이고 연약한 생명인 식물의 놀라운 생명력은 시인에게 끊임없는 찬탄의 대상이 된다.

무성한 잎으로 여러 상점들 간판을 가리던 나무 하나는 분노한 톱에 베어져 그루터기만 남아 있습니다. 한때 생명을 담았던 그 그릇에는 파문을 일으키며 퍼져가는 나이테가 있습니다. 그 나이테의 무늬 속에는 생명이 바삐 드나들던 맑은 소리와 함께 혹한의 시간과 두꺼운 매연과 소음이 레코드판처럼 녹음되어 있습니다. 목 없는 통닭의 다리처럼 움직이지 않는 뿌리는 여전히 힘차게 땅을 움켜쥐고 있습니다.

녹슨 상수관과 부글부글 끓는 하수도, 전화선과 가스관이 어지럽게 매설된 땅속에 가로수들은 시추공처럼 박혀 있습니다. 그래도 봄이 오면 어김없이 매장량이 무한대인 초록빛을 뽑아 올립니다. 고엽제 같은

매연에도 아랑곳하지 않는 저돌적인 생명, 그 고집불통의 습관을 막을
힘이 이 가로수들에게는 없습니다. 모두가 지루하고 긴 삶을 각오한
지 오래입니다.   ──「가로수」 부분

가로수는 도시에 수용된 자연의 단적인 예로서 대부분이 도시의 편
의에 의해 이리저리 자르고 함부로 다루어 만신창이가 된 모습을 하
고 있다. 간판을 가리던 나무는 그루터기까지 잘려나가고 만다. 나무
의 전 생애를 증명하는 나이테 속에는 생명과 시간과 삶의 흔적이 고
스란히 기록되어 있다. 이 나무도 한때는 "생명이 바삐 드나들던 맑
은 소리"로 가득했던 것이다. 나무는 도시의 혼탁한 공기와 소음을
중화시키는 맑은 생명의 저장소이다. "공기 속에서 떠돌아다니는/투
명한 심장과 미세한 허파와 안개 같은 핏줄들"(「맑은 공기에는 조금씩
비린내가 난다」)에는 혼탁한 정신을 깨우는 청량한 기운이 들어 있다.
힘차게 땅을 움켜쥐고 땅속 깊은 곳에서 퍼올린 생명이 작동하고 있
는 것이다. 가로수의 "저돌적인 생명"과 "고집불통의 습관"을 확인하
는 시인의 어조는 경이와 찬사를 역설적으로 드러낸다.
　어떤 생물보다도 오래 지속되어온 생명의 본능이 척박한 도시의 환
경 속에서도 초록빛을 뿜어올린다. 초록의 경이는 이 시집에서 가장
집중적으로 조명되는 생명의 작용이다. 그동안 동물이나 인간의 생태
에 관심을 기울이던 시인은 초록의 놀라운 역동성을 새롭게 주목하기
시작한다.

　잠깐 초록을 본 마음이 돌아가지 않는다.
　초록에 붙잡힌 마음이

초록에 붙어 바람에 세차게 흔들리는 마음이
종일 떨어지지 않는다
여리고 연하지만 불길처럼 이글이글 휘어지는 초록
땅에 박힌 심지에서 끝없이 솟구치는 초록
나무들이 온몸의 진액을 다 쏟아내는 초록
지금 저 초록 아래에서는
얼마나 많은 잔뿌리들이 발끝에 힘주고 있을까
초록은 수많은 수직선 사이에 있다
수직선들을 조금씩 지우며 번져가고 있다
직선과 사각에 밀려 꺼졌다가는 다시 살아나고 있다
흙이란 흙은 도로와 건물로 모조리 딱딱하게 덮인 줄 알았는데
이렇게 많은 초록이 갑자기 일어날 줄은 몰랐다
아무렇게나 버려지고 잘리고 갇힌 것들이
자투리 땅에서 이렇게 크게 세상을 덮을 줄은 몰랐다
콘크리트 갈라진 틈에서도 솟아나고 있는
저 저돌적인 고요
단단하고 건조한 것들에게 옮겨 붙고 있는
저 촉촉한 불길   ——「초록이 세상을 덮는다」 전문

　초록은 다른 무엇보다도 강하게 시인의 마음을 붙잡는 대상이다.
한없이 일렁이며 눈길을 잡아끄는 촛불 같은 초록의 불길에 사로잡힌
것이다. 초록의 놀라움은 "여리고 연하지만 불길처럼 이글이글 휘어
지는" 유연하고 역동적인 작용에서 기인한다. 나무를 초록빛으로 타
오르는 불길로 묘사함으로써 시인은 생명의 활력을 강조하고 있다.

그의 투시적 상상은 한자리에 붙박인 나무의 수동적 자세에서도 잔뿌리들이 발끝에 잔뜩 힘을 주고 있는 듯한 역동적인 장면을 연출한다. 견고하게 덮인 도시의 콘크리트 바닥에서 용솟음치고 있는, 약동하는 기운을 포착해낸다. 나무들은 고요한 침묵 속에서 온 힘을 다해 초록의 진액을 쏟아내고 있다. 초록의 경이는 그것이 "아무렇게나 버려지고 잘리고 갇힌 것들"에서 일어나기 때문이다. 직선과 사각으로 단단하게 재단된 도시의 구조를 용케도 비집고 나타나기 때문이다. 불길처럼 휘어지고 솟구치는 초록의 작용은 직선과 사각으로 굳어버린 도시에 생명과 활기를 부여한다. 초록의 "촉촉한 불길"은 "단단하고 건조한" 죽음의 도시에 숨통을 틔워준다. 초록의 이 막강한 힘은 "저돌적인 고요"에서 기인한다. 이는 지극히 고요한 가운데 만물을 움직이는 자연의 작용과도 같다.

정적 가운데 내포된 강력한 힘의 작용을 포착하는 것은 시인의 개성적인 영역을 이루어왔다. 하등 동물이나 불구의 신체가 보여주는 동작에서 기이한 생명의 느낌을 포착하던 시인은 이번 시집에서 식물성의 더 완강한 고요의 세계에 천착한다. 오랜 시간의 지층과 유구한 생명의 본능이 잠재되어 있는 "거대한 침묵"의 내면을 통찰한다. 정밀한 관찰에 더해지는 상상의 활력이 침묵 가운데 들끓는 생명의 기운을 들추어낸다. 텅 빈 죽음의 대지를 뚫고 솟구쳐오르는 초록의 불길은 불모의 현실에 대한 무언의 예지를 드러낸다. 미약하고 수동적인 존재들에서 역동하는 생명의 징후들을 발견했던 시인에게 초록의 자연은 가장 오래고 강한 생의 증명이 되어준다. 치밀한 관찰에 주력하던 것에서 대상과의 교감과 소통을 도모하기 시작한 것도 주목할 만한 변화이다. 매번 의미 있는 변화를 도모하며 긴장감을 잃지 않는

그의 시적 구도(求道)의 자세는 시인의 운명과 의지에 대한 진지한
답변이 된다. 소를 닮은 시인이 '소 찾기'에 열심인 것도 지켜볼 만하
다. 문학의 궁극적인 지점은 자기를 발견하는 것이기에.

투시의 시학
―류인서의 『그는 늘 왼쪽에 앉는다』*

류인서는 '견자(見者)'로서의 시인의 미덕을 충실하게 보여주는 시
인이다. 그 시선의 특징은 사물의 표층을 꿰뚫는 날카로움에 있다.
아무리 작고 평범한 사물일지라도 시인의 시선이 스치면 감추어진 색
다른 의미를 드러낸다. 투시광선 같은 예리한 시선이 스치면 고요히
침묵하고 있던 내면의 세계가 새로이 열리며 다가온다. 좀처럼 감정
을 싣지 않는 투명한 시선이 더욱 명징하게 내면의 세계를 확장한다.
표면의 관찰보다 내면의 투시에 더 관심이 많은 시인은 종종 '거꾸로
보기'나 '뒤집어 보기'를 시도한다. 전도된 시선에 의해 새롭게 존재
의 본질을 발견하고 싶은 것이다.

사소하기 그지없는 사물과 일상에 대한 시인의 골몰한 시선은 자칫
쇄말적인 관심사에 그치기가 쉽다. 그러나 그 시선의 뿌리는 늘 집요
하게 존재의 본질에 대한 의문을 향하고 있다. 가령 진공청소기에 빨

---

* 창비, 2005.

려 들어간 귀고리를 추적하는 눈길은 결국 "네가 몸담은 세계야말로 어쩌면/방금 전 너의 손이 열어젖힌 세계, 누구 손에 의해서나/가볍게 찢겨 흩어질 수 있는/흔하디흔한 종이무덤 아닌지를"(「진공청소기」) 의심하는 존재론적 질문에 가닿는다. 사물의 유약함과 덧없음이 존재의 모습과 별개의 것이라고 생각하지 않기 때문이다. 시인은 사물에서 포착한 인과의 법칙을 존재의 비의에 능숙하게 적용한다. 섬유유연제에 탈색된 블라우스의 검자줏빛 침전물을 보면서 "내가 본 모든 부드럽고 환한 붉음들은/차디찬 응혈에서 출발했을지"(「물의 꽃」) 모른다고 추론하는 사유의 방식으로 존재의 본질에 다가간다. 사물의 이치와 핵심이 존재의 본원에 맞닿아 있다는 생각이 현상 너머의 내면에 대한 관심을 낳는다. 꽃을 보더라도 시인은 그것의 현상적 아름다움 이상으로 내면의 섬세한 흔적들에 눈길을 보낸다. 화려하고 강렬한 빛의 어둡고 고요한 그림자에서 존재의 기원을 더듬는다.

> 한동안 가까이서 지켜본 적 있다
> 타오르는 모든 형태의 불꽃들의 정수리에
> 날개처럼 떠오르는 빛의 심연
> 꽃들은 그렇게 순간순간 제 안의 색을 꺼내 여름 쪽으로
> 열매 쪽으로 건네주고
> 그렇게, 이울 무렵의 꽃빛은 일체의 흰빛 속으로 회귀한다
> ──「나를 지나가는 월식」 부분

　시인이 특유의 투시력으로 "가까이서 지켜본" 꽃은, 심연에서 빛을 길어 올려 환(幻)을 일구고 다시 흰빛 속으로 회귀하는 존재의 비의

를 함축하고 있다. 흰빛은 빛이 무화된 상태이자 모든 빛의 원천이며
심연에 해당한다. 존재의 심연 또한 이처럼 가시적인 현상 너머에 자
리잡고 있는 깊고 광활한 세계이다. 순간적으로 명멸하는 빛은 심연
을 꿰뚫고 솟아오르는 존재의 본질을 현시한다.

    조치원이나 대전역사 지나친 어디쯤
    상하행 밤열차가 교행하는 순간
    네 눈동자에 침전돼 있던 고요의 밑면을 훑고 가는
    서느런 날개바람 같은 것
    아직 태어나지 않은 어느 세계의 새벽과
    네가 놓쳐버린 풍경들이 마른 그림자로 찍혀 있는
    두 줄의 필름
    흐린 잔상들을 재빨리 빛의 얼굴로 바꿔 읽는
    네 눈 속 깊은 어둠

    실선의 선로 사이를 높이 흐르는
    가상의 선로가 따로 있어
    보이지 않는 무한의 표면을
    끝내 인화되지 못한 빛이 젖은 날개로 스쳐가고 있다
                                 —「교행(交行)」 전문

    이 시에서는 밤 열차가 교행하는 순간 던져진 빛의 잔상을 통해 존
재와 시간의 본질에 대한 날카로운 통찰을 행하고 있다. 조치원이나
대전역사 지나친 어디쯤을 지나는 여로의 중간에서 느닷없이 교행하

는 열차를 보며 퍼뜩 정신이 드는 것처럼, 무감각하게 지나던 인생의
행로에서 갑작스럽게 감지하게 되는 존재의 본질에 대한 직관이 그려
진다. 밤 열차가 교행하는 순간의 뚜렷한 두 줄기 빛은 지나온 과거
와 다가올 미래의 시간을 감각적으로 체현한다. "아직 태어나지 않은
어느 세계의 새벽"과 "놓쳐버린 풍경들이 마른 그림자로 찍혀 있는/
두 줄의 필름"이 고요하게 침전되어 있던 의식을 깨우며 선명하게 각
인된다. 빛의 잔상처럼 무한대로 이어지는 시간의 흐름이야말로 가시
적인 세계에서 망각하고 있는 존재의 본질일 것이다. 육안으로 보이
는 실선의 선로 위로는, 보이지는 않지만 길고 뚜렷한 무한의 선로가
있어 우리를 이끌어가는 것이리라. 일상의 순간들에서 현상의 표층을
넘어서는 존재의 본질을 끌어내는 시인의 통찰력은 남다르다.

> 대합실 장의자에 걸터앉아 심야버스를 기다린다
> 왼쪽 벽면에 붙박인 거울을 본다
> 거울의 얼굴엔 마치 벽 속에서부터 시작된 듯한
> 뿌리깊은 가로금이 심어져 있다
> 푸른 칼자국을 받아 두쪽으로 나누어진 물상들
> 잘못 이어붙인 사진처럼
> 하나같이 접점이 어긋나 있다
>
> 그녀의 머리와 목은 어깨 위에 서로 비뚜름히 얹혀 있다
> 곁에 앉은 남자의 인중 깊은 윗입술과 아랫입술이
> 멈춰선 톱니바퀴처럼 비끗 맞닿아 있다
> 그 무방비한 표정 한 끝에 아슬하게 매달린 웃음을

훔쳐보던 내 눈빛이, 스윽
균열의 깊은 틈새로 날개꼬리를 감춘다
물병에 꽂힌 작약, 소스라치게 붉다
일그러진 둥근 시계판 위에서
분침과 시침이 포개 잡았던 손을 풀어버린다

이 모든, 아귀가 비틀린 사물들 뒤에서
아카시아 어둔 향기가 녹음의 휘장 속에 어렴풋 속을 보이고
그렇게 조금씩 제 각도를 비껴나고픈
자신과 화해할 수 없는 것들의 초상이 벽 속에 있다
—「거울 속의 벽화」 전문

이 시에서도 역시 심야의 정적 속에서 행해진 집요한 관찰이 예리한 통찰로 이어지는 사유의 과정을 살필 수 있다. 심야버스를 기다리는 적요한 시간, 허름한 대합실의 금간 거울 속의 물상을 면밀하게 들여다보는 시인의 시선은 예사롭지 않은 각성에 이르게 된다. 이 시의 묘미는 성급하게 의미를 도출하지 않고 치밀한 관찰과 묘사를 통해 자연스럽게 주제에 도달해가는 데 있다. 시인의 시선과 감각은 가까운 곳에서 먼 곳으로 이동해가면서 불안하고 위태로운 삶의 풍경을 포착한다. 거칠고 굵게 가로금이 심어진 대합실 거울은 모든 물상을 불길하고 위태롭게 반영한다. 머리와 목이 비뚜로 엊힌 얼굴이나 어긋나 있는 입술의 그로테스크한 모습은 존재의 불안감을 극화한다. 아스라한 웃음이나 호기심 어린 눈빛도 이 무시무시하게 균열된 영상을 넘어설 수는 없다. 사람이 아닌 사물조차도 이 거울에 비추면 기

괴하고 뒤틀린 형상이 된다. 물병에 꽂힌 작약의 붉고 커다란 꽃잎은 이같은 영상에 불안함과 기묘함을 더한다. "일그러진 둥근 시계판"의 묘사에서 이 시의 의미는 한 단계 비약한다. '시계'는 '금 간 거울'과 함께 근대적 삶의 강박과 균열을 표상한다. 심야버스를 탄생시킬 정도로 효용가치를 극대화해온 근대적 삶은 그 부작용으로 자아의 연속성과 동일성을 심각하게 훼손할 수밖에 없었다. 금 간 거울에 비친 일그러진 시계는 효율성을 강조하는 근대의 시간이 자아의 동일성과 더 이상 화해할 수 없음을 암시한다. 근대적 삶의 준거인 시계가 일그러져 있는 거울 안의 풍경은 근원을 잃고 비틀거리는 균열된 삶의 모습을 함축하고 있다. 그 균열의 뿌리는 매우 깊어서 좀처럼 치유하기 힘들다. 시인이 거울 속의 영상을 '벽화'라고 표현한 것은 이 때문이다.

시인의 예리한 시선은 대합실의 금 간 거울에서 불안하고 삭막한 근대적 삶의 초상을 포착해낸다. 존재의 본질에 다가서려 하는 시인은 근대적 삶이 잃어버린 기원과 자아의 동일성을 심연의 빛으로서 투시한다. 「거울연못」에서는 '금 간 거울'과는 대조적으로 본연의 자아를 비추는 '작은 연못'이 등장한다. '소꿉시절 잃어버린 손거울'은 동일성을 상실한 채 살아가는 자아 본연의 모습이라 할 수 있다. 그 본래의 모습을 비춰주는 거울이 연못 같은 자연의 거울이라는 사실은 의미심장하다. "항아리에 숨겨둔 하늘처럼 깊고 고요"한 이 거울은 오랜 기억 속에 남아 있는 자아의 잃어버린 얼굴을 담아낸다. 대합실의 금 간 거울이 극도로 균열된 근대인의 초상을 드러내는 것에 비해 거울연못은 잃어버렸던 자아를 되비춘다. 자아의 동일성을 깨닫게 했던 나르시스의 원시적 거울의 재현인 셈이다. 그런데 이 거울연못은 현실이 아닌 꿈의 산물로서 그려진다. 자아의 동일성을 보장하는 기원의 자리는 현실의 저편인 꿈과 상상의 세계에 놓여 있는 것이다.

시인은 금 간 거울에 비춘 것처럼 균열된 현재의 삶 저편에 우리가 상실한 존재의 심연이 자리잡고 있다고 본다. 그 무한의 심연에 닿기 위해 시인은 꿈이나 동화 같은 적극적인 상상의 방식을 동원한다. 시간은 현실과 상상의 세계를 구분하는 중요한 기준이 된다. 시인은 삭막하고 위태로운 현실의 시간을 직시하기도 하고 자유롭고 무한한 시간을 상상하기도 한다.

환경위기시계, 9시 29분이란 기사에
째깍째깍, 타임스위치 바라보듯 다들 잠시 흔들렸지만
그의 관심은 여전히 시계 쪽에만 가 있다
시계를 만든 그날부터 그들은 시간의 꼼짝없는 포로였을 거라고
시계의 투명한 작은 유리창이야말로
유리처럼 부서지기 쉬운 시간의 얼굴 아닐까 하고
—「시계들」 부분

누적된 불면에 현기증까지 겹친 마녀가 어느 날 굳게 성문을 잠가버렸어. 부엌의 밥솥 타이머를 정확히 백년에 맞춰두고 풍덩, 잠솥에 빠져버린 거야. 재미있지 않니? 백년 동안의 뜨거운 솥단지를 생각해봐. 그동안 여기서는 상상할 수 있는 모든 일들이 다 일어났지.
—「뚱딴지」 부분

앞의 시에서는 현실의 시간이, 뒤의 시에서는 동화 같은 상상 속의 시간이 그려지고 있다. 근대 이후 보편화된 시계는 인간의 삶을 끊임

없이 관리하고 통제해왔다. 인간이 만든 도구가 올가미가 되어 자유
로운 삶을 구속하기 시작한다. 급기야는 '환경위기시계'까지 만들어
져 위기감을 조성하고 있는 형편이다. 근대적 자본의 생산성을 극대
화하는 수단으로서 환경의 파괴에 앞장섰던 시계가 이제는 그 위험을
알리는 경보의 기능까지 담당하고 있는 것이다. "유리처럼 부서지기
쉬운 시간의 얼굴"에 이처럼 엄청난 권력을 부여한 것은 바로 인간
자신의 끝없는 욕망이다. 효율과 발전을 위해 시간을 기계적으로 분
절하고 관리한 결과 인간은 시간에 예속되어 자아의 동일성을 잃고
균열되는 위태로운 지경에 이른 것이다. "유리처럼 부서지기 쉬운 시
간의 얼굴"은 곧 그러한 시간을 만들어낸 인간 자신의 모습이라 할
수 있다.

현재의 삶에서 이러한 시간의 막강한 위력에 저항하기 위해서는 현
실 밖의 꿈이나 상상에 기대는 수밖에 없다. 「뚱딴지」라는 시에서는
힘겨운 시간의 틀에서 벗어나 안식할 수 있는 방법이 엉뚱하고 유쾌
한 상상으로 그려진다. 밤낮으로 일거리에 지친 마녀가 어느날 갑자
기 성문을 잠그고 휴면에 들어간다는 것이다. 일에 지쳐 잠솥에 빠져
버린 마녀의 이야기는 어쩐지 이 시대 여성의 삶을 연상시킨다. 생색
도 나지 않는 일상의 잡사에 파묻혀 지쳐가는 여성들. 만일 여성들이
만사 제치고 휴업을 선언한다면 세상은 난장판이 될 것이다. 시간의
끈을 놓아버린 여성이 곧 마녀인 셈이다. 마녀처럼 멋대로 한 백년
잠솥에 빠져버린다면 세상은 어떻게 될까라는 뚱딴지 같은 상상은 시
간의 통제를 벗어나고 싶은 내면의 욕망을 투영한다.

현실의 문제를 날카롭게 간파하는 시인이 종종 비현실적인 공상의
세계를 그리는 것은, 자신의 시를 현재의 차원에만 묶어두지 않으려

하기 때문이다. 동화나 신화 같은 상상의 세계가 현재의 합리적 시간을 넘어서는 보다 근원적인 시간의 차원으로 의식을 확장할 수 있기 때문이다. 근대의 일회적이고 기계적인 시간과 다른 문학적 상상의 시간은 인간의 주체적 사유와 존엄성을 보장할 수 있다. 자유로운 문학적 상상 속에서 인간은 근대적 시간으로 인해 상실한 영원성과 순환의 질서를 재인식할 수 있는 것이다.

시인은 지금 현실의 시간과 신화적 시간 사이에 자리하고 있다. 현실의 한가운데 발 딛고 있으면서 잃어버린 신화적 시간에도 눈길이 머문다. 차갑고 치밀하게 현실을 직시하면서도 잃어버린 신화의 세계에 대한 그리움을 버리지 못한다. 「활을 당기는 헤라클레스」는 현실의 시간 속에 놓인 신화적 시간의 기이한 이질감을 바라보는 시인의 안타까운 시선을 담고 있는 시이다. 이 시에서 헤라클레스라는 신화적 영웅은 자이언트 주점 2층의 유리진열장에 먼지가 쌓인 채 들어 있다. 시인은 "엉덩이도 삐딱하게 기타 삼매경에 빠진 젊은 엘비스와/ 천진스런 표정의 아인슈타인 인형 사이를 지키고 있"는 이 벌거벗은 영웅을 통해 현실에서 신화가 수용되는 방식에 대한 신랄한 사실적 묘사를 행한다. 헤라클레스는 엘비스나 아인슈타인 같은 현대의 신화와 전혀 구분되지 않고 같은 자리에 놓여 있다. 아마도 시인의 혼잣말처럼, "아직도 자신의 운명을 향해 활을 당기는 자가 있다고?"라는 냉소 속에 방치된 채 애써 고독한 몸짓을 지키고 있는 것이리라.

분명한 건, 신들이 버리고 간 별자리나 돌보려는 자는
이 도시 어디에도 남아 있지 않다는 사실이다
유리벽 안쪽 거인들 어깨에도 먼지와 소음이

　　주점 불빛이 취기처럼 덧쌓이고
　　환영의 거리를 빠져나온 나는
　　표정 없는 동시대의 엘비스와 헤라클레스와 아인슈타인을 지나쳐
　　걸어간다

　　헤라클레스는 여전히 엘비스의 기타 선율과 아인슈타인의 미소 가
　　운데 놓여 있다
　　헤라클레스는 여전히 여름 하늘 거문고좌와 목동좌 사이에, 엉거주춤
　　거꾸로 매달려 있다　　　　　　　——「활을 당기는 헤라클레스」 부분

　　인간의 운명을 넘어 신화가 되었던 헤라클레스도 현재의 시간에서
는 주점의 장식품이 되어 있을 뿐이다. 숭고하고 존엄한 신화적 가치
는 이제 더 이상 숭배의 대상이 아니다. 형편없이 희화화되는 신화의
현실을 목격한 시인은 "신들이 버리고 간 별자리나 돌보려는 자는/이
도시 어디에도 남아 있지 않다"고 확언한다. 신화가 사라진 시대에
헤라클레스는 주점의 장식품이나 밤하늘의 별자리로 존재할 뿐이다.
"엉거주춤/거꾸로 매달려 있"는 헤라클레스의 별자리는 신화의 가치
가 퇴색한 현실을 투영한다.
　　현상을 간파하는 예리한 시선을 지닌 시인은 현실과 이상의 괴리에
무심하지 못하다. 현실 속에서 신화가 뒤집어쓰고 있는 두터운 먼지
와 공허한 몸짓도 간과하지 않는다. 엘비스와 아인슈타인의 시대에
어색하게 끼어 있는 헤라클레스를 주시한다. 현실 속에서 꿈꾸는 이
상은 생경하고 허전한 구석이 있다. 빙하가 녹고 사막이 밀려오는 환
경 위기의 시대에, 아파트 바다 한가운데 들어선 '지중해'라는 이름의

꽃집처럼 여간 어색하지 않다. "대양으로 나가는 희망의 항구 지브롤터는 여기서 멀"(「지중해 꽃집」)다. 현실에 불려나온 과거의 이름은 잃어버린 기억의 흔적을 아련하게 되살린다. 신화 속에 자리잡은 영웅과 지상낙원의 이미지들은 기억의 저편에 잠재되어 있는 영원성을 상기시킨다. 시인은 현실의 풍경 속에 혼재되어 있는 본원을 향한 그리움을 놓치지 않는다. 모든 존재는 본원을 향한 마음의 유적을 담고 있다. 「화살나무」에서 각질의 날개는 "마음이 가닿고 싶은 하늘의 바다의 다른 표정"이고, 「영도에서」에서 부둣가의 낡은 건물은 언제라도 대양을 향해 떠나려 하는 여객선의 몸짓을 보여준다. 시인은 모든 물상의 불안한 현상 속에서 존재의 본원에서 멀어져 있는 안타까운 현실을 발견한다.

류인서의 시에서 볼 수 있는 비애는 모든 존재가 지닌 본원적 상실감과 관련되어 있다는 점에서 근원적이다. "잠시 홍상(紅裳)을 생각하던 청상(靑裳)이/어느 순간 청승으로 건너가다"(「모동 가는 길」)라는 처량한 가락이나 "몸집보다 커다란 울음주머니를 예비한"(「알」) 개구리 알의 묘사 등에서 시인은 능숙하게 만상에 내재한 뿌리 깊은 울음을 찾아낸다. 토마스 만의 말처럼 무상(無常)이란 대단히 슬픈 어떤 것이 아니라 실존의 영혼 자체이다. 그것은 아무도 거부할 수 없는 운명이다. 모든 존재는 무상의 운명을 안고 불완전한 현재의 삶을 이어갈 뿐이다. 현실에 놓인 무게중심을 움직이지 않는 한 이 처연한 비애의 정서에서 놓여나기는 힘들 것이다. 그러나 아마도 시인은 좀처럼 현실에서 멀어지지 않을 것이다. "우리의 간구는 언제나, 땅에서 하늘에 이르고자 함이 아니라/하늘을 인간으로 불러 내리는 것"(「운주에 오르다」)이라고 여기기 때문이다. 하늘을 인간으로 불러내기 위해 시인은 앞으로도 계속 신화와 상상의 가치를 탐구할 것이다. 발랄하고 눈부신 상상력을 발휘하는 다른 어떤 시인들보다도 이 시인에게 신뢰가 가는 것은 현실과 절연되지 않은 진지하고 예리한 시선을 확보하고 있기 때문이다. 현실과 신화 사이에서 긴장을 유지하며 특유의 투시력을 발휘한다면, 균열된 근대의 시간을 넘어서 존재의 본질과 자아의 동일성을 재구성할 수 있는 시의 창조적 가능성을 지속적으로 확장해갈 수 있을 것이다.

따뜻한 구상(具象)
—이정록의 『의자』*

『의자』는 이정록의 다섯번째 시집이다. 첫 시집을 내놓고 만 10년이 넘어가는 지점에서 내놓은 다섯번째의 시집이라 여러 가지로 의미가 크다. 짧지 않은 기간 동안 적지 않게 써왔던 그간의 시들을 돌아보는 감회 또한 적지 않을 것으로 짐작된다. 소략하게나마 그간의 시적 행보를 더듬어보는 것이 늘 부지런하게 정진하는 시인의 속도에 호흡을 맞출 수 있는 준비가 될 것 같다.

그동안 내놓은 시집들을 일별하니 재미있는 사실이 눈에 띈다. 시집 제목이 차례로 『벌레의 집은 아늑하다』(문학동네, 1994), 『풋사과의 주름살』(문학과지성사, 1996), 『버드나무 껍질에 세들고 싶다』(문학과지성사, 1999), 『제비꽃 여인숙』(민음사, 2001)이어서, 대개 작고 보잘것없는 자연과 그곳에 깃들고 싶은 소망을 드러내고 있다.

첫 시집의 제목은 등단작인 「穴居時代」에 나오는 구절이다. 저마

다 잘 어울리는 집 한 채를 갖고 사는 벌레들을 보며 "벌레들의 방은 참 아늑하다"라는 감탄과 함께 "우리들의 가슴속에도/제 집인 양 덩치를 키워온/수많은 벌레들 으쓱거린다"는 통찰을 행하고 있다. 자연 친화적인 시인의 눈길 속에서 자족적이고 원만한 자연은 인간의 삶에서 결여되어 있는 질서와 조화를 구현해 보인다. 첫 시집에서 두드러진 자연에 대한 섬세한 관찰은 불완전한 인간의 삶에 대한 각성의 계기로 작동한다.

두번째 시집 『풋사과의 주름살』의 표제작에서는 떫고 비려 먹지 않았던 풋사과가 오랫동안 주름살 밑에 쟁여 놓은 단맛을 확인할 때 느낀 놀라움을 그리고 있다. "주름살이란 것/內部로 가는 길이구나/힘살처럼, 內面을 버팅겨주는 힘줄이구나"(「풋사과의 주름살」)라는 시인 특유의 발견의 어법을 통해 현상의 이면에 놓인 삶의 이치를 이끌어낸다. 여전히 자연물을 응시하면서 좀더 깊게 그 내면까지 도달하려는 시선을 엿볼 수 있다.

"내부로 가는 길"에서 변화의 가능성을 발견한 시인은 세번째 시집 『버드나무 껍질에 세들고 싶다』에서 가족사의 그늘을 회상하며 죽음의 충동을 딛고 삶을 긍정하게 된 사정을 반추한다. "번데기로 살 수 있다면/버드나무 껍질에 세들고 싶다"(「물소리를 꿈꾸다」)는 바람 속에는 혹독한 시련을 딛고 더욱 결이 환해지는 버드나무의 강인한 생명력에 대한 동일시의 욕망이 담겨 있다.

할머니에서 어머니로 이어지는 모성에 대한 믿음과 사랑은 그의 시와 삶을 지탱한 중요한 원천이다. 네번째 시집 『제비꽃 여인숙』에서는 시인의 가계뿐 아니라 자연에서도 두루 발견되는 위대한 모성에 대한 지극한 성찰을 드러낸다. "어미의 부리가/닿는 곳마다//별이 뜬다"(「줄탁」) 같은 절제된 구절에서도, 자연과 인간의 생장 과정에 동일하게 적용되는 모성의 적극적인 작용을 감지할 수 있다.

이제까지 이정록의 시는 자연과 일상의 구체적인 체험과 관찰을 통해 삶의 의미를 포착해왔다. 그의 시에서 유난히 거주에 대한 언급이 많은 것은 삶의 본질로 곧장 육박해가는 사유의 특성에 기인하는 것으로 보인다. 어떤 보잘것없는 생명이나 사소한 사건일지라도 시인의 집요한 시선에 이끌리면 의미심장한 삶의 증거가 된다. 대상과 자아의 일체감을 통해 삶의 의미를 이끌어내는 그의 일관된 시작 방식은 서정시에서 익숙한 동일성의 시학을 충실하게 실현하고 있다. 시인이 확고하게 인식하는 삶의 동일성은 그의 시에 구체적인 형상과 완결된 구조를 부여한다. 그의 시는 한 편 한 편 정연하게 그려진 구상화를 연상시킨다. 치밀한 관찰과 섬세한 묘사는 표현력이 돋보이는 구상으로 실현된다. 이는 추상이나 초현실주의 풍의 시가 넘쳐나는 요즘 우리 시의 전반적인 경향으로 볼 때 상당히 고전적인 기풍으로 여겨진다.

요즘 시들의 추상화(抽象化)는 실재성에 대한 의심에서 시작된 추상화(抽象畵)의 시작과 흡사한 면이 있다. 대상의 묘사가 과연 의미 있는 재현인가를 의심하면서 화가들은 묘사의 구체성에서 벗어나 순수한 조형을 지향하고 이를 통해 정신의 자유를 누릴 수 있게 된다. 추상화에는 조형의 원리를 질서 있게 재구성한 이지적이고 절제된 '차가운 추상'이 있고 내면의 열정과 충동을 표현한 '뜨거운 추상'이 있다. 요즘 추상화 경향을 보이는 우리 시에 대해서도 비슷한 구분이 가능할 것 같다. 재현의 방식에서 벗어난 독자적인 질서 속에서 추상은 예술가의 개성과 감성에 따라 차가운 모습이 될 수도, 뜨거운 모습이 될 수도 있는 것이다.

　이정록의 시는 그림으로 비유하자면 상당히 정밀한 구상화에 가깝다. 주로 자연을 그리지만 단순한 풍경화와는 다르다. 그의 시는 박수근의 그림처럼, 인간화된 자연 혹은 자연화된 인간을 연상시킨다. 자연에 대한 묘사 속에서도 늘 인간적 시선을 담아내며, 자연과 인간에게서 동일하게 연민과 공감을 끌어내는 그의 시를 '따뜻한 구상'이라 불러도 될 것이다. 추상화된 시에 익숙해진 눈에 그의 시는 자칫 이미 낡은 양식으로 보일 수도 있다. 그러나 구상적일수록 표현력의 차이가 여실히 드러나는 그림과 마찬가지로, 그의 시가 보여주는, 대상에 대한 탁월한 묘파는 그의 관찰력과 통찰력을 믿을 만하게 한다.

　이번 시집에서도 '따뜻한 구상'의 방식은 여전히 이어지지만, 시집 제목이 『의자』가 된 것은 다소 변화를 반영한다. 그의 시집 제목에 처음으로 무생물이, 그것도 단독으로 사용되었다. 그러나 이 제목 역시 범상한 사물을 통해 '안주'의 소망을 암시하고 있다는 점에서는 앞선 시집들의 맥을 잇고 있다.

　　허리가 아프니까
　　세상이 다 의자로 보여야
　　꽃도 열매도, 그게 다
　　의자에 앉아 있는 것이여

　　주말엔
　　아버지 산소 좀 다녀와라
　　그래도 큰애 네가

아버지한테는 좋은 의자 아녔냐

이따가 침 맞고 와서는
참외밭에 지푸라기도 깔고
호박에 똬리도 받쳐야겠다
그것들도 식군데 의자를 내줘야지

싸우지 말고 살아라
결혼하고 애 낳고 사는 게 별거냐
그늘 좋고 풍경 좋은 데다가
의자 몇 개 내놓는 거여
─「의자」 부분

　시인이 종종 끌어다 쓰는 어머니의 말투에 의해, 의자는 고달픈 삶을 지켜주는 안식처로 선명하게 각인된다. 동병상련의 눈길로 볼 때 세상 만물은 저마다 힘겨운 삶을 지탱하고 있다. 이 시에서 주목해보아야 할 부분은 고통의 체험으로 인해 꽃도 열매도 다 의자에 앉아 있는 것이라는 공감과 연민의 정서를 일으키고, 나아가 참외와 호박에도 의자를 내줘야겠다고 다짐하는 장면이다. 자비심의 발단이라고 할 수 있는 이런 배려의 자세는 자아를 확대하여 타자와 함께 조화로운 삶을 도모할 수 있는 방안이다. 이는 경쟁과 차별에 의해 불화가 증식되어가는 현대적 삶과는 전혀 다른 삶의 방식이라 할 수 있다. 배려의 윤리는 현대 사회가 결여하고 있는 이해와 포용의 가치로서, 차별을 넘어서 공생할 수 있는 예지를 내포한다. 이 시의 의자는 자신의 고통을 통해 타자의 고통을 이해하고 서로 의지가 되어줄 수 있는 배려의 지혜를 담고 있다.

시인에게 삶은 서로에게 의자가 되어주는 배려와 연민으로 지각된다. 삶을 지켜주는 것은 경쟁과 차별에서 이길 수 있도록 해주는 차가운 이성이 아니라 고통을 나누고 위로할 수 있는 따뜻한 감성이다. "진리는 내 머릿속이 아니라/내 머리맡에 있던 따뜻한 손길과 목소리"(「머리맡에 대하여」)라는 단언처럼, 자애와 연민이야말로 이성을 능가하는 삶의 동력이다. "하고많은 꿈 중에 내 꿈 하나는, 오도독오도독 생쌀을 씹으며 돌아가는 서늘한 밤을 건네주고 싶은 것이다 이미 멈춰버린 가슴속 발동기에 시동을 걸어주고, 어깨 처진 사람들의 등줄기나 사타구니에 왕겨 한줌 집어넣는 것이다 웃통을 벗어 달빛을 털기도 하고 서로의 옷에서 검불도 떼어주는 어깨동무의 밤길을 돌려주고 싶은 것이다"(「좋은 술집」)라는 시인의 꿈은, 어찌 보면 지나치게 소박하고 구시대적인 감성인 듯하다. 그러나 모두가 마음속에 묻어 놓고 감히 발설하지 못하는 이런 끈끈한 공감과 따뜻한 위안에 대한 바람을 그는 선명하게 확인시킨다.

그의 시에서 보이는 공감과 연민의 정서가 당위의 도덕률을 넘어 설득력을 지니는 것은, 그것이 상처와 실패를 딛고 일어설 때의 남다른 의지와 깨달음을 내포하고 있기 때문이다.

해바라기의 올곧은 열정이
해바라기의 목을 휘게 한다
그렇다, 고추도 햇살 쪽으로
몸을 디밀어 올린 것이다
그 끝없는 깡다구가 고추를 붉게 익힌 것이다

구부러지는 힘으로 고추는 죽어서도 맵다

──「구부러진다는 것」 부분

오도독뼈 박힌 놈이 맛도 좋은겨
실패라는 게 삼겹살 같은 거지
흠칫 소주를 들이붓는데, 철망 아래
첫 가지치기로 잘려나온 여린 가지들
잎눈 꽃눈부터 스러진다

──「여린 나뭇가지로 고기를 굽다」 부분

옷은 제 상처로 사람을 철들게 한다
한 땀 한 땀 옷을 꿰매던 사람
누더기 많은 어둔 세상에
등 하나 내다 건다

──「옷」 부분

　시인의 눈에 비치는 세상 만물은 저마다 쓰라린 상처를 딛고 성장한다. 해바라기나 고추는 햇살을 향한 올곧은 열정으로 인해 구부러지는 고통을 감수하지만, 또 구부러짐으로 인해 단단하게 결실을 맺을 수 있다. 실패의 경험이 깊은 맛을 숙성시킨다는 주장은 삼겹살에도 그대로 적용된다. 그 삼겹살을 굽는 여린 나뭇가지 역시 가지치기의 고통을 겪으며 성숙하게 된다. 아픈 만큼 성숙해진다는 삶의 법칙은 심지어 옷의 바느질에도 적용된다. 한 땀씩 이어지는 고통스런 박음질을 통해 옷이 완성될 수 있다는 시련의 원칙은 한평생 바느질을 해온 봉제사를 장애인후원회장으로 성숙시킨다. 고통을 이해하는 자

만이 고통받는 자들과 함께할 수 있는 것이다. "애들 가르치는 일도
글 쓰는 일도/못 자국 많은 사람을 따라가는 것"(「못 자국을 따라서」)
임을 확신하는 시인은 고통의 체험을 삶의 스승으로 여긴다.

　이정록의 시에서 볼 수 있는 따뜻한 감성은 고통이나 고독 같은 삶
의 그늘을 공유하는 자들끼리 나누는 연민과 유대에 기인한다. 고통
과 비애를 인간뿐 아니라 만물에 편재하는 것으로 인식하는 그의 시
에서 인간과 자연 사이의 교감은 지극히 자연스럽게 이루어진다.

　　　할아버지가 숨을 놓자
　　　혼자 살던 집에 사람 북적인다

　　　저렇게
　　　食口가 많았던가

　　　가까이 다가서니
　　　언제부터 펄럭였나
　　　빛바랜 달력 한 장

　　　　빈방 잇슴
　　　보이라 절절 끄름

　　　목련나무의 빈방 안에서
　　　꽃소리 새어나온다

　　　걷을 벗어

問喪하는 목련꽃 이파리들   ──「목련나무엔 빈방이 많다」부분

이 시 역시 특유의 구상화 방식으로 목련나무와 할아버지 사이의 따뜻한 유대감을 그리고 있다. 혼자 살던 할아버지의 고독은 그의 사후에 갑작스럽게 북적이는 사람들로 인해 더욱 강조된다. 식구들의 빈자리를 증명하던 빈방은 서툰 글씨로 사람을 들이고자 했던 할아버지의 필적으로 인해 한층 애잔함을 불러일으킨다. 사후에 모여든 사람들보다 더 절실하게 할아버지를 조문하는 것은 늘 그의 낡은 기와집을 지키며 함께했던 목련나무이다. 빈방을 많이 거느린 목련나무도 할아버지의 고독과 비애에 무감할 수 없다. "건을 벗어/問喪하는 목련꽃 이파리들"에서는 목련꽃잎과 망건의 유사성에 대한 절묘한 포착 이상으로, 고독과 소멸의 운명을 통해 교감하는 인간과 자연의 끈끈한 유대에 대한 통찰의 깊이를 입증한다.

이정록 시에서 볼 수 있는 자유롭고 활달한 상상력은 위의 시에서처럼 인간과 사물 사이에 차별을 두지 않는 열린 시각과 사유에 의해 가능하다. 그의 시에서는 가령 콩나물조차 "노란 조막손을/머리통 속에 디밀어 넣은 동승들"로, "스스로/다비식의 젖은 장작이 될/저 빼곡한 법당들"(「콩나물」)로 인식되거나, 단무지는 "광활한 하늘 밑바닥이 제 근본이 어딘지/단 한 줄의 나이테로 표시해 놓"(「단무지」)은 지혜로운 학생부군으로 숭앙받는다. 심지어 "막힘이나 가둠이 없는 것이/정작 문 없는 큰문이라, 그러니/때가 때를 만나기를 골백번/길이 난다는 것은 빛을 주고받는 것이다"(「신의 뒤편」)에서 신[靴]은 신(神)의 경지와 겹쳐지고 있다. 시인은 인간과 인간뿐 아니라 인간과 자연, 나아가 생물과 무생물 간의 어떤 차별도 인정하지 않고 공

평한 눈으로 각자의 본성을 보려 한다. 편견을 버리고 볼 때 만물은 저마다의 본성을 실현하며 자족적으로 살아가는 지혜로운 존재로 인식된다. 그의 시에서 인간이 배제된 자연은 특히 원만하고 평화로운 정경으로 그려진다.

안마당을 두드리고 소나기 지나가자 놀란 지렁이 몇 마리 서둘러 기어간다 방금 알을 낳은 암탉이 성큼성큼 뛰어와 지렁이를 삼키고선 연필 다듬듯 부리를 문지른다

천둥 번개에 비틀거리던 하늘이 그 부리 끝을 중심으로 수평을 잡는다 개구리 한 마리를 안마당에 패대기친 수탉이 활개치며 울어제끼자 울 밑 봉숭아며 물앵두 이파리가 빗방울을 내려놓는다 병아리들이 엄마 아빠 섞어 부르며 키질 위 메주콩처럼 몰려다닌다

모낸 무논의 물살이 파르라니 떨린다 온몸에 초록 침을 맞은 하늘이 파랗게 질려 있다 침 놓은 자리로 엄살엄살 구름 몇이 다가간다 개구리 뚱꼬가 알 낳느라고 참 간지러웠겠다 암탉이 고개를 끄덕이며 무논 쪽을 내다본다
—「비 그친 뒤」 전문

이 시에서 그려지는 평범한 농촌 마을의 정경 속에는 사람의 그림자가 비치지 않는다. 사람이 빠져 있음으로 해서 더욱 평화롭고 자족적인 분위기를 연출하는 이 시에서, 부분으로 전체를 대변하는 제유의 수사학을 살필 수 있다. 즉 이 시에서 그려지는 평화로운 농촌의 모습은 충만한 우주의 축소판인 것이다. 그의 시에서 자연은 저마다

있어야 할 자리에서 조화롭게 공존하는 자족적인 세계이다. 다른 시에서도 "단 한 번의/빗나감도 없이/오직 정타뿐"(「가을비」)인 것으로 표현되는 비를 비롯하여 지렁이, 닭, 병아리, 개구리 등 모든 구성물들은 소박하기 그지없지만 온전한 조화를 이루고 있다. 범박한 자연의 구성물들이 무심하게 병치되면서 이루는 조화와 질서는 자연 본유의 자족적인 상태를 그려 보인다.

조화롭고 충만한 자연의 본성과 호응하는 데에서 오는 긍정의 시학으로 인해 그의 시에는 따뜻한 웃음과 해학이 넘친다. 자연 상태라 할 수 있는 동심의 시선이 맑고 천진한 웃음을 낳는다. 위의 시에서도 모낸 무논에 비친 하늘이 초록 침을 맞고 파랗게 질려 있다는 표현이나 그곳에 알을 낳은 개구리의 똥꼬가 간지러웠겠다는 발상에는 어린아이 같은 장난기가 서려 있다. 자연에 과도한 존엄성이나 거리감을 부여하기보다는 소박하고 친근하게 접근하는 이와 같은 방식이야말로 자연의 본성에 쉽게 도달할 수 있게 한다. "그대여/모든 게 순간이었다고 말하지 마라/달은 윙크 한 번 하는 데 한 달이나 걸린다"(「더딘 사랑」)라든지 "천이백세 살 먹은/내 애인 용봉사 마애불은/천 년 넘게 돌이끼를 입고 서 있다/돌이끼의 수명이 삼천 살 정도라니/내 생애에 옷 한 벌 해 입히기는 글렀다"(「애인」)는 식의 능청스러움과 장난기는 어떤 권위나 차별도 인정하지 않고 대상과 대등하게 눈높이를 맞추는 자유로운 사유에 의해 가능하다.

그의 자유로운 정신이 오갈 수 있는 상상의 영역은 거시적인 세계로부터 극히 미시적인 세계에 이르기까지 그 진폭이 매우 넓다. 크고 더딘 자연의 리듬에도 익숙한 시인의 상상력은 한 달이 걸리는 달의 윙크 시간을 감지하거나 마애불의 천 년 넘은 돌이끼옷을 갈아입혀볼 생각을 일으키기도 한다. 「산굼부리」에서는 "수십만 년 전에 마그마를 뿜어낸/굼부리의 커다란 구멍인 것을 모를까마는/산굼부리 산굼부리 입에 넣고 읊조리다 보면/산굼이란 커다란 새가 바다를 차고 오를 것만 같다"는 활달한 상상을, "자판기에 동전이나 들이미는 우리들이/어찌 알리, 새의 물렁뼈와 잇닿은/사람의 뼈마디로도 천년수가 흐른다는 것을/우리들 젖은 눈망울에서/세상의 갈증이 끝장나리라는 것을"이라 하여 현재의 시점과도 자연스럽게 결합시키고 있다. 우표의 뒷면이 얼어붙은 호수 같다는 발상에서 착안하여 "저 얼음 우표가 봄으로 가듯/나의 경계도 소통을 꿈꾼다"(「우표」)에서도 미시적인 세계를 확장시키는 상상의 역동성을 살필 수 있다. 시인의 섬세하고 참신한 시선은 눈길이 머무는 어떤 대상에서도 삶에 대한 의미 있는 성찰을 이끌어낸다. 「回春」에서는 노인정으로 가는 비탈길에서 주차된 자동차 바퀴마다 맞물려 있는 검은 돌멩이들을 보며 "회춘이란 후진해서는 안 될 비탈/바퀴 아래로 다시 뛰어드는 것"이란 각성을 보인다.

눈길이 닿는 모든 대상에서 삶의 지혜를 이끌어내는 그의 시는 현재의 삶이 결여하고 있는 따뜻하고 생명력 넘치는 세계를 지향하며 생명의 영원한 지속을 긍정하는 선한 믿음을 드러낸다. 그의 시에서 '햇살'이나 '날개' 같은 따뜻한 상징이 두드러지는 것은 이 때문이다.

날고 싶은 것들이 죽어 흙이 되면 기왓장으로 태어난다
절 마당 가득한 저 기왓장들은 곧 하늘로 날아오를 것이다 새를 꿈꾸던 영혼의 깃털마다 가족 이름과 골목길 복잡한 주소들이 적혀 있다
커다란 새 한 마리가 갈비뼈 뒤편에 업장을 서려 물고 있는 것이다

날고 싶던 것들의 극락왕생에 낙서하지 마라 목어처럼 텅 빈 새의
뱃속에 알처럼 웅크리고 있다가, 법당 문이나 환하게 열어젖혀라 그리
하여 그 새 똥구멍으로 들이치는 찬란한 햇살에 눈이나 부비거라
—「햇살의 經文」 전문

절집의 기왓장에서 날개의 꿈을 읽는 것에서도 생명의 영원성에 대
한 시인의 믿음을 엿볼 수 있다. 거대한 새의 날개처럼 펼쳐져 있는
기왓장에서 그는 "새를 꿈꾸던 영혼"을 발견한다. 그런데 그는 특유
의 세밀한 관찰로 기왓장마다 새겨져 있는 기부자들의 이름과 주소에
대한 불만을 토로한다. 인간들의 세속적인 욕망이 행여 새의 오랜 극
락왕생의 꿈을 어지럽힐까 저어하는 것이다. 눈부신 날갯짓으로 날아
오를 새의 상상은 "찬란한 햇살"의 이미지로 인해 더욱 활기를 띤다.
그의 시에서 햇살은 차갑고 힘겨운 시련의 삶을 떨치고 나아가게 하
는 가장 강력한 동력으로 자리한다. "우글거리던 햇살의 도가니, 그
밑자리로/응달은 겨울잠 자러 가는 실뱀처럼 꼬리를 감춘다"(「햇살은
어디로 모이나」)나 "시린 철새의 발가락도 보였다/깃털 속으로 햇살
들이쳤다"(「결」)에서처럼 햇살은 차가움을 몰아내는 온기의 원천이
다. '해'나 '햇빛'이 아니라 '햇살'만을 고집할 때 시인이 의도하는 따
스한 온기의 감각적 작용 또한 주목해보아야 한다. 그에게는 시각과
이성 같은 근대적인 지각보다 촉각이나 감성 같은 전근대적인 지각이
생명의 영속에 기여할 수 있는 보다 근원적인 가치로 인식된다.

규정하기 어려울 정도로 빠른 속도로 변모해가고 있는 오늘날의 삶
은 차갑고 난해한 추상화와 유사하다. 최근 우리 시에서 그로테스크
한 상상이나 초현실적인 이미지가 증대하고 있는 것은 이러한 시대의

따뜻한 구상(具象) 415

흐름과 무관하지 않아 보인다. 이정록의 시처럼 명료한 구상을 고수하는 시들은 점점 희귀해져간다. 차가운 세상 속에 온기와 웃음을 전하는 그의 따뜻한 구상의 시는 더욱 절실해질 것이다.

공명(共鳴)과 공생(共生)
── 서영처의 『피아노악어』*

서영처의 시 「검은 밤」은 한 시기의 좋은 시를 찾아 헤매고 있던 나를 대번에 매혹시켰었다. "검은 장의사들이 관을 메고 나타난다/이미 몸속에 제 묘비명을 새긴 자의 관을/그들은 뚜껑을 열고 주술을 건다/굴촉성인 영혼은 꿈틀거린다"라는 첫 부분에서 다소 모호하게 묘사되어 호기심을 자아내던 대상은, "만 가지 염료를 갈무리하느라 피아노는 검다"에서 다름 아닌 '피아노'였던 것이 밝혀진다. 피아노 연주 직전의 준비 과정을 장례 행렬에 비유한 것이 독특하다. 검은 피아노와 검은 복장의 사람들, 정적이면서도 긴장감이 감도는 연주 직전의 분위기가 딴은 그럴 만하다. 연주 과정도 내내 특이하고 신비롭게 그려진다. 연주자는 '주문'을 외워대며 "만 가지 염료를 갈무리"한 '피아노 관'의 비밀을 풀어내려는 제사장처럼 묘사된다. "무대는 발굴 중인 위대한 왕의 무덤인지 모른다"는 비유의 단서는 "금관과 허리 드리게

---

* 열림원, 2006.

부장품들이 발굴된다" "여음이 사라지려는 순간/우레 가운데 왕은 위엄을 드러낸다"는 식으로 증폭되다가, 마지막에서 "제사장의 집전이 끝나도록/검은 밤의 음악회는 軼章보다 화려하다"는 깔끔한 진술로 마무리된다. 피아노 연주회를 이토록 신비하고 장엄한 발굴의 장면으로 환치시킬 수 있는 시인의 상상력이 무척 인상 깊다. 무채색의 정적을 떨치고 현란한 소리의 세계를 펼쳐 보이는 피아노의 마력에 완전히 몰입하지 않고서는 떠올릴 수 없는 시상이다.

이 시인이 음악과 관련되어 살아가고 있으리라는 확신은 이 시집을 읽으면서 더욱 분명해졌다. 음악이나 악기가 등장하는 시들이 많고 직접적인 경험의 흔적이 역력하기 때문이다. 「검은 밤」의 예사롭지 않은 발상과 흡입력은 음악과 깊이 연루되어 있는 시인의 삶과 무관하지 않아 보인다. 시인에게 피아노는 단순한 악기 이상으로 삶과 죽음이 접해 있는 존재의 심연으로 인식된다. "찬란한 햇빛과 음악과 무덤 속을 오가며/나는 늘 조급했고 모자랐다"는 자서의 한 구절에서도 음악이 시인의 삶에서 차지하는 높은 비중을 확인할 수 있다.

음악은 시와 함께 대표적인 시간예술이다. 회화나 조각 같은 공간예술과 달리 고정점이 없이 시간에 따라 변화하는 음악은 순수하게 무에서 창조된 유이며 유동하는 흐름이다. 그것은 가장 추상적이면서도 역동적인 예술이다. 수학 기호나 다를 바 없는 무표정한 음표가 음악적 질서에 의해 배열되면서 창조하는 율동적 세계는 입자 상태에서 파동으로 변하는 빛의 변화와도 흡사하다. 양자 역학에서는 입자로서의 빛과 파동으로서의 빛을 이어주는 관찰 주체의 작용을 중시한다. 그러니까 빛은 인간과의 상호 작용에 의해 입자가 되기도 하고 파동이 되기도 한다는 것이다. 가장 현대적인 물리 이론이 입증하는 경험과 주체의 중요성은 오묘한 우주적 질서에서 개체가 차지하는 비중을 역설한다. 이는 일찍이 동양 쪽에서 '시바의 춤'이라고 일컬었던 영원한 우주의 율동과 유사한 개념이다. 아만다 쿠마라스와미의 말을 빌리자면, 시바의 춤은 삶과 죽음의 율동을 상징화한 것으로 물질을 두루 일깨우는 소리의 고동치는 파동이다. 시바가 춤을 추면 비로소 자연과 물질들도 그 주위에서 춤을 추며 살아나고, 시간이 다하면 여전히 춤을 추면서 불로써 모든 형상과 명칭들을 소멸시키고 새로운 휴식을 준다. 이것은 시면서도 과학이라는 말에 음악 역시 덧붙여야 할 것이다. 시간과 관련된 모든 예술과 과학은 '변화'와 '영원'을 한데에서 구현하는 모순된 작용이다. 시바의 춤은 우주를 구성하는 에너지의 끊임없는 흐름을 상징한다. 물질뿐 아니라 허공까지도 이러한 에너지의 생성과 소멸에 참여한다는 현대물리학의 발견은 개체의 상호 작용과 조화의 경이를 재인식하게 한다.

'햇빛'과 '음악'과 '무덤' 속을 오가며 무심하지 못하는 시인은 유와 무, 생과 사의 신비를 관장하는 시바의 춤에 사로잡혀 있다. 그녀의 시에서도 빛은 가장 변화무쌍하며 다면적이다. 이 시집은 빛의 교향악이라 할 수 있을 정도로 여러 빛들이 빈번하게 등장한다. 음향처럼 미묘하게 변화하는 빛의 양태에 시인은 유난히 민감하다. 빛에 대한 사유는 시간에 대한 관념과 무관하지 않으면서 그것은 곧 존재에 대한 통찰과 잇닿아 있다. 대기에 가득 차 있는 빛은 다른 무엇보다도 생생한 삶의 표상이다.

우리들은 태양에 눈이 먼 채로 신방에 들었다 하늘을 뒤덮은 다족류의 붉은 벌레들, 흰 옷과 고리 건 새끼손가락으로 기어올랐다 첨벙첨

벙 물 속으로 뛰어들어도 맨살에 달라붙는 흡혈귀 태양, 돌로 찧으면
붉은 것이 뭉클 터져나왔다

우리들의 천국엔 휘묻이한 햇살들 잎 틔우고 미운 점 까맣게 박혀
할딱이던 산나리, 과수원에서는 심장들 두근거리며 익어가는 소리 들
려왔다 태양은 스피커처럼 아, 아, 아, 아, 끈끈한 파장을 흘려 우리들
을 묶고……   —「나의 천국」부분

　　햇빛 가득한 물가에서 보낸 어린시절의 기억은 누구에게나 전 생애
에 걸쳐 가장 빛나는 장면을 차지할 것이다. 이 시에서 '천국' 같은
한 시절로 자리잡고 있는 강가의 추억에는 그 중심에 빛나는 태양이
놓여 있다. 모든 것을 흰빛으로 증발시킬 듯한 강렬한 태양은 삶과
죽음이 일치되는 지극히 순수한 순간을 창출한다. 눈부시게 환한 이
절정의 순간은 이 시에서 '신방'과 동일시된다. 태양의 강렬하고 끈끈
한 생명력은 "다족류의 붉은 벌레들"이나 '흡혈귀' 같은 감각적이고
관능적인 비유를 통해 강조된다. 빛나는 태양이 환기시키는 강한 생
명력은 서영처의 시에서 종종 이와 유사한 감각과 관능을 유발한다.
"하늘은 양다리를 좌악 벌리고/태양의 붉은 속과/무성한 금빛 털을
죄다 보여주었지요/바글거리며 기생하는 희망들/바서져 내리는 찰나
들로 눈이 시렸어요"(「베니스의 뱃노래」), "활활 타는 아궁이지요 누
군가 닥치는 대로 불쏘시개를 던져넣네요 높고 높은 탑 속, 실을 잣
는 그레첸 물레에 다친 손가락에서 붉은 피가 툭, 툭, 떨어지네요"
(「오, 나의 태양」)에서처럼 태양은 뜨거운 열기와 붉은 핏빛의 강렬한
생명으로 그려진다. 태양에 대한 감각적이고 관능적인 묘사는 그 생

명의 에너지를 나타내기 위함이다. 「나의 천국」에서도 태양은 만물을 익게 하는 "끈끈한 파장"을 전달하는 것으로 나타난다. 시인에게 빛은 잠재된 생명의 에너지를 증폭시키는 감각적이고 관능적인 파장으로 인식된다. 그것은 음파처럼 퍼져서 반향을 일으키는 관계의 산물이다. 시인은 빛이 접촉하며 일으키는 생명의 느낌을 민감하게 포착한다. 위의 시에서 '산나리'가 그렇듯이 꽃은 태양과 가장 흡사한 생명의 감각적 현신이다.

누각은 기러기나 오리의 날개처럼 세워진다 그 아래 내 안압을 팽창시키는 못이 있다 중얼중얼 물결 퍼지자 대궁은 움켜쥐었던 햇살 펼친다 꽃잎은 손가락이다 못의 근심이 밀어올린 태양, 망막을 찢으며 수면 구석구석을 수런댄다

매표소 근처 바람개비 파는 여자, 장맛비 못 둑 넘치게 울어 눈이 벌겋다 생각난 듯 가슴 헤치고 돌아앉자 주린 젖먹이, 어미의 무덤 속으로 파고든다 아기 잇몸 뚫고 하얀 꽃잎 돋아난다 가쁜 숨들 어둠 삼키고 자맥질 치며 솟아오른다   ──「태양, 물 위의 연꽃들」 전문

이 시에서 연꽃은 "못의 근심이 밀어올린 태양"이다. 햇살이 꽃대궁과 꽃잎을 펼치는 자연 현상을 전도시켜 상호 작용과 관계의 밀접함을 더욱 강조하고 있다. 흥미로운 것은 연못과 안압이, 연꽃과 눈물이 대비를 이루며 더 나아가 어미의 젖가슴과 아기의 하얀 이와 등치된다는 것이다. 이 시는 진흙탕 속에서도 맑고 깨끗하게 피어난다는 연꽃의 내포와 연못 근처에서 바람개비를 파는 여자의 현실을 관

런지어 간난신고의 삶과 생명의 고귀함을 각성시킨다. 애초에 태양과 전도되었던 "못의 근심"은 바로 주린 젖먹이를 안고 바람개비를 팔고 있는 여자의 처지와 무관하지 않다. 그렇지만 이 시의 진가는 곤궁한 여인에 대한 안쓰러운 시선에서 그치지 않고 "아기 잇몸 뚫고 하얀 꽃잎 돋아난다"는 생명력의 발견에 있다. 진흙을 뚫고 연꽃이 솟아나 듯 슬픈 어미에게서 건강한 아기가 자라나는 삶의 오묘한 이치를 밝히는 데 있다. 그리하여 "가쁜 숨들 어둠 삼키고 자맥질 치며 솟아오른다"는 마지막 구절은 자연과 인간사를 두루 관통하는 생명의 원리를 압축해 보인다. 어둠을 헤치며 솟아나는 태양이 그러하고, 진흙에서 피어나는 연꽃이 그러하며, 잇몸을 뚫고 돋아나는 아기의 하얀 이가 모두 그러하다. 시인은 빛과 어둠이, 생과 사가 맞붙어 있는 경계에 민감하다. 삶이 죽음으로, 죽음이 삶으로 변전하는 계기에 무심하지 못하다.

삶을 이해하기 위해서는 죽음을 알아야 하듯이, 빛에 대한 감각은 그림자를 포함한 것일 수밖에 없다. 빛과 어둠의 관계에 대한 시인의 자재한 사유는 마찬가지로 삶에 대한 유연한 통찰을 짐작케 한다. 가령 「고요한 거울」에서 거울은 일방적으로 '나'를 비추는 사물에 그치지 않고 나의 은밀한 비밀까지 거머쥐고 나를 관장하는 주체로 인식된다. "너의 왜곡이 나다/나야말로/너의 어두운 반영이다"라는 고백은 나/너, 안/밖, 주체/타자 등의 배타적 이분법이 얼마든지 역전될 수 있음을 가리킨다.

빛에 대한 묘사가 그러했듯이 그림자의 표현에서도 눈길을 끄는 것은 감각적이고 박진감 넘치는 순간 포착이다.

고층 아파트 단지,
앞동이 뒷동에게 또 그 다음 동에게
척, 척, 척, 그림자를 넘겨준다

창문 차례로 색칠하며 지나가는 노을
창문 차례로 두드리며 넘어가는 바람
창문 차례로 밀며 엄습하는 어둠   ―「도미노」 부분

바람은 긴팔원숭이 떼처럼 창틀에 매달려 휘파람 분다 들판엔 이어
달리기하는 전신주들 미닫이에 떨어지는 햇살의 분포를 문살은 막대그
래프로 정확하게 그려낸다   ―「黃道로 운명을 점쳤다」 부분

서영처의 시에서는 이처럼 빛의 변화가 속도감 있게 구체적으로 표
현된다. 앞의 시에서는 고층 아파트 단지에서 그림자가 움직이는 모
습을 통해, 뒤의 시에서는 미닫이문에 비친 전신주의 그림자가 달라
지는 양상에서 시시각각으로 변화하는 빛을 포착하고 있다. 주도면밀
한 관찰과 활달한 상상이 겹쳐진 독특한 비유들은 색다른 개성을 부
여한다. 감정을 앞세워 현상을 굴절시키기 이전에 관찰자의 시선을
유지한 채 충분히 탐색하기 때문에 다양하고 명료한 표현이 가능하
다. 때로는 과학자와 같은 예리한 시선으로, 때로는 탐험가와 같은
호기심 어린 시선으로 시인은 익숙한 현상들을 새롭게 발견한다. 시
인은 주관이나 정감으로 사물을 축소시키거나 편향되게 하기보다는
널리 관찰하고 자유롭게 상상한다.
  자연 현상에 대해서도 편견 없이 행하는 유연한 상상이 종종 그 원

형적 심상을 환기시키는 존재론적 사유를 낳는다. 서영처의 시에서 빛과 그림자의 역전이 드러나는 장면들에서는 삶과 죽음의 비의를 관통하는 상상력의 역동성이 두드러진다. "종일 화기를 뿜는 태양, 세포 분열하는 태양이 케이블 선에 매달려 네거리 차도에도 우글우글 뜨고 지고 그럼요 산목숨들을 삼켜 그 힘으로 익어가는 무덤입니다"(「오, 나의 태양」)라고 할 때 태양은 독존적인 생명의 표상이 아니라, 죽음과 소통하고 그것을 담보로 지속되는 관계의 산물이다. 시인은 '태양'과 '무덤'의 극단적 대립을 단숨에 결합시키면서 존재의 비의에 육박해간다.

'무덤'에 대한 남다른 관심과 집요한 관찰 또한 이와 같은 존재론적 사유를 확장시켜왔다. 무덤의 둥근 형상은 삶의 표지와 흡사하며 재생의 암시로 가득하다. "나는 잔디밭에 누워/노른자위 황금의 위치를 추정해본다"(「한여름 밤」)는 시인을 따라 가만히 무덤의 탐사에 동참해보자. 무덤의 봉분이 "노른자위 황금"이라는 상상은 그것이 지닌 생명력을 공감하는 데에서 온다. 납작하게 퍼져버린 원형은 "팽팽한 법칙을 놓친 항성들인지 모른다"는 추측을 낳는다. 삶이 이끄는 팽팽한 관성이나 구심력을 놓쳐버린 항성이 지쳐 누운 자리가 무덤이라는 것이다. 무덤에 대한 이같은 집요한 사색은 삶과 죽음, 소음과 침묵의 경계를 해체한다. "신음 소리를 땅속에 묻어버린,/순간, 고분들 두근거린다/침묵이야말로 오래 묵힌 소음인 것을/꺼내 놓은 슬픔을 집어넣자/슬그머니 능이 하나 사라진다"에서 침묵은 소음을 연상시키고 죽음은 삶을 일깨운다. 무덤이 삶의 흔적이듯이 삶 또한 무덤과 맞붙어 있다. "산봉우리는 왕의 무덤/순장당한 사람들 뻗쳐낸 손가락이/나무라는 그릇된 생각을 하네/햇살은 허공을 할켜댄 손톱자국/화

농하여 노을로 번지네/숲마다 기계총 앓는 자국/산 자들의 소란한 동
네가 아득하네"(「그대와 나 사이 골짜기 솟구쳐 무덤이 되었나」)에서는
산봉우리가 무덤으로, 나무가 순장당한 자들의 손가락으로, 햇살이
손톱자국으로 비유된다. 무덤이나 죽음의 징후 역시 삶처럼 도처에
산재해 있는 것이다. 그토록 삶과 죽음은 밀착되어 있다. 무덤가에서
의 서성임은 삶의 무상함과 죽음의 친연성을 일깨운다.

깊이 뿌리내린 섬이네
한 사람씩 들어가 고립되어버리는,
낙타의 육봉처럼 군데군데 솟아
오-ㅁ 오-ㅁ 낮은 소리를 내네

소를 놓치고 울던 어린 날의 아버지가
여기 봉분에 기대어 잠이 들었네
이장한 곳의 붉은 흙은
생살을 도려낸 듯, 지금도 아프네

원재료들 요리되기를 기다리며 누워 있네
구근처럼 양지바른 곳만 골라 태양을 호흡하더니
통통하게 살 오르는 무덤이여
절반쯤 굴러내린 달이여

삶이 갈증을 일으켜 나는 다시 무덤을 헤매네
누구에게도 덤은 없다고 무덤은 말하네
먼 길 가려 내 등에도 일찍이 혹을 하나 달았네

隊商들은 보이지 않고
짐 지고 구릉을 넘는 낙타구름
그림자만 가득하네　　　　　　　　　—「무덤들에서 듣다」 전문

　이 시에는 무덤가의 명상이 유발하는 기억과 사유의 흔적이 상당히
소상하게 드러난다. 아마도 아버지의 묘를 이장한 곳에서 망연하게
떠올리는 이러저러한 상념들이 삶과 죽음에 대한 존재론적인 사유로
이어지고 있다. 여기에서도 무덤은 죽음과 종말의 정처라기보다는
"깊이 뿌리내린 섬"처럼 또 다른 삶이 잠재되어 있는 공간으로 그려
진다. 여기저기서 무덤들은 마치 수도승들이 저마다 자리잡고 있는
도량처럼 충전되어 있다. 한 생을 마감하고 다음 생을 준비하는 이곳
은 '죽음'보다는 '잠'에 가까운 휴식의 공간이기도 하다. 태양빛을 받
아 "통통하게 살 오르는 무덤"의 이미지는 시인 특유의 역동적인 사
유를 반영한다. 무덤은 재생의 기운으로 충만하고 삶은 갈증을 일으
키며 무덤을 향하는 아이러니야말로 모순으로 점철되는 존재의 비의
라 할 만하다. 지쳐 찾아온 삶에게 무덤은 "누구에게도 덤은 없다"고
말해준다. '무(無) 덤'과 '무덤'의 대비가 재치 이상의 울림을 가져온
다. 이는 아무런 덤도 없이 저마다 짐 진 만큼 끌고가야 하는 삶에 대
한 선명한 통찰에서 기인한다. 그렇다면 우리의 삶 자체가 무덤 같은
혹을 안고 터벅터벅 걸어가는 낙타와 같은 것이 아닐까라는 사유에
이르면, 삶과 죽음은 더 이상 차별되지 않는 동일한 형상을 갖게 된
다. 낙타의 육봉 같은 무덤의 형상은 곧 살아 짐 지고 있던 삶의 모양
을 고스란히 닮아 있다. 이 시에서 '무덤'과 '육봉'과 '구근'이 연상시
키는 유사한 형상은 생과 사, 희망과 절망이 교차·순환하는 삶의 역

동성을 입증한다.

　시인에게 무덤의 탐사는 낙타의 육봉처럼 힘겹게 짊어지고 가야하는 삶의 확인과 다르지 않다. 그녀의 시에서 감정의 표출이 직접적인 경우는 드물지만 얼핏얼핏 깊은 상처와 죄의식이 드러나기도 한다. 가령 "일렬로 묶인 죄수들처럼/전봇대는 현을 걸고/어두운 곡조를 허밍하네//우는 아이를 떼놓고 돌아오는 길/무엇인가, 내 죄가 사무치네//나목들의 울음소리 빈 들판을 건너네/제단은 어디인가/엎드리고 싶은데"(「전봇대를 따라갔네」)에서 전봇대와 나목을 보며 일으키는 우울한 상상은 모성과 죄의식이라는 심연의 정서와 맞닿아 있다. 「십자수」에서도 죄의식에 이르는 간절한 모성이 "흰 천의 무죄 위에/한 땀 한 땀 여죄를 찾아 채워간다/쉬 손 놓지 못하고 세우는 밤/낙타가 실에 꿰여 끌려오고/시간은 뾰족한 부리 돋은 새/천 구멍을 또 박또박 쪼아대다/어둠 속으로 날아가버린다"고 표현된다. 어떤 경우에도 비유와 암시를 거치지 않은 날것 그대로의 감정이 발산되는 경우는 없다. "강물도 허리를 앓아 기포 일으키며 흐르는지/아물지 않은 火傷의 수면을/연고 바르듯 흰 배가 지나간다"(「부소산성에 해 지면」)에서는 애잔한 역사의 상흔을 선명한 일상의 비유로 그려내고 있다. 시인에게 모든 삶은 근원적인 상처와 슬픔을 간직한 채 낙타처럼 하염없이 가야 하는 것이다. 그녀의 시에 갈증이나 낙타가 많이 등장하는 것은 삶의 고난을 쉽게 극복할 수 없는 근원적인 것으로 인식하기 때문이다. 이는 "내 날카로운 갈증,/모래경전에 무릎 세우고/나는 순정률로 쏟아지는 햇살을/모두 받아 고슴도치가 되었다/그러나 멀찍이 떨어져/네게로 다가갈 수 없는 이 슬픔"(「모래구릉이 뒤채는 건조한 내 잠 속 선인장 가시는 왜 바이올린의 고음을 따라가는가」)에서처

럼 순정률의 근원에서 멀어져 끝없이 방황해야 하는 불완전한 삶으로
인한 고통에 가깝다. 수천 번을 그어도 절대음에 도달하기 어려운 바
이올린의 음향이 일으키는 갈증처럼, 민감하고 예리한 시인의 감성은
삶의 불완전함에 절망하고 상처 받는다.

　앞에서 이미 시인과 음악의 밀접한 관계에 대해 언급한 바 있지만,
악기와 삶의 비유에서 그녀의 시는 가장 독특한 개성을 발휘한다. 전
봇대에서 현악기를 연상하고 선인장 가시와 바이올린의 고음을 동일
시할 정도로 시인은 음악적 상상에 익숙하다. 시인에게 삶은 악기와
흡사하다. '공명'은 악기나 인생에 있어서 모두 절대적인 기능으로 인
식된다.

　경전을 읽는 아이의 팔에 소름이 돋는다 붉은 사리를 두른 이, 혹한
의 여백을 밀며 당기며 악기가 되어간다　　—「공명이라는 것」부분

　내 스튜디오에는 가지런한 관 속에 현악기들이 팔을 모으고 섰다 '死
者의 書'가 펼쳐진 보면대 종일 노래하느라 아가미에선 피가 번진다 공
명하려면 속을 비워야 한다　　　　　　　　　　　　—「불면」부분

　현의 떨림으로
　그들이 떠올리던 이름도 둥글게 파문져갔겠지요
　두레박줄은 우물의 깊은 곳을 건드린 것입니다
　　　　　　　　　　　　　　　　—「다시 오래된 우물」부분

　악기의 아름다운 소리나 완성을 지향하는 삶은 깊은 울림을 일으키

기 위해 속을 비우는 고통을 감수해야 한다. 「공명이라는 것」에서는 집을 떠나 수도하는 아이의 고행이 그려진다. 추위와 고난을 감내하며 무수히 단련되어야 하는 수도의 과정은 명기를 완성시키기 위한 지난한 시간들을 연상시킨다. 「불면」에서는 미라와 악기, 굶주린 아이들을 병치시켜 어둠과 죽음의 이미지를 강렬하게 환기시킨다. 거푸집이 된 미라의 몸이나 아프리카 굶주린 아이들의 텅 빈 몸속, 속이 빈 악기들은 욕망의 공허한 자리에서 장렬한 죽음의 노래를 이끌어낸다. 「다시 오래된 우물」에서 공명은 시각과 청각과 촉각, 후각이 두루 작용하면서 가장 아름답게 표현된다. "기타와 우물은 서로를 흉내낸 악기"라는 발상에 이어 달빛이 출렁이는 우물은 기타의 울림통으로 그려진다. 두레박줄이 우물에 공명을 일으키자, "기타 소리가 어둠을 불러오고/물방울 별들 반짝거리자/움푹한 구덩이를 빠져나온 달덩이에/마을이 환해졌었지요/이젠 포도주마냥 익어가고 있을 우물,/향기라도 나는지/동네 개들 짖어대는군요"처럼 연속적인 반향이 일어난다. 이 시에서는 삼라만상을 하나로 묶는 신비한 공명의 순간을 포착하고 있다. 무에서 유를 창출하는 음악적 감각의 역동성이 이와 같은 유려한 상상을 가능케 한다.

피아노 뚜껑을 연다
쩌억, 아가리를 벌리며 악어가 수면 위로 솟구친다
여든여덟 개의 면도날 이빨이 덥석 양팔을 문다
숨이 멎는다
입에선 토막 난 소리들의 악취
손가락은 악어새처럼 건반 위를 뛰어다녔는데

놈은 나를 이리저리 끌고다니다 내동댕이친다
물 깊이 물고 내려가 소용돌이 일으킨다
수압에 못 이긴 삶은 흐물거린다   ——「피아노 악어」 부분

'피아노 악어'라는 표제의 출처로 보이는 이 시에서는 피아노와 관련된 흥미로운 상상이 돋보인다. 늪처럼 침잠해오는 하오의 적막을 일시에 깨뜨리는 피아노 소리가 '악어'의 등장으로 비유된다. "여든 여덟 개의 면도날 이빨이 덥석 양팔을 문다"는 박진감 넘치는 순간의 포착은 수압에 못 이겨 흐물거리는 삶을 일시에 압도한다. 시인에게는 이러한 음악적 시간이야말로 진정 살아 있는 느낌이 들게 하는 유의미한 순간들일 것이다. "악보 속에는 정충들이 떼지어 헤엄친다/현을 짚는 손가락 끝에선/순식간에 복제되어/숨 쉬고 꽃 피는 시간"(「매일 느티나무 아래를 지난다」)에서처럼 악흥의 순간은 생명을 살아 숨쉬게 한다. "건어물 같은 악기"에 바닷물을 펌프질하듯 생명을 일으키는 연주로 인해 "빛을 향해 꼬리치는 지느러미, 나무는 둥글게 부풀어" 오른다.

음악은 시간에 생명을 부여하는 예술이다. 시인의 음악적 상상 속에서 "누대로 적재된 시간들의 무덤"(「낙타를 위한」)은 종종 넘쳐나고 벅차오른다. "바흐의 파르티타를 켜면 잎이 무성한 나무들이 다가선다/가지에 내려앉은 새 떼/선창을 하자 새들은 화답하듯 노래를 이어간다/밑동이 통주저음을 울리고/현악기의 빠른 활 놀림처럼 나뭇잎들 요동친다/분침이 되어 자라는 가지와/팔락거리는 초침들이 터질 듯 푸르게 시간을 부풀리는 나무"(「나무」)처럼 음악은 화합을 이끌고 생명을 부풀린다.

　서영처의 시에서 '부풀어오름'은 시간과 사물에 두루 작용하는 생명의 현상이다. "먼 곳의 물살을 감지하고 몸을 부풀리는 나무"(「겨울 벚나무」), "둥근 알을 깨고//세상 궁금한 것들이//푸드덕 날개를 펴는 것"(「목련」), "차곡차곡 구덩이 채워 부풀어오르는 봉분들"(「그대와 나 사이 골짜기 솟구쳐 무덤이 되었나」) 모두 생명의 기운으로 가득하다. 시간은, 살바도르 달리의 그림에서처럼 끈적하게 흘러내리는 것(「살바도르의 시계」)이 될 수도 있고, "뾰족한 부리 돋은 새"(「십자수」)처럼 심장을 쪼아댈 수도 있다. 시간은 음악이 그러한 것처럼, 주체와 대상의 관계에 의해 생명으로 부풀어 오르기도 하고 한없이 적요하기도 하다. 시간은 빛과 그림자처럼, 악기와 연주자처럼, 삶과 죽음처럼 공명하며 울려 퍼진다. 빛과 무덤과 음악에 그토록 민감한 시인이 앞으로 세상과 공명하여 일으킬 더 큰 울림을 지켜보도록 하자.

　저 길고 짧은 길들 잔뜩 하늘로 매단 악기는
　한 그루 실한 나무다
　물관 체관으로 양분을 빨아
　푸르디푸른 잎사귀 천정으로 피워올린다
　열 손가락 발가락 닮은 페달이
　노 젓듯 부지런히 흙 속을 파고든다
　바람은 몸 깊숙이 박힌 管을 휘저으며
　육신의 동굴마다 박쥐들을 깨워 날려보낸다

　상하수도와 가스관, 통신케이블 관
　누군가 지하에서 불어넣는 숨소리로 도시가 울고 있다

묘지마다 부풀어오른 봉분들의 긴장 좀 봐
달리는 자동차 우는 아이들 굴착기의 굉음,
빌딩의 막대그래프가 춤추며 출력을 그려댄다
파이프오르간이다
아픈 짐승들처럼 먹구름 몰려오고
고층아파트는 오디오 스피커처럼 늘어서서
하모니를 뿜어낸다
거대한 뿌리,
지하철이 철컥철컥 옥문을 잠그며 지나간다

——「파이프오르간」 전문

파이프오르간과 나무의 병치는 시인 특유의 비유 방식을 보여준다. 자연의 비유로 음악이 창출하는 생명력을 표상하는 것이다. 선명하고 정연한 대비와 전개는 견고한 비유의 구조를 구축한다. 그런데 이 시에서 더욱 주목되는 것은 두번째 연이다. 첫번째 연에서 보이는 단정한 양태로 마무리되던 시상이 여기서는 대폭 확대된다. 파이프오르간의 형상이 도시적 공간으로 확대되면서 흥미롭고 다채로운 상상력을 이끌어내고 있다. 도시 지하의 복잡한 구조물들은 파이프오르간의 관으로, 빌딩의 스카이라인은 출력을 표시하는 막대 그래프로, 고층 아파트는 오디오 스피커로, 상상력은 끝없이 발산된다. 그렇다면 도시의 소음과 굉음들 또한 거대한 파이프오르간의 '하모니'라 할 수 있을 것이다. 잡음으로만 인식되던 시끄러운 도시의 소리들이 나름의 조화를 이루며 공명하는 장면을 연상할 수 있다. 밀도 높고 순정한 시적 사유가 세상과 공명할 때 얼마나 확장할 수 있는지를 보여주는 대목

이다. 시인은 경계를 열어 공명할 때 증폭되는 공생의 장을 포착한
다. 경계를 해체하는 능동적 주체의 작용으로 생은 더 큰 파장을 형
성한다. 이 시에서 자연과 도시의 경계를 넘어서는 '숨소리'의 울림은
주목해야 할 공존의 전략이다. 빛과 그림자 또는 생과 사의 역동성을
통찰하는 예리한 시선이 이처럼 실감 있는 삶의 현장에서 발휘할 커
다란 울림을 그려본다.

발효의 시학

—김사인의 『가만히 좋아하는』*

1. 숙성의 시간

김사인 시인이 19년 만에 두번째 시집을 내놓았다. 능력있는 시인이라면 거의 3,4년을 주기로 시집을 내놓는 속도전과 물량전의 시대에 그의 역행은 오히려 신선하기까지 하다. 지인들 사이에서 '게으름의 신화'로 명성을 쌓았던 시인은 그 게으름이 결코 나태함의 증거가 아니라 완벽함을 위한 무수한 지연과 인고의 과정이었음을 다시 한번 확인시켜 준다.

그의 시와 시작 행위는 여러 가지로 이 시대의 통념과 거리가 먼 특별한 사례로 비친다. 이 시대의 예술가들은 개성의 발현을 통해 자신의 존재를 입증해내려 한다. 누구도 시도하지 않은 특이한 사유와 형식으로 자신만의 세계를 확연하게 드러냄으로써 미적 자율성을 확

---

* 창비, 2005.

보하는 동시에 독보적인 이미지로 각인된다. 미국의 전위적이면서도 대중적인 한 현대화가의 일대기를 영화화한 「바스키아」에서 주인공이 명성을 얻기 전 그의 친구는, 유명해지려면 한 가지 스타일로 대중이 알아볼 때까지 끊임없이 그려야 하고 지겨워서 더 이상 하고 싶지 않더라도 계속해야 한다고 말한다. 그의 말처럼 바스키아는 벽보와 담벼락 낙서를 차용한 파격적인 스타일을 회화에 도입하였고 이십대 초반에 이미 최고의 명성에 도달한다. 자신의 스타일에 대한 고집은 현대 예술가를 대변하는 속성이 되고 있다.

그런데 김사인 시의 경우는 그만의 스타일이라 할 만한 경향이 도드라지지는 않는다. 지극히 서정적인 시들이 있는가 하면 서사가 가득한 시들이 있고, 유정하기 그지없는 연시들이 있는가 하면 날카로운 풍자시들도 볼 수 있다. 처절한 비애로 가득한가 하면 웃음과 해학이 넘치기도 한다. 영향 관계로 보더라도 김소월 류의 애조 띤 가락이 들어 있는가 하면 김수영식의 자조와 풍자가 등장하고, 신경림에 가까운 소외계층의 육성이 넘치는가 하면, 백석이나 윤동주에 버금가는 지고한 예술혼이 두루 깃들어 있다. 일관된 스타일을 고수하기보다 한 편 한 편 가장 적절한 형식을 찾아 자재롭게 구사하는 스타일의 다양성이 오히려 그의 개성이라 할 만하다. 현대시의 여러 스타일이 혼류하는 듯한 그의 시는 그동안의 오랜 침묵이 간단치 않은 숙성과 발효의 과정이었음을 암시한다.

물론 이러한 성과는 갑작스러운 것이 아니라 이미 오래전에 예고된 것이었다. 그의 첫번째 시집 『밤에 쓰는 편지』(청사, 1987)는 흔히 민중시로 분류되기는 하지만, 1980년대의 민중시들이 갖는 과도한 이념성과 과격한 어법과는 사뭇 거리가 있다. 그것은 "아직 목숨 붙은 것들 맑게 서로 몸 부비는 소리"(「주왕산에서」)나 "산맥과 같이 장하고 깊은 강의 설움으로 오래 벼린/뜨겁고 눈빛 맑은 칼 한 자루"(「시를 쓰며 5」)에서 볼 수 있는 어떤 '맑음'의 기운과 관련이 있을 것이다. 이 시인의 맑음은 현실과 절연된 순백의 영혼에서 나오는 것이 아니라 현실 속에서 오래 부대끼면서도 그것에 함몰되지 않을 때 나타나는 승화 현상에 가깝다. 물질로 비유하자면, 그의 맑음은 때문지 않은 심산유곡의 청정수 같은 것이라기보다 오랜 발효의 단계를 거쳐 걸러지는 약주의 그것과 같다. 발효는 부패 단계를 승화시킨 역전의 과정이다. 미생물이나 효모가 작용하여 특별한 영양분을 생성시키는 발효의 신비는 물질이 꿈꾸는 역전의 드라마라 할 만하다. 부패의 위기를 극복한 것이기에 그것은 더 완전하고 영속적이다. 온갖 영욕과 절망을 딛고 일어선 시는 천진한 안위의 시나 과격한 사회적 발언의 시들이 도달할 수 없는 깊고 풍부한 정서를 함유한다. 그리하여 발효를 거친 한 잔의 술이 전하는 진한 향취처럼 독자의 내면 깊숙이 파고들어 공감과 위로가 된다. "그대의 사랑은 죽음에 닿을 만큼 더 단단히 익어야 한다"(「초혼」)고 흐느끼던 시인은 이제 죽음과도 같은 깊고 어두운 세월의 터널을 지나 무르익은 농염한 사랑을 선보이고 있다.

2. 속절 없는 사랑

김사인의 시가 곰삭은 젓갈이나 오랫동안 숙성된 술맛을 내는 것은 무엇보다 사람과 사람 사이의 *끈끈한* 인연과 정회를 구성지게 풀어내기 때문이다. 사람 사이의 정의 얽힘만큼 기기묘묘한 조화와 변화를 가져오는 작용이 어디 있겠는가? 사랑은 인생만사에 불가해한 화학적 변화를 일으키는 기이한 매제이다. 그것으로 인해 끝 모를 나락으로 빠져들기도 하고 또 그것으로 인해 겨우 숨쉬기도 한다. 김사인처럼 유정한 시인이 그토록 치열한 열망에 무심할 리 없다. 그의 빼어난 시들 중에는 연시가 많다.

     우리는 두 마리 철없는 노루새끼처럼
     몸 달아, 하아 몸은 달아
     비에 씻긴 산길만 헤저어 다니고요　　　　　　—「옛일」 부분

     그대 철없어 내 입안엔 신 살구내음만 가득하고
     몸은 파계한 젊은 중 같아 신열이 오르니
     그립다고 그립다고 몸써리치랴　　　—「예래 바다에 묻다」 부분

     화진, 온몸 열어 새 사내 맞는
     화진, 그 유정한 이름 복판에 서서
     늙은 나 불덩이처럼 달아오르겠네　　　—「화진(花津)」 부분

　발효를 앞둔 물질처럼 사랑에는 혹독한 발열과 부식이 일어난다. 노소를 막론하고 사랑에는 이같은 고열과 동통이 수반된다. 자기 안에 타자를 들이는 사랑의 과정은 자기를 허물고 불태우는 자멸을 수반하지 않을 수 없다. 이성의 경계를 훌쩍 넘어버리는 이 기묘한 흥분과 도취의 상태를 시인은 가쁜 호흡과 잦은 반복으로 재현해 보인

다. 그의 시에서 사랑은 자연 현상과 흡사하다. 몸달아 뛰어다니는 노루새끼들처럼, 알몸인 채 철썩거리는 파도처럼, 태풍 오면 펄럭이는 돛폭처럼, 그것은 원초적이고 즉각적이다. 어떤 계산이나 유보가 틈입할 여지가 거기에는 없다.

　이토록 지극한 몰입과 집착 끝에 사랑은 운명의 지침을 돌려 놓거나 허전한 뒷자리를 남긴다. 황홀한 도취의 한 순간을 지나면 사랑은 끝없는 기다림이나 환멸로 남는 법. 그렇지만 시인은 그처럼 지리멸렬한 시간들도 사랑이라고 한다. "그 여자 고달픈 사랑이 아파 나는 우네"(「늦가을」)라고 쓴다. 기다리는 일밖에 남지 않은 사랑의 쓸쓸한 뒷모습까지 알뜰하게 지켜본다. 그에게 사랑은 살아가는 일과 다르지 않으며 누추하고 곤고하기 이를 데 없는 모든 시간들을 감싸안는 일이다.

　　부뚜막에 쪼그려 수제비 뜨는 나어린 그 처자

　　발그라니 언 손에 얹혀

　　나 인생 탕진해버리고 말겠네

　　오갈 데 없는 그 처자

　　혼자 잉잉 울 뿐 도망도 못 가지

　　그 처자 볕에 그을려 행색 초라하지만

　　가슴과 허벅지는 소젖보다 희리

　　그 몸에 엎으러져 개개 풀린 늦잠을 자고

　　더부룩한 수염발로 눈곱을 떼며

　　날만 새면 나 주막 골방 노름판으로 쫓아가겠네

　　　　　　　—「부뚜막에 쪼그려 수제비 뜨는 나어린 처녀의

　　　　　　　　　외간 남자가 되어」 부분

438

　질박한 뒷맛이 일품인 이 인상적인 사랑가에서 시인은 단순하면서
도 오묘한 삶의 원리를 상기시킨다. 사랑은 부뚜막에 쪼그려 수제비
뜨는 처자의 발갛게 언 손에서 시작되어 고달프고 지루한 생활로 이
어진다. 볕에 그을려 새까만 여인의 눈부신 속살을 발견하는 데에서
사랑의 도취와 환각이 이루어지며 그 끝에는 무기력하고 방탕한 삶을
하염없이 인고하는 '속절없는 사랑'이 자리한다. 도취의 한 순간이 지
나면 지독한 환멸로 남는 사랑의 허망함을 시인은 능청스럽게 환기시
킨다. 「봄바다」에서도 "구장집 마누라는/젖퉁도 커서/헌 런닝구 앞
이/묏등만 했지/묏등만 했지//그 낮잠 곁에 나도 따라/채송화처럼 눕
고 싶었지"와 같은 욕망이 "미끈덩 인물도 좋은/구장집 셋째 아들로
환생해설랑/서울 가 부잣집 과부하고 배 맞추고 싶었지"처럼 배반과
일탈로 이어지는 씁쓸한 결과를 그리고 있다. 시인은 늘 결핍에 이를
수밖에 없는 환멸의 경험까지 포함하여, 한바탕 꿈과 같은 사랑을 노
래한다. 그것은 차라리 삶 자체라고 해야 할 기나긴 욕망의 도정이다.
　시인은 사랑으로 이어지는 사람과 사람 사이의 질긴 정을 인간사의
핵심적 사건으로 본다. 그의 시에서 사랑의 미망은 이승에서 저승까
지 이어질 만큼 간절하다. "나 이승의 연(緣) 다하여/먼 길 가는 날/
살쩍 고운 귀밑머리 흰 목덜미/그대 두고는 차마 못 가/자욱마다 소
나기 오리/울고불고 몸부림치리"(「서귀(西歸)」)에서는 서귀포 앞바
다의 거센 바람에 빗대어 비통한 이별을 그리고 있다. 「사랑가」에서
도 귀기 어린 어조로 아이들을 두고 죽은 어머니의 애통하고 처절한
사랑을 노래한다. 죽어서도 차마 못 잊는 애절한 사랑은 그 욕망의
불가능성과 그로 인해 더욱 강렬해지는 미련을 대변한다.

사랑은 충족 불가능하기 때문에 끝없이 지연되며 미련과 환멸을 남긴다. 완전한 합일이란 관념에 불과할 뿐 언제나 결핍에 이르게 된다. 사랑에 대한 끝없는 갈구는 그것이 불가능하기 때문에 그토록 강렬한 것이다. 정점에 이른 도취의 순간 잠깐 감지될 뿐 사랑은 끝없는 갈증과 함께 지연되기만 한다. 죽어서도 못 잊는 사랑이란 역설적으로 죽음으로도 이룰 수 없는 욕망을 환기시킨다. 모든 사랑은 속절없는 기다림이며 환상이다. 그토록 고통스럽고 그토록 어리석은 사랑은 왜 끝없이 지속되는 것일까? 그 처절한 결핍의 자리야말로 가장 뚜렷한 욕망의 흔적이며 삶의 동력이기 때문이다. 사랑의 불가능성으로 인해 우리는 끝없이 그것을 갈망하며 타자와의 불일치를 통해 주체의 존재를 깨닫게 된다. 이렇게 힘겨운 자기 확인의 과정을 삶이라고 이름 붙여도 될 것이다. 물질의 발효 과정이 부패에 상응하는 화학작용 끝에 유용한 물질로 변환하는 것처럼 사랑은 절망과 상처의 반복 속에서 삶의 진가를 발견해가는 과정이라 할 만하다. 시인이 놀라운 몰입과 열정으로 사랑을 노래하는 것은 그것이 삶의 전 과정을 역동적으로 내포하고 있기 때문이다. 그는 속절없는 사랑을 운위하지만 그것이 곧 가장 절실하고 필연적인 삶의 과정임을 역설한다.

3. 고요하고 캄캄한 길

김사인 시에는 한없이 여유롭고 너그러운 웃음과 선뜩할 정도로 차갑고 쓸쓸한 비애가 공존한다. 이때의 웃음은 절망과 비애의 바닥까지 내려가본 자만이 보일 수 있는 허허롭고 관용적인 것이다. 김사인 시의 웃음의 미학을 이해하기 위해서는 그 이전의 암담하고 쓸쓸하기 그지없는 비애의 정서를 거치지 않을 수 없다. 시인 자신은 "웃음 뒤에 칼을 감추고 나는/계면조 뒤에 핏발선 눈을 감추고 나는/비겁하게도/비겁하게도/사랑을 말하네"(「소리장도(笑裏藏刀)」)라고 자조하지만, 비애를 내포한 웃음과 환멸이 뒤섞인 사랑은 굴곡 많은 삶이 이르게 되는 미묘한 아이러니이다. 시인이 탄식하는 '비장의 허장성세'는 비록 세상을 향해 휘두를 날카로운 칼끝을 무디게 하였지만, 모든 쓸쓸하고 비통한 존재들을 위무하는 애절한 비가로 울린다.

가는 비여 가는 비여

가는 저 사내 뒤에 비여

미루나무 무심한 둥치에도

가는 비여

스물도 전에 너는 이미 늙었고

바다는 아직 먼 곳에 있다

여윈 등 지고 가는 비

가는 겨울비

잡지도 못한다 시들어가는 비

——「비」 전문

아주 오랜만에 맛볼 수 있는 이런 비애의 가락은 좌절과 허무의 깊이를 암시한다. 사내의 여윈 등과 시들어가는 비의 이미지가 겹쳐지면서 비애감은 증폭된다. 여백이 가득한 배치의 미학까지 맥없이 소멸해가는 쓸쓸한 풍경의 완성에 일조하면서 이 시는 인상 깊은 허무의 장면을 이루고 있다. 오래도록 지속된 쇠락의 길을 수식하는 가늘고 길게 내리는 비는 쇠창살처럼 희망을 옭아매는 비애의 사도이다. 반복되는 리듬과 음조의 정교한 배치는 '비장의 허장성세'를 이루는 도취의 상태를 가져온다. 리듬에 취할 때 노래는 극한의 비애와 절망조차 몰각시키는 위안의 방식이 될 수 있다. 시인이 경계하면서도 매혹된 시 역시 이런 아름다운 비가가 아니었을까? 가슴에 품었던 칼조차 잊게 하는 한없이 소슬하고 아련한 시. "사람 사는 일 그러하지요//한세월 저무는 일 그러하지요//닿을 듯 닿을 듯 닿지 못하고//저물녘 봄날 골목을//빈 손만 부비며 돌아옵니다"(「춘곤」)에서도 처연한 가락에 얹혀 굽돌아 넘어가는 체념과 순응의 정서를 만날 수 있다. 이럴 때 그의 시는 김소월을 연상시킨다. 가락을 얻는 대신 희망과 활력을 잃어버린 시. 그의 시는 날선 칼로 세상을 겨누는 패기를 드러내는 대신 나약하고 쓸쓸한 존재들과 함께하며 위안이 된다. 적막한 삶의 풍경을 묘사하는 데 있어 그의 시는 탁월한 경지를 보여준다.

열입곱에 떠난 그 사람
흘러와 조치원 시장통 신기료 영감으로 주저앉았나
깁고 닦는 느린 손길
골목 끝 남매집에서 저녁마다 혼자 국밥을 먹는,
돋보기 너머로 한번씩 먼 데를 보는

그의 얼굴
고요하고 캄캄한 길   ──「풍경의 깊이 2」 부분

　늘그막의 고독만큼 쓸쓸한 정경이 또 있을까. 시인이 그려내는 비
애의 절경에는 반드시 늙고 고독한 사람이 등장한다. 이 시에서도 역
시 시골 장터의 고적하기 그지없는 한 노인을 중심으로 시간은 고인
듯 느리게 흘러간다. 지루하고 반복적인 일과가 끝나면 혼자 국밥을
사먹는 노인은 "고요하고 캄캄한" 인생의 길을 상징한다. 정도의 차
이가 있을 뿐 삶의 끝자락에는 누구에게나 고요와 적막이 자리잡고
있다. "뒤축 무너진 헌 구두나 끌고/나는 또 쓸데없이/이 집 저 집
기웃거리며 늙어가겠지"(「때늦은 사랑」)라는 예측이 가능한 것이다.
　고적한 노년은 어쩌면 더 쓸쓸할 죽음 그 이후의 예행연습이 되는
것인지도 모른다. 이제 그의 시 중에서 가장 심오한 풍경을 이루는
죽음의 길로 들어서보자.

　　바랜 흑백 사진 속의 풍경과도 같이
　　저 끝없는 눈보라의 시간이 묵묵히 말하네
　　모든 길은 죽음 속에 갇혔노라고
　　말하네, 지상의 길은 사라졌으니
　　갈 테면 새가 되어 날아가라고   ──「YOL」 부분

　이 시는 삶이 곧 '감옥과 무덤과 증오의 길'임을, 끝없는 눈보라로
상징하는 터키 영화 「욜」에서 풍경의 깊이를 얻고 있다. 눈보라가 가
득할 때 세상은 흑백의 단순성으로 죽음의 압도적 권능을 예시한다.

"끝없는 눈보라"는 한 순간의 재난이 아니라 모든 삶을 포획하는 압도적인 죽음의 손길을 의미한다. 눈보라에 뒤덮인 묵직한 풍경처럼 지상의 모든 길은 죽음으로 향한다. 죽음 앞에서는 심지어 새의 길조차 사라진다. "머리 풀고 깃 접을 아무데도/여기는 없다/우아한 날갯짓 너머 시간은 멎어 있고/죽음과 같은 고요만 깊고 깊다"(「새」)에서 평화롭기 그지없는 새의 날갯짓은 이미 이승을 넘어선 것이다. 거친 눈보라 너머는 한없이 고요하고 적막한 죽음의 구렁이 놓여 있다. 그것은 "겨울밤//우물 깊이 떨어지는 두레박 소리"(「유필(遺筆)」)가 증명하는 것처럼 깊디깊은 허공이다. 털컥 빠져버리면 헤어날 길 없는 죽음의 아득함에 대해 시인은 "기어이 일어나버린 저 '죽'자의 식은 정강이를 붙잡고/감꽃처럼 툭 떨어진 몸 허물 앞에서/어머니는 우시리/그저 우시리"(「윤중호 죽다」)라며 허망해한다. 그는 자신이 목도하는 모든 죽음의 풍경들에 무심하지 못하고 몰입한다. 죽음이 이루는 한없이 고요하고 적막한 광경에 삼투된다. 인간이 삶의 한복판에서 죽음을 생각하는 이유는 궁극적으로 삶 그 자체를 죽음에서 버림받지 않게 하려고 하기 때문이라는 김열규의 표현을 빌리자면, 시인은 죽음의 풍경 속에서 삶의 간절한 바람을 끌어내는 것이리라. 모든 길이 죽음으로 향한다는 명백한 결론을 앞두고도 삶의 갈림길에서마다 망설이고 설레게 하는, "약속도 무엇도 아닌 허망한 기약에 기대어/칼바람 속에 나를 서게 하는 이것"(「네거리에서」)의 정체도 바로 삶에 대한 끊을 수 없는 기대일 것이다.

4. 어울려 무르익는

　김사인의 시가 비애와 죽음의 탐구로만 이루어져 있다면 얼마나 쓸쓸했을까? 그러나 그의 시가 이루는 주조는 차가움을 넘어서는 따뜻함이며 어두움을 넘어서는 밝음이다. 그의 시가 지니는 온화한 느낌은 어둠과 고요의 바닥까지 내려가본 자가 건져올리는 삶에 대한 경외감과 겸허함에서 비롯된다. 적막하고 공허한 죽음의 풍경을 얼핏 엿본 자에게 삶은 매순간 기적이고 희망이다. 그의 시에는 특히 몸뚱이 하나로 살아가는 약자들의 삶에서 생명이 갖는 핍진함이 두드러진다. 비천하고 남루한 자들이 지닌 가련한 몸에 대한 섬세한 투시는 남다르다.

　　　헌 신문지 같은 옷가지들 벗기고
　　　눅눅한 요 위에 너를 날것으로 뉘고 내려다본다
　　　생기 잃고 옹이진 손과 발이며
　　　가는 팔다리 갈비뼈 자리들이 지쳐 보이는구나
　　　미안하다
　　　너를 부려 먹이를 얻고
　　　여자를 안아 집을 이루었으나
　　　남은 것은 진땀과 악몽의 길뿐이다　　　　　　　　—「노숙」 부분

　강자와 약자의 구분만큼 부당하게 오랫동안 마음과 몸 사이에는 차별이 이루어져왔다. 이 시에서는 지쳐빠진 몸을 누이고 내려다보는

마음의 미안함과 안쓰러움이 드러난다. 몸과 마음을 분리시키고 대등하게 놓은 후 몸의 뜻을 마음이 읽는 특이한 과정이 돋보인다. 그의 시에서 자주 쓰이는 대화체는 상대방을 고려하고 함께 호흡하려는 이해와 동화의 작용이다. 그는 주체적 의지가 없는 몸조차 함부로 다루어서는 안 될 독자적 존재로서 인식한다. 아니 오히려 약자일수록 끝까지 배려하고 보호해야 할 대상이라고 본다. 노숙이라는 밑바닥의 삶에서도 몸은 함부로 버릴 수 없는 존엄한 상대이다. 그리하여 "진땀과 악몽의 길"에 지친 마음은 자신의 몸에게 다음과 같이 정중하게 묻는다. "차라리 이대로 너를 재워둔 채/가만히 떠날까도 싶어 묻는다/어떤가 몸이여"라고. 이는 한평생 마음의 부림을 받아온 몸의 노고를 함부로 중단시키는 것도 몸에 대한 폭력일 수 있음을 깨닫게 한다. 주인의 자만심과 편협함을 버리고 약자의 처지와 동일시할 때 존귀하지 않은 생명은 없다.

스타킹 속에 움츠리고 있는 새끼발가락에서 "애잔하다거나 안쓰럽다거나 하는 따위의 감상적 형용으로 감히 어리댈 수도 없"(「새끼발가락과 마주치다」)는 "유구한 상처의 넋"과 마주친다는 시에서도 시인은 가장 연약한 존재가 갖는 "희망의 절망적인 상징"을 간파한다. 그토록 꼬부리고 숨어 있다가도 기적처럼 움직이는 작고 힘겨운 생명에서 그는 놀라운 희망의 집념을 발견한다. 그는 "누구도 핍박해본 적 없는 자의 빈 호주머니"(「코스모스」)에서 순결하고 간절한 희망을 목격한다.

작고 연약한 존재들은 존재 자체만으로도 희망과 위안이 된다. "이도 저도 마땅치 않은 저녁/철 이른 낙엽 하나 슬며시 곁에 내린다(……) 고맙다/실은 이런 것이 고마운 일이다"(「조용한 일」)라고 할 때의 "철 이른 낙엽"처럼 미약한 존재들은 무력하고 허전한 삶을 위무하는 조용한 친우들이다. 경쟁으로 가득한 세상에서 일찍이 조락하는 것들은 '그냥' 존재할 수 있는 여유를 보여준다. 김사인의 시에는 사회적 약자들과의 연대가 자주 나타난다. 그들과는 어떤 이해관계도 없는 핍진한 유대가 가능하기 때문이다. 죽음 앞에 동등하게 나약한 존재로서 서로가 위로받을 수 있기 때문이다.

나 죽으면 부조돈 오마넌은 내야 돠 형, 요새 삼마넌짜리도 많던데 그래두 나한테는 형은 오마넌은 내야 돠 알았지 하고 노가다 이아무개 (47세)가 수화기 너머에서 홍시 냄새로 출렁거리는 봄밤이다.

어이, 이거 풀빵이여 풀빵 따끈할 때 먹어야 되는디, 시인 박아무개 (47세)가 화통 삶는 소리를 지르며 점잖은 식장 복판까지 쳐들어와 비닐봉다리를 쥐어주고는 우리 뽀뽀나 하자고, 뽀뽀를 한번 하자고 꺼멓게 술에 탄 얼굴을 들이대는 봄밤이다.   ─「봄밤」 부분

나 죽으면 부조돈 오만원은 내야 된다고 떼쓰거나 뽀뽀나 하자고 덤벼드는 친구가 있는 봄밤의 정경은 꽤 푸근해 보인다. 그의 시에 종종 나타나는 사투리 섞인 육성들은 끈끈하고 정감 넘치는 사람살이의 풍경을 연출한다. "칠칠치 못한 목련같이" 시나브로 떨어져내리는 목숨들을 추모하러 모이는 장례식장에서 "포장마차로 소매를 서로 끄는 봄밤"은 적지 않은 위로가 되어준다. 죽음을 대면하는 두려움과 비애조차 가볍게 넘길 수 있는 것은 끈끈하게 서로 의지가 되는 사람들이 있기 때문이다.

　김사인 시의 따스하고 여유로운 정서는 대개 사람들끼리의 긴밀한 유대와 정감이 교차하는 데에서 비롯된다. 「덕평장」에서는 세 개뿐인 손가락으로 면봉과 일회용 밴드 뭉치를 파는 몽당손이와 도토리묵 파는 과부 윤씨나 떨이옷 파는 김씨 같은 소외된 자들끼리 이루는 은근한 정회가 그려진다. 서로가 기대어 그럭저럭 한 세상 살아가는 자들의 농밀한 정한이 실감난다. 끈끈한 정으로 치자면 가족간의 그것만큼 진한 것은 없을 것이다. 시인은 가난하지만 정 깊은 가족들의 풍경을 아름답게 묘사한다. 「공휴일」에서는 생전 처음 가족 사진을 찍는 가난한 가족이 벌이는 진풍경을 따뜻한 눈길로 그리며, 「오누이」에서는 어린 오누이가 서로를 의지하고 배려하는 눈물겨운 버스 안 광경을 재현해 보인다. 시인은 약자들일수록 함께 어울려 살아가는 삶의 모습에 살뜰한 눈길을 준다. 그런 모습을 그려낼 때 그의 시는 예외 없이 길어지고 사실적이어서 산문적 구체성을 띤다. 소외된 약자들의 육성과 일거수일투족을 가감 없이 묘사하면서 삶의 현장으로 육박해간다.

　사람과 사람 사이의 의지가 절실한 것은 비애와 죽음의 엄혹한 세계를 건너는 길에 위안이 되어주기 때문이다. 미약하고 하찮은 존재일수록 더욱 기대할 만한 것은 한없이 낮아져 두루 포용해주기 때문이다. "수다사(水多寺) 높은 문턱만 다는 아니다/싸구려 유곽의 어둑한 잠 속에도 길은 있다"(「섣달 그믐」)는 시골 주모의 경구 속에는 외롭게 떠도는 영혼을 위로하는 진득한 통찰이 깃들어 있다. 재료와 촉매제의 혼효가 반드시 동반되는 발효 과정처럼 함께 어울려 무르익는 숙성은 깊고 풍부한 삶의 향취를 만들어내는 데 필수적이다.

5. 느긋한 시

　김사인 시를 발효의 과정에 빗대어 살펴본 끝에 이제 마지막 단계에 이르게 되었다. 발효의 마지막 과정은 오랜 숙성 끝에 새로운 물질이 만들어지는 단계이다. 그것은 부패를 이겨낸 삶이며 탁함을 넘어선 맑음이다. 발효가 완성되기 위해서는 오랜 기다림이 수반된다. 발효된 물질은 또한 오랫동안 부패되지 않고 지속된다. 발효의 전후 과정에는 긴 시간이 걸리는 것이다. 김사인의 시는 요즘 시 답지 않게 오랜 시간 숙성을 거쳐 등장하였고 오랜 시간 음미할 만한 풍취를 지니고 있다. 시대에 역행하는 듯한 완전성을 향한 고집과 특유의 느긋함이 만들어낸 결과이다. 느림의 미학적 차원을 새롭게 펼쳐 보이는 그의 좋은 시들은 느림이 지닌 미덕을 일깨우는 한편 그것과 상반된 이 시대의 병폐를 각성시킨다.

　　바람 불고
　　키 낮은 풀들 파르르 떠는데
　　눈여겨보는 이 아무도 없다.

　　그 가녀린 것들의 생의 한 순간,
　　의 외로운 떨림들로 해서
　　우주의 저녁 한때가 비로소 저물어간다.
　　그 떨림의 이쪽에서 저쪽 사이, 그 순간의 처음과 끝 사이에는 무한
　　히 늙은 옛날의 고요가, 아니면 아직 오지 않은 어느 시간에 속할 어린

고요가

보일 듯 말 듯 옅게 묻어 있는 것이며,

그 나른한 고요의 봄볕 속에서 나는

백년이나 이백년쯤

아니라면 석달 열흘쯤이라도 곤히 잠들고 싶은 것이다.
──「풍경의 깊이」 부분

시집의 맨 앞에서 서시 역할을 하는 이 시는 "가녀린 것들의 생의 한 순간"을 묘사하는 데 바쳐진다. 아무도 거들떠보지 않는 키 낮은 풀들이 파르르 떠는 장면으로 빠져들면서 시인은 우주의 시간이 열고 닫히는 비밀과 목숨의 인연들이 스치고 지나가는 광경을 목도한다. 잊고 지낸 지 오래되었지만 동양적 사유 속에서 하찮은 미물조차 우주 전체의 조응이 없이는 그저 스러질 리 없다는 통찰은 자연스러운 것이다. 가녀린 것들의 떨림으로 인해 우주의 시간이 저물어간다는 사유가 과장만일 리는 없다. 작은 풀잎의 떨림을 한없이 들여다보고 있는 시간이 백년이나 이백년쯤으로 무한히 팽창하는 것도 시간의 주관적 흐름을 떠올려보면 동의할 만한 상상이다. 작은 목숨의 떨림에 집중하는 한 순간은 그 목숨과 이어진 유기적 우주를 연상시키며 무한히 확산된다. 그렇다면 천천히 오래 응시하는 만큼 우리는 오래 살 수 있는 것이다. 그것은 시간 낭비가 아니라 시간을 연장하는 일일 수도 있다. "작은 목숨들의 더듬이나 날개나 앳된 다리에 실려온 낯익은 냄새가/어느 생에선가 한결 깊어진 그대의 눈빛인 걸 알아보게" 될 때 그의 생은 한결 풍부하고 깊어질 수 있다.

느끼고 생각하는 만큼 우리의 생은 확장된다. 그렇다면 우리에게 소중하고 존귀하지 않은 존재는 있을 수 없다. 천천히 보고 많이 느끼는 것이 그들과 더불어 오래도록 생을 영위하는 방법이다. 이것이 속도전의 시대를 거꾸로 가는 느림의 미학이라 할 수 있다. "다리를 빨리 지나가는 사람은 다리를 외롭게 하는 사람이네"(「다리를 외롭게 하는 사람」)라는 시의 울림처럼, 느림은 빠름이 행할 수 없는 섬세한 정감을 일으킨다.

느림의 유정함은 속도의 비정함을 각성시키고 잃어버린 정서를 환기시킨다. 느림의 행복감은 우리가 오래도록 잊고 있던 감각이다. "여기는 전주천변/늦여름, 바람도 물도 맑갖고/길은 자전거를 끌고 가는 버드나무 길/이런 저녁/북극성에 사는 친구 하나쯤/배가 딴딴한 당나귀를 눌러타고 놀러 오지 않을라"(「전주(全州)」)에서처럼 자전거를 천천히 끌고 갈 때는 바람의 결도 느끼고 저녁이 내려앉는 모습도 느끼며 옛날 친구도 떠올리는 여유 속에서 고요한 행복감을 만끽할 수 있다. 그것은 아마도 전주 같은 고도(古都)이기에 그럴듯한 그림이 되는 듯하다. 그의 시에서 한가로운 풍경을 이루는 것은 대개 고향집이나 절간이나 쇠락한 소읍 같은 과거의 공간들이다. 한가하게 "시드렁거드렁" 하며 어울리고 돌아볼 수 있는 여유는 오래전에 지녔던 모습들이다. 이런 한가함 속에 행복의 감각과 작은 이웃들에 대한 관심과 연민이 싹틀 수 있다.

그런데 우리의 현재는 이런 한가함으로부터 얼마나 멀어져 있는가? 시인 자신도 느림이 주는 풍경의 깊이와 행복의 감각이 현실에서 쉽게 얻어질 수 없음을 잘 안다. 그의 시에 뜬금없이 몇 번 등장하는 미국 대통령 부시는 느림의 미학의 정반대편에서 현실의 거리를 입증한다. 그의 시에서 부시는 늘 바쁜 사람으로 나온다. "바쁜 너는 무섭다/바쁜 너는 성난 사람처럼 보인다/너는 땅을 팍팍 걷어차며 걸어간다/너는 발가락과 뒤꿈치와 종아리의 힘줄과 무릎뼈에게 감사할 겨를이 없다"로 시작되는 시 「부시, 바쁜」에서 부시는 늘 바쁘고, 너무 무섭다. 그에게 "봄산의 애기똥풀꽃"이나 "늙은 어머니의 가늘게 코고는 소리"는 금물이다. 오직 바쁘게 움직여야 할 바쁜 영혼을 좀먹기 때문이다. 부시를 통해 시인은 바쁨과 비정과 폭력의 유관성을 증명한다. 시인은 세계의 불안과 폭력에 기여하는 권력자의 바쁨에 대항하여 느림이 갖는 미덕을 역설한다. 느긋한 시는 바쁜 부시와 같은 권력의 반대편에서 하찮고 미약한 존재들의 "비애와 평화와 휴식"을 입증한다. 그들이 천천히 도달하는 평화와 행복의 깊이를.

오랜 발효 끝에 시인이 얻은 것은 깊고 풍부한 시의 맛이다. 비애와 죽음의 어둠에 침잠하지 않았더라면 깊어지지 못했을 것이고 느긋하고 평화롭지 않았다면 풍부해지지 못했을 것이다. 거기에다 그의 시는 오랜 시간 동안 감정과 감각을 걸러내어 지극히 맑아지기에 이르렀다. 저마다 자극성이 강한 새로운 맛을 내세우는 시대에 그의 시는 우리 현대시 전사를 아우르는 듯한 고졸한 맛을 내고 있다. 오래도록 취하고 싶은 참 좋은 시를 만났다.

싱싱한 죽음
──박해람의 『낡은 침대의 배후가 되어가는 사내』*

박해람의 첫 시집 첫머리에 놓여 있는 시 「버들잎 경전(經典)」은 앞으로 펼쳐질 시적 여정의 출발을 알리는 서시로서의 성격이 짙다. 시집 출간이 그리 어렵지 않은 시대가 되었다 하더라도 세상을 향해 첫 시집을 내놓을 때는 시인으로서의 운명을 심각하게 숙고하지 않을 수 없을 것이다. 시집의 첫인상을 결정짓는 서시에는 시인의 기본적인 태도와 각오가 깃들어 있다. 서시에서의 다짐이 곧 자신의 운명이 되어버린 윤동주의 경우처럼 첫 시집의 서시는 시와 삶의 전도를 암시하는 각별한 의미를 갖는다. 박해람의 시법과 삶의 방식이 드러나는 서시에서 시작하여 그의 시세계로 진입해보자.

물가에 버드나무 한 그루
제 마음에 붓을 드리우고 있는지

---

* 랜덤하우스중앙, 2006.

휘어 늘어진 제 몸으로
바람이 불 때마다 휙휙 낙서를 써갈기고 있다
어찌 보면 온통 머리를 풀어헤치고
헹굼필법의 머리카락 붓 같다
발 담그고 머리 감는 갠지즈 강의
순례객 같기도 하고.

낙서로도 몇 마리의 물고기를
허탕치게 하는 재주도 부럽고
낙서하기 위해
몇십 년을 허공으로 오른 다음에야 그 줄기를
늘어뜨릴 줄 아는 것도 사실 부럽다

쓰자마자 지워지는
저만 아는 낙서 경전(經典)
지우고 또 지우는 마음이
점점 더 깊어지며 흐를 뿐이지만
물 묻은 제 마음이 물 묻은 제 문장을 읽는
저가 저를 속이는 독경(獨經)

지구의 모든 문장이 저와 같지 않을까
생각해보면 참 대책 없다　　　　　　　—「버들잎 경전」 전문

　　서시에서도 시인은 전면에 나타나지 않고 버들잎의 필법에 빗대어
시법을 거론한다. 버드나무가 늘어진 몸으로 '마음의 붓'을 드리운 것

처럼 시인은 마음의 흔적을 담는 시를 꿈꾼다. 마음의 움직임을 쫓아서 드러내기 위해서는 버들잎처럼 자유롭고 유연한 몸짓이 필요할 것이다. 버들잎은 "낙서를 써갈기"듯 거침없이 '헹굼 필법'을 구사한다. 시인은 낙서처럼 자유롭고 솔직하면서 진실의 핵심에 도달하는 시법을 추구한다. 그런데 버들잎이 구사하는 거침없고 활달한 필법은 오랜 내공을 거친 후에야 얻을 수 있는 것이다. 허허실실 무심하게 움직이는 필법은 몇십 년을 허공으로 오르는 끈기와 갠지즈 강의 순례객 같은 고행을 거쳐 도달한 경지이다. '낙서'와 '경전'의 대조적 필법이 '낙서 경전'으로 통합되기까지는 부단한 인내와 초탈의 과정이 내재해 있다. "지우고 또 지우는 마음"으로 부정에 부정을 거듭하면서 "점점 더 깊어지며 흐를 뿐"인 '무심 필법'이야말로 시인이 지향해온 시법의 핵심이라 할 만하다. 낙서처럼 허허로우면서도 경전과 같은 깊이를 갖는 시, 쓰자마자 지우며 늘 새로워지려 하는 부단한 갱신의 시, 완성되는 순간 미련 없이 무로 돌아가는 탈속의 시가 그것이다. 경전 같은 깊이를 낙서처럼 가벼이 여길 수 있는 유연함과 담담함이 그가 지향하는 시적 태도이다. 시의 마지막 부분을 "생각해보면 참 대책 없다"라는 다소 안이한 언술로 끝맺는 것도 지나친 무거움을 덜어내고 자유로워지려는 성향을 반영하는 것으로 보인다. 세속적 관점으로 보면 대책 없고 허무하기 그지없는 무심함이야말로 그의 시법의 핵심이라 할 수 있다.

　시인의 '무심 필법'은 세속의 관심과는 무관하게 "저만 아는 낙서 경전"을 지우고 또 지우며 흘러간다. 그것은 자발적인 욕구에 의해 씌어진 낙서이지만 죽음과 허무에 대한 성찰의 깊이를 내포하는 경전과도 흡사하다. 세속적 삶에 대한 무심함이 그것에서 떨어져 죽음을 사색할 수 있는 거리를 발생시킨다. 그의 시에서는 삶보다도 죽음에 대한 상상과 성찰이 더 빈번하게 나타난다. 죽음은 삶에 이어지는 후 생이며 또 하나의 세상이다. 그는 삶과 죽음의 단절감보다는 연속성에 주목한다. 그의 시에서처럼 삶과 죽음이 자연스럽게 이어지는 경 우는 흔치 않다. 종교에 비견될 만한 예술의 기능이 죽음을 정면으로 바라보게 하는 것이라면 박해람의 시는 그러한 기능에 상당히 충실하 다 할 수 있다. 그의 시는 낙서와 경전을 아우르는 지점에서 죽음에 대한 엄숙한 존재론적 질문을 자유롭고 유연한 예술적 감성으로 전환 시키려 한다.

  어떤 소리도 내지 못했던 것들에게서
  소리가 난다는 것은
  그 속에
  한 세상이 생겼다는 뜻일지도 모른다.

  쉬지 않고 잔소리를 늘어놓는 저 노인(老人)에게도 이제 곧 길고도 긴 한 세상이 온다.
  그러니까
  모든 것들의 끝에서 나는 소리들은 싱싱하다.
  　　　　　　　　　　　　　　　　　──「싱싱한 삐걱거림」 부분

죽음이 한 생애의 마감이 아닌 다른 생애의 시작이라고 보기에 시 인은 존재의 마지막 소리인 삐걱거림을 한 세상이 생기는 소리로 듣 는다. 없던 소리가 생긴 데에서 한 세상의 탄생을 감지하는 시인은 죽음을 삶의 음화가 아닌 또 하나의 세상으로 인정한다. 새로운 세상을 앞두고 있기에 "모든 것들의 끝에서 나는 소리들은 싱싱하다." 이 세상과 저 세상의 틈에서 "싱싱한 삐걱거림"이 발생한다. 이처럼 시인은 종종 삶과 죽음의 미묘한 경계에서 '싱싱한 죽음'을 인지한다.

시인은 삶의 배후에 자리잡고 있던 죽음이 곧바로 그것과 자리바꿈하는 장면의 포착에 능란하다. "앞을 못 본다고?/다만 앞만 못 보는 것"(「마술사」)처럼 삶을 향해서만 열려 있는 시선이 놓치는 다른 세상의 존재를 간파한다. 죽음은 삶과 늘 붙어 있지만 인식되지 않을 뿐이다. 딜런 토마스가 "맥박 그것은 제 무덤을 파는 삽질 소리"라고 한 것처럼 죽음은 살아 있는 모든 순간과 함께한다. 삶이 늘 불완전하고 예기치 못하는 것인 데 비해 죽음은 누구에게도 예외가 없는 필연적인 과정이다. "다만 죽음으로 가는 길 위에는/누구나 명중되어 있다는 것"(「명중」)이다.

이렇듯 거역할 여지 없이 엄혹하게 삶의 약점을 명중시키는 명사수는 누구일까? "만물의 영장"(「호칭을 잃어버리다」)이며, "인간이라는 밥"(「세월의 밥」)을 먹거나 "내 몸을 숙주로 사용하고 있는 것 같"(「알람시계」)고, "너무 많은 면죄부를"(소년원」) 주기도 하는, 이 무소불위의 권력을 가진 자는 바로 '시간'이다. 시간의 절대적 횡포 앞에서 인간은 꼼짝없이 구속되어 이끌려가는 무기력한 존재일 뿐이다. 박해람의 시에서 인간은 자주 시간이 운행하는 버스에 실려 가는 승객들로 비유된다. 삶과 죽음 두 곳만을 왕복 운행하는 이 버스는 뒤로 갈 수 없을뿐더러 "배차시간표 따윈 필요 없"(「승객들」)이 예측불허로 움직인다. 존재의 배후와 생사의 틈을 직관하는 시인은 인간이 삶의 주체라기보다 잠시 얹혀사는 손님이 아닌가 반문한다.

그의 시에서 죽음은 삶이 도달하는 가장 뚜렷한 길이다. 죽음으로 향하는 길을 그릴 때 그의 시는 한없이 담담하면서도 처연하다. 「유모차」에서 버려진 유모차를 끌고 가는 힘없는 노인은 "그곳의 길에 알맞은 걸음을 배우고 있는" 것으로 묘사된다. 본래의 기능을 상실한 유모차와 새로운 생을 준비하는 노인은 기묘한 조화를 이루면서 생과 사의 역전극을 펼쳐 보인다. 「릴레이」에서는 머리 잘린 닭의 움직임을 통해 죽음에 이르기까지의 난해한 행방을 섬뜩하게 그리고 있다. 머리를 잃고 사방 펼쳐진 길들 사이에서 헤매던 닭의 몸이 잠잠해지는 것은 죽음의 길을 찾은 후이다. 죽음은 다른 모든 길의 끝에 놓이는 궁극적인 지점인 것이다. "그 무엇과 연결되지 않은 것들에게도 길은 있는 법"(「선풍기」)인데, 그 길은 바로 죽음에 이르는 길이다. 선풍기의 바람에 삶의 무게를 잃고 저승으로 사라진 남자의 이야기나 아이들이 사라진 물 속 놀이터 이야기처럼 담담하게 서술되는 황망한 죽음은 그것의 느닷없고 무심한 성격을 보여준다. 죽음의 빈터는 순식간에 싱싱한 목숨들로 채워질 수 있다. 죽음은 삶을 받아먹고 싱싱하게 자란다. 삶의 종국적 거처인 죽음을 인식하면서 인간은 죽음과 함께 살아가고 그것을 존재의 본향으로 받아들일 수 있게 된다.

죽음과 함께 살아가는 것은 인간만의 고유한 특성이다. 프로이트는 인간이 죽음을 받아들이지 못할 때 그것이 불안의 바탕이 된다고 했다. 삶의 일부로서 그것을 인정하지 못할 때 죽음은 끊임없는 불안의 근원이 된다. 삶 속에 이미 죽음이 자라고 있고 언제라도 삶을 대체할 수 있다는 사실을 받아들여야만 불안을 극복하고 삶과 죽음 모두에 여유롭게 대처할 수 있다. 생각해보면 삶의 많은 순간은 죽음으로 가득 차 있다. 생기를 잃고 지쳐 누운 육신은 삶에 가까운가 죽음에 가까운가? 의지와 무관하게 쏟아지는 지독한 졸음은 거역할 수 없는 죽음의 상태와 흡사하지 않은가? 시인은 일상의 매순간 틈입하는 죽음의 기미를 확인하고 그것이 늘 곁에 있으며 점점 압도적으로 삶을 지배한다는 사실을 깨닫는다.

> 모든 힘이 빠진 한 사내가 후줄근하게 돌아와
> 꽤 오래되고 낡은 충전기 안으로 들어간다.
> 그의 몸에 딱 맞는 배터리
> 푹신하고 깊은 잠이 넘쳐나는 낡은 침대 안으로
> [……]
> 간혹, 삐걱이며 새어나오는 전류
> 버려진 꿈들의 폐기장
> 산더미처럼 쌓인 저 권태와 피곤함이 배어 있는 덩어리.
> 점점 충전 속도가 떨어져
> 다시 이불 속으로 파고드는 저 사내
> 어쩔 수 없이 낡은 침대의 배후가 되어가는 저 사내.
>
> ──「낡은 침대」부분

이 시에서 침대는 삶과 죽음의 점이지대에 놓여 있다. 정류장과 같은 이곳에서 사내는 삶의 활력을 충전하고 다시 일터로 나간다. 그러나 삶의 권태와 피곤함이 축적될수록 충전 효과는 반감될 수밖에 없다. 사내는 점점 더 침대에 의존하게 되고 마침내 침대의 배후가 되고 만다. 우리의 삶도 언젠가 그렇게 죽음에 자리를 내주게 될 것이다. 잠은 삶 속에서 경험할 수 있는 죽음의 상태이다. 죽음은 삶에 휴식을 주면서 점점 더 의존하게 하고 마침내 삶을 압도해버린다. "잠은 너무 많은 낡은 것들을 만들어낸다."(「무서운 잠」) 깨어날 수 없는 긴 잠은 곧 죽음이라 할 수 있다. 몸이 갈수록 무거워지며 잠자리에서 일어나기 어려운 것은 삶보다는 죽음에 더 많이 이끌려가고 있다는 증거이다. "점점 더 달라붙는 이 지독한 졸음/결국, 죽음의 부스러기들"(「자석(磁石) 인간」)에 끌려가는 것이 삶의 도정인 것이다.

일상에 지쳐 잠에 의존하며 낡아가는 일만 남은 자신의 삶을 시인은 "채널 38"이라 이름 붙인다. "한 채널을 부여받고/열심히 팔고 있는 이 생(生)이라는 나날들/서른여덟 살 먹은 남자의 일터 채널 38번"(「채널 38」)에서 자조적으로 그리고 있는 것처럼 삶은 "재방송 없는 정규 프로그램"처럼 일회적이며 적나라하게 자신을 팔아야 유지되는 살벌한 각축장이다. 시인은 매우 시니컬하게 기계적 매커니즘 속에서 부식되어가는 소모품으로서 일상의 삶을 묘사한다. 소모적인 노동에 지친 육신은 고된 잠 속에 꿈들을 폐기하고 점점 낡아가다 죽음에 이른다는 것이다.

시인에게 삶은 저마다 힘겨운 짐을 지고 견디는 상처의 흔적으로 인식된다. 거북의 딱딱한 등을 바라보며 시인은 "상처의 후생"들이 살아가는 방식을 발견한다. "등지고 살아야 할 것들"을 등짝으로 돌려 놓고 상처의 껍질을 짊어지고 다니는 거북의 생리는 모든 연약한 생명의 존재 방식과 상통하는 것이기도 하다.

보이지 않는 상처들은
마음속에 그 진화의 기록이 있지만
저 거북에게는 등에 그 갑골의 기록이 선명하다

그러나 상처는 또 다른 마음의 문이다
견고한 마음에 잠시 틈을 내어
덧문을 생각하게 하는 의사소통이다   ——「상처의 등」 부분

  거북의 등은 그 흔적이 사라지지 않는 상처의 기록이다. 아무리 단
단하게 무장했더라도 이미 가슴 깊이 뿌리내린 상처의 기억이 새겨져
있다. 그러나 그 상처는 섬세한 기억의 흔적이라는 점에서 "또 다른
마음의 문"이기도 하다. 오래도록 버둥거려 딱딱해진 만큼 견고하기
그지없는 마음의 무늬가 거기에 아로새겨져 있다. 상처를 통해 마음
을 엿보는 섬세한 시선이야말로 시인의 남다른 점이라 할 만하다.
"맞붙은 것들은 다 상처의 후생들/그것이 떨어질 때 서로가 아픈 것
처럼/언젠가 딸아이의 아픔이 될 나와/나의 아픔이 된 아버지가 지금
도 서로 붙어 있다"(「아이가 자꾸 흘러내린다」)고 할 때 그는 마음의
문을 열고 오랜 상처의 기억을 풀어내고 있는 것이다. "평생 따가운
햇볕이었던 아버지/여전히 그 화기(火氣)를 퍼부어/내 그늘을 더욱
시원하게 하시는 아버지"(「그늘」)에서는 뜨거운 상처를 시원한 그늘
로 가꾸어온 견인의 시간들을 짐작해볼 수 있다. 상처를 단련시켜 견
고한 마음의 무늬를 만드는 인내와 초탈의 과정이 삶과 죽음을 아우
르는 포괄적인 시선을 자리잡게 했을 것이다.

  향기를 채우는 일에 종사하는 향나무와
  냄새라는 악취를 채우고 있는 나나
  땅에서 분리되어야 죽는 나무와
  땅으로 들어가야 죽는 나나

일생을 서로 주고받는 사이라는 것이지

그리고 냄새는 지나간 것들에게서만 난다는 것이지

―「향기와 냄새」 부분

몸통이 잘린 향나무를 바라보며 시인은 삶과 죽음, 향기와 냄새의 관계를 생각한다. 죽어 향기를 풍기는 나무와 악취를 채우는 '나', 땅에서 떨어지면 죽는 나무와 땅으로 들어가야 죽는 '나'는 여러 가지로 다르지만 중요한 것은 서로의 삶과 죽음을 통해 관계를 형성한다는 사실이다. '나'는 나무의 죽음을 바라보고 있고 나무는 '나'의 죽음을 지켜볼 것이다. 서로의 삶과 죽음을 공유하면서 둘은 주고받는 관계를 이룬다. 무엇보다 둘은 냄새를 통해 생명의 목적지인 죽음을 인지하게 된다. 죽은 향나무가 풍기는 강한 향기와 청춘을 지난 '나'의 냄새는 모두 "지나간 것들"의 목적지를 환기시킨다. 이런 쓸쓸한 성찰을 통해 시인은 삶과 죽음을 공유하는 생명체로서의 친밀감을 확인하게 된다.

살아 있는 모든 것들은 죽음으로 귀환한다는 점에서 동질감을 형성한다. 시인에게 죽음은 뿌리로 돌아가는 귀향의 과정이다. "나무들의 뿌리나 혹은,/모든 것들의 뿌리는 다 땅속에 있다. 〔……〕 지구의 모든 외가(外家)와 친가(親家)의 주소는/땅속이기 때문에."(「本家」) '실뿌리' 같은 아이의 손을 잡고 본가를 방문하러 가면서 시인은 이 길이 결국 땅속으로 이어지는 혈연의 길임을 확인한다. 땅속에 누워 있는 선조들의 죽음을 뿌리로 하여 '나'와 아이가 현존하며, 그들 또한 일생의 '팔랑거림'을 마친 후에는 뿌리로 돌아가게 될 것이다. 박해람의 시에서 '팔랑거림' 또는 '펄럭거림'은 살아 있는 것들이 서로 주고받는 마음의 상태이다. 나뭇잎처럼 또는 푸른 새처럼 생기 있게 움직이던 것들도 종국에는 땅속으로 돌아가 뿌리를 이룬다.

삶과 죽음에 대한 이같은 자연적 혹은 순환론적 관점은 우리의 민속 신앙과 흡사하다. 김열규에 의하면 우리의 전통적 관념 속에서 죽음은 귀명(歸命), 즉 목숨의 원천으로 되돌아가는 것이며, 저승은 생명의 끝이 아니라 생명의 근원에 자리잡고 있다. '돌아가는 죽음' '복귀하는 죽음'을 노래하는 바리데기의 오구풀이가 그 단적인 예이다. 또한 세계에서 가장 아름답고 독특한 무덤이라고 할 수 있는 우리의 봉분은 꽃봉오리와 꽃받침의 형상으로 죽음 너머의 재생을 상징한다.

> 땅에서 솟아오르는, 자라고 있는 봉분(封墳)들
> 솟아오른다는 것은 저 밑에서 무언가 움직인다는 증거다
> 아주 오래돼 아무도 살지 않는 집들도 있어
> 수소문이 어려운 주소들
> 그 사이를 헤매는 자들의 몸속엔 세상이 없다.
> 도둑이 든 텅 빈 집들은 유적이 되고
> 우리는 그 유적으로 다시 세들어가고 있는 것이다.
> 지상의 종족을 훔쳐보기 위해 뼈로 거울을 만들고
> 잡풀을 밀어올려 대기권을 만드는 나와 닮은 종족들
> ——「편도의 나날」부분

박해람의 시에서도 봉분은 땅속에서 무엇인가 움직인다는 상상을 유발한다. 우리가 그곳을 궁금해 하듯이 그곳에 사는 종족들도 지상을 훔쳐보려 하고 둥글게 자신들의 대기권을 만들어 놓았다는 것이다. 싱싱하게 솟아오르는 봉분은 또 다른 한 생의 증거이다. 저들의 세상에

서 또 한껏 솟아오르는 죽음들. 죽음을 살고 있는 봉분은 이지러졌다 차오르는 달의 이미지와도 흡사하다.

아프리카에서 본 적이 있어. 야성의 갈기를 휘날리며 수없이 많은 죽음을 먹어 치우는 것을, 붉게 물든 목덜미며 포만감으로 새벽까지 뒹굴다 모든 고요의 숨통을 물고 만삭의 몸을 풀러 숲속으로 숨어드는 것을 본 적이 있어.　　　　　　　　　　　　　　　　　　　　　—「달」부분

고요와 허무를 가로지르는 뜻밖의 생기를 묘사할 때 그의 시는 가장 역동적이고 매력적이다. 이토록 동물성이 강한 달의 이미지를 나는 본 적이 없다. 아프리카의 사자처럼 격렬하게 죽음을 포식하고 생명을 잉태하려 사라지는 달의 움직임이 숨가쁘게 그려진다. 달은 죽음을 먹어치우듯이 삶 또한 먹어치울 것이다. 그 안에서 삶과 죽음은 삼키고 뱉는 반복과 순환의 과정일 뿐이다. 지리멸렬한 삶을 이어서 죽음은 싱싱하게 태어나고 또 다른 생을 낳는다. 죽음이 또 다른 생이라는 인식은 자연의 순환 작용에서 촉발된 것이다. 나무의 뿌리처럼 달의 변화처럼 삶과 죽음은 한몸을 이루고 있다. 지루하고 무거운 삶은 죽어 가볍고 새로운 삶으로 솟아오른다. 죽음에 경도된 듯한 그의 시 또한 싱싱하게 갱신하는 삶에 대한 희망의 역설로 보인다. 첫 시집을 닫는 마지막 시가 도전과 변신의 의지로 가득 차 있는 것도 의미심장하다.

뿔각사슴이 있다.
그들은 뿔의 방향 갈래가 깊어지면

의식을 처형하러 그들만의 무덤으로 간다.
그곳에서 붉은 피를 흘리면서
포화 상태의 기억을 뽑아 놓는다.
맹수들의 포복에 눈길을 받으며 자란 뿔.
모든 위험이 가득 들어 있는 단단한 뿔.
숲의 길과 부드러운 풀의 맛.
온갖 상상의 냄새와 두려움의 저장물들.
그곳에서 오래된 지도를 벗어 놓는다.

뿔은 다시 자란다.
누구에게나 배당된 형벌처럼
머리 위에 얹혀져 삶을 지휘한다.

위험은 전혀 새로운 길을 만든다.
납작하고 빠른 길
숨어 있는 길들을 찾아낸다.
숨어 있는 풀을 뜯고 숨어 있는 물을 마신다.
그들은 모든 영혼조차도 밀어올려
빠른 속도로 뿔 속을 채운다.
비우고 싶은 욕망이 차곡차곡 쌓인다.
이제, 두려움이 극치를 이루면
근질거리면
그들은 빈 몸이 된다.
그들의 뿔은 모든 위험이 키운다.

—「위험은, 기억을 키운다」 전문

사슴의 뿔은 푸나무·번데기·개구리·곰 등의 동식물이나 달과 대지, 계절의 순환과 함께 재생을 상징하는 자연 현상을 대표한다. 모양이 푸나무와 흡사할뿐더러 가을에 떨어지고 봄에 다시 나는 것까지 똑같다. 뿔각사슴은 생멸의 순환을 반복하는 대지의 원리를 내포하고 있다.

박해람의 시에서는 뿔을 채우고 비우는 사슴의 의지가 강조된다. 기억의 저장고이기도 한 뿔을 뽑아냄으로써 사슴은 포만 상태의 두려움과 욕망으로부터 자유로워진다. 머리 위에 얹혀진 삶은 형벌처럼 무겁고 위험하다. 퇴화되어가는 뿔을 벗고 몸을 가볍게 해야만 숨어 있는 새로운 길들을 찾아 다시 먹고 마실 수 있다. 무거운 뿔을 벗고 가벼워지는 것이 그들이 살 수 있는 방법이다. 비우고 싶은 욕망이 차올라 뿔을 이룬다는 역설이 곧 삶의 원리이다. 싱싱한 죽음만이 갱신의 삶을 보장할 수 있는 것이다.

무거운 몸을 버리고 끊임없이 빈 몸이 되려 하는 뿔각사슴의 생리는 시인의 시법이기도 하다. 달콤한 풀의 상상이나 사나운 맹수들에 대한 기억을 모두 벗어버리고 늘 새로운 길을 찾아내려는 뿔각사슴처럼 시인은 안이한 반복에 의지하거나 타인의 시선에 함몰되지 않고 자신만의 시를 찾아가려 한다. 서시의 버드나무처럼 유유한 '무심 필법'을 구사하기 위해서는 비우고 또 비우는 '빈 몸'의 전략이 필수적이다. 그러기 위해서는 붉은 피를 흘리며 자신의 욕망을 스스로 처형하는 뿔각사슴의 처절한 사투를 실천해야 한다. 스스로를 버림으로써 스스로를 구제하는 이 지난한 의식이야말로 또 다른 삶으로 솟구칠 수 있는 가장 '싱싱한 죽음'의 길인 것이다.